양 철 북 Ⅱ

G. 그라스

일신서적출판사

차　례

제 2 부

제 3 부

칠십오 킬로그램

비아츠마와 브리얀스크(모스크바 서쪽에 있는 격전지) 그리고 수렁의
시기가 시작되었다. 오스카르도 1941년 10월 중순에는 수렁 속에서 열심히
허우적거리기 시작하고 있었다. 내가 중앙 방면군(中央方面軍)의 수렁
속에서 한 전과를 리나 그레프 부인이라고 하는, 길조차 없는 그야말로
완전한 수렁 지대에서 얻은 전과와 비교하는 것을 너그러이 보아 주기
바란다. 모스크바를 눈앞에 두고 전차와 트럭이 수렁 속에 빠져들고 만
것처럼 나도 꼼짝달싹하지 못하게 되었다. 확실히 그 전선에서는 아직도
차바퀴가 회전하면서 진창을 튀기고 있었고 한편 나 역시 항복 따위는
하지 않았다——나는 문자 그대로 그레프 부인의 수렁 속에서 거품을
일으키는 데 성공한 것이다——그러나 적진을 점령할 수 있었는가 하면
모스크바 직전의 경우도, 그레프 가(家)의 침실의 경우도 이것은 이야기가
되지 않았다.

아직도 나는 이 비교를 그만두고 싶지 않다. 미래의 장군들은 당시
수습 불능의 이 수렁 작전에서 교훈을 얻었을 테지만 나도 또한 그레프
부인이라는 자연 현상에 대한 전투에서 깨달은 바가 적지 않았다. 따라서
이번 세계대전에서 고향의 전선에서 내가 손을 댄 여러 가지 기도를
경시해서는 안 된다. 오스카르는 당시 열일곱 살이었으나 아직도 어린
주제에 리나 그레프라는 심술궂게 뒤얽힌 연병장에서 어엿한 한 사람의
사나이로 단련되었다. 군사적인 비교는 그만두고 이번에는 오스카르의
진보를 예술상의 개념으로 측정하면 이런 식이 된다. 마리아가 소박하게
도취시키는 바닐라의 안개가 나에게 단시형(短詩形)을 이해시키고 비

등산이나 버섯 따기 같은 서정시의 맛에 나를 친숙케 만들었다면 그레프 부인의 코를 찌르는 복잡한 냄새의 권내(圈內)에서 나는 광대한 서사시의 공기를 호흡할 수 있었다. 그렇기 때문에 오늘, 전선의 전과도 침대의 전과도 한 문장으로 서술할 수 있는 것이다. 음악으로 비유한다면, 마리아의 어린애 같은, 감상적이면서도 감미로운 하모니카에서 단숨에 지휘자의 보면대(譜面臺)로 뛰쳐나온 것이다. 즉 리나 그레프는 폭에 있어서나 길이에 있어서나 어떻든 바이로이트나 잘츠부르크가 아니고서는 볼 수 없는 오케스트라를 나에게 제공해 준 것이다. 여기에서 나는 금관악기나 목관악기를 불고 타악기를 두들기고 현악기를 치거나 켜는 법을 배우고, 통주저음(通奏低音)이든 대위법이든, 12음 음악이든 9음 음악이든, 또 스케르초로 들어가는 방법이라든가 안단테의 템포 따위도 터득하였다. 나의 정열은 몹시 메말랐고 동시에 부드럽게 넘쳤다. 요컨대 오스카르는 그레프 부인에게서 최대한 끌어낼 수 있었는데 그 점에서 오스카르는 실망까지는 아니지만 만족한 것도 아니었다. 참된 예술가란 항상 그러한 것이다.

우리의 식료품 가게에서 그레프의 채소 가게까지는 불과 스무 걸음쯤 떨어져 있었다. 비스듬히 마주 보고 있어서 편리한 위치였다. 클라인하머 거리의 빵집 알렉산더 셰프라의 집보다 훨씬 편리했다. 나는 나의 스승 괴테와 라스푸틴에 대한 공부보다도 여성 해부학 공부에서 더 발전을 나타냈는데 그것도 그레프의 가게 쪽이 편리한 장소에 있었기 때문인지도 모른다.

오늘에 이르기까지 꼬리를 끌고 계속되고 있는 이 교양상의 모순은 어쩌면 나의 두 여교사의 타입이 서로 다르다는 것으로 설명 또는 해명될 것이다. 리나 그레프가 적극적으로 교육하려는 생각은 하지 않고 그녀의 부(富)를 시청각 교재와 실험 교재로서 솔직하게 수동적인 자세로 나에게 위임한 데 비해 그레트헨 셰프라는 교사라는 직무를 너무나도 진지하게 생각했다. 그녀는 성과를 확인하고 싶어했고 나에게 소리를 내어 책을 읽히려고 했고 북을 두들기는 나의 손가락이 깨끗하게 글씨를 쓰고 있는 것을 들여다보려고 했고 나를 반듯한 문법과 사이좋게 만듦과 동시에 이 우정에서 자기도 이익을 얻으려고 했다.

그러나 오스카르가 분명히 그것임을 알 수 있는 형태로 그녀에게 성과를 보여 주기를 거부했기 때문에 그레트헨 셰프라는 마침내 손을 들고 말았고 나의 불쌍한 어머니가 죽자 곧 어떻든 칠 년간이나 계속된 수업을 집어치우고 다시 예전의 자수(刺繡)에 전념하게 되었다. 그리고 빵집 주인과의 사이에서 여전히 아이가 생기지 않았기 때문에 그녀는 어쩌다가 한 번씩이기는 했지만, 특히 큰 축제일 같은 때는 손으로 짠 스웨터나 양말, 또는 장갑 따위를 나에게 선물해 주었다. 괴테와 라스푸틴이 우리들 사이에서 화제에 오르는 일은 이미 없었다. 이 두 스승의 작품에서 베껴 쓴 그 발췌만은 나도 여전히 여기저기에, 대개는 아파트의 건조실에 보존해 두고 있었는데 이것 덕분에 오스카르는 이 방면에 대한 연구도 완전히 등한시한 것은 아니었다. 나는 스스로 나를 교육하여 내 의견을 가지기에 이른 것이다.

병약한 리나 그레프는 그러나 침대에 붙들어 매어져 있어서 나를 피하거나 나에게서 도망칠 수는 없었다. 왜냐하면 만성적인 병이기는 했지만 그다지 중병도 아니었기 때문에 죽음이 리나 선생을 나에게서 금방 저 세상으로 데리고 가지는 않았기 때문이다. 그러나 지구상에서 오래 계속되는 것은 아무것도 없게 마련이므로 오스카르는 연구가 완결되었다고 생각되자 당장 누워만 있는 여자를 저버리고 말았다. 당신들은 말할 것이다, 이 어린 것은 얼마나 좁은 세계에서 수양을 쌓은 것인가! 장차 사나이로서 살아가기 위한 무기를 그는 식료품 가게와 빵집 그리고 채소 가게 사이에서 주워 모아야 했다니! 오스카르가 최초의, 아주 중요한 여러 가지 인상을 그야말로 곰팡이 냄새가 나는 소시민적 환경에서 주워 모았다는 것은 나도 인정하지 않을 수 없지만 결국은 또 한 사람, 세 번째 교사가 있었던 것이다. 오스카르에게 세계를 보는 눈을 뜨게 하고 오스카르를 오늘의 오스카르로 만드는 일은 여전히 이 사나이에게 맡겨져 있었다. 오늘의 오스카르가 어떠한 인물인가, 아무래도 마땅한 말이 발견되지 않지만 코스모폴리탄이라고 불러 두기로 하자.

내가 말하고 있는 사람은, 당신들 중의 극히 세심한 사람들은 벌써 깨닫고 있을 테지만, 나의 교사이며 스승인 베브라를 가리킨다. 오이겐 왕자의 직계이며 루이 14세 가문의 출신 말이다. 소인국의 주인이며 광대인 베브라 말이다. 내가 베브라라고 말할 때는 물론 그의 편에 서 있는 어느 부인까지도 포함해서 하는 말이다. 위대한 몽유병자 로스비타라구나, 영원한 미녀. 마체라트에게 나의 마리아를 빼앗긴 그 어두운 나날들, 그 동안 나는 몇 번이나 이 부인을 생각하지 않을 수 없었다. 그 부인은 대체 몇 살일까 ? 하고 나는 자문했다. 열아홉이 아니면 지금이 한창인 스무 살 아가씨 ? 아니면 백 년이 지나도 영원한 청춘의 사랑스러움을 여전히 몸에 지니고 있는 화사한 아흔아홉 살의 늙은 여인일까 ?

나는, 잘못 생각한 것이 아니라면, 나와 친척 같은 이 두 사람을 불쌍한 어머니가 돌아가신 직후에 만났다. 우리는 카페 『사계』에서 함께 모카를 마셨다. 그리고 우리의 길은 갈라지고 말았다. 하찮은 정치적 의견의 차이 때문이었지만 그 차이는 역시 무시할 수 없는 것이었다. 베브라는 제국 선전성에 접근하여——나로서도 쉽게 짐작할 수 있는 일이었지만——괴벨스 씨나 괴링 씨의 사실(私室)에 드나들고 있었던 모양으로 이러한 탈선의 경위를 온갖 말로 설명하고 변명하려고 했다. 그는 중세에 궁정의 광대들이 차지하고 있던, 영향력이 큰 위치를 예로 들었고 스페인 화가들의 그림을 복제하여 나에게 보여 주었다. 그 그림은 필립이라든가 카를로스라든가 하는 정신(廷臣)들과 함께 그려져 있었는데 이 위엄있게 도사린 사람들 한가운데에 주름깃과 뾰족 모자, 그리고 헐렁한 옷을 몸에 걸친 광대가 두세 명 엿보였다. 아무래도 베브라나 또는 어쩌면 나 정도의 키인 것 같다. 나는 이 그림들이 마음에 들지 않았기 때문에——그럴 수밖에 없는 것이 오늘날 나는 천재 화가 디에고 벨라스케스의 열렬한 팬으로 자처하고 있을 정도이니까——베브라의 설명을 쉽게 납득하려 하지 않았다. 그래서 베브라 쪽에서도 스페인의 필립 4세 궁정에 봉사한 난쟁이들의 입장과 라인 지방의 벼락 출세자 요제프 괴벨스를 모시고 있는 자기 지위를 비교하는 것을 그만두었다. 그는 시대의 어려움을 말하면서 약자는 당분간 몸을 숨기고 있지 않으면 안 되지만 그래도

은밀하게 레지스탕스의 꽃은 피고 있다고 말했다. 요컨대 그 무렵의 말로
『국내 망명』을 뜻하는 것이었다. 그렇기 때문에 오스카르의 길과 베브라의
길은 갈라지고 말았다.

내가 이 스승을 미워하고 있었다는 것은 아니다. 그로부터 몇 년 동안
나는 광고탑을 보기만 하면 곧 다가가서 극장이나 서커스 포스터에 베
브라의 이름이 적혀 있지는 않은가 하고 찾아보았다. 사실 두 번쯤 그의
이름이 라구나 부인의 이름과 함께 실려 있는 것을 본 적은 있었으나
이 친구들과 재회를 꾀하는 일은 일체 하지 않았다.

나는 운명에 맡기고 있었지만 운명은 재회를 가져다 주지는 않았다.
베브라의 길과 나의 길이 다음해를 기다리지 않고 1942년 가을에 이미
서로 교차하고 있었다면 오스카르는 리나 그레프의 제자 따위가 되지
않고 베브라 스승의 제자가 되었을 것이다. 그렇게 되지 않은 덕분에
나는 매일, 때로는 아침부터 라베스 거리를 횡단하여 채소 가게에 들
어가곤 했다. 최초의 반 시간 가량은 점점 더 세공 취미에 열중하고 있는
괴짜 채소 장수 옆에 앉아서, 방울처럼 울리기도 하고 신음 소리를 내기도
하고 때로는 쉿소리를 내기도 하는 변덕스러운 기계를 그가 조립하고
있는 것을 의례상 바라보며 손님이 들어올려고 하면 그를 쿡쿡 찔러
주었다. 어떻든 그레프는 당시 세상 일에 대해서는 별로 관심을 가지고
있지 않았기 때문이다. 무슨 일이 일어났을까? 전에는 그렇게 빈틈이
없고 언제나 농담을 퍼붓고 있던 정원사인 청년의 벗을 대체 무엇이
이렇게 벙어리로 만들어 버린 것일까? 무엇이 그를 이렇게 고독하게
만들고 다소 게을러빠진 초로(初老)의 기인으로 만들어 버린 것일
까?

젊은 친구들은 이제 찾아오지 않았다. 이 무렵의 젊은 친구들은 그에
대해서 아무것도 몰랐다. 보이 스카우트 시대에 그를 둘러싸고 있던
사람들은 전쟁 덕분에 각기 전선으로 흩어져가고 말았다. 전선에서 편
지가 왔다. 그러다가 엽서밖에 오지 않게 되었다. 그리고 어느 날 그레프는
인편으로 통지를 받았다. 그가 퍽 좋아하던 호르스트 도나트, 보이 스
카우트 출신으로서 나중에 히틀러청소년단 소년부의 대장이었던 중위가

도네츠 강변에서 전사한 것이었다.

그날부터 그레프는 완전히 늙어 버려서 외모 따위에는 신경도 쓰지 않고 세공 일에 몰두하게 되었다. 그래서 그의 가게에서는 감자나 양배추 따위보다도 방울 소리나 신음 소리를 내는 기계장치 쪽이 더 많이 눈에 띄었다. 물론 일반적인 식량 사정 탓도 있었다. 이 가게에도 이따금 잊어 버릴 만할 때가 되어서야 야채류가 배급될 뿐이었다. 게다가 마체라트처럼 도매시장에 연줄을 대어 적당히 물건을 사들이는 일을 그레프는 할 수 없었다.

가게는 초라해졌다. 그렇기 때문에 우스꽝스럽기는 하지만 하찮은 소음 기계가 어떻든 떠들썩하게 가게 안을 가득 채워 주고 있었다는 것은 그런대로 기뻐해야 할 일이었는지도 모른다. 기계 도락가인 그레프의 점점 더 복잡해진 두뇌에서 튀어나오는 제품이 나는 마음에 들었다. 나는 오늘 나의 간호인 브루노가 노끈을 묶어서 만드는 작품을 보면서 그레프의 진열품을 상기하게 된다. 그리고 그 예술적인 잡동사니에 내가 싱글벙글 웃으면서 진지한 관심을 나타내는 것을 보고 브루노가 즐거워하는 것과 똑같이 그레프도 내가 이런저런 음악 기계를 즐기는 것을 보고는 방심한 듯한 얼굴로 기뻐하곤 했었다. 지금까지 몇 년 동안이나 나의 일에 대해서는 안중에도 없었던 그가 지금에 와서는 내가 반 시간 뒤에 작업장으로 변한 그의 가게를 떠나 그의 아내인 리나 그레프를 찾아갈 단계에 이르면 실망의 빛을 나타내는 것이었다.

그런데 항상 누워만 있는 이 여자를 찾아갔을 때의 모습을 여러분에게 어떻게 이야기하면 좋을까. 그것은 대개 두 시간 내지 두 시간 반 가량 계속되었다. 오스카르가 안으로 들어가면 그녀는 침대에서 손짓했다.

「아아. 오스카르로구나. 이리로 와서 이불 속으로 들어오렴. 이 방은 추우니까. 그레프 아저씨가 좀처럼 불을 안 때주거든.」

그래서 나는 새털 이불 밑에 있는 그녀 옆으로 파고들어가 북과 그 당시 쓰고 있던 두 개의 북채를 침대 앞에 놓고 너무 오래 사용해서 이제는 힘줄이 튀어나온 제3의 북채에게만 나와 함께 리나를 방문하는 것을 허락했다.

리나의 침대로 가기 전에 나는 옷을 벗는 따위의 일은 하지 않았다. 나는 양모와 비로도와 가죽 구두를 몸에 걸친 채 들어갔고 그리고는 꽤 오랜 동안 지쳐서 열이 나는 작업을 한 뒤에도 거의 흐트러지지 않은 본래의 복장 그대로 헝클어진 새털 이불에서 빠져나왔다.

이렇게 리나의 침대를 빠져나온 직후에, 그녀의 냄새가 아직도 몸에 밴 채로 나는 채소 가게를 다시 방문하였는데 그런 일이 몇 번 있은 뒤 언제부터인가 하나의 습관이 생기게 되었다. 나로서는 크게 환영할 만한 습관이었다. 즉 내가 아직도 그레프 부인의 침대 안에 있으면서 훈련의 마무리를 하고 있는 동안에 채소 장수가 더운 물을 가득 담은 세면기를 가지고 침실로 들어와서 그것을 의자 위에 놓고 그 옆에 수건과 비누를 놓고는 침대 쪽은 쳐다보지도 않고 말 없이 방에서 나갔다.

오스카르는 대개의 경우 그에게 제공된 보금자리의 온기에서 재빨리 뛰어나가서는 세면기가 있는 곳으로 가서 손과 얼굴 그리고 침대 속에서 효과를 발휘한 예로부터의 북채를 정성들여 깨끗이 씻었다. 그레프가 아내의 냄새를 싫어해서 다른 사람을 통해 간접적으로 그 냄새를 맡을 경우에도 참지 못한다는 것을 나로서는 이해할 수 있었기 때문이다.

이렇게 깨끗이 몸을 씻은 나를 이 아마추어 세공사는 환영해 주었다. 자기가 조립한 기계를 하나하나 보여 주며 여러 가지 소리를 들려 주었다. 지금도 이상하게만 느껴지는 것은 오스카르와 그레프는 나중에는 이렇게 친밀해졌는데도 어떻게 된 영문인지 우정이 싹트지 않았다는 것이다. 그레프는 나에게 생판 관계없는 타인에 지나지 않았고 나는 그에게 관심은커녕 동정을 느끼는 일도 끝내 없었던 것이다.

1942년 9월에——나는 때마침 열여덟 살의 생일을 노래도 음향도 없이 지낸 참이었고 라디오에 의하면 제6군이 스탈린그라드를 점령했다—— 그레프는 북 장치를 조립했다. 그는 나무로 만든 받침대에 감자를 놓고 같은 무게로 만든 접시 두 개를 얹었다. 그리고는 왼쪽 접시에서 감자를 하나 덜어내자 저울의 균형이 깨져서 지레가 풀리고 그 결과 받침대 위에 붙들어맨 북 장치가 활동을 시작했다. 북을 연타하기도 하고 쿵 하고 강타하기도 하고 두두둥 쾅쾅 하고 두들겨대기도 했다. 거기에 더하여 심벌즈가 울리고 징소리가 울려퍼졌다. 마지막에는 그것들이 하나가 되어서 비극적으로 불협화음을 울리는 시끄러운 피날레가 되었다.

나는 이 기계가 마음에 들었다. 몇 번이나 그 실연(實演)을 그레프에게 부탁했다. 조립 작업에 열중한 채소 장수가 이 기계를 오스카르 때문에, 오스카르를 위해서 발명하고 조립한 것이라고 오스카르는 생각했기 때문이다. 그러나 곧 이것은 나의 착각이었음을 너무나 확실하게 알게 되었다. 그레프는 나에게서 자극 정도는 받았을지 모르지만 이 기계는 그레프 자신을 위한 것이었다. 이 기계가 연주하는 피날레는 실은 그레프 자신의 피날레이기도 했던 것이다.

어느 맑게 갠 10월의 이른 아침이었다. 이렇게 상쾌한 아침을 무료로 가져다 주는 것은 북동풍뿐이다. 때를 보아서 나는 트루친스키 아주머니네 집에서 나왔다. 도로로 나와 보니까 마침 마체라트가 가게 입구의 미늘창을 올리고 있는 참이었다. 녹색으로 칠한 나무 미늘창을 드르륵 소리를 내며 올리고 있는 그의 옆에 서자 우선 식료품 가게의 냄새가 물씬 코를 찔렀다. 밤새 가게 안에 갇혀 있었던 냄새이다. 마체라트가 나를 보고 아침 입맞춤을 해주었다. 나는 마리아의 모습이 아직 보이기 전에 나와 라베스 거리를 횡단했다. 토석 위에 내 그림자가 서쪽으로 길게 꼬리를 끌었다. 그것은 오른쪽, 즉 동쪽인 막스 할베 광장의 상공에 태양이 스스로의 힘으로 솟아오르고 있었기 때문이다. 이때 태양이 사용한 속임수는 뮌히하우젠 남작(민화에 나오는 허풍쟁이)이 자기의 변발(辮髮)에 매달려 수렁에서 기어나왔을 때를 응용한 것임에 틀림없다.

나와 마찬가지로 채소 장수 그레프라는 인물을 알고 있는 사람이라면 그의 가게의 진열장과 문이 이 시간에 아직도 커튼이 쳐진 채 닫혀 있는 것을 발견하고 역시 놀랐을 것이다. 그레프는 확실히 최근 몇 년째 점점 더 기인이 되어가고 있기는 했다. 그러나 개점 시간은 지금까지 언제나 꼬박꼬박 지키고 있었다. 오스카르는 어쩌면 그가 어디가 아픈 것인지도 모르겠다고 생각했으나 곧 또 이 생각을 떨쳐 버렸다. 그레프가 앓는다는 일이 있을 수 있을까? 지난 겨울만 해도 이 사나이는 옛날처럼 정기적이지는 못했지만 발트 해의 얼음에 구멍을 뚫고 냉수 목욕을 하고 있었다. 이런 자연인(自然人)이 노화 현상이 다소 일어났다고 해서 밤새 자리에 누워 있다는 것은 생각할 수 없는 일이다. 침대를 지키는 특권은 부인 쪽이 충분히, 그리고 열심히 행사하고 있었다. 게다가 그레프는 부드러운 침대를 경멸하여 특별히 야영용 침대의 딱딱한 판자 위에서 자고 있다는 것을 나는 알고 있었다. 어떤 병도 이 채소 장수를 침대에 붙들어 둘 수 없었다.

나는 닫힌 채로 있는 채소 가게 앞에 서서 우리 가게 쪽을 돌아다보고 마·체라트가 가게 안에 있음을 확인했다. 그리고 나서야 겨우 나는 그레프 부인의 민감한 귀를 믿으며 신중하게 양철북을 두세 소절 두들겨 보았다. 조금 소리를 냈는데 벌써 입구의 오른쪽 두 번째 창문이 열렸다. 그레프 부인이 잠옷 차림으로 머리에는 잔뜩 컬클립을 달고 가슴에는 베개를 안은 채 솔잎채송화를 심은 나무 상자 너머에 모습을 나타냈다.

「어머, 들어와요, 오스카르. 그런 곳에서 뭣하고 있어? 바깥은 추울 텐데.」

나는 까닭을 설명하면서 북채로 진열장의 양철 미늘창을 두들겼다.

「알브레히트!」하고 그녀는 소리질렀다. 「알브레히트, 어디 있어요? 대체 어떻게 된 거예요?」그녀는 계속 남편을 부르면서 창가에서 떠났다. 방문이 차례로 콰당콰당 하고 울렸다. 가게 안에서 그녀가 덜커덕덜커덕 소리를 내고 있는 것이 들렸다. 그 바로 다음이다, 그녀가 비명을 지른 것은. 그녀는 지하실에서 소리지르고 있었다. 그러나 어째서 소리지르고 있는지, 나로서는 확인할 수 없었다. 지하실에는 채광창이 있어서 배급 일에는——하긴 전쟁이 진행됨에 따라 점점 드문 일이 되었지만——감 자를 이 창문으로 쏟아 넣게 되어 있었다. 그 채광창도 닫혀 있었던 것이다. 내가 이 창문 앞의, 타르를 칠한 두꺼운 판자에 눈을 바싹 갖다 붙이고 들여다보니 지하실 안에 전등이 켜져 있는 것이 보였다. 층계 윗부분에 무언가 하얀 것이 놓여 있는 것을 보았는데 그것은 아마 그레프 부인의 베개일 것이다.

그녀는 베개를 층계에서 떨어뜨렸음이 틀림없었다. 지하실에 그녀의 모습은 이미 없었고 이번에는 가게에서, 이어서 침실에서 지르는 소리가 들렸다. 그녀는 수화기를 들고 고함을 지르면서 다이알을 돌렸고 그런 다음 전화기에 대고 소리질렀다. 그러나 무슨 말을 하고 있는 건지 오스카르로서는 알 수가 없었다. 사고가 있었던 모양이라는 것은 알아들을 수 있었다. 그녀는 라베스 거리 24라는 주소를 몇 번이나 소리쳐 되풀이하고 그리고는 수화기를 놓자 곧 잠옷차림으로, 베개는 없었지만 컬클립을 머리에 매단 채 고함을 지르면서 창문을 막고 버티고 서서, 나에게는 눈에 익은 둘로 나뉘어진 가슴의 저장품과 함께 꽃나무 상자의 솔잎채송화 위로 몸을 내밀고 살갗처럼 연분홍빛을 띤 화초 속에 두 손을 찔러 넣고는 내 머리 위에서 있는 대로 고함을 질러댔다. 오스카르는 영락없이 이제 그레프 부인도 노래로 유리를 깨려는 모양이라고 생각했을 정도였다. 그러나 유리는 하나도 깨지지 않았다. 이곳저곳에서 창문이 열리며 근처 사람들이 내다보았다. 여자들은 서로 물어 보았고 사나이들은 씽 하니 달려왔다. 시계포 주인 라우프샤트는 윗도리 소매에 팔을 절반만 집어 넣은 채였다. 그리고 하일란트 노인, 라이스베르크 씨, 양복점의 리비셰프스키. 바로 이웃집 문으로부터는 에시 씨. 게다가 프로프스트도, 이발소가 아니라 석탄 가게의 프로프스트이지만 이 사람은 아들까지 데리고 나왔다. 하얀 윗도리를 입고 마체라트가 바람처럼 달려왔다. 마리아는 쿠르트를 가슴에 안고 식료품 가게의 문간에 서 있었다.

　흥분한 어른들의 인파 속으로 숨어서 나를 찾고 있는 마체라트의 눈을 피하는 일쯤은 쉬웠다. 마체라트와 시계포의 라우프샤트 두 사람이 맨먼저 행동을 취하려고 했다. 창문을 통해 집 안으로 들어가려고 한 것이다. 그러나 그레프 부인은 그 누구도 올라오지 못하게 했고 하물며 안으로 들어오는 것은 절대로 용서하지 않았다. 그녀는 동시에 나꿔채거나 때리거나 물어뜯으면서 그 사이를 이용하여 점점 더 큰소리로 고함을 질렀는데 그 속에서 더러 알아들을 수 있는 부분도 있었다. 우선 구급차가 와야 한다, 벌써 전화를 걸었으니까 이제 새삼스레 전화를 걸 필요는 없다, 이런 때에 어떻게 해야 하는가 하는 것 정도는 나도 잘 알고 있다, 모두들 자기 가게 일이나 걱정하는 게 좋을 것이다, 이제 더 이상 참견일랑 말아 주기 바란다, 모두가 구경꾼들뿐이다, 불행해졌을 때에 누가 진짜 친구인가를 알 수 있다는 따위의 말이었다.

울부짖고 있는 동안에 그녀는 문득 창문 앞 인파 속에서 내 모습을 발견했을 것이 틀림없다. 느닷없이 내 이름을 부르고는 사나이들을 모두 쫓아내고 드러난 양팔을 나에게로 내밀었다. 그리고 누군가가——오스카르는 지금도 그가 시계포의 라우프샤트였다고 생각하고 있지만——나를 들어올려 마체라트의 뜻과는 반대로 창문 안으로 밀어넣으려고 했다. 솔잎채송화의 나무 상자에 거의 닿을 듯했을 때 마체라트의 손이 나를 정말로 붙잡으려고 했다. 그러나 이때 리나 그레프가 나를 용케 붙잡아 그녀의 따뜻한 속옷으로 나를 감쌌다. 이제 울부짖지는 않고 다만 높은 소리로 흐느껴 울었고 흐느끼면서 깊이 숨을 들이켰다.

그레프 부인의 비명이 근처 사람들을 흥분시키고 음란한 태도를 취하게 하는 채찍 구실을 했지만 그와 비슷할 정도로 그녀의 가냘프고 쇠된 흐느낌 소리는 솔잎채송화 밑에 있는 군중을 당황하여 땅에 발을 붙이고 불만을 나타내는 침묵의 일단으로 만들 수도 있었다. 그들로서는 울고 있는 여자와 정면으로 마주 볼 용기는 거의 없었고 지금은 모든 기대, 모든 흥미와 관심을 곧 오기로 되어 있는 구급차로 돌리고 있었다.

그레프 부인의 흐느낌은 오스카르로서도 기분 좋은 것은 아니었다. 그녀의 처절한 목소리를 이렇게 가까이에서 듣는 것은 정말 견딜 수 없는 일이었기 때문에 나는 좀더 밑으로 파고들려고 했다. 그녀의 목에 매달려 있는 것을 그만두고 반쯤 화초 상자에 걸터앉을 수 있었다. 오스카르는 사람들의 눈을 너무 의식하고 있었다. 왜냐하면 마리아가 어린애를 안고 가게 입구에 서 있었기 때문이다. 그래서 나는 화초 상자에 걸터앉는 것도 그만두었다. 나는 그야말로 몸둘 바를 몰랐는데 마음에 걸리는 것은 다만 마리아의 일뿐이었다——근처 사람 따위는 아무래도 좋았다——나는 그레프 해안에서 벗어났다, 그것은 요동이 너무 심해서 침대를 연상케 하는 것이었다.

리나 그레프는 내가 도망친 것을 미처 깨닫지 못했던 것일까? 또는 꽤 오랫동안 그녀를 위해서 열심히 구멍 때우기 역할을 해온 이 조그만 육체를 붙들고 있을 힘이 이제 그녀에게는 없어졌는지도 모른다. 아마도

리나는 예감했을 것이다. 오스카르가 그녀의 팔에서 영원히 미끄러져 나갔다는 것을. 그녀의 비명과 동시에 어떤 소음이 태어나고 이것이 한편에서는 항상 누워 있는 여자와 고수(鼓手) 사이를 소리의 벽이 되어 가로막고 또 한편에서는 마리아와 나 사이에 있던 벽을 깨버리고 말았다는 것을.

나는 그레프 가의 침실에 서 있었다. 북이 내 몸에 비스듬히 불안정하게 매달려 있었다. 이 방은 오스카르에게는 익숙한 곳이었다. 암록색 벽지를 세로로든 가로로든 훤히 외고 있어서 보지 않고도 설명할 수 있었다. 의자 위에는 전날의 회색 비눗물이 세면기에 들어 있는 채 그대로 놓여 있었다. 모든 것이 평소의 그대로였으나 그러나 나에게는 닳고 상하고 망가진 가구가 새로 장만하거나 또는 적어도 갓 수선한 것인 것처럼 생각되었다. 마치 그 벽가에 네 다리를 뻗치고 서 있는 모든 것이 놀랄 만큼 차가운 광채를 새로 얻기 위해 처음에는 리나 그레프의 비명을, 다음에는 그 쇠된 흐느낌 소리를 필요로 했던 것 같았다.

가게로 통하는 문은 열린 채였다. 오스카르는 마른 흙과 양파 냄새가 나는 이 장소로 자기도 모르게 들어오고 말았다. 창문의 셔터 틈으로 스머드는 햇빛이 그 방을 먼지가 꿈틀거리는 줄무늬 모양으로 분할하고 있었다. 그레프의 소음 기계나 음악 기계는 거의 모두 어스름 속에 숨어 있고 볕이 닿아서 보이는 것이란 가느다란 것 몇 개, 방울, 베니아 판의 지주(支柱), 북 장치의 아랫부분 정도였다. 그리고 같은 무게로 나누어 담아진 감자가 여전히 그대로 놓여 있는 것이 눈에 띄었다.

지하실로 통하는 뚜껑문은 우리집 가게와 똑같이 계산대 뒤에 있었는데 그것은 활짝 열린 채로 있었다. 두꺼운 종이로 된 뚜껑은 그레프 부인이 고함을 지르면서 연 것일 테지만, 아무 버팀 막대도 없었다. 그녀는 계산대의 구멍에 갈고리를 걸어 놓고 있지도 않았다. 그러니까 오스카르가 살짝 밀기만 해도 뚜껑이 쾅당 하고 닫혀서 지하실을 폐쇄하고 말았을 것이다.

나는 꼼짝도 하지 않고 먼지와 곰팡내를 발산하는 두꺼운 판자의 약간 뒤에 서서 층계의 일부와 지하실 콘크리트 바닥의 일각을 갈라 놓고 있는 눈부시게 빛나는 사각형을 물끄러미 바라보고 있었다. 이 정방형의 오른편 위쪽에 계단이 달린 연단 같은 것이 조금 비져나와 보였는데 그레프가 새로 손에 넣은 것임이 틀림없었다. 어떻든 이 지하실에도 이따금 드나들었는데 이런 대(臺)를 본 적은 없었기 때문이다. 그런데 오스카르가 내내 열심히 이 지하실 속에 시선을 보내고 있는 것은 이따위 연단 때문이 아니었다. 이 액자 그림의 오른쪽 위에 있는 구석에서 이상하게 짧아져서 검은 평상화를 신은 속이 채워진 털 양말 두 개가 비죽이 나와 있었기 때문이다. 구두 밑창은 보이지 않았으나 그레프의 하이킹용 구두라는 것은 쉽게 알 수 있었다. 저 사람은 그레프일 리가 없다고 나는 내심 생각했다. 하이킹 준비를 하고 지하실의 저곳에 서 있는 사람은 그레프가 아니다. 왜냐하면 저 구두는 서 있는 것이 아니라 연단 위에서 공중에 떠 있으니 말이다. 하기는 가까스로 발끝으로 서서 판자에 이럭저럭 닿아 있다면 이야기는 다르지만. 나는 한순간 발끝으로 서 있는 그레프의 모습을 상상해 보았다. 우스꽝스럽기도 하지만 노력을 필요로 하는 이러한 연습은 체육가이기도 한 자연인인 그레프에게는 어울리는 일이라고 생각되었기 때문이다.

　나의 상상이 옳다는 것을 확인함과 동시에 경우에 따라서는 채소 장수를 한껏 놀려 주기 위해 나는 가파른 층계를 세심한 주의를 기울이며 내려갔다. 그리고 내 기억이 틀림없다면, 그때 공포심이 일어나 두려움을 쫓는 노래를 북으로 두들겼다. 『검은 요리녀(料理女)는 있는가？ 있다, 있다, 있다.』라고.

　오스카르는 콘크리트 바닥에 확실하게 서서는 주위에 있는 빈 양파 부대 다발이나 빈 과일 상자 더미로 천천히 시선을 옮기며 지금까지 본 적이 없는 나무틀을 쓰다듬으면서 그 장소로, 그레프의 하이킹 구두가 매달려 있거나 발끝을 세우고 서 있을 그 장소로 다가갔다.

　물론 그레프가 매달려 있다는 것을 나는 알고 있었다. 구두가 매달려 있고 따라서 성기게 짠 암록색의 양말도 매달려 있었다. 양말 위에 사나이의 무릎이 드러나 있고 그 위는 바지 자락이 있는 곳까지 털이 돋아 있는 넓적다리였다. 그때 찌르는 듯한 통증이 일어났다. 그것은 나의 생식기에서 시작되어 엉덩이로부터 마비 상태에 있는 등으로 서서히 옮겨가 척추를 타고 기어올라가 목덜미에서 멈추고, 뜨겁고 차게 나를 강타하고는 다시 내 사타구니 사이로 되돌아와 나의 작은 주머니를 오므라들게 하고 이미 구부러진 등을 뛰어넘어 또다시 목덜미에 자리를 잡고 거기에서 겨우 얌전해졌다——오늘날에도 오스카르가 있는 곳에서 누군가가 무엇을 매다는 이야기를 하면, 빨래를 매다는 이야기일지라도 당장 이 통증이 일어나 오스카르의 목을 죄는 것이다——거기에 매달려 있는 것은 그레프의 하이킹 구두나 털양말 또는 반바지뿐이 아니었다. 그레프 전체가 목에서부터 매달려 있었던 것이다. 밧줄 위에서 그는 긴장된 얼굴을 보이고 있었는데 여기에는 무대에서 포즈를 취하고 있는 느낌이 없지도 않았다.

순식간에 온몸을 치닫고 있던 아픔이 가라앉았다. 그레프의 모습이 나에게는 이상하게 느껴지지 않게 되었다. 결국에 목을 매단 사나이의 자세란 물구나무를 서서 걷고 있는 사나이나 머리로 서 있는 사나이, 또는 외출하기 위해 말이라는 네발짐승에 올라타려고 지극히 꼴사나운 모습을 하고 있는 사나이의 자세와 마찬가지여서 조금도 이상하거나 또 부자연스럽지 않았다.

그리고는 무대 장치였는데 지금에 와서야 겨우 오스카르는 그레프가 해낸 사치를 이해하게 되었다. 매달려 있는 그레프를 둘러싼 주위의 테는 최고의 사치품이라고 해도 좋았다. 채소 장수는 자기에게 어울리는 죽음의 형식을 찾아 균형이 잡힌 죽음을 택한 것이다. 그는 살아 있는 동안에 도량형 검정국의 관리들과 실랑이를 몇 번이나 벌이고 불쾌한 편지를 주고받았다. 관리들은 여러 차례 그의 저울과 추를 압수하고 과일과 야채를 다는 방법이 부정확하다면서 그에게 벌금을 물게 했다. 그래서 그는 자기의 육체와 감자를 일 그램도 틀리지 않게 균형을 잡아 보인 것이다.

희미하게 반짝이는 밧줄에는 비누라도 칠한 것일까, 그가 자기의 마지막 날을 위해서 특별히 가설 무대 위에 조립한 두 개의 각재(角材) 위를 이 밧줄이 도르래 장치로 조정하게 되어 있었다. 이 가설 무대도 결국은 그의 마지막 무대가 될 것을 유일한 목적으로 삼고 있었다. 최상의 건재(建材)를 사용하고 있는 사치스러움으로 미루어 채소 장수는 인색하게 굴 생각은 없었던 것 같다. 목재가 부족한 전시에 각재나 판자를 손에 넣는다는 것은 어려웠을 것이다. 그레프는 사전에 물물교환을 했던 것이리라. 과일과 맞바꾸어 재목을 손에 넣은 것이다. 그래서 이 가설 무대에는 장식만을 위한 여분의 지주(支柱)까지도 사용하고 있었다. 삼단으로 된 연단이——오스카르는 그 일각을 가게에서 보았다——무대 장치 전체를 거의 숭고한 영역으로 높여 주고 있었다.

이 기계 조립광이 본보기로 사용한 것으로 생각되는 저 북 장치와 똑같은 요령으로 그레프와 거기에 대항하는 추가 무대의 안쪽에 매달려 있었다. 깨끗한 녹색의 작은 사다리가 그와, 역시 공중에 매달려 있는 들의 작물 사이에 회칠을 해서 하얘진 네 귀퉁이의 각재와 좋은 대조를 이루어 걸쳐져 있었다. 그는 감자 바구니를 보이 스카우트가 장기로 하는 교묘한 묶음 방식으로 가운데 밧줄에 매어 놓고 있었다. 무대 안쪽은 광도(光度)가 강한 하얀 전구 네 개로 비추어지고 있었기 때문에, 오스카르는 그 엄숙한 단에 올라가 신성을 더럽히지 않고도 감자 바구니 위에 있는 보이 스카우트 식 매듭에 쇠줄로 고정시켜 놓은 두꺼운 종이에 적혀 있는 문자를 읽을 수 있었다. 즉 칠십오 킬로그램(마이너스 백 그램)이라는 글자를.

그레프는 보이 스카우트 대장의 제복을 입고 매달려 있었다. 그는 마지막 날을 맞으면서 또다시 전쟁 전의 제복으로 되돌아간 것이다. 그에게는 그것이 갑갑해 보였다. 위의 단추 두 개와 허리띠는 매지 못하여 왕년의 산뜻한 복장에 불쾌한 맛을 가미하고 있었다. 그레프는 왼손의 두 손가락을 그레프는 보이 스카우트의 관습에 따라 교차시키고 있었다. 목을 매달기 전에 이 자살자는 보이 스카우트 모자를 자기의 오른손 손목에 묶어 놓고 있었다. 스카프는 단념하지 않을 수 없었다. 반바지도 그렇지만 셔츠 깃도 위의 단추를 잠글 수 없었기 때문에 천 사이로 검고 곱슬곱슬한 가슴털이 비쳐 나와 있었다.

층층대 위에는 과꽃 몇 송이와 게다가 어떻게 된 영문인지 파슬리

줄기가 흩어져 있었다. 아마도 이곳에 뿌릴 꽃이 없었던 것이리라. 대부분의 과꽃과 그리고 약간의 장미도 무대의 네 귀퉁이에 있는 기둥에 건 네 개의 초상을 장식하기 위해 모조리 써버리고 말았기 때문이다. 왼쪽 앞에는 유리의 뒷면에 보이 스카우트 창설자 베이든 파우엘 경이 걸려 있었다. 왼쪽 뒤에는 액자 없이 고상한 성 게오르크, 오른쪽 뒤에는 유리 없이 미켈란젤로의 다비드의 머리 부분, 그리고 유리를 끼운 액자에 든 열일곱 살 가량의 황홀할 만큼 아름다운 소년의 사진이 오른쪽 앞 기둥에서 미소짓고 있었다. 중위로서 도네츠 강변에서 전사한, 사랑하는 제자 호르스트 도나트의 낡은 사진이었다.

내친 김에, 층층대 위 과꽃이나 파슬리에 섞여서 흩어져 있는 넉 장의 종이 쪽지에 대한 것도 설명해 두는 것이 좋을 것 같다. 쉽게 이어붙일 수 있게 흩어져 있었기 때문에 오스카르는 그렇게 해보았다. 판독해 보니까 법정에서의 소환장인 듯 풍기 단속 경찰의 스탬프가 몇 개나 찍혀져 있었다. 또 보고하지 않으면 안될 것이 있다. 구급차의 요란한 사이렌이 채소 장수의 죽음에 대한 고찰에서 나를 퍼뜩 정신차리게 했다. 이어서 곧 그들은 콰당콰당 층계를 내려와서는 단상에 올라가 매달려 있는 그레프에게 손을 댔다. 그러나 그들이 채소 장수의 시체를 들어 올리자 이것과 균형을 취하고 있던 감자 바구니가 굴러떨어졌다. 예의 북 장치의 경우와 마찬가지로 멈춤쇠가 풀린 장치는 움직이기 시작했다. 무대의 천장에 베니아판을 사용하여 감쪽같이 숨겨 놓았던 것이다. 아래에서는 감자가 단상을 데굴데굴 굴러서 콘크리트 바닥으로 굴러떨어지고 한편 천장에서는 양철이, 목재가, 청동(靑銅)이, 유리가 두들겨지고 있었다. 알브레히트 그레프의 타악기 편성의 오케스트라가 둑을 무너뜨리고 장대한 피날레를 연주한 것이었다.

감자 사태——그것으로 돈을 번 간호병도 있었다——이 소리와 그레프의 북 장치의 조직적인 소음을 양철북 위에 반향시키는 일은 오늘날 오스카르에게 가장 어려운 과제의 하나이다. 나의 북이 그레프의 죽음의 형성에 결정적인 영향을 미친 탓일까? 나는 이따금 그레프의 죽음을 북에다 옮겨 서곡으로 완성하여 곡을 오스카르의 양철 위에서 멋지게 두들길 때가 있다. 친구들이나 간호인인 브루노가 곡 이름을 물으면 나는 칠십오 킬로그램이라고 대답한다.

베브라의 전선 위문 극단

1942년 6월 중순에 나의 아들 쿠르트가 한 살이 되었다. 아버지 오스카르는 차분하게 그리고 은밀히 생각했다. 앞으로 이 년이다라고. 1942년 10월에 채소 장수 그레프가 그토록 형식이 완비된 교수대에서 목을 매달았기 때문에 나 오스카르는 그때 이후 자살을 숭고한 죽음의 방법 중 하나라고 생각하게 되었다. 1943년 1월에는 스탈린그라드라는 도시가 곧잘 화제에 올랐다. 그러나 마체라트가 이 도시의 이름을 예전에 진주만(眞珠灣)이라든가 토브루크라든가 당케르크를 강조한 것과 같은 투로 강조했기 때문에 나도 이 먼 도시의 사건에 대해 임시 뉴스에서 친숙해진 어떤 도시들과 비슷할 정도의 관심은 가지고 있었다. 즉 오스카르에게는 국방의 발표와 임시 뉴스는 지리(地理) 공부와 같은 것이었다. 사실 이런 일이나마 없으면 쿠반이라든가 미우스라든가 돈이라는 강이 어디를 흐르고 있는 건지 나로서는 알 기회가 없었을 것이고 알루샨 열도의 아투, 키스카, 아다크 같은 섬의 지세를 극동의 전황에 관한 자세한 라디오 방송 이상으로 누가 나에게 설명할 수 있었겠는가.

이리하여 나는 1943년 1월에 스탈린그라드라는 도시가 볼가 강변에 있다는 것을 배웠는데 나로서는 그 무렵 마침 가벼운 유행성 감기에 걸려 있던 마리아의 일이 제6군의 일 따위보다도 더 걱정이었다.

마리아의 유행성 감기가 차츰 더해가고 있을 즈음, 라디오는 여전히 지리 수업을 속행하고 있었다. 오스카르는 르제프라든가 데미안스크 같은 촌락을 지금까지도 어떤 소련 지도 위에서나 눈을 감은 채 즉시 발견할 수 있다. 마리아가 나았는가 했더니 이번에는 대신 나의 아들 쿠르트가 백일해에 걸렸다. 튀니지 전선의 초점이 되고 있는, 오아시스의 몹시 까다로운 이름 두세 개를 외우려고 내가 시도하고 있는 동안에 아프리카 사단과 함께 쿠르트의 백일해도 끝장이 났다.

아아, 환희의 달 5월. 마리아와 마체라트 그리고 그레트헨 셰프라는 쿠르트의 두 번째 생일을 준비하고 있었다. 오스카르도 이번 축일(祝日)에는 보통 이상의 큰 의미를 부여하고 있었다. 1943년 6월 12일이 되면 세 살 생일이 앞으로 불과 일 년밖에 남지 않기 때문이다. 그래서 내가 쿠르트의 두 번째 생일에 참석했더라면 내 아들의 귀에 대고『기다려라, 잠시만. 너 또한 오래지 않아서 북을 치게 될 것이다.』하고 속삭일 수 있었을 것이다. 그러나 운수 사납게도 오스카르는 1943년 6월 12일에는 단치히=랑푸르가 아니라 로마 인이 세운 낡은 도시 메츠에 머물고 있었다. 뿐만 아니라 너무나 오래 집을 비우고 있었기 때문에 1944년 6월 12일 쿠르트의 세 번째 생일을 축하하기 위해 여전히 폭격의 피해를 모면하고 있는 그리운 고향 마을로 돌아오는 것도 가까스로 시간을 낼 수 있었을 정도였다.

어떤 용건이 나를 데리고 갔었는가? 단도직입적으로 얘기하겠다. 공군의 병영으로 변한 페스탈로치 학교 앞에서 나는 스승 베브라를 만났다. 그러나 베브라 혼자였다면 나를 설득해서 여행에 데리고 갈 수는 없었을 것이다. 베브라의 팔에 라구나가 매달려 있었던 것이다, 로스비타 부인, 위대한 몽유병자가 말이다.

오스카르는 클라인하머 거리에서 오고 있었다. 그레트헨 셰프라를 방문하고 돌아오는 길이었다. 그녀의 집에서《로마 쟁탈전》을 조금 읽어서 저 베리살리우스의 시대에도 이미 영고 성쇠가 세상사였다는 것을 발견했다. 그 무렵에도 광대한 지역에 걸쳐서 도하기 작전이나 도시 공방전으로 승리를 축하하는 일도 있었고 패배를 참고 견뎌야 하는 일도 있었던 것이다.

프레벨 들판은 최근 수년 동안 토트협회(토트가 조직한 건설 부대)의 숙영지(宿營地)로 되어 있었는데 이곳을 빠져나가면서 내 마음은 멀리 타기나에로 날고 있었다——552년 이 땅에서 나르세스 장군이 고트 왕

토틸라를 격파했다——그러나 내 마음이 이 위대한 아르메니아 인인
나르세스 곁을 떠나지 않는 것은 뭐 꼭 그가 이겼대서가 아니다. 오히려
이 장군의 풍채가 나를 매혹했기 때문이다. 나르세스는 불구인 꼽추였다,
나르세스는 작았다, 나르세스는 꼬마이고 난쟁이이고 소인(小人)이었다.
어쩌면 오스카르보다 어린아이의 머리 하나 정도 컸을지도 모른다고 나는
생각하면서 페스탈로치 학교 앞에 섰다. 그 장군과 비교하면서 나는
훤칠하게 키가 큰 수명의 공군 장교들 훈장에 시선을 주고 남모르게
속삭였다, 나르세스는 훈장 같은 것은 달고 있지 않았다고, 그런 것은
필요가 없었거든. 언뜻 보니까 학교 현관 한가운데에 그 대장군, 바로
그 사람이 서 있었다. 한 부인이 그의 팔에 매달려 있었다——왜 나르
세스가 부인과 팔을 껴서는 안 된단 말인가? ——거인인 공군들과 나란히
서니까 정말로 작게 보였는데 그들이 나에게로 다가왔다. 뭐니뭐니 해도
대장군은 역사의 구름을 떠돌게 하는 중심 인물로서 갓 자란 공군이 영웅
제군들과는 달리 관록이 있다——토틸라와 테야들, 즉 병사로 가득찬
키다리 동 고트 인들로서는 나르세스라는 이름을 가진 아르메니아의
난쟁이 하나를 당할 수 없었다——그리고 나르세스는 작은 보폭으로 한
걸음 한 걸음 다가와서는 오스카르에게 신호를 보냈다. 팔짱을 끼고 있는
부인도 인사를 했다. 베브라와 로스비타 라구나 부인이 나에게 인사한
것이다——공군의 무리는 공손하게 우리에게 길을 비켜 주었다——나는
베브라의 귀에 입을 대고 속삭였다.

「선생, 나는 당신을 영락없이 대장군 나르세스인가 했어요. 저 힘이
센 베리살리우스보다도 훨씬 훌륭한 장군이라고 항상 생각하고 있지요.」

베브라는 조심스럽게 내 아양을 제지했다. 그러나 라구나는 나의 비
교를 기뻐했다. 말을 할 때 그녀는 정말로 입을 아름답게 놀린다.

「어머, 베브라, 이 어린 친구가 하는 말이 그렇게 이상해요? 당신의
혈관에는 오이겐 왕자의 피가 흐르고 있잖아요? 게다가 루이 14세의
피까지? 그는 당신의 조상이 아녜요?」

베브라가 내 팔을 붙들고 나를 옆으로 끌고 갔다. 공군의 무리가 언
제까지나 경탄의 눈으로 우리를 주시하고 있는 것이 귀찮아졌기 때문

이다. 마침내 중위에 이어서 두 하사관이 베브라 앞에서 차렷 자세를 취했다——왜냐하면 스승은 제복에 대위 계급장을 달고 소매에는 선전반이라고 쓴 완장을 차고 있었기 때문이다——훈장으로 치장한 그 젊은이들이 라구나에게 사인을 요구했고 사인을 받았다. 이것이 끝나자 베브라는 공용차를 불렀고 우리는 거기에 올라탔다. 달리기 시작했을 때는 공군의 열광적인 박수까지 감수하지 않으면 안 되었다.

우리는 페스탈로치 거리, 마그데부르크 거리, 헤레스앙거를 지났다. 베브라는 운전사 옆에 앉아 있었다. 마그데부르크 거리로 접어들었을 때 어느새 라구나는 내 북에 대한 것을 계기로 말을 꺼냈다.

「여전히 당신은 당신의 북에 대해서 충실한가요?」하고 그녀는 지중해의 어조로 속삭였다. 오랜만에 듣는 목소리이다.「그 밖에는 무슨 일에 충실하지요?」

오스카르는 그녀에게 대답을 해야 했지만 여성 편력의 따분한 이야기를 들려 주는 것은 그만두고 그 대신 위대한 몽유병 환자가 우선 그의 북에 손을 뻗치고 이어서 약간 광적으로 양철을 움켜쥐고 있는 그의 두 손을 쓰다듬기 시작한 것을 미소지으면서 허락했다. 점점 더 남국적인 애무로 변했다.

우리의 차가 헤레스앙거로 꺾어서 5번 시전 노선을 따라 달리기 시작했을 때 나는 그녀에게 응답하기까지 했다. 즉 나는 그녀의 오른손이 내 오른손을 애무하고 있는 동안에 왼손을 사용하여 그녀의 왼손을 쓰다듬은 것이다. 차는 이미 막스 할베 광장을 지났기 때문에 오스카르는 이제 내릴 수도 없었다. 그때 승용차의 백미러로 우리의 애무놀이를 관찰하고 있는 베브라의 영리하고 관록있는 엷은 갈색 눈을 보았다. 친구이기도 하고 스승이기도 한 사나이의 마음을 생각해서 나는 라구나에게서 손을 빼려고 했지만 그녀 쪽에서는 내 두 손을 놓지 않았다. 베브라는 백미러 속에서 미소짓고 그리고는 눈을 돌려 운전사와 이야기하기 시작했다. 그러자 로스비타 쪽에서도 두 손으로 뜨겁게 누르거나 쓰다듬거나 하면서 지중해의 어조로 이야기를 시작했다. 그 이야기는 감미롭게 직접 나를 향했고 오스카르의 귀로 흘러 들어왔는가 했더니 다음에는 또 사무적이 되었고 그런 만큼 그 뒤에는 한층 더 감미롭게 나의 분별력과 도망치려는 시도를 봉쇄해 버리고 말았다. 우리의 차는 독일인 거주지로 들어가 산부인과 병원 쪽으로 향하고 있었다. 라구나가 오스카르에게 고백했다, 그녀는 최근 몇 년 동안 계속 그만을 생각해왔다. 카페『사계』에서 내가 헌정(獻呈)의 말로 찬양한 그 유리를 그녀는 지금까지도 보존하고 있었다, 베브라는 멋진 친구이고 우수한 단짝이기는 하지만 결혼 같은 것은 생각할 수 없다는 것이었다. 내가 여기에서 질문을 덧붙이자 라구나는 대답했다, 베브라는 혼자가 아니면 안 된다, 그녀는 그에게 모든 자유를 허용하고 있다. 베브라도 원래는 대단한 질투쟁이이지만 몇 년이 지나는 동안에 라구나를 속박해 둘 수 없다는 것을 이해했다. 게다가 이 마음씨 착한 베브라는 전선 위문극단의 지도자이므로 어쩌다가 결혼의 의무에 따르려는 생각을 하게 되더라도 그럴 틈이 없는 것이다, 그 대신 위문극단은 일류여서 이 프로그램이라면 평상시에는 『동원좌(冬園座)』나『스칼라 좌』에 내놓아도 부끄러울 것이 없다, 오스카르도 해볼 마음이 있는지 어떤지 알고 싶다, 신과도 비교할 만한 천부적인 재능일지라도 지금 상태로 그냥 두면 썩고 마는 것이다, 이제 내 나이라면 충분히 할 수 있다, 견습 기간도 있으니까. 잘 되리라는 것은 그녀가 보장한다, 하지만 나 오스카르에게는 무언가 다른 의무가 있는가? 아무것도 없어? 그러면 좋다, 출발은 오늘이다, 단치히 서(西) 프로이센 군관구에서 마지막 꼽추 공연이 끝난 참이다. 이제부터 로트링겐으로 가고 그것이 끝나면 프랑스이다, 동부 전선은 당분간 생각하지 않아도 된다, 마침 운 좋게 막 끝났으니까 나 오스카르는 정말 재수가 좋은 것이다, 동부가 끝나고 이번에는 파리 행이니까, 파리 행이 틀림없다. 오스카르는 지금까지 파리를 여행한 적이 있는지 어떤지, 대충 이렇게 되었으니까 당신의 그 꿋꿋한 고수(鼓手)의 마음을 이 라구나가 유혹할 수 없다면 파리에 유혹을 느끼도록 해요, 자 함께 가자고요.

위대한 몽유병자가 이렇게 말을 끝낸 순간 자동차가 섰다. 힌덴부르크 가로수 길의 푸른 나무들이 똑같은 간격을 두고 프로이센 식으로 늘어서 있었다. 우리는 차에서 내렸고 베브라는 운전사에게 기다리라고 일렀다.

나는 카페 『사계』에 들어가고 싶지 않았다. 약간 혼란스러운 내 머리가 신선한 공기를 요구했기 때문이다. 그래서 우리는 시테펜스 공원을 산책했는데 베브라는 내 오른쪽에, 로스비타는 내 왼쪽에 있었다. 베브라는 선전반의 의의와 목적을 나에게 설명했다. 로스비타는 선전반의 일상 생활에서의 일화를 이야기했다. 베브라는 전쟁 화가나 종군 기자 또는 그의 위문극단의 일을 이것저것 들려 주었다. 지중해의 어조로 로스비타의 입에서 먼 도시들의 이름이 튀어나왔다. 라디오의 임시 뉴스가 떠들어대던 이름들이다. 베브라는 코펜하겐에 대해서 이야기했다. 로스비타는 파렐모에 대해서 속삭였다. 베브라는 벨그라드의 일을 노래했다. 로스비타는 비극 여우처럼 아테네의 일을 탄식했다. 그러나 두 사람 모두 파리에 대한 이야기가 나오자 완전히 열중하고 말았다. 파리는 지금 말한 도시 전체와 맞먹는다고 말했다. 마지막으로 베브라는 나에게 위문극단의 지도자인 대위로서 공무상 정식으로——라고 해도 좋으리라고 생각하지만——제안하였다.

「우리의 동료가 되어 주게, 오스카르. 북을 치고 맥주컵과 전구를 노래로 깨보이지 않겠어 ? 아름다운 프랑스에 있는, 영원히 젊은 파리에 있는 독일 점령군이 자네에게 감사와 환호를 보내 줄 걸세.」

형식을 차렸을 뿐이지만 오스카르는 잠시 생각할 여유를 달라고 말했다. 족히 반 시간, 나는 라구나에게서, 친구이며 스승인 베브라에게서 떠나 신록의 수풀 사이를 걸었다. 고민하는 척하기도 하고 이마를 닦기도 하고 예전에 없이 숲속의 새소리에 귀를 기울이며 울새로부터 정보와 충고를 기대하고 있는 듯한 태도를 보이기도 했다. 그리고 숲속에서 무언가가 큰소리로 또렷하게 지저귀는 것을 기회로 이렇게 말했다.

「존경하는 스승이여, 선량하고 현명한 자연이 당신의 제안을 받아들이라고 충고하고 있습니다. 이제부터는 나도 당신네 위문극단의 일원이라고 생각하셔도 좋습니다.」

우리는 그런 다음 어떻든 『사계』 안으로 들어가 빈혈기가 있는 모카를 마시고 나의 도망에 관한 세밀한 점을 의논했다. 물론 우리는 그것을 도망이라고는 하지 않고 출발이라고 불렀다.

카페 앞에서 우리는 다시 한 번 실행 계획의 세부 사항을 확인했다. 그리고 나는 라구나와 선전반의 베브라 대위에게 작별을 고했다. 베브라는 공용차를 사용하라고 굳이 권했다. 두 사람은 걸어서 힌덴부르크 가로수 길쪽으로 터덜터덜 떠났고 한편 나는 대위의 차로 랑푸르로 돌아가는 길에 올랐다. 운전사는 이미 중년이 다 된 하사였다. 막스 할베 광장에서 내려 달라고 했다. 라베스 거리까지 들어갈 생각은 없었고 그럴 수도 없는 일이었다. 오스카르가 국방군의 공용차로 들이닥쳤다가는 때아닌 일대 흥분을 불러일으켰을 것이다.

나에게는 별로 시간이 없었다. 즉시 마체라트와 마리아에게 작별 인사를 하기 위해 방문했다. 꽤 오랫동안 나는 내 아들 쿠르트의 칸막이 침대 옆에 서 있었다. 내 기억이 틀림없다면 아버지다운 생각까지 끓어올랐던 것 같다. 그래서 금발을 쓰다듬어 주려고 했지만 쿠르트가 싫어했다. 그 대신 마리아는 기뻐했다. 벌써 몇 년째 내가 이런 다정한 모습을 보이는 데에 익숙지 않았기 때문에 조금 놀란 것 같았으나 어떻든 나의 호의를 받아들여 부드럽게 대답해 주었다. 마체라트와의 작별은 꽤나 어려웠다. 이 사나이는 부엌에서 콩팥을 겨자소스로 볶고 있는 중이었는데 큰 숟가락에 완전히 열중해 있어서——아마도 행복한 기분에 잠겨 있었던 것이리라——나는 그를 방해하고 싶지 않았다. 그러는 동안에 그가 뒤로 손을 뻗쳐 더듬거리며 조리대 위에서 무언가를 찾기 시작했을 때, 오스카르는 가까스로 손을 내밀어 잘게 썬 파슬리를 쌓아 놓은 도마를 그보다 먼저 손으로 들어 그것을 그에게 건네 주었다.——지금까지도 나는 생각하곤 하는데 그때 틀림없이 마체라트는 내가 부엌에서 떠난 뒤에도 한동안은 아마 놀란 나머지 파슬리가 쌓여 있는 도마를 든 채 멍하니 서 있었을 것이다. 즉 오스카르는 마체라트를 위해서 무언가를 건네 주거나 들어 주거나 집어 준 적이 그때까지 단 한번도 없었던 것이다.

나는 트루친스키 아주머니네 집에서 식사를 하고 몸을 씻긴 뒤에 침대로 데려가졌다. 나는 그녀가 새털 이불에 들어가서 피리를 불 듯이 가볍게 코를 골기 시작할 때까지 기다렸다. 그리고는 슬리퍼를 신고 옷을 끌어안았다. 잿빛 머리칼을 가진 쥐가 피리를 불고 코를 골면서 점점 더 늙은이의 추악함을 드러내고 있는 방을 빠져나가 복도의 자물쇠 때문에 애를 먹었으나 이럭저럭 빗장을 벗기고 여전히 맨발인 채로 잠옷 차림으로 옷꾸러미를 안고 건조실로 통하는 층계를 기어올라갔다. 결기와를 쌓아올린 것과 방공 규칙 위반이지만 신문지를 묶어서 쌓아 놓은 그 뒤가 나의 은신처였는데 그곳에서 나는 방화용 모래 더미와 방화용 양동이에 걸려 넘어지면서 반짝반짝 빛나는 새로운 북을 발견했다. 내가 마리아 몰래 숨겨 두었던 것이다. 그리고 오스카르의 교과서도 여기에 있었다. 라스푸틴과 괴테를 한 권으로 묶은 것이다. 나는 나의 애독서를 가지고 가는 것이 좋을까?

오스카르는 옷과 구두 속에 몸을 집어 넣고 북을 어깨에 늘어뜨리고 북채를 바지 멜빵 뒤에 끼워 넣으면서 그의 신(神)인 디오니소스와 아폴론 두 사람에게 동시에 의논해 보았다. 의식을 잃은 도취의 신은 도통 책 같은 것은 가지고 갈 것이 못 되며 꼭 가지고 갈 생각이라면 한 묶음의 라스푸틴만을 가지고 가라고 나에게 충고했다. 그러나 어디까지나 빈틈이 없고 너무나도 분별력이 있는 아폴론은 프랑스 여행을 전면적으로 단념시키려고 했고 그래도 오스카르의 결심이 단단하다는 것을 알고는 이번에는 여행 가방의 알맹이를 완전무결하게 하라고 우겨댔다. 괴테가 벌써 백 년도 더 전에 뱉어 놓은 예의바른 하품을 나는 남김없이 가지고 가지 않으면 안 되었다. 그러나 고집을 부려, 그리고 《친화력》에는 성(性) 문제를 모두 해결할 힘이 없다는 것쯤은 알고 있었기 때문에 그 밖에 라스푸틴과 알몸에 검은 양말을 신은 그의 여자들까지도 데리고 가기로 마음먹었다. 아폴론이 조화를 희구하고 디오니소스가 도취와 혼돈을 희구하는 데 대해 오스카르는 혼돈을 조화시키고 이성을 도취 상태로 만드는 작은 반신(半神)이었다. 오랜 옛날에 결정된 모든 완전한 신들에 비하면 이 반신에게는 죽어야 할 운명 외에 하나의 장점이 있었다, 즉 오스카르에게는 무엇이든지 즐겁다고 생각하는 것을 읽을 수 있는 권리가 허용되어 있었던 것이다. 그러나 신들은 스스로에게 검열의 눈을 번뜩이고 있는 것이다.

아파트 생활, 세들어 사는 열아홉 세대의 밥짓는 냄새에 잘도 익숙해질 수 있었다. 나는 층계의 한 단 한 단에, 그리고 한 층 한 층에, 팻말이 붙은 한 집 한 집의 출입문에 작별을 고했다. 아아, 음악가 마인, 이 사나이는 병역에 적합하지 않다고 해서 되돌려 보내졌으나 다시 트럼펫을 불고 진을 마시며 재차 소집장이 오기를 기다리고 있었다──사실 그는 소집되었으나 트럼펫을 가지고 가는 것은 허용되지 않았다. 저 볼품없는 카터 부인, 그 딸 즈지는 전신대(電信隊)의 조수가 되어 있었다. 아아, 악셀 미시케, 자네는, 자네의 채찍을 무엇과 교환했는가 ? 보이브트 부부, 이 사람들은 언제나 사탕나무를 먹고 있었다. 하이네르트 씨는 위장병을 앓고 있었다, 그래서 보병이 되지 않고 시하우에서 일하고 있었다. 그 옆은 하이네르트의 양친으로서 아직까지도 하이모프스키라는 이름을 쓰고 있었다. 아아, 트루친스키 아주머니. 이 쥐는 문 저쪽에서 편안하게 자고 있었다. 판자문에 귀를 대면 그녀가 피리를 불고 있는 것이 들렸다. 사실은 레첼이라는 이름을 가지고 있는 그 작은 치즈는 지금은 중위가 되어 있었다. 어렸을 때는 언제나 긴 털양말을 신고 있었는데. 시라거의 아들은 죽었다. 아이케의 아들도 죽었다. 코린의 아들도 죽고 말았다. 그러나 시계포의 라우프샤트는 지금도 여전히 건장해서 죽은 시계에 생명을 불어넣고 있었다. 하일란트 노인도 건강해서 여전히 구부러진 못을 두들겨 펴고 있었다. 시베르빈스키 부인은 앓고 있었다. 시베르빈스키 씨는 건강했으나 부인보다 먼저 죽고 말았다. 그리고 그 맞은편 일층, 거기에는 누가 살고 있었는가 ? 거기에 살고 있는 사람은 알프레트와 마리아라는 마체라트 부부와 이윽고 두 살이 될 쿠르트라는 이름을 가진 아기이다. 그리고 초목도 잠자는 한밤중에 고통스럽게 호흡하는 큰 아파트를 떠난 사람은 누구였던가 ? 그것은 쿠르트의 아버지 오스카르였다. 어두운 거리에 그는 무엇을 가지고 나갔는가 ? 그의 북과 그리고 그가 본보기로 삼고 있는 위대한 책이다. 모든 집들이 방공 규칙을 충실하게 지켜 어둡게 하고 있었으나 그러한 가운데 특히 한 집, 방공 규칙을 충실하게 지켜 어둡게 하고 있는 집 앞에 그가 멈추어 선 것은 어째서인가 ? 거기에는 그레프 미망인이 살고 있었기 때문이다. 그는 이 부인에게서 교양을 전수받은 일은 없었으나 어떤 종류의 민감한 손

재주는 이 부인의 덕분이다. 컴컴한 이 집 앞에서 어째서 그는 모자를 벗었는가? 채소 장수 그레프가 생각났기 때문이다. 곱슬머리와 매부리코를 한 사나이, 자기 몸을 저울에 달고 동시에 목을 맨 사나이, 목을 매단 뒤에도 여전히 곱슬머리와 매부리코를 하고 있었으나 평소 같으면 우묵히 패인 눈구덩이 속에서 명상에 잠겨 있을 갈색의 눈은 긴장한 나머지 튀어나와 있었다. 무엇 때문에 오스카르는 바람에 나부끼는 리본이 달린 수병모(水兵帽)를 고쳐 쓰고 그대로 큰 걸음으로 이곳에서 떠났는가? 랑푸르 화물역에서 그들과 만나기로 되어 있었기 때문이다. 그는 만나기로 한 장소에 정각에 도착했는가? 그는 도착했다.

즉, 시간에 빠듯하게 나는 부른스헤파 거리의 육교 근처에 있는 철로 둑에 도착했다. 근처에 있는 홀라츠 박사의 진료소 앞에 멈춰 서거나 하지는 않았다. 확실히 나는 마음속에서 간호사 잉게에게 작별을 고하고 클라인하머 거리에 있는 빵집에 인사를 보내기는 했지만 이러한 일은 모두 걸어가면서 처리하였다. 그리고 성심 교회의 현관만이 나에게 휴식을 강요하여 덕분에 하마터면 지각할 뻔하였다. 현관은 닫혀 있었다. 그러나 내 마음에는 성모 마리아의 왼팔에 안겨 나체를 장미빛으로 물들인 소년 예수의 모습이 아주 또렷하게 떠올랐다. 그때 불쌍한 나의 어머니가 또다시 나타났다. 고해실에서 무릎을 꿇고 빙케 사제의 귀에 식료품 가게의 주부인 그녀의 죄를 낱낱이 고백하고 있었는데 그것은 마치 그녀가 일 파운드짜리 파란 봉지와 반 파운드짜리 봉지 속에 설탕을 쏟아 넣는 솜씨와도 같았다. 그러나 오스카르는 왼쪽에 있는 옆제단 앞에 무릎을 꿇고 소년 예수에게 북 치는 방법을 가르쳐 주려고 했다. 그러나 이 꼬마는 북을 치지 않았다. 나에게 기적을 보여 주지는 않았다. 오스카르는 그때 맹세했다. 그리고 지금 또 닫혀 있는 교회의 현관 앞에서 맹세를 새로이 했다. 나는 언제든 그에게 북을 치게 해보이겠다고. 오늘이 아니면 내일이라도!

그러나 긴 여행을 앞두고 있기 때문에 모레로 미루고서 나는 교회 현관에서 고수의 등을 돌렸다. 예수가 나에게서 도망쳐 버리는 일은 없으리라고 확신하고 있었다. 그런 다음 육교 옆의 둑을 기어올라갔다.

그때 괴테와 라스푸틴을 다소 잃어버렸으나 그래도 내 교양 재산의 대부분을 둑 위의 선로 사이로 운반해 올렸다. 그리고는 돌을 던질 수 있을 만큼의 거리를 침목과 자갈 위를 넘어질 듯하면서 달렸는데 하마터면 나를 기다리고 있던 베브라를 쓰러뜨릴 뻔했다. 그만큼 어두웠던 것이다. 「여어, 양철의 명인이로군!」 하고 음악 광대인 대위가 소리질렀다. 그리고는 서로가 서로를 조심하라고 이르면서 선로나 교차점을 더듬거리며 건너가는 동안에 편성중인 화차 사이에 휘말려들었으나 마침내 휴가 장병용 열차를 발견했다. 이 열차 안에 베브라의 위문극단을 위한 특별실이 마련되어 있었기 때문이다.

오스카르는 벌써 몇 번이나 시전을 탄 일이 있지만 이번에는 드디어 철도여행을 하는 것이다. 베브라가 나를 찻간 안으로 밀어넣자 뭔가 바느질을 하고 있던 라구나가 눈을 들어 웃었고 미소를 지은 채 내 볼에 입맞춤했다. 여전히 웃으면서 그러나 바느질을 하는 일손은 멈추지 않고 그녀는 나에게 위문극단의 나머지 두 구성원을 소개했다. 곡예사인 펠릭스와 키티이다. 벌꿀빛 머리에다 약간 회색기가 있는 피부를 한 키티는 꽤나 애교가 있고 라구나 부인만한 키였다. 말투에 가벼운 작센 사투리가 있는 것이 오히려 그녀의 매력을 배가시켰다. 곡예사 펠릭스는 위문단원 가운데 가장 키가 컸다. 백삼십팔 센티미터는 족히 될 것 같았다. 가장 불쌍한 이 사나이는 자기가 두드러지게 큰 것을 속상해하고 있었다. 구십사 센티미터인 내가 출현함으로써 한층 더 콤플렉스를 가지게 되었다. 게다가 이 곡예사의 옆얼굴에는 충분히 조련된 경주마의 옆얼굴과 비슷한 점이 있었기 때문에 라구나는 장난삼아 그를 카발로(말)라든가 펠릭스 카발로라고 부르고 있었다. 베브라 대위와 마찬가지로 곡예사인 이 사나이도 카키 색 제복을 입고 물론 하사관의 계급장도 달고 있었다. 부인들도 카키 색 여행복을 몸에 걸치고 있었는데 전혀 어울리지 않았다. 라구나가 손가락을 놀리고 있던 그 바느질도 마찬가지로 카키 색 천이라는 것을 알게 되었다. 이것이 나중에 내 제복이 되었는데 펠릭스와 베브라가 천을 선물하고 로스비타와 키티가 번갈아가며 그것을 꿰매어 윗도리와 바지 그리고 전투모가 내게 꼭 맞는 치수로 만들어지기까지 카키 색 천을 자꾸만 잘라나갔다. 그러나 오스카르에게 꼭 맞는 구두는 국방군의 어느 피복고(被服庫)에서도 조달할 수 없었다. 그래서 나는 내가 신고 있던 보통의 편상화로 만족하는 수밖에 없었다. 주사위 통과 같은 군대용 장화는 얻을 수 없었던 것이다.

내 서류가 위조되었다. 곡예사 펠릭스는 이 섬세한 작업을 함에 있어서 대단한 솜씨를 발휘했다. 그야말로 의례상으로라도 나는 항의할 수 없었는데 위대한 몽유병자는 나를 그녀의 오빠로 둔갑시켜 버렸다. 오스카르넬로 라구나, 1912년10월21일 나폴리에서 출생. 나는 오늘에 이르기까지 여러 가지 이름을 사용했다. 오스카르넬로 라구나라는 것도 그 중의 하나이지만 확실히 듣기 거북한 이름은 아니었다.

그리고 나서 우리는 출발하게 되었다. 우리는 시톨트, 시테틴, 베를린, 하노파, 쾰른을 거쳐 메츠로 향했다. 베를린에서 나는 아무것도 보지 않은 거나 마찬가지였다. 다섯 시간 정차했다. 물론 마침 공습 경보가 있었기 때문이다. 우리는 토마스 지하 주점 안으로 피난하지 않으면 안 되었다. 둥근 천장 아래 휴가병들이 정어리처럼 뒹굴고 있었다. 헌병대의 한 사람이 우리를 통과시키려고 했을 때 여보세요 하고 부르는 소리가 들렸다. 동부 전선에서 온 군인들 가운데에는 전에 위문을 받아서 베브라 일행을 알고 있는 사람이 있었던 것이다. 박수와 휘파람이 울렸다. 라구나가 키스를 던져 보냈다. 모두들 우리의 연기를 요구하며 예전에 맥주홀이었던 지하실 한 구석에 순식간에 무대 같은 것을 만들어 놓고 말았다. 베브라는 박절하게 『안 돼요.』라고 말할 수는 없었다. 게다가 공군 소령으로부터 이 사람들을 아무쪼록 조금 즐겁게 해주라는 간절한 요청을 과장된 몸짓과 함께 받기도 했던 것이다.

난생 처음으로 오스카르는 무대 출연을 하게 되었다. 얼마만큼 준비는 되어 있었으나——열차에 타고 있는 동안 나의 레퍼토리를 베브라와 함께 몇 번인가 연습하였다——그래도 역시 겁을 먹고 말았다. 그러자 라구나가 냉큼 내 손을 문지르면서 마음을 가라앉혀 주려고 했다.

우리의 장사 밑천이 든 짐이 운반되어오자——군인들은 아주 열심이었다——곧 펠릭스와 키티가 아크로바트의 실연을 시작했다. 두 사람 모두

고무 인간으로서 서로의 몸이 노끈처럼 결합되기도 하고 몇 번이나 서로
뒤엉켰다가는 떨어지고 서로 감겼다가는 떨어지고 서로가 서로를 보충
하며 손과 발을 교환했다. 군인들은 밀치락달치락하며 입을 멍하니 벌
리고 구경하고 있었는데 그러는 중에 손발이 몹시 아프기 시작하고 근
육이 경직돼오는 것을 느꼈다. 그리고 그 근육 경직은 그로부터 며칠
동안 그들을 괴롭혔다. 펠릭스와 키티가 아직도 서로 연결되었다떨어졌다
하고 있는 동안에 베브라가 음악 광대로 등장했다. 알맹이가 꽉 차 있는
것에서부터 비어 있는 것까지 병을 여러 개 늘어놓고 그것을 두들기면서
전시의 히트곡을 몇 곡인가 연주했다. 『에리카』와 『마마치, 나에게 말을
다오』를 연주하고 『고향, 너의 별들』이 병 주둥이에서 화려하게 울리기도
했으나 그것들이 별로 신통한 반응을 받지 못하자 그의 장기인 흘러간
멜로디로 옮겼다. 『호랑이 지미』가 병 사이를 미쳐 돌아갔다. 이 연주는
휴가병들의 마음에 들었을 뿐만 아니라 귀에 익은 오스카르에게까지
매력적으로 들렸다. 그리고 베브라가 누구나가 할 수 있는 어린애 속임수
같은 마술을 두세 가지 보여 준 뒤에 위대한 몽유병자 도스비타 라구나와
유리 깨기의 교수 오스카르넬로 라구나의 등장을 알렸을 때 구경꾼들이
충분히 흥분하고 있었기 때문에 로스비타와 오스카르넬로는 당장 성공을
거두었다. 나는 우리의 연기를 가벼운 북의 연타로 도입하고 클라이맥
스에서는 고조되는 연타로 준비하고 연기가 끝날 때마다 크고 교묘하게
북을 울려 박수를 불러일으켰다. 라구나는 임의의 병사를 구경꾼 속에서
불러내고 산전수전 다 겪은 고참 하사관이나 겁이 많으면서도 잘난 체
하고 있는 견습사관을 자기의 옆에 앉히고는 그들의 마음을 차례로 들
여다보았다——그녀는 이러한 일도 할 수 있었던 것이다——하사관이나
견습사관들의 신분증명서의 날짜를 어김없이 알아맞힌 것 외에 그 비
밀스런 사생활도 몇 가지 들추어냈다. 그녀의 방법은 세련되어서 비밀을
폭로할 때도 재치가 있었다. 그녀는 완전히 폭로당한 사나이에게 마지
막으로 알맹이가 들어 있는 맥주병 하나를 주었다. 구경꾼들은 사례로
준 것이려니 생각했다. 그러나 그녀는 선물을 받은 사나이에게 병을 높이
들어올려 모든 사람에게 잘 보이게 해달라고 부탁한 뒤, 오스카르에게

신호를 했다. 북 연타의 고조가 쨍 하는 소리와 함께 그 맥주병을 분쇄했다. 나의 목소리는 더 큰 일도 할 수 있다, 맥주병 같은 것은 어린애 장난 정도에 속하는 일이다. 맥주를 뒤집어쓴, 닳고닳은 하사인지 새파란 견습사관인지의 멍한 얼굴이 뒤에 남았다──그리고는 언제까지나 그치지 않는 박수 갈채가 일어나고 그리고 여기에 제국의 수도를 맹렬하게 폭격하는 요란한 소리가 함께 뒤섞였다.

우리가 제공한 연기는 국제급이라고 할 수 있을 정도는 아니었지만 어떻든 사람들을 즐겁게 해주었고 전선도 휴가도 잊게 했다. 연기는 폭소를 폭발시켜서 웃음이 끝없이 계속되었다. 우리의 머리 위에 폭탄이 떨어져 지하실을 송두리째 뒤흔들고 흙먼지로 가득 메우고 전등도 비상등도 꺼져서 모든 것이 혼란 상태에 빠져 버린 뒤에도 여전히 폭소는 어둡고 숨막히는 관(棺) 속에서 울리고 있었다. 「베브라!」하고 그들은 소리질렀다. 「좀더 들려 줘!」사람이 좋은 불멸의 베브라는 큰소리로 자기 이름을 부르면서 어둠 속에서 광대 놀음을 했고 생매장된 집단으로부터 웃음의 일제 사격을 받았다. 모두가 라구나와 오스카르넬로를 요구하자 베브라는 나팔처럼 높은 소리로 대답했다.

「라구나는 무척 지쳐 있습니다. 납 병정 여러분. 작은 오스카르넬로도 대 독일 제국과 최후의 승리를 위해서 잠시 잠을 자지 않으면 안 됩니다!」

그러나 로스비타는 내 옆에 누워서 무서워하고 있었다. 그러나 오스카르는 무서워하거나 하지는 않았는데 라구나 부인 옆에 누워 있었다. 그녀의 공포와 나의 용기가 우리의 손과 손을 맞잡게 했다. 나는 그녀의 공포를 없애고 그녀는 내 용기를 없앴다. 마침내 내가 약간 무서워졌으나 그녀는 용기를 얻었다. 그리고 내가 처음으로 그녀의 공포를 몰아내고 그녀에게 용기를 주었을 때 남자로서의 나의 용기가 어느새 다시 고개를 들었다. 나의 용기가 화려한 열여덟 살에 도달하는 동안 대체 그녀가 몇 살인지, 몇 번 이런 식으로 잤는지 나는 모르지만 아주 교묘하게 무서워해 보이고 그것이 점점 더 나의 용기를 불러일으켰다. 어떻든 그녀의 얼굴과 똑같이 작기는 하지만 완전무결한 그녀의 육체도 시간의 흔적을 전혀 남기고 있지 않았기 때문이다. 시간과 관계없이 용기를 내고 시간과 관계없이 무서워하면서 로스비타 부인은 나에게 몸을 맡겼다. 그리고 수도 대공습이 계속되는 동안 흙모래에 파묻힌 토마스 지하 주점 안에서 방공반 사람들에 의해 파내어질 때까지 내 용기 밑에서 차츰 공포를 잊을 그 소인국의 여자가 열아홉 살인지 아흔아홉 살인지 그것은 아무도 모르는 수수께끼일 것이다. 오스카르의 몸 치수에 맞는 그야말로 최초의 그 포옹이 용감한 노인에게서 부여받은 것인지 아니면 무서운 나머지 몸을 맡긴 소녀에 의한 것인지, 어떻든 자기로서도 잘 알 수 없는 만큼 오스카르는 아무래도 입을 다물지 않을 수 없었다.

콘크리트 견학——신비스럽고 야만적이고 따분한

　삼 주간에 걸쳐 우리는 수비대가 주둔하고 있는, 로마 시대 이래로 도시 메츠가 자랑으로 삼고 있는 성벽 안에서 매일 밤 실연을 벌였다. 우리는 이것과 똑같은 프로그램을 낭시에서 이 주일 동안 보여 주었다. 샬롱 쉬르 마른 시(市)는 우리를 일주일 동안 정중하게 대접해 주었다. 어느새 프랑스 말이 몇 마디 오스카르의 입에서 나오게 되었다. 랭스에는 제1차 세계대전에서 입은 참해의 흔적이 아직도 남아 있어서 눈길을 끌었다. 세계적으로 유명한 사원의 석상(石像) 동물들은 인류의 소행에 구역질을 느껴 끊임없이 물을 포석(鋪石) 위에 토해내고 있었다. 즉 프랑스에서는 매일매일 비가 내렸다. 밤에도 비가 내렸다. 그 대신 우리는 이번에는 파리에서 상쾌하고 온화한 9월을 보냈다. 나는 로스비타의 팔을 잡고 세느 강변을 산책했고 나의 열아홉 번째 생일을 축하할 수 있었다. 나는 이 도시를 하사관 프리츠 트루친스키의 엽서를 통해 알고는 있었으나 직접 보는 파리는 나를 조금도 실망시키지 않았다. 로스비타와 내가 처음으로 에펠 탑 밑에 섰을 때, 그리고 우리가——나는 구십사 센티미터,

그녀는 구십구 센티미터였다——탑을 올려다보았을 때 우리 두 사람은
손에 손을 잡고 비로소 우리의 키가 다시없이 진귀하다는 것을 의식하
였다. 우리는 사람들이 쳐다보는 한길에서 공공연히 입맞춤을 했는데
이런 일은 파리에서는 별로 눈길을 끄는 일이 아니었다.

　아아, 예술과 사귀고 역사와 접촉한다는 굉장함이여! 내가 여전히
로스비타의 팔을 잡고 폐 병원을 방문했을 때, 위대하기는 하지만 키는
크지 않아 우리 두 사람과 가까운 거리에 있는 황제를 회상하며 나는
나폴레옹의 말투로 이야기했다. 일찍이 나폴레옹은 역시 거인은 아니었던
프리드리히 2세의 무덤 앞에 서서 말했다.『이 사람이 아직 살아 있다면
우리는 이곳에 서 있지는 않을 테지.』이것을 본따서 나도 나의 로스
비타의 귀에 다정하게 속삭였다.「이 코르시카 사람이 아직도 살아 있다면
우리는 이곳에 서 있지는 않을 테지. 파리의 다리 밑이나 기슭이나 보
도에서 우리가 입맞춤을 나누는 일은 없을 테지.」

　우리는 다른 그룹과 함께 대(大) 프로그램에 참가하여 프레엘 극장과
사라 베르나르 극장에 출연했다. 오스카르는 대도시의 무대 사정에 금방
정통해져서 레퍼토리를 더욱 세련되게 하고 파리 점령군의 사치스러운
취미에 보조를 맞추었다. 즉 나는 독일에 흔히 있는 단순한 맥주병을
노래로 깨는 일은 이제 그만두고 이번에는 프랑스의 저택에서 가지고
온, 아름다운 곡선으로 된, 입김처럼 엷게 만들어진 정교한 꽃병이나 과일
접시를 노래로 깨어 산산조각을 냈다. 나의 프로그램은 문화사적 견지
에서 구성되어 있었다. 우선 루이 14세 시대의 유리 제품에서 시작하여
다음에는 루이 15세 시대의 유리 제품을 박살냈다. 나는 불행한 루이
16세와 사려 분별이 없는 마리 앙트와네트의 다리가 높은 잔을 혁명
당시를 생각하면서 격렬하게 해치웠다. 나는 루이 필립을 잠깐 상대하고
나서 마지막으로 프랑스의 유겐트 양식인 환상적인 유리 제품과 대결
했다.

　무대 정면의 관람석 및 각 층의 카키 색 집단은 내 연출의 역사적 흐름을
따라오지 못하고 이 유리 파편에 보통 파편과 다름없는 박수를 보낼
뿐이었으나 그래도 때로는 제국의 참모 장교나 저널리스트들 중에는 유리

파편 외에 나의 역사 감각까지도 찬미하는 자가 있었다. 사령부를 위해서 특별 공연을 한 뒤에 우리는 군복을 입은 학자 타입의 사나이에게 소개되었는데 이 사나이는 나의 기술에 대해 낯간지러운 찬사를 마구 늘어놓았다. 오스카르가 특히 고맙게 생각한 것은 제국의 유력한 신문의 통신원에 대해서이다. 이 사나이는 센이라는 도시에 주재하고 있었는데 프랑스 문제 전문가임을 실증하여 나의 프로그램에서 양식의 모순은 아니지만 조그만 오류가 두셋 있었던 것을 나에게 살짝 귀띔해 주었다. 그 겨울 동안 내내 우리는 파리에 있었다. 일류 호텔에서 숙박했다. 그리고 숨김없이 말하겠다. 그 겨울 동안 내내 로스비타가 내 옆에서 프랑스 침대의 장점과 이점을 여러 차례 실험을 통해 증명해 보인 것이다. 오스카르는 파리에서 행복했는가? 그는 친애하는 고향 사람들을, 즉 마리아, 마체라트, 그레트헨과 알렉산더 셰프라를 잊어버리고 말았는가? 오스카르는 아들 쿠르트를, 할머니 안나 콜야이체크를 잊어버리고 말았는가?

내가 그들을 잊어버린 것은 아니지만 친척 중의 그 누구도 그립다고는 생각하지 않았다. 그래서 집에 군사우편 엽서 한 장 띄우지도 않았고 내가 살아 있다는 증거를 그들에게 보여 주려고 하지도 않았고, 오히려 그들에게 일 년 동안 나와 관계없이 생활하는 가능성을 제공했다. 왜냐하면 출발할 때 나는 이미 귀향할 결심을 하고 있었고, 고향 사람들이 내가 없는 경우 어떻게 해나가는가 하는 것은 매우 흥미있었기 때문이다. 가두에서, 또 공연중에 이따금 나는 병사들 중에 아는 얼굴이 없는가 하고 찾았다. 어쩌면 프리츠 트루친스키나 악셀 미시케가 전속되어서 동부 전선에서 파리로 옮겨져 왔을지도 모른다고 생각하기도 했다. 사실 한두 번 보병의 무리 속에서 마리아의 명랑한 오빠를 본 것 같은 느낌이 들기도 했지만 그것은 그가 아니었다. 카키 색이 불러일으킨 착각이었다.

다만, 에펠 탑만이 내 마음에 향수를 불러일으켰다. 내가 무슨 탑에 올라가서 원경(遠景)에 이끌려 고향에 대한 누를 수 없는 그리움을 느꼈다는 말은 아니다. 오스카르는 엽서나 머리 속에서 몇 번이나 이 탑에 오르곤 했기 때문에 실제로 올라가 보았다고 해도 고작 환멸적 하강(下降)

을 맛보았다. 에펠 탑 밑에 선다. 단, 로스비타는 동반하지 않고. 대담하게 젖혀진 이 금속 건축의 발단부(發端部) 아래에 혼자 서거나 웅크리거나 한다. 그러면 틈새는 있으나 반듯하게 그물코를 친, 아치 모양의 천장이 나의 할머니 안나의 모든 것을 가려 주는 모자처럼 보였다. 내가 에펠 탑 아래에 앉아 있을 때 동시에 나는 또 할머니의 넉 장의 치마 밑에 앉아 있기도 했던 것이다. 내 눈에는 연병장이 카슈바이의 감자밭처럼 보였다. 10월의 비가 파리의 비사우와 람카우 사이에 쉴 새 없이 비스듬히 내렸다. 이러한 날에는 파리 전체가, 지하철까지도 조금 썩은 버터 냄새를 풍겼다. 나는 말없이 생각에 잠겼다. 이런 때에는 로스비타는 나를 조용하게 다루어 내 슬픔을 위로해 주었다. 그녀는 이렇듯 섬세한 신경을 가지고 있었다. 1944년 4월에——모든 전선에 걸쳐 축소(縮少)에 성공했다는 보도가 있었다——우리는 장사 밑천을 꾸려 가지고 파리를 떠나 베브라의 위문극단으로 대서양 요새를 위로하게 되었다. 우리는 순회 공연을 르 아브르부터 시작했다. 나에게는 베브라가 어쩐지 말이 없어지고 멍해 있는 것처럼 느껴졌다. 출연중에는 절대로 실수하지 않고 여전히 관객을 사로잡곤 했지만 일단 마지막 막이 내리면 나이 든 나르세스의 얼굴은 돌처럼 굳어졌다. 처음에 나는 그가 질투를 하고 있거나, 좀더 나쁘게 해석하면 나의 젊음 앞에 무릎을 꿇은 것이라고 생각했다. 그러나 로스비타의 이야기를 듣고 그것은 착각이라는 것을 알게 되었다. 로스비타도 정확하게 알고 있는 것은 아니었지만 공연이 끝난 후 베브라와 밀담을 나누고 있는 장교들이 있다는 것을 살짝 알려 주었다. 아무래도 스승은 국내 망명에 종지부를 찍고 무언가 직접적인 일을 계획하고 있는 것 같았다. 그의 체내에서 오이겐 왕자의 피가 끓기 시작한 것 같았다. 그의 계획이 그를 우리들로부터 멀리 떼어 놓고 실로 광대한 관련 속으로 데리고 가고 말았기 때문에 과거의 여자인 로스비타와 오스카르가 친밀한 관계가 되었다고 해도 그의 주름잡힌 얼굴에는 고작 지겹다는 듯한 엷은 웃음이 떠올랐다. 그것은 트루비유에서 생긴 일이었다. 우리는 온천 호텔에 묵고 있었다. 공동으로 쓰는 분장실의 융단 위에서 나와 그녀가 얽혀 있는 장면을 그에게 들키고 말았다. 그는 우리가 떨어지려는 것을 제지하고 화장대 거울로 얼굴을 돌린 채 말했다.「괜찮아, 괜찮아, 입맞춤을 하고 있으라고. 내일은 콘크리트를 구경하게 된다고, 내일 모레에는 이미 자네들의 입술 사이에서 콘크리트가 딸각딸각 소리를 내어 입맞춤의 즐거움을 자네들로부터 빼앗아가고 말 테니까!」

1944년 6월이었다. 우리는 그때까지 대서양의 요새를 비스케 만에서 내내 네덜란드 쪽까지 돌아다녔는데 그러나 대개는 내륙에 있었기 때문에 전설적인 토치카 진지를 별로 잘 보지 못했다. 우리는 트루비유에서 처음으로 해안에서 직접 공연했다. 대서양 기슭의 시찰을 권유받고 베브라가 동의한 것이었다. 트루비유에서 마지막 공연을 끝내고 나서 밤에 우리는 바방 마을로 옮겼다. 해안의 모래언덕 뒤 사 킬로미터, 캉 시(市) 근처의 작은 마을이다. 우리는 농가에서 묵기로 했다. 목장이나 산울타리 그리고 사과나무가 많았다. 여기에서는 칼바도스라는 사과 소주가 생산된다. 우리는 그것을 마시고 그런 뒤에 잠을 푹 잤다. 냉기가 창문으로 스며들고 늪에서는 개구리가 새벽까지 시끄럽게 울고 있었다. 개중에는 북을 칠 줄 아는 개구리도 있었다. 꾸벅꾸벅 졸면서 그 소리를 듣고 나 자신을 타일렀다. 오스카르여, 너는 고향으로 돌아가지 않으면 안 된다. 너의 아들 쿠르트가 이제 곧 세 살이 된다. 너는 그에게 북을 사주지 않으면 안 된다. 약속을 했으니까! 오스카르는 자신을 타이르는 말에 부친 의식(父親意識)을 느끼게 되었고 그 의식에 시달리면서 몇 번이나 눈을 떴으나 그때마다 그는 옆으로 손을 뻗어 로스비타가 있는가를 확인하고 그녀의 냄새를 깨닫곤 했다. 라구나는 희미한 육계(肉桂)와 빻은 정향(丁香)나무 열매와 육두구 향기를 풍겼다. 그녀는 크리스마스 전에 케이크를 만들 때 쓰이는 양념 냄새를 풍겼는데 여름에도 이 냄새를 몸에 지니고 있었다.

아침이 되자 농가 앞에 한 대의 장갑차가 들이닥쳤다. 문 앞에서 우리 일동은 몸을 조금 떨고 있었다. 이른 아침이어서 공기는 상쾌했다. 우리는 바다에서 불어오는 바람에 방해받으면서 이야기를 했고 거기에 올라탔다. 베브라, 라구나 부인, 펠릭스, 키티, 오스카르 외에 헤르초크 중위가 있었는데 그가 카부르 서쪽에 있는 포병 진지로 우리를 안내했다.

노르망디가 초록이다라고 말한다면 저 하얗고 갈색인 얼룩소에 대해서는 잊은 꼴이 된다. 소들은 일직선으로 뻗은 국도 좌우에 있는, 이슬에 젖고 약간 안개가 낀 목장에서 그들의 직무인 반추 작용(反芻作用)에 종사하고 있었는데, 우리의 장갑차를 아주 태연하게 맞이했기 때문에 위장용 도장(塗裝)을 해두지 않았더라면 장갑차는 새빨개져서 부끄러워했을 것이다. 포플라 가로수, 산울타리, 엎드려 기고 있는 수풀. 그 속에서 볼품없는 해변 호텔이 나타났다. 창문의 미늘창이 덜컹덜컹 소리를 내고 있었다. 유보도에서 꺾어진 뒤 우리는 차에서 내렸다. 베브라 대위에 대해 경멸적이기는 하지만 차렷 자세로 경례를 하는 중위 뒤를 따라 모래언덕을 넘고 부서지는 파도 소리를 실어오는 모래가 섞인 바람을 마주 안고 우리는 큰 걸음으로 성큼성큼 걸어갔다.

그것은 녹색 병과 같은 색깔을 띠고 소녀처럼 흐느껴 울면서 나를 기다리는 평온한 발트 해는 아니었다. 그곳에서는 대서양이 옛날 그대로 연습(演習)을 되풀이하고 있었다. 밀물과 더불어 돌격하고 썰물과 더불어 퇴각했다.

거기에서부터 콘크리트가 나타났다. 우리는 눈을 크게 뜨고 그것을 놀라 어루만졌으나 상대방은 그대로 가만히 있었다. 「차렷!」 하고 콘크리트 속에서 소리가 들리고 토치카에서 키다리가 뛰쳐나왔다. 토치카는 위가 완만한 경사면으로 꼭 거북이 같은 모양을 하고는 두 개의 모래언덕 사이에 누워 있었다. 『도라 7호』라는 이름이 붙어 있고 포문과 가느다란 엿보기창과 기관총의 총신과 함께 들이치는 파도와 물러가는 파도를 지켜보고 있었다. 그 사나이는 랑케스라는 이름을 가진 하사로서 헤르초크 중위 및 베브라 대위님에게 보고를 했다.

랑케스   (경례를 붙이면서) 도라 7호, 하사 한 명, 병사 네 명, 이상(異常) 없음.
헤르초크   수고했소! 편안한 자세를 취해요, 랑케스 하사. 들으신 바와 같습니다. 대위님. 별다른 이상은 없습니다. 수년래 언제나 이상 없습니다.

베브라   있는 것은 끊임없는 조수 간만(干滿)! 자연의 연기(演技)뿐
　　이군.

헤르초크   그렇습니다. 그것 때문에 부하들은 바쁩니다. 그것 때문에
　　우리는 잇따라 토치카를 만들고 있습니다. 토치카끼리 서로 사정권
　　안에 있게 되었습니다. 머잖아 두세 개의 토치카를 폭파하고 콘크리
　　트로 새로 만들기로 하였습니다.

베브라   (콘크리트를 두들긴다, 극단원들도 모두 그를 흉내낸다.) 그런데
　　중위님은 콘크리트를 믿고 있습니까?

헤르초크   그것은 아마 적절한 말은 아닐 것입니다. 여기에 있는 사
　　람들은 대체로 이제는 그 무엇도 믿고 있지 않습니다. 어떤가 랑케스?

랑케스   그렇습니다, 중위님. 이제는 아무것도 더 이상 믿지 않습니다.

베브라   하지만 그들은 뒤섞거나 눌러 찌부러뜨리거나 하지 않소?

헤르초크   여기에서만의 이야기입니다만, 모두들 그렇게 하면서 경험을
　　쌓고 있는 것입니다. 나도 이전에는 건축에 관한 것은 아무것도 모르고
　　있었습니다. 학교에서 제대로 공부도 하기 전에 전쟁이 일어난 것입
　　니다. 나는 시멘트 가공에 관해서 얻은 지식을 전후에 응용할 수 있
　　으리라고 생각하고 있습니다. 고향의 모든 것을 재건하지 않으면 안될
　　테니까요——잠깐 보십시오. 그 콘크리트 말입니다, 바로 눈앞에 있는.
　　(베브라와 그 일행은 그 콘크리트에 코를 가지고 갔다.) 무언가 보이지
　　않습니까? 조개껍질 말입니다! 이 근처에 잔뜩 굴러다니고 있지요.
　　그것을 주워서 섞기만 하면 되는 겁니다. 돌이든 조개껍질이든 모래든
　　시멘트든……, 게다가 실은, 저 대위님은 예술가이며 배우이시니까
　　아시리라고 생각합니다만. 랑케스! 우리가 토치카 안에 무엇을 파
　　묻는지 어디 자네가 직접 대위님께 말씀드리게.

랑케스   알겠습니다, 중위님! 우리가 토치카 안에 무엇을 파묻는지
　　대위님께 말씀드리겠습니다. 저희들은 어린 강아지를 콘크리트 속에
　　파묻고 있습니다. 어느 토치카에나 그 토대에는 어린 강아지를 한 마리
　　파묻고 있습니다.

베브라 일행   강아지라니!

랑케스　조금만 더 지나면 캉에서 르 아브르까지의 모든 전쟁 구역에서 강아지는 한 마리도 남지 않게 될 것입니다.

베브라 일행　강아지가 안 남게 된다고요?

랑케스　저희들은 분발해서 노력하고 있습니다.

베브라 일행　분발 노력이라고요?

랑케스　머잖아 어린 고양이를 붙잡지 않으면 안될 것입니다.

베브라 일행　야우웅!

랑케스　하지만 고양이에게는 어린 강아지만큼 충분한 가치가 없습니다. 그래서 저희들은 여기에서도 서서히 시작되지 않을까 하고 기대하고 있습니다.

베브라 일행　특별 프로그램이! (일동 갈채한다.)

랑케스　연습은 충분히 했습니다. 게다가 강아지의 종자가 말라 버리면…….

베브라 일행　오오!

랑케스　……저희들은 이제 토치카를 만들 수도 없습니다. 고양이로는 좋지 않습니다.

베브라 일행　야웅, 야웅!

랑케스　그래서 대위님은 저희들이 어째서 강아지를 그렇게 하는지 이상하게 생각하실지도 모르겠습니다만…….

베브라 일행　강아지들을!

랑케스　실은 저도 어리석은 짓이라고 생각하고 있습니다!

베브라 일행　아니, 저런!

랑케스　하지만 이곳 전우들은 대개 시골 출신이어서 말입니다. 시골에서는 지금까지도 집이나 헛간 또는 마을에 교회를 세울 때 이런 방법을 사용하고 있습니다. 즉 무언가 산 짐승을 속에 넣지 않으면 안 되는 것입니다. 그리고……

헤르초크　이젠 됐어요, 랑케스. 편한 자세를 취해요. 대위님, 들으신 바와 같이 이 대서양의 요새에서는 아직도 미신 같은 것이 널리 퍼져 있습니다. 마치 당신들이 극장에 출연하실 때 초연(初演) 전에 휘파람을

붙어서는 안 된다든가 개막 전에 배우들이 서로의 어깨 너머로 침을
뱉는다든지 하는 것과 같은 거지요.

베브라 일행   맙소사! (서로의 어깨 너머로 침을 뱉는다.)

헤르초크   그건 농담입니다만, 어떻든 부하들의 즐거움을 허용해 주지
않으면 안 됩니다. 요즘 그들은 토치카 입구에 간단한 조개껍질 모
자이크라든가 콘크리트 장식을 붙이는 일에 흥미를 가지기 시작했습
니다만 이것도 최고 명령에 의해 관대하게 보아 주기로 되어 있습니다.
부하들은 항상 바쁘게 움직이고 싶어하는 것입니다. 우리의 상관은
이 콘크리트의 소용돌이가 마음에 거슬리는 모양입니다만 나는 언제나
말씀드리고 있습니다, 소령님, 뇌 속의 소용돌이보다는 콘크리트의
소용돌이가 아직 낫습니다 하고요. 우리 독일인은 원래가 세공사들
입니다. 안 그런가요?

베브라   자, 그럼 우리도 대기중인 대서양 연안 수비대의 기분 전환을
위해서 한몫 거들어야지…….

베브라 일행   베브라의 위문극단이 여러분을 위해서 노래하고 여러분을
위해서 연기하여 여러분이 최후의 승리를 획득할 수 있게 조력하겠
습니다!

헤르초크   정말 그렇습니다. 당신을 비롯해서 일행 여러분의 견해는
옳습니다. 그러나 극단만으로는 역시 안 됩니다. 대개의 경우 우리가
의존할 수 있는 것은 우리들 자신뿐입니다. 그러니까 내 몸을 위해서
최선을 다하는 것입니다. 어떤가, 랑케스?

랑케스   그렇습니다, 중위님! 내 몸을 위해서 최선을 다하는 것입니
다!

헤르초크   들으신 바와 같습니다. 그런데 대위님께서 지장이 없으시다면
나는 도라 4호와 도라 5호 쪽에도 가보지 않으면 안 됩니다만 여기서
천천히 토치카를 구경하시지요. 괜찮은 구경거리입니다. 랑케스가 전부
보여 드릴 것입니다…….

랑케스   전부 보여 드리겠습니다, 중위님! (헤르초크와 베브라는 군대
식으로 인사를 나눈다. 헤르초크는 오른편으로 퇴장. 라구나 부인과 오스

카르 그리고 펠릭스와 키티는 그때까지 베브라의 배후에 숨어 있었지만 이제는 앞으로 뛰어나온다. 오스카르는 예의 양철북을 들고 있고 라구나 부인은 식량이 든 바구니를 들고 있으며 펠릭스와 키티는 토치카의 콘크리트 지붕에 기어올라 곡예 연습을 시작한다. 오스카르와 로스비타는 토치카 옆의 모래 속에 있던 양동이와 삽을 가지고 놀며 서로 반한 사람들끼리라는 모습을 보이고 환성을 지르면서 펠릭스와 키티를 놀린다.)

베브라   (토치카를 이리저리로 관찰하고 나서 귀찮다는 듯이) 저, 랑케스 하사, 원래 당신의 직업은 뭐요?

랑케스   화가입니다, 대위님. 하지만 벌써 오래 전의 일입니다.

베브라   페인트장이 말인가?

랑케스   페인트 칠도 했습니다만 오히려 그림쟁이 쪽입니다, 대위님.

베브라   그것 참 대단하군. 그렇다면 당신은 저 위대한 렘브란트와 겨룬다는 말이로군. 아니면 벨라스케스 쪽인가?

랑케스   글쎄요, 양자의 중간쯤일 겁니다.

베브라   이건 놀랐는 걸! 그런데도 당신은 콘크리트를 혼합하고 콘크리트를 밟아서 굳히고 콘크리트를 경호(警護)하지 않으면 안 된단 말인가요? ——당신은 선전반에 꼭 알맞는 사람이에요. 전쟁 화가가 없어서 난처하던 참이에요.

랑케스   저는 그럴 만한 사람이 못 됩니다, 대위님. 제 그림은 오늘의 사고방식을 외면하고 있습니다. 그런데 대위님, 담배 한 대 주시지 않겠습니까? (베브라가 담배를 한 개비 건네 준다.)

베브라   외면하고 있다는 것은 현대적이라는 말인가요?

랑케스   현대적이란 어떤 것일까요? 그 사람들이 콘크리트의 일을 시작하기 전에는 외면하는 것이 현대적이던 한 시기가 있었습니다.

베브라   그래요?

랑케스   네.

베브라   당신은 그림물감을 듬뿍 칠하는 편인가요, 주걱 같은 것을 사용해서?

랑케스   그것도 합니다. 그리고 엄지손가락을 완전히 기계적으로 찔러 넣고 그 사이에 못과 단추를 붙입니다. 1933년 한때 저는 주홍빛 위에 가시철망을 놓았던 적이 있습니다. 꽤 평판이 좋았지요. 그러한 것은 현재 비누공장을 경영하고 있는 스위스 인 수집가의 집에 걸려 있습니다.

베브라   이 전쟁, 이것이 나쁜 겁니다! 이 때문에 당신은 오늘날 콘크리트를 밟아 굳히고 있는 겁니다! 당신의 천재를 방위 공사에 빌려 주고 있는 겁니다! 물론 레오나르도나 미켈란젤로도 옛날에 이 같은 일을 하기는 했습니다. 마돈나의 주문이 없을 때는 군사 기계를 설계하기도 하고 요새를 쌓기도 했습니다만.

랑케스   아니, 아닙니다! 어딘가에 빠져나갈 길은 있게 마련입니다. 참된 예술가란 자기를 표현하지 않고서는 못 배깁니다. 대위님이 토치카 입구에 있는 장식을 보아 주신다면 알게 될 것입니다. 그건 제가 만들었습니다.

베브라   (철저히 연구하고 나서) 놀랍군요! 정말 형식이 다양하고 표현력이 엄밀합니다!

랑케스   조직 구조(組織構造)라고나 이름지을 수 있는 양식입니다.

베브라   이 작품을 양각(陽刻)이라고 해야 할지 그림이라고 해야 할지 모르겠습니다만 여기에는 제목이 붙어 있나요?

랑케스   지금 말씀드린 대로 그 구조입니다. 사체 구조(斜體構造)라고나 할는지요. 새 양식이어서 아무도 이것을 시험한 자가 없습니다.

베브라   하지만 어떻든 당신이 창시자이니까 당신이 이 작품에 혼동되지 않을 제목을 붙여 두는 것이 좋지 않을는지…….

랑케스   제목, 제목 따위가 무슨 소용이 있겠습니까? 그런 것은 전시회의 목록을 만들 때나 필요한 것입니다.

베브라   그럴 듯한 말이로군, 랑케스 군. 나를 예술의 벗으로 보아 주시오. 대위로서가 아니라. 담배 말인가요? (랑케스가 손을 내민다.) 그래서요?

랑케스   좋습니다. 당신이 그런 기분이라면. 저는 이렇게 생각했습니다. 이 전쟁이 끝나면, 어쨌든 어차피 이곳 전쟁도 끝날 테니까요, 나중에는

토치카가 남습니다. 다른 것이 전부 파괴되더라도 토치카만은 여전히
남을 테니까요. 그리고 그때부터 시절이 오는 것입니다! 여러 세기
(世紀)가 온 것입니다——(그는 아까 받은 담배를 숨긴다.) 대위님, 혹시
담배를 한 개피 더 가지신 게 있으면. 정말 고맙습니다!——몇 세기가
아무 일도 없이 이 위에 왔다가는 또 사라질 것입니다. 그러나 토치카는
여전히 서 있습니다. 마치 저 피라미드가 지금까지 서 있는 것처럼.
그리고 그런 다음, 어느 갠 날에 이른바 고대 연구가가 찾아와서 은밀히
생각합니다. 제1차와 제7차 세계대전 사이의 시기는 얼마나 예술이
빈곤했던 시대인가! 둔중한 회색의 콘크리트. 이따금 토치카의 입구
위에, 시골다운 아마추어 냄새가 나는 서툰 소용돌이 모양——그리고
그는 도라 4호, 도라 5호, 도라 6호, 도라 7호에 부딪쳐 나의 조직 사체
구조를 보고 중얼거립니다. 보라고, 얼마나 재미있는가. 아니 마적(魔的)
이고 위협적이면서 강렬한 정신성을 갖추고 있다고 말하고 싶을 정도인
걸. 여기에서 한 천재가, 아니 아마도 20세기 유일한 천재가 명백히,
그리고 모든 시대를 위해서 자기를 표현해 보인 것이다——이 작품에는
이름이 붙어 있을까? 서명이 있으면 거장(巨匠)의 이름을 알 수 있을
텐데. ——대위님이 잘 보시면, 그리고 고개를 갸웃이 기울여서 보시면
그 껄끄러운 사체 구조 사이에 분명히 있습니다만…….

베브라   우선 안경을 끼고. 어디? 어디? 랑케스 군, 보여 줘요.

랑케스   아시겠습니까? 이렇게 써놓았어요. 헤르베르트 랑케스. 서력
    1944년. 제목, 신비스럽고 야만적이고 따분한.

베브라   그것으로써 당신은 우리들의 세기에 이름을 부여한 셈이오.

랑케스   네, 그렇지요?

베브라   어쩌면 오백 년이나 천 년 뒤의 수리 작업 때 개뼈다귀 몇 개가
    발견될는지도 모르지요.

랑케스   그것도 나의 제목을 뒷받침할 수 있다는 이야기입니다.

베브라   (흥분하여) 시대란 무엇인가, 우리는 무엇인가. 이봐요, 당신은
    만일 우리들의 작업이……, 그런데 보아요. 펠릭스와 키티, 나의 동료인
    곡예사들이에요. 콘크리트 위에서 체조를 하고 있어요.

키티　(벌써 오래 전부터 로스비타와 오스카르, 그리고 펠릭스와 키티의 두 그룹 사이에서 한 장의 종이 쪽지를 주고받고 하면서 거기에 무엇인가 서로 써넣고 있다. 키티가 가벼운 작센 사투리로) 잠깐요, 베브라 씨, 보세요, 콘크리트 위에서도 거뜬히 할 수 있어요. (물구나무서서 걸어 보이고 있다.)

펠릭스　공중 회전을 콘크리트 위에서 한 사람은 없어요. (공중 회전을 해보인다.)

키티　이런 무대에서 하는 것이 진짜일지도 몰라요.

펠릭스　다만 이 위에는 조금 바람이 있군.

키티　그 대신 그다지 덥지 않고 게다가 영화관처럼 이상한 냄새도 안 나요. (그녀는 손발을 얽히게 해보인다.)

펠릭스　게다가 이 위에서 우리의 가슴에 시(詩)까지 떠올랐어요.

키티　어머, 우리들이라니 무슨 소리예요? 시를 생각한 것은 오스카르델로와 로스비타 부인이에요.

펠릭스　하지만 제대로 운(韻)이 맞지 않았기 때문에 우리가 지혜를 빌려 주었다는 말이지.

키티　이제 한 마디예요. 이것이 정해지면 완성되는 거예요.

펠릭스　그 해변에 있는 막대기가 무엇인지 오스카르넬로가 알고 싶어하고 있어.

키티　시 속에 집어 넣지 않으면 안 되니까요.

펠릭스　이걸 빠뜨려서는 안 되지.

키티　저, 군인 아저씨, 가르쳐 줘요. 저 막대기는 대체 무어라고 하는 거지요?

펠릭스　아마 가르쳐 줄 수는 없을 걸. 적의 귀에 들어가면 안 되니까 말야.

키티　우리는 절대로 아무에게도 말하지 않을 거예요.

펠릭스　오로지 예술을 이루기 위해서만 사용할 뿐.

키티　그렇게 애를 썼는데, 오스카르넬로가.

펠릭스　게다가 그는 글자를 아주 깨끗하게 쓴다고. 쥐테를린 체로 말야.

키티   어디서 배웠는지 알고 싶어요.

펠릭스   그도 저 막대기의 이름만 모른다고.

랑케스   대위님이 허락해 주신다면 말을 하지요.

베브라   중대한 비밀이 아니라면 가르쳐 주시오.

펠릭스   오스카르넬로가 꼭 알고 싶어하는데.

키티   그걸 모르고서는 시가 제대로 되지 않는다는데.

로스비타   우리들 모두가 이렇게 알고 싶어하는데.

베브라   내가 당신에게, 직무 명령을 내린다면?

랑케스   ——좋습니다 그럼. 저것은 만일 전차나 상륙용 주정이 공격
해올 때에 대비해서 만든 겁니다. 아스파라거스와 닮았기 때문에 저
희들은 롬멜 아스파라거스라고 부르고 있습니다. 펠릭스 롬멜…….

키티   ……아스파라거스? 어때요. 잘 맞아요, 오스카르넬로?

오스카르   맞아요, 맞아! (그 말을 종이에 써넣고 토치카 위에 있는 키
티에게 그 시를 건네 준다. 그녀는 점점 더 손발을 얽히게 하고 있으나
학생과 같은 투로 다음의 시구를 낭독한다.)

키티   대서양의 요새에서

무기를 겨누고 이빨을 감추고
콘크리트로 다진 롬멜 아스파라거스
슬리퍼 나라에는 이제 반쯤 왔네
일요일에는 소금에 삶은 감자
금요일에는 생선에 계란 프라이
우리는 다가간다 어리석은 자에게로

우리가 잠든 철조망 안
변소 속에 폭탄을 투하하고
그리고 꿈꾸네, 정원의 정자에서.
구주희(九柱戱) 동료에 사이 좋은 산비둘기
냉장고에는 아름다운 부리

우리는 다가가네 어리석은 자에게로

아직 몇 사람이 풀을 씹으며
어머니 마음을 갈기갈기 찢어 놓네
죽음도 비단 낙하산을 타고
옷에는 하늘하늘 주름을 잡고
공작과 백로에서 날개를 뜯어내네
우리는 다가가네 어리석은 자에게로
　　　(모두들 박수 갈채, 랑케스도)

랑케스　자, 썰물이 되었습니다.
로스비타　그럼 곧 아침 식사 시간이군요! (그녀는 리본이나 조화 장식이
　달린 큰 식량 바구니를 흔들어 댄다)
키티　그렇군요, 밖으로 소풍갑시다!
펠릭스　우리의 식욕을 증진시키는 것, 그것은 자연이다!
로스비타　오오, 신성한 식사 시간! 아침 식사 동안은 너의 힘으로 모든
　민족이 결합된다!
베브라　콘크리트 위에서 식사를 합시다. 여기라면 토대가 꼭 알맞는
　걸! (랑케스 외에는 모두 토치카 위로 기어오른다. 로스비타가 꽃무늬가
　있는 밝은 식탁보를 펼친다. 그녀는 무엇이나 나오는 마법의 바구니에서
　술이 달린 작은 쿠션을 꺼낸다. 분홍빛과 담록색이 섞인 파라솔을 펴고
　스피커가 달린 축음기를 장치한다. 작은 접시, 작은 숟가락, 칼, 달걀 그릇,
　냅킨을 나눠 준다.)
펠릭스　리버 페이스트가 조금 있었으면 좋겠는 걸.
키티　우리가 스탈린그라드에서 구해낸 캐비어는 아직 남아 있나요?
오스카르　로스비타! 덴마크 버터는 그렇게 두껍게 바르는 것이 아니
　라고요.
베브라　아들아, 네가 그녀의 몸매를 걱정하는 것은 당연하다.
로스비타　하지만 나는 이것을 좋아하고 또 건강에도 좋은 걸요. 오오!

코펜하겐의 공군에서 제공해 준 생크림을 친 쇼트케이크는 아주 좋았어요!

베브라   보온병에 들어 있는 네덜란드 초콜릿은 아직 식지 않았을 거야.

키티   나는 깡통에 든 미국 쿠키에 완전히 반해 버렸어요.

로스비타   하지만 생강이 든 남아프리카 잼을 바르지 않으면 제 맛이 안 나요.

오스카르   이제 그만 좀 해둬요, 로스비타!

로스비타   당신도 참, 보기도 싫은 영국제 콘 비프 큰 것을 들고 먹고 있군요!

베브라   이봐요, 군인 아저씨, 포도빵 얇은 것에다 살구잼을 바른 것도 있어요.

랑케스   근무중이라서요, 대위님…….

로스비타   그렇다면 이 사람에게 직무 명령을 내리세요!

키티   그래요, 직무 명령을 내리는 거예요!

베브라   그렇군. 그렇다면 랑케스 하사. 나는 당신에게 직무 명령을 내리겠소. 프랑스 제 살구잼을 바른 포도빵 한 개, 반숙한 덴마크 달걀 한 개, 소비에트 캐비어, 진짜 네덜란드 초콜릿 한 잔을 섭취할 것!

랑케스   알겠습니다, 대위님! 먹겠습니다. (다른 사람들과 마찬가지로 토치카 위에 앉는다.)

베브라   이 군인 아저씨에게 빌려 줄 여분의 쿠션은 없나?

오스카르   내 것을 사용해도 좋아요. 나는 북 위에 앉을 테니까.

로스비타   하지만 감기에 걸리지 않도록 해요, 당신! 콘크리트는 마음을 놓을 수 없어요. 당신은 아직 잘 모르겠지만 말예요.

키티   내 쿠션을 사용해도 좋아요. 나는 잠깐 몸을 감고 있겠어요. 이렇게 하는 쪽이 벌꿀빵이 더 잘 넘어가요.

펠릭스   그건 좋지만 식탁보 위에서 해요. 콘크리트에 벌꿀 얼굴이 생기면 안 되니까. 국방군을 붕괴시키는 결과가 되어서는 큰일이니까! (일동 키득키득 웃는다.)

베브라   아아, 바닷바람은 정말 상쾌하군.

로스비타 바닷바람은 정말 기분이 좋아요.

베브라 가슴이 탁 트이는군.

로스비타 정말 가슴이 탁 트이는 것 같아요.

베브라 마음의 엷은 막이 벗겨지는군.

로스비타 엷은 막이 벗겨져요.

베브라 영혼이 낡은 껍질을 깨고 새로 태어나는군.

로스비타 바다를 바라보고 있으면 누구나 모두 아름다워져요!

베브라 시계(視界)를 가로막는 것도 없고 아득히 멀리…….

로스비타 아득히 멀리…….

베브라 바다 저편, 끝없는 바다 저편으로 떠돌아가는……. 잠깐, 랑케스 하사. 저쪽 바닷가에 무언가 거무스레한 것이 다섯 개 보이는 것 같 은데……?

키티 내게도 보여요. 우산이 다섯 개 있어요!

펠릭스 아니야, 여섯 개야.

키티 다섯 개예요! 하나, 둘, 셋, 넷, 다섯!

랑케스 저것은 리지외의 수녀들이에요. 보육원도 함께 이곳으로 소개 해왔지요.

키티 하지만 내 눈에는 아이들의 모습은 보이지 않아요! 우산이 다섯 개 보일 뿐.

랑케스 개구쟁이들은 바방 마을에 두고 온 거지요. 저 수녀들은 썰물 때는 곧잘 찾아와서 롬멜 아스파라거스에 걸려 있는 조개나 게를 잡곤 하지요.

키티 어머, 불쌍한 사람들!

로스비타 저 사람들에게 콘 비프와 깡통 쿠키를 조금 갖다 주면 어떨 까요?

오스카르 살구잼을 바른 포도빵이 좋으리라고 생각하는데. 오늘은 금 요일이니까 수녀님들에게 콘 비프는 안 된다고.

키티 어머, 달리기 시작했어요! 우산을 받쳐들고 마치 요트처럼 달 려가고 있어요!

랑케스 많이 잡은 뒤에는 언제나 저런답니다. 저렇게 하면서 놀기 시
  작하는 겁니다. 특히 수련중인 아그네타는 아직 철도 안든 어린 소
  녀이니까요——미안합니다만 대위님, 담배 한 대만 더 주시겠습니까 ?
  정말 고맙습니다 ! ——그리고 저 뒤에 있는 뚱뚱한 여자. 저 사람은
  따라가지 않고 있지요 ? 수녀원장인 쇼라스티카입니다. 저 여자는
  해변에서 놀기를 싫어합니다. 수녀원의 계율에 저촉될지도 모른다는
  거지요.
    (우산을 든 수녀들이 달려가는 모습이 배경으로 보인다. 로스비타가
  축음기를 튼다. 페테르스부르크의 썰매타기가 울려퍼진다. 수녀들은 여기에
  맞추어 춤을 추며 환성을 지른다)
아그네타 여보세요 ! 쇼라스티카 님 !
쇼라스티카 아그네타 ! 아그네타 수녀 !
아그네타 야호, 쇼라스티카 원장님 !
쇼라스티카 돌아와요, 어서 ! 아그네타 수녀 !
아그네타 안 돼요 ! 저절로 달려가게 돼요 !
쇼라스티카 그럼 기도를 해요, 아그네타 수녀, 전향을 위해서 !
아그네타 고뇌에 찬 전향을 위해서 말인가요 ?
쇼라스티카 은총에 넘친 전향을 위해서 !
아그네타 기쁨에 넘친 전향을 위해서요 ?
쇼라스티카 기도를 해요. 아그네타 수녀 !
아그네타 아까부터 계속 기도를 드리고 있어요. 하지만 안 돼요. 자꾸만
  끌려가고 마는 걸요 !
쇼라스티카 (목소리를 낮추어) 아그네타, 아그네타 수녀 !
아그네타 에그머니나 ! 쇼라스티카 원장님 !
    (수녀들의 모습이 사라진다. 이따금 배경에 그녀들의 우산이 떠오를 뿐.
  레코드가 끝난다. 토치카 입구 옆에 있는 야전 전화가 울린다. 랑케스가
  토치카의 지붕에서 뛰어내려 수화기를 든다. 다른 사람들은 식사를 계속
  한다.)
로스비타 이런 곳까지, 이 끝없는 자연의 한가운데까지 전화가 없으면

안 되는 걸까?

랑케스　여기는 도라 7호. 랑케스 하사입니다.

헤르초크　(수화기와 전선(電線)을 들고 천천히 오른쪽으로부터 다가온다. 이따금 걸음을 멈추고 수화기에 대고 말을 한다.) 잠을 자고 있는가? 랑케스 하사! 도라 7호 전방에서 무언가가 움직이고 있어. 확실히 틀림없어!

랑케스　저것은 수녀들입니다. 중위님.

헤르초크　수녀들이 이런 곳에 올 까닭이 없어, 만일 수녀가 아니라면 어쩔 텐가?

랑케스　아닙니다, 수녀들입니다. 틀림없습니다.

헤르초크　자네는 위장이라는 것을 모르는가? 제5열이라는 것을? 영국인들이 벌써 몇 세기 전부터 해오고 있는 일이야. 성서를 가지고 들어오지. 안심하고 있는데 다음 순간 갑자기 폭발하는 거야!

랑케스　저 사람들은 게를 줍고 있습니다, 중위님…….

헤르초크　즉시 해안을 소탕하라! 알았나?

랑케스　네, 알았습니다, 중위님. 그러나 저 사람들은 분명히 게를 줍고 있을 뿐입니다만.

헤르초크　자네는 기관총 사격을 시작하는 거야, 랑케스 하사!

랑케스　하지만 저 사람들은 정말로 게를 줍고 있을 뿐입니다, 썰물이 되었기 때문에 보육원 아이들을 위해서…….

헤르초크　직무 명령이다!

랑케스　알았습니다, 중위님! (랑케스가 토치카 안으로 사라진다. 헤르초크는 전화를 가지고 오른쪽으로 퇴장한다.)

오스카르　로스비타! 두 귀를 가리고 있어요. 뉴스 영화 같은 사격이 시작될 테니까.

키티　오오, 무서워라! 좀더 몸을 구부려야지.

베브라　아무래도 무슨 소리가 들려올 것 같군.

펠릭스　또 축음기를 틀까? 한결 마음이 가라앉을 텐데. (축음기를 튼다. 더 플라터즈가 『더 그레이트 프리텐더』를 노래한다. 비극적으로 꼬리를 끄는 느릿한 음악에 맞추어 기관총이 울린다. 로스비타가 귀를 막는다.
펠릭스는 물구나무를 선다. 배경에, 우산을 든 다섯 명의 수녀가 하늘로
날아오르는 것이 보인다. 레코드는 바늘이 나가지 않아 같은 대목을 되
풀이한 뒤 이윽고 조용해진다. 펠릭스가 물구나무서기를 그친다. 키티가
손발을 푼다. 로스비타는 식탁보 위에 있는 먹다 남은 음식을 급히 바구니
안에 집어 넣는다. 오스카르와 베브라도 그녀의 일을 거든다. 모두들 토
치카의 지붕에서 내려온다. 랑케스가 토치카 입구에 모습을 나타낸다.)
랑케스 대위님, 미안하지만 담배 한 대 주시겠습니까?
베브라 (다른 동료들은 베브라 뒤에서 불안스러운 표정을 짓고 있다.) 이
　　병정은 담배를 지나치게 많이 피우는군.
베브라 일행 지나치게 많이 피워요!
랑케스 그것은 콘크리트 탓입니다, 대위님.
베브라 그렇다면 장차 언젠가 콘크리트가 없어진다면?
베브라 일행 콘크리트가 없어져 버린다면?
랑케스 콘크리트는 불멸입니다, 대위님, 우리들과 우리들의 담배만
　　이…….
베브라 알았어, 알았어. 연기와 함께 우리는 사라지고 마는 거지.
베브라 일행 (천천히 떠나가면서) 연기와 함께!
베브라 그와는 반대로 이 콘크리트는 천 년 뒤에도 구경꾼들을 불러
　　모으겠지.
베브라 일행 천 년 뒤에도!
베브라 개뼈다귀도 발견될 테지.
베브라 일행 개뼈다귀가.
베브라 그리고 그들의 콘크리트 제 사체 구조(斜體構造)도.
베브라 일행 신비스럽고 야만적이고 따분한!
　　　(담배를 피우고 있는 랑케스만이 혼자 남는다.)

　오스카르는 콘크리트 위에서 아침 식사를 하는 동안 별로 입을 열지는
않았으나 대서양 요새에서의 이 대화를 그대로 적어 두지 않고서는 견딜

수 없었다. 어쨌든 적의 습격을 받기 전날의 대화였기 때문이다. 콘크리트 화가인 랑케스 하사를 우리는 얼마 뒤에 다시 만나게 되는데 그것은 전후 우리의 비더마이어 양식이 한창 인기를 끌게 되는 다른 페이지에서이다.

해안 유보도에는 여전히 장갑차가 우리를 기다리고 있었다. 헤르초크 중위가 보호해야 할 우리들 곁으로 성큼성큼 걸어왔다. 숨을 헐떡거리면서 그는 아까 있었던 작은 사건에 대해 베브라에게 변명했다.「출입 금지 지역은 어디까지나 출입 금지 지역입니다！」하고 그는 말하며 부인들이 차에 타는 것을 도와 주고 한편 운전사에게 두세 가지 지시를 내렸다. 이렇게 해서 차는 바방으로 되돌아왔다. 우리는 서두르지 않으면 안 되었다. 점심을 먹을 시간도 제대로 없을 정도였다. 왜냐하면 두 시에 공연을 하기로 예고해 놓았기 때문이다. 장소는 마을 입구 가까이에 있는 포플라 숲 너머 노르망 인의 우아한 성 안에 있는 기사의 방이었다.

시간이 조명을 시험해 볼 수 있는 반 시간 가량 남아 있었다. 그리고 오스카르의 북소리와 함께 막이 올랐다. 우리는 하사관이나 병졸을 위해 연기를 했다. 분방한 웃음이 마냥 터져나왔다. 우리는 한껏 과장해서 연기를 했다. 나는 유리로 만든 요강 속에 겨자를 친 비엔나 소시지를 두 개 넣고 그것을 노래로 박살냈다. 도란으로 짙게 화장한 베브라가 깨진 변기 위에 눈물을 흘리고 파편 사이에서 소시지를 끄집어내어 겨자를 문질러가며 맛있게 먹어 버리자 카키 색의 집단은 너무나 기뻐서 어쩔 줄을 몰랐다. 키티와 펠릭스는 잠시 전부터 가죽으로 된 반바지와 티롤 모자 차림을 하게 되어 있었는데 이것이 그들의 곡예에 빛을 더해 주고 있었다. 몸에 꼭 맞는 은빛 옷을 입은 로스비타는 담록색의 긴 장갑을 끼고 조그만 발에는 금실 무늬의 샌들을 신고 약간 푸른 기를 띤 눈꺼풀을 내내 내리깐 채 꿈꾸는 듯한 지중해의 어조로 장기인 마술을 보여 주었다. 오스카르에게 분장은 필요하지 않다는 것은 이미 말했던가？ 나는『제국 군함 자이틀리츠』라고 수놓은 고급스러운 낡은 수병모를 쓰고 셔츠는 짙은 감색, 거기에 닻을 새긴 금단추가 달린 윗도리, 그 밑에는 반바지가 보이고, 말아 내린 긴 양말이 낡은 편상화 속에 쑤셔 넣어져 있었다. 거기에도 빨간 색과 하얀 색으로 니스를 칠한 양철북. 나의 짐 속에는 똑같이 만든 북이 다섯 개, 예비로 준비되어 있었다.

저녁에 우리는 장교들과 카부르 정보부의 여성 전신 조수들을 위해서 공연을 되풀이했다. 로스비타는 조금 초조해하고 있었다. 실패한 것은 아니지만 한창 연기를 하는 도중에 푸른 테의 색안경을 꼈는가 했더니 완전히 태도가 달라져 거침없이 예언했다. 예를 들면 당혹하여 새침하게 앉아 있는 창백한 여성 전신 조수를 향해 그녀가 상관과 그렇고 그런 사이가 되어 있다는 등의 말을 했다. 이 고시(告示)는 나에게는 불쾌했으나 사람들을 크게 웃겼다. 상관이 분명히 그녀 옆에 앉아 있었기 때문이다.

공연 뒤에 이 성에 숙박하고 있던 연대 참모장교들이 또하나의 파티를 베풀었다. 베브라, 키티, 펠릭스는 그 자리에 남았으나 라구나 부인과 오스카르는 남의 눈에 띄지 않게 빠져나와 자리에 들자마자 파란에 찬 하루의 피로 때문에 금방 잠이 들어 아침 다섯 시, 적의 습격 개시로 가까스로 눈을 떴다.

이 습격에 대해서 나는 무엇을 보고하면 좋을까? 이 지구의 오르느 강 하구 부근에 캐나다 병이 상륙한 것이다. 바방을 철수하지 않으면 안 되었다. 우리는 이미 짐을 다 실어 놓고 있었다. 연대 사령부와 함께 후송되게 되어 있었던 것이다. 성의 안뜰에는 연기를 뿜으며 야전 식당차가 서 있었다. 로스비타는 커피를 한 잔 얻어다 달라고 나에게 부탁했다. 아직 아침 식사를 하지 않았던 것이다. 나는 약간 초조해 있었고 게다가 트럭에 미처 타지 못하면 큰일이라는 걱정도 있었기 때문에 거절했다. 거기에다 조금 난폭한 태도를 취하기까지 했다. 그러자 그녀는 자기가 차에서 뛰어내려 식기를 들고 하이힐을 신은 채 식당차를 향해서 달려가 따끈한 아침 커피를 얻었는데 그와 동시에 때마침 날아온 함포 사격의 탄환까지도 얻게 되었다.

아아, 로스비타, 나는 네가 몇 살인지 모른다. 알고 있는 것은 다만 네가 구십구 센티미터였다는 것. 네 입을 빌어서 지중해가 말을 하고 있었다는 것, 너에게서 육계와 육두구 냄새가 나고 있었다는 것, 너는 만인의 마음을 꿰뚫어볼 수 있었다는 것, 그것뿐이다. 다만 너는 자기의 마음만은 꿰뚫어보지 못했다. 그렇지 않았다면 너는 내 옆을 떠나서 너무나도 뜨거운 커피를 얻으러 가지는 않았을 것이었다!

리지외에 도착하고 나서 베브라는 우리를 위해 베를린으로의 진발 명령(進發命令)을 얻어내는 데 성공했다. 사령부 앞에서 우리와 합류했을 때 그는 로스비타가 죽은 뒤 처음으로 입을 열었다. 「우리들 난쟁이나 광대는 콘크리트 뒤에서 춤을 추어서는 안돼. 그것은 큰 사나이들을 위해서 굳혀 놓은 것이야! 아무도 모르게 연단 밑에 숨어 있었으면 좋았는데.」

베를린에서 나는 베브라와 헤어졌다. 「자네의 로스비타가 없으니 이제 방공호에 들어가면 어떻게 할 거지?」

그는 거미줄처럼 엷은 미소를 띠고 내 이마에 입맞춤하고는 키티와 펠릭스에게 공용 여권을 주고 단치히 중앙역까지 나를 바래다 주게 했다. 짐 속에 있던 여분의 북 다섯 개도 나에게 주었다. 이런 배려를 받은 데다 나의 책도 여전히 잊지 않고 나는 1944년 6월 11일 고향 마을에 도착했다. 내 아들의 세 번째 생일 전날이었다. 마을은 예전과 마찬가지로 말짱한 채 중세의 모습을 풍기고 있었고 여러 가지 높이의 교회 탑에서 여러 가지 크기의 종으로 시간마다 시끄러운 소리를 내고 있었다.

그리스도 흉내

자, 귀향이다! 저녁 여덟 시 사 분에 귀휴병(歸休兵) 전용 열차가 단치히 중앙역에 도착했다. 펠릭스와 키티가 나를 막스 할베까지 데려다 주었다. 헤어질 때 키티는 눈물을 글썽거렸다. 그리고 나서 그들은 호흐시트리스의 선전 본부를 찾아갔다. 그리고 오스카르는 저녁 아홉 시 직전에 짐을 가지고 라베스 거리를 천천히 걸어갔다.

귀향. 오늘날에는 이상한 풍습이 생겨서, 가령 몇 푼짜리 어음을 위조한 탓으로 도망다니다가 결국은 외인 부대에 들어가 있던 젊은이가 이삼 년 지나서 조금 나이를 먹고 귀향하여 체험담을 늘어놓거나 하면 당장 현대판 오디세우스가 되어 버리고 만다. 어쩌다가 멍청하게 열차를 잘못 타서 프랑크푸르트로 가야 할 사람이 오버하우젠으로 가게 되어 도중에 이런저런 체험을 한다——흔히 있는 일이다——그러면 돌아오자마자 키르케라든가 페넬로페이어라든가 텔레마코스라든가 하는 신화에 나오는 이름을 둘러대고 싶어한다.

오스카르는 귀향했지만 그 동안 아무런 변화도 없었다는 것만으로도 이미 오디세우스는 아니었다. 그가 사랑하는 마리아, 그가 오디세우스라면 페넬로페이어라고 부르지 않으면 안 되었을 테지만, 그녀는 약간 피둥 피둥하게 살찐 구혼자들에 둘러싸여 있지는 않았다. 여전히 마체라트와 함께 살고 있었지만 그녀가 이 사나이와 결혼하기로 마음먹은 것은 오스카르가 길을 떠나기 훨씬 이전의 일이었다. 그리고 또 나의 불쌍한 로스비타를, 옛날 몽유병자 특유의 직업에 종사했다고 해서 사나이를 속이는 키르케로 보려는 따위의 일을 아마 교양 있는 독자 여러분들은 하지도 않을 것이다. 마지막으로 나의 아들 쿠르트는 어떤가 하면, 그 아이는 아버지를 위해 도둑질을 하거나 하지는 않았다. 오스카르는 깨 닫지 못했을지도 모르지만 어떻든 절대로 텔레마코스 같은 아이는 아 니었다.

기왕에 비교를 한다면——귀향자란 비교를 감수하지 않으면 안 된다는 것쯤은 나도 알고 있다——여러분을 위해서 나는 성서에 나오는 방탕아 (放蕩兒)이고 싶다. 사실 마체라트는 문을 열고 나를 맞아들였으나 그것은 추정상의 아버지처럼이 아니라 진짜 아버지 같은 태도였다. 그렇다, 그는 오스카르의 귀향을 진심으로 반길 수 있었던 것이다. 말 없이 흘린 눈물은 진심에서 우러나온 것이었다. 그래서 나는 이날 이후 지금까지 그랬던 것처럼 전적으로 오스카르 브론스키라고만 부르지 않고 때로는 오스카르 마체라트라고 부르게도 되었다.

마리아는 좀더 태연하게 나를 맞이했는데 그렇다고 무뚝뚝하지는 않 았다. 그녀는 탁자 앞에 앉아서 배급국(配給局)에 제출할 식량 배급권을 붙이고 있었는데 옆에 있는 탁자 위에는 쿠르트의 생일 선물이 이미 두서너 개 포장된 채로 쌓여 있었다. 그녀는 실무형(實務型)이었기 때문에 우선 처음에 나의 건강에 신경을 써서 내 옷을 벗기고 옛날처럼 나를 목욕시킨 뒤 내가 빨개지는 것도 괘념치 않고 잠옷을 입히고 나서 탁자 앞에 앉혔다. 거기에는 마체라트가 달걀 프라이와 감자 튀김을 준비해 놓고 있었다. 내친 김에 나는 우유도 마셨다. 그리고 내가 마시고 먹고 하는 동안에 질문이 시작되었다.

「대체 어디에 가 있었어요? 무척 찾았는데. 경찰도 미친 듯이 찾아 헤맸어요. 우리는 법정에서 선서를 해야 했어요, 우리가 당신을 버린 것이 아니라는 것을. 뭐, 돌아왔으니까 이제는 됐어요. 하지만 이제부터 또 귀찮은 일이 생길 것 같군요. 당신을 또 등록하지 않으면 안 되니까. 수용소에 보내지 않으면 좋으련만. 당신이 나빴어요. 한 마디도 말하지 않고 가버렸으니까!」

마리아는 선견지명이 있었다. 역시 귀찮은 일이 일어난 것이다. 후생 성의 관리가 찾아와서 마체라트와 밀담을 시작했는데 마체라트가 큰소 리로 고함을 질렀기 때문에 모두들 듣고 말았다.

「그것은 말이 되지 않아요. 나는 아내가 죽을 때 약속했어요. 아버지는 나예요. 위생 경찰 따위가 아니예요!」

그래서 나는 수용소에 가지 않아도 되었다. 그러나 이날부터 이 주 일마다 한 번씩 관청으로부터 편지가 날아들었고 마체라트는 여기에 서명하지 않으면 안 되었으나 서명하려고 하지 않았다. 그리고 그의 얼굴에는 걱정 때문에 주름이 늘었다.

오스카르는 궁리했다. 마체라트의 얼굴에서 주름을 없애 주어야겠다고. 어쨌든 내가 돌아온 날 밤 그는 환한 얼굴로 맞았다. 마리아처럼 여러 가지 일을 생각하지 않고 별로 질문도 하지 않고 다만 내가 무사히 돌아온 것만으로 만족하고 있었으니까. 즉, 진짜 아버지 같은 태도를 취했고 내가 약간 어이없어 하는 트루친스키 아주머니의 집에서 자게 되었을 때 그는 이런 이야기까지 했다. 「쿠르트가 얼마나 기뻐할까. 다시 형이 생겼으니 말야. 게다가 내일은 쿠르트의 세 번째 생일이거든.」

나의 아들 쿠르트는 생일 축하 탁자 위에서 양초를 세 개 세운 케이크

외에 꽤 여러 가지를 발견했다. 그레트헨 셰프라의 손으로 짠 빨간 포도주빛 스웨터에는 전혀 관심을 나타내지 않았다. 그는 기분 나쁜 노란 고무공을 발견하고는 그것을 타고 앉아 이리저리 돌아다니고 마지막에는 식칼을 거기에다 찔렀다. 그리고는 그 고무공의 구멍에 입을 대고 공기가 들어 있는 공 속에 침전되어 있는, 구역질이 날 만큼 달짝지근한 물을 빨았다. 공기가 빠져 공이 쭈구렁 모양으로 변하자 이번에는 범선의 분해에 착수하여 마침내 난파선으로 만들고 말았다. 팽이와 팽이채도 손이 닿는 곳에 있었으므로 어떻게 하려나 하고 살펴보았는데 거기에는 손을 대지 않았다.

이미 오래 전부터 아들의 생일을 마음에 두고, 대를 이을 세 살짜리의 생일에 늦지 않으려고 광포하기 이를 데 없는 역사적 사건의 한복판에서 동쪽으로 급행해온 오스카르, 그는 옆에 서서 이 파괴 활동을 지켜보며 방약무인한 소년에게 놀라운 눈길을 보내면서 자기 몸의 치수와 아들의 치수를 비교해 보았다. 그리고 약간은 감개에 잠기면서 스스로에게 타일렀다. 『쿠르트는 네가 집을 비우고 있는 동안에 네 키를 넘어 버렸다. 벌써 십칠 년 전이 된다. 네 세 번째 생일 이래 너는 구십사 센티미터의 신장을 고수해왔는데 그것을 이애는 벌써 이삼 센티 초과하고 말았다. 지금이야말로 그를 고수로 만들 때이다. 빠른 성장에 대해서 소리높여 『거기까지만!』 하고 외칠 때는 바로 지금이다.』

나의 순회 공연용 짐은 위대한 교양서와 함께 건조실의 결기와 그늘에 숨겨 두고 있었으나 그 속에서 나는 새로 만든 양철북을 꺼냈다. 내가 세 번째 생일을 맞이했을 때 나의 불쌍한 어머니는 약속대로 나에게 기회를 주었다. 그것과 똑같은 기회를——어른들이 하려고 하지 않는 이상——내가 내 자식에게 부여하리라고 생각한 것이다.

마체라트는 나에게 가게를 물려줄 생각이었으나 내가 안 되겠다는 것을 알고 나서는 쿠르트를 훈련시켜 장차 식료품 가게를 이어받게 하려고 한다는 것은 충분히 짐작이 가는 일이었다. 내가 그것은 어림도 없는 일이다라고 말한다고 해서 오스카르가 소매업을 싫어하기 때문이라고는 생각지 말아 주기 바란다. 나 또는 나의 아들에게 콘체른 공장의 경영자

자리를 약속해 준다고 해도, 왕국과 식민지의 상속권을 준다고 해도 나는 똑같은 태도를 취했을 것이다. 오스카르는 무슨 일이든 남에게서 주어지는 것이 싫은 것이다. 그래서 아들에게도 나와 똑같은 행동을 취하게 하고 싶은 것이다. 그리고 아들을——그리고 실은 여기에 나의 착각이 있었다——영원히 세 살짜리 양철북의 고수로 만들려고 생각했다. 양철북을 물려받는다는 것은 전도유망한 젊은이가 식료품 가게를 물려받는 것과 마찬가지로 역겨운 일일지도 모른다.

오스카르는 지금은 그렇게 생각하고 있다. 그러나 당시 그의 소원은 단 하나였다. 북을 치는 아버지 옆에 북을 치는 아들을 두는 일이며 둘이서 북을 치면서 아래에서부터 어른들을 구경하는 일이며 끊이지 않는 고수 왕조(鼓手王朝)를 확립하는 일이었다. 뭐니뭐니 해도 나의 일은 빨간 색과 하얀 색으로 나누어 칠해진 양철로 세대에서 세대로 전달되어야 마땅한 것이다.

어떤 생활이 우리를 기다리고 있었을까? 우리는 어깨를 나란히 하고, 그러나 또 따로따로 다른 방에서, 두 사람이 함께, 또는 그는 라스베 거리, 나는 루이제 거리, 그는 지하실에서 나는 다락방에서, 쿠르트는 부엌에서 오스카르는 토일렛에서라는 식으로 아버지와 아들은 장소를 따로 하여, 또 때로는 함께 어울려서 북을 두들길 수도 있었을 것이고 잘 하면 둘이 함께 나의 할머니이고 그의 증조할머니인 안나 콜야이체크의 치마 밑으로 기어들어가 거기에 앉아서 북을 두들기며 썩어가는 버터 냄새를 맡을 수 있었을지도 모른다. 나는 그녀의 입구 앞에 쭈그리고 앉아서 쿠르트에게 말했을지도 모른다.『저걸 들여다봐, 아가야. 저기에서 우리는 나온 거야. 네가 똑똑하게 굴고 있으면 한 시간쯤은 저곳으로 되돌아가서 저곳에서 기다리고 있는 모든 사람을 만나 볼 수도 있단다.』

그러면 쿠르트는 치마 밑에서 몸을 내밀고 감탄한 듯이 눈을 부릅뜨고 아버지인 나에게 예의바르게 질문하여 설명을 요구했을지도 모른다.

『저 아름다운 여자분은 말이다.』하고 오스카르는 속삭였을지도 모른다.『봐, 한가운데 앉아서 아름다운 손을 가지고 놀고 있는, 우리가 눈물겨워 할 만큼 고운 달걀 모양의 얼굴을 가지고 있는 사람, 저분이 나의 불쌍한 어머니, 너의 다정한 할머니가 되시는 분이란다. 뱀장어 수프 요리 때문에 죽었거나 아니면 너무 마음씨가 착하기 때문에 죽은 거란다.』

『그리고? 아빠, 그리고?』라고 쿠르트는 재촉했을지도 모른다.『저 큰 수염을 달고 있는 아저씨는 누구예요?』

의미있는 듯이 나는 목소리를 낮추었을지도 모른다.『저분은 너의 증조 할아버지로서 요제프 콜야이체크라는 사람이란다. 봐라, 방화범의 눈이 번쩍번쩍 빛나고 있지? 어깨 근처에는 폴란드 인의 엄격한 자부심과 카슈바이 인의 현실적인 영악함이 엿보이지? 그리고 말이다. 그의 발가락에는 물갈퀴가 달려 있단다. 1913년, 그러니까『컬럼버스 호』가 진수하던 해로구나. 그해에 저분은 뗏목 밑으로 숨어들어서 오랫동안 헤엄치지 않으면 안 되었는데 끝내는 미국으로 건너가서 백만장자가 되었단다. 그런데도 그는 때때로 바다로 나가서 헤엄쳐 이곳으로 잠입하는 수가 있단다. 이곳은 방화범이었던 그가 맨처음 들어와 숨었고 그리고 그의 일부를 나의 어머니에게 베풀었던 장소란다.』

『그렇다면 저 잘 생긴 남자 분은요? 지금까지 나의 할머니라는 분의 뒤에 숨어 있다가, 지금은 보세요, 저렇게 할머니 옆에 앉아서 할머니의 손을 쓰다듬고 있잖아요? 그분, 아버지와 똑같은 푸른 눈을 가지고 있군요!』

원래가 반역아(反逆兒)인 나는 이때 혼신의 용기를 불러일으켜 귀여운 나의 아들에게 대답했을 것이다.

『쿠르트야, 너를 바라보고 있는 저 눈은 말이다, 브론스키 가족의 불가사의한 푸른 눈이란다. 너는 잿빛 눈을 가지고 있지만 그것은 어머니에게서 물려받은 거지. 하지만 너 역시 브론스키 가족의 사람임에는 틀림없어. 저기에서 나의 불쌍한 어머니의 손에 입맞추고 있는 얀이나 얀의 아버지인 빈첸트와 조금도 다름이 없는, 어디까지나 불가사의하면서 카슈바이적 현실성도 갖추고 있는 브론스키의 일원이지. 언젠간 우리도 저곳으로 되돌아가는 거야. 약간 시큼한 버터 냄새를 퍼뜨리고 있는 원천으로 말야. 어때 기쁘지?』

그 당시의 내 사고 방식대로 말한다면, 참된 가족 생활이 실현되는 장소는 나의 할머니 콜야이체크의 내부, 내가 장난삼아 버터 통이라고 부르고 있는 할머니의 그것 이외에 달리 없었을 것이다. 그때부터 여러 가지 일이 일어나 지금은 나는 아버지인 하나님과 그 독생자 예수, 그리고 이것이 가장 중요한 일이지만, 성령과 어깨를 가지런히 하고 더욱이 그것을 앞지르기도 할 수 있다. 그리고 그리스도 흉내라는 것도 다른 모든 나의 천직과 마찬가지로 내키지는 않으면서도 나의 의무가 되고 있는데 할머니에게로 가는 문이 점점 더 손이 미치지 않게 멀어져 버린 지금에 와서도 나는 나의 선조가 모두 모이는 형태가 가장 아름다운 가족의 광경이라고 생각하고 그것을 마음에 그리고 있는 것이다.

나는 특히 비가 오는 날에는 이런 상상을 해본다. 나의 할머니가 초대장을 보내어 우리 모두가 그녀의 내부에 모이는 것이다. 얀 브론스키가 온다. 이 폴란드 우체국 방위대의 전사는 가슴에 있는 탄환 자국에 카네이션 따위의 꽃을 꽂고 있다. 마리아는 나의 추천으로 초대받았는데 쭈뼛거리며 나의 어머니에게로 다가가 비위를 맞추면서 어머니로부터 물려받아 흠잡을 데 없이 계속하고 있는 그 장부를 보였다. 그러자 어머니는 지극히 카슈바이적인 독특한 웃음 소리를 내며 나의 연인을 끌어당기고 볼에 입맞춘 뒤 눈을 껌벅거리면서 말한다. 『애야, 이상한 생각이 들지 않니? 우리는 두 사람 모두 마체라트와 결혼을 하고 브론스키를 길렀으니까 말야!』

더 이상 이것저것 생각하는 것, 가령 얀이 씨를 부리고 할머니 콜야이체크의 내부에 있는 나의 어머니가 잉태하여 그 결과 저 버터 통 속에서 태어난 한 아들에 대한 사색 따위는 그만두지 않으면 안 된다. 왜냐하면 그런 짓을 하면 그것만으로 끝나지 않는다는 것이 뻔하기 때문이다. 나의 배다른 형제인 시테판 브론스키, 이 사나이도 결국은 우리 가족의 일원인데 이것이 자칫 브론스키 가(家) 특유의 변덕을 발휘하여 나의 마리아에게 눈독을 들이는 날엔 어떤 결과가 생길는지 알 수 없는 노릇이었다. 그러니까 나의 공상을 죄없는 가족 모임으로 한정시키는 것이 좋은 것이다. 따라서 나는 제3, 제4의 고수도 단념하고 오스카르와 쿠르트만으로 만족하는 것이다. 나는 거기에 모인 사람들에게 다른 나라에서 할머니의 대역을 해준 저 에펠 탑에 대해서 양철북을 두들기며 조금만 들려 준다. 초대 주인 안나 콜야이체크를 포함하여 손님들이 우리의 북소리를 즐기고 리듬에 맞추어 서로 무릎을 마주 두들기기만 하면 나는 기쁘다.

자기 할머니의 내부에 세계와 그 관계를 전개하고, 한정된 평면 위에서 다층적(多層的)인 것은 확실히 매력적이기는 하지만——오스카르도 마체라트와 마찬가지로 추측상의 아버지에 지나지 않으니까——이제는 또 1944년 6월 12일, 즉 쿠르트의 세 번째 생일에 일어난 일로 되돌아가지 않으면 안될 것이다.

다시 한 번 되풀이하면 사내 아이는 스웨터와 공과 돛배 그리고 팽이채와 팽이를 받았고 거기에 더하여 나에게서 빨간 색과 하얀 색으로 니스칠을 한 양철북을 받았다. 그애가 돛배를 거의 해체했을 때쯤 오스카르는 그애에게로 다가갔다. 양철 선물은 등에 감춘 채 자기가 사용하고 있는 양철용 배 밑에 늘어뜨리고 있었다. 우리는 가까이 마주 보고 섰다. 한쪽에는 난쟁이 오스카르. 다른 한쪽에는 그보다 이 센티가 큰 꼬마 쿠르트가 있다. 그는 광포하고 심술궂은 표정을 지었다——아마도 돛배를 아직도 부수고 있는 중이었을 것이다——내가 북을 꺼내어 들어올린 바로 그 순간에 그는 돛배『파미르 호』의 마지막 돛대를 부러뜨리고 말았다.

쿠르트는 그 난파선을 팽개치고 북을 손에 들고는 빙글빙글 돌리면서 바라보고 있었는데 그 표정은 긴장되어 있기는 했지만 약간 부드러워졌다. 지금이야말로 그에게 북채를 내놓을 때였다. 그러나 유감스럽게도 그는 어느 쪽으로도 해석할 수 있도록 한 행동에 위협을 느낀 듯 양철의 가장자리로 북채를 쳐서 내 손에서 떨어뜨렸다. 내가 북채를 줍기 위해 몸을 숙이려고 했을 때 그는 뒤로 손을 뻗쳤고 내가 북채를 집어 다시 그에게 내밀자 손에 들고 있던 생일 선물로 나를 때렸다. 그는 팽이가 아닌 나 오스카르를 때린 것이다. 때리기 위해 홈을 파놓은 팽이를 때리지 않고 아버지를 윙윙 울리게 하고 선회시키려 한 것이다. 나를 때리면서 그는 속으로 생각한 것이다. 이제 곧 잘 돌아갈 거예요, 형 하고. 카인이 아벨을 때렸을 때도 이런 식이었을 것이다. 처음에는 비실비실 돌고 있던 아벨의 몸이 차츰 빨리 정확하게 돌고, 처음에는 둔하게 투덜투덜 중얼거리고 있던 것이 순식간에 소리를 높여 팽이의 노래를 불렀을 것이다. 카인의 채찍은 점점 더 높은 소리에로 나를 유인했다. 그러자 나의 목소리는 사용에 응답하여 테너의 아침 기도를 흘렸다. 은(銀)으로 된 부조세공(浮彫細工)의 천사들, 빈의 소년 합창단, 거세되고 훈련된 가수들은 이런 식으로 노래하는 것이리라——그리고 아벨도 또 이렇게 노래한 끝에 쓰러지고 말았는지도 모른다. 나도 마냥 노래한 끝에 쿠르트 소년의 채찍 밑에 쓰러지고 말았다.

내가 이렇게 비참한 신음 소리를 내면서 쓰러져 있는 것을 보고도 그는 아직 만족하지 않았든지 방안의 공기를 몇 번이나 채찍질했다. 북을 면밀하게 살펴보고 있는 동안에도 그는 미심쩍은 듯이 나를 감시하고 있었다. 우선 첫째로, 빨간 색과 하얀 색으로 칠해진 물건은 의자 모서리에 부딪히고 그리고 바닥에 떨어졌다. 쿠르트는 좀전까지 돛배였던 큰 몸통을 발견했다. 그는 그 목재로 북을 두들겼다. 북을 두들긴 것이 아니라 두들겨 부수었다. 그의 손은 아주 단순한 리듬조차 시도하려 하지 않았다. 그는 단순하게 같은 가락으로, 긴장으로 인해 경직된 얼굴로 양철을 두들겨댔다. 양철은 설마 이런 고수가 나타나리라고는 생각하고 있지 않았다. 아주 가벼운 북채의 연타라면 견딜 수 있지만 통나무 같은 난파선의 몸체로 두들겨 맞고서는 견딜 수 없었다. 북은 우지끈 하고 소리를 내면서 망가졌고 몸통에서 몸을 떼내어 도망치려 했고 빨강과 하양의 니스를 단념하고 회청색의 양철로 동정을 구하며 제발 놓아 주었으면 하고 바랐다. 그러나 아들은 아버지의 선물에 대해 가차없는 태도를 나타냈다. 그리고 아버지가 다시 한 번 수습하려고 몸의 여기저기가 동시에 아픈 것을 참으면서 융단 위를 기어 아들이 있는 바닥 쪽으로 손을 뻗치려고 하자 또다시 채찍이 그 중간에 끼여들었다. 지칠 대로 지친 팽이는 채찍이라는 부인을 잘 알고 있었으므로 윙윙거리며 선회하기를 거부했다. 따라서 북도 또한 힘차면서도 야만스럽지는 않은 솜씨로 북채를 연타하는 마음씨 착한 고수에게 두들겨지는 것을 결국 단

넘하였다.

마리아가 들어왔을 때 북은 고철처럼 망가져 있었다. 그녀는 나를 안아올리고 나의 부어오른 눈과 찢어진 귀에 입맞춤하고 피가 흐르고 부르튼 손을 핥아 주었다.

아아, 마리아가 다만 학대받은 발육 부전의 불쌍한 이상아(異常兒)에게 입맞춤을 베풀어 준 것이 아니라면! 나를 매맞은 아버지로서 인정하고 연인을 생각하는 마음을 담고 하나하나의 상처에 입맞춘다면! 그렇다면 나는 그녀에게 그로부터의 어두운 수개월 동안 큰 위안을 얻고, 비밀이기는 하지만 참된 남편이 될 수 있었을 텐데!

우선 처음에——마리아에게는 별로 관계가 없지만——나의 배다른 형제가 북빙양의 전선에서 갑자기 전사하는 사건이 일어났다. 그 당시 이미 계부(繼父)의 성(姓)인 엘러스를 사용하고 있던 시테판 브론스키는 막 소위로 승진하였다. 모처럼 장교가 되었는데 그 앞날은 영원히 어둠에 싸이고 말았다. 시테판의 아버지인 얀은 폴란드 우체국을 지키다가 자스페의 묘지에서 사살되었고 셔츠 밑에는 스카트 카드를 한 장 가지고 있었지만 그와는 달리 소위는 2급 철십자장(鐵什字章)과 보병 돌격대 휘장 그리고 이른바 냉동육(冷凍肉) 훈장이 그 저고리 가슴을 장식하고 있었다.

6월 말에 트루친스키 아주머니는 가벼운 졸중(卒中)의 발작을 일으켰다. 우편이 나쁜 소식을 전해왔기 때문이다. 하사관 프리츠 트루친스키는 동시에 세 가지를 위해서 전사했다. 총통과 민족과 조국을 위해서이다. 중부전선에서의 일이었다. 프리츠의 지갑에는 하이델베르크, 브레스트, 파리, 바트 크로이츠나하, 잘로니키 등의 예쁜 소녀들이 대개는 웃는 얼굴을 보이고 있는 사진이 들어 있었다. 그 밖에 1급, 2급의 철십자장, 뭔지는 모르지만 갖가지 상이군인 휘장, 청동으로 된 접근전(接近戰) 버클, 대전차포의 파편 두 개, 거기에다 몇 통의 편지를 카나워라는 대위가 중부전선에서 직접 랑푸르의 라베스 거리로 가져다 주었다.

마체라트는 정성을 다해 간호했다. 그리고 트루친스키 아주머니는 완쾌라고는 할 수 없었지만 어떻든 꽤 좋아졌다. 창가에 놓인 의자에 가만히 앉아 나에게서 또는 하루에 두세 번 음식물을 가지고 올라오는 마체라트에게서 캐내려고 하였다.『중부 전선』이란 대체 어디에 있는가, 먼 곳인가, 일요일 하루 걸리면 기차로 갈 수 있는 곳인가 등등.

마체라트로서는 아무리 그럴 마음이 있어도 아무것도 가르쳐 줄 수 없었다. 그래서 임시 뉴스나 국방군 발표를 통해 지리에 대한 교양을 쌓고 있던 내가 이 역할을 맡아 오후의 긴 시간을 내내 의자에 앉아, 머리만을 흔들고 있는 트루친스키 아주머니에게 점점 더 변하고 있는 중부전선에 대한 것을 북을 사용하여 설명해 주었다.

그런데 마리아는 명랑한 프리츠를 무척 좋아하고 있었던 탓인지 신앙심이 깊어졌다. 처음 한동안, 그러니까 7월까지는 아직도 지금까지 익숙해져온 종교를 믿어 일요일마다 그리스도 교회의 헤히트 목사에게로 갔다. 이따금 마체라트가 따라가는 일도 있었으나 그녀는 오히려 혼자 가고 싶어했다.

그러는 동안에 마리아는 프로테스탄트의 예배로는 흡족하지 못하게 되었다. 한 주의 중간에——목요일이었을까, 금요일이었을까 ? ——아직도 폐점 전인데 가게는 마체라트에게 맡기고 마리아는 가톨릭 교도인 내 손을 잡고 신시장 쪽으로 걷기 시작했다. 그리고는 엘젠 거리로 꺾어져서 마리엔 거리로 들어갔고 볼게미트 푸줏간 옆을 지나 클라인하머 공원 쪽으로 갔다——랑푸르 역으로 가는 건가 ? 우리는 잠깐 여행이라도 하는 건가 ? 아니면 카슈바이의 비사우로 가는 건가 ? 하고 오스카르는 속단했다——그러나 우리는 왼쪽으로 꺾어져 철도의 육교 밑에서 미신에 따라 화물 열차를 하나 보내고 나서 물이 뚝뚝 떨어져서 구토증을 자아내는 육교 밑을 빠져나가 곧바로 영화관으로 돌진하지 않고 왼쪽의 철도 둑을 따라 길로 접어들었을 때 나는 생각했다. 그녀는 나를 브룬스헤파 거리의 홀라츠 박사에게로 끌고 가려는 것이거나 아니면 개종(改宗)하여 성심 교회로 가려는 모양이라고.

교회 입구는 철도 둑을 마주 보고 있었다. 둑과 열려 있는 입구 사이에 우리는 멈춰 섰다. 8월의 늦은 오후의 대기 속에는 벌레의 울음 소리가 담겨 있었다. 우리의 등뒤에서는 선로 사이의 자갈 위에서 하얀 두건을 쓴 동부의 여자 노동자들이 곡괭이와 삽을 휘두르고 있었다. 우리는 서늘한 숨을 토해내고 있는 어두운 교회의 뱃속을 몰래 들여다보았다. 맨 안쪽에 교묘하게 관심을 나타내면서 격렬하게 타오르고 있는 하나의 눈——영원의 빛이 있었다. 우리 등뒤의 둑 위에서는 우크라이나 여자들이 삽과 곡괭이로 하던 작업을 중지했다. 기적이 울고 열차가 다가왔다. 보이기 시작했다. 왔다, 왔어, 아직도 계속되고 있다, 아직 끝나지 않았다, 그런 뒤에야 가까스로 지나갔다. 그리고 또 기적이 울었다. 우크라이나 여자들이 삽을 놀리기 시작했다. 마리아는 결심하지 못하고 있었다. 아마도 어느 쪽 발을 먼저 내놓아야 할지 몰랐던 것이리라. 그래서 유일 성성(唯一成聖)의 가톨릭 교회에 태어나서 세례를 받았을 때부터 가톨릭에 익숙해져 있는 나에게 책임을 지우기로 했다. 이리하여 마리아는 비등산과 애정으로 가득 찼던 사건이 일어난 그 두 주일 이래 수년 만에 다시 오스카르가 인도하는 대로 따르게 되었다.

그래서 우리는 선로의 둑과 그곳에서 나는 소리, 그리고 8월과 8월의 신음 소리를 밖에다 남겨 두었다. 약간 수심에 잠겨 작업복 밑에 매단 북을 손가락으로 만지면서 그러나 표정은 흐트러지지 않고 태연한 채 나는 불쌍한 어머니에게 끌려와서 참석한 미사, 주교 집전 미사, 저녁 예배, 토요일의 고해 등을 상기하고 있었다. 어머니는 죽기 직전, 얀 브론스키와의 교제에 지나치게 열을 올린 반동으로 신앙심이 깊어져 토요일마다 가볍게 고해를 하고 일요일에는 성사(盛事)로 힘을 얻어 그 덕분에 마음놓고 다음 목요일에는 가구점 골목에서 얀과 밀회를 즐겼다. 그 무렵의 주교는 누구였지? 빙케라고 했지. 지금도 성심 교회의 사제로 있다. 그는 기분 좋게 들리는 낮은 목소리로 뜻을 알 수 없는 설교를 했다. 그리고 사도신경을 아주 가냘픈 울음 소리로 노래했다. 그 덕분인지 당시 나의 마음에까지도 뭔가 신앙 비슷한 것이 스며든 것이다. 성모 마리아와 소년 예수와 세례자 요한의 상(像)을 모신 그 왼쪽에 옆 제단이 설사 없었다고 하더라도.

그러나 나를 햇빛 속에서 현관으로, 다시 타일을 밟고 예배석으로 마리아를 인도하도록 재촉한 것은 바로 그 제단이었다.

　오스카르는 마음을 느긋하게 먹고 떡갈나무 의자에 마리아와 나란히 침착하게 앉아 있었으나 마음은 점점 더 냉정해졌다. 그로부터 벌써 몇 년이나 지났다. 그런데도 나에게는 여전히 당시 그대로의 사람들이 양심 규명의 책장을 넘기며 계획을 짜면서 빙케 사제의 귀를 기다리고 있는 것처럼만 생각되었다. 우리는 조금 옆으로 떨어져서 성당의 가운데쯤에 앉아 있었다. 어떻게 할 것인지는 마리아가 정하기로 하고 되도록 결정하기 쉽도록 배려해 주었다. 한편 그녀는 고해석에 그다지 가깝지 않으므로 안절부절할 필요는 없었으며 따라서 슬그머니 남모르게 개종할 수도 있었다. 또한 그녀는 고해 전에 준비하는 모습도 목격할 수 있었으므로 그것을 관찰하고 있는 동안에 결심을 굳혀 청문석(聽聞席)의 사제 쪽으로 가서 가톨릭으로 개종하는 데 대해 자세히 의논할 수도 있었다. 특유의 향기, 먼지, 회반죽 아래에서, 몸을 꿈틀거리고 있는 천사들과 굴절하는 광선 아래에서, 경직된 성자들 사이에 달콤한 슬픔에 찬 가톨릭교에 둘러싸여서 무릎을 꿇고 개종하여 처음으로 서툰 손놀림으로 십자를 긋는 작은 마리아의 모습은 보고 있기에도 애처로웠다. 오스카르는 마리아를 살짝 찌르고 십자를 올바르게 긋는 방법을 해보였다. 그녀의 이마 뒤 어딘가에, 가슴속 어딘가에, 엄밀하게는 두 어깨의 어딘가에 성부와 성자 그리고 성령이 살고 있다는 것과 아멘을 할 때는 어떤 식으로 합장을 해야 하는가를 열심히 지켜보는 마리아에게 가르쳐 주었다. 마리아는 내가 가르치는 대로 두 손을 모으고 아멘을 하고 그리고는 기도하기 시작했다.

　처음에는 오스카르도 지금은 이미 고인이 된 사람들을 상기하며 그 사람들을 위해 기도하려고 했다. 그러나 그의 로스비타를 위해 주님께 기원하고 그녀를 위해 영원한 안식과 천국의 기쁨에 들어갈 수 있도록 허락해 달라고 희구하려 했을 때 그는 지상의 자질구레한 일에 마음을 빼앗기고 말아 결국 영원한 안식과 천국의 기쁨이 어느새 파리의 호텔로 이주해 버리고 있었다. 그래서 나는 서문경(序文經) 속으로 도망쳤다. 그렇게 하면 어느 정도 속박되지 않아도 되기 때문이다. 그리고 영원에서 영원으로, 수르슴 코르다 디그눔 에토 유스툼(마음의 소리를 들어라, 그것은 합당하고 옳은 일이다) 하고 외었다——그것은 합당하고 옳은 일이다. 나는 그것만으로 만족하고 옆에서 마리아를 바라보고 있었다.

가톨릭의 기도는 마리아에게 어울렸다. 그녀가 열심히 기도하고 있는 모습은 귀엽고 사랑스러워서 그림에 담고 싶을 정도였다. 기도를 위해서 속눈썹은 길어 보이고 눈썹은 먹으로 그린 것처럼 보이고 볼은 달아오르고 이마는 심각해지고 목은 나긋나긋해지고 콧방울은 떨고 있었다. 마리아의 꽃 같은 슬픈 얼굴을 보고 있는 동안에 나는 말을 걸고 싶은 충동을 느꼈다. 그러나 기도하고 있는 사람을 방해해서는 안 되고 기도하고 있는 사람을 유혹하는 것도, 기도하고 있는 자에게 유혹되는 일도 있어서는 안 되는 것이다. 물론 사람의 눈을 끌 수 있다는 것은 기도하는 자에게 기분 좋은 일일 것이고 기도에도 유익한 일이기는 하겠지만.

그래서 나는 잘 닦여진 의자에서 미끄러져 내렸다. 작업복을 부풀게 하고 있는 북 위에 두 손을 얌전하게 놓았다. 오스카르는 마리아로부터 벗어나 타일 위로 옮기고 양철북과 함께 왼쪽 복도에 있는 십자가의 길 앞을 발소리를 죽여 지나갔다. 성 안토니우스가 있는 곳에서는——참으로 미안하지만——걸음을 멈추지 않았다. 우리는 돈지갑도 열쇠도 떨어뜨린 기억이 없었기 때문이다. 옛날의 프로이센 인들에게 맞아죽은 성 아달베르트 폰 프라크도 왼쪽에 누운 채로 두고, 안식을 주지 않은——체스판 모양으로 늘어서 있는——타일을 잇따라 건너가서 마침내 융단이 있는 곳까지 갔다. 거기에는 왼쪽 옆 제단으로 통하는 층계가 있었다.

새로운 고딕 식 벽돌 건축물인 성심 교회 안은 왼쪽 옆 제단 주변도 모두 옛날 그대로임을 믿어 주리라 생각한다. 장미빛의 벌거벗은 소년 예수는 여전히 성모의 왼쪽 넓적다리 위에 앉아 있었다. 나는 성모 마리아라고는 부르지 않는다. 지금 개종중인 나의 마리아와 혼동할 우려가 있기 때문이다. 성모의 오른쪽 무릎에 여전히 몸을 기대고 있는 것은 초콜릿 빛깔의 텁수룩한 모피를 살짝 몸에 걸치고 있는 소년 세례자이다. 성모는 어떤가 하면 옛날 그대로 집게손가락으로 예수를 가리키면서 눈은 요한을 바라보고 있었다.

그런데 몇 년이나 보지 않았는데도 오스카르의 관심을 끈 것은 성모의 어머니로서의 자랑이 아니라 오히려 두 소년의 상태였다. 예수는 세 번째 생일을 맞이한 아들 쿠르트와 거의 키가 같았고 따라서 오스카르보다 이 센티미터쯤 크다. 기록에 의하면 요한은 나사렛 사람 예수보다 나이가 많지만 나와 키가 비슷하다. 두 사람 모두 영원히 세 살박이인 내가 곧잘 보이는 것과 똑같은 조숙한 표정을 짓고 있었다. 모든 것이 옛날 그대로이다. 벌써 몇 년 전에 내가 불쌍한 어머니를 따라 성심 교회에 찾아왔을 때도 이 두 사람은 역시 이런 교활한 눈을 하고 있었다.

융단이 깔린 층층대를 올라갔으나 미사의 서문경을 외지는 않았다. 나는 주름의 잡힘새를 일일이 음미하고 색칠한 벌거벗은 두 소년의 석고상을 손가락 열 개를 합친 것보다도 민감한 북채로 천천히, 그리고 샅샅이 더듬어 보았다. 다리, 배, 팔, 주름을 세어 보고 움푹 패인 곳을 세었다——이것이야말로 오스카르의 몸매 그것이었다. 나의 건강한 살집, 나의 굳세고 조금 비만한 무릎, 짧기는 하지만 근육질인, 나의 북을 두들기는 팔. 이러한 것을 역시 가지고 있었던 것이다, 이 어린이도.

이 아이는 성모의 넓적다리 위에 앉아 두 팔과 주먹을 치켜들고 있었다. 마치 양철을 두들기려 하고 있는 것 같다. 고수는 예수이지 오스카르가 아닌 것 같다. 그는 나의 양철만을 열심히 기다리고 있는 것 같다. 성모와 요한과 나를 위해서 이번에야말로 매력적인 리듬을 양철북에 실어 보려고 진지하게 생각하고 있는 것 같았다.

나는 수년 전에 한 것처럼 나의 배에서 북을 벗겨 예수를 시험해 보았다. 색칠한 석고를 상하게 하지 않도록 조심하면서 나는 그의 장미빛 넓적다리 위에 빨간 색과 하얀 색이 얼룩진 오스카르의 북을 내밀었다. 그러나 이것은 어디까지나 내가 자기 만족을 얻기 위해서 한 짓이며 따라서 기적을 기대한다거나 하는 어리석은 마음은 없었고 오히려 무능한 조상(彫像)을 바라보고 싶다고 생각한 것이다. 왜냐하면 그는 그런 식으로 앉아서 두 주먹을 쳐들고 있었고 나와 같은 키와 튼튼한 몸매를 하고 있고 내가 무척이나 애를 써서 자제하면서 간직하고 있는 세 살짜리 자태를 석고를 사용하여 쉽게 꾸미고 있기는 했지만 그는 북을 두들길 수 없었다. 두들길 수 있는 체해 보이는 것이 고작이었기 때문이다. 그러나 그러면서도 북만 있으면 자기도 두들길 수 있다고 생각하고 있는 것 같았으므로 나는 말해 주었다. 자, 북이다. 하지만 못 두들기지 않는가. 나는 배꼽을 쥐고 웃으면서 두 개의 북채를 그의 소시지 같은 열 손가락 사이에 밀어넣어 주었다——자, 두들겨 보라고, 귀여운 아기 예수! 채색된 석고상의 양철북 연주다. 오스카르는 충충대를 세 개 내려와 융단에서 타일 위로 옮겼다. 자, 해보시지, 아기 예수, 오스카르는 좀더 뒤로 물러섰다. 훨씬 떨어져서 그는 배꼽이 빠지게 웃었다. 예수는 아까처럼 그냥 앉은 채 북을 두들기지 못하고 있었기 때문이다. 두들기고 싶겠지만 안 되는 것이다——차츰 싫증이 나서 두꺼운 짐승 가죽처럼 나를 들볶기 시작했다——그때 그가 두들겼다. 북을 두들긴 것이다!

주위가 온통 꼼짝도 하지 않고 있는 가운데 그는 왼손, 오른손을 번갈아 때리며 양쪽의 북채를 교차시키면서 북을 두들겼다. 서툴지 않은 연타, 진지한 연주이고 게다가 변화가 풍부하다. 복잡한 리듬도 잘 소화했지만 단순한 리듬 또한 일품이다. 다른 동작은 일체 생략하고 양철에만 매달려 있었다. 종교적이라거나 야비한 병정 같은 느낌이 없고 순수하게 음악적인 인상을 준다. 유행가도 경멸하지는 않았다. 그 중에서도 특별히 연주한 것은 당시 모르는 사람이 없던 곡『모든 것은 지나간다』그리고 물론『릴리 마를렌』도 연주했다. 그는 천천히 약간 어색하게 브론스키의 푸른 눈을 가진 고수머리의 얼굴을 나에게 돌려 꽤 자랑스러운 미소를 짓고 이번에는 오스카르가 좋아하는 곡을 메들리로 들려 주었다.『유리, 유리, 쪼끄만 유리』를 필두로 하여『시간표』로 이어졌다. 이 아이는 나와 똑같이 라스푸틴과 괴테를 대항하시키고 나와 함께 시토크 탑에 올라가고 나와 함께 연단 밑으로 기어들어가고 항구의 돌제에서 뱀장어를 잡고 다리 쪽이 가늘어진 불쌍한 나의 어머니의 관(棺) 뒤를 따라 나와 나란히 걸었다. 그리고 무엇보다도 어처구니없는 것은 나의 할머니 안나 콜야이체크의 넉 장의 치마 밑으로 세 번 네 번 기어들어가고 있었다.

이때 오스카르는 다가갔다. 무엇인가가 그를 끌어당긴 것이다. 융단 위로 가고 싶었다. 이제 타일 위에는 서 있을 수 없었다. 나는 충충대를 하나 또 하나 올라갔다. 사실은 상대방이 내려오는 것을 보고 싶었던 것이다.「예수!」하고 나는 있는 소리를 모조리 짜냈다.「그럴 생각이 아니었어. 내 북이야. 곧 돌려 줘. 너에게는 십자가가 있으니까 그것으로 됐잖아!」

갑자기 중단하지는 않았지만 어쨌든 그는 연주를 끝내고 북채를 몹시 조심스럽게 양철 위에서 교차시키고 별로 대꾸도 하지 않고 오스카르가 경솔하게 빌려 준 물건을 건네 주었다.

나는 인사도 하지 않고 급히 층층대를 뛰어내려 가톨릭 교회에서 물러나려고 했다. 그때 거만하기는 하지만 기분 좋게 느껴지는 목소리가 내 어깨에 닿았다.「나를 사랑하고 있나, 오스카르?」

나는 뒤를 돌아보지도 않고 대답했다.「내가 알 게 뭐야.」

그러자 그는 목소리를 높이지도 않고 같은 투로 되풀이했다.「나를 사랑하고 있나, 오스카르?」

나는 화가 치밀어서 쏘아붙였다.「미안하지만 그렇지는 않은 것 같군!」

그러나 그는 세 번째로 끈질기게 물었다.「오스카르, 너는 나를 사랑하고 있나?」

나는 예수 쪽으로 돌아섰다.「너 같은 건 싫어. 이봐, 젊은이! 너도, 너의 그 법석대는 소란도 모두 싫어!」

기묘하게도 나의 비난은 그의 목소리에 승리의 울림을 주었다. 그는 마치 국민학교의 여교사처럼 집게손가락을 세워 나에게 지시했다.「오스카르, 너는 바위다. 나는 이 바위 위에 나의 교회를 세우기로 하지. 나를 따라서 하게!」

여러분은 나의 격분한 모습을 상상할 수 있으리라고 생각한다. 분노한 나머지 나의 피부는 수프 속의 닭껍질처럼 되었다. 나는 석고 발가락 하나를 뜯어냈다. 그러나 그는 이제 움직이려고도 하지 않았다.

「다시 한 번 말해 봐.」하고 오스카르는 말했다.「너의 빛깔을 벗겨내고 말겠다!」

더 이상 말은 들리지 않았다. 나타난 것은 여느 때와 마찬가지로 다리를 질질 끌면서 교회 곳곳을 돌아다니는 그 노인뿐이었다. 왼쪽 옆 제단을 배례한 노인은 나를 전혀 눈치채지 못하고 다리를 끌면서 가버렸고 이제는 이미 아달베르트 폰 프라크에 가 있었다. 나도 층층대를 구르듯이 뛰어내려 융단에서 타일 위로 옮겼고 뒤도 돌아보지 않고 체스판 무늬를 건너 마리아에게로 갔다. 그녀는 마침 내가 가르쳐 준 대로 정확한 방법으로 가톨릭 십자를 긋고 있는 참이었다.

나는 그녀를 성수반(聖水盤)이 있는 곳으로 데리고 갔다. 교회 중앙의 거의 정면 현관에 가까운 곳에서 다시 한 번 본제단 쪽을 향해 십자를 긋게 했다. 모든 것을 그녀에게만 하게 하고 나는 하지 않았다. 그리고 나서 그녀는 무릎을 꿇으려고 했으나 나는 그대로 그녀를 바깥 햇볕 속으로 끌고 나왔다.

차츰 저녁 때가 되어가고 있었다. 철도 둑 위에서 작업을 하고 있던 여자 노동자들은 이제 보이지 않았다. 그 대신 랑푸르 교외역 조금 못 미처서 화차의 입환 작업이 벌어지고 있었다. 모기 떼가 포도송이처럼 되어서 공중에 걸려 있었다. 위쪽에서부터 종소리가 들려와 그 소리가 화차 부딪치는 소리에 녹아들었다. 모기는 포도송이처럼 그대로 있었다. 마리아는 눈물에 젖은 얼굴을 하고 있었다. 오스카르는 소리를 지르고 싶은 심정이었다. 예수란 놈을 어떻게 해주면 좋을까? 나는 내 목소리에 이 임무를 지우고 싶은 참이었다. 그의 십자가 같은 것이 나와 무슨 상관이 있다는 것인가? 그러나 나는 내 목소리가 그의 교회 창문에 대해서는 무력하다는 것을 충분히 알고 있었다. 어쨌든 이제부터 저 아이는 페트루스라든가 페트리, 동(東) 프로이센 같으면 페트리카이트라고 불리는 무리들 위에 그의 교회를 세우면 되는 것이다.

『이봐, 오스카르. 교회의 창문은 가만히 놓아 두라고!』 하고 나의 마음속에서 악마가 속삭였다. 『저놈은 네 목소리까지 망쳐 버리고 만다고.』 그래서 나는 힐끗 눈을 들어 새로운 고딕 양식의 창문을 측량만 하고 떠났다. 노래도 부르지 않고 그의 뒤를 따르지도 않고 마리아와 나란히 역전 거리의 육교를 향해 터덜터덜 걸었고 물방울이 떨어지는 터널을 지나 클라인하머 공원으로 통하는 길을 올라가다가 마리엔 거리를 향해 오른편으로 꺾어지고 볼게미트 푸줏간 옆을 지나 엘젠 거리로 좌

회전하고 시트리스 강을 건너 신시장으로 향했다. 그곳에서는 방화용 저수지를 만들고 있었다. 라베스 거리는 길었으나 그래도 마침내 도착했다.

오스카르는 마리아와 헤어져 아흔 계단을 올라 다락으로 갔다. 거기에는 시트가 널려 있었고 시트 뒤에는 방화용 모래가 쌓여 있었다. 그리고 모래와 양동이, 신문지 다발과 결기와 더미 저쪽에 내 책과 위문극단 시절 이래의 예비 북이 있었다. 그리고 신발장 속에는 낡기는 했지만 여전히 배(梨) 모양을 하고 있는 전구 몇 개가 있었다. 이 속에서 오스카르는 우선 하나를 꺼내어 노래로 부수었다. 두 개째를 꺼내 유리 분말로 만들었다. 세 번째 것은 깨끗하게 둥글게 잘랐다. 네 번째 것은 그의 노래로 『예수』라고 깨끗이 써놓고 그런 다음 유리와 문자를 함께 박살냈다. 다시 한 번 해볼까 하고 생각했지만 이제는 전구가 더 이상 없었다. 나는 너무 지쳐서 방화용 모래더미에 기대었다. 오스카르의 목소리는 아직도 건재했다. 예수는 어쩌면 제자를 발견한 것인지도 모른다. 그러나 나의 최초의 사도(使徒)는 먼지털이들로 하겠다.

먼지털이들

제자들 모으는 일이 힘에 부친다는 한 가지 사실만으로도 오스카르는 그리스도의 후계자로서 부적당하기는 하지만 그러나 그때에 해주신 말씀이 우여곡절 끝에 내 귀에 들려와 나를 후계자로 만든 것이었다. 그렇다고는 하지만 내가 내 선배들을 믿고 있었던 것은 아니었다. 그러나 의심하는 자는 믿고, 믿지 않는 자는 가장 오래 믿는다는 법칙대로, 성심 교회 안에서 나에게만 비밀리에 제시된 조그만 기적을 나는 의심하여 도저히 그냥 지나쳐 버리지 못하고 오히려 그가 북 연주를 반복하도록 도우려 했던 것이다.

이따금 오스카르는 마리아를 동반하지 않고 지금 얘기한 벽돌 건축으로 된 교회엘 갔다. 오스카르는 몇 번이나 트루친스키 아주머니네 집을 빠져나왔다. 어쨌든 그녀는 의자에 꼼짝하지 않고 앉아 있어서 나를 붙잡을 수는 없었으니까. 예수가 나에게 무엇을 제공해 줄 수 있다는 건가? 어째서 나는 왼쪽 통로에서 하룻밤의 절반을 버티다가 결국 교회지기에게 감금되고 말았는가? 어째서 오스카르는 왼쪽 옆 제단 앞에서 귀를 유리처럼 경직시키고 손발이 뻣뻣해지도록 서 있었던가? 그것은 이를 갈며 비하(卑下)하고 마찬가지로 이를 갈며 모독했음에도 불구하고 나의 북소리도 예수의 목소리도 들을 수 없었기 때문이다.

가련한지고! 나의 생애에서 한밤중의 성심 교회의 타일 위에서만큼 이를 덜덜 떤 적은 없다. 어떤 광대도 일찍이 오스카르 이상의 딸랑이를 발견한 적은 없을 것이다! 이때 나는 시원스럽게 기관총을 울리는 전선 지구를 흉내낸 것이다. 그렇지 않다면 사업 결과 타자기로 가득찬 보험회사를 위턱과 아래턱 사이에서 관리한 것이다. 그것은 여기저기로 울려 반향과 갈채를 받았다. 이때 열주(列柱)는 몸부림치고 둥근 천장은 소름이 끼쳤다. 나의 기침은 외발로 타일의 체스판 무늬 위를 뛰고 십자가의 길을 뒷걸음질쳐서 회중석으로 올라가고 성가대석으로 날아올라가 예순 배가 되어서 기침했다——이 바하 협회는 노래는 부르지 않았으나 오히려 기침을 하는 데는 숙달되어 있었다——오스카르의 기침이 오르간 파이프 속으로 기어들어가 일요일의 그레고리우스 성가 때 나오면 좋은데 하고 생각하기 시작했을 때 이번에는 성구(聖具) 보관실에서 기침 소리가 나고 그 직후에는 설교단에서, 그리고 마침내는 본제단 배후에서 콜록거리면서 십자가에 걸려 있는 운동선수의 등에서 끊어졌다. 그리고 순식간에 그의 영혼을 기침과 함께 뱉어냈다. 이것으로 끝났다고 나의 기침이 말했다. 하지만 아무것도 끝난 것이 아니었다. 소년 예수는 경직된 손에 뻔뻔스러운 태도로 나의 북채를 들고 나의 양철을 장미빛 석고 표면에 올려 놓은 채 두들기려 하지는 않았고 나의 승계권을 보증하려고 하지도 않았다. 오스카르는 자기에게 권해진 『그리스도 흉내』를 문서상 으로 보장받고 싶었을 정도였다.

이때부터 나의 몸에는 어떤 습관, 또는 악습이 붙고 말았다. 교회를 참관할 때는, 아주 유명한 대성당일지라도 한 발짝 타일 위에 발을 들여놓으면 몸은 아주 건강한데도 그칠 새 없이 기침이 나오는 것이다. 기침은 교회의 건축 양식, 높이, 넓이에 따라 고딕 풍이나 로마네스크 풍 또는 바로크 풍으로 전개된다. 몇 년 뒤에는 울름의 대사원이나 시파이어의 돔에서 나의 기침을 오스카르의 북 위에 반향시키게도 되는 것이다. 그러나 내가 당시 8월이 한창일 때 묘석처럼 차가운 가톨릭 교를 마음속 깊이 느끼고 있을 무렵에는 교회 건물의 단체 여행에서 먼 나라들을 돌아다닌다는 것은 꿈 같은 이야기이며, 생각해 보면 계획적인 철수에 한 군인으로서 참가한 사람이 늘 지니고 있는 수첩에 어쩌다 이런 식으로 기입하는 경우에 한정되어 있었다.『오늘 오르비에토에서 철수. 교회의 정면이 멋지다. 전쟁이 끝나면 모니카와 함께 좀더 자세히 보러 와야지.』

나로서는 교회에 다니는 단골이 되기는 쉬운 일이었다. 나를 만류하는 것이 집에는 아무것도 없었기 때문이다. 물론 마리아가 있기는 했다. 하지만 마리아에게는 마체라트가 있었다. 내 아들 쿠르트도 있었다. 하지만 이 개구쟁이는 점점 더 다루기 힘든 존재가 되어가고 있었다. 내 눈 속에 모래를 집어 던지고 내 살 속에서 손톱이 꺾어져 버릴 만큼 사납게 아버지인 나를 할퀴었다. 그리고 또 아들은 두 주먹을 나에게 보여 주었다. 하얀 마디가 있는 주먹이었다. 전투 준비를 갖춘 두 주먹을 보기만 해도 벌써 내 코에서는 피가 뿜어나왔다.

기묘하게도 마체라트가 이러한 나를 어색하기는 하지만 진심으로 위로해 주었다. 오스카르는 놀라움으로 이 호의를 감수했지만 지금까지 오스카르에 대해 무관심했던 사나이가 그를 무릎에 올려 놓고 또 끌어안으며 얼굴을 들여다보고 한 번은 입맞춤까지 해주고 눈물을 글썽이면서 마리아에게, 아니 어쩌면 혼잣말처럼 말했다.

『그런 일은 도저히 할 수 없어. 자기의 아들을 그렇게 하다니. 그가 몇 번을 되풀이하든, 또 모든 의사가 같은 말을 하더라도 그건 안돼. 그 사람들은 간단하게 그런 말을 써보내지만 그 사람들은 아마 아이를 가진 적이 없기 때문일 거야.』

마리아는 탁자에 앉아서 여느 날 밤과 마찬가지로 크게 펼친 신문지 위에 식량 배급권을 붙이고 있었으나 눈을 들면서 말했다.

「좀더 가볍게 생각해요, 알프레트. 당신은 내가 조금도 걱정을 안 하고 있다는 투로 말하지만 의사들이 지금은 모두 그렇게 한다고 말하고 있잖아요? 나로서는 어떻게 해야 좋을지 모르겠어요.」

마체라트는 집게손가락으로 피아노를 가리켰다. 나의 불쌍한 어머니가 죽은 뒤로 이 피아노가 음악을 연주한 일은 없다.

「아그네스라면 그런 일은 절대로 하지 않고 용서하지도 않았을 거야!」

마리아는 피아노에 시선을 던지고 어깨를 잔뜩 치켜올렸다가 이야기를 시작할 때에야 겨우 어깨를 다시 떨구었다.

「그야 그럴 테죠. 그 사람은 어머니이니까요. 이애가 제대로 되기를 언제나 바라고 있었으니까요. 하지만 어때요? 결국 소용이 없었잖아요? 이 아이는 어디엘 가도 들볶이기만 하고, 살 수도 또 죽을 수도 없어요!」

피아노 위에는 여전히 베토벤의 초상화가 걸려 있었고 그것은 음침한 히틀러를 음침한 눈으로 물끄러미 바라보고 있었는데 마체라트는 이 초상화에서 힘을 얻는 것일까?

「안돼!」하고 그는 소리질렀다.「절대로!」그러면서 주먹으로 탁자를 내리쳤다. 탁자 위에 놓여 있는 젖어서 끈적끈적한 종이를 내리쳤다. 마리아에게서 수용소 소장의 편지를 낚아채고 그것을 두 번 세 번 읽고는 북북 찢었다. 그리고는 그 종이 조각을 빵 배급권, 기름 배급권, 식품 배급권, 여행 배급권, 중노동자용 배급권, 초중노동자용 배급권, 임신 수유부(姙娠授乳婦)용 배급권 사이에 집어 던졌다. 오스카르는 마체라트 덕분에 그 의사들의 손에 넘어가지 않아도 되었으나 그로부터 오늘에 이르기까지 줄곧 마리아의 모습을 보기만 하면 당장 그에게는 더없이 아름다운 산의 공기에 싸인 무척이나 아름다운 병원, 그리고 그 병원 안에 현대식으로 기분 좋게 꾸며진 밝은 수술실이 보이곤 한다. 쿠션이 달린 그 수술실의 두꺼운 문 앞에서 수줍어하면서도 신뢰를 담은 미소를 띤 마리아가 제1급의 의사들에게 나를 맡긴다. 의사들도 보기만 해도 믿음직스러운 미소를 띠면서 소독한 흰 옷 뒤에서 제1급의 효과 만점인

믿음직스러운 주사기를 손에 들고 있다.

이리하여 전세계가 나를 저버리고 말았다. 마체라트가 제국 후생성의 공문서에 서명하려 했을 때 그의 손가락을 마비시킨 것은 나의 불쌍한 어머니의 그림자였고 내가 나를 버린 이 세계를 버리려고 했을 때 몇 번이나 방해한 것도 역시 어머니의 그림자였다.

오스카르는 은혜를 모르는 사람이 되고 싶지는 않다. 나에게는 아직도 나의 북이 있었다. 그리고 나의 목소리도 남아 있었다. 물론 유리에 대한 나의 전과를 모조리 알고 있는 당신들에게는 나의 목소리는 별로 새로운 것을 제공하지 못하고, 변화를 좋아하는 대부분의 사람들을 따분하게 만들 것이다——그러나 나에게 오스카르의 목소리는 북 이상으로 나의 존재를 실증하는 영원히 신선한 증거물이었다. 즉 내가 유리를 노래로 박살내는 한 나는 존재하고 있었던 것이며 내가 겨냥한 호흡이 유리의 숨통을 끊는 한 내 속에는 아직도 생명이 존재하고 있었던 것이다.

오스카르는 당시 노래를 많이 불렀다. 자포자기적으로 마구 불러댔다. 언제나 늦게서야 성심 교회에서 돌아올 때 반드시 무언가를 노래로 파괴했다. 돌아오는 도중 특별히 찾아다니는 것이 아니라 눈에 띈 것, 예를 들면 차광이 불충분한 다락방이라든가 규칙대로 파랗게 칠해진 가로등 따위를 선택했다. 교회에 갔다올 때마다 나는 다른 길을 택했다. 어떤 때는 안톤 멜러 거리를 지나 마리엔 거리로 나왔다. 어떤 때는 우파겐 거리를 큰 걸음으로 올라가 콘라트 학교를 돌면서 학교의 현관 유리를 산산조각내고 그런 다음 독일인 거주지를 지나 막스 할베 광장으로 나왔다.

8월 말의 어느 날, 교회에 늦게 도착하니 현관이 벌써 닫혀져 있었으므로 나는 여느 때보다 길을 멀리 돌아서 울분을 달래야겠다고 결심했다. 가로등을 세 개째마다 해치우면서 역전 거리를 뛰어올라갔다. 영화관 뒤에서 오른쪽으로 꺾어져 아돌프 히틀러 거리로 들어가 왼편의 보병대 병영의 정면 유리는 건드리지 않았으나 그 대신 올리바 쪽에서 이쪽으로 오고 있는, 승객이 뜸한 시전에 나의 울분을 퍼부어 어둠이 흐리게 하고 있는 왼쪽 유리를 남김없이 박살내고 말았다.

오스카르가 전과를 확인하자마자 브레이크가 삑 하고 걸리더니 시전이 정차했고 사람들이 투덜거리면서 내렸다가 다시 승차했다. 오스카르는 분노 때문에 후식을 찾았다. 과자 따위는 좀처럼 구경할 수 없는 이 시절에 과자가 먹고 싶었던 것이다. 그리고 그의 발이 편상화 속에서 겨우 정지했을 때 그는 랑푸르 교외의 변두리에 도달해 있었다. 거기에는 비행장의 광대한 진지 전방에 베덴트 가구 상회와 이웃하여 발틱 초콜릿 공장의 본관이 달빛 속에 길게 누워 있는 것이 보였다.

그러나 이제 나의 분노는 삭아들었으므로 나는 이 공장에 대뜸 자기 소개를 하는 일을 하지는 않았다. 천천히 태세를 가다듬고 달빛이 세어 준 유리의 장 수를 고쳐 세어 보고 달빛의 계산이 틀리지 않았음을 확인했다. 그런 다음 이제 슬슬 자기 소개에 들어갈까 하고 생각했으나 그 전에 알아 두고 싶은 것이 있었다. 아까부터 미성년자 한떼가 내 뒤를 따라오고 있었던 것이다. 호흐시트리스에서부터 또는 이미 역전 거리의 밤나무 가로수 길에서부터 내 뒤에 있었던 것인지도 모른다. 이 무리들이 대체 무엇 때문에 그러는지 나는 알고 싶었던 것이다. 호엔프리트베르거 거리의 시전 정류장 옆에 있는 대합실 앞이라든가 그 안에는 예닐곱 명이 있지만 그 밖에도 다섯 명 가량의 어린이가 초포트로 향하는 큰 거리의 가로수 뒤에 숨어 있음을 알 수 있었다.

나는 초콜릿 공장 방문을 연기하고 이 어린이들을 피하기로 했다. 길을 돌아서 비행장 옆의 철교를 건너고 녹지대를 지나서 클라인하머 거리의 맥주회사 쪽으로 빠져나갈 생각이었다. 그때 오스카르의 귀에 놈들이 미리 정해 놓은 암호의 휘파람 소리가 다리 쪽에서도 들려왔다. 이제는 더 의심할 여지가 없었다. 이 행진의 목표는 나였던 것이다.

누구나 이런 상황에 놓이게 되면, 즉 추적자는 분명히 나타나 있지만 아직 사냥은 시작되지 않은 짧은 유예 기간 동안에는 유쾌히 즐기면서 마지막 살아남을 길을 여러 가지로 헤아려 보는 법이다. 이 경우 오스카르는 큰소리로 어머니와 아버지를 불러도 좋을 것이다. 그렇지 않으면 나의 북을 두들겨서 누구라도, 하다못해 경찰관이라도 좋으니까 부를 수 있었을 것이다. 어른들은 내 체격을 보고서는 틀림없이 나를 지지해 주었을 것이다. 그러나──오스카르도 때로는 주의(主義)를 관철시킬 때가 있다──성숙한 통행인의 도움이나 경찰관의 중재는 받지 않기로 했다. 그리고 호기심과 자부심에 자극되어 운명을 하늘에 맡기기로 하고 정말 어처구니없는 짓을 하고 말았다. 즉 나는 초콜릿 공장의 공지(空地) 앞에 있는, 타르를 칠한 담에 틈새가 없나 하고 찾았으나 하나도 발견하지 못했다. 미성년자들이 정류소 옆 대합실과 초포트 거리의 나무 그늘을 떠나는 것이 보였다. 오스카르는 담을 따라 전진했다. 그들은 다리 쪽에서도 다가왔다. 판자 담에는 여전히 구멍 하나 없었다. 그들은 서둘러 달려오는 기색도 없고 오히려 따로따로 떨어져서 느릿느릿하게 오고 있었다. 아직도 오스카르에게는 구멍을 찾을 여유가 약간 있었다. 그들은 담의 틈새를 발견하는 데 필요한 만큼의 시간을 나에게 준 것이다. 그러나 겨우 판자가 한 장 떨어져 나간 것을 발견하고 옷의 어딘가를 찢기면서 그 틈새로 빠져나갔으나 담 저쪽에도 바람막이 외투를 입은 소년 네 명이 두 손을 스키 바지에 찔러 넣은 채 나를 기다리고 서 있었다.

나는 달아날 수도 숨을 수도 없다는 것을 곧 알았기 때문에 우선 옷의 찢긴 구멍을 찾아보았다. 담의 틈새를 빠져나올 때 생긴 구멍이다. 그것은 바지의 오른쪽 엉덩이에서 발견되었다. 손가락을 펴서 재보았더니 지겹게도 컸다. 그러나 나는 태연스럽게 얼굴을 들었다. 기다리는 동안에 시전 정류소와 한길, 그리고 다리 쪽에서 아이들이 모두 몰려와 담을 넘었다. 담의 틈새는 이 무리들이 빠져나올 수 있을 만큼 크지 않았던 것이다.

이것은 8월 말에 일어난 일이었다. 달은 이따금 구름 속에 숨었다. 나는 이럭저럭 스무 명 가까운 아이들을 세었다. 제일 어린 애가 열네 살, 가장 나이가 많은 애는 열여섯이나 열일곱쯤으로 보였다. 1944년의 여름은 건조하고 더웠다. 나이 많은 애들 중의 네 명이 공군 조수의 제복을 입고 있었다. 1944년은 앵두가 풍년들었던 해로 기억된다. 그들은 삼삼오오 짝지어 오스카르의 주위를 둘러싸고 서로 낮은 소리로 말을 주고받고 있었다. 은어를 사용하고 있었기 때문에 나는 별로 알려고도 하지 않았다. 게다가 또 그들은 이상한 이름으로 서로를 부르고 있었는데 그 가운데 내가 깨달은 몇 가지 사실을 들어 보면, 가령 약간 뿌연 사슴의 눈을 하고 있는 열다섯 살 가량의 애는 리치하제라든가 때로는 드레시하제라고 불렀다. 그 옆에 있는 애는 모두가 푸테라고 불렀다. 가장 몸집이 작지만 확실히 가장 어리지는 않은, 윗입술을 비죽이 내밀고 속삭이는 아이는 콜렌클라우라고 불렀다. 공군 보조원 중 하나는 미스터라고 불렀고 다른 한 사람은 수펜훈(수프의 닭)이라는 그럴 듯한 이름을 가졌다. 역사상의 이름도 나왔다. 사자왕(獅子王)이 있었고 창백한 얼굴을 한 아이는 푸른 수염이라고 불렀다. 토틸라나 테야 등 나에게는 친숙한 이름도 나왔다. 뿐만 아니라 그야말로 뻔뻔스러운 이야기이지만 베리살리우스나 나르세스를 자칭하는 자까지 있었다. 그 중에 진짜 벨로아 모자를 오리가 못에 떠 있는 것같이 삐딱하게 쓰고 레인코트를 질질 끌 듯이 입고 있는 소년이 한 사람 있었다. 유명한 해적을 본따서 시테르테베커라고 부르고 있었는데 나는 특히 이 아이를 세밀하게 관찰했다. 불과 열여섯 살이었는데 그는 이 그룹의 지도자였다.

그들은 오스카르 따위는 안중에 없는 체하며 그가 제풀에 지치도록 만들 속셈인 것 같았다. 그래서 나는 조금 재미있기도 하고 또 소년들의 이런 모험 놀이에 걸려든 나를 한편으로는 속상하게 생각하기도 하면서, 다리가 피로해졌기 때문에 북 위에 걸터앉아 만월에 가까운 달을 바라보며 내 생각의 일부분을 성심 교회 안으로 돌려 보려고 했다.

어쩌면 그는 오늘 북을 두들기면서 뭐라고 한 마디 했을지도 모르는 일이었다. 그런데도 상대인 나는 발틱 초콜릿 공장의 뜰에 앉아 기사(騎士) 놀이, 도둑 놀이에 한몫 끼여 있다. 어쩌면 그는 나를 기다리고 있을지도 모른다. 북으로 짧은 서주(序奏)를 연주한 뒤에 다시 입을 열고 나에게 그리스도 흉내를 설명하려고 계획하고 있었는지도 모른다. 그리고 내가 가지 않았기 때문에 실망하고 틀림없이 화가 나서 눈썹을 치켜올리고 있을 것이다. 예수는 이 소년들을 어떻게 생각했을까? 예수의 모습을 닮았으며 그의 후계자이고 대리인인 오스카르는 이 일당을 어떻게 다루어야 할까? 푸테라든가 드레시하제라든가 푸른 수염이라든가 콜렌클라우라든가 시테르테베커라고 서로 부르고 있는 이 미성년자들을 향해 『아이들로 하여금 나에게로 오게 하라 ! 』라는 예수의 말씀으로 말을 거는 일이 오스카르에게 가능했을까 ?

시테르테베커가 다가왔다. 그의 오른쪽에는 콜렌클라우가 붙어 있다. 시테르테베커가 말했다. 「일어나 ! 」

오스카르는 눈을 여전히 달에게 주고, 생각은 성심 교회 왼쪽 옆 제단 앞에다 둔 채 일어서려고 하지 않았다. 그러자 시테르테베커의 눈짓에 따라 콜렌클라우가 내 엉덩이 밑에 있는 북을 걷어찼다.

나는 북을 더 이상 다치게 할 수는 없어서 일어나 북을 주워 외투 밑에 집어 넣었다.

이 시테르테베커는 귀여운 얼굴을 하고 있군 하고 오스카르는 생각했다. 두 눈이 약간 움푹 들어가 있고 너무 가깝기는 하지만 입 언저리는 재기가 넘쳐 있고 잘 움직였다.

「너 어디서 왔니 ? 」

드디어 심문이 시작되었다. 나는 이 인사가 마음에 들지 않았기 때문에 또다시 둥근 달에게 얼굴을 돌린 채——달은 무엇이든지 기꺼이 받아 준다——달을 북으로 여기고 내 멋대로의 과대 망상에 나도 모르게 미소를 지었다.

「이 녀석 빈정거리고 있어, 시테르테베커.」

콜렌클라우는 내 태도를 보고 그의 두목에게 『먼지털기』라고 일컫는 행동을 취하자고 건의했다. 뒤에서 기다리고 있는 다른 녀석들, 즉 여드름투성이인 사자왕, 미스터, 드레시하제, 푸테 등도 먼지털기에 찬성했다.

여전히 달을 쳐다보면서 나는 마음속에서 먼지털기라는 글자의 철자를 확인했다. 꽤 멋진 말이지만 그러나 별로 유쾌한 것을 뜻하고 있지 않음은 분명하다.

「먼지털기를 언제 할 것인지는 내가 정한다 ! 」 하고 시테르테베커는 동료들이 웅성거리는 것을 제지하고 또다시 나에게로 화살을 돌렸다.

「역전 거리에서 벌써 몇 번이나 너를 보았다. 거기에서 무엇을 하고 있었지 ? 어디에서 왔지 ? 」

한꺼번에 두 가지 질문을 하였다. 오스카르가 이 자리에서 벗어나려면 적어도 한쪽 질문에는 대답할 필요가 있었다. 그래서 나는 달에서 얼굴을 돌리고 영향력이 풍부한 푸른 눈으로 시테르테베커를 쳐다보면서 조용하게 말했다.「교회에서 왔다.」

시테르테베커의 레인코트 뒤에서 중얼거리는 소리가 잠깐 들리더니 내 대답을 보충했다. 콜렌클라우는 내가 말하고 있는 것이 성심 교회라는 것을 이해했다.

「이름은?」

언젠가는 틀림없이 나올 질문이었다. 첫대면에는 으레 붙어다니게 마련이다. 이 질문은 인간의 대화 중에서 중요한 자리를 차지하고 있다. 크고작은 극작품(劇作品)은 이 질문에 대한 대답으로 이루어지고 있다. 오페라 역시 마찬가지다——로엔그린을 보라.

그런데 나는 두 구름 사이에서 달빛이 비치기를 기다렸다가 내 눈의 푸른 동자에 깃든 빛을 숟가락으로 수프를 세 숟가락 정도 떠마실 시간 동안 시테르테베커 위에 작용시키고 나서 입을 열어 이름을 말했다. 단, 말의 효과를 생각하면 샘이 났다——왜냐하면 오스카르라는 이름으로는 고작 홍소를 자아낼 것이 틀림없었으니까——그래서 오스카르는 「내 이름은 예수다.」 하고 말하였다. 이 고백은 꽤 오랜 정적을 가져왔으나 이윽고 콜렌클라우가 기침을 했다.

「두목, 역시 먼지털기를 해야 되겠어.」

먼지털기에 찬성한 사람은 콜렌클라우만이 아니었다. 시테르테베커가 숟가락을 탁 퉁기며 먼지털기를 하라고 허락했다. 그러자 콜렌클라우는 나를 붙잡고 내 오른쪽 상박을 주먹으로 꽉 누르고는 사정없이 급격하게, 팔이 뜨겁고 아플 만큼 쑤셔댔다. 그러는 중에 시테르테베커가 다시 손가락을 탁 퉁겨 중지를 명했다——이것이 먼지털기라는 것이었다!

「자, 이름을 말해!」 벨로아 모자를 쓴 두목은 싫증이 났던지 오른손으로 권투 흉내를 냈다. 지나치게 긴 레인코트의 소매가 말려 올라가서 달빛에 그의 손목시계가 보였다. 그리고 왼쪽에서 나에게 속삭였다.

「일 분간의 여유를 주겠다. 그 동안에 말하지 않으면 시테르테베커는

『작살내.』 하고 말할 거다.」

어떻든 오스카르는 일 분간 마음놓고 달을 쳐다보며 이 분화구로부터 빠져나갈 길을 찾고 그리스도의 후계자가 되리라고 이미 굳힌 결심을 다시 의심해 볼 수 있는 여유를 허락받았다. 나는 『작살내.』라는 말이 마음에 들지 않았고 게다가 이런 소년들로부터 시간의 지시 따위를 결단코 받고 싶지 않았기 때문에 오스카르는 삼십오 초 가량 지나고 나서 말했다. 「나는 예수다.」

다음에 일어난 일은 효과만점이었으나 그러나 이것은 내가 연출한 것은 아니었다. 내가 다시 그리스도 흉내를 고백한 직후 시테르테베커가 손가락을 탁 퉁겨 콜렌클라우에게 먼지털기를 시키기 전에——공습 경보가 울린 것이다.

「예수다.」라고 오스카르는 말하고 다시 숨을 들이마셨다. 계속 잇따라서 사이렌이 울림으로써 내 말을 실증했다. 가까운 비행장의 사이렌, 호흐시트리스 보병 막사 본관의 사이렌, 랑푸르 숲 바로 앞에 있는 호르스트 베셀 고등학교 지붕의 사이렌, 시테른펠트 백화점의 사이렌, 아득히 먼 힌덴부르크 가로수 길 쪽에서는 공업대학의 사이렌이……. 잠시 뒤에는 이 교외의 모든 사이렌이 긴 호흡으로 정력적으로, 마치 대천사(大天使)들처럼 내가 알린 복음을 받아들여 밤을 흔들고, 꿈을 타오르게 했다가는 깨버리고, 잠자고 있는 자들의 귓속으로 스며들고, 초연하게 있는 달에게 차광 불능(遮光不能)의 천체가 가지는 무서운 의미를 부여한 것이었다.

오스카르가 이 공습 경보가 완전히 자기 편이라는 것을 알고 있었던 데 비해, 반면 시테르테베커는 이 사이렌 소리에 초조해했다. 그의 부하들 중의 일부는 이 경보와 동시에 즉시 근무에 들어가지 않으면 안 되었다. 그래서 우선 공군 보조원 네 명이 담을 타고 넘어 시전 차고와 비행장 사이에 있는 8코마8의 포병 진지로 떠나게 되었다. 다른 부하들 중 세 명, 이 가운데에는 베리살리우스가 끼여 있었는데 그들도 또한 콘라트 학교에서 방공 감시역을 맡기 위해 즉시 떠나갔다. 시테르테베커는 남아 있는 열다섯 명 가량의 소년을 모아 가지고 하늘에서는 아직 아무 일도 시작될 기미가 보이지 않자 다시 심문을 시작했다.

「그럼 너는 끝까지 예수라 그 말이지——뭐, 괜찮아. 다른 질문을 하겠다. 너는 어떻게 해서 가로등이나 유리창을 그렇게 만들어 놓지? 발뺌은 용서하지 않겠다. 우리는 다 알고 있으니까!」

터무니없는 말이다, 이 소년들은 다 알고 있는 것이 아니다. 고작해야 내 목소리의 성과를 이것저것 관찰했을 뿐이다. 오스카르는 이 미성년자들을 너그러이 보아 주기로 했다. 오늘날 같으면 간단하게 『똘마니』라는 호칭이 들어맞을 정도의 무리이다. 뻔뻔하지만 어색한 데도 있는 그들의 목적 추구를 용서해 주리라고 생각하고 나는 온화하고 냉정한 태도를 취했다. 즉 이들이 몇 주일째 온통 시내를 떠들썩하게 만들고 있던 악명 높은 먼지털이들이었다. 이 소년의 일당은 형사 경찰과 히틀러 청소년단 순찰대에 쫓기고 있는 몸이었다. 나중에 판명된 바에 의하면 이 무리들은 콘라트 학교와 페트리 고등학교, 호르스트 베셀 고등학교의 학생들이었다. 그리고 노이파르바사에도 먼지털이들의 제2그룹이 있는데 지도자는 물론 고교생이지만 그 단원의 3분의 2는 시하우 조선소와 차량공장의 견습공으로 이루어져 있었다. 두 그룹이 함께 활동하는 일은 좀처럼 없었고 원칙적으로 특수한 경우, 즉 시하우 소로(小路)에서 시테판스 공원이나 밤의 힌덴부르크 가로수 길에 걸쳐서 매복했다가 비쇼프스베르크의 숙사에서 밤훈련을 마치고 돌아오는 여자청년단 간부들을 노릴 때에만 국한되어 있었다. 두 그룹은 분쟁을 피하기 위해 서로의 행동 범위를 엄밀히 구분하고 있었다. 시테르테베커는 노이파르바사 단의 지도자를 경쟁자라기보다는 오히려 맹우(盟友)로 보고 있었다. 먼지털이단은 모든 것에 싸움을 걸었다. 히틀러 청소년단의 사무실을 습격하기도 하고 연인과 공원에서 사랑을 나누고 있는 휴가병의 훈장이나 계급장을 노리기도 하고 공군 보조원으로 있는 동료의 도움을 빌어 고사포 부대에서 무기, 탄약, 가솔린 따위를 훔쳐내기도 했는데 처음의 목표는 배급국에 일대 공격을 가하는 일이었다.

오스카르는 먼지털이들의 조직과 계획에 대해서는 아무것도 모르고 있었지만 당시 그들이 모든 사람으로부터 버림받고 있는 것 같아 비참한 생각을 가지고 있었으므로 이 미성년자들에게 둘러싸여 있는 동안에 오히려 안도감 비슷한 감정이 생겼다. 이미 나는 마음속에서 남 모르게 이 소년들과 손을 잡고 있었다. 나이 차이가 너무 난다는 구실——나는 스무 살이 되려 하고 있었다——에는 개의치 않고 이렇게 나 자신을 꾸짖었다. 왜 너는 이 소년들에게 너의 재주를 실증해 보이지 않는 거지? 젊은 사람들은 언제나 호기심이 강한 법이다. 너에게도 열대여섯 살 때가 있었을 것이다. 무엇인가 한 가지 예를 들어 실제로 해보여라. 어쩌면 그들은 놀라서 앞으로 너의 명령에 복종하게 되는지도 모른다. 너는 여러 가지 경험을 쌓아 풍부해진 영향력을 그들에게 미칠 수 있을 것이다. 자, 이제야말로 너의 천직에 따를 때다, 젊은이들을 모아 가지고 그리스도를 본받는 길로 나서는 것이다.

아무래도 시테르테베커는 나의 심사숙고에 충분한 이유가 있음을 알아차린 것 같았다. 그는 나에게 시간 여유를 주었다. 나는 그것을 그에게 감사했다. 8월 말. 달밤이고 엷은 구름이 끼여 있었다. 공습 경보. 해안에는 두세 개의 탐조등. 정찰기가 침입한 모양이다. 파리에서 철수한 때도 이 무렵이었다. 나의 전방에는 발틱 초콜릿 공장의 창문이 많은 본관이 있었다. 퇴각을 계속한 중앙방면군은 비스라 강에서 발을 멈추고 있었다. 물론 발틱은 지금은 소매업자를 위해 조업하는 것이 아니라 공군용으로 초콜릿을 생산하고 있었다. 오스카르도 패튼 장군의 병사들이 미군 제복을 입고 에펠 탑 아래를 산책하고 있는 그림에 익숙해지지 않으면 안 되었다. 그것은 나로서는 괴로운 일이었다. 그래서 오스카르는 북채를 높이 들어올렸다. 로스비타와 함께 지낸 그 숱한 시간. 시테르테베커는 나의 거동에 주목하여 북채를 따라 초콜릿 공장 쪽으로 시선을 돌렸다. 태평양의 작은 섬들에서는 한낮의 태양 밑에서 일본군이 계속 소탕되고 있는데 이곳에서는 달이 공장의 모든 창문에 동시에 머무르고 있었다. 그리고 오스카르는 들을 수 있는 귀를 가진 모든 사람을 향해 말했다.

「예수가 지금 저 유리들을 노래로 부수겠다.」

최초의 유리 석 장을 처치하기 전에 나는 머리 위에서 한 대의 비행기가 윙윙 소리를 내고 있는 것을 깨달았다. 다음의 두 장이 달빛을 단념하는 동안에 나는 생각했다. 저 비행기는 이제 틀렸군, 저렇게 큰소리로 윙윙거리고 있으니 말야. 그런 다음 나는 나의 목소리로 공장 맨 위층에 남아 있는 유리창을 모두 검게 칠해 버리고 또 몇 대의 탐조등이 빈혈증에 걸려 있는 것을 확인하고 나서 나르비크 진지 옆의 고사포대에서 나오고 있는 듯한 빛의 반사를 중간층과 아래층의 몇 장의 유리창에서 제거했다. 맨 처음에 해안의 고사포 진지가 사격을 가했다. 그리고 나는 중간층에 있는 나머지를 해치웠다. 거기에 이어 곧 알트쇼틀란트와 펠론켄 그리고 셸뮐의 고사포대가 사격 허가를 받았다. 일층에 유리창 석 장이 남아 있었다——전투기가 비행장에서 이륙하여 공장 위를 아슬아슬하게 날아갔다. 내가 일층을 완전히 해치우기 전에 고사포는 사격을 그치고 올리바 상공에서 세 개의 탐조등으로부터 동시에 축복을 받고 있는 네 발 장거리 폭격기를 격추하는 역할을 전투기에게 맡겼다.

처음 한동안 오스카르는 다소 걱정이 되었다. 인상적인 방공 전투와 자기의 연기가 동시에 행해지게 되었기 때문에 소년들의 주의가 분산되어 공장에서 밤하늘로 마음이 날아가 버릴 우려가 있었기 때문이다.

그랬던 만큼 한층 더 나는 놀랐는데 내가 전부 해치운 뒤에도 소년들은 여전히 유리창이 없는 초콜릿 공장에서 시선을 떼려 하지 않았다. 이때 가까이에 있는 호헨프리트베르거 거리 쪽에서 마치 극장에서와 같은 브라보의 외침 소리와 박수 갈채가 요란스럽게 들려왔다. 폭격기에 포탄이 명중한 것이다. 불길에 싸여서 그리고 사람들을 기쁘게 해주면서 예시켄탈 숲속으로 불시착 아닌 추락을 한 것이다. 이런 소란 속에서도 유리가 없는 공장에서 떠난 사람들은, 그 가운데는 푸테도 있었으나, 극히 소수의 단원들뿐이었다. 그러나 시테르테베커도 콜렌클라우도 격추 따위에는 아무런 관심도 보이지 않았다.

지금은 아까와 마찬가지로 이미 하늘에 달과 별들이 흩어져 있을 뿐이었다. 전투기가 착륙했다. 아득히 멀리에서 소방차 소리가 들려왔다. 이때 시테르테베커는 돌아서서 언제나 경멸하는 것처럼 비죽거리고 있는 입을 보이며 예의 권투 흉내를 내고 지나치게 긴 레인코트의 소매 속에 가려져 있던 손목시계를 드러내고는 그것을 풀어 말없이 나에게 건네주었다. 숨을 헐떡거리고 있었다. 그리고 뭐라고 말하려 했으나 경보

해제를 알리는 사이렌이 울리기 시작했기 때문에 그것이 끝날 때까지 기다리지 않으면 안 되었다. 그리고 나서 그는 부하들의 동의를 얻어 나에게 고백하였다.

「좋아, 예수, 네가 원한다면 너는 우리들과 한패가 되어서 행동을 같이 해도 좋아. 우리는 먼지털이다, 알겠나?」

오스카르는 손에 든 손목시계의 무게를 재고 있었으나 야광 도료가 칠해진 바늘이 밤 열두 시 이십삼 분을 가리키고 있는 이 정교한 물건을 콜렌클라우 소년에게 선물했다. 소년은 받아도 되는지를 묻는 것처럼 두목을 바라보았다. 시테르테베커는 고개를 끄덕여 동의했다. 그리고 오스카르는 귀로에 오르기 편하게 북의 위치를 고치면서 말했다.

「예수가 너희들의 선두에 서겠다. 나를 따르라!」

그리스도 강탄극(降誕劇)

당시에는 언제나 비밀 무기나 최후 승리를 화제로 삼고 있었다. 우리들 먼지털이는 그 어느 쪽도 화제로 삼지 않았으나 비밀 무기는 어김없이 가지고 있었다.

오스카르가 서른 내지 마흔 명으로 구성된 일당의 지휘를 맡게 되었을 때 나는 시테르테베커로부터 먼저 노이파르바사 그룹의 대장을 소개받았다. 그는 모르케네라는 열일곱 살 소년으로서 절름발이고 노이파르바사 수로 안내소 관리의 아들이었는데 신체 장애 때문에——그의 오른쪽 다리는 왼쪽 다리보다 이 센티 가량 짧았다——공군 보조원도 신병도 되지 못하고 있었다. 모르케네는 자기의 다리를 일부러 눈에 띄게 절룩거리고 있었는데 실은 내성적인 성격 때문에 항상 작은 소리로 말했다. 언제나 교활해 보이는 엷은 웃음을 띠고 있었는데, 이 젊은이는 콘라트 학교의 최상급생으로서 가장 우수한 학생으로 알려져 있었고——러시아

군이 이의 신청(異議申請)이라도 제기하지 않는 한——고교 졸업 시험을 모범적인 성적으로 통과할 가망이 충분히 있었다. 모르케네는 철학을 지망하고 있었다.

　시테르테베커가 나를 존경한 것과 마찬가지로 절름발이 젊은이도 무조건 나를 먼지털이의 선두에 서는 예수로서 인정했다. 오스카르는 즉시 두 사람으로부터 저장품과 현금에 대한 보고를 받고 확인했다. 두 그룹 모두 약탈해서 얻은 수확을 같은 지하실에 모아 두고 있었다. 이 지하실은 랑푸르의 예시켄탈 거리 옆 조용한 귀족의 별장에 있었는데 습기도 없고 아주 넓었다. 푸테의 양친인『폰 푸트카마』부부의 별장으로 완만하게 언덕을 이룬 목장이 한길에서 격리되어 있었고 온갖 덩굴 식물이 뒤얽혀 있었다. 당대의 주인인 폰 푸트카마 씨는 폰메른 폴란드 프로이센의 혈통을 이은 기사 십자훈장(騎士十字勳章) 소지자로서 그 무렵 아름다운 프랑스에서 군단을 지휘하고 있었다. 이와는 반대로 부인인 엘리자베트 폰 푸트카마는 병중이어서 벌써 몇 달 전부터 남(南) 바이에른에 머무르며 거기서 요양하고 있었다. 먼지털이들에게 푸테라고 불리고 있던 볼프강 폰 푸트카마는 이 별장을 마음대로 사용하고 있었다. 이 젊은 주인의 시중을 들기 위해 하녀가 있기는 했으나 나이가 많은 데다 귀가 멀고 게다가 위층에 살고 있었기 때문에 세탁장을 통해 지하실에 드나들고 있던 우리는 그녀와 한 번도 마주치지 않아도 되었다.

　저장실에는 통조림류와 담배류, 그리고 낙하산용 비단천이 몇 뭉치 쌓여 있었다. 어떤 선반에는 군용 시계가 두 다스나 매달려 있었다. 시테르테베커의 명령으로 이 시계들을 언제나 정확한 시간으로 맞추어 두는 것이 푸테의 임무였다. 그리고 또 그는 두 자루의 자동 권총, 기관총, 피스톨 같은 것을 닦아 두지 않으면 안 되었다. 바주카 포 일 문과 기관총탄 그리고 스물다섯 개의 수류탄도 나에게 보여 주었다. 이러한 모든 것과 가솔린 깡통의 당당한 대열은 모두 배급국 습격용으로 정해져 있었다. 그래서 내가 예수의 이름으로 내건 최초의 명령은 이러했다.「무기와 가솔린은 마당에 묻어라. 총포의 격철은 예수에게 넘겨 줄 것. 우리의 무기로는 다른 종류를 사용한다！」

젊은이들은 여기저기서 훔쳐온 훈장이나 기장이 가득 들어 있는 궐련 상자를 꺼내서 보여 주었는데 나는 미소를 띠고 이러한 장식품의 소지를 그들에게 허가했다. 그러나 저 낙하산 대원용 칼은 젊은이들 손에서 빼앗아 두어야 했었다. 그렇게 하지 않았기 때문에 나중에 소년들은 칼집 속에서 사용되기를 바라며 아름답게 들어 있는 칼을 휘두르는 사태가 일어났다.

그리고는 현금이 운반되어 왔다. 오스카르는 그것을 계산하게 하고 다시 한 번 확인하고 나서 이천사백이십 마르크의 금액을 기록케 했다. 그것은 1944년 9월의 일이었다. 1945년 1월 중순에 코네프와 쥐코프가 비스라 강 돌파를 단행했을 때 우리는 지하 저장실에 보관해 둔 현금을 포기하지 않으면 안될 사태에 직면하게 되었다. 푸테가 자백하고 만 것이다. 그리고 고등법원의 책상 위에 삼만 육천 마르크의 현금이 쌓여진 것이었다.

내 성격상, 오스카르는 그룹 활동을 하는 동안 별로 표면에 나타나려고 하지 않았다, 나는 낮에 대개 혼자서, 또는 기껏 시테르테베커만 데리고 야간 공격에 알맞는 목표를 물색하였다. 그리고 그것이 발견되면 실제 지휘는 시테르테베커나 모르케네에게 맡기고 나 자신은——지금 나는 이것을 비밀 무기라고 부른다——트루친스키 아주머니네 집에서 떠나지 않고 예전보다도 좀더 원격 작용의 힘을 강화시킨 노래로 엉망으로 파괴하였다. 밤 늦게, 침실의 창에서 몇 개나 되는 당지부(堂支部)의 아래층 창을 파괴하고 식량 배급권을 만드는 인쇄소의 안뜰을 파괴하고 또 어떤 때는 고교 교사의 사택 부엌문을 파괴한 적도 있는데, 이것은 소년들이 이 교사에게 보복하고 싶다면서 말을 듣지 않았기 때문이고 나로서는 본의 아닌 일을 하게 된 것이다.

벌써 11월이었다. V1호와 V2호가 영국 본토로 날아갔다. 그리고 나의 목소리도 랑푸르를 넘어 힌덴부르크 가로수 길을 따라 중앙 정류장, 구시가(舊市街), 오른쪽 시가를 뛰어넘어 푸줏간 소로에 있는 박물관을 찾아갔고 그 속으로 소년들을 침입시켜 목각으로 된 니오베의 선수상(船首像)을 찾아내도록 했다.

결국 그 선수상은 발견되지 않았다. 옆방에서 트루친스키 아주머니는 의자에 꼼짝도 하지 않고 앉아서 머리를 흔들고 있을 뿐이었지만 나와 공동 보조를 취하고 있지 않았다고도 말할 수 없다. 왜냐하면 오스카르가 먼 곳을 노려보고 노래를 불렀을 때 그녀도 역시 먼 곳을 노려보며 생각을 집중하고 있었기 때문이다. 그녀는 아들 헤르베르트를 찾아 천국을 돌아다녔고 아들 프리츠를 찾아 중부 전선을 헤매다녔다. 1944년 초에 라인란트로 시집간 장녀 구스테를 찾아가기도 하고, 또 먼 뒤셀도르프의 거리를 헤매다니지 않으면 안 되었다. 그 거리에 급사장(給仕長) 케스터의 집이 있었기 때문이다. 물론 케스터 자신은 당시 라트비아 남부에 머물고 있었다. 구스테가 그를 자기 옆에 붙들어 놓고 정답게 지내는 것이 허용된 것은 불과 이 주일 동안의 휴가 때뿐이었다.

매일 밤 평화로웠다. 오스카르는 트루친스키 아주머니의 발 밑에 앉아 북으로 조금쯤 공상을 전개해 보았으나 이윽고 타일 제(劑) 난로의 구멍 속에서 구운 사과를 꺼내어 노파와 유아용의 주름살투성이의 과일을 가지고 어두운 침실 안으로 사라졌고 차광지(遮光紙)를 들어올려 창문을 조금 열어 냉기를 들어오게 하고 목표물을 겨냥한 원격 작용의 노래를 내보냈다. 그러나 깜박이는 별을 향해 노래를 부른 것도 아니고 은하(銀河) 위에서 무언가를 찾으려 한 것도 아니고 겨냥한 것은 빈터펠트 광장이었다. 그렇다고는 하지만 그것도 방송국 건물이 아니라 그 맞은편에 있는 네모난 건물이었는데 그 속에는 히틀러 청소년단 지부 사무실이 문을 나란히 하고 있었다.

날이 개었을 때는 나의 작업은 일 분도 걸리지 않았다. 작업하는 동안 창문을 열어 두었기 때문에 구운 사과는 조금 식어 버리고 말았다. 그것을 씹어먹으면서 나는 트루친스키 아주머니와 북으로 돌아와 이윽고 침대에 들어가면서 확신할 수 있었다. 오스카르가 잠을 자고 있는 동안에 먼 지털이들이 예수의 이름으로 당의 자금이나 식량 배급권, 또는 좀더 중요한 공용 스탬프, 인쇄한 서식 용지라든가 히틀러 청소년단의 순찰대 대원 명부 등을 훔쳐내고 있을 것이 틀림없다는 것을.

나는 시테르테베커와 모르케네가 위조한 증명서를 사용하여 여러 가지

바보스러운 일을 저지르는 것을 관대하게 보아 주었다. 일당의 큰 적은 뭐니뭐니 해도 순찰대였다. 그래서 이 상대를 마음내키는 대로 붙잡아 먼지털기를 해준다는——담당자인 콜렌클라우의 표현을 빌면——그들의 불알을 닦아 준다는 것은 나로서는 지극히 당연한 일이었다.

그러나 이러한 공격은 이를테면 서곡에 지나지 않고 나의 진짜 계획과는 전혀 관계가 없었으므로 어쨌든 나는 방관자와 같은 태도를 취했다. 따라서 1944년 9월에 순찰대 고관 두 명을 묶어서——그 중의 한 사람은 울던 애도 그 이름을 들으면 울음을 그친다던 헬무트 나이트베르크였는데——쿠우 교 상류의 모틀라우 강에 가라앉힌 것이 먼지털이들의 소행인지 어떤지를 나로서는 증언할 수 없다.

먼지털이들과 라인 강변 쾰른의 에델바이스 해적단 사이에 어떤 연결이 있었다든가 투흘러 하이데 지역의 폴란드 인 빨치산들이 우리들의 활동에 영향을 미치고 지도까지 했다는 등의 얘기가 나중에 소문으로 떠돌았으나 오스카르 겸 예수로서 일당을 이중으로 대표하고 있는 나는 여기에 반박하고 이러한 소문을 전설의 나라로 추방하지 않을 수 없었다.

재판 때는 7월 20일에 일어난 히틀러 암살 사건 공모자들과의 관계까지 추궁당하는 형편이었다. 롬멜 장군과 아주 가까운 사이인 푸테의 아버지 아우구스트 폰 푸트카마가 자살했기 때문이다. 푸테가 전쟁중에 아버지를 만난 것은 네 번인가 다섯 번이고 그나마 언제나 황급하게, 그때마다 계급장이 달라져 있는 것을 깨달았을 정도로 끝나곤 했지만 우리들은 재판 때 비로소 자세한 것을 알게 되었다. 이 장교의 신상 문제 같은 것은 우리와는 아무 상관이 없었지만 푸테가 부끄러움도 체면도 없이 큰소리로 울음을 터뜨렸기 때문에 옆에 있던 콜렌클라우가 재판관들 앞에서 그에게 먼지털기하지 않으면 안 되었다.

우리들이 활동하고 있는 동안 딱 한 번 어른들이 접촉을 요청해온 적이 있었다. 조선소의 노동자들이었는데——나는 공산당계인 듯하다는 것을 곧 눈치챘다——그들은 우리의 동료인 시하우 조선소의 견습공들에게 영향을 미쳐 우리를 적색 지하운동에 끌어들이려고 시도했다. 견습공들은 귀가 솔깃해졌다. 그러나 고교생들은 모두 정치적 경향이라는 것에는 반발했다. 공군 보조원으로 있는 미스터는 먼지털이단 중에서 으뜸가는 풍자가이고 이론가였는데 그룹 회합 때 그의 견해를 다음과 같이 공식화했다.

「우리는 도대체가 정당 따위와는 일체 관계가 없다. 우리는 양친을 비롯해서 그 밖에 어른들 전체에 대해 도전하는 것이다. 그들이 무엇에 가세하고 무엇에 반항하는가 하는 따위는 우리와는 전혀 상관없는 일이다.」

미스터의 표현에는 다분히 과장이 있었으나 고교생들은 한결같이 그의 의견에 동의했다. 이렇게 해서 먼지털이들 사이에 분열이 일어났다. 그 결과 시하우 조선소의 견습공들은 그들만의 별도 단체를 결성하고——그들은 모두 유능했던 만큼 정말로 안타까운 일이었다——시테르테베커와 모르케네의 항의를 무시하고 그후에도 먼지털이단이라고 자칭했다. 재판에서——그들의 그룹도 우리의 그룹도 동시에 검거되었는데——조선소 구내에서 일어난 U보트 모선(母船)의 방화 사건에 대한 혐의를 받고 있었다. 훈련 기간중인 U보트 승무원과 사관 후보생이 백 명 이상이나 그때 무참히 죽음을 당한 것이다. 화재는 갑판 위에서 일어났기 때문에 갑판 밑에서 자고 있던 U보트 승무원들은 선원실에서 빠져나오려고 해도 빠져나올 수 없었다. 열여덟 살 안팎의 사관 후보생들이 현창(舷窓)을 통해 바닷속으로 뛰어들려고 했으나 허리뼈가 걸려서 나갈 수 없었다. 배 위에는 어느새 불길이 번지고 그들의 비명이 너무나도 처참하고 언제까지나 그치지 않았기 때문에 기정(汽艇)에서 사살하지 않으면 안될 정도였다.

우리는 방화 같은 것은 하지 않았다. 범인은 시하우 조선소의 견습공들이었는지도 모르고 어쩌면 베스터란트 조합의 패거리인지도 모르는 일이었다. 어쨌든 먼지털이들은 절대로 방화는 하지 않았다. 그들의 정신적 지주인 나는 할아버지 콜야이체크로부터 방화범의 자질을 이어받고 있었다고 할 수 있을는지도 모르지만.

지금까지도 나는 그 기계 조립공의 일을 기억하고 있다. 킬의 독일 공장에서 시하우 조선소에 배속되어온 사나이로서 먼지털이단이 분열

되기 직전에 우리를 찾아왔다. 후크스발의 하역 노동자 피츠거의 아들인 에리히와 흐르스트 형제가 이 사나이를 푸트카마 별장의 지하실에 있는 우리들에게 데리고 왔다. 이 사나이는 세밀하게 우리의 저장소를 시찰하고 알맞은 무기가 없는 것을 탄식하면서도 어떻든 적당한 칭찬의 말을 했는데 이 일당의 수령은 누구인가 하고 그가 물었을 때 시테르테베커는 즉시, 모르케네는 머뭇거리면서 나를 가리켰다. 그러자 사나이는 웃음을 터뜨렸다. 그것은 언제까지나 계속되는 아주 건방진 웃음이었으므로 하마터면 오스카르의 명령으로 먼지털기 형벌에 처해질 지경이었다.

「대체 저 난쟁이는 누구지?」 하고 그는 모르케네를 향해 말하면서 엄지손가락으로 어깨 너머의 나를 가리켰다.

모르케네가 약간 당혹스러운 엷은 웃음을 띠고 대답하려 하자 그보다 빠르게 시테르테베커가 기분 나쁜 조용한 목소리로 말했다.「그는 우리들의 예수다.」

발터라는 이름을 가진 그 기계 조립공은 이 말이 비위에 거슬린 듯 우리의 본거지에서 감히 화를 내기 시작했다.

「뭐라고? 이봐, 자네들은 정치를 위해서 뭉쳐 있는 건가, 아니면 교회의 합창단 같은 기분으로 크리스마스를 위해서 그리스도 강탄극의 연습이라도 하고 있는 건가?」

시테르테베커는 지하실 문을 열고 콜렌클라우에게 눈짓을 한 뒤 윗도리 소매에서 낙하산 대원용 칼의 칼날을 번쩍번쩍 드러내 보이면서 조립공을 향해, 아니 동료 모두를 향해서 말했다.

「우리는 합창단이다. 크리스마스를 위해서 그리스도 강탄극을 연습하고 있는 것이다.」

그러나 조립공 나리는 별로 따끔한 맛을 보지는 않았다. 그에게 눈가리개를 하고 별장 밖으로 끌어냈을 뿐이니까. 그런 뒤 얼마 안 있다가 우리들과 시하우 조선소의 견습공들은 헤어지게 되었다. 그들은 조립공의 지도하에 별도의 조직을 결성한 것이다. 그리고 나는 U보트 모선에 불을 지른 장본인은 그들이라고 확신하고 있다.

나는 시테르테베커의 대답이 옳았다고 생각한다. 우리는 정치에 관심이 없었다. 이 무렵에는 히틀러 청소년단의 순찰대도 잔뜩 위축되어서 거의 사무실에서 나오려 하지 않고 고작해야 중앙정류장에서 태평스러운 아가씨들의 신분증명서를 검사하는 정도의 일밖에 하지 않았으므로 우리는 활동 범위를 교회 안으로 옮겨, 극좌파 조립공의 표현을 빌면 그리스도 강탄극을 연습하기 시작한 것이다.

우선 유능한 시하우 견습공들이 탈퇴한 뒤의 공백을 메울 필요가 있었다. 10월 말에 시테르테베커가 성심 교회의 합창단원 두 사람에게 가입 선서를 시켰다. 펠릭스와 파울 렌반트 형제로서 시테르테베커가 이 두 사람에게 접근할 수 있었던 것은 두 사람의 누나인 루치에 덕분이었다. 아직 열일곱 살도 안된 소녀여서 내가 말리려고 했는데도 결국 선서하는 자리에 입회했다. 렌반트 형제는 왼손을 나의 북 위에 얹고 먼지털이단 선서의 말을 외지 않으면 안 되었다. 긴장할 대로 긴장한 소년들의 눈에는 내 북도 일종의 상징처럼 비쳤던 것 같다. 선서문이라는 것은 주문(呪文)을 모아 놓은 것 같이 아주 터무니없는 것으로서 지금에 와서는 나로서도 전혀 그 뜻을 알 수 없다.

오스카르는 선서 때 루치에의 모습을 관찰했다. 어깨를 치켜올리고 있었으나 왼손에 든 샌드위치는 가느다랗게 떨렸고 아랫입술을 깨문 뾰족한 여우 같은 얼굴을 경직시킨 채 반짝반짝 빛나는 눈은 시테르테베커의 등을 주시하고 있었다. 나는 먼지털이단의 장래에 의구심을 갖게 되었다.

우리는 지하실 내부의 모양을 바꾸기 시작했다. 나는 트루친스키 아주머니의 집에서 합창대의 협력 아래 필요한 비품 조달을 지휘했다. 성 카타리나 사원으로부터는 나중에 틀림없는 진짜로 판명된 16세기의 작품인 요셉의 반신상, 그리고 촛대 몇 개, 미사용품 약간, 성체 제기(聖體祭器)를 가지고 왔다. 밤에 성 삼위일체(三位一體) 교회를 방문했을 때 예술적으로는 보잘것없는 목조 『나팔 부는 천사』와 벽의 장식용으로 적합한, 다채로운 고블랑 직(織)을 가지고 왔다. 이것은 옛 것을 본뜬 복제품이었는데 일각수(一角獸)라는 이름을 가진 온순한 가공의 짐승을 거느리고 있는 부인을 나타내고 있었다. 시테르테베커의 지적에 의하면,

이 벽걸이 위에 짜여진 소녀의 미소에는 루치에의 여우 같은 얼굴에 감돌고 있는 미소와 똑같은 잔혹한 교태가 있다는 것이다. 확실히 그런 느낌이 없지도 않았지만 그러나 나는 나의 오른팔 역할을 하는 간부가 저 전설상의 일각수처럼 온순해지지 않기를 기대했다. 지하실의 정면 벽에는 지금까지는 『검은 손』이라느니 『해골』이라느니 하는 쓸데없는 것이 여러 가지 그려져 있었으나 이번에는 여기에 벽걸이를 매달았다. 이렇게 해서 마침내 일각수의 주제가 우리의 회의를 항상 지배하게 되었을 때 나는 자문했다. 오스카르여, 어째서 너는 짜서 만든 제2의 루치에까지 여기에 끌어들였는가, 이곳에 드나들면서 너의 배후에서 소리를 죽이고 웃고 있는 루치에를 말이다. 루치에는 너의 간부들을 일각수로 만들고 말 것이다. 아니, 살아 있는 루치에도 직물 위의 루치에도 결국 목표는 너에게 있는 것이다. 오스카르여, 그럴 수밖에 없는 것이 정말로 전설적인 것은 너뿐이니까 훌륭한 소용돌이 모양의 뿔을 가진 독특한 짐승은 너뿐이니까 말이다.

다행스럽게도 이윽고 그리스도 강림절이 다가와서, 나는 근처 교회로부터 접수한 실물 크기의 소박한 그리스도 강탄의 조상(彫像)으로 벽걸이를 완전히 막아 버릴 수 있었고 그 우화(寓話)를 흉내내려는 주제넘은 일도 이제는 없게 되었다. 12월 중순, 룬트시테트가 아르덴 산지(山地)를 공격하기 시작했을 무렵 우리들도 우리들의 대공세 준비를 완료하고 있었다.

마리아는 완전히 가톨릭 신자가 되어 버려 마체라트를 걱정시키고 있었으나 나는 그 마리아의 손을 잡고 몇 주일인가를 계속해서 일요일마다 열 시 미사에 참석한 것 외에 먼지털이단 일동에게도 교회에 다니라고 명령했다. 이렇게 내부 모습을 완전히 파악하고 난 뒤 우리들은 12월 18일부터 19일에 걸쳐서 한밤중에 성심 교회에 침입했다. 합창대의 렌반트 형제가 안내해 주었기 때문에 오스카르가 유리를 노래로 깰 필요는 없었다.

눈이 내렸으나 쌓일 정도는 아니었다. 우리는 세 대의 손수레를 성물 납실(聖物納室) 뒤에 세워 놓았다. 동생 쪽 렌반트가 정면 현관의 열쇠를

가지고 있었다. 오스카르가 앞에 서서 소년들을 선수반 쪽으로 데리고
가고 회중석에서 한 사람 한 사람 본제단 쪽을 향해 무릎을 꿇게 했다.
그리고는 성심(聖心) 예수상에게 노동봉사단의 모포를 씌우도록 명령
했다. 예수의 파란 눈이 우리의 작업을 방해할까 두려웠던 것이다. 작업
도구는 드레시하제와 미스터가 왼쪽 옆 제단 앞에 운반해 놓았다. 우선
마구간에 많이 들어 있는 모상(模像)과 전나무를 회중석으로 실어내지
않으면 안 되었다. 우리는 양치기와 천사, 양이나 당나귀 또는 소를 듬뿍
거둬들였다. 이것으로 우리의 지하실에는 조연자들만 많이 모였다. 이제는
주역을 기다릴 뿐이었다. 베리살리우스가 제단의 꽃을 치웠다. 토틸라와
테야가 융단을 걷었다. 콜렌클라우가 도구를 끄집어냈다. 그러나 오스
카르는 기도대 뒤에 무릎을 꿇고 이 해체 작업을 감시하고 있었다.

우선 처음에 초콜릿 색의 모피를 걸친 세례자가 톱으로 썰렸다. 강
철톱을 가지고 온 것은 참으로 다행이었다. 석고의 내부에서 굵기가
손가락만한 금속봉이 세례자와 구름을 연결시키고 있었던 것이다. 콜
렌클라우가 톱질을 했다. 고교생다운 솜씨였다. 즉 서툴렀다는 것이다.
시하우 조선소의 견습공들을 잃은 것이 또다시 아쉬웠다. 시테르테베커가
콜렌클라우와 교대했다. 약간 나은 것 같았다. 반 시간 동안 소음을 낸
뒤 세례자를 뉘어서 모포에 쌌다. 깊은 밤 교회의 정적이 절실하게 몸에
느껴졌다.

소년 예수는 엉덩이 전체가 성모의 왼쪽 넓적다리에 붙어 있었기 때
문에 절단하는 데 좀더 애를 먹었다. 족히 사십 분간 드레시하제와 렌반트
형과 사자 왕이 여기에 매달려야 했다. 모르케네가 아직 오지 않는 것은
대체 어떻게 된 거지? 그가 노이파르바사에서 곧바로 부하를 데리고
이곳으로 와 교회 안에서 우리들과 합류하기로 되어 있었다. 그러는 편이
사람들 눈에 띄지 않을 것이기 때문이었다. 시테르테베커는 기분이 언
짢고 초조한 것처럼 보였다. 그는 몇 번이나 렌반트 형제에게 모르케네
일을 물었는데 결국 우리들 모두가 예상했던 대로 루치에라는 이름이
튀어나오자, 시테르테베커는 더 이상 질문하지 않고 사자왕의 서툰 손
에서 톱을 뺏어들고 화가 난 듯한 격렬한 동작으로 소년 예수의 마지막

숨통을 끊었다.

　이 상(像)을 뉠 때 후광이 파손되었다. 시테르테베커는 나에게 용서를 빌었다. 나는 나 자신까지도 왠지 초조해지는 것을 가까스로 억누르고 금박이 붙은 석고 원판의 파편을 두 개의 모자 안에 주워 담게 했다. 콜렌클라우는 접착제로 이 파손을 고칠 수 있다고 믿고 있었다. 절단한 예수상에 이불을 대고 다시 이것을 두 장의 모포로 둘둘 말았다.

　우리의 계획으로는 성모의 허리 윗부분을 톱으로 자르고 발바닥과 구름 사이에 제2의 톱질을 가한다는 것이었다. 구름은 교회 안에 남겨 두기로 하고 결국 두 개로 만든 성모 외에 말할 것도 없이 예수상, 그리고 가능하다면 세례자까지 우리의 푸트카마 저택 지하실로 수송하려고 생각하고 있었다. 그런데 석고상의 무게는 우리가 예상하고 있던 정도는 아니었다. 어느 것이나 속은 비어 있고 석고의 두께는 고작 손가락 두 개 정두밖에 안 되고 다만 성가신 것은 쇠골격뿐이었다.

　소년들, 그 중에서도 특히 콜렌클라우와 사자왕은 지쳐 있었다. 약간의 휴식을 취하지 않으면 안 되었다. 왜냐하면 다른 사람들은 톱질할 수 없었기 때문이다. 렌반트 형제도 안 되었다. 모두들 교회의 벤치에 멍하니 기대어 떨고 있었다. 시테르테베커만 일어선 채, 교회에 들어올 때부터 벗고 있던 벨로아 모자를 꼬깃꼬깃 구겨 쥐고 있었다. 어색한 공기였다. 어떻게 조치를 취하지 않으면 안 된다. 소년들은 공허한 밤의 성당 건축 밑에서 참고 있었다. 모르케네가 오지 않는 것도 진정되지 않는 원인이 되고 있었다. 렌반트 형제는 시테르테베커가 무서운 듯 옆으로 떨어져서 작은 소리로 이야기를 주고받고 있었으나 시테르테베커에게 주의를 받고 입을 다물었다.

　나는 크게 숨을 쉬면서 천천히 기도대에서 일어나 아직도 남아 있는 성모 쪽으로 곧바로 걸어갔다. 그렇게 나는 지금도 믿고 있다. 요한을 바라보고 있던 성모의 눈이 지금은 가루투성이가 된 석고의 제단 층계 위를 향하고 있었다. 조금 전까지 예수를 가리키고 있던 오른쪽 집게 손가락은 허공을 가리키고 있었다. 아니, 어두운 왼쪽 복도를 가리키고 있었다. 나는 제단의 층계를 한 단 또 한 단 올라가면서 뒤로 고개를 돌려 시테르테베커의 움푹 들어간 눈을 찾았다. 그 눈은 얼이 빠져 있었으나 콜렌클라우가 쿡쿡 찌르자 내 요구를 받아들였다. 그는 나를 보았다. 그러나 그 눈은 내가 본 적이 없을 만큼 불안했고 나를 이해하고 있지도 않았다. 그러나 그러던 중 마침내 조금은 알아차린 듯했고, 천천히, 안타까울 만큼 천천히 다가왔는데 층계를 한달음에 뛰어올라와서는 나를 성모의 왼쪽 넓적다리 위에 올려 놓았다. 내가 얹혀진 그 하얀 절단면은 약간 비스듬하게 그야말로 서툰 톱질 자국이 남아 있고 소년 예수의 엉덩이 모양이 희미하게 남아 있었다.

시테르테베커는 곧 등을 돌리고 단숨에 타일 위로 뛰어내려 즉시 또 사색에 잠기는 듯했으나 다시 한 번 고개를 돌리는가 싶더니 달라붙는 두 눈을 가늘게 뜨고 번쩍거리면서 이리저리 살폈다. 내가 예수의 자리에 그처럼 자연스럽고 거룩하게 앉아 있는 것을 보았을 때, 그도 의자에 있던 다른 무리들과 마찬가지로 감동하지 않을 수 없었던 것이다.

이렇게 해서 그는 사실 순식간에 내 생각을 알아차렸을 뿐만 아니라, 내가 생각하고 있던 그 이상의 일을 해주었다. 해체 작업을 하는 동안 나르세스와 푸른 수염이 막대기 모양의 회중 전등을 사용하여 비추고 있었는데 시테르테베커가 이 두 개의 램프를 나와 성모 쪽으로 향하게 했다. 내가 눈부셔하자 적색 광선을 사용하도록 명령하고 렌반트 형제를 가까이 부르더니 그들에게 속삭였다. 형제는 그가 원하는 대로 하려고 하지 않았다. 그러자 시테르테베커의 신호를 기다리지 않고 콜렌클라우가 두 사람에게 다가가 먼지털기를 하기 위해서 움켜쥔 주먹을 들이댔다. 그제서야 형제는 뜻을 굽히고 콜렌클라우와 공군 보조원인 미스터를 따라서 선물 납실로 모습을 감추었다. 오스카르는 북을 고쳐잡으면서 태연스럽게 기다렸다. 키다리 미스터가 사제의 옷을 입고 렌반트 형제는 붉은빛과 흰빛으로 된 합창단 제복을 입고 돌아왔으나 오스카르는 조금도 놀라지 않았다. 반쯤 대리 사제의 옷차림을 한 콜렌클라우가 미사에 필요한 물건을 전부 가지고 와서 구름 위에 쌓아올리고는 다시 퇴장했다. 렌반트의 형 쪽은 향로를 들고 있고 동생은 미사용 방울을 들고 있었다. 빙케 사제의 옷은 미스터에게는 헐렁했으나 그런대로 꽤 그럴 듯하게 흉내내고 있었다. 처음에는 고교생답게 장난조로 시작했으나 그러는 중에 성서의 문구와 의식(儀式)에 완전히 도취해 버려 우리들 모두를 위해, 그 중에서도 특히 나를 위해, 엉터리가 아닌 진짜 미사를 베풀어 주었다. 나중에 법정에서도 이때의 일은 항상 미사——물론 가짜 미사이기는 하지만——라고 불렸다.

세 소년은 계단 기도에서부터 시작했다. 의자나 타일 위에 있는 무리들은 무릎을 꿇고 십자를 그었고 미스터는 숙련된 합창대원의 도움을 받아 그런대로 글자를 틀리지 않고 미사를 노래하기 시작했다. 입제문이 시작될 때 나는 어느새 양철 위에서 정성껏 북채를 놀렸고 주여 불쌍히 여기소서에서는 좀더 힘들여 반주했다. 높은 곳에서는 천주께 영광—— 나는 양철 위에서 찬양했고 통상 미사의 서한 대신에 꽤 긴 북 연주를 삽입했다. 할렐루야의 시구(詩句)가 나오는 대목에서는 특히 잘할 수 있었다. 사도신경 차례가 되었을 때 나는 소년들이 나를 믿고 있다는 것을 알아차렸고 봉헌(奉獻) 부분에서는 북을 두들기는 것을 약간 삼가했다. 미스터가 빵을 받쳐들고 포도주를 물에 타서 성배(聖盃)와 나를 향해 향을 피우는 것을 감수했고 미스터가 두 손을 씻을 때 그 동작을 지켜보았다.『형제들이여 기도하라(오라테 후라트레스)』를 나는 빨간 회중 전등의 빛 속에서 두들겨 성 변화에로 이끌었다. 이것이 나의 육체이다. 기도하자라고 미스터가 거룩한 명령에 따라 노래했다——의자 위에 앉아 있는 소년들은 나를 향해 각기 다른 두 종류의 주기도문을 제공했다. 그러나 미스터는 프로테스탄트 파(波)도 가톨릭 파도 성체 배수(聖體拜受)에서 하나로 통합하는 방법을 알고 있었다. 아직도 일동이 성찬을 맛보고 있는 동안에 나의 북이 그들에게『나는 고백하나이다(콘피테오르)』를 들려 주었다. 성모는 손가락으로 고수인 오스카르를 가리키고 있었다. 나는 그리스도의 후계자가 된 것이다. 미사는 정확하게 진행되었다. 미스터의 목소리가 높아졌다가는 또 낮아졌다. 그는 정말 멋진 목소리로 축복의 말을 늘어놓았다. 면제(免除), 면죄(免罪), 용서를. 그리고 그가 마침내 맺는 말『이테 미사 에스트(가라, 미사는 끝났다)』를 교회당 안에 뱉었을 때 정말로 정신의 해방이 일어났다. 신앙을 굳히고 오스카르와 예수의 이름으로 강해진 먼지털이들에게 세속의 체포가 내려진 것이다.

내 귀에는 미사가 진행될 때부터 자동차 소리가 들려오고 있었다. 시테르테베커도 고개를 이리저리 돌리고 있었다. 따라서 우리 두 사람만 정면 현관에서, 성물 납실에서, 그리고 오른쪽 현관에서도 시끄러운 소리가 들리고 장화의 발굽이 교회 타일을 울리기 시작했을 때도 별로 놀라지 않았다.

시테르테베커가 나를 성모의 넓적다리에서 안아올리려고 했다. 나는 거부했다. 그는 오스카르를 이해하고 고개를 끄덕이면서 모두에게 무릎을 꿇은 채 경찰대를 기다리라고 명령했다. 소년들은 그대로 있었다. 물론 부들부들 떨기도 하고 개중에는 두 무릎을 꿇어버린 자도 많이 있었으나 어쨌든 전원이 말없이 기다렸다. 그러는 동안에 경찰대는 왼쪽 복도에서, 회중석에서, 성물 납실에서 우리 쪽으로 다가와 왼쪽 옆 제단을 포위하고 말았다.

많은 회중 전등이 빨간 빛으로 바뀌지 않았기 때문에 눈이 부셨다. 시테르테베커가 일어서서 십자를 긋고 램프의 광선에 몸을 드러냈다. 그리고는 여전히 무릎을 꿇고 있는 콜렌클라우에게 벨로아 모자를 건네 주었다. 시테르테베커의 레인코트 차림이 램프를 들지 않은, 잔뜩 부어 있는 그림자를 향해 다가갔다. 빙케 사제였다. 이 그림자의 배후에서 시테르테베커는 무언가 가냘프게 몸부림치고 있는 것을 끌어냈는데 빛 속으로 끌려나온 것을 보니까 루치에 렌반트였다. 베레모 아래에서 찡그리고 있는 소녀의 세모꼴 얼굴을 시테르테베커는 때리고 또 때렸는데 마지막에는 한 경찰관의 주먹이 그를 때려 그의 몸은 의자 사이에 나자빠지고 말았다.

「이봐. 예시케.」하고 한 경찰관이 소리지르는 것을 나는 성모의 넓적다리 위에서 들었다.「저애는 서장의 아들이야!」

유능한 간부가 경찰서장의 아들이었다는 데에 오스카르는 약간 만족했다. 그리고 나는 똘마니들에게 유괴되어 울상을 짓고 있는 세 살박이 아이의 역할을 하면서 얌전하게 보호되는 대로 맡겨 두었다. 빙케 사제가 나를 팔에 안았다.

　떠들고 있는 것은 경찰관들뿐이었다. 소년들은 연행되었다. 빙케 사제는 졸도하여 옆의 의자에 앉아야 했기 때문에 어쩔 수 없이 나를 타일 위에 내려 놓았다. 내가 서 있는 옆에는 우리들의 작업 도구가 있었다. 끌과 망치 저편에 식량 바구니가 놓여 있었다. 거기에는 침입하기 전에 드레시하제가 열심히 만든 샌드위치가 가득 들어 있었다.

　이 바구니를 들고 나는 엷은 망토 속에서 떨고 있는 루치에의 가냘픈 모습으로 향해서 다가가 그녀에게 샌드위치를 내밀었다. 그녀는 나를 안아올려 오른손으로 나를 껴안고는 왼손으로 소시지가 든 것을 찾아내어 손가락 사이에 쥐기가 무섭게 곧 입 속으로 집어 넣었다. 나는 두들겨 맞아서 빨갛게 부어오른 그녀의 얼굴을 관찰했다. 검게 찢어진 얼굴에서 부산하게 움직이고 있는 두 눈, 팽팽하게 죄어든 피부, 우물우물 씹고 있는 세모꼴, 인형, 검은 여자 요리사, 빵에 끼워 넣은 소시지를 게걸스럽게 먹고 있다. 게걸스럽게 먹으면서 점점 더 야위어가고 허기져가고 점점 더 세모꼴로, 인형처럼 되어간다——이 광경은 내 눈에 깊이 새겨졌다. 누가 내 이마에서 이 세모꼴을 지워 줄 것인가? 그것은 언제까지 내 속에서 우물우물 씹고 있을 것인가? 소시지를, 그것을 싸고 있는 빵 껍질을, 인간들을. 그리고 언제까지 웃고 있을 것인가? 세모꼴밖에는 할 수 없는, 일각수를 길들이는 벽걸이 속의 여자밖에는 지을 수 없는 미소를.

　시테르테베커가 두 경찰관에게 연행되면서 루치에와 오스카르에게 피범벅이 된 얼굴을 보였을 때 나는 못 본 체하고 얼굴을 돌렸고 샌드위치를 계속 먹고 있는 루치에에게 안긴 채 대여섯 명의 경찰관에게 둘러싸여 내가 조금 전까지 거느리고 있던 먼지털이들의 뒤를 따라 운반되어 갔다.

　뒤에 무엇이 남았는가? 빙케 사제 외에는 우리가 사용한 회중 전등 두 개, 이것은 여전히 적색 광선을 뿜고 있었다. 그리고 사제의 주위에는 황급히 벗어던진 합창대의 제복과 사제복이 남겨져 있었다. 성배(聖盃)와 성합(聖盒)이 제단의 층층대 위에 남아 있었다. 톱으로 잘려진 요한과 예수는 성모 곁에 머물러 있었다. 모두 우리의 푸트카마 저택 지하실에서 부인과 일각수 벽걸이의 대항자가 될 뻔한 상(像)들이다.

그러나 오스카르는 심판장으로 운반되었다. 나는 지금도 이것을 예수의 제2의 심판이라고 부르고 있는데 이 심판은 결국 나의 무죄 석방, 따라서 예수의 무죄 석방으로 결말이 났다.

개미의 길

짙은 감색 타일을 입힌 풀장을 떠올려 주기 바란다. 풀장 안에는 볕에 그을은 운동 애호가들이 헤엄을 치고 있다. 풀 가장자리에는 탈의실 앞에까지도 또한 볕에 그을은, 운동을 즐기는 남녀가 앉아 있다. 확성기에서는 음악이 조용히 흘러나오고 있는지도 모른다. 건강한 권태, 홀가분하고 번거롭지 않는, 터질 듯한 수영복의 연애. 타일은 매끄럽지만 미끄러지는 사람은 없다. 다만 금지의 팻말이 군데군데 눈에 띈다. 하지만 이런 것도 사실은 필요없는 것이다. 손님들은 불과 두 시간의 수영을 즐기기 위해 와 있는 것이며 금지 사항에 적혀 있는 것 같은 일은 모두 풀장 밖에서 하고 있으니까. 이따금 높이가 삼 미터나 되는 다이빙 대에서 몸을 날리는 사람이 있지만 헤엄치고 있는 사람들의 눈을 전혀 끌지 못하고 누워 있는 수영객들의 눈을 그림이 든 신문에서 떼게 하지도 못한다.——갑자기 미풍이 일어났다! 아니 미풍이 아니다. 천천히 목표를 향해 사다리의 한 단 한 단에 손을 뻗치면서 높이가 십 미터나 되는 다이빙 대로 올라가는 젊은이가 있는 것이다. 어느새 유럽과 해외의 보고문을 실은 잡지가 아래로 떨어지고 눈은 그 젊은이와 함께 위로 올라가고 누워 있던 사람들이 고개를 쳐든다. 한 젊은 부인이 손으로 이마를 가린다. 생각하고 있던 것을 잊는 사람도 있다. 하던 말이 중간에서 멎는다. 막 시작했던 사랑의 속삭임도 문장의 중간에서 끊긴다——왜냐하면 마침내 그 젊은이가 체격이 좋은 힘찬 모습을 다이빙 대 위에 나타냈기 때문이다. 뛰어오르면서 완만한 활 모양을 이룬 쇠난간에 기대고 지루한 듯이 아래를 내려다보고 우아하게 엉덩이를 흔들면서 난간에서 떠나 비져나온 도약판으로 발을 내딛자 한 걸음마다 판자가 아래위로 퉁겼다. 젊은이가 아래를 내려다보자 그의 시선은 저절로 감청색의 무섭고 작은 풀 속으로 빨려든다. 풀 안에는 빨강, 노랑, 초록, 하양, 빨강, 노랑, 초록, 하양, 빨강, 노랑이라는 식으로 여자 수영모가 어지럽게 뒤섞여 있다. 풀 언저리에는 아는 여자들도 앉아 있을 것이 틀림없다. 도리스와 에리카 쉴러, 유타 다니엘스도 그녀에게 전혀 어울리지 않는 남자친구를 데리고 와 있다. 그녀들이 신호를 보낸다. 유타도 신호를 보내고 있다. 몸의 중심(重心)을 잃지 않도록 조심하면서 그도 신호를 되보낸다. 그녀들이 소리를 지른다. 어떻게 하라는 것일까? 그에게 주문하면서 그녀들은 소리지르고 있는 것이다. 그를 뛰어들게 하려고 유타가 소리지르고 있는 것이다. 그러나 그에게는 그럴 생각은 전혀 없었다. 다이빙 대 위에서의 전망을 조금 맛보고 그것이 끝나면 다시 천천히 한 단 한 단 붙잡고 내려갈 참이었다. 그런데 그녀들이 소리를 지르고 있다. 모든 사람에게 들릴 정도의 큰 소리로 외치고 있다. 뛰어내려요! 자, 빨리! 뛰어내려요!

다이빙 대 위라면 그만큼 천국에 가까운 것인지도 모르지만 그러나 이것이 끔찍한 사태라는 데에는 여러분도 이론(異論)이 없을 것이다. 수영철은 아니지만 1945년 1월에 먼지털이단의 동료와 내 신상에도 비슷한 일이 일어났다. 우리는 용감하게도 사다리를 타고 올라가 다이빙 대 위에서 웅성거리고 있었다. 아래의 물이 없는 풀장 주위에는 엄숙하게 편자 모양으로 줄을 짓고 판사들, 배심원들, 증인들, 재판소 직원들이 앉아 있었다.

이때 시테르테베커가 손잡이가 없는 나긋나긋한 도약판 위로 걸어나왔다.

「뛰어!」하고 판사들의 합창이 소리질렀다.

그러나 시테르테베커는 뛰지 않았다.

이때 아래에 있는 증인석에서 가냘퍼 보이는 소녀가 일어났다. 베르히테스가든(히틀러의 산장이 있다) 식의 윗도리와 회색 주름치마를 입고 있다. 하얗지만 윤곽이 희미하지는 않은 얼굴──그것은 세모꼴을 이루고 있었다고 나는 지금도 주장한다──그 얼굴을 그녀는 마치 반짝반짝 빛나는 지시 표적(指示標的)처럼 들어올렸다. 그리고 루치에 렌반트는 소리지르지 않고 소곤거렸다.

「뛰어라, 시테르테베커, 뛰어 !」

그러자 시테르테베커가 뛰었다. 그리고 루치에는 다시 증인석의 나무의자에 앉아 베르히테스가든 식으로 짠 윗도리의 소매를 끌어당겨 두 주먹을 감추었다.

모르케네가 절뚝거리면서 도약판으로 향했다. 판사들이 그에게 뛰어들 것을 요구했다. 그러나 모르케네는 뛰어들려고 하지 않고 당혹스럽게 자기의 손톱에 웃음을 던지고 있을 뿐이었다. 마침내 루치에가 소매를 걷어올리고 양모 속에서 두 주먹을 드러내고는 눈을 가늘게 뜨고 검은 테를 두르고 있는 세모꼴을 그에게 보였다. 이것을 기다리고 있었던지 그는 이 세모꼴을 겨냥하고 뛰었으나 명중하지는 않았다.

콜렌클라우와 푸테는 사다리를 오르는 동안에도 이미 험악한 표정이었으나 도약판 위에서 마침내 충돌했다. 푸테가 먼지털이를 당했고 뛰어내릴 때도 콜렌클라우는 푸테에서 떠나지 않았다.

긴 비단 같은 속눈썹을 가진 드레시하제는 그 끝없이 슬픈 빛을 띤 사슴눈을 뛰기 전부터 감았다.

공군 보조원은 뛰기 전에 제복을 벗지 않으면 안 되었다.

렌반트 형제도 찬양대 제복을 입은 채 도약대에서 천국으로 뛰어내리는 일은 허용되지 않았다. 닳고 해진 대용 양모를 입고 증인석에 앉아 뛰어들기 경기의 진행을 맡고 있던 누나 루치에가 그런 일은 절대로 참지 않았을 것이다.

사실(史実)과는 반대로 우선 처음에 베리살리우스와 나르세스가 뛰어들고 그 다음 토틸라와 테아가 뛰었다.

푸른 수염이 뛰고 사자왕이 뛰고 먼지털이단의 병졸인 나제, 부시만, 엘하펜, 프파이파, 퀴네젠프, 야타간, 파스빈다가 뛰었다.

시투헬도 뛰었다. 이 지독한 사팔뜨기인 고교 2년생은 실은 우연히 먼지털이들과 행동을 같이했을 뿐 정식 단원은 아니었으나 이 아이가 뛰어든 뒤에는 다만 예수 한 사람만이 도약판에 남겨졌다. 판사들의 합창은 오스카르 마체라트로서 뛰어들 것을 요구했으나 예수는 이 요구에 따르지 않았다. 그러자 증인석에서 견갑골 사이에 가냘픈 모차르트의 머리를 가진 엄격한 루치에가 일어나 짜서 만든 윗도리의 소매를 걷어 올리고 비뚤어진 입을 움직이지 않은 채 「뛰어요, 귀여운 예수, 어서 뛰어요!」 하고 속삭였다. 이때 나는 십 미터의 도약대가 가지고 있는 유혹적인 성질을 이해했다. 이때 회색의 새끼고양이가 내 다리 사이에서 뒹굴고 고슴도치가 내 발바닥에서 교미(交尾)를 하고 제비가 내 겨드랑이 밑에서 알을 까고 유럽뿐이 아니라 전세계가 내 발 밑에 누워 있었다. 이때 미국군과 일본군이 루손 섬에서 횃불춤을 추고 있었다. 이때 이 춤에서 가느다란 눈을 가진 무리와 동그란 눈을 가진 무리가 그들의 제복에서 단추를 잃고 있었다. 이때 그러나 스톡홀름의 한 재단사는 이와 똑같은 시점에서 고급스러운 줄무늬가 있는 야회복에 단추를 달고 있었다. 이때 마운트바텐은 미안마의 코끼리들에게 모든 구경(口徑)의 총 포탄을 퍼붓고 있었다. 이것과 똑같은 때에 리마의 한 미망인은 그녀의 앵무새에게 『카람바』라는 말을 익히게 하려 하고 있었다. 이때 태평양 한가운데서는 고딕 식의 교회당처럼 장식한 두 개의 거대한 항공모함이 서로 접근하여 비행기를 발진시켜 상대방을 격침시켰다. 그러나 비행기는 내릴 장소를 잃고 말아 어찌할 바를 몰랐고 그야말로 비유적으로 말하면 천사처럼 공중에 떠돌며 폭음을 울리면서 그들의 연료를 소비하고 있었다. 그러나 이 사실은 마침 일을 끝낸 하파란다(스웨덴의 도시)의 시전 차장을 조금도 방해하지는 않았다. 그는 달걀을 프라이팬에 떨어뜨렸다. 두 개는 그 자신을 위해서 다른 두 개는 그의 약혼자를 위해서. 그는 미소지으며 이런저런 궁리를 하면서 그 사람이 도착하기를 기다리고 있었다. 물론 코네프와 주코프의 군대가 다시 행동을 개시하리라는 것을 예견할 수도 있었을 것이다. 아일랜드에 비가 내리고 있는 동안에 그들의 군대는 비스라 강을 돌파하고 바르샤바를 늦게나마 점령하고 케니히스

베르크를 재빨리 점령하기는 했지만, 그러나 다섯 아이와 한 사람의 남편을 가진 파나마의 부인이 가스불에 얹어 놓은 우유를 태우는 것을 방해할 수는 없었다. 사실 이처럼 사건의 실마리는 표면에서는 아직도 서로 탐욕스럽게 얽혀가며 역사를 만들고 있었지만 이면에서는 이미 역사 속에 짜여 들어가 있었던 것이다. 그리고 또 내가 기이한 느낌을 받은 것은 권태, 찡그린 얼굴, 떨어뜨린 고개, 악수, 출산, 위폐 만들기, 사진 촬영, 이(齒)닦기, 사살(射殺), 기저귀 갈이 같은 행위가 똑같이 좋은 솜씨로는 아니더라도 도처에서 행해지고 있다는 사실이다. 이렇게 목적에 알맞는 많은 행위가 나를 혼란시켰다. 그래서 나의 관심은 나를 위해서 도약대 밑에서 벌어지고 있던 재판 쪽에 다시 쏠렸다.

「뛰어요, 귀여운 예수, 어서 뛰어요.」하고 조숙한 증인 루치에 렌반트가 속삭였다. 그녀는 악마의 무릎에 앉아 있었다. 그 사실이 그녀의 처녀 다움을 한층 더 돋보이게 하고 있었다. 악마는 그녀에게 샌드위치를 건네 주며 기쁘게 해주려고 했다. 그녀는 베어 물었으나 역시 순결은 잃지 않았다. 「뛰어요, 귀여운 예수!」하고 그녀는 샌드위치를 씹으면서 나에게 그 말쌍한 세모꼴의 얼굴을 보였다.

나는 뛰어들지 않았고 앞으로도 도약대에서 뛰어내리는 일은 절대로 없을 것이다. 이것이 오스카르의 최후의 심판은 아니었던 것이다. 지금 까지도 수없이 많이 나를 도약시키려는 유혹이 있었다. 바로 최근에도 있었을 정도이다. 먼지털이단 재판 때와 마찬가지로 무명지(無名指) 재판 때에도——이것을 나는 차라리 예수의 제3의 심판이라고 부르고 싶다 ——물이 없는 감청색 타일의 풀 언저리에 많은 관객이 몰려들었다. 증 인석에 앉은 그들은 나의 재판을 즐거운 화제로 삼으려고 했던 것이다.

그러나 나는 뒤돌아서서 겨드랑이 밑에서 알을 깐 제비를 질식시키고 나의 발 밑에서 혼례 축하를 하고 있는 고슴도치를 짓밟아 뭉개고 나의 다리 사이에 있는 회색의 새끼고양이들을 굶주려 지치게 하고——그리고 도약의 감격을 경멸하면서 완강하게 난간을 향해 걸어가 사다리에 날 렵하게 옮겨타고 내려갔다. 한 단 한 단 붙들고 내려오면서 도약대란 거기를 올라갈 뿐 아니라 뛰어내리지 않고 또 내려올 수도 있는 것임을 확인했다.

아래에서는 마리아와 마체라트가 나를 기다리고 있었다. 빙케 사제는 부탁도 하지 않았는데 나를 축복했다. 그레트헨 셰프라는 나를 위해서 겨울 외투와 그리고 케이크도 가져다 주었다. 쿠르트는 몰라보게 컸으나 나를 아버지로도, 배다른 형으로도 인정하려고 하지 않았다. 나의 할머니 콜야이체크는 그녀의 오빠 빈첸트의 손을 잡고 있었다. 그는 세상 물정에 통달한 사람으로서 알 수도 없는 말을 늘어놓고 있었다.

우리가 법정 건물을 나서자 사복 차림의 관리 한 사람이 마체라트에게로 다가와 한 장의 서류를 건네 주면서 말했다.

「마체라트 씨 다시 한 번 잘 생각해 주세요. 이 아이는 이 거리에서 멀리 떠나보내지 않으면 안 됩니다. 아시겠지요? 이런 불쌍한 아이는 그냥 내버려 두면 곧 나쁜 친구들이 눈독을 들인단 말입니다.」

마리아는 울면서 내 몸에 북을 매달아 주었다. 빙케 사제가 재판이 진행되는 동안 북을 맡아 주었던 것이다. 우리는 중앙역 근처에 있는 시전 정류장으로 갔다. 나중에 잠깐 나를 마체라트가 업어 주었다. 나는 그의 어깨 위에서 고개를 돌려 군중 속에서 세모꼴의 얼굴을 찾았다. 나는 그녀도 도약대에 오르지 않으면 안 되었던지 어떤지, 그녀도 시테르테베커와 모르케네의 뒤를 따라 뛰어내렸는지 어떤지, 아니면 나처럼 사다리의 제 2 의 가능성을 깨닫고 내려왔는지 어떤지 그것을 알고 싶었다.

오늘에 이르기까지 나는 길이나 광장에서 지나치게 야위고 아름답지도 밉지도 않지만 태연히 사나이들을 죽이는 아가씨들을 두리번거리면서 찾는 습관을 버릴 수가 없다. 정신 병원의 침대에 누워서조차 브루노가 나에게 모르는 사람의 내방을 알리면 나는 흠칫 놀란다. 이 경우 내 경악의 의미는 마침내 루치에 렌반트가 찾아와서, 이 요괴 같은 검은 여자 요리사가 이번에야말로 너를 도약시킬 것이라는 것이다.

열흘 동안 마체라트는 그 서류에 서명을 해서 후생성으로 보낼 것인가 말 것인가 궁리했다. 그가 열하루째에 서류에 서명하고 발송했을 때 거리는 이미 포병대의 포격 아래 놓여 있었다. 이 서류가 무사히 배달될지 어떨지 의문이었다. 로코소프스키 원수가 지휘하는 선봉 장갑부대가 엘빙까지 진출해왔다. 바이스 지휘하의 제2 군단은 단치히 주변의 언덕 위에 진을 치고 있었다. 지하실 생활이 시작되었다.

아시다시피 우리의 지하실은 가게 밑에 있었다. 복도 세면소의 맞은 편에 있는 현관 입구로부터 열여덟 단의 층계를 내려가면 우리의 지하 실이었다. 하일란트와 카터의 지하실 뒤가 되고 실라거의 지하실 앞이 된다. 하일란트 노인은 아직도 여기에 버티고 있었다. 그러나 카터 부인을 비롯하여 시계포의 라우프샤트나 아이케 일가, 그리고 실라거 일가는 약간의 짐을 챙겨가지고 달아나고 말았다. 그들의 일, 그리고 그레트헨과 알렉산더 셰프라의 일로 나중에 들은 소문에 의하면, 그들은 드디어 결정적인 순간에 옛날의 환희 역행단(歡喜力行団)의 배를 타고 출범했 으나 시테틴이나 뤼베크 쪽으로 향한 것인지 또는 지뢰에 부딪쳐서 공 중으로 날아가 버린 것인지 알 수 없다고 한다. 어떻든 집과 지하실의 절반 이상은 사람이 없었다.

우리의 지하실은 제2의 입구를 가지고 있다는 이점(利点)이 있었으나, 이것도 우리 모두가 알고 있는 것처럼, 이 입구는 가게의 계산대 뒤에 있는 널빤지 뚜껑이다. 따라서 마체라트가 무엇을 지하실로 운반해 들 이고 무엇을 지하실에서 꺼내가는지 아무도 볼 수 없었다. 만일 알려 졌다면 마체라트가 전쟁 동안 저장한 매점품(買占品)을 관대하게 용서 받을 수 있을 까닭이 없었다. 건조하고 따뜻한 방에는 식료품이 가득차 있었다. 콩, 면류(麵類), 설탕, 인조 벌꿀, 밀가루, 마가린 등이 있었다. 흑빵 상자가 야자유 상자 위에 쌓여 있었다. 라이프치히 풍의 각종 통 조림이 살구나 완두콩 또는 편도 깡통과 이웃하여 선반에 늘어놓여져 있었다. 부지런한 마체라트가 손수 만들어서 벽에 나무못으로 설치한 것이다. 전쟁이 한창일 때 그레프의 권유로 지하실 천장과 콘크리트 바닥 사이에 박아 놓은 각재 몇 개가 이 식료품 창고에 정규 방공호와 똑같은 안전성을 부여하게 되었다. 마체라트는 몇 번이나 이들 각재를 다시 제거하려고 생각했다. 단치히가 한동안 겁을 주기 위한 공격 외에는 별다른 포격과 폭격을 받지 않고 있었기 때문이다. 그러나 방공 감시원 그레프가 이제는 경고하지 않게 되었는가 했더니 이번에는 마리아가 이들

받침 기둥의 보존을 그에게 부탁했다. 쿠르트를 위해서 그녀는 안전을 요구했고 때로는 나를 위해서도 요구해 주었다.

1월 말의 첫 공습이 있었을 무렵에는 하일란트 노인과 마체라트가 협력해서 트루친스키 아주머니를 앉아 있는 의자째로 우리의 지하실 안으로 운반해 놓고 있었다. 그때 이후에는, 아주머니의 희망이었는지도 모르지만, 아마 운반하기가 귀찮아진 탓도 있었을 것이다. 공습이 있어도 아주머니를 방의 창문 앞에 그대로 방치해 두었다. 중심가에 대공습이 행해진 뒤에 마리아와 마체라트는 이 늙은 여인이 아래턱을 축 늘어뜨리고 작은 파리매가 눈 속에 날아들어가 달라붙은 것처럼 눈의 흰동자를 드러내 놓고 있는 것을 발견했다.

그래서 침실의 문을 뜯어냈다. 하일란트 노인이 헛간에서 도구와 상자를 부순 두꺼운 판자를 몇 장 가지고 왔다. 마체라트에게서 얻은 더비 담배를 피우면서 그는 치수를 재기 시작했다. 오스카르는 그의 일을 도왔다. 다른 사람들은 지하실로 사라졌다. 왜냐하면 언덕으로부터의 포격이 다시 시작되었기 때문이다.

그는 빨리 끝내고 싶은 생각으로 끝을 좁게 하지 않는 간단한 상자를 조립하려고 했다. 오스카르는 그러나 전통적인 관(棺)을 좋아했기 때문에 양보하지 않고 그의 톱 밑으로 판자를 억지로 들이밀었기 때문에 그도 마지막에는 단념하여 관의 발 쪽을 좁게 만들기로 했다. 인간의 시체는 모두 이렇게 대접받을 권리가 있는 것이다.

완성해 놓고 보니 꽤 정성들인 관처럼 보였다. 그레프 부인이 트루친스키 아주머니의 몸을 닦고 선반에서 갓 세탁한 잠옷을 꺼냈다. 그리고는 아주머니의 손톱을 깎고 머리를 빗어서 세 개의 뜨개바늘로 적당히 이것을 묶었다. 요컨대 그레프 부인은 트루친스키 아주머니가 죽은 뒤에도 회색의 쥐를 닮도록 꾸민 것이다. 이 쥐는 생전에 맥아(麥芽) 커피를 마시거나 감자 케이크를 즐겨 먹었다.

그런데 이 쥐는 폭격중에 의자에서 경직되어 버렸기 때문에 관 속에서도 무릎을 굽힌 채 도무지 펼 줄을 몰랐다. 그래서 하일란트 노인은 마리아가 쿠르트를 안고 몇 분 동안 방에서 나간 사이에 쥐의 두 다리를 부러뜨리지 않으면 안 되었다. 관에 못질을 하기 위해서였다.

유감스럽게도 우리에게는 노란 페인트가 있을 뿐 검정 색은 없었다. 그래서 트루친스키 아주머니의 발끝 쪽이 좁게 만들어진 관은 색칠이 안된 채 방을 나가 층계를 내려서 운반되었다. 오스카르는 북을 들고 뒤를 따랐다. 그리고 관 뚜껑에 씌어져 있는 글자를 읽어 보았다. 비텔로 마르가리네——비텔로 마르가리네——비텔로 마르가리네——하고 거기에는 똑같은 간격을 두고 세 번 씌어 있어서 트루친스키 아주머니의 취미를 보완해서 증명하고 있었다. 그녀는 생전에 극상(極上)의 버터보다도 순식물성의 고급 비텔로 마가린을 좋아했던 것이다. 마가린은 건강에 좋고 젊음을 유지하고 영양이 되고 기운을 돋우어 주기 때문이다.

하일란트 노인이 채소상 그레프의 짐수레에 관을 싣고 루이제 거리, 마리엔 거리를 지나 안톤 멜러 거리——여기에서는 두 채의 집이 타고 있었다——를 통과하고 산부인과 병원 쪽을 향해서 끌고 갔다. 쿠르트는 우리집 지하실에 그레프 미망인과 함께 남아 있었다. 마리아와 마체라트가 수레 뒤를 밀고 오스카르는 수레 위에 앉아 있었다. 관 위에 올라가고 싶었지만 허용되지 않았다. 거리는 동(東) 프로이센과 모래톱 지대에서 온 피난민들로 꽉 차 있었다. 체육관 앞의 철도 육교는 거의 통과할 수도 없을 정도였다. 마체라트는 콘라트 학교의 마당에 구덩이를 파자고 제안했다. 마리아는 반대였다. 하일란트 노인은 트루친스키 아주머니와 동갑이었으나 역시 반대한다는 몸짓을 했다. 나도 교정에는 반대였다. 물론 시립 묘지는 단념하지 않으면 안 되었다. 어떻든 체육관에서부터 그 앞, 힌덴부르크 가로수 길은 군용차 이외에는 통행이 금지되어 있었던 것이다. 그래서 우리는 이 쥐를 그녀의 아들 헤르베르트 옆에 묻어 줄 수 없었다. 그녀를 위해서 시립 묘지 건너편에 있는 시테펜스 공원 안의 5월의 들 뒤쪽에 해당하는 곳에 장소를 선택해 줄 수 있었다.

지면은 얼어 있었다. 마체라트와 하일란트 노인이 교대로 곡괭이를 휘두르고 마리아가 돌 의자 옆에서 담쟁이덩굴을 뽑으려고 하고 있는 동안에 오스카르는 멋대로 그곳을 떠나 어느새 힌덴부르크 가로수 길의 나무들 사이에 있었다. 얼마나 지독한 교통난이었는지! 언덕이나 모래톱에서 퇴각해오는 전차가 서로 끌어당기듯이 하여 지나갔다. 주위의 나무에는——분명히 보리수였다고 기억된다——의용병이나 군인들이 매달려 있었다. 제복 윗도리의 가슴에 붙여져 있는 마분지 팻찰을 판독해 보니까 이들 나무 또는 보리수에 매달려 있는 것은 배반자라는 것이었다. 이들 목이 매달린 사람 몇 명의 긴장된 얼굴을 들여다보고 보통 목을 매달고 죽은 사람과 비교해 봄과 동시에 특히 목을 매달고 죽은 채소상 그레프와 그들을 비교해 보았다. 또 나는 한 무리의 소년이 헐렁한 제복을 입고 매달려 있는 것을 보고는 몇 번이나 시테르테베커가 아닌가 하고 생각하기도 했다——그러나 매달려 있는 소년들은 모두가 똑같은 얼굴을 하고 있었다——그리고 마침내 나는 나 자신에게 타일렀다. 드디어 놈들이 시테르테베커를 매달고 만 것이다——그런데 놈들은 루치에 렌반트의 목도 매단 것일까?

이 생각은 오스카르를 격려하여 기운을 돋우어 주었다. 그는 좌우의 수목에 야윈 소녀가 매달려 있지는 않은가 하고 두루 보고 다녔다. 전차 (戰車) 사이를 빠져서 가로수 길을 가로질러 맞은편 쪽에도 건너가 보았지만 여기에서도 군인이나 늙은 의용병 또는 시테르테베커 비슷한 소년들밖에는 발견되지 않았다. 낙심하여 나는 가로수 길을 따라 반쯤 무너진 카페 사계 근처까지 지친 다리를 끌고 걸어가 보았지만 소득 없이 되돌아왔다. 그리고 트루친스키 아주머니의 무덤 옆에 서서 마리아와 함께 당쟁이덩굴이나 나뭇잎을 성토(盛土)한 봉분 위에 뿌리고 있을 때도 여전히 매달려 있는 루치에의 모습을 세부에 이르기까지 또렷이 마음에 그리고 있었다.

우리는 그레프 미망인의 짐수레를 다시 채소 가게 쪽으로 끌고 가지는 않았다. 마체라트와 하일란트 노인이 짐수레를 분해하여 조각낸 것을 계산대 앞에 놓았다. 그리고 식료품상은 노인의 주머니에 더비 담배 세 갑을 쑤셔 넣으면서 말했다.

「어쩌면 이 수레가 우리에게 다시 필요해질는지도 모르고 그러니까 여기에 두는 편이 다소나마 안전할 거요.」

하일란트 노인은 아무 말도 하지 않았으나 거의 비어 버린 선반에서 몇 꾸러미의 국수와 두 봉지의 설탕을 꺼냈다. 그리고서 그는 매장할 때도, 가고오는 길에서도 신고 있던 펠트 슬리퍼를 질질 끌며 가게에서 나가 빈약한 나머지 물건을 선반에서 지하실로 옮기는 일은 마체라트에게 일임하고 말았다.

우리는 이제 구멍에서 나가는 일은 거의 없게 되었다. 러시아 군이 벌써 치간켄베르크와 피츠겐도르프에 들어오고 시틀리츠 앞까지 와 있다는 것이었다. 어떻든 그들은 언덕 위에 진을 치고 있을 것이 확실했다. 왜냐하면 곧바로 시내에 포격을 가해왔으니까 말이다. 레히트시타트, 알트시타트, 페퍼시타트, 일르시타트, 융시타트, 노이시타트, 니더시타트 등 칠백 년 이상이나 걸려 쌓아올린 도시가 사흘 동안에 소실(燒失)되었다. 물론 이것이 단치히 시에 최초로 난 화재는 아니었다. 포메라니아 인, 브란덴부르크 인, 기사단(騎士団)의 기사, 폴란드 인, 스웨덴 인, 또 한 번 스웨덴 인, 프랑스 인, 프로이센 인, 러시아 인, 그리고 작센 인들까지 이미 지금까지의 역사를 만들면서 이삼십 년마다 이 도시를 소각할 값어치가 있는 것으로 느껴왔다. 그리고 이번에는 러시아 인, 폴란드 인, 독일인, 영국인이 공동으로 고딕 건축의 벽돌을 백 번째로 불태운 것이다. 그것으로 무슨 소득이 있을 것도 아닌데 말이다. 헤카 소로(小路), 랑 소로, 브라이트 소로, 크고작은 볼베버 소로가 불탔다. 토비아스 소로, 훈데 소로, 알트시타트 거리, 노이시타트 거리, 보르시타트 거리, 성벽이 불타고 장교(長橋)가 불탔다. 크란 문(門)은 목조였으므로 특히 아름답게 탔다. 바지 가게 소로에서는 불이 몇 벌의 아주 호사스런 바지를 주문하여 치수를 쟀다. 마리아 교회는 안쪽에서 타기 시작하여 고딕 식 첨두창(尖頭窓)을 통해 축제의 조명을 나타냈다. 아직도 접수되지 않은 종이 성(聖) 카타리나, 성 요한, 성 브리기테, 바르바라, 엘리자베트, 베드로와 바울, 성 삼위일체, 성해(聖骸) 등이 교회에 남아 있었는데 이것들이 종루(鐘樓)에서 녹아 노래도 부르지 않고 소리도 내지 않는 채 방울져 떨어졌다. 큰 제분소에서는 빨간 밀이 빻아지고 있었다. 푸줏간 골목에서는 일요일의 불고기 냄새가 났다. 시립 극장에서는 두 가지 뜻이 있는 단막물 『방화 범인의 갖가지 꿈』이 초연되었다. 레히트시타트의 시청에서는 소방대원의 급료를 화재 후에 소급해서 올려 주기로 결의했다. 성령(聖靈) 소로는 성령의 이름으로 불탔다. 기쁜 듯이 프란시스코 수도원이 성 프란시스코의 이름으로 불타올랐다. 확실히 그는 불을 사랑하고 불을 찬양한 사람이었다. 부인(婦人) 소로는 아버지와 자식을 위해서 동시에 불탔다. 재목 시장과 석탄 시장, 그리고 건초 시장이 소실된 것은 말할 것도 없다. 빵 제조 소로에서는 이제 더 이상 화덕에서 빵이 나오지 않았다. 우유 관(罐) 소로에서는 우유가 끓어 넘쳤다. 서(西) 프로이센 화재 보험의 건물만이 상징적인 이유에서 순순하게 불에 타려 하지 않았다.

오스카르는 화재에 별로 신경을 쓰지 않았다. 그래서 나는 마체라트가 다락에서 불타오르고 있는 단치히를 바라보기 위해 층계를 뛰어올라갔을 때도 사실은 지하실에 남아 있고 싶었던 것이다. 그러나 나는 경솔하게도 바로 그 다락에다 매우 타기 쉬운 물건을 약간 보관해 두고 있었다. 위문 극단 시절의 북 중에서 남아 있는 것 마지막 한 개와 나의 괴테 및 라스푸틴을 구출할 필요가 있었다. 게다가 또 나는 책갈피 속에 아주 얇고 연하게 채색한 부채를 보존해 두고 있었다. 이것은 나의 로스비타, 라구나 부인이 생전에 우아하게 움직여 보이곤 하던 것이다. 마리아는 지하실에 남았다. 그러나 쿠르트는 나나 마체라트와 함께 다락에 불구경을 하러 올라가고 싶어했다. 한편으로 나는 내 아들의 억제되지 않는 흥분성에 화가 났지만 다른 한편으로 오스카르는 자신에게 타일렀다. 이 아이가 이러는 것도 이 아이의 증조부이며 방화범인 나의 할아버지인 콜야이체크에게서 물려받은 것일 거라고. 마리아는 쿠르트를 올라가지 못하게 붙잡았다. 나는 마체라트와 함께 위로 올라가는 것을 허락받았다. 나의 일곱 가지 도구를 긁어모으고 건조실의 창으로 내다보았는데 이 낡고 거룩한 도시가 분기(奮起)하여 이렇듯 불꽃을 흩뜨리는 활력을 나타내고 있는 데에 경탄했다.

유탄(榴彈)이 근처에 떨어지기 시작했기 때문에 우리는 건조실을 떠났다. 그런 뒤에 마체라트가 다시 한 번 올라가고 싶어했으나 마리아가 말렸다. 그는 여기에 따랐으나 밑에 남아 있던 그레프 미망인에게 화재의 모양을 상세하게 묘사해 주지 않으면 안 되었을 때 울었다. 다시 한 번 그는 거실로 되돌아가 라디오를 틀었다. 그러나 이미 아무것도 들려오지 않았다. 불타오르고 있는 방송국의 불이 활활 타는 소리조차도 들리지 않았다. 하물며 임시 뉴스 같은 것이 들릴 까닭이 없었다.

앞으로도 산타클로스를 믿어야 할지 어떨지 모르는 어린아이처럼 거의 질겁을 한 마체라트는 지하실 한가운데에 서서 바지 멜빵을 끌어올리면서 그로서는 처음으로 최후의 승리에 대한 의혹을 표명했고 그레프 미망인의 권고에 따라 당의 배지를 저고리 깃에서 떼어냈는데 정작 그것을 어디에다 어떻게 해야 할지를 알 수 없었다. 확실히 지하실은 콘크리트 바닥이었고 그레프 부인에게는 그의 당 배지를 인수할 의사가 없었다. 마리아는 겨울감자 속에 묻으면 된다고 했지만 감자는 마체라트의 생각으로는 안전하다고 할 수 없었다. 그렇다고 해서 위로 올라가는 일은 그로서는 도저히 할 수 없었다. 왜냐하면 놈들이 이미 쳐들어왔거나 아직 오지는 않았다고 하더라도 곧 나타날 것은 너무나도 분명한 일이었기 때문이다. 어떻든 마체라트가 아직 다락에 있을 때 벌써 브렌타우와 올리바에서 싸우고 있었으니까 말이다. 그는 몇 번이나 애석해했다. 이 당의 배지를 위의 방화용 모래 속에 숨겨 두었더라면 좋았을 것을 하고. 이 지하에서 그가 당의 배지를 손에 들고 있는 것을 놈들이 보게 된다면 어떻게 될까? ——느닷없이 그는 배지를 콘크리트 바닥에 던지고 그것을 짓밟아 뭉개며 흉포한 사나이의 역을 연출하려고 했으나 쿠르트와 나 두 사람이 동시에 거기에 달려들어 내가 먼저 그것을 빼앗아 계속 확보하고 있었다. 쿠르트는 때리면서 덤볐다. 무어든 손에 넣고 싶을 때는 언제나 때리는 것이 그의 버릇이다. 그러나 나는 내 아들에게 그 배지를 넘겨 주지 않았다. 아들을 위험에 빠뜨리고 싶지 않았던 것이다. 어떻든 러시아 인에게는 농담이 통하지 않으니까. 오스카르는 라스푸틴을 읽은 이래 그것을 잘 알고 있었다. 그리고 나는 쿠르트가 나를 때리면서 덤벼들고 마리아가 우리를 뜯어 말리려고 하고 있는 동안 여러 가지로 생각해 보았다. 오스카르가 그의 아들의 구타에 굴복한다면 마체라트의 배지를 쿠르트의 몸에서 발견하는 것은 누구일까 하고. 백러시아 인일까? 대(大) 러시아 인일까? 코자크 인 일까? 그루지아 인일까? 카르미크 인일까, 아니면 크리미아, 타타르 인일까? 루테니아 인일까, 우크라이나 인일까, 또는 키르기즈 인일까? 하고.

마리아가 우리를 그레프 미망인의 도움을 빌려 갈라 놓았을 때 나는 그 배지를 자랑스럽게 왼손 주먹에 쥐고 있었다. 마체라트는 그의 훈장이 없어졌기 때문에 기뻐하고 있었다. 마리아는 울부짖고 있는 쿠르트에게 언제나 매달려 있었다. 나의 손바닥이 벗겨져 있던 핀 끝에 찔렸다. 나는 여전히 그런 것을 좋아할 수 없었다. 그러나 내가 마체라트의 저고리 바로 뒤에다 그의 배지를 다시 달아 놓으려고 한——그의 당 따위는 나하고는 결국 아무런 상관도 없었다——그때, 바로 때를 같이하여 놈들이 우리 머리 위의 가게 안으로 들어왔다. 부인들의 날카로운 목소리로 미루어 거의 틀림없이 옆의 지하실에도 나타난 것 같았다.

그들이 널빤지 뚜껑을 들어올렸을 때 배지의 핀은 여전히 나를 찌르고 있었다. 나에게 남은 길은 마리아의 떨고 있는 무릎 앞에 웅크리고 콘크리트 바닥 위의 개미를 관찰하는 일밖에는 없었다. 개미 떼의 행진은 겨울감자로부터 지하실을 비스듬히 가로질러 설탕 부대로 이어지고 있었다. 극히 평범한, 약간 혼혈 기미가 있는 러시아 인이군 하고 나는 짐작했는데, 한 대여섯 명이 지하실 층계 위로 침입해 들어와 자동 권총을 겨누면서 이쪽을 노려보았다. 비명 소리가 요란했으나 개미들이 러시아군 등장에도 불구하고 전혀 동요하지 않는 것이 나에게 진정제 구실을 해주었다. 개미들은 감자와 설탕 외에는 전혀 염두에 없었던 것이다. 그러나 자동 권총을 겨눈 무리는 우선 당장 다른 종류의 점령을 노리고 있었다. 어른들이 두 손을 든 것은 나로서도 납득이 되었다. 이런 동작은 뉴스 영화에서도 보아서 알고 있었다. 폴란드 우체국의 방위전 때도 결국 체념하여 비슷한 장면이 벌어졌었다. 그러나 어째서 쿠르트까지 어른들의 흉내를 냈는지 나로서는 끝까지 납득이 되지 않았다. 쿠르트는 오히려 그의 아버지인 나를 본받았어야 했다——또는 아버지가 아니더라도 개미들을 본받았으면 좋았을 것이다. 네모난 제복을 입은 무리 중의 세 사람이 곧 그레프 미망인에게 흥미를 가졌기 때문에 굳어져 있던 우리들

가운데 일종의 움직임이 생겼다. 그처럼 오랜 미망인 생활과 거기에 앞선 금욕의 사순절 이래, 이처럼 활발한 쇄도를 거의 기대하고 있지 않았던 그레프 부인은 처음에는 놀란 나머지 비명을 질렀으나 곧 얼마 안 가서 그녀에게 망각의 저편에 있던 그 자세에 익숙해져 갔다.

나는 이미 라스푸틴에서 러시아 인이 아이를 좋아한다는 것을 읽고 있었다. 우리의 지하실에서 나는 이 사실을 체험하게 되었다. 마리아는 이유도 없이 떨고 있었으나 그레프 부인에게 손을 대지 않고 있는 네 사람이 쿠르트를 그녀의 무릎에 앉게 한 채 자기들이 아기 대신 그 자리를 차지하려 하지 않고, 뿐만 아니라 쿠르트의 머리를 쓰다듬으며 아가야 하기도 하고 그의 볼과 내친 김에 마리아의 볼을 문지르기도 하는 것은 어째서인지 마리아는 통 이해할 수 없었다.

누군가가 나와 나의 북을 콘크리트 바닥에서 안아올렸다. 그 때문에 내가 계속 여러 가지로 비교하면서 개미의 움직임을 관찰하고 개미들의 근면성을 척도로 하여 시대의 사건을 재는 것을 방해받았다. 나의 양철은 나의 배 앞에 매달려 있었다. 그리고 커다란 마마 자국이 있는 다부진 사나이가 굵은 손가락으로 북을 슬쩍 건드려 소리가 나게 했다. 어른 치고는 그다지 서툴지 않아 거기에 맞추어 춤도 출 수 있었을 것이다. 오스카르는 거기에 보답을 해주고 싶을 정도였다. 양철에 두서너 곡을 실어 연주하고 싶었으나 할 수 없었다. 왜냐하면 그의 왼손 손바닥에 여전히 마체라트의 배지가 꽂혀 있었기 때문이다.

우리의 지하실 안은 평화롭고 화기애애했다고 말해도 좋았을 것이다. 그레프 부인은 점점 더 얌전해지면서 번갈아가며 세 사나이 밑에 몸을 뉘었다. 이 가운데 한 사람이 이제는 만족했을 때 오스카르는 매우 재능 있는 고수의 손으로부터 땀이 밴 사나이의 손으로 옮겨졌다.

이 사나이는 약간 눈초리가 째진 것으로 보아 카르미크 인인 것 같다고 우리는 생각했다. 그는 나를 왼손으로 잽싸게 안으면서 오른손으로 바지 단추를 잠갔다. 그리고 그의 선임자인 그 고수가 그와 반대의 동작을 취해도 별로 화를 내지 않았다. 그러나 마체라트에게는 교대라는 것이 있을 것 같지 않았다. 여전히 그는 라이프치히 풍의 하얀 야채 조림 깡통이 놓여 있는 선반 앞에 서서 두 손을 높이 든 채 손바닥의 금을 전부 드러내 보이고 있었다. 그러나 그의 손금을 보려는 사람은 하나도 없었다. 이에 반해 여자들의 이해력은 경탄할 만한 데가 있음이 실증되었다. 마리아는 난생 처음으로 러시아 말 몇 마디를 배우고 이제는 무릎을 떨지 않을 뿐만 아니라 웃기조차 했으며 만일 하모니카를 가지고만 있었다면 부는 일도 서슴지 않을 것만 같았다.

그러나 오스카르는 그렇게 쉽게 환경의 변화에 순응할 수 없었기 때문에 개미 대신에 찾은 끝에 나의 카르미크 인의 깃 언저리에서 꿈틀거리고 있는 몇 마리의 넓적한 회갈색의 생물을 관찰하는 일에 몰두했다. 할 수만 있다면 나는 이런 이를 잡아서 조사해 보고 싶었다. 나의 독본에도 이에 대한 이야기가 나오기 때문이다. 괴테의 경우는 그렇지도 않지만 라스푸틴의 경우는 매우 자주 나오는 것이었다. 그러나 나는 한 손으로는 이를 잡을 수 있을 것 같지도 않았기 때문에 우선 배지를 손에서 버리려고 생각했다. 이 경우의 내 행동을 설명하면 이렇다. 카르미크 인은 벌써 훈장을 몇 개나 가슴에 달고 있었기 때문에 나는 내 손바닥에 꽂혀 이를 잡는 것을 방해하고 있는 그 배지를 내 옆에 서 있는 마체라트 쪽으로 손을 움켜쥔 채 내밀었다.

지금 같으면 내가 그런 일을 하지 않았다면 좋았을 것이라고 말하는 사람도 있을 것이다. 또 마체라트는 그런 것을 받아 줄 필요가 없었는데 하고 말하는 사람도 있을 것이다.

그는 손을 뻗쳤다. 나는 배지를 놓았다. 마체라트는 차츰 놀라는 기색을 보였다. 당 배지를 그의 손가락 사이에서 확인했기 때문이다. 겨우 두 손이 모두 자유로워진 나는 마체라트가 배지를 어떻게 했는가 따위에 증인이 될 생각은 없었다. 멍해 있다가 이를 놓쳤기 때문에 오스카르는 또다시 개미들에게 신경을 집중하려고 했으나 마체라트의 급격한 손놀림이 마침내 눈에 들어왔다. 당시 오스카르가 무슨 생각을 했는지 그 자신에게도 떠오르지 않지만 지금 그에게 말하라고 한다면 마체라트는 그 다채로운 둥근 것을 그대로 태연하게 손에 쥐고 있는 쪽이 현명했을 것이다.

그러나 그는 그것을 처분하려고 생각했다. 그리고 요리인으로서 또 식료품 가게 진열장의 장식가로서 이미 때때로 실증된 바 있는 풍부한 공상력에도 불구하고 그의 구강(口腔) 이외에 숨길 만한 장소를 발견할 수 없었다.

그런 조그만 손놀림이 얼마나 중대한 결과를 가져오는 것인가! 손에서 입으로의 단순한 움직임이 마리아의 좌우에 평화롭게 앉아 있던 두 사람의 이반을 깜짝 놀라게 하여 방공호의 임시 침대에서 펄쩍 뛰어오르게 하기에 충분했다. 그들은 자동 권총을 겨누고 마체라트의 배 앞에 섰다. 마체라트가 무엇인가를 삼키려고 시도하고 있다는 것은 누구의 눈에나 분명했다.

그는 하다못해 사전에 세 개의 손가락으로 배지의 핀만이라도 잠가 두었더라면 좋았을 것이다. 이제 부피가 커진 배지가 그의 목구멍에 걸려 그는 얼굴이 새빨개졌고 눈을 부릅뜨고 캑캑거리며 울고 웃고, 이렇게 한꺼번에 여러 감정이 밀어닥쳐 이제 두 손을 들고 있을 수도 없었다. 그러나 이반들은 용서하지 않았다. 그들은 소리지르며 또다시 그의 손바닥을 보기를 원했다. 그러나 마체라트는 완전히 그의 호흡기관에 넋을 빼앗기고 있었다. 그는 이미 기침하는 것조차 온전하게 할 수 없었다. 그 대신 춤을 추기 시작했고 팔을 휘둘러 라이프치히 풍 야채 조림의 하얀 깡통을 두세 개 선반에서 떨어뜨렸다. 그 때문에 지금까지 얌전하게 째진 눈으로 바라보고 있던 나의 카르미크 인이 나를 살며시 내려 놓고 뒤로 손을 뻗쳤는가 했더니 무엇인가를 수평으로 겨누고 허리 근처에서 쏘았다. 탄창이 바닥날 때까지 쏘았다. 마체라트가 질식하기 전에 쏘아 버리고 말았다.

운명이 등장할 때 우리는 생각지도 못했던 일을 저지르게 마련이다. 나의 추정상의 아버지가 당(黨)을 삼키고 죽었는데 그 사이 나는 그것을 깨닫지 못하고, 또는 깨달으려 하지도 않고, 카르미크 인의 옷에서 방금 잡은 이를 손톱 사이에서 눌러 죽이고 있었다. 마체라트는 개미의 길을 가로지르듯이 쓰러져 있었다. 이반들은 지하실 층계를 올라가 가게 쪽으로 나갔는데 인조 벌꿀이 든 봉지를 두세 개씩 가지고 갔다. 나의 카르미크 인이 맨 뒤에 나갔는데 그는 인조 벌꿀을 한 봉지도 들고 가지 않았다. 그의 자동 권총 속에 새 탄창을 끼우지 않으면 안 되었기 때문이다.

그레프 미망인은 흐트러진 모습으로 미친 사람처럼 마가린 상자 사이에서 꼼짝도 하지 않고 있었다. 마리아는 쿠르트를 마치 눌러서 죽이기라도 할 듯이 꽉 끌어안고 있었다. 괴테에서 읽은 한 구절이 나의 머리에 떠올랐다. 개미들은 상황의 변화를 깨달았으나 그러면서도 우회로를 마다하지 않고 몸을 꺾고 쓰러져 있는 마체라트 옆을 돌아서 그들의 군사 도로를 구축했다. 즉, 찢어진 봉지에서 사르르 쏟아지고 있는 그 설탕은 로코소프스키 원수의 군대가 단치히 시를 점령하고 있는 동안에도 그 단맛을 조금도 잃고 있지 않았던 것이다.

해야 하는가, 하지 말아야 하는가

맨 처음에 온 사람은 루기 인이었다. 그런 다음 고트 인과 게피트 인이 왔고 그 뒤로 오스카르의 직접적인 조상인 카슈바이 인이 왔다. 그리고 얼마 안 되어 폴란드 인들이 아달베르트 폰 프라크를 보내왔다. 이 사나이는 십자가를 가지고 왔는데 카슈바이 인인가 푸르츠 인인가에게 도끼로 살해되었다. 이 사건은 한 어촌에서 일어났고 그 마을은 기다니츠라는 이름이었다. 기다니츠가 단치크가 되었고 단치크가 단치히(Dantzig)로 되고 그것을 나중에 Danzig라고 쓰게 되어 오늘날 단치히는 그다니스크라고 불리고 있다.

그러나 이런 철자도 씌어지기 전에 카슈바이 인에 이어 포메렐렌의 영주들이 기다니츠로 왔다. 그들의 이름은 스비슬라우스, 삼보르, 메스트빈, 스반토폴크 등이었다. 마을은 도시가 되었다. 그리고 난폭한 푸르츠 인이 들어와서 도시를 약간 파괴했다. 그리고 이번에는 브란덴부르크

인이 멀리에서 와서 이 또한 약간 파괴했다. 폴란드 인인 보레스바프도 약간 파괴하기를 원했고 기사단(騎士団)도 마찬가지여서 이럭저럭 복구된 상처가 다시 기사의 칼 밑에서 또렷해지도록 배려했다.

파괴와 재건의 유희를 되풀이하면서 그후 몇 세기 동안 포메렐렌의 영주, 기사단장들, 여러 폴란드 왕과 대립왕(対立王)들, 브란덴부르크 백작, 보차베크의 사교 등이 교대로 드나들었다. 건축 청부인과 가옥 파괴 청부인의 이름은 오토와 발데마르, 보구사, 하인리히 폰 프로츠케—— 그리고 디트리히 폰 알텐베르크로서 이 사람이 기사의 성을 세운 장소는 나중에 헤벨리우스 광장이 되었고 20세기에 폴란드 우체국 방위전의 무대가 된 것이다.

후스의 신봉자들이 들이닥쳐서 여기저기에 불을 지르고는 다시 철수했다. 그런 다음 도시 사람들은 기사단의 기사들을 도시에서 내쫓고 성을 파괴했다. 도시에 성 따위가 있는 것이 못마땅했던 것이다. 다음에는 폴란드 령이 되었으나 이번에는 비교적 원만히 진행되었다. 이것을 해낸 왕은 카지뮈시라는 이름으로서 대왕(大王)이라고 불렸고 브와디스바프 1세의 아들이었다. 그 다음에 루드비히가 오고 루드비히 다음에는 딸인 야드비가가 왔다. 그녀는 리투아니아의 야기에보와 결혼했다. 그리고 야기에보 왕조 시대가 시작되었다. 브와디스바프 2세를 브와디스바프 3세가 이었고 그리고 또다시 카지뮈시라는 이름의 왕이 되었는데 이 왕은 정말 그럴 마음이 없으면서도 십삼 년 동안이나 기사단과의 싸움을 질질 끌었고 단치히 상인의 돈을 마구 낭비했다. 이에 반하여 얀 1세 올브라하트는 오히려 터키 인들과 싸우지 않으면 안 되었다. 알렉산더 다음에 지기스문트 노왕(老王)이라든가 지그문트 스타리라고 불리는 왕이 이어받았다. 역사서에서 지그문트 아우구스트를 다루고 있는 장(章)에 이어지는 것은 예의 스테판 바토리에 관한 장으로서 이 사람은 폴란드의 원양 항로 기선에 곧잘 딴 이름을 붙였다. 이 왕은 도시를 포위하고 꽤 오랫동안 포격을 가했지만…… 하고 책에는 씌어 있지만——결국 점령할 수는 없었다. 그런 다음 스웨덴 사람들이 와서 똑같은 일을 했다. 이 무리들은 도시를 포위하는 것이 무척이나 재미있었던 모양으로 그뒤에도 몇 번이나 되풀이하고 있다. 또 이 무렵 네덜란드 인이나 덴마크 인 그리고 영국인에게 단치히 항은 무척 마음에 들었던 모양으로 단치히 앞바다를 순항한 외국의 선장들은 대개 바다의 영웅이 되고 있다.

올리바의 평화——얼마나 아름답고 부드럽게 울리는 말인가. 그곳에서 열강(列强)은 처음으로 폴란드의 땅이 분할에 매우 적합하다는 것을 깨달은 것이다. 스웨덴, 스웨덴, 다시 한 번 스웨덴——스웨덴 요새, 스웨덴 음료, 스웨덴 교수대. 그리고 러시아 인과 작센 인이 들이닥쳤다. 왜냐하면 이 도시에 가련한 폴란드 왕 스타니스바프 레시치니스키가 숨어 있었기 때문이다. 단 한 사람의 왕을 위해서 천팔백 채의 가옥이 파괴되었다. 그리고 가련한 레시치니스키는 프랑스로 도망쳤다. 그곳에 그의 사위인 루드비히가 살고 있었기 때문이다. 그런데 단치히 시민들은 그 덕분에 백만의 거금을 치르지 않으면 안 되었다.

그뒤 폴란드는 세 번 분할되었다. 부르지도 않았는데 프로이센 인이 찾아와서 시의 모든 성문에서 폴란드의 검둥수리 문장(紋章) 위에 그들의 새(鳥) 그림을 마구 그려 넣었다. 학교 교사 요하네스 팔크가 마침 크리스마스의 노래 『오오 즐거운……』의 작시(作詩)를 막 끝냈을 때였다. 거기에 프랑스 인이 들이닥쳤다. 나폴레옹의 장군은 라프라는 이름이었다. 이 장군에 의해 단치히 시민은 포위되어 혼이 난 데다가 그에게 이천만 프랑의 돈을 지불하지 않으면 안 되었다. 프랑스 인이 지배한 시대가 무서운 시대였다는 것은 틀림이 없는 것 같다. 그러나 이 지배는 칠 년밖에 계속되지 않았다. 이번에는 러시아 인과 프로이센 인이 쳐들어와서 시 파이햐 섬(곡물 창고가 있다)을 사격하고 불태웠다. 나폴레옹이 안출(案出)한 공화국도 이것으로 끝장이었다. 또다시 프로이센 인은 그들의 새를 시의 모든 성문에 그려 넣는 기회를 찾았고 사실 또 열심히 그 일을 수행했다. 그리고 우선 프로이센 식으로 제4 근위 연대, 제1 포병 여단, 제1 공병 대대, 제1 근위 경기병 연대를 시내에 배치했다. 단지 일시적으로 단치히에 주둔했는데도 제30 보병 연대, 제18 보병 연대, 제3 도보(徒步) 근위 연대, 제44 보병 연대, 제33 경보병(輕步兵) 연대가 있었다. 이에 반하여 저 유명한 제128 보병 연대는 1920년이 되어서야 겨우 철수했다.

조금도 생략하지 않고 보고한다면 프로이센 시대에 제1 포병 연대가
확장되어서 제1 동 프로이센 포병 연대의 제1 요새 대대와 제2 도보
대대가 되었다. 또한 포메른 인의 제2 도보 포병(徒步砲兵) 연대도 가
세했다. 그러나 이것은 나중에 제16 서 프로이센 도보 포병 연대와 교
대했다. 제1 근위 경기병 연대 다음에는 제2 근위 경기병 연대가 계승했다.
이에 반해 제8 창기병(槍騎兵) 연대는 아주 짧은 기간 동안 시의 성벽
안에 주둔했을 뿐이었다. 그 대신 성벽 밖의 교외인 랑푸르에는 제17
서 프로이센 병참 대대가 병사(兵舍)를 짓고 주둔했다. 부르크하르트,
라우시닝, 그라이저 등의 시대에 이 공화국에는 녹색의 보안 경찰이 있을
뿐이었다. 1939년 포르스터 밑에서 사정은 일변했다. 벽돌 건물로 된 모든
병사에는 온갖 무기를 다루며 명랑하게 웃는 제복의 사나이들로 또다시
가득차게 되었다. 여기에서 1939년부터 1945년까지의 사이에 단치히 및
그 주변에 주둔했던 부대와 단치히에서 승선하여 북빙양의 전선으로
떠났던 부대의 이름을 남김없이 열거하는 일도 가능하다. 그러나 오스
카르는 이 일을 그만두고 간단하게 서술하겠다. 그리고 우리가 경험한
것처럼 로코소프스키 원수가 왔다는 것만. 이 장군은 이 신성한 도시를
눈앞에 보았을 때 그의 위대한 국제적 선배들을 상기하여 우선 포격으로
전시(全市)를 불타게 하고 그의 뒤에 오는 자들이 재건에 광분할 수
있도록 배려한 것이었다.

기묘하게도 이번에는 러시아 인들의 뒤를 따라 프로이센 인도 스웨덴
인도 작센 인도 프랑스 인도 오지 않고 들이닥친 것은 폴란드 인이었다.

모든 짐을 꾸려가지고 폴란드 인들이 비르나, 비아위스토크, 렘베르크
등에서 몰려와서 자기들이 거주할 집을 찾았다. 우리집에는 파인골트라고
하는 신사가 찾아왔다. 그는 혼자였는데도 언제나 자기 주위에 많은
가족이 있어서 그들에게 자기가 여러 가지 지시를 하지 않으면 안 되는
것처럼 행동했다. 파인골트 씨는 곧 식료품 가게의 경영을 인수하고 그의
아내인 루바에게 십진법식의 천칭(天秤)이나 석유 탱크, 그리고 소시지를
매다는 놋쇠 몽둥이나 텅 빈 금고, 그리고 크게 기뻐하며 지하실의 저
장품을 보여 주었다. 그러나 그의 처는 여전히 아무런 모습도 보이지

않았고 따라서 또 아무런 대답도 없었다. 그는 마리아를 곧 점원으로 고용했고 환상의 아내 루바에게 열심히 추천하는 것이었다. 마리아는 이 파인골트 씨에게 우리의 마체라트를 보여 주었다. 벌써 사흘 동안이나 지하실의 텐트 천 밑에 누워 있었다. 워낙 많은 러시아 군인이 거리 곳곳에서 자전거나 미싱 또는 여자를 시험하고 있었기 때문에 우리는 그를 매장할 수 없었던 것이다.

파인골트 씨는 우리가 똑바로 뉘어 놓은 시체를 보자 그야말로 놀랐다는 듯이 두 손을 들고 머리 위에서 손뼉을 쳤다. 오스카르는 몇 년 전 이것과 비슷한 동작을 완구점 주인 지기스문트 마르크스에게서 관찰한 적이 있다. 그는 아내 루바뿐이 아니라 가족 전원을 지하실로 불러들였다. 그리고 분명히 그는 그들이 오는 것을 목격한 것이다. 왜냐하면 그는 한 사람 한 사람을 향해 루바, 레프, 야쿠브, 베레크, 레오, 멘델, 소냐 등 이름을 불렀고 그 사람들에게 여기에 죽어서 누워 있는 사람이 누구인가를 설명했고 그것이 끝나자 곧 이번에는 우리를 향해서 설명했다. 지금 자기가 부른 사람들도 모두 이런 식으로 누웠다가 트레브린카의 화장터 가마 속에 넣어졌다. 또 자기의 의붓동생도 그리고 그녀의 형부인 사나이도 다섯 아이의 아버지였으나 역시 똑같은 일을 당했다. 모두가 누웠는데도 파인골트만이 죽지 않은 것은 자기가 그들의 시체 위에 소독제를 뿌리지 않으면 안 되었기 때문이다……

그리고서 그는 마체라트를 층계에서 가게로 운반하는 일을 거들어 주었는데 또다시 그의 가족을 주위에 거느리고 있어서 아내 루바를 향해 마리아가 시체를 씻는 것을 도와 주라고 말했다. 그러나 루바는 거들지 않았고 파인골트 씨도 이미 그것을 잊고 있었다. 그는 저장품을 지하실에서 가게로 운반하고 있었기 때문이다. 그 밖에 트루친스키 아주머니를 솔선하여 씻어 준 그레프 부인도 이번에는 우리를 도와 주지 않았다. 그럴 수밖에 없는 것이 그녀의 집에는 러시아 군인들로 가득차 있어서 그녀의 노랫소리까지 들려오고 있는 형편이었으니까.

하일란트 노인은 점령 당초부터 재빨리 구두 수선 일을 시작하여 행군 중에 닳아빠진 러시아 병사의 장화 밑창을 갈아내고 있었으므로 처음에는 관을 짜는 일을 하고 싶어하지 않았다. 그러나 파인골트 씨가 그와 흥정하여 하일란트 노인의 헛간에 치워 두었던 전동기와 우리 가게의 더비 담배를 교환해 주었기 때문에 그는 장화를 옆에 놓아 두고 다른 연장과 따로 보관해 두었던 궤짝 판자를 가지고 왔다.

우리는 곧 거기에서도 쫓겨나서 파인골트 씨로부터 지하실을 대여받게 되는데 당시에는 아직도 트루친스키 아주머니의 집에서 살고 있었다. 이 집은 이웃 사람들과 들이닥친 폴란드 인들 때문에 완전히 황폐해지고 있었다. 하일란트 노인은 부엌에서 거실로 통하는 문을 떼어냈다. 거실에서 침실로 통하는 문은 트루친스키 아주머니의 관을 짜기 위해 써버렸기 때문이다. 그는 아래에 있는 안뜰에서 더비 담배를 피우면서 상자를 짜고 있었다. 우리는 위에 있는 방에 남아 있었고 그리고 나는 또 하나 남은 의자를 가지고 가서 유리가 산산이 부서진 창문을 열고 노인이 일하는 모습을 바라보다가 그만 화가 났다. 그는 무성의하게 적당한 방법으로 앞쪽을 좁히지 않고 일을 하고 있었던 것이다.

오스카르는 이제 마체라트의 모습을 더는 볼 수 없게 되었다. 왜냐하면 그 관을 그레프 미망인의 짐수레에 실었을 때 이미 그 위에 비텔로의 마가린 상자의 판자가 못질되어 있었기 때문이다. 생전에 마체라트는 마가린을 먹지 않았을 뿐만 아니라 요리에 사용하는 것조차 싫어하고 있었는데.

마리아는 파인골트 씨에게 동행해 줄 것을 원했다. 그녀는 노상의 러시아 병사들이 무서웠던 것이다. 계산대 위에 다리를 꼬고 앉아서 종이컵 속의 인조 벌꿀을 숟가락으로 떠먹고 있던 파인골트는 이 부탁에 처음에는 망설이는 빛을 보이며 아내 루바가 오해하지나 않을까 하고 두려워했으나 이윽고 아내의 동의를 얻은 것 같았다. 그 증거로 그는 계산대에서 미끄러져 내려 나에게 인조 벌꿀의 컵을 넘겨 주었다. 나는 다시 그것을 쿠르트에게 주었다. 쿠르트는 그것을 깨끗이 먹어치웠다. 그러는 동안에 파인골트 씨는 마리아의 도움을 받아 회색 토끼털이 달린 길고 검은 망토를 몸에 걸쳤다. 그가 가게를 닫고 그의 아내에게 누가 와도 열어 주지 말라고 이르기 전에 그는 지나치게 작은 실크 모자 속에 머리를 집어 넣었다. 이것은 생전에 마체라트가 여러 가지 장례식이나 혼례 때에 쓰곤 하던 것이었다.

하일란트 노인은 짐수레를 시립 묘지까지 끌고 가는 일은 거절했다. 장화 밑창을 갈아 줄 것이 남아 있어서 곧 착수하지 않으면 안 된다는 것이었다. 막스 할베 광장에서는 파괴된 건물이 아직도 불타고 있었으나 여기에서 노인은 브레젠 거리를 향해 왼쪽으로 꺾어졌다. 나는 자스페 쪽으로 가려는 것이라고 예감했다. 러시아 병사들이 가옥들 앞에서 2월의 빈약한 햇볕을 쬐며 앉아서 손목시계와 회중시계를 분류하기도 하고 모래로 은(銀) 숟가락을 닦기도 하고 브래지어를 귀의 보온용으로 이용하기도 하고 자전거를 타고 재주를 부리기도 하고 있었다. 유화(油畵)며 탁상시계며 욕조나 라디오 그리고 모자걸이 등으로 장애 지대를 만들고 그 사이를 여덟 자(字)나 소용돌이 또는 나선형을 그려 놓고 누비고 다니며, 유모차나 램프 같은, 창문에서 던져지는 물체를 침착하게 피해 보여 그 훌륭한 핸들 조작에 대해 박수 갈채를 받고 있었다. 우리가 지나가는 동안 경기는 몇 초 동안 중단되었다. 제복 위에 여자의 속옷을 뒤집어쓴 몇몇 사람이 우리에게 손을 뻗쳐 수레를 밀어 주었는데 내친 김에 마리아에게도 손을 뻗치려고 했다. 그러나 러시아 말도 할 줄 알고 증명서도 가지고 있던 파인골트 씨가 그들을 달랬다. 여자 모자를 쓴 병사 하나가 우리에게 새장을 주었다. 안에 있는 횃대에는 잉꼬가 앉아 있었다. 수레 옆에서 깡총깡총 뛰면서 걷고 있던 쿠르트가 이 야단스러운 깃털을 붙잡아 쥐어뜯고 싶어했다. 마리아는 모처럼의 선물을 되돌려 줄 수도 없었기 때문에 새장을 쿠르트의 손이 미치는 범위를 피해 짐수레 위에 있는 나에게로 들어올렸다. 오스카르는 잉꼬의 야단스러운 모습이 마음에 들지 않았으므로 새가 든 조롱을 마체라트의 마가린 상자 위에 올려 놓았다. 나는 맨 뒤에 걸터앉아서 다리를 흔들거리며 파인골트 씨의 얼굴을 바라보고 있었다. 그 얼굴은 주름이 져서 무언가를 생각하는 듯했고 꽤 언짢아 보였다. 이 신사는 머리 속에서 복잡한 계산을 재음미하고 있었지만 그것이 아무래도 풀릴 것 같지 않았던 것이다.

나는 나의 양철을 조금 두들겼다. 명랑하게 두들겨 파인골트 씨의 우울한 생각을 쫓아내려고 했다. 그러나 그는 여전히 주름을 펴지 않고 있었다. 그는 시선을, 어딘지는 모르지만 아마 먼 갈리시아에라도 쏟고 있는 것 같았다. 나의 북만은 끝내 그의 눈에 띄지 않았다. 그래서 오스카르도 단념하고 지금은 다만 짐수레의 바퀴 소리와 마리아의 울음 소리만이 높이 울리는 대로 맡겨 두었다.

얼마나 온화한 겨울일까 하고 나는 랑푸르의 가옥들이 다 낡았을 때 생각했고 잉꼬에도 조금은 신경을 써주었다. 그것은 비행장 위에 걸려 있는 오후의 태양을 향해 날개를 펼치고 있었다.

비행장에는 보초가 서 있고 브레젠 거리로 가는 도로는 폐쇄되어 있었다. 장교 한 사람이 파인골트 씨와 이야기를 했다. 파인골트 씨는 이야기를 나누는 동안 펼친 손가락 사이에 실크 모자를 들고 적갈색의 가는 머리카락을 바람에 날리고 있었다. 잠깐 음미하려는 듯이 마체라트의 상자를 두들기고 잉꼬를 손가락으로 조롱하면서 장교는 우리에게 통행을 허락했다. 단, 지나치게 작은 군모와 지나치게 큰 자동 권총을 찬 열여섯 살 안팎의 소년 두 사람을 감시 겸 호위로서 딸려 보냈다.

하일란트 노인은 단 한 번도 뒤를 돌아보지 않고 수레를 끌었다. 게다가 또 그는 진행중에 수레를 세우지 않고 한쪽 손만으로 담배에 불을 붙이는 요령도 알고 있었다. 하늘에는 비행기가 떠 있고 폭음이 아주 또렷이 들렸다. 2월 말이나 3월 초에는 또렷하게 들리기 마련이다. 태양 주위에만 작은 구름이 두세 개 떠돌고 있었는데 그것도 차츰 빛이 바랬다. 폭격기가 헬라로 향하고 또는 헬라 반도에서 돌아오고 있었다. 그곳에서는 아직도 제 2 군의 잔존 부대가 싸우고 있었던 것이다.

날씨와 폭음이 나의 마음을 슬프게 만들었다. 높게 또는 낮게 폭음을 울리는 비행기로 가득찬, 구름이 없는 3월의 하늘, 세상에 이보다 더 따분한 것은 없고 이보다 더 권태로운 것은 없다. 게다가 두 러시아 소년은 도중에 계속 보조를 맞추려는 부질없는 노력을 하고 있었다.

날림으로 만든 상자의 판자가 두세 장 길을 가는 동안에, 우선 포석 위를 지날 때, 그리고 포탄 구멍이 수두룩한 아스팔트 위를 지날 때 느슨해지고 만 것이리라, 그리고 또 우리가 바람을 안고 가던 탓도 있으리라, 어떻든 마체라트의 시체 냄새가 난 것이다. 그래서 오스카르는 우리가 자스페 묘지에 도착했을 때 안도의 숨을 쉬었다.

우리는 철책 난간이 있는 곳까지 수레를 끌고 갈 수는 없었다. 불에 탄 T34 전차가 옆으로 누워서 묘지 바로 앞에서 도로를 가로막고 있었기 때문이다. 다른 전차는 노이파르바사 방면으로 가기 위해 길을 돌지 않으면 안 되었던 모양으로 도로 왼쪽의 모래 속에 바퀴 자국을 남기고 있었고 묘지의 담 일부를 무너뜨려 놓고 있었다. 파인골트 씨는 하일란트 노인에게 뒤로 돌아가도록 부탁했다. 그들은 한가운데가 약간 휘어진 관을 전차의 바퀴 자국을 따라 운반했고 고심 끝에 무너진 담을 넘었다. 그리고 마지막 안간힘을 다하여 쓰러진 묘석이나 쓰러져가는 묘석 사이에 가까스로 운반했다. 하일란트 노인은 굶주린 듯이 담배를 빨아들이고 그 연기를 관 언저리에 내뿜었다. 나는 잉꼬가 앉아 있는 새장을 가지고 왔다. 마리아는 삽을 두 개 끌고 왔다. 쿠르트는 곡괭이를 가지고 왔다, 즉 그는 곡괭이를 휘둘러 묘지 안에서 자신의 몸을 위험에 노출시키면서 회색 화강암을 두들기고 있었다. 마침내 마리아가, 그녀는 기운이 있었으므로, 그에게서 곡괭이를 빼앗고 두 사나이가 무덤파는 것을 도왔다.

이곳 지면은 모래땅으로서 얼어붙지 않았기 때문에 작업을 하기에 편리하다는 것을 확인한 뒤 나는 북쪽 벽 뒤에 있는 얀 브론스키의 무덤을 찾았다. 여기였는지도 모르고 저기였는지도 모른다. 이제는 정확한 곳을 확인할 수 없었다. 몇 년이라는 세월이 예전에는 그렇게도 선명하던 석회 도료를 자스페의 모든 벽과 마찬가지로 너슬너슬한 회색으로 만들어 놓고 있었던 것이다.

나는 뒤쪽 격자문을 통해 본래의 자리로 돌아왔다. 제대로 자라지 못해 말라 비틀어진 소나무에 시선을 던진 뒤 사소한 일에 마음이 흐트러지지 않도록 정신을 가다듬고 생각했다. 드디어 마체라트도 묻히고 마는구나 하고. 다시 나는 이곳 모래땅 밑에 나의 불쌍한 어머니는 없지만 브론스키와 마체라트라는 스카트 광(狂) 두 사람이 묻히게 된 사정에 의미를 구했고 약간은 의미를 발견했다.

매장이라는 것은 언제나 다른 매장을 상기시키는 법이다.

　모래땅은 좀처럼 항복하려 하지 않았다. 아마도 좀더 숙련된 무덤파기 일꾼의 손에 걸리기를 희망했던 것이리라. 마리아는 잠깐 휴식을 취하며 숨을 헐떡거리면서 곡괭이에 기대고 있었는데 쿠르트의 모습이 눈에 띄자 또다시 울기 시작했다. 쿠르트는 좀 떨어진 곳에서 새장의 잉꼬를 향해 돌을 던지고 있었는데 돌이 너무 멀리 날아가서 명중하지 않았다. 마리아는 격렬하게 진심으로 흐느껴 울었다. 그럴 수밖에 없는 것이 그녀는 마체라트를 잃었기 때문이며, 게다가 그녀는 마체라트에 대해서, 내가 보기에는, 조금 과대 평가를 하고 있었다. 그러나 그녀의 마음속에서는 그것이 언제까지나 또렷한 그리움으로 남게 되었다. 위로의 말을 던지면서 파인골트 씨는 이 기회를 이용하여 잠시 쉬었다. 무덤을 파는 일은 그에게는 벅찬 일이었다. 하일란트 노인은 마치 금괴라도 찾고 있듯이 열심히 한결 같은 속도로 삽을 놀렸고 퍼낸 흙을 뒤로 던지면서 담배 연기도 일정한 간격으로 내뿜었다. 약간 떨어진 곳에서 두 러시아 소년이 묘지의 벽 위에 걸터앉아 바람을 향해 이야기를 하고 있었다. 그 밖에는 비행기와 점점 한낮을 향해가는 태양이 있었다.

　그들은 일 미터 가량 파들어간 것 같았다. 오스카르는 낡은 화강암 사이, 말라서 비틀어진 소나무 사이, 마체라트 미망인과 잉꼬에 돌을 던지고 있는 쿠르트 사이에 멍하니 넋을 잃고 서 있었다.

　나는 해야 하는가, 하지 말아야 하는가? 너는 스물한 살인 것이다, 오스카르야. 너는 해야 하는가, 하지 말아야 하는가? 너는 고아인 것이다. 너는 역시 해야 한다. 너의 불쌍한 어머니가 돌아가신 뒤부터 너는 이미 반쯤 고아였다. 그 무렵에 이미 너는 결심했어야 했다. 그리고 사람들은 이번에는 너의 추정상의 아버지인 얀 브론스키를 지각(地殼) 바로 아래에 뉘었다. 추정상의 완전한 고아가 되어 너는 이곳 자스페라고 불리는 이 모래 위에 서서 약간 녹이 슨 탄피를 쥐고 있었다. 비가 내리고 있었고 JU52 한 대가 착륙하려고 하고 있었다. 그때 이미 빗소리 속에서가 아니었다면 착륙중인 수송기의 폭음 속에 이 『해야 하는가, 하지 말아야 하는가?』라는 물음이 똑똑히 들리지 않았던가? 이것은 비다, 저것은 엔진 소리다 하고 너는 너 자신에게 말했다. 그러한 단조로운 소리라면 어떤 해석이라도 끌어낼 수 있다. 너는 좀더 또렷한 형태로 듣고 싶었던 것이다. 다만 추정만으로서가 아니라……

나는 해야 하는가, 하지 말아야 하는가? 지금 저들은 너의 제2의 추정상의 아버지인 마체라트를 위해서 구덩이를 파고 있다. 네가 알고 있는 한 이제 더 이상 추정상의 아버지는 존재하지 않는다. 그런데, 대체 어째서 너는 초록빛 유리병 두 개로 곡예하고 있는 건가? 나는 해야 하는가, 하지 말아야 하는가 하고. 대체 너는 이 시기에 이르러 누구에게 질문하려는 것인가? 자기가 자기를 수상쩍게 여기고 있는 저 말라 비틀어진 소나무를 향해서인가?

이때 가느다란 주철로 만든 십자가가 내 눈에 들어왔다. 소용돌이 무늬의 장식이 흐슬흐슬 벗겨져 있고 부스럼 딱지처럼 된 문자는 마틸데 쿤켈 또는 룬켈이라고 읽을 수 있었다. 이때 나는 발견했다——나는 해야 하는가, 하지 말아야 하는가——엉겅퀴와 뗏장풀 사이의 모래 속에——나는 해야 하는가——세 개, 네 개의——하지 말아야 하는가——접시 크기만한, 녹슬고 파괴된 금속제 화환을, 예전에 이것들은——나는 해야 하는가——아마 떡갈나무 잎이나 월계수를 나타내고 있었을 것이다——나는 해야 할 것이 아닌가?——나는 그것들의 무게를 손으로 재고——나는 역시 해야 하는가?——노렸다——나는 해야 하는가——비껴나와 있는 십자가의 언저리는——또는 하지 말아야 하는가——직경이——나는 해야 하는가?——약 사 센티이다——하지 말아야 하는가——이 미터의 간격, 나는 자신에게 명령했다——나는 해야 하는가?——그리고 던졌다——하지 말아야 하는가?——빗나갔다——다시 한 번 해야 하는가?——쇠로 된 십자가는 너무 기울어져 있었다——나는 해야 하는가?——마틸데 쿤켈인가 룬켈인가 하는 이름이었다——룬켈이라고 불러야 하는가 쿤켈이라고 불러야 하는가?——이것이 여섯 번째의 고리 던지기였다. 일곱 번까지 던져도 좋은 것으로 되어 있었다. 그리고 여섯 번 모두 해서는 안 되는 것으로 되어 있었다. 그리고 일곱 번째를 던졌다——해야 한다는 것이었다. 화환이 걸렸다——화환을 건 마틸데——해야 한다는 것이었다——쿤켈 양을 위한 월계관——해야 하는가 하고 나는 젊은 부인

룬켈에게 질문했다──그래요 하고 마틸데는 대답했다. 그녀는 매우 일찍 죽었다. 아직 스물일곱 살이라는 젊은 나이에. 1868년 태생이었다. 한편 내 나이는 스물한 살이었다. 그리고 지금 그러한 내가 일곱 번째의 고리 던지기에 성공한 것이다. 그리고 그것을──나는 해야 하는가, 하지 말아야 하는가? 를──증명받고 꽃으로 장식되고 목표로 정해지고 획득된 『나는 해야 한다!』라는 형태로 간명화(簡明化)되었다.

그리고 오스카르가 이 새로운 『나는 해야 한다!』를 혀 위에 올려 놓고 『나는 해야 한다!』를 마음속에 품고 무덤을 파는 사람들 앞으로 곧장 다가가자 잉꼬가 꿱꿱 하고 울었다. 쿠르트의 돌이 명중한 것이다. 파랗고 노란 잉꼬 털이 빠져 떨어졌다. 마지막 명중탄이 해답을 줄 때까지 그토록 오래 조그만 돌을 잉꼬를 향해 던지다니 대체 어떤 질문이 내 아들을 몰아세운 것일까 하고 나는 자문했다.

그들은 상자를 약 일 미터 이십 센티 깊이의 묘혈 언저리까지 밀고 갔다. 하일란트 노인은 서두르고 있었으나 잠시 기다리지 않을 수 없었다. 왜냐하면 마리아가 가톨릭의 기도를 시작했고 파인골트 씨는 실크 모자를 가슴에 받쳐들고 눈은 갈리시아 쪽으로 향하고 있었기 때문이다. 쿠르트도 그제서야 가까이에 왔다. 아마 그는 돌이 명중함으로써 어떤 결심을 굳힌 것이리라. 그리고 그 무덤에 가까이 왔다는 것은 무언가 그 나름의 이유가 있어서였겠지만 결심이 굳혀졌다는 점에서는 오스카르와 마찬가지였다.

이 불확실성이 나를 괴롭혔다. 지금 무엇인가에 대해 찬성이나 반대냐의 결심을 굳힌 것은 결국 내 아들이었기 때문이다. 지금 이제야말로 드디어 내게서 마침내 유일한 진짜 아버지를 인정하고 사랑하기로 결심한 것일까? 그는 예를 들면 늦게나마 지금부터 양철북을 상대할 결심을 한 것일까? 아니면 그의 결심은 아버지들에게 넌덜머리가 났다는 이유만으로 자기의 추정상의 아버지인 마체라트를 당의 배지로 죽인 또 하나의 추정상의 아버지인 오스카르에게 죽음을 안겨 주라고나 한 것일까? 아버지와 아들 사이에서 바람직하다고 생각되는 순수한 애정을 그도 역시 살인 이외의 방법으로 표현할 수가 없었던 것일까?

하일란트 노인이 상자를, 마체라트와 마체라트의 목에 걸려 있는 당의 배지와 함께, 마체라트의 뱃속에 들어 있는 러시아 자동 권총의 탄환과 함께 묘혈 안에 내려 놓았다. 아니, 내려 놓았다기보다도 집어 던졌을 때 오스카르는 마음속으로 자백했다. 그는 마체라트를 일부러 죽인 것이다. 그것은 저 사나이가 아무래도 그의 추정상의 아버지일 뿐 아니라 그의 진짜 아버지였기 때문이라고. 게다가 그는 평생 아버지라는 것을 함께 끌고 다니지 않으면 안될 일이 지겹게 느껴졌기 때문이라고. 따라서 내가 당 배지를 콘크리트 바닥에서 주웠을 때 그 핀이 풀려서 벗겨져 있었다는 것도 사실이 아니었다. 핀은 나의 움켜쥔 손 안에서 비로소 벗겨진 것이다. 나는 벌려서 꽂게 되어 있는 그 부착성 배지를 마체라트에게 건네 주었는데 왜냐하면 그가 훈장을 가지고 있는 것을 병사들에게 발각당하여, 당을 혀 위에 얹고 그 때문에 질식하도록——당과 나와 그의 아들을 위해서 질식하도록 꾸민 것이었다. 즉 이런 관계는 이제 딱 질색이었기 때문이다!

하일란트 노인이 삽을 사용하기 시작했다. 쿠르트도 서툰 솜씨나마 열심히 노인을 거들었다. 나는 마체라트를 사랑한 적은 한 번도 없었다. 이따금 그를 좋아한 적은 있다. 그는 아버지로서보다는 오히려 요리인으로서 나를 돌보아 주었다. 그는 능숙한 요리인이었다. 오늘 내가 마체라트가 없는 것을 이따금 섭섭하게 생각하는 것은 오로지 요리 때문이다. 그의 고기 경단, 돼지 콩팥의 식초조림, 무와 크림이 곁들여진 잉어 요리, 그 밖에 야채가 딸린 장어 수프, 소금에 절인 양배추를 곁들인 돼지갈비 절임, 게다가 잊을 수 없는 일요일의 불고기 등은 지금도 내 혀 위와 이 사이에 그 맛이 남아 있다. 감정을 수프로 바꾸어 버리는 사람이었던 그의 관에 주걱을 넣어 주는 것을 깜빡 잊고 말았다. 스카트 놀이용 카드를 그의 관에 넣어 주는 것도 잊고 말았다. 그의 스카트 놀이는 요리만큼 능숙하지는 못했지만 그러나 얀 브론스키보다는 능숙해서 나의 불쌍한 어머니와 비슷한 솜씨였다. 이것이 그의 능력이며 그의 비극이었다. 마리아의 일에 대해서는 나는 그를 절대로 용서할 수 없었다. 물론 그는 그녀를 아껴 주었고 때리거나 하는 일은 결코 없었다. 그녀 쪽에서 싸움을 걸어와도 대개는 양보를 하곤 했다. 그리고 또 그는 나를 제국 후생성에 인도하기를 거부하여 우편 수송이 불가능해진 뒤에야 겨우 서류에 서명하였다. 전등 밑에서 내가 태어났을 때 그는 나에게 그의 가게를 물려주기로 결심하였는데 오스카르는 계산대 뒤에 서는 것이 싫어서 십칠 년 이상의 긴 세월 동안 거의 백 개에 달하는, 빨강과 하양으로 구분해서 칠한 양철북 뒤에서 살아왔다. 지금 마체라트는 누운 채 다시는 일어설 수 없었다. 하일란트 노인이 그의 위에 모래를 뿌리고 그렇게 하면서 마체라트의 더비 담배를 태우고 있었다. 순리대로라면 지금이야말로 오스카르가 가게를 물려받을 때이다. 그러나 어느새 눈에 보이지 않는 많은 가족을 거느린 파인골트 씨가 가게를 인수하고 말았다. 그 나머지만이 오스카르의 것이 되었다. 즉 마리아와 쿠르트와 이 두 사람을 지켜야 할 책임만이.

마리아는 울면서 여전히 정성을 다해 가톨릭의 기도를 하고 있었다. 파인골트 씨는 갈리시아를 떠나고 싶지 않아졌거나 또는 까다로운 계산 문제를 풀고 있는 것 같았다. 쿠르트는 지쳤으면서도 기운을 잃지 않고 삽질을 하고 있었다. 묘지의 담 위에는 두 사람의 러시아 소년이 걸터 앉아서 이야기를 주고받고 있었다. 시종 기분이 언짢은 듯이 하일란트 노인은 자스페 묘지의 모래를 마가린 상자의 판자 위에 퍼붓고 있었다. 비텔로라는 말의 세 글자를 오스카르는 아직도 읽을 수 있었다. 이때 그는 목에 건 양철을 벗기고 이제는 이미 『해야 하는가, 하지 말아야 하는가?』라고 말하지 않고 『이렇게 하지 않으면 안 된다!』라고 말하고는 이미 충분히 모래가 쌓여서 소리나지 않을 관 위의 한 곳을 겨냥하여 북을 던졌다. 나는 북채도 잇따라 던졌다. 북채는 모래 속에 언제까지나 꽂혀 있었다. 그것은 먼지털이 시대 이래의 내 북이었다. 위문 극단의 예비품 중의 하나이다. 베브라가 나에게 그 북을 선물해 준 것이었다. 스승은 나의 이 행위를 어떻게 판단할까? 예수가 그 북을 두들겼다. 상자같이 네모난 몸매로, 커다란 마마자국이 있는 러시아 병사도 그것을 두들겼다. 이제 그 북의 여명은 얼마 되지 않는다. 그러나 한 삽의 모래가 북의 표면에 던져지자 북은 그래도 소리를 냈다. 두 번째에도 아직 약간 소리를 냈다. 그리고 세 번째에는 이미 소리를 내지 않고 지금은 다만 하얀 니스를 조금 드러내 보이고 있을 뿐이었다. 그러나 마침내 모래가 그것까지도 다른 모래와 똑같이 만들고 말았다. 모래는 계속 던져져서 나의 북 위에는 모래가 증대하고 쌓이고 또 성장했다——그러자 나도 또 성장하기 시작했다. 심하게 쏟아지는 코피가 그 증거였다.

쿠르트가 그 피를 맨 처음에 깨달았다.

「피가 나오고 있어, 피가 나오고 있어!」 하고 그가 외쳐서 파인골트 씨를 갈리시아에서 되돌아오게 했고 마리아를 기도에서 되불렀다. 여전히 담 위에 걸터앉아 브레젠 쪽을 향한 채 이야기를 주고받고 있던 두 러시아 소년까지도 깜짝 놀라서 잠시 이쪽을 돌아보았을 정도였다.

하일란트 노인은 삽을 모래 속에 꽂아 둔 채 곡괭이를 들고 내 목덜미를 그 검푸른 쇠 위에 갖다 댔다. 차가운 감각이 효과를 나타냈다. 코피는 야간 가라앉았다. 하일란트 노인은 이미 다시 모래를 퍼붓고 있었다. 무덤 옆에 남아 있는 모래는 이제 얼마 없었다. 그러자 코피는 완전히 멎었다. 그러나 성장은 아직도 계속되어 내부에서 삐걱삐걱, 술렁술렁, 뚝뚝 하는 소리를 나는 들을 수 있었다.

하일란트 노인은 무덤을 완성하고는 다른 무덤에서 이름이 적혀 있지 않은 썩은 나무 십자가를 뽑아다가 이것을 갓 만든 봉분에 묻힌 마체라트의 머리와 파묻힌 내 북의 중간쯤에다 꽂았다.

「이제 됐어!」 하고 노인은 말하고는 빨리 걸을 수 있을 것 같지 않은 오스카르를 팔에 안고 다른 사람들과 자동 권총을 가진 러시아 소년들을 거느리고 묘지를 빠져나와 붕괴된 담을 타고 넘어 전차의 바퀴 자국을 따라 짐수레가 있는 곳으로 되돌아갔다. 거기에는 시전의 선로 위에 여전히 전차가 가로누워 있었다. 나는 어깨 너머로 자스페 묘지 쪽을 돌아보았다. 마리아는 잉꼬가 들어 있는 새장을 들고 있었고 파인골트 씨는 연장을 들고 있었고 쿠르트는 아무것도 들고 있지 않았다. 두 러시아 인은 지나치게 작은 모자와 지나치게 큰 자동 권총을 몸에 지니고 있었다. 해안의 소나무는 배배꼬여 있었다.

모래 땅에서 아스팔트 도로로 나왔다. 전차의 잔해 위에 슈거 레오가 걸터앉아 있었다. 상공에는 비행기가 날고 있었는데 그것들은 헬라에서 돌아오고 또 헬라로 향하고 있었다. 슈거 레오는 그의 장갑이 불탄 T34 때문에 검게 더러워지지 않게끔 조심하고 있었다. 태양은 부풀어오른 구름에 싸여서 초포트 근처의 탑이 있는 산 뒤로 가라앉았다. 슈거 레오는 전차에서 미끄러져 내려 똑바로 서 있었다.

하일란트 노인은 슈거 레오의 모습을 보고는 쾌활해졌다.

「정말 괴짜로군! 세계가 멸망한다 해도 이 슈거 레오는 끄떡도 없을 거야.」 하고 노인은 기분 좋게 비어 있는 손으로 검은 프록코트의 등을 두들기며 파인골트 씨에게 설명해 주었다.

「이 사람은 우리들과 친숙한 슈거 레오입니다. 우리들을 동정해서 인사의 악수를 하러 온 것입니다.」

그리고 사실이 그러했다. 레오는 그 장갑을 혼들거리며 참석자 전원에게 언제나의 버릇대로 침을 겔겔 흘리면서 문상의 말을 하고 그리고는 물었다.

「주님을 보았습니까? 주님을 보았습니까?」

그러나 아무도 본 사람은 없었다. 마리아는 무슨 이유인지는 모르지만 레오에게 잉꼬가 들어 있는 새장을 선물했다.

하일란트 노인의 손으로 짐수레 위에 태워진 오스카르에게로 슈거 레오가 다가왔을 때 그 얼굴이 일그러지고 바람이 그의 옷을 잔뜩 부풀렸다. 춤이 그의 다리를 스쳐 지나갔다.

「주님이다, 주 예수다!」 하고 그는 외치며 새장의 잉꼬를 마구 혼들었다. 「보라고, 주님을, 커지고 있어, 보라고, 주님이 커지고 있어!」

그때 그의 몸은 새장과 함께 공중에 던져 올려졌다. 그리고 그는 달리고, 뛰고, 춤추고, 비틀거리며 넘어질 듯하면서 날카로운 쇳소리를 지르는 작은 새와 함께 달아났다. 자기도 한 마리 새가 되어 마침내 날개를 펼치고 파닥파닥 들을 가로질러 관개 수로가 있는 경작지 쪽으로 날아갔다. 그리고 그의 외침 소리가 두 자루의 자동 권총 소리 사이사이로 들려왔다.

「주님이 커지고 있어, 커지고 있어!」

그리고 러시아의 두 소년이 총알을 다시 장전하지 않으면 안 되었을

때도 그의 목소리가 여전히 들려오고 있었다.「커지고 있어!」그리고
또다시 자동 권총이 울리기 시작하고 오스카르가 이미 강해지면서 모든
것을 삼켜 버리는 실신 상태(失神狀態) 속으로 층계가 없는 계단을 미
끄러져 내렸을 때도 나는 아직 그 새를, 소리를, 까마귀를 듣고 있었다
——레오는 알리고 있었다.「커지고 있어, 커지고 있어, 커지고 있어……」

소독제(消毒劑)

　어수선한 여러 가지 꿈이 어젯밤 나를 찾아왔다. 마치 내 면회일에
친구들이 찾아왔을 때와 같은 소동이었다. 꿈은 잇따라 문을 열고 들
어와서는 하고 싶은 이야기를 하고는 또 나갔다. 같은 말의 되풀이거나
독백이 많은 어처구니없는 이야기들뿐이었지만 그렇다고 해서 흘려 버릴
수도 없었다. 배우의 서툰 몸짓을 섞어가며 꽤 끈질기게 물고 늘어지기
때문이다. 나는 이러한 이야기들을 아침 식사 때 브루노에게 들려 주려고
시도했지만 이 이야기를 되살릴 수는 없었다. 왜냐하면 모두 잊어버리고
말았기 때문이다. 오스카르는 꿈을 기억하는 재능을 타고 나지 못했다.
　브루노가 아침 식사를 치우고 있는 동안에 나는 질문해 보았다.「이봐요,
브루노, 나는 대체 키가 얼마나 되지요?」
　브루노는 잼 접시를 커피잔 위에 놓고 슬퍼했다.「아무래도 좋지만
마체라트 씨. 당신은 오늘도 잼에 손을 안 댔군요.」
　또다시 언제나와 같은 잔소리이다. 아침 식사 후에 언제나 듣곤 하는
잔소리이다. 그도 그럴 것이 브루노가 매일 아침 얼마 안 되는 딸기잼을
가지고 오면 나는 무슨 종이나 신문지를 접어서 지붕을 만들어 잼 위에
씌워서 곧 감추어 버리고 말았던 것이다. 나는 잼을 보기도 싫고 먹기도
싫었다. 그래서 나는 브루노의 잔소리도 태연하고 단호하게 물리쳤다.
　「이봐요, 브루노, 내가 잼을 어떻게 생각하고 있는지쯤은 알고 있을

것 아뇨? 그것보다도 가르쳐 줘요, 내 키가 얼마나 되는지.」

브루노는 이미 사별해 버린 팔족수(八足獸)의 눈을 가지고 있다. 그는 무언가를 생각할 때는 이 유사 이전(有史以前)의 시선을 반드시 천장으로 보내고 대개는 그 천장을 향해 이야기한다. 따라서 오늘 아침에도 그는 천장을 향해서 말했다.「하지만 딸기잼인 걸요.」

꽤 오랜 중간 휴식 뒤에——왜냐하면 내가 잠자코 있는 동안에도 나는 오스카르의 신장에 대한 질문을 취소한 것은 아니기 때문이지만——브루노의 시선이 천장에서 돌아와 나의 침대 난간에 쏠렸을 때에야 겨우 나는 나의 신장이 일 미터 이십일 센티라는 것을 알아낼 수 있었다.

「이봐요, 브루노, 확실히 다시 한 번 재줄 수 없겠소?」

시선을 움직이지 않고 브루노는 바지 뒷주머니에서 자막대기를 꺼내서는 야만스럽다고 할 정도의 힘으로 내 이불을 들쳐내고 말려 올라간 잠옷을 끌어내리고는 일 미터 칠십팔 센티 부분에서 접혀 있는 요란스럽게 노란 자막대기를 펴서 내 몸에다 대고 이리저리 옮겨가며 두 손으로 엄밀하게 재주었는데 그러나 시선은 여전히 파충류 시대에 있었다. 그러다가 마침내 눈금을 읽는 시늉을 하면서 나에게 대고 있는 자막대기를 정지시켰다.「역시 일 미터 이십일 센티예요!」

자막대기를 접을 때도, 아침 식사의 뒤치다꺼리를 할 때도 어째서 이 사나이는 이렇게 소리를 내지 않고는 견딜 수 없었던 것일까? 내 키가 마음에 들지 않는 것일까?

브루노는 아침 식사의 쟁반을 들고 달걀 노른자 빛깔의 자막대기를 역겨운 자연색의 딸기잼 옆에 얹어가지고 방에서 나갔는데 그는 복도에서 다시 한 번 문에 달린 엿보기 구멍에 눈을 갖다 댔고——그의 눈이 지켜보는 가운데 나도 태고의 세계로 끌려 들어갔다. 이윽고 그는, 나를 나의 일 미터 이십일 센티와 함께 마침내 혼자 방에 남게 했다.

그렇다면 오스카르는 그렇게 큰가! 난쟁이나 소인국(小人國)의 사람치고는 약간 크다고 하지 않을 수 없다. 나의 로스비타, 라구나 부인은 어느 정도의 높이에 그 머리를 기대고 있었는가? 오이겐 왕자의 혈통을 이은 베브라 스승은 어느 정도의 키를 유지할 수 있었던가? 키티나 펠릭스도 오늘의 나 같으면 내려다볼 수 있을 것이다. 더욱이 지금 말한 사람들은 모두 스물한 살 때까지 구십사 센티밖에 안 되었던 오스카르를 옛날에는 부러운 듯이 따뜻한 시선으로 내려다보곤 했던 것이다.

자스페 묘지에서 마체라트를 매장하고 있을 때 그 돌이 내 뒤통수에 명중했다. 그때 비로소 나는 성장을 시작한 것이다.

오스카르는 돌이라고 했다. 따라서 나는 어쩔 수 없이 묘지에서 일어난 사건에 대해 약간 보충 설명을 하기로 한다.

나에게는 이제 『나는 해야 하는가, 하지 말아야 하는가?』는 없고 지금은 다만 『나는 해야 한다, 하지 않으면 안 된다, 하는 것이다!』가 있을 뿐이라는 것을 유희를 하면서 발견한 뒤에——나는 북을 몸에서 끌러 그것을 북채와 함께 마체라트의 무덤 안에 던져 넣고 성장의 결의를 굳혔다. 그러자 순식간에 나는 격렬함을 더하는 이명(耳鳴)에 고통을 느끼기 시작했다. 이때 크기가 호두알만한 가갈이 내 뒤통수에 맞았다. 나의 아들 쿠르트가 네 살 반짜리 힘으로 집어 던진 것이다. 나는 이 명중탄에 별로 놀라지는 않았다——나는 아들이 나에게 뭔가 하려 하고 있다는 것을 예감하고 있었다——그런데도 나는 마체라트의 묘혈 안의, 나의 북이 있는 곳에 추락했다. 하일란트 노인은 시들어빠진 노인의 손으로 묘혈에서 나를 끌어올렸지만 북과 북채는 구덩이 안에 남겨 두었다. 코피가 몹시 났으므로 나의 목덜미를 곡괭이의 쇠 위에 올려 놓았다. 아시다시피 코피는 곧 멎었다. 그러나 성장은 그치지 않았다. 물론 아주 조금이었으므로 슈거 레오밖에는 이것을 깨닫지 못했다. 그리고 그는 큰소리를 지르고 참새처럼 몸을 날리면서 이것을 알리고 다녔던 것이다.

보충 설명이라는 것은 이 정도이지만 이것은 결국 아무래도 좋은 일이다. 왜냐하면 성장은 내가 돌에 맞아서 마체라트의 묘혈에 추락하기 이전부터 이미 시작되고 있었으니까 말이다. 그러나 마리아와 파인골트 씨에게는 나의 성장의 이유로서 처음부터 한 가지밖에는 염두에 없었다. 즉 그들이 병이라고 부른 내 성장의 원인은 뒤통수에 맞은 돌이며 묘혈에의 추락이었다는 것이다. 마리아는 묘지인데도 불구하고 쿠르트를 크게 꾸짖었다. 나는 쿠르트가 불쌍해졌다. 쿠르트가 나에게 돌을 던진 것은 나에게 조력하여 나의 성장을 촉진시키기 위해서였는지도 모른다.
또는 어쩌면 그도 마침내 진짜 아버지를, 성장한 아버지를 가지고 싶
었거나 그렇지 않다면 마체라트의 대리라도 좋으니까 아버지가 필요했던
것인지도 모른다. 그 아이는 나를 아버지로 인정하고 존중한 일은 한
번도 없었던 것이다.

나의 성장은 약 일 년 동안 계속되었지만 그 사이 투석과 불운한 추락에
그 죄를 돌린 의사는 많이 있었다. 그들은 그렇게 말하면서 나의 병력
(病歷)에다 기입했다. 오스카르 마체라트는 불구의 오스카르이지만 그
원인은 그의 후두부에 돌이 맞았기 때문이다 운운…….

여기에서 나의 세 번째 생일 때 일을 상기해 주기 바란다. 어른들은
나의 본래 이야기의 시작에 즈음하여 어떤 보고를 할 수 있었을까. 세
살 때 오스카르 마체라트는 지하실 층계에서 콘크리트 바닥 위로 추락
했다. 그 때문에 그의 성장은 중단되었다 운운…….

이 설명 속에는 어떤 기적에도 증명을 부여하고 싶어하는 당연한 인
간의 성향이 인정된다. 오스카르는 고백하건대 그 역시 기적을 만나면
언제나 믿을 수 없는 망상으로서 그것을 물리치기 전에 지극히 엄밀하게
조사한다.

자스페 묘지에서 돌아와 보니까 트루친스키 아주머니네 집에 새로 세든
사람이 와 있었다. 폴란드 인의 여덟 식구가 부엌과 두 개의 방에 식민
(植民)했다. 좋은 사람들로서 우리가 어디 다른 방을 얻을 때까지는 우
리를 동거시켜 주겠다고 말했다. 그러나 파인골트 씨가 이 대중 하숙에
반대하여 여기에는 우리에게 침실을 되돌려 주고 자기는 우선 거실에서
지내겠다고 말했다. 그러나 이번에는 여기에 대해 마리아가 반대했다.
그녀는 과부가 된 지 얼마 되지도 않아서 홀아비와 사이좋게 함께 산다는
것은 좋지 않다고 생각한 것이다. 파인골트 씨는 자기 옆에 루바 부인도
가족도 없다는 것을 아직 의식하고 있지 않았지만 항상 그 정력적인
아내의 눈을 등에 느끼고 있었기 때문에 마리아가 말하는 이유를 모르지
않았다. 예의상으로나 아내 루바를 위해서나 동거는 온당치 않았다. 그
러나 그 대신 그는 우리를 위해 지하실을 내주겠노라고 했다. 그리고

그 지하 창고의 정비를 도와 주기도 했다. 그러나 내가 함께 지하로 옮겨가는 것은 끝까지 반대했다. 나는 환자였으므로, 가엾은 환자였으므로, 거실의 내 불쌍한 어머니의 피아노 옆에 나를 위한 임시 숙박소가 마련되었다.

의사를 구하느라고 애를 먹었다. 서 프로이센 질병 조합(疾病組合)이 재빨리 1월에 서방으로 소개(疏開)해 버리고 말았고 따라서 환자라는 개념도 많은 의사에게는 비현실적인 것이 되어 버리고 있었으므로 대개의 의사는 군대 수송 때 함께 도시를 떠나 버리고 말았다. 백방으로 찾아다닌 끝에 파인골트 씨가 헬레네 랑게 학교에서 여의사 한 사람을 발견했다. 당시 이 학교에는 국방군과 적군(赤軍)의 부상자가 사이좋게 베개를 나란히 하고 있었는데 그 엘빙 출신의 여의사는 이곳에서 외과 치료를 맡아보고 있었던 것이다. 그녀는 언젠가는 들르겠다고 약속했고 사실 나흘 뒤에 찾아와 주었다. 내 병상 옆에 앉아서 진찰하면서 담배를 피웠다. 서너 대를 거푸 피우고 네 대째를 피우다가 잠이 들고 말았다.

파인골트 씨는 그녀를 깨우려고 하지 않았다. 마리아가 그녀를 머뭇거리면서 흔들어 보았다. 그러나 여의사는 다 타 버린 담배가 그녀의 왼손 집게손가락을 태웠을 때에야 겨우 제정신으로 돌아왔다. 곧 그녀는 일어나서 그 꽁초를 융단 위에서 밟아 뭉개고 짧게 짜증난 목소리로 말했다.

「용서해 줘요. 최근 삼 주일 동안 한숨도 못 잤어요. 케제마르크에서는 동 프로이센의 어린이 수송대와 함께 나루터까지 갔지요. 하지만 어린이들은 건널 수 없었어요. 군인들만 건넜지요. 사천 명 가까이나 있었으니까요. 그 아이들은 모두 당하고 말았어요.」

그리고 나서 그녀는 전멸한 아이들에 대해서 말한 것과 똑같은 간결함으로 성장하고 있는 어린아이 같은 나의 뺨을 문질러 주고 다시 새 담배를 한 대 꼬나물고는 자기의 왼쪽 소매를 걷어올리고 가방에서 앰플을 꺼내어 자기 팔에 강장약 주사를 놓으면서 마리아를 향해서 말했다.

「이 아이가 어떻게 된 건지 나로서는 전혀 짐작이 가지 않아요. 어쨌든 입원을 해야 해요. 하지만 이곳에서는 안 돼요. 어떻게 해서든지 이곳을 빠져나가야 해요. 서쪽으로 말예요. 무릎과 손 그리고 어깨 관절이 부어 있어요. 머리도 아마 부을 거예요. 냉찜질을 해주세요. 정제(錠劑)를 두고 갈 테니까 통증이 심해져서 잠이 안올 때에 먹이도록 하세요.」

나는 이 간결한 여의사가 마음에 들었다. 그녀는 내 몸에 무슨 일이 일어나고 있는지 몰랐지만 모른다는 것을 숨기려고 하지도 않았다. 마리아와 파인골트 씨는 그로부터 몇 주일 동안 몇백 차례나 얼음찜질을 나에게 해주었다. 그것은 효력이 있기는 했지만 무릎과 손과 어깨의 관절 및 머리가 계속 부어오르고 아픈 것을 그치게 할 수는 없었다. 마리아와 파인골트 씨를 특히 놀라게 한 것은 내 머리가 점점 커지기 시작했다는 사실이다. 마리아는 나에게 그 정제를 주었으나 그것도 곧 떨어지고 말았다. 파인골트 씨는 자와 연필로 내 열을 곡선으로 그리기 시작했는데 그것이 또 본격적인 실험이 되어 버려 아주 과감하게 계획한 큰 도표에 내 체온을 기입했다. 체온은 그가 암시장에서 인조 벌꿀과 교환한 체온계로 매일 다섯 차례씩 쟀다. 이렇게 해서 파인골트 씨의 표 위에는 무섭게 험한 산맥 같은 모양이 만들어졌다——나는 알프스 산맥을 떠올렸고 안데스 산맥의 설령(雪嶺)을 떠올렸다——사실 나의 체온에는 그러한 산꼭대기처럼 조마조마하게 만드는 요소가 약간 있었다. 즉 아침에는 대개 38도 1부였으나 저녁에는 39도로 올라갔다. 내 성장 기간의 최고 체온은 39도 4부였다. 당시 나는 열에 시달리면서 여러 가지 일을 보고 들었다. 나는 회전목마를 타고 있었다. 내리려고 했지만 아무도 내려 주지 않았다. 많은 어린이들과 함께 나는 소방 자동차나 비어 있는 백조 속이라든가 개, 고양이, 돼지, 사슴 등에 올라타고 돌고 또 돌았다. 내리고 싶었지만 아무도 내려 주지 않았다. 그러자 다른 아이들도 모두 울기 시작했다. 그들도 나와 마찬가지로 소방 자동차나 속이 빈 백조 속에서 나가고 싶었던 것이다. 고양이나 개나 사슴 또는 돼지로부터 내리고 싶었던 것이다. 이제 회전목마를 멈추어 주기를 바랐던 것이다. 그러나 그것은 허용되지 않았다. 즉 이때 하늘에 계신 아버지가 회전목마 감시자 옆에 서서 우리를 위해 끊임없이 추가 일 회분의 돈을 지불하였다. 그리고 우리는 기도했다.

「아아, 우리의 아버지시여, 우리는 알고 있습니다. 당신께서는 잔돈을 많이 가지고 계십니다. 당신은 우리를 위해서 회전목마가 언제까지나 돌아가기를 희망하고 계십니다. 이 세상이 빙글빙글 돌아가는 것이라는 사실을 우리에게 실제로 보여 주시려는 것입니다. 제발 돈지갑을 거두어 주십시오. 그리고 말씀해 주십시오, 정지, 정지, 완료, 영업 마감, 이제는 충분하다, 내려, 가게를 닫겠다라고——우리들 어린이는 불쌍하게도 현기증이 나고 있습니다, 우리들 사천 명은 비스라 강변의 케제마르크로 끌려왔습니다. 하지만 우리는 건널 수가 없습니다. 왜냐하면 당신의 회전목마가, 당신의 회전목마가……」

　그러나 우리의 아버지인 하나님은 회전목마의 감시자가 되어 책에 있는 것처럼 부드럽게 미소짓고 지갑에서 동전 하나를 또 꺼냈다. 오스카르를 포함한 사천 명의 어린아이들을 소방차나 속이 빈 백조, 그리고 고양이나 개, 돼지, 사슴에 대운 채 좀더 빙글빙글 회전시키기 위해서. 그리고 내가 탄 사슴이——나는 사슴 위에 걸터앉아 있었다라고 지금도 생각하고 있다——나를 우리의 아버지인 감시인 옆으로 데리고 갈 때마다 그는 다른 얼굴을 하고 있었다. 처음 그 얼굴은 라스푸틴이었다. 다음 회전을 위한 동전을, 가지기도를 하는 이빨 사이에 물고 웃고 있었다. 그것은 다시 시성 괴테가 되어 아름다운 수를 놓은 지갑에서 동전 몇 개를 끄집어냈다. 그 동전의 바깥쪽에는 모두 그의, 즉 우리들 아버지의 옆얼굴이 새겨져 있었다. 그리고는 다시 도취한 라스푸틴이 되고 다음에는 온건한 폰 괴테 씨가 되었다. 라스푸틴에게는 약간의 광기(狂氣)가 감돌고 다음의 괴테에서는 도리(道理)의 냄새가 난다. 라스푸틴의 주위에는 과격론자가 모이고 괴테의 주위에는 질서를 존중하는 세력들이 모인다. 라스푸틴의 주위에서 폭동을 일으키는 대중, 달력에 실려 있는 괴테의 격언……. 마침내 허리를 굽히고 말았다——열이 내렸기 때문이 아니다. 언제나 누군가가 간병을 하면서 내 열(熱) 속으로 허리를 굽히는 것이다—— 파인골트 씨가 허리를 굽히고 회전목마를 멈추었다. 그는 소방차나 백조나 사슴을 제지하고 라스푸틴의 동전을 무효로 만들고 괴테를 어머니들에게로 되쫓아 버리고 현기증을 일으킨 어린이들 사천 명을 케제

마르크로 내몰고 거기에서 비스라 강 저편에 있는 천국으로 날려 보냈다——그리고 오스카르를 그의 열병의 병상에서 안아일으켜 리졸의 구름 위에 태웠다. 즉 그는 나를 소독시킨 것이다.

그것은 처음에는 이(蟲)와 관련이 있었으나 이윽고 습관이 되었다. 그는 처음에는 쿠르트의 몸에서 이를 발견하고, 이어서 나와 마리아 그리고 그 자신의 몸에서 발견했다. 아마도 마리아에게서 마체라트를 빼앗아간 그 카르미크 인이 놓고 간 선물이었을 것이다. 이를 발견했을 때 파인골트 씨의 소동은 정말 대단했다. 그의 아내나 아이들의 이름을 부르고 이 독충(毒虫)을 가지고 온 책임을 가족 전원에게 지웠다. 그리고 다종다양한 소독제를 인조 벌꿀이나 납작보리와 맞바꾸어 입수하고 그 자신과 그의 전가족, 그리고 쿠르트와 마리아와 나, 게다가 나의 병상을 매일매일 소독하기 시작했다. 그는 연고를 우리의 몸에 문지르고 물약을 뿌리고 가루약을 뿌렸다. 그리고 그가 뿌리고 살포하고 문지르고 있는 동안 나의 열은 최고에 이르렀으나 그의 이야기는 도도히 흘러나와 나는 카르볼이나 크롤 또는 리졸을 가득 실은 화차 이야기를 들어야 했다. 그는 이러한 소독제를 아직도 프레브린카 수용소에서 소독을 담당하고 있을 때 분무하고 살포하고 끼얹고 있었던 것이다. 매일 오후 두 시에 수용소의 통로와 바라크 그리고 샤워실과 소각로(燒却爐)와 옷 뭉치, 또 그리고 샤워 차례를 기다리고 있는 무리들과 샤워를 하고 뒹굴고 있는 무리들, 그리고 소각로에서 나온 모든 것과 소각로에 들어갈 모든 것에 소독 담당 마리우스 파인골트로서 매일 리졸 액을 끼얹었다. 그는 일일이 이름을 들었다. 전원의 이름을 알고 있었다. 빌라우어라는 사나이는, 그의 이야기로는, 이 소독 담당에게 한창 더운 8월의 어느 날 권고했다. 트레브린카 수용소의 통로에 리졸 액을 뿌리는 일을 그만두고 대신 석유를 뿌리면 어떻겠는가고. 파인골트 씨는 그가 하라는 대로 했다. 그런데 이 빌라우어는 성냥을 가지고 있었다. 그리고 ZOB(유태인의 지하 투쟁조직)의 체우 쿨란트 노인이 전원에게 서약을 시켰다. 그리고 기사(技師) 갈레브스키가 무기고를 뜯어 열었다. 그리고 빌라우어가 돌격대장 쿠트너 씨를 사살했다. 그리고 시툴바하와 바린스키가 치제니스에게 덤벼들었다.

다른 사람들은 트라브니조에서 온 위병들을 향해 덤볐다. 그리고 또 다른 사람들은 철조망을 끊고 자신들은 쓰러졌다. 친위대 하사관인 세프케는 죄수들을 샤워실로 데리고 갈 때 언제나 농담을 하곤 하는 사나이었으나 이때 수용소 문 옆에 서서 발표했다. 그러나 그것은 아무런 도움도 되지 않았다. 순식간에 한떼가 그에게 덤벼들었기 때문이다. 그것은 아데크 카베, 모텔 레비트, 헤노흐 레러, 헤르시 로트브라트, 레테크 자기엘, 토시아스 바란과 그 아내 데보라였다. 그리고 로레크 베겔만이 소리질렀다.

「파인골트도 함께 가자, 비행기가 오기 전에.」

그러나 파인골트 씨는 아직도 그의 아내 루바가 오기를 기다리고 있었다. 그러나 그녀는 그 무렵 이미 그가 불러도 오지 않았다. 이때 그는 두 팔을 붙들렸다. 왼쪽 팔은 아크브 겔레른터에게, 오른팔은 모르데하이 시바르츠발트에게. 그리고 그의 앞을 키 작은 사나이 아틀라스 박사가 달리고 있었다. 이 사나이는 트레브린카 수용소에 있을 때부터 그러했지만 그뒤 비르나 근교의 숲 속에서도 마냥 리졸을 뿌리기를 권유했다. 리졸은 생명보다도 소중하다! 라는 것이 그의 주장이었다. 그리고 파인골트 씨로서는 이 일만은 확증할 수 있었다. 어떻든 그에게는 사자(死者)들이 있었기 때문이다. 한 사람의 사자가 아니다. 『사자들』이 말이다. 정확한 숫자는 아무래도 좋다. 내가 말하고 싶은 것은 그가 리졸을 뿌린 많은 사자들이 있었다는 것이다. 그리고 많은 이름을 그는 알고 있었다. 어처구니없을 만큼 많이 알고 있었다. 리졸로 목욕을 하다시피 했던 나에게는 십만이나 되는 이름들의 생사의 문제보다 삶 아니면 죽음이, 파인골트 씨의 소독약으로 때늦기 전에 충분히 소독을 받을 수 있었는지 어땠는지 하는 문제가 더 중요했다.

그러나 그로부터 나의 열은 내리고 4월이 되었다. 그러자 다시 나의 열이 높아지고 회전목마가 돌아가고 파인골트 씨가 죽은 자와 산 자 위에 리졸을 뿌려댔다. 그리고는 다시 열이 내리고 4월도 하순이 되었다. 5월 초에 나의 목이 짧아졌다. 흉곽이 넓어지고 밀려 올라와 있었다. 그 때문에 나는 머리를 숙이지 않고도 턱으로 오스카르의 쇄골(鎖骨)을 문지를 수 있었다. 다시 한 번 약간의 열과 약간의 리졸이 왔다. 또한 나는 마리아가

리졸로 범벅이 된 말을 속삭이는 것을 들었다.

「이 아이가 이상하게 성장하지 않았으면 좋겠는데. 꼽추가 되지 않았으면 좋겠는데. 뇌수종(腦水腫)이 되지 않았으면 좋겠는데!」

그러나 파인골트 씨는 마리아를 위로하여 그의 친지 중에서 꼽추나 뇌수종에 걸렸으면서도 훌륭하게 출세한 사람들의 얘기를 들려 주었다. 그의 이야기로는 로만 프리드리히라는 사람은 꼽추의 몸이면서 아르헨티나로 이주하여 그곳에서 미싱 가게를 열었는데 나중에 그 가게가 크게 번창해서 유명해졌다는 것이었다.

성공을 거둔 꼽추 프리드리히에 대한 얘기는 마리아의 마음을 위로할 수는 없었지만 그 대신 이야기를 한 당사자인 파인골트 씨를 크게 감격시켜 그 결과 그는 우리 식료품 가게의 면모를 일신시키려는 결심을 하게 되었다. 전쟁이 끝난 직후인 5월 중순, 가게에서 새 물건들을 볼 수 있게 되었다. 미싱과 미싱 부품이 처음으로 등장했는데 식료품도 당분간은 가게 안에 남아 있어서 과도기의 어려움을 극복하는 데 협력했다. 목가 시대(牧歌時代)였다! 현금에 의한 지불 따위는 거의 행해지지 않았다. 교환한 물건을 다시 또 다른 물건과 교환했다. 인조 벌꿀, 납작보리, 그리고 에트카 박사의 베이킹 파우더의 나머지, 설탕, 밀가루, 마가린 등이 몇 대의 자전거로 재빨리 둔갑했고, 이 자전거나 자전거 부품이 전동기(電動機)로 바뀌고 이 전동기가 도구류(道具類)로 바뀌고 이 도구류가 모피 제품으로 바뀌고 그리고 이 모피류를 파인골트 씨의 마법(魔法)이 미싱으로 바꾸었다. 쿠르트가 이 물물교환 놀이 때 도움이 되었다. 손님을 데리고 와서 거래를 주선했다. 마리아보다도 훨씬 빨리 이 새로운 직무에 숙달했다. 마체라트 시대와 거의 같았다. 마리아는 계산대 뒤에 서서 아직도 이곳에 남아 있던 옛 고객들의 주문을 받았고 동시에 새로운 손님들의 희망을 서툰 폴란드 말로 들으려고 애썼다. 쿠르트는 어학의 천재였다. 쿠르트는 어디에나 출몰했다. 파인골트 씨는 쿠르트에게 의지할 수 있었다. 쿠르트는 아직 만으로 다섯 살이 안 되었는데도 어엿한 전문가가 되어 역전 거리의 암시장에 늘어서 있는 백 개도 넘는 이삼 급품 중에서 대번에 일급품의 싱거 미싱이나 파프 미싱을 찾아내곤 했다. 파인골트 씨도 쿠르트의 지식에 대해서는 인정하고 있었다. 5월 말, 나의 할머니인 안나 콜야이체크가 걸어서 비사우에서 브렌타우를 거쳐 랑푸르로 와서 우리를 방문하고 숨을 헐떡이면서 소파에 몸을 던졌을 때 파인골트 씨는 쿠르트를 크게 칭찬하고 이어서 마리아에 대해서 칭찬했다. 그리고 그는 나의 할머니에게 장황하게 나의 병에 대해서 이야기하고 이어서 몇 번이나 그의 소독제의 효력에 대해서 언급했는데 이때 그는 오스카르에 대해서까지 칭찬해 주었다. 내가 무척 온순해서 앓고 있는 동안에 한 번도 울거나 울부짖지 않았기 때문이다.

　나의 할머니는 석유를 원했다. 왜냐하면 비사우에는 이제 전등이 들어오지 않았기 때문이다. 파인골트는 할머니에게 트레브린카 수용소에서의 석유에 얽힌 체험을 여러 가지 들려 주고 내친 김에 수용소 소독 담당자로서의 그의 다면적인 임무에 대해서도 이야기했다. 그리고는 마리아를 시켜 이 리터들이 병에 석유를 담아 오게 하고 거기에다 한 상자의 인조 벌꿀과 소독제 일습도 주었다. 그리고 할머니가 비사우와 비사우 채굴장에서 교전중에 소실한 물건에 대해 자초지종을 이야기하기 시작하자 그는 고개를 끄덕이면서 동시에 방심한 모습으로 듣고 있었다. 피레크는 지금은 다시 옛날처럼 피로가라고 불리게 되었는데 그곳의 피해 상황도 할머니는 잊지 않고 보고했다. 그리고 비사우도 지금은 또다시 전전(戰前)처럼 비세보라고 부르게 되었다. 그런데 람카우 지구 농민회장 직책을 맡아 유능한 힘을 발휘하고 있던 엘러스는 할머니의 오빠의 아들의 처, 즉 우체국에서 목숨을 잃은 얀의 미망인 헤트비히와 결혼했는데 그는 농부들에 의해 그의 사무실 앞에서 목매달아졌다. 그리고 헤트비히까지도 하마터면 목을 매달릴 뻔했다. 그녀가 폴란드의 영웅의 아내이면서 지구 농민회장 따위와 재혼하고 게다가 또 시테판이 중위가 되어 있었고 마르가가 나치스 여자청년단원이었기 때문이다.

　「하지만 말이야」 하고 나의 할머니는 말했다. 「시테판에 대해서는 그들도 이미 손을 댈 수 없었지. 북빙양 쪽에서 전사를 했으니까. 그 대신, 마르가를 끌고 가서 수용소에 집어 넣으려고 했지. 하지만 그때 빈첸트가 입을 열고 일장 연설을 했어. 그렇게 말을 잘 하리라고는 생각조차 못했던 일이야. 그래서 결국 지금은 헤트비히도 마르가도 함께 우리집에 있으면서 밭일을 도와 주고 있어. 그런데 빈첸트는 그런 연설을 한 탓으로 혹독한 짓을 당했지. 이제 얼마 더 살지도 못할 거야. 그리고 이 할머니는 심장도 나쁘고 온몸 구석구석이 다 좋지 않아. 머리도 그렇고. 그 바보 같은 자식들에게 얻어맞아서 말이지. 그런데 그놈들은 그렇게 하는 것이 좋다고 생각했던 거야.」

이렇게 말하며 탄식한 안나 콜야이체크는 자기의 머리를 누르고 성장중인 내 머리를 쓰다듬고 또 쓰다듬으면서 생각이 깊은 견해를 피력했다.「카슈바이 인은 이런 꼴을 당했단다, 오스카르야. 언제나 머리를 두들겨맞기만 하지. 그러니까 너희들은 좀더 살기 좋은 고장으로 가 버리는 게 좋겠다, 할머니는 역시 남아 있겠지만. 카슈바이 인은 이주 (移住)하지 못한단다. 언제까지나 본고장에 남아서 외간 놈들에게 얻어맞기 위해 머리를 내밀고 있지 않으면 안 되지. 어떻든 우리는 진짜 폴란드 인도 아니고 진짜 독일인도 아니거든. 카슈바이 인은 독일인이 될 자격도 폴란드 인이 될 자격도 없는 거란다. 그 무리들은 어떻든 엄밀하게 생각하고 싶어하니까 말야!」

할머니는 큰소리로 웃고 석유병과 인조 벌꿀 그리고 소독제를 그 넉장의 치마 밑에 집어 넣었다. 치마는 가열한 전쟁과 정치 또 세계사적인 사건을 거쳐왔으면서도 여전히 감자 빛깔을 잃지 않고 있었다.

그녀가 나가려고 하자 파인골트 씨는 잠시만 더 기다려 달라고 부탁했다. 할머니에게 그의 아내 루바를 비롯해서 가족들을 소개하고 싶었던 것이다. 그러나 루바는 나오지 않았다. 그러자 안나 콜야이체크는 말했다. 「괜찮아요, 나 역시 언제나 부르고 있어요. 아그네스야! 애, 딸애야! 잠깐 와다오! 이 세탁물 짜는 일을 도와 다오! 하고 말예요. 하지만 딸아이는 이제 나오지 않아요. 당신의 루바 씨와 똑같아요. 그리고 빈첸트, 이 사람은 내 오빠인데 말예요, 그 오빠 역시 캄캄한 밤에 앓는 몸으로 문 밖에 나가서 큰소리로 아들 얀을 부르곤 해서 이웃 사람들이 모두 잠을 설칠 지경이에요. 아무리 불러도 우체국에서 죽음을 당한 그애가 돌아올 까닭은 없는데 말예요.」

할머니는 이미 문 밖에 나가서 숄을 어깨에 걸쳤다. 이때 내가 침대에서 불렀다. 「바브카 ! 바브카」 즉 「할머니 ! 할머니 !」 하고. 그러자 할머니는 뒤를 돌아보고 잠깐 치마를 들어올려 그 밑에 나를 넣어 가지고 데려갈 듯한 동작을 취해 보였으나 이때 아마 석유병과 인조 벌꿀과 소독제가 먼저 그 자리를 차지하고 있다는 것을 깨달은 것이리라. 할머니는 그대로 나가 버리고 말았다. 나를 데려가지 않고, 오스카르를 데려가지 않고 거기에서 나가 버렸다.

6월 초에 최초의 수송 열차가 서쪽을 향해 출발했다. 마리아는 아무 말도 하지 않았으나 나는, 그녀도 이때 가구와 가게, 그리고 아파트와 힌덴부르크 가로수 길 양쪽의 무덤과 자스페 묘지의 봉분에 이별을 고했다는 것을 깨달았다.

그녀는 쿠르트와 함께 지하실로 내려가기 전에 저녁 때면 곧잘 내 침대 옆에 있는 나의 불쌍한 이미니의 피아노 옆에 앉아 왼손에 하모니카를 들고 오른손 손가락 하나로 피아노 반주를 시도했다.

파인골트 씨는 그 음악을 참을 수 없어 마리아에게 중지하라고 부탁했다. 그러나 마리아가 하모니카를 입에서 떼고 피아노 뚜껑을 닫으려고 하면 좀더 해달라고 부탁하였다.

그러는 동안에 그는 그녀에게 구혼했다. 오스카르는 이렇게 되리라는 것을 예상하고 있었다. 파인골트 씨는 아내 루바를 이제는 좀처럼 부르질 않게 되었는데 파리가 성가신 그 여름날 밤, 루바의 부재를 확인하고 나서 그는 마리아에게 구혼한 것이다. 그녀와 두 아이를 떠맡겠다, 앓고 있는 오스카르도 떠맡겠다는 것이었다. 그녀에게 이 집을 제공하는 가게의 공동 경영권도 제공했다.

마리아는 그 무렵 스물두 살이었다. 지금까지 그녀의 싱싱한 아름다움은 다만 우연히 그렇게 된 것 같은 것이었으나 그것이 이제는 경화(硬化)라고 할까, 경화라는 표현이 나쁘다면 고정(固定)된 듯한 느낌이 있었다. 전쟁 말기부터 전후에 걸친 수개월이 모처럼 마체라트 덕분에 했던 퍼머넌트 웨이브를 그녀의 머리에서 빼앗아가 버렸다. 그녀는 나와 친하게 지내던 무렵과 같은 땋아늘인 머리는 이미 아니었으나 그래도 머리카락이 길게 그녀의 어깨에 늘어져 있어 어딘가 약간 진지하고 약간 까다로운 소녀 같은 인상을 주고 있었으나 이 소녀는 「싫어요.」라고 말하여 파인골트 씨의 구혼을 물리쳤다. 예전에 우리 것이었던 융단 위에 마리아는 서서 쿠르트를 왼손으로 누르고 오른손 엄지손가락으로 타일로 만든 난로 쪽을 가리키고 있었다. 그리고 파인골트와 오스카르는 그녀가 말하는 것을 들었다. 「그건 안 돼요. 이제 이곳 생활은 끝장이에요. 우리는 라인란트에 있는 내 언니 구스테에게로 갈 거예요. 호텔의 급사장으로 있는 사람과 결혼한 언니지요. 케스터라는 사람인데 당분간 우리를 돌보아 줄 거예요. 우리 세 사람 모두를 말예요.」

다음날, 어느새 그녀는 수속을 밟았다. 사흘 뒤에는 우리의 여권이 나왔다. 파인골트 씨는 이제 아무 말도 하지 않고 가게를 닫은 채 마리아가 짐을 꾸리고 있는 동안 어두운 가게 계산대 위의 저울 옆에 걸터앉아 있었는데 이제 인조 벌꿀을 핥으려고도 하지 않았다. 마리아가 그에게 작별 인사를 하려고 했을 때 겨우 그는 그 자리에서 미끄러져 내려 리어카를 단 자전거를 끌고 와서 우리를 역까지 바래다 주겠다고 말했다.

오스카르와 짐은——우리는 한 사람당 오십 파운드의 휴대품을 허가받았다——고무 타이어의 이륜 리어카에 실렸다. 파인골트 씨가 자전거를 밀었다. 마리아는 쿠르트의 손을 잡고 있었으나 엘젠 거리의 모퉁이를 왼쪽으로 꺾어질 때 다시 한 번 뒤를 돌아보았다. 나는 이미 라베스 거리 쪽을 돌아볼 수 없었다. 목을 움직이면 아팠기 때문이다. 따라서 오스카르의 머리는 두 어깨 사이에 의젓하게 얹혀져 있을 뿐이었다. 나는 아직도 가동성(可動性)을 유지하고 있는 두 눈만으로 마리엔 거리에, 시트리스바하에, 클라인하머 공원에, 여전히 음침한 물방울이 떨어지고 있는 역전 거리로 빠져나가는 육교에, 파괴를 모면한 나의 성심 교회에, 랑푸르 교외역에 인사를 보냈다. 랑푸르는 이제는 부르제시체라고 불리고 있었는데 무척 발음하기 어려운 이름이다.

우리는 기다리지 않으면 안 되었다. 가까스로 열차가 들어온 것을 보았는데 그것은 화차였다. 탈 사람은 많이 있었다. 특히 어린이가 많았다. 짐 검사가 있고 무게가 조사되었다. 군인들이 화차마다 한 개씩 짚다발을 던져 주었다. 음악은 울리지 않았다. 그러나 비도 내리고 있지는 않았다. 개었던 하늘에 구름이 끼고 동풍이 불고 있었다.

우리는 뒤에서 네 번째 차량에 탔다. 파인골트 씨는 없어진 붉은 머리털을 바람에 날리며 밑의 선로 위에 서 있었으나 쫘당 하고 충격이 있어서 기관차가 접속되었음을 알게 되자 곧 옆으로 다가와서 마리아에게 마가린 세 상자와 인조 벌꿀 두 상자를 건네 주었다. 그리고 폴란드 어의 명령과 고함 소리와 울음 소리가 발차를 알렸을 때 아까의 여행용 식량에 추가하여 한 꾸러미의 소독제를 주었다——리졸은 목숨보다도 소중한 것이다——이리하여 우리는 출발했고 파인골트 씨를 뒤에다 남겼다. 그의 모습은 열차가 떠날 때의 관습 그대로 붉은 머리털을 휘날리며 점점 작아졌고 아직도 손을 흔들고 있는 것만이 보이고 있었으나 마침내 아무것도 보이지 않게 되었다.

화차 안에서의 성장

그 아픔은 지금까지도 계속되고 있다. 그래서 방금도 나는 머리를 베개에다 던진 참이다. 발과 무릎의 관절이 마음에 쓰여서 나는 뿌드득 뿌드득 이를 갈지 않을 수 없다——왜냐하면 오스카르는 관절 구멍 속에서 자신의 뼈가 삐걱거리는 소리를 듣지 않기 위해서 이를 뿌드득거리지 않을 수 없다는 것이다. 나는 나의 손가락 열 개를 바라보고 그것이 부어올랐음을 인정하지 않을 수 없다. 어떻게 해서든지 북을 두들겨 보려다가 결국 알게 된 것은 오스카르의 손가락은 단지 조금 부어올랐을 뿐만 아니라 당분간은 이 직무에도 부적격하다는 것이었다. 북채가 손가락 사이에서 빠져나가 버리기 때문이다.

만년필도 내 손가락이 시키는 대로 말을 들으려 하지 않는다. 나는 브루노에게 냉찜질을 부탁하지 않으면 안 될 것 같다. 그리고 손, 발, 무릎에

냉찜질을 해받고 이마에 찬 수건을 얹어 놓은 채 나는 간호인 브루노에게
종이와 연필을 맡기지 않으면 안될 것이다. 나는 내 만년필을 남에게
빌려 주기를 싫어한다. 그런데 브루노에게는 내 이야기를 제대로 알아
들을 능력이 있을까? 1945년 6월 12일에 시작된 그 화차 여행의 기록을
그에게 맡겨도 되는 것일까? 브루노는 아네모네를 그린 그림이 걸려
있는 벽 밑의 작은 탁자를 향해 앉아 있다. 그때 그는 머리를 돌려 이른바
얼굴 쪽을 나에게 보이고 전설에 나오는 동물 같은 두 눈으로 내 좌우
양옆을 스쳐서 저쪽으로 시선을 던진다. 그가 엷고 까다로워 보이는 입
위에 연필을 비스듬히 가누고 있는 것은 그야말로 대기하고 있다는 시
늉을 해보이고 있는 것이다. 그러나 설사 그가 정말로 내 말을 기다리고
있다면, 기술(記述) 개시의 신호를 기다리고 있다면——그의 마음은 그의
매듭끈 작품의 주위를 돌고 있는 것이다. 그는 노끈을 결합시킬 테지만
반면 이 오스카르의 임무는 여전히 나의 뒤엉킨 경력을 풀어가면서 지
껄이는 데에 있다. 드디어 브루노는 쓰기 시작한다.

　나 브루노 뮌스터베르크는 자워란트의 알테나 출신으로서 미혼이며
아이도 없다. 당지의 정신 병원 독실 병동의 간호인이다. 벌써 일 년
전부터 입원중인 마체라트 씨는 나의 환자이다. 나는 그 밖에도 다른
환자를 더 맡고 있지만 여기에서는 관계없으므로 생략한다. 마체라트
씨는 내가 담당하고 있는 환자 중에서 가장 다루기 쉽다. 다른 간호인들을
부르지 않으면 안될 만큼 광포해지는 일은 결코 없다. 그는 글을 쓰거나
북을 두들기는 도수가 약간 많을 뿐이다. 너무 손가락을 혹사해서 통증을
느끼게 되었기 때문에 그는 오늘 나에게 대필을 의뢰했지만 단 노끈을
매어서 작품을 만들지 말라는 것이다. 그러나 나는 나의 주머니 속에
노끈을 감추어 두고 있기 때문에 그가 이야기를 하고 있는 동안 한 인물의
다리〔下肢〕부터 시작하기로 한다. 나는 이 인물을 마체라트 씨의 이야기
줄거리를 따라 『동쪽으로부터의 피난민』이라고 부르기로 한다. 이것은
내가 이 환자의 이야기에서 끄집어낸 최초의 인물은 아니다. 지금까지
나는 그의 할머니를 맺었고 그 사람을 『넉 장의 치마 속의 사과』라고
부르고 있다. 그리고 그의 할아버지인 뗏목꾼도 노끈으로 맺어 조금

허풍스럽지만 『컬럼버스』라고 이름지었다. 그의 불쌍한 어머니는 나의 매듭끈에 의해 『아름다운 어식가(魚食家)』가 되었고, 그의 두 아버지 마체라트와 얀 브론스키를 맺어서 『두 사람의 스카트 광(狂)』이라는 한 쌍을 만들어냈다. 그리고 또 그의 친구인 헤르베르트 트루친스키의 상처투성이의 잔등도 노끈으로 맺어 그 돋을새김을 『울퉁불퉁한 길』이라고 이름지었다. 또 개개의 건물, 예를 들어 폴란드 우체국, 시토크 탑, 시립 극장, 병기창 거리, 해양 박물관, 그레프 채소가게의 지하실, 페스탈로치 학교, 브레젠 해수욕장, 성심 교회, 카페 사계, 발틱 초콜릿 공장, 대서양 연안의 몇몇 토치카, 파리의 에펠 탑, 베를린의 시테틴 역, 랑스의 대사원, 그리고 말할 것도 없이 마체라트 씨가 이 세상의 빛을 처음으로 보게 된 아파트 등을 잇따라 노끈으로 맺어서 모사(模寫)했고 자스페 묘지와 브렌타우 묘지의 격자와 묘석은 나의 매듭끈에 장식을 제공해 주었다. 나는 또 잇따라 노끈을 맺어 비스라 강과 세느 강을 흐르게 했고 발트 해의 파도와 대서양의 큰 파도를 매듭끈의 해안에 부서지게 했으며 매 듭끈을 카슈바이의 감자밭과 노르망디의 목장으로 바꾸어 버렸다. 이렇게 해서 이루어진 지역——그것을 나는 간단하게 『유럽』이라고 부르기도 하는데 여기에 나는 다음과 같은 인물들을 살게 했다. 즉 우체국 방위자, 식료품점의 주인, 연단 위의 사람들, 연단 앞의 사람들, 종이 봉지를 든 학동들, 죽어가는 박물관 수위들, 크리스마스를 준비하는 범죄 소년들, 저녁 놀을 앞에 둔 폴란드 기병대, 역사를 만드는 개미, 하사관이나 병졸을 위한 위문 극단, 트레브린카 수용소에서 소독을 받으며 서 있는 사람들과 누워 있는 사람들이다. 그리고 지금 나는 동부 피난민의 인물상을 만들기 시작했는데 이 작품은 결국 일군(一群)의 동부 피난민으로 바뀔 것이다.

　마체라트 씨는 1945년 6월 12일 오전 열한 시경 당시 이미 그다니스 크라고 불리고 있던 단치히를 출발했다. 그를 동반했던 사람은 마리아 마체라트 미망인, 이 사람은 내 환자의 설명으로는 예전에 그의 연인 이었다고 한다. 거기에 쿠르트 마체라트로서 내 환자는 이 사람을 자기의 아들이라고 말하고 있다. 그 밖에 화차 안에는 서른두 명의 사람이 타고 있었다고 하며 그 가운데에는 성 프란시스코 회의 옷을 입은 수녀 네 사람과 두건을 쓴 소녀 한 사람이 있었는데 이 소녀는 루치에 렌반트라는 아가씨임이 틀림없었다고 오스카르 마체라트 씨는 주장하고 있다. 그러나 내가 몇 번이나 확인하자 나의 환자는 그 소녀의 이름이 레기나 레크였음을 인정했다. 그러면서도 세모꼴 여우 얼굴에 대해서 이름은 붙이지 않고 이야기를 계속했고 그러다가 결국 재삼 이름을 불러야 할 단계에 이르자 루치에 하고 불렀다. 그러나 그런 것은 내가 여기에서 그 소녀를 레기나 양으로서 등록하는 데에 조금도 방해되지는 않는다. 레기나 레크는 부모와 조부모, 그리고 병든 숙부와 함께 여행을 하고 있었다. 숙부는 그의 가족 외에 악성 위암(胃癌)을 거느리고 서방으로 여행을 떠났던 것인데 그는 말을 많이 했고 발차 후에 곧 자기가 예전에 사회민주당원이었음을 밝혔다.

나의 환자가 기억하고 있는 한에서는 이 여행은 사 년 반에 걸쳐서 고텐하펜이라고 불리고 있던 구디니아에 도착할 때까지는 아무런 방해도 받지 않았다. 올리바의 여성 두 사람과 몇 명의 아이들, 그리고 랑푸르의 초로(初老)의 신사가 초포트를 통과할 때까지 울고 있었다고 한다. 한편 수녀들은 기도에 몰두하고 있었다고 한다.

열차는 구디니아에서 다섯 시간 정차했다. 여섯 아이를 거느린 여자 두 사람이 이 차량으로 할당되어 왔다. 사회민주당원은 여기에 항의했다고 한다. 그는 병중이었고 전전(戰前)부터의 사회민주당원으로서 특별 대우를 요구하였다. 그러나 이 수송을 지휘하고 있던 폴란드 장교는 사회민주당원이 자리를 비워 주려 하지 않자 뺨을 갈겼다. 그리고 아주 유창한 독일말로 말했다. 나는 사회민주당원이 무엇인지 전혀 모른다. 나는 전쟁중 독일의 여러 장소에 머물렀지만 그 동안 『사회민주당원』이라는 말은 한 번도 들어 본 적이 없다고——위병을 앓고 있는 사회민주당원은 이제 그 폴란드 장교에게 독일 사회민주당의 의의와 본질과 역사를 설명할 수는 없었다. 그 장교는 차량에서 나가 문을 닫고 바깥에서 빗장을 내리고 말았기 때문이다.

나는 쓰는 것을 잊었지만 사람들은 모두 짚 위에 앉아 있거나 누워 있거나 했다. 열차가 오후 늦게 발차했을 때 몇몇 여인이 소리질렀다.

「우리는 다시 단치히 쪽으로 돌아가고 있어.」

그러나 이것은 착각이었다. 열차는 입환(入換)했을 뿐이었고 그리고는 다시 서쪽의 시톨프를 향해 달리기 시작했다. 시톨프까지는 나흘이나 걸렸다. 빨치산 퇴물이나 폴란드 청년단이 출몰하여 들판 한가운데서 열차를 몇 번씩이나 세웠기 때문이다. 젊은이들은 차량의 출입문을 열어 신선한 공기를 조금쯤 안으로 들여보내고 그 대신 탁한 공기와 여행 짐의 일부를 열차 밖으로 들어냈다. 젊은이들이 마체라트 씨의 차량을 점거할 때마다 네 명의 수녀는 일어서서 수녀복에 매달고 있는 십자가를 높이 쳐들었다. 이 네 개의 십자가는 젊은이들에게 큰 감명을 주었다. 그들은 여행자의 룩색이나 가방을 선로 위에 집어 던지기 전에 십자를 그었다.

사회민주당원은 젊은이들에게 한 장의 종이를 내밀었다. 그것은 아직도 단치히 또는 그다니스크에 있을 때 폴란드 당국으로부터 받은 것으로서 그가 1931년부터 1937년까지 사회민주당의 납세 당원(納稅党員)이었음을 증명한 종이 쪽지였다. 그러나 젊은이들은 십자를 긋지 않고 그의 손에서 그 종이 쪽지를 낚아채고는 그의 가방 두 개와 그의 아내의 룩색을 빼앗았다. 뿐만 아니라 사회민주당원이 아래에 깔고 있던 그 고급스러운 큰 체크무늬의 겨울 외투까지도 신선한 포메른의 공기 속으로 실어내고 말았다.

그러나 오스카르 마체라트 씨의 주장에 의하면, 적어도 그는 이 젊은이들로부터 규율이 바르고 믿음직스럽다는 인상을 받았다는 것이다. 그는 이것을 젊은이들의 지도자의 영향 때문이라고 보고 있다. 이 지도자는 약관 열여섯 살이면서 이미 어엿한 한 사람 몫을 하는 인물이었다. 이 인물에 접하여 마체라트 씨는 희비가 엇갈리는 생각으로 먼지털이단의 두목이었던 시테르테베커를 연상했다고 한다.

이 시테르테베커와 아주 닮은 젊은이가 마리아 마체라트 부인의 손에서 룩색을 낚아채려고 생각하고 마침내 실제로 그것을 낚아챘을 때 마체라트 씨는 재수좋게 맨 위에 얹혀 있던 가족 사진첩을 순간적으로 룩색에서 끄집어냈다. 처음에 그 지도자는 화를 내려고 했다. 그러나 나의 환자가 그 사진첩을 펼쳐 젊은이에게 할머니 안나 콜야이체크의 사진을 보여 주었더니 젊은이는 자기의 할머니 생각이라도 했는지 마리아 부인의 륙색에서 손을 떼고 자기의 모난 폴란드 모자에 손가락 두 개를 갖다 대며 경례를 보내고 마체라트 일가를 향해 『그럼 안녕.』 하고 말하고는 마체라트의 륙색 대신 다른 여행자의 가방을 빼앗아 들고 부하들과 함께 차에서 떠났다.

사진첩 덕분에 일가의 손에 남게 된 그 륙색 속에는 약간의 속옷류 외에 식료품점의 장부와 매상 세납증서, 저금통장, 루비 목걸이 등이 들어 있었다. 이 목걸이는 마체라트 씨 어머니의 유물로서 나의 환자는 이것을 소독제 봉지 안에 숨겨 두었던 것이다. 그리고 또 라스푸틴의 발췌와 괴테의 저작을 반반씩 담고 있는 그 교양서도 서방으로의 여행에 참가하고 있었다.

나의 환자가 주장하는 바에 의하면 그는 여행중 내내 대개는 사진첩을, 그리고 가끔씩은 교양서를 무릎에 얹어 놓고 뒤적거리고 있었다. 그리고 이 두 책은 아무리 심하게 팔다리가 아플 때에도 약간은 즐거운, 그러나 또 생각에 잠기게 하는 시간을 그에게 가져다 주었다.

나의 환자가 또한 말하고 싶어했던 것은 차량의 진동, 전철기(転轍機)나 교차점을 지날 때의 충격, 끊임없이 진동하는 화차의 앞 차량 위에 내내 누워 있어야 한다는 것이 그의 성장을 촉진시켰다는 사실이다. 지금까지처럼 옆으로 커지는 것은 정지되고 그 대신 키가 자라기 시작하였다. 염증을 일으켰던 것은 아니지만 부어올랐던 관절이 느슨해진 느낌이 들었다. 그의 귀와 코, 그리고 생식기까지, 들은 바에 의하면, 화차의 진동하에서 성장을 나타냈다는 것이다. 수송이 순조롭게 진행되고 있는 동안에 마체라트 씨는 뚜렷한 통증을 느끼지 않았다. 재삼 빨치산이나 청년단의 방문을 받아서 열차가 정지했을 때만 그는 쑤시고 당기는 아픔을 느꼈고 그때마다 앞에서 언급한 것처럼 진통 작용이 있는 사진첩으로 그것을 견디곤 했다는 것이다. 폴란드의 시테르테베커 외에도 다시 몇몇 청년 도적과 한 사람의 늙수그레한 빨치산이 가족 사진을 붙인 사진첩에 흥미를 나타냈다고 한다. 늙은 전사는 끝내 자리에 앉아 담배를 꼬나물고 한 장도 빼놓지 않고 사진첩을 유심히 뒤적거리고 있었다.

할아버지 콜야이체크의 사진에서 시작하여 마지막의 스냅 사진, 마리아 마체라트 부인이 한 살, 두 살, 세 살, 네 살의 쿠르트와 함께 찍은 그 스냅 사진에 이르기까지 많은 사진에 의해 일가의 발전상을 더듬었다. 나의 환자는 적잖은 가정의 목가적(牧歌的)인 사진을 바라보며 그가 미소를 띠는 것을 보기까지 했다. 다만 죽은 마체라트 씨의 옷이나 람카우 지구 농민회장으로 있으면서 우체국 방위자 얀 브론스키의 미망인과 결혼한 엘러스 씨의 저고리 깃에서 첫눈으로 그것임을 알 수 있는 당 배지에 대해서만은 빨치산도 감정이 상했다. 환자는 이 비판적인 사나이의 눈앞에서 사진에 찍혀 있는 배지를 아침 식사용 칼 끝으로 긁어내어 환심을 샀다고 한다.

이 빨치산은——마체라트 씨가 가르쳐 준 바에 의하면——그 밖의 많은 얼치기 빨치산과는 달리 진짜 빨치산이었다고 한다. 즉 마체라트 씨의 주장에 의하넌, 빨치산에게 일시적으로 빨치산이었다는 것은 절대로 있을 수 없고 영원할 뿐이며 낙마(落馬)한 정부를 안장 위에 올려 주었는가 하면 이번에는 빨치산의 도움을 얻어 안장 위에 올라앉은 정부를 밀어 떨어뜨리는 것이다. 어디까지나 자기를 괴롭혀 마지않는 빨치산이야말로 마체라트 씨의 주장에 의하면——나로서는 그 뜻을 알 것도 같은 느낌이 든다——정부에 몸을 바친 모든 사람들 중에서 예술적으로 가장 유능한 자라고 말할 수 있다. 왜냐하면 이 사람들은 자기가 지금 막 만든 것을 금세 뿌리쳐 버리기 때문이다.

나 자신의 경우에도 비슷한 이야기를 주장할 수 있다. 내가 매듭지은 노끈을 석고에 담가 응고시킨 순간에 당장 주먹으로 분쇄해 버린 일이 얼마나 자주 있었던가. 그럴 때 나는 특별히 나의 환자로부터 몇 달 전에 부탁받은 그 과제에 대해 생각하곤 하는데 그것은 이러하다. 간단한 매듭끈을 사용해서 러시아의 가지기도자 라스푸틴과 독일의 시성 괴테를 결합시킨 하나의 인물을 만들어 달라는 것이다. 그리고 그 인물은 내 환자의 요구에 의하면 주문자인 그와 똑같아야만 한다는 것이다. 나는 이 두 극단을 그럴 듯하게 결합시키기 위해서 벌써 몇 킬로미터의 노끈을 맺어왔는지 모른다. 그러나 마체라트 씨가 모범으로서 찬양하는 그 빨치산과 마찬가지로 나도 휴식과 만족을 모른다. 나는 오른손으로 엮은 것을 왼손으로 풀었고 내가 왼손으로 만든 것을 오른손 주먹으로 부숴 버렸다.

그런데 마체라트 씨도 그의 이야기를 일직선으로 끌고 가지 못한다. 예를 들면 그 네 수녀들에 대한 것인데 그는 이것을 일단은 프란시스코 회의 수녀들이라고 말해 놓고서 나중에는 빈센티노 회 수녀들이라고 말하고 있다. 그 밖에 특히 곤란한 것은 두 개의 이름과 세모꼴 모양이라고 하는 여우 얼굴 하나를 가지고 있는 그 아가씨에 대한 것이다. 이 아가씨를 위해서 그의 보고는 몇 번이나 되풀이 풀어지고 말아 기록자인 나는 동쪽에서 서쪽으로 가는 이 여행에 대한 설명을 두 가지 세 가지로 기록하지 않으면 안될 참이었다. 그러나 그러한 일은 내 성미에 맞지 않기 때문에 나는 그 사회민주당원에 대해서 전념하기로 한다. 이 사람은 여행중에 얼굴을 바꾸는 일이 없었고, 아니 뿐만 아니라 내 환자의 진술에 의하면 시톨프에 도착하기 직전까지 동승자 전원에 대해 몇 번씩이나 자기의 신상을 설명했다고 한다. 어떻든 그는 1937년까지는 일종의 빨치산으로서 포스터 붙이는 일에 헌신하느라 건강을 해쳤고 자유로운 시간을 희생했다. 즉 그는 비가 오는 날에도 포스터를 붙이고 다닌 몇 안 되는 사회민주당원의 한 사람이라는 것이다.

시톨프에 닿기 직전에 또다시 꽤 규모가 큰 청년단의 방문을 받아 수송이 정지되었을 때도 그는 역시 이런 투로 이야기하고 있었다고 한다. 이미 짐은 얼마 남아 있지 않았으므로 젊은이들은 여행자들의 옷을 벗기기로 방침을 바꾸었다. 당연한 일이지만 젊은 패거리들은 대상을 신사들의 저고리에 한정했다. 그런데 사회민주당원에게는 이것이 이해되지 않았다. 솜씨가 좋은 재단사라면 수녀들의 헐렁한 옷으로 훌륭한 윗도리를 몇 벌 만들 수 있을 것이라고 생각했기 때문이다. 이 사회민주당원은 스스로 엄숙하게 말한 바에 의하면 무신론자였다. 그런데 젊은 도적들은 별로 엄숙하게 말하지는 않았으나 가톨릭 교회 편이었던 모양으로, 수녀들의 수확이 충분한 모직물에는 손을 대지 않고 무신론자가 입고 있던 수프가 약간 묻은 싱글 윗도리를 탐냈다. 그러나 무신론자는 저고리와 조끼 그리고 바지를 벗으려고 하지 않고 오히려 사회민주당 포스터 붙이기로서 짧으면서도 혁혁한 자기의 경력에 대해 이야기하는 쪽을 택했다. 그리고 이야기를 그치지 않고 저고리를 벗기를 거부하는 태도를 나타냈는데 그 순간 그는 예전의 국방군 장화로 위(胃) 근처를 걷어채였다.

사회민주당원은 계속해서 심하게 구토를 했고 나중에는 피를 토했다. 그때 그는 자기의 옷 따위에 괘념할 수는 없었다. 더러워졌지만 철저히 화학적 세척을 하면 구제할 수 있는 그 옷에 대해서 젊은이들은 완전히 관심을 잃고 말았다. 그들은 신사복을 단념하고 마리아 마체라트 부인의 물빛 인견 블라우스와 루치에 렌반트, 아니 레기나 레크라는 이름의 소녀가 입고 있는 베르히테스가든 풍의 니트 슈트를 벗겼다. 그리고 나서 그들은 차량의 출입문을 닫았는데 꼭 닫지는 않았다. 그리고 열차는 움직이기 시작했고 그 사이에 사회민주당원의 죽음이 시작되고 있었던 것이다.

시톨프까지 앞으로 이삼 킬로미터 남은 지점에서 수송 열차는 대피선으로 밀려 들어갔고 밤새 그곳에 정차하고 있었다. 별이 총총했으나 6월의 날씨치고는 꽤 썰렁한 밤이었다고 한다.

이날 밤 그 사회민주당원은 죽었다——마체라트 씨의 이야기에 의하면——점잖지 못하게 큰소리로 하나님을 저주하고 노동자 계급에 대해 궐기할 것을 호소하고 마지막 말로서——곧잘 영화에 나오듯이——자유 만세를 외치고 마침내 열차 안을 공포로 가득 채운 구토의 발작에 굴복하여 그 싱글의 저고리에 지나치게 집착한 사회민주당원은 죽었다. 비명 소리는 일어나지 않았다고 나의 환자는 말한다. 차내는 조용해졌고 언제까지나 그것은 계속되었다. 마리아 부인만이 이를 덜덜거리고 있었다. 블라우스를 빼앗기고 남은 속옷은 아들 쿠르트와 오스카르 씨에게 입혀 버렸으므로 추웠던 것이다. 새벽녘에 두 사람의 용감한 수녀가 출입문이 조금 열려 있는 것을 깨닫고 차내를 청소하여 젖은 짚이며 어른과 아이의 똥이며 사회민주당원의 토사물(吐瀉物)을 선로 위에 버렸다.

열차는 시톨프에서 폴란드 장교의 검열을 받았다. 그와 동시에 따뜻한 수프와 보리 커피 비슷한 음료가 배급되었다. 마체라트 씨의 차내 시체는 전염병의 위험을 고려하여 차압되었고 위생병이 판자에 실어 운반해갔다. 수녀들의 주선으로 고급 장교는 가족들이 짧은 기도를 올릴 수 있도록 허가했다. 그리고 또 죽은 사나이의 몸에서 구두, 양말, 옷 등을 벗기도록 허용했다. 나의 환자는 벗기는 장면이 계속되고 있는 동안——그런 뒤에 판자 위의 시체에 빈 시멘트 부대가 씌워졌다——벗기는 사나이의 조카딸을 관찰하고 있었다. 이 젊은 아가씨의 이름은 레크였는데도 그는 이 아가씨를 보고 있는 동안에 심한 혐오와 매력에 동시에 사로잡혀 저 루치에 렌반트를 상기했다. 나는 루치에를 모사(模寫)하여 노끈으로 만든 작품을 『샌드위치를 먹고 있는 여자』라고 이름지었다. 차 안에서의 그 소녀는 벗기고 있는 숙부를 눈앞에 두고 소시지를 끼워 넣은 빵을 움켜쥐고 엷은 껍질까지 먹어 치우지는 않고, 오히려 그 벗기는 일에 참가하여 숙부의 옷 중에서 조끼를 물려받아 빼앗긴 자기의 니트 슈트 대신 몸에 걸치고, 별로 어울리지도 않는 그 새로운 옷차림을 손거울에 비추어 음미하고 이어서 그 거울로——나의 환자는 지금도 그때의 일을 생각하면 몸서리가 쳐친다고 했지만——누워 있는 그를 포착하고는 세모꼴의 얼굴에 뚫려 있는 그 가느다란 눈으로 아무렇지도 않게 말똥말똥 쳐다보더라는 것이다.

시톨프에서 시테틴까지의 여행은 이틀이 걸렸다. 여전히 이따금씩 본의 아니게 정차했고 낙하산 대원용 칼과 자동 권총으로 무장한 그 미성년자들의 방문도 거듭됨에 따라 차츰 익숙해져 갔지만 그러나 방문 시간은 점점 짧아졌다. 여행자들에게는 더 이상 빼앗길 것이 이제는 거의 남아 있지 않았기 때문이다.

내 환자의 주장에 따르면 그의 신장은 단치히=그다니스크에서 시테틴까지의 여행 동안, 즉 일주일 동안에 구 내지 십 센티미터나 늘었다고 한다. 특히 상퇴(上腿)와 하퇴(下腿)가 자라고 흉곽(胸郭)과 머리는 거의 자라지 않았다고 한다. 그 대신 환자는 여행 동안 등을 밑으로 하고 누워 있었는데 등의 약간 왼쪽 위에 생긴 혹이 점점 커져가는 것을 막을 수 없었다. 그리고 또 마체라트 씨가 인정하는 바로는 시테틴 이후——언제부터인가 독일 철도 직원의 손에 이 수송은 인계되어 있었다——고통이 점점 커져서 다만 가족의 사진첩을 뒤적거리는 정도로는 참을 수 없게 되었다. 그는 몇 번이나 쉴 새 없이 소리를 지르지 않으면 안 되었다. 그는 그 소리로 어느 역의 유리창에 피해를 주지는 않았다——마체라트는 자기의 목소리는 이미 유리를 부수는 힘을 상실했다고 했다——그러나 그 고함 소리로 네 명의 수녀를 그의 침상 앞에 모이게 하는 효과를 발휘했고 그녀들의 기도를 언제까지나 끝나게 하려고 하지 않았다.

동승자들의 반을 넘는 수가 시베린 역에서 이 수송 열차를 내렸는데 그 속에는 레기나 양도 포함하여 죽은 사회민주당원의 일가도 있었다. 마체라트는 그것을 매우 애석하게 생각했다. 왜냐하면 그는 이 소녀의 얼굴을 보는 데에 익숙해졌고 보지 않고는 견딜 수 없었기 때문이며 그래서 그녀가 내려 버린 뒤 고열을 수반한 심한 경련성 발작이 그를 엄습하여 몸부림치게 했을 정도였다. 마리아 마체라트 부인의 진술에 의하면 그는 절망적으로 루치에라는 소녀를 부르며 스스로를 우화 속의 동물이라느니 일각수(一角獸)라느니 하고 불렀고 높이가 십 미터인 다이빙 대에서 떨어지는 무서운 마음과 떨어지고 싶은 욕구를 동시에 나타냈다는 것이다.

뤼네부르크에서 오스카르 마체라트 씨는 병원으로 실려갔다. 그곳에서 그는 열에 시달리면서 몇몇 간호사와 친숙해졌으나 곧 하노파의 대학 병원으로 옮겨졌다. 그곳에서 다행히도 열을 억제할 수 있었다. 마리아 부인과 그녀의 아들 쿠르트에게 마체라트 씨는 이따금씩밖에 만날 수 없었으나 그러는 중에 그녀가 청소부로서 병원에서 일하게 되어 그로부터는 매일 만날 수 있게 되었다. 그러나 병원 안이나 병원 근처에는 마리아 부인과 쿠르트가 살 수 있는 방은 없었고 또 피난민 수용소 생활도 점점 견딜 수 없게 되어——마리아 부인은 초만원의 열차 안이나 때로는 열차의 승강대 위에 타고 매일 세 시간이나 통근하지 않으면 안 되었다. 병원과 수용소는 그만큼이나 멀리 떨어져 있었다——의사들은 무척이나 망설인 끝에 환자를 뒤셀도르프의 시립 병원으로 인도하는 데에 동의했다. 특히 마리아 부인이 이주 허가서를 가지고 있었기 때문에 그럴 마음이 생긴 것이다. 즉 뒤셀도르프에는 전시중에 그곳 급사장과 결혼한 언니 구스테가 있었고 남편인 급사장이 러시아의 포로가 되어 방이 비어 있었기 때문에 두 칸 반짜리 집의 방 하나를 마체라트 부인에게 제공해 주었다.

그 집은 교통이 편한 곳에 있었다. 빌크 역에서 베르스텐과 벤라트 방면으로 가는 시전을 타면 갈아타지 않고도 쉽게 시립 병원에 닿을 수 있었던 것이다.

마체라트 씨는 1945년 8월부터 1946년 5월까지 그 병원에 있었다. 그는 나에게 한꺼번에 몇 사람의 간호사 얘기를 해주었다. 벌써 그 이야기가 한 시간 이상이나 계속되고 있다. 그녀들은 각각 모니카, 헬름트루트, 발부르가, 일제, 게르트루트라는 이름으로 불렸다. 그는 병원 안에서 한, 긴 이야기들을 기억하고 있으며 제복을 비롯하여 간호사 생활에 따르는 모든 것에 큰 의의를 부여하고 있다. 내가 기억하는 한에서는 당시의 허술한 병원 식사라든가 난방도 불충분한 병실 따위에 대해서는 한 마디도 하지 않았다. 화제는 전적으로 간호사에 대한 것이거나 간호사 관계의 사건, 또는 따분하기 이를 데 없는 간호사의 환경에 대한 것뿐이다. 그곳에서는 쏙닥거리는 이야기와 일러바치는 일이 성행했다. 간호사 일제가 간호장에게 일러바쳤다. 간호장이 점심 직후에 견습 간호사들의 숙사를 검사했다. 또 도난 사건이 있었는데 도르트문트 출신의 한 간호사가——분명히 게르트루트가 한 것으로 생각되지만——무고한 죄를 뒤집어썼다는 따위의 이야기이다.

그리고 또 간호사로부터 담배 배급권만 얻어 가지고 싶어하는 젊은 의사들의 이야기도 그는 상세하게 해주었다. 그리고 또 간호사가 아닌 어느 여자 약제사가 단독인지 또는 인턴의 도움을 얻어서 자기 몸에 낙태를 기도한 혐의로 조사를 받은 일도 그는 이야기할 값어치가 있다고 믿고 있다. 나는 이러한 통속적인 일에 정신을 낭비하는 내 환자의 마음을 이해할 수 없다.

마체라트 씨는 지금 나에게 자기의 이야기를 기록하라고 한다. 기꺼이 나는 이 희망에 따르지만 그러나 간호사를 다루고 있기 때문에 그가

과장된 말로 더듬더듬 묘사하는 장황한 그 이야기의 일부는 생략하기로
한다.

  나의 환자는 신장이 일 미터 이십일 센티이다. 그의 머리는 정상적인
어른의 경우보다도 클 정도이다. 그것이 두 어깨 사이의 약간 굽은 듯한
목 위에 얹혀져 있다. 흉곽과 꼽추라고 불리는 등이 나타난다. 그는 강한
빛을 뿜고 영리하게 움직이며 곧잘 몽상적으로 떠지곤 하는 푸른 눈을
가지고 있다. 머리숱은 많고 약간 곱슬곱슬한 갈색이다. 그가 보이고
싶어하는 것은 다른 부분에 비해 강력한 두 팔이며 또 아름다운 손이라고
한다. 특히 오스카르 씨가 북을 두들길 때는——이곳 병원은 하루에 세
시간에서 네 시간까지는 그에게 북을 두들기는 것을 허가하고 있다
——그의 손가락은 그것만이 독립하여 제대로 발육된 육체의 일부가 된
것처럼 움직인다. 마체라트 씨는 레코드로 아주 부자가 되었고 지금도
레코드로 돈을 벌고 있다. 재미있는 사람들이 그의 면회일에 찾아온다.
아직 그의 재판이 시작되기 전부터, 그가 우리에게로 인도되기 전부터
나는 그의 이름을 알고 있었다. 그럴 수밖에 없는 것이 오스카르 마체라트
씨는 뛰어난 예술가이다. 나 개인으로서는 그의 무죄를 믿고 있고 따라서
그가 앞으로도 계속 우리와 함께 지내게 될는지 아니면 다시 한 번 세상에
나가 예전과 같은 성공을 거두게 될는지 나로서는 뭐라고 말할 수 없다.
그것은 그렇다 치고 지금 나는 그의 신장을 재는 역할을 부탁받고 있다.
불과 이틀 전에 쟀는데 말이다…….

  나의 간호인 브루노의 기록을 되읽는 것은 그만두기로 하고 나 오스
카르가 다시 펜을 들기로 한다.

  브루노가 방금 접는 자로 내 키를 재주었다. 그 자막대기를 내 몸 위에
놓아 둔 채 그는 측량 결과를 큰소리로 알려 주면서 내 방에서 나갔다.
내가 이야기를 하고 있는 동안에 그는 몰래 만들어 놓았던 매듭끈의
작품도 떨어뜨리고 갔다. 여의사 호른시테타 박사를 부르러 간 것이라고
생각된다.

  그러나 그 여의사가 와서 브루노가 잰 결과를 보증해 주기 전에 오
스카르는 당신들에게 말하겠다. 내가 간호인에게 나의 성장사(成長史)를

이야기한 이 사흘 동안에 나는 족히 이 센티미터의 신장(身長)을——
그것을 획득이라고 할 수 있다면——획득하였다.

　따라서 오스카르는 오늘부터는 일 미터 이십삼 센티이다. 그런데 이
제부터 그가 보고하는 것은 전후에 있어서의 그의 변천 과정이다. 그는
말을 할 수 있고, 더듬더듬거리면서나마 쓸 수 있고, 유창하게 읽을 수
있고, 꼽추이기는 하지만 다른 점에서는 상당히 건강한 젊은이로서 뒤
셀도르프 시립병원을 퇴원했다——퇴원할 때는 으레 그렇듯이——나도
이제부터는 어른으로서 새 생활을 시작할 수 있다는 기대를 안고.

양철북

제3부

라이타 돌과 묘석

졸리는 듯하면서도 선량한 비계 덩어리, 구스테 트루친스키는 구스테 케스터가 되어서도 사람이 달라질 겨를이 없었다. 그럴 수밖에 없는 것이 그는 북빙양 전선으로 출진하기 불과 이주일 전에 약혼을 했고 그뒤 그가 마침 휴가를 얻어 돌아왔을 때 결혼을 했는데 그녀가 케스터의 영향을 받은 것은 얼마 안 되는 짧은 기간에 지나지 않았고 그나마 대개는 방공호 침대에서 지냈을 뿐이다. 쿨란트 군이 항복한 뒤 케스터의 소식은 묘연한 채 알려지지 않았는데 구스테는 누가 남편에 대해 물을라치면 엄지손가락으로 부엌문 쪽을 가리키면서 딱 부러지게 대답하였다. 「글쎄 그게, 그 사람은 바다 저편에서 이반의 포로가 되었어요. 그 사람이 돌아오면 이 집은 모든 것이 달라질 거예요.」

케스터를 위해서 보류하고 있는 빌크 가(街)의 가정 변화란 마리아에 대한, 터놓고 말하면 쿠르트의 행상(行狀)에 대한 빈정거림이었다. 내가 병원을 퇴원하게 되어 간호사들에게 때때로 방문하겠다고 약속하고 작별을 고한 뒤 시전을 타고 빌크 가의 자매와 나의 아들 쿠르트 곁으로 돌아왔을 때 사층부터 모조리 타버린 아파트 삼층에서 마리아와 나의 아들이 암거래 장사를 하고 있는 것을 발견했다. 쿠르트도 여섯 살짜리답지 않게 손가락을 놀려 계산을 하면서 가게 일을 꾸려나가고 있었다.

성실한 마리아는 암거래를 하면서도 여전히 마체라트를 잊지 못해 인조 벌꿀을 취급하고 있었다. 그녀는 상표도 아무것도 붙어 있지 않은 양동이에서 꿀을 떠서 저울에 달고 있었는데——거기에 내가 발을 들여놓고 그 좁은 방의 모습에 익숙해지기도 전에——당장 나를 붙잡고는 4분의

1파운드씩 포장하라고 명령하였다.

쿠르트는 계산대 대신인 비누 상자 뒤에 앉아서 회복해서 돌아온 그의 아버지를 쳐다보기는 했지만 언제나 겨울처럼 잿빛인 그 눈은 실은 관찰할 만한 값어치가 있는 내 배후의 것으로 쏠리고 있었다. 그는 종이 한 장을 눈앞에 떠올리며 그 위에 공상의 숫자를 몇 자리수나 늘어놓고 있었던 것이다. 불과 여섯 주일 동안 학교에 다니며 가득 차고 난방도 안된 교실에서 공부했을 뿐인데 그의 얼굴에는 사색가와 노력가의 면모가 엿보였다.

구스테 케스터는 커피를 마시고 있었다. 진짜 커피였다. 그녀가 나에게 한 잔 내밀었을 때 나는 그것을 깨달았다. 내가 인조 벌꿀을 포장하는 일을 하고 있는 동안 그녀는 자기 동생 마리아에게 다소 동정을 느끼면서 힐끔힐끔 내 등의 혹을 바라보고 있었다. 가만히 앉아서 내 혹을 쓰다듬지 못하고 있는 것이 그녀로서는 괴로웠다. 왜냐하면 혹을 쓰다듬는다는 것은 모든 여자에게 행운을 의미하는 것이기 때문이다. 구스테의 경우에 행운이란 모든 것을 변화시킬 케스터의 귀환이다. 그러나 그녀는 지그시 참고 그 대신 행운과는 관계가 없는 커피 찻잔을 어루만지면서 그로부터 몇 달 동안 내가 매일 들어야만 했던 푸념을 늘어놓았다. 「거짓말이 아니야. 케스터가 돌아오면 이곳은 모든 것이 달라진다고, 당장 그날에 말야!」

구스테는 암거래를 비난했다. 그러나 그 인조 벌꿀 덕분에 입수한 진짜 커피는 기꺼이 마셨다. 손님이 오면 그녀는 슬리퍼를 질질 끌고 거실을 나가 부엌으로 들어가서 접시를 딸까닥거리면서 항의의 뜻을 나타냈다.

손님은 많이 찾아왔다. 아침 식사가 아홉 시에 끝났는가 했더니 곧 초인종이 울리기 시작했다. 짧게──길게──짧게. 밤 열 시쯤이 되면 구스테는 초인종의 스위치를 끊어 버려 학교에 가느라고 작업 시간의 절반밖에 이용할 수 없는 쿠르트로부터 언제나 항의받고 있었다.

손님들은 말했다. 「인조 벌꿀 있습니까?」

마리아는 조용히 끄덕이고 물었다. 「4분의 1말입니까, 절반짜리 말입니까?」 그러나 개중에는 인조 벌꿀을 원하지 않는 손님도 있었다. 이런 사람들은 말했다.「라이타 돌 있습니까?」여기에 대해서는 오전이나 오후 교대제로 통학하고 있던 쿠르트가 예의 긴 숫자에서 고개를 들고 스웨터 밑의 천 주머니를 손으로 더듬어 찾아 도전하는 듯한 짜랑짜랑한 어린아이의 목소리로 거실의 공기 속에 대고 개수를 외쳤다.「세 개 드릴까요, 네 개 드릴까요? 다섯 개쯤 사두시는 것이 좋을 겁니다. 좀 더 있으면 적어도 24로 올라요. 지난 주에는 18이었는데 오늘 아침에는 20이 되고 말았어요. 두 시간 전, 내가 학교에서 돌아왔을 때만 해도 아직 21이면 되었는데 말예요.」

쿠르트는 세로(縱) 네 가구(街区), 가로(橫) 여섯 가구인 이 일대에서 라이타 돌을 취급하는 유일한 상인이었다. 그는 라이타 돌의 출처를 쥐고 있었는데 그러나 그 출처를 절대로 밝히려고는 하지 않고 그러면서도 몇 번씩이나, 때로는 잠자리에 들기 전에 하는 기도 대신으로까지 외는 것이었다.『나에게는 출처가 있어.』

아버지로서 나는 아들이 쥐고 있는 출처를 알 권리를 주장해도 좋으리라고 생각했다. 그래서 그가 비밀스럽게 그러기는커녕 아주 우쭐해 가지고「나에게는 출처가 있어.」하고 말할 때마다 즉시 내 질문이 거기에 뒤따랐다.「어디에서 너는 그 돌을 가져오니? 자, 말해 봐. 어디에서 가져오는지.」

그 몇 달 동안 내가 출처를 추궁할 때마다 마리아의 말투는 언제나 이러했다.「이 아이에게 참견하지 말아요, 오스카르. 우선 당신과는 관계없는 일 아녜요? 둘째로 질문을 하지 않으면 안될 때는 내가 질문할 거예요. 이 아이의 아버지 행세는 하지 말아 주었으면 좋겠어요. 바로 석 달 전까지만 해도 부우 라는 말도 하지 못한 주제에.」

그래도 내가 그만두지 않고 쿠르트가 알고 있는 출처를 끈질기게 추궁하면 마리아는 손바닥으로 인조 벌꿀 양동이를 두들기며 무척 화를 내면서, 나와 그리고 이따금 나의 출처 추궁을 지지해 준 구스테를 동시에 공격하였다.「정말 훌륭한 말을 하는군요! 이 아이의 장사를 망쳐 놓자는 것이군요? 그러면서도 당신들은 이 아이가 벌어들이는 돈으로 살아가고 있잖아요? 오스카르의 환자용 특별 배급만 해도 그런 얼마 되지도 않는 영양이지만 당신은 이틀 만에 먹어치우곤 하잖아요？ 정말 화가 치미는 일이지만 나는 웃고 있어요.」

오스카르는 인정하지 않을 수 없다. 당시 나는 왕성한 식욕을 가지고 있었다. 오스카르가 허술한 병원 음식을 떠난 후에도 체력을 회복할 수 있었던 것은 인조 벌꿀 이상으로 실속이 있는 쿠르트의 물자 원천 덕분이었다.

그래서 아버지는 부끄러움으로 입을 다물지 않을 수 없었다. 그리고 쿠르트가 순진한 마음으로 베풀어 준 용돈을 잔뜩 가지고 빌크 가에 있는 집에서 될 수 있는 대로 자주 외출을 했다. 떳떳하지 못한 장면을 보고 싶지 않았기 때문이다.

오늘날 여러 훌륭한 신분의 사람들은 경제 기적을 비판하며 옛날을 그리워한다. 당시 상황에 대한 기억이 희미해지면 질수록 그것에 대한 향수노 삼격직으로 된다. 『그때는 아직도 통화 개혁 전인 광기(狂氣)의 시대였다！ 그 무렵에는 아직도 무엇인가가 일어나고 있었다！ 사람들은 위(胃) 속에 아무것도 들어 있지 않았지만 그래도 극장 표를 사기 위해 줄을 서곤 했었다. 감자 소주를 나누어 마시는 즉흥 주연을 지금으로서는 상상도 할 수 없는 일이지만 이것이 또 샴페인이나 코냑으로 축하하는 오늘날의 파티 같은 것보다는 훨씬 더 멋이 있었다.』

상실된 시간을 갈구하는 몽상가들은 이런 식으로 말했다. 나 역시 사실은 똑같은 말로 탄식하지 않으면 안될 것이다. 즉 나는 쿠르트의 라이타 돌의 샘에서 뿜어 나온 그 수년 동안에 전쟁중의 뒤처짐을 되찾고 교양에 힘쓰려는 많은 사람의 서클 속에서 거의 무료로 교양을 쌓을 수 있었고 성인 학교의 과정에 참가하기도 하고 『브뤼케(다리)』라고 불리고 있던 영국 문화 센터의 단골 손님이 되기도 하고 가톨릭 교도나 개신교 신도들과 함께 국가가 과실을 범한 경우의 개인 책임에 대해서 토의하고 공동 책임을 느꼈다. 많은 사람들도 같은 생각이었다. 즉 자기들은 지금 보상을 끝내 두어야 한다. 그렇게 하면 세상이 좋아지기 시작할 때 양심의 가책을 느끼지 않아도 된다는 것이었다.

어쨌든 나는 중용을 지킨 교양은 아니더라도 결함투성이의 교양이나마 나에게 부여해 준 성인 학교에 감사하고 있다. 나는 그 무렵 독서를 많이 했다. 내가 성장하기 이전, 세계를 라스푸틴과 괴테로 양분하기에는 충분했던 그 독서나 1904년부터 1916년까지의 켈러의 해군 연감이 부여해 준 지식만으로는 성이 차지 않게 되었다. 나는 무엇을 읽었는지 이미 기억하고 있지 못하다. 화장실에서도 읽었다. 나는 극장 표를 사기 위해 몇 시간이나 줄을 서고 있을 때도 모차르트 식으로 변발을 늘어뜨리고 독서하고 있는 소녀들 틈에 끼여서 읽었다.

나는 읽었다, 쿠르트가 라이타 돌을 팔고 있는 그 시간에도. 내가 인조 벌꿀을 포장하고 있는 동안에도 읽었다. 정전이 되었을 때는 수지(獸脂) 촛불을 켜놓고 읽었다. 쿠르트의 샘 덕분에 우리는 수지 양초를 구할 수 있었던 것이다.

부끄러운 이야기지만 당시에 읽은 것은 내 속에 남지 않고 나를 지나쳐 가고 말았다. 얼마 안 되는 언어의 자투리와 표지에 씌어진 추천의 말 정도가 마음에 남았다. 그리고 극장은 ? 배우의 이름이 떠오른다. 호페, 페터에서, 플리켄실트의 특유한 R 발음, 실험 극장의 무대에서 플리켄 실트의 R을 다시 시도해 보려고 한 병아리 여배우들, 그리고 그륀트겐스, 그는 타소 역을 맡았을 때 검은 복장으로 온몸을 감쌌지만 괴테가 지시하고 있는 월계관을 그 언저리가 이른바 곱슬머리를 그을리게 한다는 이유로 벗어 버리고 말았다. 그리고 그륀트겐스가 똑같은 검은 옷을 입고 햄릿 역으로 출연했다. 그리고 여배우 플리켄실트는 햄릿은 뚱뚱하다고 주장한다. 그리고 요릭스 세델, 이 사나이도 기억에 남아 있다. 왜냐하면 그륀트겐스가 이 사나이에 대해 매우 인상적인 발언을 하고 있기 때문이다. 그리고 그들은 감동한 구경꾼을 앞에 놓고 난방도 안된 극장에서 『문 밖에서』를 상연했다. 그리고 나는 망가진 안경을 쓴 베크만 대신 구스테의 남편, 즉 귀환병 케스터를 떠올려 보았다. 구스테의 이야기에 의하면 이 사나이는 모든 것을 변화시키고 나의 아들 쿠르트의 라이타 돌의 샘을 막아 버릴 것이다.

그러한 일도 지금은 옛날이 되었다. 나는 알고 있다. 전후의 도취도 결국은 일종의 정신을 차리지 못할 정도로 술 취한 것에 지나지 않으며 수코양이(숙취를 말함)를 데리고 있고 그것이 야옹 야옹 하고 울면서 어제는 아직도 행위 또는 비행(非行)으로서 우리들 손이 새로 피에 물들어 갓 태어난 것 모두를 오늘은 벌써 역사로서 설명하는 것이다. 이러한 일을 경험했고 또 알아 버린 오늘, 나는 환희 역행단의 기념품과 편물 세공 사이에서 행해진 그레트헨 셰프라의 수업을 찬양한다. 즉 지나치지 않을 정도의 라스푸틴, 알맞을 정도의 괴테, 그리고 카이저의 『표어에 의한 단치히 시사(市史)』, 벌써 오래 전에 침몰한 전함의 장비, 쓰시마 해전에 참가한 일본 수뢰정(水雷艇)의 속도, 나아가서는 베리살리우스와 바르세스, 토틸라와 테아, 펠릭스 단의 『로마 쟁탈전』이다.

　이미 1947년 봄에 나는 성인 학교, 영국 문화센터, 니멜러 목사와의 관계를 끊고, 여전히 햄릿 역으로 출연하고 있던 구스타프 그륀트겐스와도 삼층석에서 작별을 고했다.

　내가 마체라트의 무덤에서 성장할 결심을 하고 나서 아직 이년도 지나지 않았었다. 그런데도 벌써 어른들의 생활이 나에게는 단조롭게만 느껴졌다. 나는 상실된 세 살짜리의 균형을 동경했다. 나는 오로지 또다시 구십사 센티미터가 되고 싶었다. 나의 친구 베브라보다도 작고 죽은 로스비타보다도 작아졌으면 하고 생각했다. 오스카르는 북을 그리워했다. 멀리 산책나갈 때는 어느새 시립 병원 가까이에 와 있는 일이 흔히 있었다. 그렇지 않아도 그는 매달 한 번은 이르델 교수에게 가지 않으면 안 되었다. 교수는 그의 병을 재미있는 경우라고 말했다. 그래서 그는 낯익은 간호사들을 곧잘 방문했다. 그녀들로서는 그를 상대해 줄 틈이 없었지만 회복이나 죽음을 약속하면서 바쁘게 돌아가는 백의의 천사들 옆에 있으면 그는 기분이 좋았고 거의 행복스러운 느낌마저 들었다.

　간호사들은 나를 환영했고 악의(惡意) 없는 순진한 방법으로 나의 혹을 놀려댔고 뭔가 맛있는 음식물을 내주었다. 그리고는 언제 끝날지 모르는 복잡하게 뒤얽힌 병원의 내막 얘기 속으로 나를 끌어넣어 기분좋게 피곤하게 만들었다. 나는 이야기에 귀를 기울이며 충고를 주기도 하고 조그만 다툼을 중재하기도 했다. 왜냐하면 나는 간호장에게 잘 보이고 있었기 때문이다. 오스카르는 이삼십 명이나 되는 백의의 천사들 가운데 유일한 남성이었기 때문에 약간 색다른 방법이기는 했으나 그녀들에게 인기가 있었던 것이다.

앞서 브루노가 말한 것처럼 오스카르는 표현이 풍부한 아름다운 두 손과 곱슬거리는 얇은 머리털과——어디까지나 푸르고——사람을 사로잡고야 마는 브론스키의 눈을 가지고 있다. 나의 등에 있는 혹과 턱 밑에서부터 시작하여 부풀어 있는 데 비해서는 좁은 흉곽이 오히려 내 손과 눈의 아름다움이나 머리털의 정돈됨을 더욱 돋보이게 하고 있는지도 모르지만, 어쨌든 내가 자리잡고 앉은 방의 간호사들은 곧잘 나의 두 손을 잡고 손가락 하나하나를 가지고 놀며 머리칼도 다정하게 쓰다듬어 주었고 나갈 때쯤이면 서로 속삭이곤 하였다.「저 사람의 눈을 들여다보고 있노라면 다른 일은 완전히 잊어버리게 돼요.」

나는 이렇게 해서 내 혹을 이겨냈는데 내가 당시 아직도 내 북을 뜻대로 할 수 있고 이따금 실증한 바 있는 고수(鼓手)로서의 힘에 아직도 자신이 있었다면 나는 아마도 병원 안을 정복할 결심을 했을 것이다. 부끄러운 일이지만 자기 육체의 반응력에 자신을 가질 수 없었던 나는 그처럼 정다운 서막 다음에는 본 줄거리에 들어가는 것을 피해 병원을 나와 기분 전환하려고 뜰 안이나 철망 울타리 주위를 산책했다. 한결같은 그물눈을 가진, 병원 부지 주위에 둘러쳐진 철망을 보고 있는 동안에 내 마음도 안정을 되찾아 휘파람이 절로 입에서 나왔다. 나는 베르스텐과 벤라트 행 시전을 바라보며 자전거 길과 나란히 나 있는 산책로를 걸으면서 유쾌한 권태로움에 빠져 예정대로 꽃봉오리를 불꽃처럼 벌어지게 하여 봄을 연출하고 있는 자연의 노력에 미소를 보냈다.

건너편에서는 하늘에 계시는 우리들 모두의 일요 화가가 날마다 더 많은 녹색을 튜브에서 꺼내어 베르스텐 묘지의 수목에 색칠하고 있었다. 묘지는 지금까지도 언제나 내 마음을 유인해왔다. 그것은 손질이 잘 되어 흐리멍덩한 데가 없고 논리적이고 남성적이며 활기있다. 묘지에 들어가면 용기와 결의가 끓어오른다. 묘지에서야말로 비로소 인생은 윤곽을 그릴 수 있다——나는 무덤의 테두리를 말하고 있는 것이 아니다——그리고 그럴 마음만 있으면 인생이 의미를 가지게 된다.

그런데 이 묘지의 북쪽 담을 따라서 비트베크라는 가로(街路)가 나 있었다. 묘석상(墓石商) 일곱 집이 그곳에서 서로 경쟁하고 있었다. C. 시노크라든가 율리우스 베벨 같은 대기업이 있었고 거기에 R. 하이덴라이히, J. 보아, 퀸 앤드 뮐러, P. 코르네프 같은 소기업이 섞여 있었다. 어느 가게나 바라크와 작업장으로 되어 있었고 지붕에는 그린 지 얼마 안 되었거나 또는 아직도 별로 퇴색하지 않은 큰 간판이 걸려 있었는데 거기에는 상점 이름 밑에 여러 글자가 적혀 있었다. 즉 묘석업(墓石業) ——묘석과 돌 울타리——자연석과 인조석——묘석 예술. 코르네프 상점의 간판을 읽어 보니까 P. 코르네프, 석공 겸 묘석 조각가라고 적혀 있었다.

작업장과 부지를 에워싸고 있는 철망 울타리 사이에 계단 모양을 뚜렷이 이룬 한 겹 대좌(臺座)와 두 겹 대좌 위에 1인용 묘석에서 4인용의 이른바 가족용 묘석까지 여러 가지가 늘어서 있었다. 울타리 바로 뒤에는 개인 날에는 철망의 다이아 무늬를 감수하면서 별로 고급을 원하지 않는 사람들을 위한 조개껍질 석회석 대좌, 종려나무 가지를 본딴 부분을 제외하고는 문질러 윤을 낸 휘록암(輝綠岩), 조금 흐린 실레젠 산 대리석으로 만든 높이 팔십 센티의 표준형 어린이용 묘석이 있다. 이러한 어린이용은 둘레에 홈이 패어 있고 윗부분 3분의 1에 새긴 돋을새김은 대개 부러진 장미 가지를 나타내고 있었다. 그리고 정규의 미터 석(石)이 한 줄로 늘어서 있다. 붉은 마인 사암(砂岩)들은 폭격당한 은행이나 백화점의 정면에 사용되었는데 지금 여기에서 이렇게 부활을 누리고 있다. 물론 묘석을 가지고 부활 운운의 말을 해도 괜찮을 때의 이야기지만.

이러한 진열품의 한가운데에 유난히 눈을 끄는 것이 있었다. 대석(臺石) 세 개와 측면부 두 개, 그리고 홈이 많이 패인 하나의 큰 암벽으로 구성된, 푸른 기가 도는 하얀 티롤 산(産) 대리석의 묘표였다. 벽 정면에는 석공들이 성체(聖体 : 코르푸스)라고 부르는 것이 엄숙하게 솟아 있었다. 이 성체는 머리와 무릎을 왼쪽으로 기울여 가시 면류관과 세 개의 못을 나타내고 수염은 없고 두 손을 벌리고 있으며 가슴의 상처에서 흐르는 피는 양식화되어 다섯 방울이 분명히 떨어져 내리고 있었다.

비트베크에는 왼쪽으로 기울어진 성체를 새긴 묘석이 지나칠 만큼 많았지만——봄의 계절 초에는 열 개 이상의 이러한 묘석이 팔을 벌리고 주문을 기다리는 일이 많았다——나는 이 코르네프의 예수 그리스도에 특히 매료되었다. 왜냐하면 이 부조상(浮彫像)이 근육과 희롱하며 흉곽을 벌리고 있는 모습은 저 성심 교회의 본제단 위에 있는 나의 운동 선수와 가장 많이 닮았기 때문이었다. 나는 몇 시간이나 그 울타리 옆에서 지냈다. 나는 막대기 한 개로 그물눈이 쫀쫀한 철망을 긁어 윙윙 소리가 나게 하기도 하고 또는 그렇게 하면서 이것저것 소망을 품고 무릇 온갖 일을 생각하기도 하고 또 아무 생각도 하지 않았다. 코르네프는 좀처럼 모습을 나타내지 않았다. 작업장의 창문에서 굴뚝 한 개가 비어져 나와 몇 번이나 구부러진 끝에 마지막으로 단층 지붕 위로 빠져나가고 있었다. 조악한 석탄의 노란 연기가 적당히 피어올라서는 지붕 종이 위에 떨어지고, 창이나 낙수받이를 따라 방울져 떨어져 가공되지 않은 돌이나 깨지기 쉬운 란 산(産)의 대리석판 사이로 사라졌다. 작업장의 미닫이문 앞에는 마치 저공 비행의 공격에 대비한 위장처럼 몇 장의 포장이 씌워진 삼륜 오토바이 한 대가 대기하고 있었다. 작업장에서 들려오는 소리로 미루어——나무가 쇠를 두들기고 쇠가 돌을 부수었다——석공들이 일을 하고 있음을 알 수 있었다.

5월에는 삼륜 오토바이의 포장이 없어졌고 미닫이문이 열려 있었다. 나는 작업실을 들여다보았다. 온통 회색으로 된 가운데 절단대에 오른 돌, 연마기의 기둥, 석고제의 견본을 늘어놓은 선반 따위가 눈에 띄고 마지막으로 코르네프의 모습이 보였다. 그는 무릎을 구부리고 등을 웅크리고 걸었다. 머리는 어색하게 앞으로 기울이고 있었다. 분홍빛 고약이 때에 절어 검게 더러워진 채 그의 목덜미에 비스듬히 붙어 있었다. 봄이었으므로 코르네프는 갈퀴를 가지고 나와서 진열한 묘석 사이를 갈퀴로 고르게 다듬었다. 그는 아주 꼼꼼하게 몇 번씩 왔다갔다 하면서 갈퀴 자국을 남기었고 약간의 묘석 위에 붙어 있던 지난해의 마른잎도 긁어 모았다. 울타리 바로 앞에 와서 조개껍질 석회판과 휘록암 판자 사이에서 갈퀴를 신중하게 움직이면서 그는 불쑥 나에게 말을 걸어왔다. 「무슨 일이냐, 애야, 집에 가지 않아도 되는 거냐? 그렇지 않으면……」

「당신네 묘석이 아주 마음에 들었어요.」 하고 나는 아첨을 했다.

「그런 말을 큰소리로 하는 게 아니야. 혹시 묘석 위에라도 올라타고 싶은 거니?」

이제야 겨우 그는 뻣뻣한 목을 구부리고 나를 본다기보다는 차라리 내 등의 혹을 곁눈질로 흘겨보았다.「대체 어떻게 된 거냐? 그래 가지고는 잠을 자는 데 방해가 될 텐데?」

나는 그가 웃는 대로 버려 두었다가 그런 다음에 천천히 설명했다. 혹도 반드시 방해가 되는 것만은 아니다. 나는 어느 정도 혹을 이기고 있다. 세상에는 혹을 동경하고 혹이 있는 사나이의 특수한 상태와 가능성에 순응하기까지 하고, 요컨대 솔직히 말해서 이러한 혹을 즐거움으로 여기는 부인이나 소녀들도 있다는 것을.

코르네프는 갈퀴 자루 위에 턱을 괴고 생각에 잠겼다.「그런 일도 있을 수 있겠지. 나도 들은 적이 있으니까.」

그리고 나서 그는 아이펠 지방에 살고 있을 때의 이야기를 했다. 당시 그는 현무암 채석장에서 일을 하고 있었는데 어떤 여성과 관계를 가졌다. 이 여성의, 분명 왼쪽이라고 말했던 것 같은데, 다리는 나무로 만든 의족(義足)으로서 뗐다붙였다 할 수 있게 되어 있었다. 그는 이 의족을 나의 혹과 비교해서 이야기했는데 물론 나의『상자』는 뗐다붙였다 할 수는 없다. 길고 장황하게 이 석공은 추억담에 꽃을 피웠다. 나는 초조한 마음으로 기다렸다가 마침내 그가 일을 끝내고 그 여자가 다시 다리를 붙였을 때 그에게 작업장을 견학시켜 달라고 부탁했다.

코르네프는 철망 울타리의 중앙에 있는 양철문을 열고 열린 채로 있는 미닫이문 쪽을 갈퀴로 가리키면서 안내해 주었다. 나는 자갈을 발 밑에서 잘그락거리면서 이윽고 유황과 석회, 그리고 습기찬 냄새에 휩싸였다.

윗부분이 평평한 서양배 같은 모양을 하고 있는 무거운 나무망치에는 섬유질의 움푹 팬 구멍이 생겼고 그것을 보면 이 나무망치들이 언제나 한결같은 망치질을 하고 있음을 알 수 있는데, 이 망치들이 얹혀져 있는 것은 울퉁불퉁하기는 하지만 그러나 이미 네 차례의 타격으로 많이 다듬어진 돌의 평면 위였다. 초벌 깎기용 끌, 나무 자루가 달린 끌, 새로 달금질을 한 듯 아직도 시퍼런 톱니 모양의 끌, 대리석용으로 길고 탄력이 있는 에칭 끌과 망치 모양의 끌, 한 조각의 청대리석 위에 얹혀져 있는 묵직한 넓은 날 끌, 네모난 대(臺) 위에 말라 있는 연마용 진흙, 언제라도 굴릴 수 있게 되어 있는 통나무 위에는 잘 닦여서 둔한 빛을 뿜고 있는 트라바친의 암벽이 거꾸로 세워져 있다. 끈적끈적하고 노란 치즈 같이 구멍이 많은 2인용 묘석이다.

「이것은 돌을 깨는 망치, 이것은 숟가락형 끌, 이것은 글라인더, 그리고 이것은」 하고 말하면서 코르네프는 폭은 손바닥만하고 길이는 세 걸음쯤 되는 판자를 들어올리고 모서리 부분을 이리저리 들여다보면서 말을 계속했다. 「이것은 직각자인데 말야. 나는 어린 직원들이 말을 듣지 않을 때는 이것으로 찰싹 한 대씩 때려 주곤 하지.」

나는 약간 버릇없는 질문을 해보았다. 「그럼 제자들도 부리고 있나요 ? 」

코르네프는 불평을 호소했다. 「다섯 명쯤 고용해서 일을 시키고 싶은데 말이지. 한 명도 달라붙질 않아. 요즈음의 젊은 놈들은 암거래만을 배워가지고 ! 」 이 석공도 나와 마찬가지로 진도유망한 숱한 젊은이들이 건실한 직업을 배우는 것을 방해하고 있는 암거래를 반대하고 있었던 것이다. 코르네프가 나에게 거친 것에서부터 보드라운 것까지 각종 카보런덤 돌을 가리키며 그 연마 효과를 졸른호프 석판 위에서 실증해 보이고 있는 동안에 나는 어떤 조그만 생각을 굴리고 있었다. 경석(輕石)이 있다. 초콜릿 빛의 셸라크 석(石)은 완성된 돌에 윤기를 내는 데 사용된다. 이번에는 둔한 광택이 나는 돌을 트리폴리 석으로 반들반들하게 연마한다. 나는 여전히 하찮은 생각을 굴리고 있다. 조금은 생각에 윤기가 나는 것 같다. 코르네프는 문자 견본을 보여 주었고 돋을새김 문자와 음각 문자 이야기를 하며 문자 도금 이야기도 곁들여 해주었다. 금 도금은 사람들이 생각하는 것만큼 거창한 것은 아니며 옛날의 진짜 금화 하나만 있으면 말(馬)과 사람을 몽땅 도금할 수도 있다고 한다. 그 이야기를 듣고 나는 단치히의 건초 시장에 있는 빌헬름 황제의 기념상을 당장 생각하고, 모래 채취장 쪽으로 말머리를 향하고 있는 이 상(像)에

이번에 폴란드의 기념물 보존회가 도금하고 싶어했던 이유를 분명히
알았다. 그러나 금박을 입힌 말과 기수 이야기를 들으면서도 나는 여전히
그 조그만 생각을 그치기는커녕 점점 더 중요해지는 그 생각을 머리
속에서 계속했고, 그리고 코르네프가 나에게 조각용의 삼각식 점각기
(點刻機)를 설명하며 십자가에 못박힌 예수의 좌향 또는 우향의 갖가지
석고 견본을 토닥토닥 두들겼을 때 나는 재빨리 내 생각을 간결하게
표현했다.「그럼 당신은 제자를 고용할 생각이 있는 거군요?」나의
조그만 생각이 마침내 둑을 넘은 것이다.「당신은 제자를 구하고 있는
것처럼 보입니다만?」코르네프는 목덜미의 종기 위에 바른 고약을 문
질렀다.「즉 괜찮으시다면 나를 제자로 받아 주시지 않겠습니까?」이
질문은 서툴렀기 때문에 나는 곧 말을 달리했다.「내 힘을 너무 과소
평가하지 마세요. 코르네프 씨! 그야 물론 다리는 조금 약합니다. 하지만
팔 힘은 누구에게도 뒤지지 않습니다!」

  자기의 결단력에 감격하여 완전히 열중해 버린 나는 왼쪽 팔뚝을 드
러내어 작으면서도 소처럼 강인한 근육을 코르네프에게 만져 보게 하려고
했다. 그러나 그가 만져보려 하지 않았기 때문에 이번에는 조개껍질
석회석 위의 돋을새김용 끌, 그 육각주(六角柱)의 금속을 잡고 테니스
공만한 내 알통 위에서 튀게 하여 납득시키려고 했다. 내가 이 시위를
좀처럼 중지하지 않고 있으려니까, 코르네프는 연마기를 켜서 청회색의
카보런덤 원반을 2인용 석벽을 올려 놓는 트라바틴 대좌 위에서 끽끽
회전시키기 시작했는데 마지막에는 눈은 기계에 돌린 채 연마기보다도
더 큰소리로 고함질렀다.

  「하룻밤 자면서 잘 생각해 봐. 벌꿀을 핥아먹는 것처럼 쉬운 일이
아니야. 아무래도 생각이 달라지지 않으면 그때 다시 한 번 와봐. 견습
이라도 해보는 게 좋겠지.」

  석공이 하는 말을 듣고 나는 그 조그만 생각을 일주일 동안 음미하며
매일처럼 쿠르트의 라이타 돌과 비트베크의 묘석을 비교했다. 마리아
로부터는「당신은 우리에게 얹혀만 사는군요, 오스카르. 뭔가 시작해 보는
게 어때요? 커피나 코코아, 또는 분유라도!」하고 핀잔을 들었으나

그래도 아무 일도 하지 않았다. 암거래에 흥미를 나타내지 않는 나를 구스테는 한껏 칭찬하면서 외지에 있는 남편 케스터를 본보기로서 추천했다. 그러나 아들 쿠르트로부터는 무척이나 시달림을 받았다. 그는 나를 완전히 무시하고 숫자의 줄을 날조해서는 지면에 써넣곤 했는데 내가 다년 간에 걸쳐서 마체라트를 무시해 온 거나 똑같은 방식이었다.

 우리는 점심을 먹고 있었다. 구스테는 초인종을 끊어 놓고 있었다. 베이컨을 곁들인 달걀부침을 먹고 있는 장면을 손님들에게 방해받고 싶지 않았기 때문이다. 마리아가 말했다. 「이봐요, 오스카르. 이런 맛있는 음식을 먹을 수 있는 것은 우리가 팔을 걷어붙이고 일을 하기 때문이에요.」 쿠르트가 한숨을 쉬었다. 라이타 돌이 십팔로 하락했기 때문이었다. 구스테는 잠자코 많이 먹었다. 나도 그녀를 따랐다. 맛이 있다고 생각했으나 그렇게 생각하면서도 대용 건조 달걀가루를 사용한 탓인지 비참한 생각이 들었다. 그리고 베이컨 속에 들어 있는 연골을 씹으면서 불현듯 행복해지고 싶다는 욕구를 귀 언저리에 이르기까지 느꼈다. 나는 온갖 분별을 넘어 행복을 원했다. 어떤 회의도 행복에의 욕구를 지워 버릴 수는 없었다. 애가 타서 가만히 있을 수 없을 만큼 나는 행복해지고 싶었다. 그리고 다른 사람들이 아직도 앉아서 건조 달걀가루에 만족하고 있는 동안에 나는 일어나서 벽장 쪽으로 돌진해갔다. 마치 그곳에 행복이 준비되어 있는 것처럼. 그리고 나는 나의 벽장을 뒤져서 발견했다. 발견했다고는 하지만 물론 행복은 아니다. 사진첩 뒤에 있는 교양서 밑에서 파인골트 씨의 소독제를 두 봉지 발견한 것이다. 그리고 그 한쪽 봉지 속에서 손가락으로 찾아낸 것은 역시 행복은 아니었으나 그것은 철저히 소독이 되어 있는 루비 목걸이었다. 내 불쌍한 어머니의 목걸이, 벌써 몇 해 전의 눈이 내리던 겨울 밤, 얀 브론스키가 진열장에서 끄집어낸 것이다. 당시는 아직도 행복했고 노래를 불러 유리를 깨는 힘이 있었던 오스카르가 그 직전에 노래로 진열장에 둥그런 구멍을 뚫어 놓았던 것이다. 그리고 나는 이 목걸이를 가지고 집을 나섰다. 목걸이 속에서 행복에의 첫걸음을 보았고 행복을 향해 출발하기도 하고 중앙 정거장행의 전차를 탔다. 나는 생각했다. 이것이 잘만 되면 그때에는.

　나는 오래 교섭했고 분명히 알고 있었지만……, 그러나 외팔의 사나이와 모든 사람들로부터 판사라고 불리고 있던 작센 인은 물건의 값어치만은 확인했지만, 그들이 나의 불쌍한 어머니의 목걸이 대신 나에게 진짜 가죽으로 된 가방과 미국 담배『럭키 스트라이크』열다섯 상자를 주었을 때 그들은 내가 행복해질 기회가 충분히 무르익었다는 것을 깨닫지 못했다.

　오후에 나는 다시 빌크 가의 가족 곁에 있었다. 나는 열다섯 개의 상자 뚜껑을 열었다. 안에는 스무 개피가 든 럭키 스트라이크가 들어 있다. 한 밑천이다. 어이없어하는 그들에게 나는 금빛 포장을 한 담배 더미를 밀어 주며 말했다. 이것을 당신들에게 주겠다. 그러니까 앞으로는 나에게 상관하지 말아 주기 바란다. 이 정도의 담배가 있으면 아마 나를 가만히 내버려 둘 수 있을 테지, 그리고 오늘부터 매일 점심 도시락이 필요하다. 그것을 이 서류 가방에 넣고 매일 작업장으로 가지고 갈 생각이다, 당신들은 인조 벌꿀과 라이타 돌로 행복해지면 될 것이다, 나는 화를 내지도 않고 비난을 섞지도 않고 말했다. 나의 방식은 조금 다르다, 나의 행복은 앞으로 묘석 위에 씌어지거나 또는 좀더 전문적으로 말하면 묘석 속에 새겨지거나 할 것이다.

　코르네프는 나를 월 백 마르크에 견습으로 채용했다. 거저와 다름없는 금액이었으나 그래도 결국 벌이는 벌이였다. 일주일 뒤에는 벌써 석공이 하는 거친 일이 내 힘에는 버겁다는 것을 알게 되었다. 나는 갓 채석한 벨기에 산 화강암을 4인용 묘석으로 만들기 위한 초벌 다듬기를 지시받았으나, 겨우 한 시간이 지났을 무렵에는 끌은 이럭저럭 아직 쥐고 있을 수 있었으나 망치를 쥔 손은 이미 감각이 없어져 버렸다. 나는 초벌깎기도 코르네프에게 맡기지 않으면 안 되었는데 그 대신 재주를 보이기도 하여 자잘한 세공이나 톱니 모양을 만드는 일, 두 개의 자로 평면을 재어 줄을 긋고 백운석(白雲石) 언저리를 일일이 다듬는 일 따위를 내 작업으로 삼았다. 나는 수직으로 세운 사각주 위에 한 장의 판자를 T자형으로 놓고 거기에 앉아서 오른손으로 끌을 움직이고 나를 오른손잡이로 만들고 싶어하는 코르네프의 주의를 무시한 채 왼손으로 배(梨)

모양의 나무망치나 곤봉, 또는 쇠망치나 쇄석(碎石) 망치를 흔들었고 쇄석 망치의 예순네 개의 이빨을 단번에 돌에 박아 넣어 돌을 흐슬흐슬 무너뜨렸다. 행복, 그것은 확실히 나의 북은 아니었다, 행복, 그것은 대용품에 지나지 않았다. 그러나 행복은 대용품으로서도 존재할 수 있다. 행복은 어쩌면 대용품으로서밖에 존재하지 않는 것인지도 모른다. 행복이란 항상 대용품인 것이다. 행복은 주위에 퇴적(堆積)되어 있었다. 즉, 대리석의 행복, 사암(砂岩)의 행복, 엘베 사암, 마인 사암, 다인 사암, 운젤 사암, 키르히하임 석(石)의 행복, 그렌츠하임 석의 행복. 단단한 행복은 청층 대리석. 구름이 낀, 깨지기 쉬운 행복은 설화 석고(雪花石膏). 비디아 강(鋼)이 휘록암을 행복하게 관통한다. 백운석은 녹색의 행복. 부드러운 행복은 응회암(凝灰岩). 관 석의 다채로운 행복. 구멍투성이의 행복은 현무암. 아이펠 석의 싸늘한 행복. 화산과 같은 행복이 분출하고 분진(粉塵)이 되어 주위에 퇴적하고 내 이빨 사이에서 으드득 소리를 내고 있었다.

내가 가장 행복한 솜씨를 보인 것은 비명(碑銘)을 새기는 일이었다. 나는 코르네프까지도 능가하고 말아 조각 작업의 장식 부분을 담당했다. 아칸서스의 잎, 어린이 묘석용의 부러진 장미 가지, 종려나무 가지, 그리스도를 상징하는 PX라든가 INRI라는 문자, 홈파기, 구슬 테 장식, 달걀과 화살촉 장식, 모서리 깎기, 이중 모서리 깎기 등이다. 오스카르는 어떤 가격의 묘석에도 온갖 장식을 베풀어 주었다. 그리고 나는 이미 여덟 시간 동안에 닦아낸 휘록암 판에 몇 번이나 입김을 불어 흐리게 하면서 비명을 새겨 넣었다. 즉, 하나님의 팔에 안겨 나의 남편 여기에 잠들다──줄 바꿈──우리의 선량한 아버지, 형, 숙부──줄 바꿈── 요셉 에서──줄 바꿈──1885년 4월 3일 생, 1946년 6월 22일 죽음──줄 바꿈──죽음은 삶에의 문이다. 그리고서 나는 이러한 문자들을 마지막으로 쭉 훑어보고 대용품의 행복을 맛보았다. 즉 기분 좋은 행복을 맛본 것이다. 그리고 이 일에 대해 예순한 살에 죽은 요셉 에서와 나의 각자(刻字) 끝 앞에 있는 휘록암의 녹색 구름에 되풀이 감사하고, 에서의 묘비명 중 다섯 개의 『O』자에 특별히 정성을 들임으로써 감사의 뜻을 표현했다. 그래서 오스카르에게 특별히 사랑받은 『O』는 균형이 잡혀 이음매가 없는 훌륭한 모양으로 완성되었는데 어느 것이나 약간 크게 되어 있었다.

5월 말에 나의 석공 견습 시대가 시작되었는데 10월 초에 코르네프에게는 새로운 종기가 두 개 생겼다. 그리고 이 무렵 우리는 헤르만 베프크네히트와 엘제 베프크네히트의 옛 성(性) 프레이타크를 위한 트라바틴 암판을 남쪽 묘지에 설치하지 않으면 안 되었다. 나의 힘을 여전히 믿지 않고 있던 이 석공은 이날에 이르기까지 나를 절대로 묘지에 데려가려고는 하지 않았다. 묘석을 설치하는 작업을 할 경우 그를 거드는 사람은 대개는 율리우스 베벨 상회의 귀가 먼 것 외에는 쓸모가 있는 조수였다. 그 대신 여덟 명이나 부리고 있는 베벨 상회이기는 했으나 그래도 일손이 모자랄 때는 코르네프가 도와 주러 달려가곤 했다. 나는 묘지 일을 거들게 해달라고 수차 제의했으나 허사였다. 그 시점에서 어떤 결심도 할 수 없었지만 어쨌든 나는 묘지에 가고 싶은 마음이 강했다. 다행히도 10월 초에 베벨 상회가 대단한 호경기를 만나서 서리가 내리기 시작할 무렵까지는 한 사람의 일손도 쪼갤 수 없는 상태였다. 그래서 코르네프는 나를 의지하게 되었다.

우리는 둘이 달라붙어 트라바틴 암판을 삼륜 오토바이 뒤꽁무니에 들어올리고 그런 다음 단단한 통나무 위에 얹어 적재함 위로 굴려 넣고 그 옆에 대석을 밀어올려 빈 종이봉지를 귀퉁이마다 대고 다시 도구와 시멘트, 모래와 자갈, 그리고 내릴 때에 사용할 통나무와 상자까지 실었다. 나는 차 꽁무니에 있는 문을 단단히 닫았다. 코르네프는 이미 운전석에 앉아서 시동을 걸고 있었으나 이때 머리와 종기가 난 목덜미를 옆 창으로 내밀고 소리질렀다. 「자, 오라고. 도시락을 가지고 차에 타라고!」

시립 병원의 주위를 천천히 달렸다. 중앙 현관 앞은 간호사들의 백의(白衣)의 구름이었다. 그 속에 낯익은 간호사 게르트루트가 있었다. 내가 손을 흔들자 그녀도 여기에 응해서 손을 흔든다. 나는 행복하다고 생각했다. 또다시, 혹은 여전히, 나는 행복하다. 언젠가는 그녀를 초대해야지 하고 생각하는 동안에 그녀의 모습은 벌써 보이지 않게 되었다. 차가

라인 강 쪽으로 향했기 때문이다. 어디로 초대할까? 차는 카페스 함 쪽으로 향했다. 영화를 보러 갈까? 아니면 그륀트겐스의 연극을 보러 갈까? 어느새 나타난 것은 노란 벽돌 건축이다. 꼭 연극이 아니라도 좋은데…… . 잎이 반쯤 떨어진 나무들 위로 화장터의 연기가 피어오르고 있었다. 이봐요, 게르투르트, 생소한 곳에 가보는 것은 어떨까요? 다른 묘지, 다른 묘석업의 가게, 중앙 현관 앞에서 게르트루트 간호사에게 경의를 나타내고 한 바퀴 돈다. 보이츠 & 크라니히, 포트기서의 자연석, 벰의 묘석 예술, 묘지 조원업(墓地造園業) 고켈른, 입구에서의 검문. 묘지로 들어가는 것은 그다지 쉽지 않다. 묘지의 제모를 쓴 관리인. 2인용 트라바틴 묘석 79호, 제8 구획, 베프크네히트, 헤르만, 관리인이 모자에 손을 가져간다. 도시락을 데워 달라고 화장터에 맡겼다. 그러자 슈거 레오가 납골당 앞에 서 있는 것이 보였다.

나는 코르네프에게 말했다. 「저기에 흰 장갑을 끼고 있는 사나이는 슈거 레오가 아닌가요?」

코르네프는 목 뒤의 종기로 손을 가져가면서 말했다. 「저 사람은 자버 빌렘이야. 슈거 레오가 아니야. 저 친구는 이곳에 살고 있는 사나이지.」

내가 어떻게 이 말에 만족할 수 있었겠는가. 뭐니뭐니 해도 나는 예전에 단치히에 살았고 지금은 뒤셀도르프에 살고 있지만, 오스카르라는 이름을 가지고 있는 것은 변함없는 것이다. 「우리 고향의 묘지에 살고 있던 사나이가 저 사람과 똑같이 생겼는데 슈거라는 이름을 가지고 있었지요. 처음에 레오라고만 부르고 있을 때는 신학교에 다니고 있었지요.」

코르네프는 왼손을 종기에 댄 채 오른손으로 화장터 앞에서 삼륜 오토바이의 방향을 바꾸면서 말했다. 「그런 일은 있을지도 모르지. 나도 그러한 일은 많이 알고 있으니까. 처음에는 신학교 학생이었는데 지금은 묘지에서 일하며 다른 이름을 쓰고 있는 경우를 말야. 여기에 있는 사람은 자버 빌렘이야!」

우리는 자버 빌렘의 옆을 스쳐 지나갔다. 그 사나이는 흰 장갑으로 경례를 했다. 나는 이 남부 묘지에서 고향에 있는 듯한 느낌을 받았다.

10월, 묘지의 가로수 길, 세계의 머리털과 이빨이 빠진다. 즉, 누런 잎이 위에서 아래로 끊임없이 떨어지고 있다. 정적, 참새들, 산책하는 사람들, 삼륜 오토바이의 엔진 소리. 목적지인 제8 구역까지는 아직 한참 먼 것 같다. 여기저기에 물뿌리개를 들고 손자들의 손을 끌고 있는 늙은 여인의 모습, 검은 스웨덴 화강암 위의 태양, 오벨리스크, 상징하는 것인지 모르지만 중간에서부터 금이 가 있는 주목인가 뭔가의 녹색 그늘에서 푸른 빛으로 흐려져 있는 천사. 한 여인이 자기의 대리석 때문에 눈이 부신지 대리석의 손으로 눈을 가리고 있다. 돌 샌들을 신은 그리스도가 느릅나무들을 축복하고 있다. 제4 구역과 제5 구역 사이의 가로수 길에서 아름다운 상념이 떠올랐다. 바다이다. 바다가 다른 것들과 함께 하나의 시체를 기슭에 밀어 올리고 있다. 초포트 잔교(棧橋)에서 바이올린의 음악이 들리고 눈먼 상이군인을 위한 불꽃놀이가 조심스럽게 시작된다. 나는 세 살박이 오스카르가 되어 그 표착물을 들여다보며 그것이 마리아이거나 또는 언젠가 초청할 생각으로 있는 게르트루트이기를 기대한다. 그러나 그것은 클라이맥스에 이르는 불꽃에 비추어 자세히 보니까 아름다운 루치에, 창백한 루치에이다. 게다가 그녀는 언제나 짓궂게 굴 때처럼 베르히테가든 풍의 니트 슈트를 입고 있었다. 털실이 흠뻑 젖어 있기 때문에 나는 그것을 벗긴다. 니트 슈트 밑에 입고 있는 쟈켓도 마찬가지로 젖어 있다. 그리고 또다시 베르히테가든 풍의 쟈켓이 나타난다. 그리고 맨 마지막으로, 불꽃도 힘을 다하여 지금은 다만 바이올린 소리만이 들리게 되었을 때 나는 양털, 또 양털, 또 양털 밑에서 독일 여자청년단의 셔츠에 감싸여 있는 그녀의 심장을, 루치에의 심장을, 차갑고 작은 묘석을 발견한다. 그 위에 적혀 있는 문자는, 이곳에 오스카르 잠들다——이곳에 오스카르 잠들다——이곳에 오스카르 잠들다…….「잠을 자면 안돼!」하고 코르네프가 바다에서 밀려 올라와 불꽃의 조명을 받고 있던 내 아름다운 상념을 중단했다. 우리는 왼쪽으로 꺾었다. 그러자 제8 구역이었다. 나무도 심어져 있지 않고 묘석도 조금밖에 없는 새 구역이 배를 곯은 채 밋밋한 모습으로 우리 앞에 누워 있었다. 아직도 새것이어서 손질이 제대로 되어 있지 않은 비슷한 묘석이 단조롭게 늘어서 있는 가운데 최근에 매장된 다섯 개의 무덤만이 뚜렷이 두드러져 있었다. 비를 맞아 빛이 바랜 리본을 달고 갈색 화환이 산더미처럼 썩어가고 있었다.

79호는 곧 눈에 띄었다. 네 번째 열의 맨 처음으로서 바로 옆에는 제7 구역이 있었는데 이쪽은 벌써 쭉쭉 뻗은 어린 나무가 조금 심어져 있었고 실레젠 대리석을 주로 하는 미터 석이 비교적 정연하게 늘어서 있었다. 우리는 79호의 뒤에서부터 다가가 도구, 시멘트, 자갈, 모래, 대석(臺石), 그리고 조금 기름지게 빛나고 있는 저 트라바틴 암판(岩板)을 내려놓았다. 우리가 통나무를 사용해서 그 돌덩어리를 적재함에서 나무 상자 위로 굴러떨어뜨렸을 때 삼륜차는 껑충 뛰어올랐다. 무덤의 머리 부분에 해당하는 곳에 임시로 만든 나무 십자가가 서 있고 그 가로목에는 H. 베프크네히트와 E. 베프크네히트라고 적어 놓고 있었다. 코르네프는 이 십자가를 잡아 뽑은 뒤 콘크리트의 지주(支柱)를 세우기 위해 나에게 드릴을 가져오게 하여 묘지의 규정에 따라 일 미터 육십 센티 깊이의 구멍을 두 개 파기 시작했다. 그러는 동안에 나는 제7 구역에서 물을 날라다가 콘크리트를 만들기 시작했고 그가 일 미터 오십 센티쯤 되는 곳에서 이제 됐어 하고 말했을 때는 콘크리트를 다 만들어 놓고 있었다. 그리고 나는 구덩이 두 개를 콘크리트로 굳히기 시작했다. 한편 코르네프는 숨을 헐떡이면서 트라바틴 암판 위에 앉아 뒤로 손을 돌려 그의 종기를 어루만지고 있었다.

「이제 다 된 모양이야. 부어올라서 고름이 나올 때면 알아볼 수 있거든.」

나는 콘크리트를 밟아 굳히면서 거의 아무 생각도 하지 않았다. 제7 구역에서 프로테스탄트의 장례 행렬이 연이어 다가와서 제8 구역을 지나 제9 구역 쪽으로 갔다. 그들이 우리보다 세 줄 앞쪽을 지나갈 때 코르네프는 트라바틴 암판에서 미끄러져 내렸고 우리는 목사로부터 시작하여 근친자가 다 지나갈 때까지 묘지 규정에 따라 모자를 벗었다. 관 뒤에는 단지 혼자서 조그만 여자가 검은 옷을 입고 몸을 수그린 채 걷고 있었다. 이 여자 뒤를 따라가는 사람들은 누구나 크고 튼튼하게 보였다.

「입을 열지 마.」 하고 코르네프는 내 옆에서 웅얼거렸다. 「아무래도 나올 것 같군. 이 벽을 세워 버릴 때까지 견딜 것 같지 않아.」

　　그러고 있는 동안에 제9 구역에서 매장이 시작되었다. 모두가 모이고 높아졌다낮아졌다 하는 목사의 목소리가 울리기 시작했다. 콘크리트가 굳기 시작했으므로 우리는 기초 위에 이제 대석을 올려 놓아도 될 것 같았다. 그러나 코르네프는 트라바틴 암판 위에 배를 깔고 엎드려서 이마와 돌 사이에 모자를 떨어뜨린 채 목덜미를 길게 빼려고 윗도리와 셔츠 깃을 뒤로 잡아당기고 있었다. 그러는 동안에도 죽은 사람의 상세한 약력이 제9 구역에서 우리가 있는 제8 구역까지 전해져 왔다. 그런데 나는 트라바틴 암판 위에 기어오르지 않으면 안 되었을 뿐 아니라 코르네프의 등에 올라타고서야 그 선물의 전모를 이해했다. 두 개가 나란히 있었던 것이다. 엄청나게 큰 화환을 든 지각자가 설교도 거의 끝나가는 제9 구역을 향해 쏜살같이 걸어갔다. 나는 고약을 단숨에 떼어 버리고 나서 너도밤나무 잎으로 이히티올 연고를 닦아냈다. 그러자 비슷한 크기로 부어오른 두 개의 피부가 흑갈색에서 황색으로 변했다.「다 함께 기도합시다.」하는 소리가 제9 구역에서 흘러왔다. 나는 그 소리를 신호로 삼아 고개를 옆으로 기울이고는 엄지손가락 밑의 너도밤나무 잎과 함께 힘껏 눌러서 짰다.「하늘에 계신 아버지……」코르네프는 이를 부드득 갈았다.「짜야 해, 누르지 말고.」나는 짰다.「……아버지 이름을」코르네프도 함께 기도를 할 수 있었다.「나라 이름을 거룩하게」여기에서 나는 힘주어 눌렀다. 도저히 빨아낼 수가 없었기 때문이다.「하늘에서와…… 같이…… 이루어지게 하옵소서.」파열하지 않는 것이 이상했다. 그리고 다시 한 번「오늘 우리에게」코르네프가 외웠다.「우리를 시험에 들게 하지 마옵시고.」이것은 내가 생각하고 있던 것보다도 어마어마했다.「나라와 권세와 영광이……」나는 여러 가지 빛깔이 섞인 나머지 고름을 짜냈다.「영원히…… 아멘.」내가 다시 한 번 빨아내고 있는 동안에 코르네프가「아멘.」하고 말했고 다시 한 번 누르고 있는 동안에 또 한 번「아멘.」하고 말했다. 저쪽 제9 구역에서는 벌써 추도의 말이 시작되고 있었다. 코르네프는 여전히「아멘.」을 외웠고 페타리와 트라바틴 위에 누운 채 구제되어「아멘.」하고 신음소리를 내었다. 그리고는「대석용 콘크리트는 남아 있어?」하고 묻기도 했다. 나는 그것을 남겨 두었다.

그는 또 「아멘.」하고 말했다.

나머지 콘크리트를 삽으로 몇 번, 나는 두 개의 지주 사이를 연결하기 위해서 부어넣었다. 그러자 코르네프는 닦여진 비면(碑面)에서 미끄러져 내려 오스카르로부터 가을답게 다채로운 너도밤나무의 잎과 비슷한 빛깔의 두 개의 종기로부터 나온 고름이 묻은 것을 받아 보았다. 우리는 모자를 반듯하게 고쳐 쓰고 돌에 손을 대어 헤르만 베프크네히트와 엘제 베프크네히트, 결혼 전의 성이 프라이타크의 묘석을 세웠다. 한편 제9 구역에서는 매장이 끝나 일동이 해산했다.

포르투나 노르트

당시, 묘석을 요구할 수 있었던 이들은 귀중한 것을 지상에 남기고 간 사람들뿐이었다. 특별히 다이아몬드나 진주 목걸이일 필요는 없었다. 감자 다섯 부대만 있으면 그것만으로 그렌츠하임 조개껍질 석회의 훌륭한 미터 석을 손에 넣을 수 있었다. 조끼까지 갖춘 양복 두 벌분의 천만 있으면 삼중의 대석에 올려 놓은 벨기에 화강암의 2인용 묘석을 구할 수 있었다. 그 천을 제공한 양복점의 미망인이 백운석의 무덤 울타리를 만들어 받는 대신, 천을 양복으로 만들어 주겠다고 제의했다. 그녀는 아직도 한 사람의 직공을 부리고 있었던 것이다.

그렇게 해서 코르네프와 나는 어느 날 밤 일을 끝내고 나서 10번선의 시토쿰 행 전차를 타고 렌네르트 미망인을 찾아가 두 사람이 함께 옷치수를 쟀다. 오스카르는 당시 마리아가 개조해 준 전차대(戰車隊) 대원복을 입고 있었다. 그 윗도리의 단추도 고쳐 달아 주기는 했지만 내 특별한 크기에 맞지 않아 잘 채워지지 않았다.

렌네르트 미망인이 안톤이라고 부르고 있던 직공은 가는 줄무늬가 있는, 짙은 감색 천으로 나의 치수에 맞추어 양복을 지었다. 싱글로서

안감은 회색, 어깨에는 눈에 띄지 않을 정도의 알맞은 패드를 넣고 등의
혹은 감추려고 하지 않고 오히려 그럴싸하게 강조했다. 바지는 끝단을
접었고 너무 넓지 않게 했다. 결국은 여전히 베브라 스승이 내 복장의
표본이었다. 따라서 허리띠 고리는 불필요했고 대신 바지 멜빵용 단추를
달고 조끼는 등을 반짝거리는 천으로 대고 앞은 광택을 죽이고 안감은
칙칙한 장미빛으로 했다. 모두 끝마칠 때까지 가봉을 다섯 번 했다.
   아직도 직공이 코르네프의 더블 복과 내 싱글 복을 만들고 있는 동안에
구두를 팔고 다니는 사나이가 1943년에 폭탄에 맞아 죽은 아내를 위해
미터 석을 구하러 왔다. 사나이는 처음에 우리들에게 결핍 물자의 구입
허가증을 내놓으려 했다. 그러나 우리는 물건으로 받는 쪽이 좋았다.
실레젠 산 대리석을 사용하고 인조석 울타리를 곁들여 설치까지 해주기로
하고 그 대신 코르네프는 흑갈색의 단화 한 켤레와 가죽창을 댄 슬리퍼
한 켤레를 받았다. 나의 몫으로는 모양은 낡았지만 아주 부드러운 검은
편상화 한 켤레가 손에 들어왔다. 치수는 삼십오. 그것은 나의 약한 발을
아주 단단하고 우아하게 받쳐 주었다.
   셔츠는 마리아가 마련해 주었다. 나는 한 다발의 마르크 지폐를 인조
벌꿀을 다는 저울 위에 얹어 놓으면서 말했다. 「이것으로 나에게 흰
와이셔츠 두 장과 가는 줄무늬가 든 것 하나. 그리고 엷은 회색 넥타이와
밤빛 넥타이를 사주지 않겠소? 남은 돈은 쿠르트나 당신에게 주겠소.
이봐요, 마리아. 당신도 남의 시중만 들지 말고 때로는 자기 것도 더러
사도록 해요.」
   그 무렵 나는 완전히 호기가 생겨서 어떤 때는 구스테에게 진짜 뿔로
만든 손잡이가 달린 우산과 새 제품이나 다름없는 알텐부르크의 스카트용
카드 한 벌을 선물하기도 했다. 그녀는 카드로 점치기를 좋아했는데
케스터의 귀환을 점쳐 보려고 해도 그때마다 옆집으로 카드를 빌리러
가지 않으면 안 되었기 때문에 그녀는 그것이 싫어서 죽으려고 했다.
   마리아는 내가 부탁한 것을 서둘러 장만해 주었고 적잖은 돈이 남았기
때문에 그것으로 자기의 비옷과 쿠르트의 모조 가죽 란도셀을 샀다.
란도셀은 별로 모양이 좋은 것은 아니었으나 당장은 도움이 될 것 같았다.

나에게는 와이셔츠, 넥타이 외에 회색 양말 세 켤레도 곁들이고 있었다. 양말은 내가 미처 주문하지 못했던 것이다.

코르네프와 오스카르가 양복을 찾으러 갔을 때 우리는 양복점 작업장의 거울 앞에 서서 몹시 쑥스러웠으나 서로 상대방의 모습에 감명을 받았다. 코르네프는 목덜미가 종기 자국으로 엉망이 되어 있는 탓인지 목을 거의 움직이려 하지 않았다. 어깨를 떨어뜨리고 양팔을 앞에 늘어뜨린 채 안짱다리를 똑바로 세우려고 애쓰고 있었다. 새로 맞춘 내 옷은 특히 내가 두 팔을 가슴 앞에서 마주 끼고 그렇게 함으로써 내 상반신의 옆 모습을 크게 보이고 오른쪽 다리를 버팀목으로 하여 왼쪽 다리를 가볍게 구부리고 있으니까 무언가 마력적인 지성을 나에게 주었다. 미소를 띠고 코르네프의 놀라는 모습을 즐기면서 나는 거울로 다가가 좌우가 반대인 내 영상이 지배하고 있는 평면 바로 앞에 섰다. 키스도 할 수 있을 만큼 가까운 거리였으나 나는 다만 숨을 내뿜기만 하고 내친 김에 이렇게 말했다. 「여어, 오스카르! 이제는 넥타이핀만 있으면 되겠구나.」

내가 일주일 후의 일요일 오후에 시립 병원으로 나의 간호사들을 찾아가서 한껏 멋을 낸 내 모습을 자랑스럽게 모두에게 보였을 때 나는 이미 진주가 박힌 은으로 된 넥타이핀의 소유자였다.

사람이 좋은 소녀들은 내가 간호사실에 앉아 있는 것을 보고 깜짝 놀라 말을 잃었다. 1947년 늦여름의 일이었다. 나는 이미 실험해 본 대로 양복을 입은 팔을 가슴 위에서 끼고 가죽 장갑을 만지작거렸다. 나는 일 년 이상이나 석공 견습으로 일했기 때문에 홈을 파는 데에는 명인이었다. 바지를 입은 다리를 포갰으나 바지 주름에는 신경을 썼다. 사람이 좋은 구스테는 이 맞춤 양복을 잘 손질해 주었는데, 마치 귀환하여 모든 것을 변화시킬 케스터를 위해서 맞춘 것이라고 착각이라도 하고 있는 것 같았다. 헬름트무트 간호사가 천을 만져 보고 싶어했기 때문에 만져 보게 했다. 1947년 봄에 우리는 쿠르트의 일곱 번째 생일을 집에서 만든 달걀술과 카스텔라——만드는 방법은 여러분 마음대로! ——로 축하했는데 나는 이때 쥐색 모직 망토를 쿠르트에게 사주었다. 간호사들 가운데는 게르트루트도 끼여 있었는데 나는 그녀들에게 초콜릿 과자를 제공했다.

휘록암 덕분에 붉은 설탕 이십 파운드와 함께 입수한 것이다. 쿠르트는 내가 보기에는 학교에 가기를 너무 좋아했다. 여자 선생은 아직 지치지 않았고 결코 시폴렌하우어와 같지는 않았는데 그녀는 쿠르트를 칭찬하여 똑똑하기는 하지만 다만 너무 심각한 체하는 데가 있다고 말했다. 간호사들은 초콜릿 과자를 주자 그렇게 기뻐할 수가 없었다. 나는 간호사실에서 게르트루트와 두 사람만 잠깐 있게 되었을 때 그녀에게 어느 일요일에 틈이 있는가고 물어 보았다.

「글쎄요, 오늘이라도 다섯 시 이후에는 시간이 있어요. 하지만 시내에 나가 보아도 뾰족한 수가 없어요.」하고 게르트루트는 체념한 투로 말했다. 어떻든 시험해 보아야 한다는 것이 내 의견이었다. 그녀는 처음에는 시험해 보겠다는 생각은 전혀 하지 않았고 오히려 푹 잠을 자는 편이 낫다는 생각이었다. 그래서 나는 좀더 단도직입적으로 초대를 제의했으나 그래도 그녀가 결단을 못 내리는 것을 보고는 의미있는 말투로 「잠깐 모험하는 셈치고! 게르트루트! 젊은 날은 두 번 다시 오지 않아요. 과자 티켓은 꼭 준비해 둘 게요.」라고 말하면서 나는 내 가슴에 있는 주머니의 손수건을 의젓하게 두들겨 보이고 그녀에게 다시 초콜릿 한 개를 주었다. 나와는 정반대 유형으로 건장하고 몸집이 큰, 이 베스트팔렌의 아가씨가 약장 쪽을 향해 「그래요. 당신이 그렇게 말한다면 좋아요. 여섯 시로 해요. 하지만 여기에서는 안 돼요. 코르넬리우스 광장에서 만나요.」하는 말을 들었을 때 나는 기묘하게도 가벼운 놀라움을 느꼈다.

게르트루트에게 병원 입구의 홀이나 정면 현관 앞에서 만나 주기를 강요할 생각은 나에게 전혀 없었다. 그래서 나는 여섯 시에 아직도 전화(戰禍)를 입은 그대로여서 시각을 알릴 수 없는, 코르넬리우스 광장의 표준 시계 밑에서 그녀를 기다렸다. 내가 수주일 전에 입수한, 그리 대단한 것도 아닌 회중 시계에 의하면 그녀는 약속된 시각에 정확하게 왔다. 나는 하마터면 그녀를 몰라볼 뻔했다. 그녀는 약속 시간에 맞추어 쉰 걸음쯤 떨어진 건너편 시전 정류장에서 내렸는데 이때 그녀가 나를 깨닫기 전에 내가 먼저 그녀를 알아보았더라면 나는 실망한 나머지 거기에서 몰래 도망치고 말았을 것이다. 왜냐하면 간호사 게르트루트는 간호사 게르트루트로서 나타난 것이 아니었기 때문이다. 그녀는 백의에 적십자 배지를 달고 나타난 것이 아니라 초라한 스타일의 평복을 입은, 어디에나 있는 아가씨, 게르트루트 빌름으로서 함이나 도르트문트에서, 또는 도르트문트와 함 사이의 어디에선가 온 게르트루트 빌름 양으로서 내 앞에 나타난 것이었다.

그녀는 나의 불만을 눈치채지 못하고 하마터면 지각할 뻔한 이유가 간호장이 심술궂게 다섯 시 직전까지 그녀에게 일을 시켰기 때문이라고 말했다.

「자, 게르트루트 양, 내 제안을 들어 주겠어요 ? 우선 처음에는 찻집에서 천천히 한숨 돌리고 나서 그런 다음 당신의 희망대로 합시다. 가령 영화를 보는 것도 좋고, 연극은 이미 표를 구할 수 없겠지만 뭣하면 댄스 같은 것은 어떻습니까 ? 」

「그게 좋겠어요. 춤추러 가요 ! 」 하고 그녀는 신이 나서 떠들었으나 이내 아차 하고 깨달은 것 같았다. 즉 나는 그녀의 댄스 파트너로서 양복만은 훌륭했지만 아무래도 볼품이 없는 체격이었던 것이다. 그녀는 낭패의 빛을 감추려고도 하지 않았다.

그녀가 낭패해하는 모습을 약간 심술궂게 즐기면서——그녀는 어째서 내가 좋아하는 평소의 간호사복을 입고 오지 않았을까——나는 그녀가 일단 시인한 계획을 정식으로 확정했다. 그리고 원래 상상력이 부족한 그녀는 이 충격을 곧 잊어버리고 나와 함께 케이크를 먹었다. 시멘트가 섞여 있음이 틀림없는 쇼트케이크를 나는 한 조각, 그녀는 세 조각 먹었다. 내가 과자 티켓과 현금으로 계산을 끝내고 나자 그녀는 나와 함께 코흐 암 베어한에서 게레스하임 행 시전을 탔다. 코르네프의 이야기로는 그라펜베르크 밑에 댄스홀이 있다는 것이었다.

우리는 마지막 언덕길을, 시전이 거기까지는 다니지 않았으므로, 천천히 걸어서 올라갔다. 흔히 책에 나오는 것 같은 9월의 저녁이었다. 자유 판매 품목인 게르트루트의 목제 샌들이 개천의 물레방아처럼 찰랑찰랑 소리를 냈다. 그것을 듣고 있자니까 즐거워졌다. 길을 내려오는 사람들이 우리를 뒤돌아보았다. 게르트루트 양은 그것을 참을 수가 없었다. 나는 그런 일에는 익숙해져 있어서 별로 신경도 쓰지 않았다. 뭐니뭐니 해도 찻집 퀴르텐에서 그녀가 시멘트가 든 케이크를 세 개씩이나 먹을 수 있었던 것은 내 과자 티켓 덕분이었으니까.

댄스홀은 베디히라고 불렸고 별명을 뢰벤부르크라고도 했다. 매표구에서 벌써 키득키득 웃음 소리가 났다. 그리고 우리가 안으로 들어가자 여러 사람의 얼굴이 우리 쪽을 향했다. 간호사 게르트루트는 평복을 입었기 때문에 침착을 잃었는지 웨이터와 내가 그녀의 몸을 부축하지 않았다면 그녀는 접는 의자에 걸려서 넘어져 뒹굴 뻔했다. 웨이터는 우리에게 무대 근처에 있는 탁자를 가리켰다. 그리고 나는 차가운 음료수를 두 사람분 주문하고 그런 다음 작은 목소리로 웨이터에게만 들리게끔 한 마디 덧붙였다. 「브랜디를 조금 넣어 줘.」

뢰벤부르크의 중심부를 형성하고 있던 것은 하나의 큰 홀로서 예전에는 승마학교가 사용하고 있었던 것인 듯했다. 지난번 카니발 때의 종이 테이프와 꽃테가 폭격으로 엉망이 된 천장에 매달려 있었다. 어두컴컴했다. 그런 속에서 빛깔이 있는 조명등이 선회하며 우아하게 차려 입은 자도 섞여 있는 암거래를 하는 젊은이들의 반듯하게 빗어 넘긴 머리털과 소녀들의 태프트 블라우스 위에 그 반사광을 던졌다. 소녀들은 모두 서로 아는 사이인 것 같았다.

브랜디를 탄 찬 음료가 나오자 나는 웨이터로부터 미국 담배 열 개비를 사서 간호사 게르트루트에게 한 개비를 주고 웨이터에게도 한 개비를 주었더니 그는 그것을 자기의 귀 뒤에 끼웠다. 나는 상대방 여인에게 불을 붙여 주고 나서 호박제 파이프를 꺼내 카멜을 겨우 절반쯤 피웠다. 우리들 옆의 탁자는 조용하기만 했다. 간호사 게르트루트는 결심을 한 듯 눈을 들었다. 그리고 게르트루트는 내가 절반밖에 피우지 않은 카멜 꽁초를 재떨이 속에서 비벼 끄고 그대로 두는가 했더니 사무적인 손짓으로 이 꽁초를 슬쩍 집어서 그녀의 방수포제(防水布製) 핸드백의 사이드 포켓 속에 집어 넣었다.

「도르트문트에 있는 내 약혼자에게 줄 거예요. 그 사람은 담배에 미친 사람이거든요.」 하고 그녀는 말했다. 나는 기뻤다. 그녀의 약혼자가 되지 않아도 된다는 것이. 그리고 또 때마침 음악이 시작되었다는 것도.

다섯 명으로 편성된 밴드가 『나를 가두지 말아요!』를 연주했다. 무대를 가로질러 우왕좌왕하는 고무 밑창의 사나이들이 서로 충돌도 하지 않고 소녀들을 낚아올렸고 낚여진 소녀들은 자리에서 일어서면서 자기의 핸드백을 여자 친구에게 맡겼다.

배운 대로 정확하게 추는 쌍도 몇 쌍인가 발견되었다. 추잉 껌을 씹고 있는 무리가 많고 젊은이들 가운데는 몇 소절 동안 춤을 중지하고 안타깝게 그 자리에서 제자리걸음을 하고 있는 소녀들의 팔을 붙잡은 채 서로 영어가 섞인 라인 사투리로 흥정하고 있는 모습이 있었다. 이러한 한 쌍이 다시 춤을 추기 시작하기 전에 조그만 물건의 교환이 이루어졌다. 진짜 암거래 상인은 휴식을 모르는 것이다.

이 첫번째 춤을 우리는 걸렀다. 다음의 폭스도 그대로 넘겼다. 오스카르는 사나이들의 다리를 이따금 바라보고 있었으나 밴드가 『로자문데』를 시작했을 때 대체 어떻게 될 것인가 하고 당혹해 있는 게르트루트를 춤으로 유인했다.

얀 브론스키의 춤 기술을 연상하면서 나는 서툰 원스텝을 과감하게 내디뎠다. 나는 게르트루트보다 거의 머리 두 개쯤 작았고 따라서 우리 쌍의 우스꽝스러운 모습을 인식하고 있었으나 이 우스꽝스러움을 강조하고 싶은 생각도 나에게는 있었던 것이다. 완전히 체념하고 될 대로 되라는 듯이 몸을 내맡기고 있는 그녀를 나는 바깥 쪽으로 돌린 손바닥으로 그 엉덩이를 받쳐들고 양털이 삼십 퍼센트 섞인 천의 감촉을 확인하면서 그녀의 블라우스에 뺨을 대고 튼튼한 게르트루트의 전신을 밀었다. 그리고 그녀의 스텝 사이를 달리고 쭉 뻗은 왼팔로 주위를 쓸어 넘기면서 무대의 구석에서 구석으로 그녀를 밀고 나갔다. 기대 이상으로 잘 되었다. 이번에는 바리에이션을 해보았다. 뺨은 블라우스에 붙인 채였으나 손은 좌우를 번갈아 사용하여 받침이 되는 그녀의 허리를 감아 쥐고 원스텝의 고전적인 자세를 흐트러뜨리는 일 없이 그녀의 주위를 돌면서 춤을 추었다. 그것은, 여자가 금방 뒤로 젖히고 여자를 쓰러뜨릴 것처럼 사나이가 여자 위를 덮치는 자세였지만, 그래도 두 사람은 원

스텝의 명인이므로 쓰러지는 일이 없다는 인상을 보는 사람들에게 주려는
듯한 춤이었다.

이윽고 모든 사람의 눈이 우리에게 집중되었다. 고함 소리가 들렸다.
「저것 봐, 저건 지미야! 자, 봐, 저 지미를! 이봐, 지미! 이리와, 지미!
가자, 지미!」

유감스럽지만 나는 게르트루트의 얼굴을 볼 수가 없었지만 그녀가 이
갈채를 젊은이들의 호의의 갈채로서 자랑스럽게 태연히 받아들이고,
그녀가 간호사로서 환자들이 이따금 어색하게 나타내는 어리광을 감수
하는 것과 같은 태도로 이 박수 갈채를 감수해 주었으면 하는 기대로
만족하지 않으면 안 되었다.

우리가 자리에 앉은 뒤에도 아직 박수는 그치지 않았다. 다섯 명으로
편성된 밴드가——그 가운데에는 연출이 가장 뛰어났는데——화려한
효과음을 연주했다. 한 번, 두 번, 세 번을.

「지미」 하고 외치는 소리가 들렸다. 「저 두 사람을 보았어?」 이때
게르트루트가 일어나 화장실에 가겠다고 중얼거리는가 싶더니 도르트
문트의 약혼자에게 주겠다는 꽁초가 든 핸드백을 들고 얼굴이 새빨개
가지고 여기저기 부딪치면서 탁자와 의자 사이를 누비며 매표장 옆에
있는 토일렛 쪽으로 쏜살같이 달려갔다.

그녀는 돌아오지 않았다. 그녀가 나가기 전에 차가운 음료를 쭉 단숨에
들이켰기 때문에 나는 그것을 들이킨 것이 작별의 표시였다는 것을 추
측할 수 있었다. 즉 간호사 게르트루트는 나를 저버린 것이었다.

그래서 오스카르는? 미국 담배를 호박제 파이프에 끼우고 간호사가
바닥까지 비운 컵을 조용히 치우고 있는 웨이터에게 이번에는 찬 음료가
없는 브랜디만을 주문했다. 아무리 값이 비싸도 오스카르는 미소짓고
있었다. 마음속은 슬펐으나 그러나 그는 미소를 띠고 위에서는 팔장을
끼고 아래에서는 바지를 입은 두 다리를 포개고 앉아 삼십오 형의 편
상화를 흔들어 대면서 버림받은 사나이의 우월감을 즐겼다.

이 뢰벤부르크의 단골인 젊은이들은 좋은 사람들로서 무대에서 스윙을
추면서 옆을 지날 때 나에게 눈짓을 했다. 「안녕.」 하고 젊은이들이 외쳤고

「마음을 편히 가지세요.」하고 소녀들은 속삭였다. 나는 파이프를 들어 이 참된 휴머니티의 대표자들에게 감사하고 드럼이 화려하게 울려퍼져 옛날의 좋은 무대 시대를 나에게 회상시켜 주었을 때도 관대하게 웃고 있었다. 드럼 주자는 드럼, 팀파니, 심벌즈, 트라이앵글로 독주곡을 연주했는데 그런 다음에 여자 쪽이 상대를 선택해도 좋게 되었다.

밴드는 열을 올려 『호랑이 지미』를 연주했다. 이 곡은 아무래도 나에게 바쳐진 것인 듯했다. 물론 이 뢰벤부르크 안에 있는 사람은 누구도 연단의 발판 밑에서 내가 북을 친 경력을 알고 있을 까닭이 없었지만. 어떻든 나를 파트너로서 선택한 머리카락처럼 빨간 곱슬머리를 가진 젊고 경박스러운 애는 담배 때문에 쉰 목소리로 추잉 검을 질근질근 씹으면서 내 귀에다 대고 『호랑이 지미』 하고 속삭였다. 그리고 우리가 날쌔게 정글과 정글의 위험을 부르면서 지미를 추었을 때 우리는 호랑이 발로 호랑이처럼 돌고 돌았다. 그것이 족히 십 분 동안이나 계속되었다. 또다시 화려한 효과음, 박수 갈채, 다시 한 번 화려한 효과음이 있었다. 내가 이 혹 위에 좋은 옷을 입고 게다가 다리가 민첩하고 호랑이 지미로서 부끄럽지 않음을 보여 주었기 때문이다. 나는 나에게 호의를 보인 숙녀를 나의 탁자로 초대했다. 그러자 헬마——그녀는 그렇게 불리고 있었다—— 는 친구인 하넬로레도 함께 오겠다고 말했다. 하넬로레는 말이 없고 엉덩이가 질기고 술을 잘 마셨다. 헬마는 술보다 미국 담배를 좋아했다. 그래서 나는 웨이터에게 추가 주문을 하지 않으면 안 되었다.

멋진 밤이었다. 나는 『헤바베리바』,『인 더 무드』,『구두닦이』를 추었고, 그 사이사이에 이야기를 나누며 다루기 쉬운 두 아가씨를 상대했다. 그녀들의 이야기로는 두 사람 모두 그라프 아돌프 광장의 전화 교환국에 근무하고 있으며, 매주 토요일, 일요일에는 전화 교환국에 근무하는 아가씨들이 좀더 많이 이 베니히의 뢰벤부르크에 모여든다는 것이었다. 두 사람은 당번이 아닌 한 적어도 매 주말에는 반드시 이곳에 온다고 하였으므로 나도 때때로 이곳에 다시 오겠다고 약속했다. 헬마와 하넬로레는 무척 인상이 좋으며 또한 전화국 아가씨와는——나는 여기서 농담을 했고 두 아가씨는 곧 그것을 이해했다——무릎을 맞대고 앉아 있어도 친해질 수 있기 때문이라고 나는 말했다.

그로부터 당분간 나는 병원에는 가지 않았다. 그뒤 또 이따금 가게 되었으나 그때는 이미 게르트루트가 산부인과 병동으로 옮긴 후였다. 나는 그뒤 그녀와 한 번도 만나지 않았다. 하기는 단 한 번, 먼 발치에서 힐끗 보고 인사를 나눈 적이 있기는 하지만.

나는 뢰벤부르크에서 환영받는 단골이 되었다. 아가씨들은 나를 무척 따랐지만 그렇다고 무리한 짓은 하지 않았다. 나는 그녀들을 통해서 몇몇 영국 진주군 관계자와 알게 되어 영어 단어를 백 개쯤 익히기도 했고 뢰벤부르크 악단의 두세 멤버와는 친하다 못해 너나들이 하는 관계까지 맺었다. 그러나 드럼 연주는 자제하여 타악기 뒤에는 절대로 앉지 않았고 코르네프 석공점의 묘비명 조각가로서 조촐한 행복에 만족하고 있었다.

1947년부터 1948년에 걸친 몹시 추운 겨울 동안, 나는 전화 교환국의 아가씨들과 계속 관계를 가졌고 말이 없고 엉덩이가 질긴 하넬로레와 더불어 별로 돈을 들이지 않고 몇 번 몸을 덥힐 수 있었다. 그때 우리는 어떻게든 참고 거리를 유지하며 너무 깊이 들어가지 않는 손장난에만 열중하곤 했다.

석공은 겨울에는 여러 가지 준비에 힘을 기울여야 한다. 연장을 다시 달구어서 손보지 않으면 안 되고 두세 개 남아 있는 돌덩어리를 깎아 비명을 새길 수 있는 면으로 만들고 모서리가 떨어져 나간 것은 그것을 깎고 다듬어서 홈을 판다. 코르네프와 나는 가을 동안에 완전히 비어 버린 묘석 적치장을 다시 가득히 채우고 조개껍질 석회석의 부스러기를 굳혀서 인공석을 몇 개 만들었다. 그리고 또, 나는 점각기(點刻機)를 사용하여 비교적 간단한 조각을 시도하고 천사들의 머리와 가시 면류관을 쓴 그리스도의 머리, 그리고 정령(精靈)의 비둘기를 나타내고 있는 돋을새김을 만들었다. 눈이 내렸을 때는 나는 눈을 치웠고 눈이 내리지 않을 때는 연마기와 통하고 있는 수도관의 얼음을 녹였다.

1948년 2월 말——카니발 때문에 완전히 야위어 버린 나는 아마 조금쯤 이지적으로 보였던 것이리라, 뢰벤부르크에서 몇몇 아가씨는 나를『의사』라고 불렀다——성회(聖灰) 수용일 직후에 라인의 왼쪽 기슭에서 농부들의 제 1 진이 찾아와서 우리의 묘석 적치장을 돌아보았다. 코르네프는 없었다. 그는 연중 행사인 류머티즘 치료를 하러 뒤스부르크에 가서 그곳의 용광로 앞에서 일을 하고 있었다. 그리고 그가 이 주일 뒤에 비쩍 야위고 종기도 없이 돌아왔을 때 나는 이미 세 개의 돌을——그 중의 하나는 3인용 묘석이었지만——좋은 값으로 판 뒤였다. 코르네프는 다시 두 개의 키르히하임 산 조개껍질 석회석을 팔았고 이렇게 해서 3월 중순에 우리는 묘석 설치를 시작했다. 실레젠 산 대리석은 그레젠브로이히로 갔다. 키르히하임 산 미터 석 두 개는 노이스 근교의 마을 묘지에 서 있다. 내가 새긴 천사의 얼굴이 붙어 있는 붉은 마인 사암은 오늘날에도 시토믈러의 묘지에서 볼 수 있다. 가시 면류관을 쓴 그리스도를 새긴 휘록암의 3인용 묘석을 우리는 3월 말에 실어내어 천천히 삼륜 오토바이로 달렸다. 중량을 약간 초과해서 실었으므로 속력은 내지 않았다. 우선 카페스 함 쪽으로 진로를 잡고 노이스의 라인 다리를 건넜다. 노이스에서 그레벤브로이히를 경유하여 로머스키르헨으로, 그리고 베르크하임 에르프트로 가는 길을 오른쪽으로 꺾고 라이트, 니더아우셈을 뒤로 하여 차축을 부러뜨리는 일도 없이 묘석과 대석을 무사히 오버아우셈의 묘지로 운반했다. 묘지는 언덕 위에 있었고 마을 쪽을 향해 완만하게 경사지고 있었다.

기막힌 조망(眺望)이다! 우리의 발 밑으로는 에르프틀란트의 갈탄(褐炭) 광구가 펼쳐져 있다. 하늘을 향해 연기를 내뿜고 있는 포르투나 공장의 여덟 개의 굴뚝. 금세라도 폭발할 듯이 쉿쉿 하는 소리를 내고 있는 포르투나 노르트의 신설 발전소. 운반용 공중 케이블이 통하고 있는 광재(鑛滓)의 산더미. 코크스를 가득 실은 전동차 또는 비어 있는 전동차가 삼 분마다 달리고 있다. 발전소에서 오는 차와 발전소로 돌아가는 차가 있다. 그것이 장난감처럼 조그맣게 보인다. 그리고 거인들의 장난감. 그것은 묘지의 왼쪽 구석을 뛰어넘고 있는 세 줄의 전력선이다. 고압 전류를 싣고 윙윙 울리며 쾰른 방면을 향해 달리고 있다. 다른 전력선은 지평선 저쪽, 벨기에나 네덜란드 방면으로 가고 있다. 세계가 이곳에서 결합하고 있는 것이다——우리는 플리스 가(家)의 휘록암 판을 세웠다

——전기가 일어나는 것은……. 무덤을 파는 사람이 슈거 레오와 같은 구실을 하는 조수를 데리고 연장을 가지고 왔다. 우리는 전압(電壓)이 강한 자리에 서 있었다. 무덤을 파는 사람이 우리들보다 세 줄 아래에서 개장(改葬) 작업을 시작했다——이 전류는 배상을 위해서 제공되고 있었다——바람이, 너무 일찍 개장할 때 나는 전형적인 냄새를 우리에게로 싣고 왔다——아니, 구역질은 나지 않았다. 그럴 수밖에 없는 것이 때가 3월이었으니까.

 3월의 밭이 코크스의 산더미 사이로 보인다. 무덤을 파는 사람은 노끈으로 매단 안경을 쓰고 작은 소리로 그의 슈거 레오와 입씨름하고 있었는데 그러는 동안에 포르투나의 사이렌이 일 분간에 걸쳐서 숨을 토하고 개장된 여성은 말할 것도 없고 우리까지도 질식할 정도였다. 고압 전류만이 여전히 끄떡없이 버티고 있었다. 그러자 사이렌은 휘청거리며 뱃전을 넘어서 공중제비를 하고 물 속으로 자취를 감추었다——이러는 동안 슬레이트 빛인 슬레이트 지붕에서 한낮의 연기가 모락모락 솟아오르고 그것을 바로 뒤쫓듯이 교회의 종이 울려퍼졌다. 기도하라, 그리고 일을 하라——공업과 종교가 손을 잡는다. 포르투나의 근무 교대가 시작된다. 우리는 베이컨을 사이에 넣은 버터빵을 꺼냈다. 그러나 개장은 잠시의 휴식도 용납하지 않는다. 강압 전류도 쉴 새 없이 전승국으로 흘러간다. 네덜란드를 밝히기 위해서. 그러면서도 이곳에서는 노상 정전이다——그러나 저 부인은 마침내 밝은 곳으로 나왔다!

 코르네프가 기초 공사용 구덩이를 일 미터 오십 센티의 깊이로 파고 있는 동안에 그녀는 지상의 신선한 공기 속으로 운반되었다. 작년 가을에 어두운 지하 속에 묻혀 아직 시일이 별로 경과한 것도 아닌데 이미 그녀는 진전을 보이고 있었다. 당시 도처에서 개량이 이루어지고 있어 라인이나 룰 지방의 공장 해체도 진전을 나타내고 있었지만 그것과 마찬가지로 저 부인도 겨울 동안에——나는 뢰벤부르크에서 빈둥거리며 지내고 말았다——얼어붙은 갈탄 광구의 지각 밑에서 진지하게 자기 자신과 싸우고 있었던 것이다. 그리고 지금 우리가 콘크리트를 굳혀 대석을 설치하고 있는 동안에 조금씩 설득되어 개장하게 된 것이다. 그러나 극히 작은 부분이라도 상실되거나 해서는 안 되기 때문에 그것을 위해서 아연(亞鉛) 상자가 준비되어 있었다——마치 이것과 마찬가지로 포르투나의 연탄 운송 때 연탄을 산더미처럼 실은 트럭 뒤를 아이들이 따라가며 떨어져 내리는 연탄을 모았는데 그것은 프링그스 추기경이 설교단 위에서 진실로 나는 너희들에게 이른다, 석탄을 훔치는 것은 죄가 되지 않는다라고 말했기 때문이다. 그러나 이제 저 부인에게는 난방은 필요없었다. 속담대로 상쾌한 3월의 대기 속에서 그녀가 꽁꽁 얼어붙어 있었다고는 생각되지 않는다. 어떻든 피부는 아직도 충분히 팽팽했고 다소 흐트러지고 알맹이가 드러나기는 했지만 그 대신 천도 꽤 원형대로 남아 있고 머리털에는 퍼머넌트 웨이브가 그대로 남아 있었다——그러니까 퍼머넌트라고 말하는 것이지만——관에 부속되어 있는 쇠붙이류도 그대로 개장에 사용될 수 있을 것 같았고 작은 나무 조각류까지도 함께 새 묘지로 따라가고 싶어했다. 이번의 묘지는 농부들이나 포르투나 광부들의 무덤 따위는 하나도 없는, 항상 무언가가 일어나고 열아홉 개의 영화관이 동시에 상영하는 대도시에 있는 것이다. 그 묘지로 이 부인은 돌아가고 싶어했다. 왜냐하면 그녀는, 무덤 파는 인부의 이야기로는, 소개자(疎開者) 일 뿐 이 고장 사람은 아니었기 때문이다.

「이 사람은 쾰른 사람이에요. 이제부터 라인 맞은편 기슭의 뮐하임으로 운반될 거예요.」하고 그는 말했고 이때 또다시 일 분간 사이렌이 울리지 않았다면 그는 좀더 여러 가지 이야기를 해주었을 것이다. 나는 이 사이렌을 이용하여 개장의 현장으로 다가갔다. 나는 길을 돌아 사이렌 소리에 휩싸여 발굴을 목격하리라고 생각했다. 그리고 뒤에 있는 아연 상자 옆에서 내가 사용해 주기를 기다리고 있는 삽을 손에 들고 별로 거들어 줄 생각은 없었으나, 모처럼 삽을 들었기 때문에 조금 손을 놀려 무언가 옆에 떨어져 있던 것을 삽으로 떠서 들어올려 보았다. 이 삽은 예전에 제국 노동봉사단(勞動奉仕団)의 물건이었다. 그리고 내가 이 노동봉사단의 삽 위에 떠올린 물건은 예전에 장지(長指)였던 것, 아니 현재도 엄연한 장지였다. 그리고——나는 지금도 이렇게 생각하고 있지만——소개 부인이 반지를 끼는 손가락은 양쪽 모두 자연히 떨어진 것이 아니라 오히려 감정이 없는, 무덤 파는 인부에 의해 잘려나간 것이었다. 그러나 이 손가락들은 살아 있을 때는 무척이나 아름답고 재주가 있었으리라고 생각되었다. 이미 아연 상자 속에 들어 있던 부리의 머리 부분도 마찬가지로서 그것은 주지하는 바와 같이 냉혹했던 1947년부터 1948년에 걸친 전후의 겨울을 일종의 균형을 잃지 않고 견디어 내고 있었다. 따라서 지금 여기에서도 쇠약함의 아름다움이기는 했으나 어떻든 여기에 대해서 아름다움을 말할 수 있었던 것이다. 또한 나에게는 이 부인의 머리 부분과 손가락 쪽이 포르투나 노르트 발전소가 가진 아름다움보다도 한층 더 친밀감이 있고 인간적으로 생각되었다. 나는 이 공업 지대의 정열을 예전에, 예를 들면 구스타프 그륀트겐스의 연극을 즐겼을 때와 똑같은 기분으로 맛보았는지도 모른다.

더욱이 나는 아무리 예술적인 것이라 하더라도 그러한 외적인 아름다움에 대해서는 불신의 마음을 떨쳐 버릴 수 없었다. 그리고 이 소개 부인은 그저 무척이나 자연스럽게 작용해왔다. 물론 고압 전류는 나에게 괴테에 접할 때와 같은 세계 감정을 불러일으키기는 했지만 그러나 이 부인의 손가락에는 내 마음에 직접 와닿는 것이 있었다. 그것은 이 소개자가 가령 남자였다면 어땠을까 하고 상상한 경우에도 다름이 없었다. 남자인 쪽이 나로서는 결심을 굳히고 비교하기가 더 편리하니까. 이 비교에서는 내가 요리크가 되고 이 부인——절반은 아직도 지하에, 절반은 아연 상자 속에 있는——이 남성인 햄릿이 된다. 물론 햄릿을 남자로 보았을 때의 이야기지만. 그런데 나 요리크, 5막의 제 1 장에 나오는 광대, 『호레이쇼, 나는 이 사나이를 알고 있었다.』, 이 세계의 모든 무대에서——『아아, 불쌍한 요리크 !』——자기의 두개골을 햄릿에게 빌려 주는 나, 그리고 햄릿 역의 그륀트겐스나 로렌스 올리비에 경 등에게『그 무렵의 너의 익살은 어디로 갔느냐? 너의 춤은?』하고 감회를 털어놓게 하는 나——그 나는 그륀트겐스가 연기하는 햄릿의 손가락을 나의 노동봉사단의 삽날 뒤에 얹은 채 니더라인에 있는 갈탄 광구의 확고한 대지 위에서 광부나 농부 그리고 그 친척들의 무덤 사이에 서서 오버아우셈 마을의 슬레이트 지붕을 내려다보고 이 묘지를 세계의 중심으로 하여 포르투나 노르트 발전소를 외경할 만한 반신적(半神的)인 상대라고 간주했다.

이곳의 밭은 덴마크의 밭이었다. 에르프트 강은 나의 발트 해협이며 여기에서 썩어가고 있는 것은 나의 덴마크 왕국에서 썩어 버리고 만 것이다——나는 요리크이다. 고압 전류를 싣고 지지직 지지직 내 머리 위에서 노래하는 것이 있다. 나는 천사에 대해서 말하고 있는 것이 아니다. 그러나 고압 전류 천사가 세 줄로 늘어서서 지평선 쪽으로 노래하면서 날아갔다. 그곳에는 쾰른과 그 중앙 정거장이 고딕의 전설의 동물을 거느리고 누워 있었다. 그리고 순무 밭의 상공에 있는 가톨릭의 상담소에도 전류를 공급했다. 그런데도 대지는 갈탄 외에 요리크 아닌 햄릿의 시체를 제공했다. 연극과 관계가 없는 그 밖의 시체는 그러나 영원히 지하에 파묻힌 채 있지 않으면 안 되었다——『그들은 갈 데까지 갔다. 남은 것은 침묵.』——그리고 묘석이 얹혀졌다. 우리가 플리스 일가 위에 3인용 휘록암을 묵직하게 올려 놓은 것처럼. 그러나 이 나, 오스카르 마체라트, 브론스키, 요리크에게는 하나의 새로운 시대가 시작된 것이다. 그리고 나는 이 새 시대를 의식하자마자 그것이 지나가 버리기 전에 재빨리 나의 삽날 위에 올라탄 햄릿 왕자의 잘린 손가락을 관찰하고—— 『그는 너무 뚱뚱하여 숨을 헐떡거리고 있다.』——3막의 제 1 장에서 그 륀트겐스에게 사느냐 죽느냐를 묻게 하고 이 어리석은 질문을 취소하여 오히려 구체적인 것을 나열해 보았다. 가령 나의 아들과 내 아들의 라이타 돌, 나의 추정상의 이 세상과 천국의 아버지들, 나의 할머니의 넉 장의 스커트, 사진에 그 흔적을 남기고 있는 나의 불쌍한 어머니의 아름다움, 헤르베르트 트루친스키의 등에 나 있는 미로(迷路)와도 같은 상처 자국, 폴란드 우체국의 피를 빨아들인 우편 바구니, 아메리카——아아, 아메리카는 브레젠 행 9번선의 시전과는 비교할 수 없다——나는 언제까지나 여전히 이따금씩 냄새를 풍기는 마리아의 바닐라 향기를 루치에 렌반트를 닮은 소녀의 삼각형 얼굴의 환각을 향해 표류케 하고, 죽음까지도 소독하는 파인골트 씨에게 부탁하여 마체라트의 기관 속으로 들어간 채 발견되지 않은 당 배지를 찾아내게 했다. 그리고 마지막으로 코르네프를 향해, 또는 오히려 고압 전주를 향해 말했다——나는 차츰 결심이 굳어졌지만 그러나 결심하기 전에 연극에 의해 햄릿을 의문시하고 나, 즉 요리크를 참된 시민으로서 찬양하는 질문을 행할 필요를 느꼈기 때문에 ——코르네프를 향해 나는 말했다. 이때 마침 코르네프는 나를 불러 대석 위에 휘록암 판을 접합시키려고 했는데 나는 마침내 한 시민이 될 수 있다는 희망에 들떠서 작은 소리로 말했다——약간 그륀트겐스를 흉내 내면서, 그렇다고 해서 그륀트겐스가 요리크를 연기한 일은 없었지만—— 나는 삽날 너머로 말했다. 『결혼할 것인가, 안할 것인가, 그것이 여기에 서의 문제이다.』

포르투나 노르트에 면한 저 묘지에서의 전환 이래 나는 댄스홀 베디 히의 뢰벤부르크에 다니는 일을 그만두고 전화 교환국 아가씨들과의 관계를 일체 끊었다. 이 아가씨들에게서 가장 취할 점은 신속하고 또 충분히 관계를 맺는다는 점이었다.

5월에 나는 마리아와 나를 위해서 영화 표를 샀다. 영화가 끝나고 나서 우리는 레스토랑에 들어가 꽤 맛있게 식사를 하고 이야기를 주고받았다. 그녀에게는 여러 가지 걱정거리가 있었다. 쿠르트의 라이타 돌의 샘이 마르고 인조 벌꿀 장사도 한 고비 지났기 때문에——그녀도 그렇게 말한 것처럼——최근 수개월 동안 내가 불충분하나마 전가족의 생활을 떠맡 아온 것이다. 나는 마리아를 위로하면서 말했다. 오스카르는 기쁘다. 큰 책임을 떠맡는다는 것은 무엇보다도 기쁜 일이다라고. 그리고는 내친 김에 그녀의 용모에 대해서 칭찬을 해주고 마지막으로 결단을 내려 구 혼을 했다.

그녀는 잠시 생각할 여유를 달라고 말했다. 이 요리크의 질문에 몇 주일 동안 아무 대답도 하지 않았다. 또는 이런저런 구실만 내세워 대답을 회피하고 있었다. 그러다가 마침내 통화 개혁에 의해 회답이 나왔다.

마리아는 산더미처럼 많은 이유를 늘어놓았고 그러면서도 내 소매를 만지작거리며 나를 『친애하는 오스카르』라고 불렀다. 내가 이 세상에서 분에 넘칠 만큼 선량하다라고도 말했고 양해를 구하여 앞으로도 변함없는 우정을 간직하고 싶다고 말했다. 그리고 석공이라는 직업면에서나 또 그 밖의 면에서도 나의 장래를 위해 모든 일이 잘 되기만을 빌겠다고

말했다. 그러나 정작 중요한 결혼 문제만은 재차 염치없이 부탁해 보
았으나 끝내 승낙하지 않았다.

이리하여 요리크는 시민이 될 수 없었고 광대인 햄릿이 되고 말았다.

마돈나 사십구

통화 개혁이 예상외로 빨리 행해져 나는 어릿광대가 되어 버렸고 마
찬가지로 오스카르의 통화도 개혁하지 않으면 안 되게 되었다. 나는
앞으로는 나의 혹이 달린 등으로 이익을 남기지는 못할지라도 적어도
나의 생계비를 벌지 않으면 안 된다는 것을 알게 되었다.

그러나 나는 어릿광대가 되지 않았다면 선량한 시민 역할을 할 수
있었을 것이다. 통화 개혁 후의 시대는——우리가 오늘날 알고 있는 것
처럼——목하 전성기인 소시민을 위한 모든 전제를 낳고 있었으므로
따라서 오스카르의 우직한 성질까지도 촉진할 수 있었을 것이었다. 남
편으로서 우직자로서 나는 재건에 참가하여 협력했을 것이다. 그리고
지금쯤은 중간 정도의 석공업을 경영하며 서른 명의 직공, 인부, 견습
생들에게 임금과 빵을 주고 신축되는 모든 사무실 건물이나 보험 회사
정면을 인기 있는 조개껍질 석회석이나 트라바틴으로 장식하는, 잘 파는
장사꾼이 되어 있었을 것이다. 사업가, 우직자, 가정의 남편——그러나
마리아는 나에게 퇴짜를 놓은 것이다.

그래서 오스카르는 등의 혹을 자각하고 예술에 몸을 바쳤다 ! 묘석에
의존하고 있던 코르네프의 생활도 통화 개혁으로 역시 위태롭게 되었기
때문에 코르네프 쪽에서 해약 이야기를 꺼내기 전에 내가 먼저 자진해서
사직했다. 나는 구스테 케스터의 부엌이 달린 거실에서 빈둥거리거나
그렇지 않으면 거리로 나갔다. 나의 우아한 맞춤옷도 점점 낡아서 약간
볼품이 없게 되었다. 마리아와 다투는 일은 별로 없었지만 다툴 일이

생기는 것이 싫었기 때문에 대개는 오전중 일찍이 빌크 가의 집을 나서서 우선 그라프 아돌프 광장의 백조들을 방문하고 그런 다음 호프가르텐의 백조를 방문했다. 그리고 나서는 공원의 의자에 옹크리고 앉아서 명상에 잠겼는데 그렇다고 해서 별로 불쾌하지도 않게 앉아서 지냈다. 뒤셀도르프에서는 직업 안정소와 미술 대학이 이웃하고 있었는데 공원은 이 건물들과 비스듬히 마주 보고 있었다.

사람들은 이러한 공원 의자에 앉아 있는 동안에 마지막에는 자기도 나무가 되어 버리고 말아 생각하고 있는 것을 모조리 말하고 싶어지는 법이다. 날씨에 좌우되는 노인, 천천히 또다시 수다스러운 소녀로 돌아가는 노파, 그때그때의 계절, 검은 백조, 소리소리 지르면서 서로 쫓아다니는 아이들이 있다. 그리고 사람들이 부러워하는 연인들은 예상된 것처럼 마지막에는 헤어지지 않으면 안 된다. 종이를 버리고 가는 사람이 많다. 종이는 조금 펄러이고 뒹굴고 시(市)에서 고용하고 있는 모자 쓴 사나이들에 의해 끝이 뾰족한 막대기에 찔려서 수집된다.

오스카르는 앉는 요령을 알고 있어서 두 다리에 입은 바지에 무릎으로 비슷한 정도의 부풀음을 만들었다. 확실히 아까부터 나는 야윈 두 청년과 안경 낀 소녀의 세 일행에게 마음이 끌리고 있었는데 이윽고 가죽 망토에 옛 국방군의 허리띠를 묶은 뚱뚱한 그 소녀가 나에게 말을 걸어왔다. 나에게 이야기를 건다는 착상은 아마도 저 아나키스트 풍의 검은 옷을 입고 있는 청년들의 발안인 듯했다. 그들은 꽤 험상궂은 모습을 하고 있었으나 보기와는 달리 수줍음을 타는 성질이어서 뭔가 모르게 위대한 것을 간직하고 있는 것처럼 보이는 꼽추인 나에게 직접 스스럼없이 이야기 걸기를 주저했다. 그래서 그들은 가죽 망토를 입은 뚱뚱한 소녀를 설득한 것이다. 그녀는 나에게 다가와서는 두 개의 기둥 같은 다리로 크게 버티고 서서 두서없이 지껄이기 시작했는데 앉으라고 권하자 그때서야 자리에 앉았다. 라인 강에서 증기가 발생하여 거의 안개처럼 자욱했기 때문에 그녀의 안경알은 흐려져 있었으나 그녀는 계속 떠들어댔다. 참다 못해 나는 그녀에게 권했다. 우선 안경을 닦고, 그런 다음 그녀의 소원을 내가 알아들을 수 있게 간결하게 이야기해 달라고. 그러자 그녀는 음흉하게 생긴 청년들을 가까이에 불렀다. 그리고 청년들은 곧 내가 묻지도 않았는데 먼저 자기를 소개했다. 그들은 그림을 그리고, 스케치를 하고 조형을 하는 예술가인데 지금은 모델을 구하러 온 참이라고 했다. 마침내 그들은 나에게 상당한 정열을 쏟아 그들의 생각을 이해시켰다. 즉 그들은 내가 모델로서 안성맞춤이라는 것이었다. 내가 엄지손가락과 집게손가락으로 날쌘 동작을 취해 보이자 그들은 곧 미술 대학의 모델 보수가 어느 정도인가도 설명했다. 한 시간당 미술대학이 지불하는 돈은 일 마르크 팔십, 누드의 경우는——하지만 지금은 그것을 생각할 필요가 없다고 뚱뚱한 소녀는 말했다——이 마르크가 된다.

어째서 오스카르는 승낙했는가? 나의 마음을 끈 것은 예술인가? 보수인가? 예술과 보수가 내 마음을 사로잡아 오스카르로 하여금 승낙하도록 만든 것이다. 그래서 나는 자리에서 일어나 공원의 의자가 지니고 있는 갖가지 가능성을 영원히 뒤에 두고 허리를 쭉 펴고 걸어가는 안경 낀 소녀와 마치 자기들이 천재성을 짊어지고 있는 것처럼 구부정하니 몸을 앞으로 숙이고 걸어가는 두 청년을 뒤따라갔다. 직업 안정소 옆을 지나 아이스켈러베르크 거리로 들어가 일부가 전화(戰火)로 파괴된 미술 대학 교사 안으로 들어갔다.

쿠헨 교수——검은 수염, 석탄처럼 까만 눈, 테가 넓은 검은 소프트, 손톱 밑의 검은 말단——그는 나에게 어린 시절의 그 검은 선반을 연상케 했다——제자들이 공원 의자에 앉아서 나를 알아본 것과 같이 이 교수도 또 나를 기막힌 모델이라고 인정했다.

꽤 오랫동안 그는 내 주위를 걸으며 석탄 같은 눈을 이리저리 굴렸고 숨을 거칠게 쉬어 검은 가루를 콧구멍에서 뿜어냈고 검은 손톱으로 보이지 않는 적(敵)의 목을 죄면서 말했다.「예술은 고발, 표현, 정열이다! 예술, 그것은 백지 위에서 부서지는 검은 목탄이다!」

나는 이 분쇄적(粉碎的)인 예술의 모델 노릇을 했다. 쿠헨 교수는 나를 제자들의 아틀리에로 데리고 갔고 손수 회전대 위에 나를 앉히고는 그것을 회전시켰다. 무슨, 나를 어지럽게 하려는 것이 아니라 오스카르의 프로포션을 모든 각도에서 확실하게 하기 위해서였다. 이젤[畫架] 열여섯 개가 오스카르의 측면에 다가왔다. 목탄 가루를 코에서 뿜어내는 교수의 짧은 강의가 다시 한 번 있었다. 그가 원한 것은 표현이었다. 표현이라는 한마디로 요약될 수 있었다. 절망적인 새까만 표현. 그의 주장에 의하면 나 오스카르는 고발하고 도발하면서 초시간적(超時間的)으로, 더욱이 우리 세기의 광기(狂氣)를 표현하면서 인간의 파괴된 모습을 표현하고 있다고 한다. 이젤 위에 다시 천둥이 울려퍼졌다.

「이 사람을, 이 혹을 그리는 것이 아니다. 이 사람을 도살하는 것이다. 이 사람을 십자가에 걸고 이 사람을 목탄으로 종이 위에 못 박는 것이다 ! 」

이것이 아마 시작하라는 신호였던 모양이다. 목탄 열여섯 개가 일제히 이젤 저쪽에서 소리를 냈고 무너지면서 고함을 지르고 몸을 닳게 하여 나를——결국은 내 혹을 말하는 것이지만——표현하려고 애썼고 내 혹을 검게 그렸고 그리고는 잘못 그렸다. 즉 쿠헨 교수의 학생들은 모두들 너무 굵은 검은 선으로 나를 표현하려 했기 때문에 아무래도 극단적으로 되어 내 혹의 크기를 과대평가하고 말았다. 그래서 점점 큰 종이를 사용했지만 그래도 나의 혹을 제대로 그리지 못하였다.

이때 쿠헨 교수가 열여섯 명의 목탄 분쇄자들에게 좋은 충고를 했다. 즉, 너무 강렬한 표현을 요구하는 내 혹의 윤곽은——어떤 판형의 종이에도 다 수용할 수 없었다——나중으로 돌리고 우선 내 머리를 지면의 윗부분 5분의 1 이내에, 되도록 왼쪽에다 우선 내 머리를 검게 그리라는 것이다.

나의 아름다운 머리털은 짙은 갈색으로 빛나고 있다. 그들은 나를 곧은 머리털의 집시로 만들고 말았다. 열여섯 명의 미술대학 학생들 가운데 한 사람도 오스카르가 푸른 눈을 가지고 있다는 점에 착안하지 않았다. 나는 쉬는 동안——모델은 반드시 사십오 분 동안 포즈를 취한 다음 십오 분 동안의 휴식을 허용받게 되어 있다——열여섯 개의 화지(画紙) 윗부분 5분의 1의 왼쪽을 바라보며 어느 이젤 앞에서도 확실히 슬픔에 찌든 얼굴에 나타난 사회적인 고발에 눈을 크게 뜨고 놀라기는 했지만 그러나 약간 떨떠름한 기분으로 나는 나의 푸른 눈에 광채가 없는 것을 섭섭하게 생각했다. 본래 같으면 나의 푸른 눈이 밝고 매력적으로 빛나야 할 장소에 검은 목탄 자국이 원을 그리면서 위축되고 부서져서 나를 아프게 찌르고 있었다.

예술적 자유라는 것을 고려하면서 나는 나 자신에게 타일렀다. 이 젊은 뮤즈의 아들들과 예술의 포로가 된 아가씨들은 네 속에 있는 라스푸틴을 분명히 인식했다. 그들은 언젠가는 네 속에서 잠자고 있는 괴테를 발견하고 눈뜨게 하여 목탄으로 표현하기보다는 오히려 은필(銀筆)로써 경묘하고 부드럽게 지면에 표현할 수 있을까? 열여섯 명의 학생들은 매우 재능이 뛰어나고 쿠헨 교수의 목탄의 선(線)은 거의 비견할 데 없다고 일컬어지고 있었으나 결국 오스카르의 올바른 초상화를 후세에 남기는 일은 아무도 성공하지 못했다. 그러나 나는 실컷 돈을 벌고 정중한 취급을 받으며 매일 여섯 시간씩 회전대 위에 서서 자세를 취했다. 언제나 막혀 있는 세면기 쪽으로 얼굴을 돌리는 일도 있고 날씨에 따라 회색이 되기도 하고 푸른 하늘빛이 되기도 하고 가볍게 흐려 있기도 하는 아틀리에의 창문 쪽으로 코를 돌리는 일도 있었다. 또 때로는 병풍 쪽으로 향하기도 했는데 어떻든 이렇게 해서 표현을 제공하고 그럼으로써 한 시간당 일 마르크 팔십 페니히의 보수를 받은 것이다.

이삼 주일 지나자 학생들은 약간은 좋은 그림을 그리는 데 성공했다. 즉 그들은 검게 표현할 때 약간은 자제했고 이제는 내 혹의 크기를 무제한으로 과장하는 일은 하지 않았고 때로는 나를 머리 꼭대기에서 발끝까지, 윗도리 단추에서 내 흉곽을 거쳐 내 혹이 가장 튀어나와 있는 천 부분에 이르기까지 빠뜨리지 않고 지면에 그려냈다. 많은 화지 위에는 배경을 그리는 여지까지도 보여 주었다. 이 젊은이들은 통화 개혁의 시대인데도 여전히 전쟁의 감명을 강하게 받은 모양으로 내 배후에 호소하는 듯한, 검은 입을 벌린 창구멍이 있는 폐허를 그려 넣기도 했고, 나를 희망이 없는 영양 실조의 난민으로서 금이 간 나무 그루터기 사이에 놓기도 하고, 뿐만 아니라 나를 체포하여 목탄의 검은 선을 써서 내 배후에 요란한 가시 철망의 울타리를 둘러치고 역시 배경에서 위협하고 있는 감시탑으로 하여금 나를 감시케 했다. 나는 빈 양철 주발을 들고 서 있었다. 감옥의 창문들이 내 배후와 머리 위에서 그 판화적(版画的) 매력을 나타내고 있었다——오스카르에게는 수인복(囚人服)이 입혀지고 있었다——이러한 일은 모두 예술적 표현이라는 이름 밑에서 행해진 것이었다.

그러나 이 예술은 나를 검은 머리의 집시 사나이 오스카르로서 검게 그리고, 푸른 눈이 아니라 석탄의 눈으로 나에게 이러한 비참한 모든 것을 바라보게 했기 때문에 가시 철망은 그릴 수 없는 것이라는 것을 알고 있던 나는 그래도 모델로서 꾹 참고 있었다. 그러나 조각가들이 나를 모델로, 누드 모델로 원했을 때 나는 기뻤다. 왜냐하면 아시다시피 조각가라는 것은 시대와 관계된 배경 없이 끝내지 않으면 안 되는 것이기 때문이다.

이번에는 학생이 아니라 선생이 직접 내게 말을 걸어왔다. 마룬 교수는 나의 목탄 교수인 쿠헨 선생과 친했다. 어느 날 내가 쿠헨의 개인 아틀리에인 액자에 든 목판화가 가득찬 음산한 방안에 가만히 앉아 수염이 텁수룩한 이 사나이가 비길 데 없는 터치로써 나를 화지 위에 담는 것을 돕고 있을 때 그를 찾아온 사람이 마룬 교수였다. 몸집이 땅땅하고 나이가 쉰 살인 사나이로서 먼지투성이인 베레모가 그의 예술가라는 신분을 실증해 주지 않았던들, 흰 윗도리를 입은 모습은 차라리 외과의사를 연상케 했다.

나는 한눈에 알아보았지만 마룬은 고전 형식의 애호자였으므로 내 몸매를 적의(敵意)에 찬 눈으로 바라보았다. 그는 친구를 놀렸다. 당신은 지금까지 집시 모델만 그리고 있어서 덕분에 예술가 동료들로부터는 집시 쿠헨(과자)이라는 별명으로 불리고 있었을 정도인데 마침내 그것으로도 성이 차지 않게 되었단 말인가? 그래서 이번에는 기형을 그려 보겠다는 것인가? 예의 집시 시리즈는 성공을 해서 많이 팔린 모양이던데 이번에는 난쟁이 시리즈를 목탄으로 그림으로써 성공하여 좀더 돈을 벌자는 것인가? 라고.

쿠헨 교수는 친구의 조롱을 노여움을 담은 새까만 목탄 자국으로 바꾸었다. 이것은 그가 지금까지 그린 오스카르의 초상화 가운데서 가장 검은 그림이었다. 도통 이것은 내 광대뼈, 코, 이마, 내 두 손 위의 약간의 밝은 빛을 제외하고는 온통 검정뿐이었다. 특히 두 손에 대해서는 쿠헨은 언제나 터무니없이 크게 그렸고 마디마디가 불거진 모습으로 인상 깊게 그의 목탄에 의한 광란(狂亂)의 한가운데에 펼쳐 놓았다. 그런데 이 스케치는 나중에 전람회에서 유명해졌는데 거기에서 나는 푸른 눈, 즉 암울하지 않고 밝게 빛나는 눈으로 그려져 있었다. 오스카르는 그것을 조각가 마룬으로부터 받은 영향 때문이라고 생각하고 있다. 이 사나이는 뭐니뭐니 해도 표현이 풍부한 목탄의 폭군이 아니라 고전파였으므로 나의 눈이 괴테적인 밝은 빛을 뿜고 있는 것을 알 수 있었던 것이다. 따라서 본래 조화만을 사랑한 조각가 마룬을 유혹하여 나를 그의 모델로 택하게 만든 것도 또한 오스카르의 눈길이었던 것이다.

마룬의 아틀리에에는 밝은 가운데 먼지가 떠돌고 몹시 썰렁했는데 완성된 작품은 하나도 눈에 띄지 않았다. 그러나 도처에 계획중인 작업의 뼈대가 서 있었고 그것들은 주도면밀한 준비를 거치고 있었으므로 모상 점토 (模像粘土)가 없어도 철사, 쇠, 구부러진 나연관(裸鉛管)만으로도 완성 시의 조화를 엿보이고 있었다.

나는 이 조각가를 위해서 매일 다섯 시간씩 누드 모델로 일하고 한 시간당 이 마르크씩 받았다. 그는 백묵으로 회전대 위에 한 점을 표시하고 앞으로는 여기에 다리를 세우고 오른발을 놓으라고 지시했다. 세운 다리의 안쪽 뼈에서 위를 향해 그은 수직선이 마침 쇄골 사이의 목 부분을 통과하지 않으면 안 되었다. 왼쪽 다리는 휴각(休脚)이었다. 그러나 이 명칭은 엉터리였다. 나는 이 다리를 가볍게 구부려 살짝 옆에다 놓는 것까지는 좋았지만 이것을 옮겨 놓거나 지루하다고 하여 움직이는 것은 허용되지 않았으니까 말이다. 휴각도 백묵으로 표시된 회전대 위의 동그라미에 고정되었다.

내가 조각가 마룬의 모델로 일하게 된 뒤 몇 주일 동안 그는 내 두 팔을 위해서 적절한 자세를, 두 다리의 경우 같은 부동 자세를 발견할 수 없었다. 그래서 나는 왼쪽 팔을 축 늘어뜨리고 오른쪽 팔을 머리 위에서 구부려 보지 않으면 안 되었다. 또 어떤 때는 두 팔을 가슴 앞에서 깍지껴

보기도 하고 등의 혹 밑에서 마주 잡기도 하고 양 옆구리 쪽으로 내밀어
보기도 하지 않으면 안 되었다. 얼마든지 가능성이 있었다. 그리고 조
각가는 나의 신체와 나긋나긋한 연필, 수족(手足)을 붙인 쇠의 뼈대로
이 모든 가능성을 충분히 음미했다.

　그는 한 달 동안 열심히 자세를 연구하고 나서 겨우 내 두 손을 깍지껴서
후두부로 가져가게 하거나 또는 전혀 팔이 없는 토르소로서 나를 점토로
옮기기로 결심했는데, 우선 뼈대를 만듦에 있어서 몇 번이나 다시 하게
하여 나는 완전히 지쳐 버리고 말았다. 그래서 정작 점토 상자 속의 점토를
집어서 시작은 했지만 곧 다시 그 둔중한, 형태를 이루고 있지 않은 물질을
상자 속에 털썩 떨어뜨리고 뼈대 앞에 웅크리고 앉아 나와 나의 뼈대를
물끄러미 비교하고는 절망하여 손가락을 떨었다. 뼈대가 너무나도 완
전했던 것이다 !

　낙심한 듯 한숨을 쉬고 두통을 호소하며 그렇다고 해서 오스카르에게
잔소리를 하지도 않고 그는 그것을 단념하고, 그 꼽추의 뼈대를 휴각이나
입각, 위로 쳐든 연관(鉛管)의 팔이나 쇠의 목덜미에서 깍지끼여진 철사의
손가락 등과 함께 다른 완성된 뼈대가 전부 놓여 있는 한쪽 구석으로
가지고 갔다. 나의 불룩하게 튀어나온 혹의 뼈대 속에서는 본래 같으면
점토의 무게를 지탱하게 되어 있는 가로목——나비라고도 불린다——
조용히 있는 이 가로목은, 조소(嘲笑)의 빛은 없이 오히려 자기가 도움이
되지 못하는 것을 아쉬워하며 흔들거리고 있었다.

　그런 다음 우리는 차를 마시면서 족히 한 시간 가량 이야기를 나누
었는데 조각가는 그 한 시간도 모델로서의 근무 시간으로 취급하여 보
수를 지급해 주었다. 그의 이야기는 옛 이야기였다. 그가 아직도 젊은
미켈란젤로로서 점토를 백 파운드씩이나 사용하여 정력적으로 뼈대에
붙여가며 소상(塑像)을 완성하고 있을 때의 이야기였다. 그때의 소상은
대개는 전시중에 파괴되고 말았다고 한다. 나는 그에게 오스카르가 석공
및 비명 조각의 일을 하고 있을 때의 이야기를 했다. 우리는 다소 전문적인
이야기에 치우쳤다. 그런 다음에 그는 나를 자기의 제자들이 있는 곳으로
데리고 갔다. 그것은 그들이 나를 모델로서 바라보고 오스카르의 신체를

본따서 뼈대를 만들기 위해서이다.

마룬 교수의 제자 열 명 중에서 머리털의 길고짧음이 성별(性別)을 나타낸다고 한다면 여섯 명이 소녀라는 이야기가 될 것 같다. 여섯 명 가운데 네 명은 못생겼지만 유능했다. 둘은 미인이고 수다쟁이였다. 다시 말하면 진짜 아가씨들이었다. 나는 누드 모델이지만 별로 부끄러워하지 않았다. 뿐만 아니라 예쁘고 수다스러운 조소과 여학생 두 명이 나를 처음으로 회전대 위에서 음미했을 때 그녀들은 오스카르가 꼽추이고 키는 작은 데도 일단 유사시에는 다른 어떤 물건, 즉 보통 남성의 물건에 못잖은 성기(性器)를 가지고 있다는 것을 약간 흥분하면서 확인했는데 오스카르에게는 그 두 사람이 놀라는 모습을 즐길 수 있는 여유조차 있었다.

마룬 선생의 제자들의 경우는 선생의 경우와는 조금 사정이 달랐다. 그들은 이틀 뒤에는 벌써 뼈대를 조립하는 천재적인 솜씨로 작업을 진행했는데, 그 천재적인 속도에 사로잡혀 점토를 황급하게 적당히 고정된 연관 사이에 덕지덕지 붙여나갔다. 그런데 아마 내 뼈대의 혹 속에 붙인 가로목이 너무 작았던 모양이다. 그 증거로 축축하게 숨을 내뱉는 점토의 무게가 오스카르에게 험준한 산과 같은 풍채를 부여하면서 뼈대에 매달린 순간 벌써 새로 태어난 오스카르는 열 개 모두가 기울기 시작했다. 내 머리가 발 사이에 떨어지고 점토가 연관에서 풀썩 떨어지고 등의 혹이 엉덩이 아래로 미끄러져 떨어졌다. 이제 와서야 나는 마룬 선생의 진가를 알 수 있었다. 그가 만드는 뼈대는 뛰어났으므로 뼈대 위에 값싼 천을 붙이거나 할 필요가 전혀 없었다.

못생겼지만 유능한 조소과 여학생은 점토의 오스카르가 뼈대의 오스카르에서 떨어져 나갔을 때 눈물까지 글썽거렸다. 미인이지만 수다스러운 학생들은 나의 뼈에서 살덩어리가 천천히 무엇인가를 상징하듯이 떨어지는 것을 보고 웃었다. 그러나 몇 주일이 지나는 동안에 이 제자들 사이에서도 훌륭한 소상(塑像)이 약간 만들어지기 시작했다. 그들은 학기말의 진열을 목표로 하여 처음에는 점토로, 다음에는 석고와 인공 대리석을 사용하여 소상을 만들어냈는데 이 기간에 나는 못생겼지만 유능한 아가씨들과 미인이지만 수다스러운 아가씨들을 몇 번이나 거듭 비교하는 기회를 가졌다. 못생겼지만 예술적 재능이 없지도 않은 아가씨들은 실로 꼼꼼하게 나의 머리, 팔다리, 등의 혹을 본떠 나갔으나 나의 성기에 관해서는 그야말로 수줍어져서 소홀하게 다루거나 엉뚱한 형태로 단순화하거나 하였다. 그러나 한편, 귀엽고 눈이 크고 아름다운 손가락을 가지고는 있지만 재주가 없는 아가씨들은 내 육체의 각 부분간의 균형 따위에는 거의 신경을 쓰지 않는 주제에 나의 훌륭한 생식기에 대해서만은 최대한의 열의를 나타내어 극명하게 모작(模作)했다. 이 점에 관해서 남자 청년 조소가들 네 명의 일을 잊지 않기 위해 여기에 보고해 두어야겠다. 그들은 나를 추상화하고 홈이 패인 평판(平板)으로 두들겨 네모로 만들고 못생긴 아가씨들이 소홀하게 다루고 귀여운 아가씨들이 살덩어리 자체와 똑같이 훌륭하게 만든 예의 것을 메마른 남자의 오성(悟性)으로 네모진 나무토막으로 나타내어 마치 집짓기 세공에서 임금님의 발기한 성기처럼 같은 크기의 두 입방체 위에 그것을 돌출시켰다. 나의 푸른 눈 때문인지, 아니면 조소가들이 나, 즉 발가벗은 오스카르의 주위에 늘어놓고 있던 전기 난로 때문인지는 모르지만, 어쨌든 아름다운 여류 조소가들을 찾아온 청년 화가들이 눈의 푸르름 또는 열을 받아서 게처럼 발갛게 달아오른 피부에 회화적 매력을 발견하여 일층에 있는 조소 아틀리에나 판화 아틀리에에서 나를 끌고 위층으로 데리고 갔고 그런 다음 나를 모범으로 하여 그들의 그림 물감을 팔레트 위에서 혼합시켰다.

처음에 화가들에게는 나의 푸른 눈동자의 인상이 너무나도 강렬했다. 그래서 그들의 화필은 나의 전신을 파랗게 칠하려고 했다. 오스카르의 건강한 피부도, 그의 웨이브진 갈색의 머리털도, 피가 통하고 있는 생생한 입술도 시들어서 죽은 사람처럼 푸르죽죽한 빛을 띠었다. 때로는 여기 저기 부패를 촉진시키려고 죽어가는 푸른 빛이나 불쾌하기 짝이 없는 누런 빛이 나의 푸른 살 속으로 스며들었다. 오스카르가 겨우 다른 빛깔로 표현될 수 있었던 것은 카니발이 있고 난 다음이었다. 일주간에 걸쳐 미술 대학의 지하실에서 벌어진 카니발 기간중에 오스카르가 울라를 발견하여 그녀를 뮤즈로서 화가들에게 소개했기 때문이다.

그것은 장미의 월요일이던가? 그것은 장미의 월요일의 일이었다. 나는 카니발을 함께 경축하기 위해 가장하고 나가서 가장한 오스카르를 군중 속에 섞어 넣기로 결심했다.

마리아는 내가 거울 앞에 있는 것을 보고 말했다.「이봐요, 집에 있어요, 오스카르. 사람들에게 짓밟히는 것이 고작일 거예요.」그러면서도 그녀는 내가 가장하는 것을 거들어 주었고 남은 천을 재단해 주었다. 이번에는 그녀의 언니 구스테가 곧 수다스러운 바늘을 사용하여 그것을 광대복으로 만들었다. 처음 내가 생각한 것은 베라스케스의 스타일이었다. 그 밖에 나르세스 장군이나 경우에 따라서는 오이겐 왕자의 분장 같은 것도 나쁘지는 않으리라고 생각했다. 마지막으로 전쟁 때 비스듬히 금이 갔기 때문에 영상이 약간 일그러져 보이는 큰 거울 앞에 서서 내 모습을 비추어 빛깔이 요란하고 헐렁헐렁하고 찢긴 자국이 있고 방울도 달려 있는 분장의 전모가 드러나게 되어 이것을 본 아들 쿠르트가 저도 모르게 웃음을 터뜨리고 기침의 발작을 일으켰을 때 나는 내키지 않는 기분으로 가만히 나 자신에게 말했다.『이봐, 오스카르, 너는 어릿광대 요리크로구나. 그런데 네가 조롱할 수 있는 임금님은 어디에 있지 ?』

나를 미술대학 근처에 있는 라팅거 문(門)까지 실어다 주는 시전 안에서 벌써 깨달은 일이지만, 카우보이나 스페인의 무용수로 분장하고 사무실이나 가게의 계산대 같은 것을 잊어버리려 했던 군중은 나를 보고 웃기는커녕 무서워했다. 모두들 나를 피했기 때문에 나는 만원 전차였는데도 자리에 앉을 수 있었다. 미술대학 앞에서는 경찰관들이 가장용이 아닌 진짜 고무 곤봉을 휘두르고 있었다.『뮤즈의 연못』은——미술학교 학생들의 축제는 그렇게 불리고 있었다——초만원이었다. 군중은 그래도 건물로 돌진하려고 하여 일부에서는 피까지 흘리며 어떻든 경찰대와 실랑이를 벌였다.

오스카르가 왼쪽 소매에 달려 있는 작은 방울을 울리자 군중은 길을 열어 주었다. 한 경찰관이 직업상 내가 거물이라는 것을 재빨리 알아보고 내려다보듯이 인사를 하고는 내 희망을 물었다. 그리고는 그의 경찰봉을 휘두르면서 나를 축제의 장인 지하실로 안내했다——거기에서는 이미 잔치가 시작되고 있었으나 아직 무르익은 상태는 아니었다.

그런데 예술가가 주최하는 가장 무도회를 예술가가 축하하는 제전이라고 생각해서는 안 된다. 미술학교 학생들의 대다수는 화장은 하고 있었지만 진지하고 긴장된 얼굴로 색다르지만 조금 건들건들하는 식탁 저편에 서서 맥주, 샴페인 빈 소시지를 팔고 서툰 솜씨로 브랜디를 따르며 임시 수입을 올리고 있었던 것이다. 이 예술가의 축제를 정말로 지배하고 있었던 것은 일반 시민들로서 그들은 일 년에 한 번쯤 아낌없이 돈을 쓰면서 예술가처럼 생활하고 마구 떠들며 놀려고 생각했다.

나는 족히 한 시간 가량 층계 위나 구석진 탁자 밑에서, 불편한 환경 속에서도 흥분을 끌어낼 줄 아는 연인들을 깜짝 놀라게 해주었으나 그런 다음에 나는 중국 아가씨 두 명과 친해졌다. 그러나 그녀들의 혈관 속에 그리스 인의 피가 흐르고 있음이 틀림없었다. 왜냐하면 이 두 사람은 옛날 그리스의 레스보스 섬에서 찬미되고 있던 사랑을 실행하고 있었기 때문이다. 두 사람은 서로 많은 손가락으로 단단히 얽혀져 있었으나 결정적인 장면에서는 나 같은 것은 전혀 거들떠보지도 않았다. 그러나 두 사람이 보여 준 것은 부분적으로는 아주 재미있었다. 그녀들은 나와 함께 지나치게 따끈한 샴페인을 마시고 내 허가를 받아 내 등에 솟은 혹 끝의 뾰족한 곳을 만져 감촉을 확인했는데 아마 행복을 손에 넣었을 것이다——그것은, 혹은 여성에게 행복을 가져다 준다는 내 명제를 다시 한 번 실증한 것이 된다.

그러나 여자들과의 이 교제가 길어지면 길어질수록 나는 슬퍼졌다. 여러 가지 생각이 내 마음을 흔들고 정치가 나를 불안하게 만들었다. 나는 샴페인으로 베를린 시의 봉쇄를 책상 위에 그렸고 공수(空輸)의 모양을 스케치했고 결국은 일심동체가 되지 못하고 있는 이 두 중국 여자를 보고 있는 동안에 독일의 재통일을 절망하고 나답지 않은 일을 행했다. 즉 오스카르는 요리크가 되어서 인생의 의미를 탐구한 것이다.

나의 숙녀들은 이제 더 이상 신통한 것을 보여 줄 것 같지도 않았다——그녀들은 울음을 터뜨렸고 그것이 화장을 한 중국인의 얼굴에 맨살이 드러나는 흔적을 남겼다——그래서 나는 찢긴 자국이 있는 헐렁한 옷에 달린 방울을 울리면서 일어나, 마음속으로 3분의 2는 귀가를 바라고 나머지 3분의 1은 좀더 남아서 카니발을 체험하고 싶다고 생각했다. 그때 나의 눈에 띈 것은——아니, 저편에서 나에게 먼저 말을 걸어온 것이지 만——그것은 랑케스 하사였다.

여러분은 아직 기억하고 계실까? 우리는 1944년 여름 동안에 대서양의 요새에서 그를 만난 것이었다. 그는 그곳에서 콘크리트를 경비하고 있으면서 나의 스승 베브라의 담배를 얻어 피우곤 했었다.

많은 사람이 빽빽이 끼여 앉아서 시시덕거리고 있는 층계를 올라가면서 담배에 불을 붙이고 있는데 그때 누군가가 나를 쿡쿡 찔렀다. 그리고 지난 대전중에 하사였던 사나이가 말을 걸어왔다.「여어, 친구, 담배 한 개비 안 주겠소? 」

이 말을 들은 순간 그의 의상이 카키 색이었다는 것도 도움이 되어서 내가 곧 그의 정체를 알아본 것은 조금도 이상한 일이 아니다. 그러나 이 경우 만일 하사인 이 콘크리트 화가가 뮤즈를 자기의 카키 색 무릎 위에 올려 놓고 있지 않았다면 나는 굳이 옛 우정을 되살리려고 하지는 않았을지도 모른다.

우선 이 화가와 잠깐 이야기를 하고 나서 그런 다음에 뮤즈에 대한 이야기를 하기로 하겠다. 나는 그에게 담배를 주었을 뿐만 아니라 내 라이터로 불을 붙여 주고 그가 한 모금 빨기를 기다렸다가 말했다.

「기억하고 있습니까, 랑케스 하사? 베브라의 위문 극단을? 신비스 럽고 야만적이고 권태로운? 」

화가는 깜짝 놀랐다. 내 말을 들은 순간 담배는 떨어뜨리지 않았지만 뮤즈는 그의 무릎에서 떨어뜨리고 말았다. 나는 완전히 취해 있는 다리가 긴 아이를 일으켜 세워 그에게 돌려 주었다. 우리들 두 사람, 랑케스와 오스카르는 여러 가지 추억을 서로 나누었다. 헤르초크 중위에 대해서 랑케스는 미치광이라고 욕했다. 베브라 스승의 이야기가 나왔다. 그때 롬멜 아스파라거스 사이에서 게를 찾고 있던 수녀들도 화제가 되었다. 이런 추억담을 나누면서 나는 뮤즈의 출현에 놀라움을 느꼈다. 그녀는 천사로 분장하고 온 것이었다. 수출용 달걀을 포장하는 데 사용하는 것 같은 우묵한 마분지 모자를 쓰고 잔뜩 취해서 날개는 부러져 있었으나 그래도 여전히 천상에 사는 여자의 약간 미술품적인 사랑스러움을 나타내고 있었다.

「이 사람은 울라라고 합니다.」 하고 화가 랑케스가 나에게 가르쳐 주었다. 「이 아이는 본래 양재 공부를 하고 있었지만 지금은 예술가가 되고 싶다고 해서 말입니다. 나는 당치도 않은 이야기라고 말하고 있지요. 양재라면 돈을 벌 수 있지만 예술로는 안 되니까요.」

그래서 오스카르는 자기도 예술로서 좋은 벌이를 하고 있었기 때문에 양재사인 울라를 모델 겸 뮤즈로서 미술대학의 화가들에게 소개하겠다고 제안했다. 랑케스는 나의 제안에 크게 감격했으므로 당장 나의 담뱃갑에서 세 개비를 뽑아내고 그 대신 그로서는 그의 아틀리에에 나를 초대하고 싶다고 제의했다. 단, 그는 곧 그곳까지의 택시 요금을 내가 부담한다는 조건을 추가했다.

우리는 곧 차를 타고 카니발을 뒤로 했다. 내가 택시 요금을 지불했다. 랑케스는 그의 아틀리에를 지타르트 거리에 가지고 있었는데 여기에서 우리를 위해 알콜 버너로 커피를 끓여 주었다. 커피를 마시자 뮤즈는 다시 기운을 차렸다. 그녀는 내 오른손 집게손가락의 도움을 받아 위 속의 것을 토하고 난 뒤에는 거의 취기가 가신 것 같았다.

지금에야 나는 깨달았지만 그녀는 물빛 눈동자를 가지고 있었고 언제나 무엇에 놀란 듯한 표정을 짓고 있었다. 그녀의 목소리도 들었지만 어딘가 참새의 지저귐 같은, 양철 깡통 소리 같은 느낌이어서 어쨌든 마음을 움직이는 매력이 없는 것도 아니었다. 그녀를 향해 화가인 랑케스가 내 제안을 설명하며 미술대학에서 모델로 근무할 것을 제안, 아니 제안이라기보다 차라리 명령했을 때, 처음에 그녀는 그것을 거부하고 미술대학의 모델이 되는 것도 뮤즈가 되는 것도 싫다며 오직 화가인 랑케스의 것이 되기만을 원했다. 그러나 랑케스는 유능한 화가가 흔히 그러듯이 무표정한 얼굴로 말도 없이 큰 손으로 두세 번 그녀의 뺨을 후려치고 나서 다시 한 번 그녀에게 물었는데 그녀가 천사와 똑같은 몸짓으로 흐느껴 울며 미술대학의 화가들을 위해 돈벌이가 되는 모델과 경우에 따라서는 뮤즈가 되기도 하겠다고 승복했을 때 곧 다시 아까와 같은 선량한 표정으로 돌아가며 만족스럽게 웃었다.

유념해 두기 바라지만 울라는 키가 약 일 미터 칠십팔 센티에 아주 날씬하고 사랑스러우며 부서질 듯한 느낌이어서 보티첼리와 크라나하를 동시에 연상시키는 데가 있다. 우리는 둘이 함께 누드의 자세를 취했다. 왕새우의 살이 부드러운 솜털에 덮여 있는 그녀의 길고 매끄러운 살빛이라고나 할까, 그리고 그녀의 머리털은 어느 쪽인가 하면 엷은 편인데 그러나 길고 보릿짚 같은 금발이었다. 치모(恥毛)는 곱슬곱슬하고 붉은 기가 있었으며 작은 델타를 이루고 있을 뿐이었다. 울라는 겨드랑이 밑을 매주 깎곤 했다.

예기했던 대로 보통의 미술대학 학생들은 우리를 충분히 활용하지 못했다. 그녀의 팔을 턱없이 길게 하고 내 머리를 터무니없이 크게 만들고, 이렇게 해서 초심자의 잘못을 저질렀다. 즉 그들은 우리 두 사람을 화지 속에 담지 못했다.

우리가 치게와 라스콜리니코프의 눈에 띄었을 때 비로소 뮤즈와 오스카르에게 어울리는 그림이 그려졌다.

그녀가 잠자고 있는 것을 내가 놀라게 한다. 목신과 요정이다.

내가 웅크리고 있고, 그녀는 언제나 조금 떨고 있는 작은 유방을 드러낸 채 내 위에 수그리고 내 머리털을 어루만지고 있다. 미녀와 괴수이다.

그녀가 누워 있고 나는 그녀의 긴 두 다리 사이에서 뿔이 하나 돋은 말(馬)의 가면을 쓰고 장난치고 있다. 숙녀와 일각수(一角獸)이다.

이러한 그림은 모두 치게와 라스콜리니코프의 양식으로 그려졌다. 어떤 때는 다채색(多彩色)으로, 다음에는 고상한 회색조(灰色調)로. 어떤 때는 가늘고 치밀하게, 다음에는 치게 류(流)의 천재적인 주걱 사용법으로 그림 물감을 마구 이겨 발랐다. 또 어떤 때는 울라와 오스카르의 윤곽을 아리송하게 그리는 데 그치고, 그런 다음 우리의 협력으로 초현실주의의 길로 들어선 것은 라스콜리니코프였다. 그의 손에 의해서 오스카르의 얼굴은 예전에 우리집의 큰 벽시계에서 볼 수 있었던 것 같은 벌꿀빛 문자판이 되었다. 내 등의 혹 속에는 태엽과 같은 덩굴을 가진 장미가 피어 있고 이것을 울라가 땄다. 또다른 그림에선 위에서는 미소짓고 아래에서는 긴 다리를 가진 울라의 절개된 몸통 속에 내가 앉아 있고 그녀의 비장(脾臟)과 간장 사이에 웅크린 채 한 권의 그림책을 뒤적이고 있지 않으면 안 되었다. 그리고 또 그들은 우리에게 여러 가지 분장을 시키고 싶어했다. 울라를 콜롬비네(광대의 연인 역의 이름)로 만들고 나를 하얀 도란을 칠한 슬픈 피에로로 만들고 말았다. 마지막으로 라스콜리니코프에게 남겨진 것은——그가 그렇게 불리는 것은 언제나 죄와 벌 이야기만을 했기 때문이다——아주 큰 그림을 그리는 일이었다. 나는 솜털이 조금 돋아 있는 울라의 왼쪽 넓적다리 위에 앉았다——발가벗은 꼽추 어린이——그녀는 마돈나 역을 맡았다. 오스카르는 예수 대신 조용히 앉아 있었다. 이 그림은 나중에 많은 전람회를 돌아다녔다. 제명은 마돈나 사십구——이 그림은 포스터로서 효과를 발휘하여 덕분에 선량한 시민인 마리아의 눈에 띄어 가정에 한바탕 말썽을 일으키기도 했는데 꽤 많은 돈을 받고 라인 지방의 어떤 실업가의 손으로 넘어갔다——아마 오늘날까지도 사무실이 있는 어느 고층건물의 회의실에 걸려져서 중역들에게 영향을 미치고 있을 것이다.

내 생계를 지탱해 주고 있었던 것은 내 혹과 몸매에 가해진 재능 있는 난폭함과 행패였다. 더욱 고마운 것은 울라와 나는 우리의 열망대로 두 사람이 함께 누드일 때 한 시간당 이 마르크 오십을 받았다. 울라도 누드 일을 즐겁게 하고 있었다. 엄청난 힘을 지닌 손을 가지고 있는 화가 랑케스는 그녀가 또박또박 돈을 벌어오게 되면서부터는 그녀를 소중하게 다루게 되었고 그녀의 뺨을 후려치는 일도 이제는 그의 천재적 추상화가, 그의 성난 손을 요구할 때만 한정되었다. 그런 의미에서 그녀는 이 화가에게도 순시각적(純視覺的)인 모델로서 고용된 일은 없었지만 역시 어떤 의미에서 일종의 뮤즈였다고 할 수 있다. 왜냐하면 그가 그녀에게 가한 저 매질만이 그의 화가로서의 손에 참된 창조력을 부여했으니까.

확실히 울라는 나까지도, 밑바닥에는 천사의 강인함을 갖춘 그녀의 나약한 눈물로 자극하여 흉포한 행동을 취하게 하려고 했다. 그러나 나는 항상 나 자신을 억제할 수 있었다. 채찍에의 욕구를 느꼈을 때 나는 그녀를 찻집에 초대했고 다시 예술가들과 교제하면서 몸에 밴 멋을 발휘하여 그녀를 데리고 번잡한 쾨니히스알레를 산책했고 날씬하게 자란 진기한 식물 같은 그녀가 난쟁이인 나하고 나란히 걷는 짝짓기로 길가는 사람들을 어리둥절하게 만들며 그녀에게 연보랏빛 스타킹과 장미빛 장갑을 사주곤 했다.

화가인 라스콜리니코프의 경우는 달랐다. 그는 울라에게 접근하지 않고도 그녀와 매우 친밀한 교제를 가졌다. 즉 그는 회전대 위의 그녀에게 두 다리를 크게 벌린 자세를 취하게 하고, 그러나 그리지는 않고 두세 걸음 떨어진 곳에 있는 둥근 의자 위에 그녀의 치부와 마주 보며 앉아서 죄와 벌에 대해 인상적으로 속삭이면서 그 물건 쪽을 주시했다. 그러면 이윽고 뮤즈의 치부가 촉촉히 젖으면서 열렸고 라스콜리니코프도 다만 말을 걸면서 주시하고만 있음으로써 해방적인 결과에 도달했다. 그리고는 둥근 의자에서 벌떡 일어나 이젤 위의 마돈나 사십구에 화필의 웅대한 터치를 가하였다.

나에 대해서도 라스콜리니코프는 다른 이유에서이기는 하지만 이따금 주시하곤 했다. 그는 나에게 뭔가 부족한 것이 있다고 생각한 것이다. 그는 나의 두 손 사이가 진공(眞空)이라고 말하고 내 손가락 사이에 계속 여러 가지를 밀어넣었다. 그의 초현실적인 공상력을 발휘하여 넘칠 정도로 많은 것을 생각해냈다. 예를 들면 그는 오스카르를 권총으로 무장시키고 예수인 나에게 성모 마리아를 겨누게 했다. 나는 모래 시계나 거울을 그녀 쪽으로 내밀지 않으면 안 되었는데 이 거울은 볼록 거울이어서 그녀의 얼굴이 무섭게 일그러져서 비쳤다. 나의 두 손에는 가위, 생선 뼈, 수화기, 두개골, 모형 비행기, 전차(戰車), 원양 기선 등이 들려졌는데도——라스콜리니코프는 그것을 곧 깨달았다——진공은 역시 채워지지 않았다.

오스카르는 내가 지니기에 어울리는, 유일한 그 물체를 이 화가가 가지고 올 날을 두려워했다. 이윽고 마침내 그가 북을 가지고 왔을 때 나는 「싫어!」하고 소리질렀다.

라스콜리니코프, 「북을 집어, 오스카르, 나는 자네를 알고 있어!」

나는 떨면서 「두 번 다시는 싫어. 그것은 끝난 일이야!」

그는 우울하게,「무슨 일이나 끝나는 법은 없어. 모든 것은 되풀이되는 거야. 죄, 벌, 그리고 또다시 죄!」

나는 마지막 힘을 다하여「오스카르는 개심(改心)했어. 북만은 제발 용서해 줘. 나는 어떤 것이라도 받을 거야. 하지만 양철북만은 사양하겠어!」

나는 울었다. 그러자 그때 뮤즈인 울라가 내 위에 허리를 구부렸다. 그리고 나는 눈물 때문에 눈이 보이지 않았으므로 저항하지도 못한 채 그녀의 입맞춤을 받고 말았다. 뮤즈는 나에게 요란한 입맞춤을 한 것이었다——당신들 중에서 언젠가 뮤즈의 입맞춤을 받아 본 적이 있는 분이라면 틀림없이 이해해 주리라고 믿지만, 오스카르는 뮤즈의 입맞춤이 스탬프처럼 찍혀지자 당장에 북을, 그 양철북을 또다시 집어든 것이다. 그가 수년 전에 추방하여 자스페 묘지의 모래 속에 매장해 버렸을 그 북을 말이다.

그러나 나는 북을 두들기진 않았다. 나는 다만 잠깐 자세를 취하고 그리고는——정말 어리석게도——북을 두들기는 예수가 되어서 마돈나 사십구의 발가벗은 왼쪽 넓적다리 위에 그려진 것이었다.

이렇게 해서 마리아가 예술 전람회의 예고 포스터 위에서 내 모습을 발견하였다. 그녀는 내가 모르는 사이에 그 전람회에 가서 아마 오랫동안 그 그림 앞에 서 있는 동안에 노여움이 치밀어올랐음이 틀림없다. 어떻든 그녀는 나를 방문했을 때, 나의 아들 쿠르트가 학교에서 사용하는 자를 가지고 나를 때렸을 정도이니까. 그녀는 수개월 전부터 상당히 큰 어느 식료품가게에서 제법 돈벌이가 되는 일을 하고 있었다. 처음에는 점원이었지만 곧 재능을 인정받아 출납계로 옮겼다. 따라서 지금에는 서방측에 훌륭하게 귀화한 사람으로서 나를 대했다. 이미 암거래에 분망하던 동부로부터의 피난민이 아니었다. 그래서 나에 대해 꽤 설득력 있게 돼지라느니, 오입쟁이라느니 상놈이라느니 하고 부를 수 있었다. 게다가 그녀는 큰소리를 쳤다. 내가 더러운 짓을 해서 벌어오는 치사한 돈은 두 번 다시 보고 싶지도 않다, 뿐만 아니라 내 얼굴까지도 두 번 다시 보고 싶지 않다고 했다.

　마리아는 이 마지막 말을 이윽고 철회하여 이 주일 뒤에는 내 모델료의
적잖은 부분을 다시 예전처럼 가계부에 보태 쓰기는 했지만 그래도 나는
그녀나 그녀의 언니 구스테, 그리고 내 아들 쿠르트와의 공동생활을
단념하기로 결심했다. 실은 아주 먼 곳으로 가고 싶었다. 함부르크 같은,
가능하다면 해변 도시로 다시 가고 싶었다. 그러나 마리아는 나의 이주
계획을 곧 양해해 주기는 했으나 멀리 가는 데는 반대했다. 언니 구스테의
응원까지 얻어 나를 설득했고 그녀와 쿠르트가 있는 곳에서 가까운 곳에
방을 구하도록, 어쨌든 뒤셀도르프 시내에서 방을 구하도록 일을 꾸몄다.

고슴도치

　만들어내고 벌채하고 도태하고 편입하고 불어서 날려 버리고 추감
(追感)했다. 즉 셋방살이를 하게 되면서 처음으로 오스카르는 북으로
과거를 불러내는 방법을 배웠다. 그때, 방뿐이 아니라 고슴도치도, 안뜰의
관(棺)을 두는 곳도, 뮌처 씨도 나에게 힘이 되어 주었다. 간호사 도로
테아도 자극제 구실을 해주었다.

　파르치팔을 알고 계실는지? 나도 그를 특별히 잘 알고 있는 것은
아니다. 다만 눈〔雪〕 속의 세 방울의 핏자국 이야기만은 내 마음에 남아
있다. 이 이야기는 나와 꼭 닮았으므로 진실이다. 아마도 어떤 관념을
가진 사람이라면 누구에게나 어울리는 이야기일 것이다. 그러나 오스
카르는 자신의 이야기를 쓸 것이다. 따라서 이 이야기는 거의 의심스럽게
생각될 만큼 오스카르의 체험과 똑같이 씌어져 있다.

　확실히 나는 여전히 예술에 봉사하고 있었다. 나를 청(青), 녹(緑), 황
(黄), 갈(褐)색으로 칠하게 하고 흑색으로 스케치하고 갖가지 배경 앞에
세우고, 미술대학의 겨울 학기 동안 내내 나는 뮤즈인 울라와 함께 제작
활동을 촉진시키는 데 도움이 되었다──거기에 이어지는 여름 학기에도

뮤즈의 축복을 부여해 주었다——그러나 눈은 이미 내리고 있었다. 눈에는 그 세 방울의 피가 떨어지고 피는 우직한 파르치팔과 마찬가지로 나의 눈길도 고정시켰다. 그리고 우직한 오스카르는 파르치팔에 대해서 거의 아는 바가 없으므로 주제넘게도 자기를 파르치팔과 동일하다고 느낄 수 있는 것이다.

나의 비유는 서투르기는 하지만 여러분에게는 충분히 명료할 것이다. 눈은 간호사의 제복이다. 도로테아도 그렇지만 대개의 간호사의 색깔을 고정시키는 브로치의 한가운데에 달려 있는 적십자는 나의 눈에는 세 방울의 피 대신으로 보였다. 지금 나는 그곳에 앉아 눈을 뗄 수 없었다.

그러나 나는 차이틀러 씨가 예전에 욕실로 사용하고 있던 방에 눌러앉기 전에 우선 이 방을 찾지 않으면 안 되었다. 마침 겨울 학기가 끝나서 학생들 중의 몇 사람은 방의 퇴거를 제의했다. 부활제 때 귀향해서 다시는 돌아오지 않을 학생도 있었던 것이다. 내 동료인 뮤즈 울라는 내가 방 얻는 일을 도와서 함께 학생과에 가주었다. 거기에서 나는 몇몇 주소를 알아내고 미술대학의 추천장 한 통을 받았다. 나는 이들 주소가 적힌 집을 찾아가기에 앞서서 오랜만에 또 비트베크에 있는 작업장으로 석공 코르네프를 찾아갔다. 그리운 생각이 나로 하여금 이 길을 택하게 했겠지만 동시에 또 나는 봄방학 동안의 일거리를 찾고 싶기도 했기 때문이다. 즉, 혼자 또는 울라와 함께 두세 교수의 개인용 모델로서 불과 몇 시간 일을 하는 것만으로는 앞으로 육 주간 먹고 살기가 빠듯했던 것이다——게다가 또 가구가 딸린 방을 세낼 돈도 지불해야 했기 때문이다.

코르네프는 여전히 아물어가는 종기 두 개와 아직 곪지 않은 것 하나를 목덜미에다 붙인 채, 벨기에 화강암 판자 위에 몸을 수그리고 초벌 깎기를 한 그 돌을 이번에는 날이 넓은 끌로 정성껏 다듬고 있었다. 우리는 아주 잠깐 이야기를 주고받았다. 그리고 나는 이것저것 글자를 새기는 끌을 만지작거리기도 하고 완전히 문질러져서 이제는 다만 비명(碑銘)만을 기다리며 자기 차례를 기다리고 있는 돌 쪽을 돌아보기도 했다. 조개껍질 석회의 미터 석 두 개와 2인용 실레젠 대리석 하나는 마치 이미 코르네프에 의해 팔려 숙련된 조각사의 손에 넘겨지기를 열망하고 있는 것처럼 보였다. 나는 이 석공의 성공을 기뻐했다. 그도 통화 개혁 후 약간 고달픈 시대를 경험해왔다. 그러나 그 무렵 우리 두 사람은 벌써 선견 지명을 가지고 서로 위로했던 것이다. 아무리 통화 개혁이 아직까지는 기승을 부린다고 하더라도 사람들이 죽어서 묘석을 주문하는 일까지 저지할 수는 없을 것이라고.

우리의 예상대로 되었다. 사람들은 또 죽어서 묘석을 사게 되었다. 게다가 통화 개혁 전에는 없었던 종류의 주문까지 하게 되었다. 가령 푸줏간은 가게의 정면뿐만 아니라 가게 내부까지 갖가지 빛깔의 관 대리석으로 꾸몄고 숱한 은행이나 백화점의 파손된 사암이나 응회암은 외관을 갖추기 위해 복구할 필요가 있었다.

나는 코르네프의 근면함을 칭찬하고 나서 물었다. 대체 이렇게 많은 일을 혼자서 처리할 수 있는지 어떤지를. 처음에 그는 대답을 피하고 있었으나 이윽고 이따금 손이 모자랄 때가 있다고 고백하고 나중에는 나에게 다음과 같은 제안을 했다. 즉 내가 반나절씩 그에게 들러서 글자를 새겨 주어도 좋으며 그는 그 사례로서 설형 문자라면 한 글자당 석회석의 경우 사십오 페니히, 화강암, 휘록암의 경우 오십오 페니히 지불하고 돋을새김 글자라면 육십 페니히와 칠십오 페니히의 비율로 지급하겠다는 것이었다.

그래서 나는 즉시 한 개의 조개껍질 석회석에 달라붙어 순식간에 요령을 알아내어 설형 문자를 새겼다. 알로이스 퀴퍼——1887년 9월 3일 생——1946년 6월 10일 죽음——이라는 서른 개의 글자를 꼭 네 시간 만에 완성하여 돌아갈 때 약속한 계산대로 십삼 마르크 오십 페니히를 받았다.

이것은 내가 예정하고 있던 방세 일 개월분의 3분의 1에 달하는 금액이었다. 나는 사십 마르크 이상을 지불할 수도 없었고 지불할 생각도 없었다. 왜냐하면 오스카르는 앞으로도 빌크 가의 마리아, 쿠르트, 구스테 케스터의 생활비를 다소나마 원조하는 것을 자기의 의무라고 생각하고 있었기 때문이다.

대학 학생과의 친절한 사람들이 나에게 건네 준 네 개의 주소 중에서 나는 차이틀러, 윌리히 거리 7이라는 주소에 우선권을 주었다. 그것이 가장 미술대학과 가까웠기 때문이다.

5월 초, 덥고 안개가 낀 것이 니더라인 지방 특유의 날씨였다. 나는 충분한 현금을 가지고 떠났다. 마리아가 나의 옷을 말끔하게 챙겨 두었기 때문에 나는 예의바른 인물로 보였다. 목표의 건물은 먼지투성이인 밤나무 배후에 칠이 벗겨진 허름한 모습으로 서 있었는데 사층에 있는 세 칸짜리 집에 차이틀러가 살고 있었다. 윌리히 거리는 절반 가량이 폐허였으므로 양옆에도 맞은편에도 만족스러운 건물이라고는 없었다. 왼쪽 옆에는 야채나 민들레가 가득히 돋아 있는 나지막한 동산이 있었는데 군데군데에 녹슨 T자형의 소리가 남아 있는 것으로 보아 예전에 이곳에 차이틀러의 집과 가지런히 오층 건물이 존재하고 있었다는 것을 추측할 수 있었다. 오른쪽 옆에는 일부분이 파괴된 이 부지의 건물을 삼층까지 수리하는 데에 성공하고 있었다. 그러나 돈이 충분치 않았던 것이리라, 몇 겹으로 금이 가서 틈새가 벌어져 있는, 잘 닦인 검은 스웨덴 화강암의 정면은 아직도 손을 볼 필요가 있었다.『장의사(葬儀社) 쇼르네만』이라고 되어 있는 글자 몇 개가 없어졌으나 어느 글자였는지는 이제 기억에 없다. 다행히도 여전히 거울처럼 매끄러운 화강암에 쐐기 모양의 조각 흔적을 남겨 놓고 있는 종려나무 잎이 양쪽 모두 말짱했기 때문에 손상을 입은 이 가게에 그런대로 경건한 외관을 부여하는 데에 도움이 되고 있었다.

벌써 칠십오 년째 계속되고 있는 이 가게의 관(棺) 보관소는 안뜰에 있었다. 내 방의 창문은 안뜰을 향하고 있었기 때문에 그 관 보관소는 밤낮없이 내 주목의 표적이 되는 운명에 있었다. 나는 그곳에서 일하고 있는 사람들을 곧잘 구경했다. 그들은 날씨가 좋을 때는 관 두서너 개를 창고에서 굴려가지고 나와서 받침대 위에 얹어 놓고 나에게는 낯익은, 발 쪽으로 갈수록 가느다랗게 만든 그 상자들을 닦아서 갖가지 방법으로 윤기를 내었다.

내가 초인종을 누르자 차이틀러 자신이 문을 열었다. 그는 작고 땅땅한 몸집에 고슴도치 같은 머리를 하고 숨을 헐떡거리면서 문간에 서 있었다. 두꺼운 안경을 쓰고 얼굴의 아래쪽 절반을 솜털 같은 비누 거품으로 덮은

채 오른손에 든 브러시를 볼에 대고 있었다. 어쩐지 술꾼 같았고 말투로
보아서 베스트팔렌 사람 같았다.

「방이 마음에 들지 않으면 즉시 말해 주세요. 나는 수염을 깎고 있던
참이고 그런 다음에 발도 씻지 않으면 안 되니까요.」

차이틀러는 형식적인 인사를 좋아하지 않았다. 나는 방을 들여다보았다.
마음에 들 까닭이 없었다. 왜냐하면 벽의 절반 가량은 터키 녹색의 타일을
입히고 나머지 부분에는 들뜬 느낌의 벽지가 발라져 있는, 지금은 사
용하고 있지 않은 욕실이었기 때문이다. 그러나 나는 이 방이 마음에
들지 않는다고는 말하지 않았다. 차이틀러의 비누 거품이 말라 버리는
것도, 그가 발을 씻고 싶어한다는 것도 개의치 않고 나는 욕조를 두들
기면서 물어 보았다. 욕조를 제거해 버릴 수는 없는가, 어차피 배수관도
없는 바에야 하고.

미소를 지으면서 차이틀러는 회색 고슴도치 머리를 흔들었다. 그리고
수염깎기용 브러시로 거품을 일구려고 했지만 제대로 되지 않았다. 그
것이 그의 대답이었다. 그래서 나는 욕조가 달린 이 방을 한 달에 사십
마르크씩 주고 빌리기로 했다.

우리는 다시 어둠침침하게 전등이 켜져 있는 파이프처럼 길다란 복도를
나왔다. 몇 개의 방이, 일부분 유리가 끼워져 있는 갖가지 빛깔의 문으로
이 복도와 접해 있었다. 나는 차이틀러의 집에는 그 밖에 누가 또 살고
있는지 알고 싶었다.

「내 아내와 세든 사람입니다.」

나는 복도 중앙에 있는 우유빛 유리문을 가볍게 만져 보았다. 거실
문에서 한 발짝쯤 떨어져 있는 곳이다.

「거기에는 간호사가 살고 있어요. 하지만 당신과는 전혀 관계가 없
습니다. 어차피 당신은 그 사람을 만날 기회가 없을 겁니다. 어쨌든 여
기에서는 잠만 자고 그것도 항상 그러는 것은 아니니까요.」

나는 오스카르가 『간호사』라는 말을 듣고 깜짝 놀랐다고 말할 생각은
없다. 그는 고개를 끄덕인 채 다른 나머지 방들에 대해서는 더 이상
물으려고도 하지 않고 욕조가 달린 그의 방 위치를 확인했다. 그것은

오른쪽에 있었고 복도의 정면 막다른 곳이 문으로 되어 있었다.

차이틀러는 내 윗도리의 접은 옷깃을 가볍게 찌르면서 말했다.「방에서 취사를 해도 괜찮아요. 알콜 램프를 가지고 있으면 말입니다. 괜찮으니까 이따금 부엌도 사용해 보세요. 다만 레인지가 당신에게는 조금 높을는지 모르지만.」

이것이 그가 오스카르의 키에 대해서 이야기한 최초의 말이었다. 그는 미술대학의 추천장을 대충 훑어보았는데 이 추천장은 역시 나름대로의 효력을 발휘했다. 거기에는 학장인 로이저 교수의 서명이 있었기 때문이다. 나는 그가 주의를 시킨 일에는 모두 동의를 하고 부엌이 내 방의 왼쪽 옆에 있다는 것을 마음에 새겨 두고 더러운 것은 다른 곳에서 빨겠노라고 약속했다. 그가 김 때문에 욕실 벽지가 상할까 두려워한 탓도 있지만 내가 약간의 확신을 가지고 약속할 수 있었던 것은 마리아가 내 속옷의 세탁을 양해해 주고 있었기 때문이다.

이것으로 나는 이 집에서 나와 짐을 가지러 가야 하며 이사에 필요한 서식 용지에 기록을 해야 했다. 하지만 오스카르는 그렇게 하지 않았다. 오스카르는 이 집에서 떠날 수 없었다. 아무런 이유도 없이 그는 미래의 집 주인에게 변소가 어딘지 가르쳐 달라고 말했다. 그는 엄지손가락으로 전쟁중에서부터 전후에 걸친 수년 동안을 연상케 하는 합판제의 문을 가리켰다. 오스카르가 변소를 당장 이용하려는 몸짓을 나타내자 얼굴에 비누 거품이 말라붙어 근질근질한 듯한 차이틀러가 그곳의 스위치를 탁 하고 넣어서 전등을 켜주었다.

안에 들어가자 나는 짜증이 났다. 오스카르는 전혀 욕구를 느끼고 있지 않았기 때문이다. 그러나 그래도 참고 기다리고 있었더니 찔끔찔끔 몇 방울 물을 짜낼 수 있었다. 방광압(膀胱压)이 작은 데다――내가 변기의 나무 의자에 너무 가까운 탓도 있어서――이 나무 걸상과 좁은 바닥의 타일을 적시지 않고 일을 끝낸다는 것이 나에게는 어려웠다. 내 손수건이 닳아빠진 걸상 위의 젖은 곳을 닦고 오스카르의 구두 밑창이 타일 위에 두세 방울 떨어뜨린 것을 문질러서 없애야만 했다.

얼굴에 비누가 들러붙어서 불쾌할 터인데도 차이틀러는 내가 변소에 들어가 있는 동안 거울도 들여다보지 않고 더운 물도 쓰지 않고 그대로 복도에 서서 기다리고 있었다. 아마 나에게 흠뻑 반한 것이리라. 「당신은 이상한 사람이군요. 아직 계약도 맺기 전부터 변소엘 가다니 말이오!」

차갑고 부스럼 딱지처럼 된 수염깎기 브러시를 손에 든 채 그는 나에게로 다가왔다. 아마 뭔가 장난을 치고 싶었던 것이리라. 그러나 결국 그 이상 나에게 상관하지 않고 현관 문을 열어 주었다. 오스카르는 고슴도치의 옆을 지나 고슴도치를 흘끔 훔쳐보고 나서 바깥 층계 쪽으로 물러났는데 이때 나는 변소문이 부엌문과 저 우유빛 유리문의 중간에 있으며 그 유리문 배후에서는 이따금, 즉 불규칙적으로 한 간호사가 잠을 자고 있는 중이라는 것을 깨달았다.

오후 늦게 오스카르가 그의 짐에다 성모 화가 라스콜리니코프가 선물한 새 양철북을 매단 것을 가지고 다시 차이틀러 가의 초인종을 누르고 이사용 서식 용지를 흔들어 보이자 갓 수염을 깎은 고슴도치는, 아마 내친 김에 발도 씻었을 테지만, 나를 차이틀러 가의 거실로 맞아들였다.

그 거실은 잎담배의 식은 냄새가 났다. 몇 번이나 불을 붙인 잎담배의 냄새였다. 거기에다 방 구석에 말아서 쌓아올려 놓은 값비싼 것인 듯한 몇 장의 융단이 발산하는 냄새가 한데 어울려 있었다. 또 낡은 달력 냄새도 났다. 그러나 달력은 하나도 눈에 띄지 않았다. 그런 냄새가 난 것은 융단 냄새였던 것이다. 기묘하게도 앉은, 느낌이 좋은 가죽을 입힌 의자에서는 냄새가 나지 않았다. 그래서 나는 실망했다. 왜냐하면 그때까지 가죽을 입힌 의자라는 것에 앉아 본 적이 없는 오스카르는 그러면서도 의자의 가죽에는 냄새가 있는 법이라고 생각하고 있었기 때문에 차이틀러 가의 소파나 의자 가죽에 의혹을 품고 그것을 인조 가죽이라고 간주했기 때문이다.

이렇듯 매끄러우면서도 냄새가 없고, 나중에 판명된 바에 의하면 진짜 가죽으로 만든 다락의자에 차이틀러 부인이 앉아 있었다. 그녀는 스포티한 느낌이 나는, 어쨌든 몸에 딱 맞는 회색 슈트를 입고 있었다. 치마가 무릎 위로 말려 올라가 있어서 손가락 세 개분의 폭만큼 속옷이 내다보였다. 그녀는 말려 올라간 의복을 바로잡지도 않고──오스카르가 깨

달은 바로는——울어서 부운 눈을 하고 있었으므로 나는 자기 소개를
하며 인사말을 하는 것을 삼가했다. 나는 말없이 인사를 하고 고개를
쳐듦과 동시에 곧 다시 차이틀러 쪽으로 향했다. 이 사나이가 아내를
엄지손가락의 동작과 짧은 속삭임으로 미리 나에게 소개했던 것이다.

그 방은 크고 네모난 모양을 하고 있었다. 집 앞에 서 있는 밤나무가
방을 어두컴컴하게 만들고 있고, 그 그림자의 상태에 따라 방이 크게
보이기도 하고 작게 보이기도 했다. 나는 트렁크와 북을 문 옆에 놓은
채 신고 용지를 손에 들고 창문과 창문 사이에 서 있던 차이틀러에게
다가갔다. 오스카르에게는 자기의 발소리가 들리지 않았다. 왜냐하면
그가——나중에 세어 보았지만——넉 장의 융단 위를 걸었기 때문이다.
넉 장의 융단이 크기에 따라 차례로 밑에서부터 겹쳐서 있고 각기 다른
빛깔의 술이 달린 것 또는 술이 없는 언저리가 형형색색의 층계를 형
성하고 있었다. 그 맨 아랫단은 적갈색으로서 벽의 바로 가까이에서
시작되었고 다음의 거의 녹색에 가까운 융단은 무거워 보이는 찬장, 한
묶음으로 갖추어진 술잔이 가득 들어 있는 유리 선반, 큰 부부용 침대
같은 가구류 밑에 대부분이 감추어져 있었다. 청색에다 무늬가 있는 세
번째 융단의 언저리는 이미 구석에서 구석까지 방해하는 것이란 아무것도
없이 일직선으로 뻗어 있었다. 붉은 포도주빛깔의 비로드로 된 네 번째
융단에는 보호용 방수포가 씌워져 있는 접는 식(式)의 둥근 탁자와 가
지런하게 금속 대갈못을 박아 놓은 가죽 입힌 쿠션 의자의 네 다리를
받치는 임무를 맡고 있었다.

그 밖에도 본래는 벽걸이가 아닌 융단이 몇 장이나 벽에 걸려 있었고
또 말아서 구석에 쌓아 놓고 있는 융단도 있었으므로 오스카르는 이
고슴도치가 통화 개혁 전에는 융단 장사를 하고 있다가 개혁 후에는
융단을 주체할 수 없게 된 것이라고 추측했다.

그림이 딱 한 장, 동양풍 융단 사이의 창이 있는 벽에 걸려 있었다.
비스마르크 재상의 초상화를 유리를 끼운 액자에 넣은 것이었다. 고슴
도치는 가죽을 입힌 안락의자를 메우고 재상 밑에 앉아 있었는데 이
재상과 일종의 친족적 유사성을 나타내고 있었다. 그는 내 손에서 이사용

신고 용지를 받아들고 그 공식 서류의 양쪽 페이지를 조심스럽고 꼼꼼하게, 그리고 초조한 모습으로 살피고 있었다. 이때 그의 아내가 무슨 이상한 점이 있느냐고 속삭이듯이 물은 것이 그의 노여움을 폭발시켰다. 그가 화를 내자 점점 더 철혈 재상과 비슷해졌다. 의자가 그를 토해냈다. 넉 장의 융단 위에 선 그는 서식 용지를 옆에 놓고 그 볼과 조끼를 공기로 부풀게 했는가 했더니 한달음에 제1과 제2의 융단 위로 옮겨와 어느새 바느질을 시작하고 있던 아내에게 느닷없이 퍼부어 댔다.

「묻지도 않았는데 종알거리는 데가 어디 있어. 잔소리 말고 내가 시키는 대로 하고 있으란 말야! 더 이상 참견하지 말아!」

그런데 차이틀러 부인 쪽은 별로 동요하는 빛도 없이 한 마디 말도 않고 바느질을 계속하고 있었으므로 어찌할 바를 모르고 융단 위를 왔다갔다 하고 있는 이 고슴도치는 무엇인가로 울분을 풀지 않고는 수습할 수 없는 상태가 되었다. 그는 한달음에 유리 선반 앞으로 가서 덜거덩거리며 그것을 열고는 손가락을 펴서 술잔 여덟 개를 조심스럽게 붙잡아 손에 가득히 쥐고 소중하게 선반에서 꺼내고는 조심조심——손님 일곱 사람을 솜씨있게 접대하려는 일가의 주인답게——녹색 타일을 입힌 난로 쪽으로 가서는 갑자기 지금까지의 신중성을 잃고 손에 든, 깨지기 쉬운 물건을 차가운 주철제 스토브의 문을 향해서 집어 던졌다.

놀라운 것은 고슴도치는 이 장면에서 겨냥하기가 꽤나 어려웠을 텐데 한편으로는 그의 아내가 오른쪽 창가로 가서 바늘에 실을 꿰려고 하는 것을 정확히 안경 너머로 보고 있었다. 그가 유리를 전부 부숴 버린 지 일 초 후에 그녀도 손이 떨리지 않음을 증명하는 그 어려운 시도에 성공했다. 차이틀러 부인은 아직도 온기가 남아 있는 안락의자로 돌아가서 또다시 치마가 말려 올라가서 손가락 세 개 폭으로 속옷이 또렷이 분홍빛을 보이게끔 앉았다. 고슴도치는 그의 아내가 창가로 가서 실을 꿰고 의자로 돌아가는 것을, 몸을 숙이고 흠을 들추어내면서 그러나 어쨌든 입을 열지 않고 관찰하고 있었다. 그녀가 의자에 앉은 순간, 그는 난로 뒤로 손을 뻗쳐 쓰레받기와 비를 찾아내어 유리 파편을 쓸어 모으고 그것을 한 장의 신문지 위에 옮겨 담으려 했다. 신문지는 이미 절반 가량이나 술잔의 파편으로 채워져 있었으므로 세 번째의 노여움이 유리를 파괴하더라도 그것을 수용할 여지는 이미 없을 것 같았다.

그런데 오스카르는 이 유리를 파괴하는 고슴도치 속에서 자기 자신을, 오랫동안 유리를 노래로 부수어온 오스카르의 모습을 인정했다고 독자가 생각하더라도 나로서는 독자가 착각했다고 단정할 수는 없다. 또 나도 옛날에는 노여움을 유리 파편으로 바꾸는 일을 좋아했던 것이다——그러나 당시 내가 쓰레받기와 비를 잡는 것을 본 사람은 아무도 없었다！

차이틀러는 노여움의 흔적을 치워 버리고는 안락의자로 되돌아갔다. 다시 한 번 오스카르는 그에게 신고 용지를 건네 주었다. 방금 아까 고슴도치가 두 손을 유리 선반 속에 집어 넣었을 때 부득이 떨어뜨린 것이었다. 차이틀러는 그 용지에 서명을 하고 나서 나에게 타일렀다. 이 집에서는 규율 바르게 행동하지 않으면 안 된다. 그렇지 않으면 원만히 지낼 수 없다. 자기는 십오 년째 판매원으로 일하고 있기 때문에, 이발기를 판매하는데, 알고 있습니까, 바리캉이라는 것을！

오스카르는 바리캉이 어떤 것인지를 알고 있었기 때문에 방 공기를 움직여 손짓으로 그것을 해보였다. 그것을 보고 차이틀러는 내가 바리캉에 대해 잘 알고 있다는 것을 미루어서 알 수 있었다. 그는 머리카락을 브러시처럼 단정하게 깎고 있었기 때문에 판매원에 안성맞춤이라는 것을 알 수 있었다. 그는 나에게 그의 일의 스케줄을 설명해 버리고는——그는 언제나 일주일 여행하고 그런 다음 이틀 동안 집에 있는 것이었다——이제 오스카르의 일 같은 것은 아무래도 좋다는 듯이 지금은 다만 고슴도치의 머리를 흔들어 가죽 쿠션을 삐거덕거리고 안경알을 번뜩이면서 이유가 있든 없든 그저 건성으로 응, 응, 응, 응 하고 대답할 뿐이었다. 나는 나가지 않을 수 없었다.

우선 오스카르는 차이틀러 부인에게 작별 인사를 했다. 부인은 차갑고 뼈가 없으면서도 메마른 손을 가지고 있었다. 고슴도치는 안락의자에서 인사를 했고 손짓으로 나를 문쪽으로 재촉했다. 문 옆에는 오스카르의 짐이 놓여 있었다. 내가 이미 두 손으로 짐을 들었을 때 그의 목소리가 들렸다.

「그 트렁크에 매달려 있는 것은 대체 무엇인가요?」

「이것은 내 양철북입니다.」

「그럼 여기에서 북을 두들길 셈인가요?」

「아니예요. 꼭 그러려는 것이 아닙니다. 옛날에는 잘 두들기곤 했습니다만.」

「나는 상관없어요. 어차피 평소에는 집에 없으니까요.」

「앞으로는 아마 북을 두들기는 일이 없을 것이라고 생각합니다.」

「그리고 당신은 어째서 키가 안 자라는 거지요?」

「불행스러운 추락이 원인이 되어서 성장이 방해받은 것입니다.」

「무슨 말썽이 생기지 않았으면 좋겠습니다만, 발작 같은 것 말입니다!」

「최근 수년 동안 내 건강 상태는 점점 좋아지고 있습니다. 잠깐 보세요, 이 활동적인 모습을.」

그리고 오스카르는 차이틀러 부부의 눈앞에서 껑충껑충 뛰어오른 끝에 위문 극단 시절에 배운 곡예사의 흉내까지 해보였기 때문에 부인 쪽은 키득키득 웃기 시작했고 고슴도치 쪽은 저도 모르게 무릎을 치며 웃음을 터뜨렸다. 내가 복도에 나가서 간호사의 우유빛 유리문, 변소문, 부엌문 앞을 지나 나의 짐과 북을 내 방에 옮기고 난 뒤에도 아직 웃음 소리는 그치지 않고 있었다.

그것은 5월 초의 일이었다. 그날 이후 간호사라는 신비로운 존재가 나를 유혹하고 점령하고 정복했다. 간호사라는 것은 나를 병적으로 만들었다. 아마도 치유될 수 없을 만큼 병적으로 만든 것 같다. 그 증거로 모든 것이 먼 과거의 일로 되어 버린 오늘에조차도 나는 나의 간호인 브루노의 솔직한 주장에 반대인데, 브루노의 주장에 의하면 남자만이 참된 간호인이 될 수 있다는 것이다. 그는 말한다. 환자들이 간호사에게 간호를 받고 싶은 욕구를 가지는 것이 벌써 일종의 병의 징후이다. 남자 간호인은 환자를 열심히 간호하여 이따금 회복시키기도 하지만 간호사라는 것은 여자의 길을 간다. 즉 간호사는 환자를 회복시키기도 하지만 더 많이 에로티시즘으로 가볍게 맛을 들인 죽음에로 유혹한다.

나의 간호인 브루노는 이런 석으로 말하지만 나는 그의 말을 기꺼이

승인할 생각은 없다. 나처럼 이삼 년마다 간호사의 도움으로 생명을 보장받아온 사람에게는 감사하는 마음이 가슴속 깊이 새겨져 있기 때문에 동정은 하면서도 시무룩해 있는 남자 간호인이 동업자로서 시기한 나머지 환자의 마음에서 간호사들을 멀어지게 하려는 것을 그렇게 간단히 용납할 수는 없는 것이다.

일의 발단은 나의 세 번째 생일날 지하실 층계에서 떨어졌을 때이다. 그것은 틀림없이 로테라는 이름을 가진 간호사로서 프라우스트 사람이었다고 기억된다. 홀라츠 박사 밑에 있던 간호사 잉게는 몇 년 동안이나 나와 함께 있었다. 폴란드 우체국의 방위전 뒤에는 나는 한꺼번에 여러 간호사의 손을 거쳤다. 그 중에서 한 사람의 간호사 이름만이 마음에 남아 있다. 분명히 에르니 아니면 베르니라고 했다. 뤼네부르크, 이어서 하노파 대학의 무명 간호사들. 그리고 뒤셀도르프 시립 병원의 간호사들, 그 줌에서도 게르트루트. 이번에는 그러나 간호사 쪽에서 찾아왔다. 내가 병원엘 찾아가지 않았는데도. 건강하기 이를 데 없는데도 오스카르는 한 간호사의 손에 떨어진 것이다. 그녀는 차이틀러의 집에 오스카르와 마찬가지로 세입자로서 살고 있었다. 이날부터 나에게 세계는 간호사들로 꽉 찼다. 내가 이른 아침 일을 하러, 즉 코르네프의 작업장으로 글자를 새기러 가려 할 때면 나의 승차역 이름은 마리아 병원이었다. 병원의 벽돌로 된 현관 앞과 꽃이 가득한 앞뜰에는 언제나 가는 간호사, 오는 간호사의 모습이 있었다. 즉 고된 근무를 끝낸 사람과 이제부터 근무를 앞에 둔 사람들이다. 그러는 동안에 전차가 왔다. 나는 지칠 대로 지쳐 있거나 또는 적어도 긴장이 풀린 표정을 하고 있는 이들 간호사들과 같은 차에 앉거나 같은 플랫폼에 서 있거나 하는 것을 때로 피할 수가 없었다. 처음 한동안 나는 그녀들의 냄새가 싫었으나 이윽고 그녀들의 냄새를 찾게 되어 일부러 옆에 앉기도 하고 그녀들의 제복과 제복 사이에 자리를 차지하게까지 되었다.

그리고 비트베크이다. 날씨가 좋은 날에는 나는 옥외의 묘석을 진열해 놓은 사이에서 글자를 새기곤 했다. 그러면 그녀들이 삼삼오오 팔을 끼고 오는 것이 보였다. 자유 시간을 재잘거리면서 산책하고 있는 것이다.

오스카르는 본의 아니게도——그것은 조금 한눈을 팔 때마다 이십 페니히씩 손해를 보게 되기 때문인데——손을 대고 있던 휘록암에서 눈을 들어 일을 소홀히하곤 했다.

영화 포스터. 독일에서는 지금까지도 이미 많은 간호사 영화가 만들어지고 있었다. 마리아 셸이 나를 영화관 안으로 유혹했다. 그녀는 간호사의 제복을 입고, 울고 웃고, 헌신적으로 간호하고 미소를 띠우며 역시 간호사 모자를 쓴 채 진지한 음악을 연주하고 그리고는 절망에 빠져 자기의 잠옷을 금세라도 찢어발길 듯이 자살을 시도한 뒤 그녀의 사랑을 희생하여——상대방 의사는 보르셰——직무를 충실히 지키고 이리하여 제모와 적십자 배지를 끝까지 버리지 않은 것이다. 오스카르의 소뇌와 대뇌는 이것을 비웃으며 이 필름에 쉴 새 없이 음란한 장면을 삽입하고 있었는데 한편으로 오스카르의 눈은 눈물에 젖어 있었다. 나는 반쯤 장님이 되어서 사막 안을 헤매고 있었다. 사막처럼 보였던 것은 실은 하얀 천의 이름없는 사마리아 여인들의 집단이었다. 나는 그 안에서 간호사 도로테아를 찾으려 하고 있었다. 내가 도로테아에 대해서 알고 있는 것이란 그녀가 차이틀러 가의 우유빛 유리문이 달린 방에 세들어 있다는 것뿐이었는데도.

때때로 나는 야근에서 돌아오는 그녀의 발소리를 들었다. 그리고 또 밤 아홉 시쯤 그녀의 낮 근무가 끝나고 그녀가 방으로 돌아왔을 때의 발소리가 들리기도 했다. 오스카르는 간호사의 발소리가 복도에서 들려왔을 때 언제나 의자에 앉은 채 있었던 것은 아니다. 곧잘 그는 문의 손잡이를 만지작거렸다. 이런 때 가만히 참고 있을 수 있는 사람이 얼마나 될까? 어쩌면 자기에게 보이기 위해 지나갈는지도 모르는 사람이 지나갈 때 그것을 쳐다보지 않는 사람이 있을까? 옆방에서 나는 소리가 모두 조용히 앉아 있는 사람을 벌떡 일어나게 하려는 것을 유일한 목적으로 하고 있는 것처럼 생각될 때 의자에 가만히 앉아 있을 수 있는 사람이 있을까?

그리고 더욱 좋지 않은 것은 정적(靜寂)이라는 것이다. 우리는 그것을 조용하고 수동적인 저 목각의 선수상(船首像)에서 체험했다. 우선 제 1 의 미술관원이 피투성이가 되어 쓰러졌다. 니오베가 그를 죽였다는 소문이 퍼졌다. 관장은 새 수위를 찾았다. 미술관을 폐쇄할 수는 없었기 때문이다. 이 두 번째 수위도 죽고 말았을 때 사람들은 소리질렀다. 니오베가 그를 죽였다고. 그리고 미술관장은 백방으로 애를 써서 세 번째 수위를 구했다——또는 벌써 열한 번째였는지도 모르지만——몇 번째였든 그것은 문제가 아니다! 어쨌든 어느 날 이렇게 고생 끝에 구한 수위도 죽어 있었다. 사람들은 소리쳤다. 니오베다, 녹색으로 칠한 니오베, 호박의 눈으로 바라보고 있는 니오베, 니오베는 목각이고, 나체로서 떨지 않고, 얼어붙지도 않고, 땀을 흘리지도 않고, 숨도 쉬지 않고, 나무 좀벌레조차 근접시키고 있지 않다. 역사적인 귀중품이었기 때문에 살충제를 뿌려 놓았던 것이다. 한 마녀가 이 상(像) 때문에 화형(火刑)에 처해졌다. 이 상을 만든 조각가의 유능한 손은 잘려졌다. 배가 몇 척이나 가라앉았으나 이 상은 헤엄을 쳐서 구조되었다. 니오베는 목각이면서 불연성(不燃性)이었다. 여러 사람을 죽게 했으면서도 귀중한 물건으로서 보관되어 있었다. 니오베는 고교생, 대학생, 늙은 사제, 한떼의 미술관원들을 조용하게 그녀의 정적으로 만들었다. 나의 친구 헤르베르트 트루친스키는 그녀와 교미(交尾)를 하다 목숨을 잃었다. 그러나 니오베는 여전히 건조한 채였고 한층 더 조용해졌다.

간호사가 아침 여섯 시경, 그녀의 방에서 나와 복도를 지나 고슴도치의 집에서 떠나면 그뒤에는 무척 조용해졌다. 물론 그녀는 방에 있을 때도 조금도 시끄러운 소리를 내는 일은 없었지만. 어쨌든 이 완전한 정적을 참아내기 위해서 오스카르는 이따금 자기의 침대를 삐거덕거려 보기도 하고 의자를 움직이기도 하고 또는 사과를 욕조 쪽으로 굴려 보기도 하지 않고는 견딜 수가 없었다.

여덟 시쯤에 철썩 하는 소리가 났다. 우편 배달부가 봉투나 엽서를 문의 우편물 투입구를 통해 복도의 바닥 위에 떨어뜨리고 간 소리다. 오스카르 외에 차이틀러 부인도 이 소리를 기다리고 있었다. 그녀는 아홉 시가 되기를 기다렸다가 마네스만 사(社)의 비서 일을 시작하였는데 나에게 편지를 찾으러 가는 우선권을 양보했다. 따라서 철썩 하는 소리가 난 뒤 맨 먼저 그곳으로 가는 사람은 오스카르였다. 나는 살그머니 행동했다. 어차피 그녀가 앉아 있는 곳까지 내가 움직이는 소리가 들린다는 것은 알고 있었지만. 나는 복도의 전등을 켜지 않아도 되도록 내 방의 문을 열어 놓은 채 우편물을 몽땅 한꺼번에 움켜쥐었다. 그 속에 마리아의 편지가 있으면 그것을 잠옷 주머니에 집어 넣는다. 마리아는 매주마다 한 번 자기와 아들과 구스테의 일에 대해 자세하게 보고하는 편지를 나에게 보내오곤 하였다. 그것을 주머니에 넣은 뒤 나머지 우편물을 대충 살펴 보았다. 일어서지 않고 몸을 굽히고 있던 나는 차이틀러 가 앞으로 온 것이나 복도 반대쪽 구석에 살고 있는 뮌처 씨라는 사람에게 온 것은 다시 복도 위에 살그머니 밀어놓았다. 간호사 앞으로 온 편지가 있으면 오스카르는 뒤집어 보면서 냄새를 맡고 손에 느껴지는 감촉을 즐겼다. 물론 내친 김에 발신자의 이름도 확인했다.

간호사 도로테아에게는 별로 편지가 오지 않았으나 그래도 나에게 오는 것보다는 많았다. 그녀의 정식 이름은 도로테아 켄게터였다. 하지만 나는 그녀를 간략하게 간호사 도로테아라고 부르기로 했다. 이따금 그녀의 성을 잊어버리는 수도 있었지만 간호사의 경우에는 성(姓)이 사실 그만큼 무용지물인 것이다. 그녀는 힐데스하임에 있는 그녀의 어머니로부터 우편물을 받았다. 봉투나 엽서가 서독의 여러 병원으로부터 왔다. 간호 학교 시절의 동기생들로부터 온 것이었다. 아직도 그녀는 옛 동료들과 관계를 끊지 않고 엽서를 씀으로써 유지하고 있었고 이러한 회답도 받아 보고 있었던 것이다. 그러나 그 회답 엽서라는 것은 오스카르가 대충 훑어본 바로는 별 내용도 없는 너절한 것들뿐이었다. 그래도 내가 도로테아의 과거에 대해서 몇 가지를 알 수 있었던 것은 바깥쪽에 대개 담쟁이덩굴이 얽혀 있는 병원의 정면 건물이 표시되어 있는 그 숱한 엽서 덕택이었다. 그녀는 한동안 쾰른의 빈첸트 병원에 있다가 아헨의 개인 병원으로 옮겼고 힐데스하임에서도 일을 했다. 지금도 어머니로부터의 편지는 힐데스하임에서 오고 있었다. 그녀는 따라서 니더작센 출신이거나 그렇지 않다면 오스카르와 마찬가지로 동쪽으로부터 온 난민으로서 전쟁 직후 니더작센에 피난갔던 것이리라. 다시 내가 알 수 있었던 것은 간호사 도로테아는 바로 근처에 있는 마리아 병원에서 근무하고 있었고 베아테라는 간호사와 친교를 맺고 있음이 틀림없었다. 왜냐하면 많은 엽서가 이 우정관계에 언급하고 있었고 이 베아테에 대한 인사도 곁들이고 있었기 때문이다.

이 여자 친구가 내 마음을 들뜨게 했다. 이 여자 친구의 존재에 대해서 많은 생각을 했다. 나는 몇 통의 편지를 베아테 앞으로 써보았다. 한 통의 편지 속에서는 도로테아에 대한 중개역을 부탁했으나 다음 편지에서는 도로테아에 대해서는 언급하지 않았다. 우선 베아테에게 접근하고 그것을 발판삼아 친구 쪽으로 옮겨가려고 생각한 것이다. 대여섯 통을 쓰고 그 가운데 두세 통은 봉투에도 넣어 가지고 우체통 옆에까지 갔으나 결국 한 통도 투함하지 않았다.

그러나 당시 나는 상당히 광기를 띠고 있었으므로 어쩌면 언젠가는 그러한 베아베 앞으로 편지를 투함했을지도 모른다. 그렇게 되지 않은 것은 어느 월요일 날——당시 마리아는 그녀가 근무하고 있는 가게의 주인인 시텐첼 씨와 관계가 생기기 시작하고 있었으나 나는 그것을 알고도 이상하게 냉정해지기만 할 뿐이었다——사랑을 간직한 내 정열을 질투로 일그러뜨린 그 편지가 복도에서 발견되었기 때문이다.

나는 봉투에 인쇄되어 있는 발신인의 이름으로 그것은 마리아 병원의 에리히 베르너 박사가 간호사 도로테아에게 보낸 편지라는 것을 곧 알 수 있었다. 화요일에 두 통째가 왔다. 세 통째는 목요일이었다. 그 목요일은 어떻게 되었더라? 오스카르는 자기의 방으로 돌아가서 비치된 주방용 의자에 털썩 주저앉아서 마리아의 정기적인 소식을 잠옷 주머니에서 끄집어냈다——새로운 숭배자를 획득하고 나서도 마리아는 계속해서 꼬박꼬박 정중하게 사소한 일도 빼놓지 않고 나에게 적어보냈다——봉함까지 뜯었으나 읽으려고 하지는 않고 차이틀러 부인이 복도로 나오는 발소리를 듣고 있었다. 그러자 곧 그녀의 목소리가 들렸다. 그녀는 뮌처 씨를 부른 것이다. 상대는 대답하지 않았지만 방안에 있는 것이 틀림없었다. 차이틀러 부인이 그의 방문을 열고 그에게 우편물을 건네 주며, 뭐라고 투덜투덜 잔소리를 하고 있었기 때문이다.

나에게는 차이틀러 부인의 목소리가 들리지 않게 되었다. 아직도 그녀가 지껄이고 있었는데도. 나는 벽지의 망상에 나 자신을 내맡겼다. 수직선의 망상, 수평선의 망상, 대각선의 망상, 커브를 그리는 망상, 천배화(千倍化)된 망상에. 나는 자신이 마체라트가 된 듯한 느낌이 들어 그와 함께, 아내를 빼앗긴 사나이라면 누구나 먹는, 자양(滋養)이 될지 어떨지 의심스러운 빵을 먹었다. 나는 나의 얀 브론스키를 값싼 악마 같은, 화장을 한 유혹자로 쉽게 변장시킬 수 있었다. 그는 한 번은 전통적인 비로드의 깃을 단 외투를 입고 등장했고 다음에 홀라츠 박사의 흰 가운 차림, 또 이어서 베르너 박사의 외과의 차림으로 등장하여 유혹하고 타락시키고 모욕하고 상처를 입히고 때리고 괴롭히고——즉 유혹자가 언제까지나 유혹자로서의 신용을 떨어뜨리지 않기 위해서 하지 않으면 안 되는 일을 모두 행한 것이었다.

오늘 나는 미소를 지으며 그 생각을 회상할 수 있는데 그것은 당시 오스카르를 질투에 사로잡게 하여 벽지와 같이 미친 사람으로 만든 것이었다. 당시 나는 의학을 공부했으면 하고 생각하고 있었다. 그것도 되도록 빨리. 의사가 되고 싶었다. 그것도 마리아 병원의 의사에. 나는 저 베르너 박사를 내쫓고 싶었다. 웃음거리로 만들고 싶었다. 그의 엉터리 솜씨를 책망하고 뿐만 아니라 그를 후두(喉頭) 수술 중 저지른 과실 치사죄로 고발하고 싶었다. 실은 이 베르너 씨가 제대로 의학을 공부한 의사가 아님이 판명되었으면 하고 생각했다. 전시중 그는 야전병원에서 일하고 거기에서 약간의 지식을 얻게 되었을 뿐이다. 이 가짜를 추방하라! 그리고 오스카르가 원장이 된다. 이렇게 젊으면서 책임있는 자리에. 신임 자워브루흐(흉부 외과의 명의) 같은 의사가 수술 간호사 도로테아를 데리고 백의의 수행자들에게 둘러싸여 반향(反響)하는 복도를 걸으면서 회진을 실시하고 최악의 경우에는 수술 결정을 내렸다.——이런 영화가 촬영되지 않아서 정말 다행이었다!

양복장 속에서

그런데 오스카르에 대해서 이야기하는 것은 이제는 다만 간호사들이 있기 때문이다라고 생각하지 말아 주기 바란다. 뭐니뭐니 해도 나에게는 나의 직업생활이 있었던 것이다! 나는 미술대학의 여름 학기가 시작되어서 휴가 동안에 하고 있던 비명(碑銘) 조각의 아르바이트를 단념하지 않을 수 없었다. 이번에는 좋은 보수 대신 오스카르는 가만히 있지 않으면 안 되었다. 낡은 양식법은 그와 마주 앉아서 그 진가를 실증하지 않으면 안 되고 새로운 여러 양식은 나와 뮤즈인 울라를 인연으로 해서 그 효과를 확인했다. 그들은 우리의 구체성을 폐기하고 우리를 단념하고 부정했으며 직선, 사가형, 나선 같은, 고작 벽걸이에 도움이 될 정도의 그야말로 외면적인 것을 캔버스나 화지 위에 옮겼다. 그리고 유일하게 중요한 오스카르와 울라가 없는, 즉 신비로운 긴장관계가 없는 이 실용 신안 의장에 아주 과대하고 매명적(賣名的)인 제명을 붙였다. 즉, 위쪽으로의 편성, 시대를 초월하는 노래, 새 공간 속의 적(赤) 등이다.

특히 이러한 짓은 아직 스케치도 제대로 할 줄 모르는 젊은 신인들이 많이 하였다. 쿠헨 교수나 마룬 교수의 주위에 있는 나의 옛 친구들이나 우수한 학생인 치게나 라스콜리니코프는 검정이나 그 밖의 빛깔을 아주 풍부하게 구사하면서 창백한 소용돌이나 빈혈증적인 직선 따위의 빈곤함으로 찬가(讚歌)를 노래하는 짓은 하지 않았다.

그러나 뮤즈인 울라는 그녀가 지상의 것이 되었을 때에는 한껏 공예 미술적인 취미를 드러내어 새로운 벽걸이류에 열중하고 그 결과 그녀를 버린 화가인 랑케스에 대해서는 곧 잊어버리고 벌써 꽤 연배인 마이텔 이라는 이름의 화가가 만든 갖가지 크기의 장식을 아름답고 즐겁고 재미있고, 게다가 환상적이고 어마어마하고 더욱이 세련되었다고까지 생각했을 정도였다. 그녀가 지나치게 감미로운 부활제의 달걀 같은 모양을 좋아한 이 예술가와 당장 약혼을 했다는 것은 별로 떠들어댈 만한 일은 아니다. 그녀는 그뒤에도 몇 번이나 약혼의 기회를 가졌기 때문이다. 그리고——그녀가 엊그제 나를 찾아와서 나와 브루노에게 봉봉과자를 선물로 주었을 때의 고백담에 의하면——지금 그녀는, 언제나 그렇게 말하곤 했지만, 어떤 진지한 결합을 눈앞에 두고 있다는 것이었다.

학기 초에 울라는 뮤즈로서 그녀가 전혀 깨닫지 못했을 만큼 맹점(盲點)이 되어 있던 새로운 방향에만 시선을 돌리려고 했다. 그녀의 부활제의 달걀 화가인 마이텔이 그녀에게 싫은 소리를 했기 때문이다. 그는 약혼 선물로서 일종의 용어를 그녀에게 가르쳐 주었는데 이것을 그녀는 나와의 예술 대담에서 실컷 음미했다. 그녀는 여러 가지 상호 관계에 대해서 이야기했다. 성좌(星座)에 대해서, 악센트에 대해서, 원근법에 대해서, 흐르는 구조에 대해서, 색채 융합의 과정에 대해서, 부식(腐蝕) 현상에 대해서 이야기했다. 하루 종일 바나나만 먹고 토마토 주스만 마시고 있던 그녀는 원세포(原細胞)에 대해서 말하고 역동적인 탄도(彈道)가 수평 경과하는 힘의 장(場) 속에서 그 자연의 위치를 찾을 뿐만 아니라 다만 그것만이 아닌 색채의 원자에 대해서 이야기했다……. 울라와 나는 이러한 것을 모델의 휴식 시간에 이야기했다. 물론 때로는 라팅거 거리에서 커피를 마시면서 이야기하는 수도 있었다. 저 역동적인 부활제의 달걀 화가와 약혼을 해소하고 어떤 여성과의 동성애라는 아주 짧은 에피소드 다음에 쿠헨의 한 학생과 관계를 가지고 그와 동시에 또다시 구상(具象) 세계의 것이 되었을 때조차도 그녀는 여전히 그 용어를 버리지 않았다. 그 용어를 입에 담을 때 그녀의 작은 얼굴은 긴장하고 약간 광신적인 날카로운 두 개의 잔주름이 그녀의 뮤즈 입가에 새겨졌다.

여기에서 확인해 두고 싶지만 뮤즈인 울라를 간호사로서 오스카르 옆에 놓고 그린다는 착상은 라스콜리니코프가 혼자서 생각한 것은 아니다. 마돈나 사십구 다음에 그는 우리를 『유럽의 유괴(誘拐)』라고 하여 그렸다——황소가 나였다. 이 『유괴』로 다소 논쟁을 불러일으킨 직후에 『광대가 간호사를 치료하다』라는 그림이 완성되었다.

나의 한 마디가 라스콜리니코프의 공상에 불을 지른 것이었다. 음침한 붉은 머리털을 가진 그는 교활한 표정으로 생각에 잠기면서 화필을 깨끗이 씻어 버리고는 울라를 물끄러미 바라보며 죄와 벌의 이야기를 했는데 이때 나는 그에게 내 속에서 죄를 보고 울라 속에서 벌을 보면 어떻겠느냐고 조언을 한 것이다. 내 죄는 개괄적인 것이 좋고 벌 쪽에는 간호사의 옷이라도 입혀 보면 어떻겠는가고.

이 훌륭한 그림이 나중에 사람을 미혹시키는 묘한 이름으로 불리게 된 것은 라스콜리니코프의 탓이었다. 나 같으면 그 그림을 『유혹』이라고 이름 붙였을 것이다. 왜냐하면 그려진 나의 오른손이 문의 손잡이를 붙잡고 돌리며 간호사가 서 있는 방안을 들여다보고 있었기 때문이다. 또는 이 라스콜리니코프의 그림을 노골적으로 『문의 손잡이』라고 부르는 것도 좋을 것이다. 만일 나에게 『유혹』에 새 이름을 붙여 달라고 한다면 나는 『문의 손잡이』라는 말을 권했을 것이다. 왜냐하면 그 실마리를 이루는 돌기(突起)는 시도되기를 원하고 있었고, 간호사 도로테아의 방의 우유빛 유리문에 달려 있는 그 손잡이는, 고슴도치 차이틀러가 여행중이고 당사자인 간호사가 병원 근무중이고 차이틀러 부인이 만네스만의 사무실에서 근무중임을 알고 있을 때는 언제나 내 손에 의해 시도되곤 했으니까.

그런 때 오스카르는 배수관이 없는 욕조가 달린 그의 방을 떠나 차이틀러 가의 복도로 나갔다. 그리고 간호사의 방 앞으로 가서 그 문의 손잡이를 잡았다.

6월 중순경까지 나는 이 실험을 거의 매일처럼 되풀이하곤 했지만 그 문은 말을 들으려고 하지 않았다. 이미 나는 이 간호사를 책임 있는 일 덕분에 매우 꼼꼼하게 자란 사람이라고 생각하기 시작했으므로 행여 자물쇠 잠그는 일을 잊어버렸기를 기대하는 것은 일찌감치 포기하는 것이 나으리라고 생각했다. 그래서일까, 어느 날 그 문에 자물쇠가 걸려 있지 않은 것을 발견했을 때 나는 둔중한 기계적 반응밖에 나타내지 않고 곧 다시 문을 닫아 버리고 말았다.

틀림없이 오스카르는 몇 분 동안 피부를 더할 나위 없이 긴장시킨 채 복도에 서 있었을 것이다. 그리고 한꺼번에 실로 여러 가지 종류의 일을 여러 가지로 생각하고 있었기 때문에 그의 마음은 저 습격 계획 비슷한 것을 세우는 데 애를 먹어야 했던 것이다.

그러는 동안에 나는 나와 내 생각을 다른 관계에다 접목시키는 데에 성공했다. 마리아와 그녀를 숭배하는 사나이와의 관계이다. 나는 생각했다. 마리아는 숭배자를 거느리고 있다. 숭배자는 마리아에게 깡통에 든 커피를 선물했다. 숭배자와 마리아는 토요일에 아폴로에 간다. 마리아는 일이 끝난 뒤가 아니면 숭배자에게 함부로 말을 걸지 않는다. 일을 하는 동안 마리아는 숭배자에게 정중한 말투를 쓴다. 가게의 주인이니까——이런 식으로 마리아와 숭배자를 여러 가지 각도에서 고찰해 보고 비로소 나는 내 가난한 머리 속에서 생각을 정리할 단서를 붙잡는 데에 성공했다——그리고 나는 그 우유빛 유리문을 열었다.

나는 벌써부터 이 방은 창문이 없는 방일 것이라고 생각하고 있었다. 왜냐하면 문 상부의 불투명 유리 부분에 한 줄기의 햇볕도 스며든 적이 없었기 때문이다. 나의 방과 꼭 마찬가지로 오른쪽을 더듬자 전등 스위치가 발견되었다. 방이라고 하기에는 너무 좁은 이 정도의 공간이라면 사십 와트의 전구로도 충분했다. 눈앞에 느닷없이 상반신이 거울에 비쳐 보이는 데 질리고 말았다. 그러나 오스카르는 좌우가 반대인, 그렇다고 해서 별로 유익할 것도 없는 영상을 피하려고 하지는 않았다. 왜냐하면 거울 앞에, 그것과 같은 폭으로 놓여 있는 화장대 위에 얹혀져 있는 갖가지 것이 나를 강하게 사로잡아 오스카르로 하여금 발돋움하게 만들었기 때문이다. 세면대의 흰 에나멜은 군데군데 검푸르게 벗겨져 있었다. 그 세면대의 윗언저리까지 완전히 파묻혀 있는 저 대리석의 화장대도 역시 여기저기 파손되어 있었다. 대리석판의 왼쪽 모서리가 떨어져 나가 그 조각이 거울 앞에 놓여져 있고 거울을 향해 그 줄무늬를 드러내고 있었다. 파손된 부분에 떨어져 나간 접착제의 흔적이 남아 있어서 서툰 수리 솜씨를 엿보이게 했다. 석공으로서의 내 손가락이 근질근질했다. 나는 코르네프의 자가제 대리석 접착제를 생각했다. 그것은 아주 형편없이 조각난 관 대리석까지도 그 영속적인 정면판으로 바꾸어 그것으로 큰 푸줏간의 점두를 장식하고 있는 것이다.

그런데 낯익은 석회암과 마주친 덕분에 불량품 거울에 비친 내 일그러진 모습을 잊을 수 있게 된 나는 비로소 여기에서 오스카르가 방안에 들어선 순간에 이상하게 느낀 그 냄새를 제대로 알아맞힐 수도 있었다.

그것은 식초 냄새였다. 나중에, 바로 이삼 주일 전에도 내가 코를 찌르는 이 냄새를 어쩔 수 없다고 생각한 것은 이렇게 추측했기 때문이다. 즉 이 간호사는 전날에 머리를 감은 것 같다. 이 냄새는 머리를 감기 전에 그녀가 물에 탄 식초 냄새였다. 물론 화장대 위에서 식초 병은 발견되지 않았다. 다른 상표가 붙어 있는 용기 속에도 역시 식초는 없는 것 같았다. 그리고 또, 나는 나 자신에게 몇 번이나 되뇌었지만 간호사 도로테아는 마리아 병원에 최신식 욕실이 있을 텐데 차이틀러 가의 부엌에서 사전에 차이틀러 씨의 허가를 얻어 물을 데우고 그것을 비좁은 그녀의 방에 가지고 가서 머리를 감을 필요는 없을 것이다. 그러나 어쩌면 간호장이나 병원 관리인의 일반 명령으로 간호사들은 병원 안에 있는 어떤 종류의 위생 설비를 이용하는 것을 금지당하고 있었는지도 모른다. 그래서 도로테아도 부득이 이곳에 있는 에나멜 세면기 안에서 어설픈 거울을 앞에 놓고 그녀의 머리를 감게 되었는지도 모를 일이었다.

화장대 위에는 비록 식초 병은 발견되지 않았지만 그 좁은 대리석판 위에는 작은 병이나 깡통은 잔뜩 놓여 있었다. 탈지면 뭉치와 반쯤 비어 있는 월경대 뭉치가 그때 오스카르로부터 그 깡통들의 알맹이를 살펴볼 용기를 빼앗고 말았다. 그러나 지금도 나는 그 깡통의 알맹이는 화장품류이거나 기껏해야 이로울 것도 해로울 것도 없는 연고 정도였으리라고 생각하고 있다.

이 간호사는 빗을 헤어 브러시 속에 꽂아 놓고 있었다. 나는 약간 망설인 끝에 마침내 그 빗을 브러시에서 빼내어 유심히 들여다보았다. 그렇게 한 것은 아주 좋은 일이었다. 즉 이 순간에 오스카르는 매우 중대한 발견을 했기 때문이다. 즉 이 간호사는 금발을 가지고 있었다. 어쩌면 회색이 감도는 금발일지도 모른다. 그러나 빗에 걸려 있는 죽은 모발에서 결론을 내는 데는 신중을 요한다. 그래서 여기에서는 간호사 도로테아는 금발을 가지고 있다는 것을 확인하는 데에 그치기로 하겠다.

또한 빗에 이상할 만큼 많은 모발이 붙어 있다는 것은 이 간호사가 탈모증에 시달리고 있다는 것을 말해 주고 있었다. 여자의 마음을 틀림없이 불쾌하게 만들고 있을 이 괴로운 병을 나는 즉시 간호사 탓으로 돌렸지만 그 제모를 비난하지는 않았다. 왜냐하면 제대로 된 병원에서는 제모 없이는 근무할 수 없으니까.

오스카르는 식초 냄새는 딱 질색이었으나 간호사 도로테아의 모발이 빠졌다는 사실을 안 이상 그의 마음에는 동정에 의해서 세련된 걱정스러운 사랑 이외에는 아무것도 끓어오르지 않았다. 이때의 내 마음의 상태를 단적으로 나타내는 것은 다음과 같은 사실이다. 즉 순식간에 내 마음에는 효험이 있다고 평판이 나 있는 몇 종류의 양모제가 떠올랐고 나는 그러한 약을 기회를 보아서 간호사에게 전해 주리라고 생각한 것이다. 이렇게 그녀와 만날 것을 일찌감치 생각하면서——오스카르는 따뜻하고 바람이 없는 여름 하늘 밑, 물결치는 밀밭에서의 만남을 떠올렸다——나는 빗에서 빠진 머리털을 뽑아 그것을 한 묶음으로 말고 그 묶음에서 일부의 먼지와 비듬을 털어낸 뒤에 내 지갑의 한 칸을 서둘러 비운 다음 그 속에 조심스럽게 집어 넣었다.

매우 급히 서두르기 위해서 오스카르는 잠시 대리석판 위에 놓아 두었던 빗을 지갑과 노획품을 저고리 주머니에 넣은 뒤 다시 한 번 집어 들었다. 나는 이 빗을 갓 없는 전구에 대고 비추어 보았다. 그리고 촘촘한 정도가 다른 두 개의 그룹을 살피다가 가느다란 그룹 속에서 두 개의 빗살이 탈락한 것을 확인하고는 꼭 왼쪽 집게손가락의 손톱으로 튼튼해 보이는 빗살의 머리를 따라 드드륵 긁어보고 싶은 충동을 느꼈다. 이렇게 시간을 버리고 있는 동안 몇 올쯤 남아 있던 모발이 번쩍거려 오스카르를 기쁘게 했다. 그것은 의심을 받지 않으려고 내가 일부러 빼지 않고 남겨 두었던 머리카락이었다.

겨우 한참 만에야 그 빗이 헤어 브러시 안에 꽂혀졌다. 나는 나를 너무 한쪽 방향으로만 쏠리게 한 화장대로부터 떨어졌다. 간호사의 침대로 가는 도중 나는 주방용 의자에 부딪쳤는데 거기에는 브래지어가 걸려 있었다. 가장자리와 가장자리가 하나로 이어져 있는, 너무 빨아서 빛이 바랜 움푹 들어간 양쪽 부분을 채우는 데는 오스카르의 경우 주먹에 의존하는 것 외에는 방법이 없었지만 양쪽 주먹만으로는 채워지지 않았다. 두 개의 주발 속에서 주먹들은 멋쩍게 굳어져서 안타깝게 움직이고 있었다. 나는 그 주발 속에서 알맹이가 무엇인지는 모르지만 어쨌든 매일 그 알맹이를 퍼내고 싶었다. 그것은 때때로 구토를 일으키게 하는 것이리라. 왜냐하면 어떤 죽도 때로는 구역질을 일으키게 하지만 그것이 다시 달콤하고 맛이 있는 것이 되거나 또는 너무 달콤하여 구역질이 맛을 들여서 참된 애정에 시련을 과하게 되는 정도인 것이다.

나는 베르너 박사의 일이 마음에 떠올라 내 주먹을 브래지어에서 떼었다. 곧 또 베르너 박사의 일은 마음에서 사라졌다. 그리고 나는 간호사 도로테아의 침대 앞에 설 수 있었다. 이 간호사의 침대 ! 지금까지 수없이 오스카르는 그것을 마음에 떠올려왔다. 그리고 지금 실제로 눈앞에서 보니까 그것은 내 안면이나 때로는 불면에 갈색으로 칠한 가장자리를 나에게 부여하고 있던 것과 똑같은 보기 흉한 침대였다. 이렇게 멋없고 냉혹한 침대가 아니라, 놋쇠의 모구(帽球)가 달린 하얀 래커칠이 된 금속의 침대, 매우 경쾌한 종류의 격자가 달린 침대가 그녀의 것이기를 나는 바랐었다.

나는 머리도 무겁고 정열도 끓어오르지 않아 꼼짝도 않고 질투조차 느끼지 못한 채 한동안 잠자는 제단 앞에 서 있었다. 새털 이불까지도 화강암으로 되어 있는 것처럼 보였다. 그리고서 나는 뒤로 돌아 이 지겨운 광경으로부터 눈을 돌렸다. 간호사 도로테아가 이처럼 지긋지긋한 묘혈(墓穴)에서 잠을 잔다는 것은 오스카르는 도저히 상상조차 할 수 없었다.

연고가 들어 있는 듯한 깡통을 열어 보고 싶은 마음에서였는지 다시 화장대 쪽으로 돌아가려 했다. 그 도중에 재빨리 선반의 명령이 내게 내려졌다. 이 선반의 넓이에 주목하라. 이 칠이 흑갈색임을 인정하라. 이 장식 가장자리의 프로필을 시선으로 더듬으라. 그리고 자아, 이것을 열어라 하고―― 뭐니뭐니 해도 선반이라는 것은 모두 열어 주기를 바라는 것이다.

이 선반의 문에는 자물쇠가 없고 그 대신 못으로 걸려 있었다. 나는 그 못을 수직으로 비틀었다. 그러자 순식간에 내가 손을 대지도 않았는데 나무문이 한숨을 쉬면서 양쪽으로 열려 아주 광대한 조망(眺望)을 펼쳤기 때문에 나는 두어 걸음 후퇴하지 않고서는 팔짱을 끼고 냉정하게 관찰할 수 없었을 정도이다. 오스카르는 화장대처럼 자질구레한 것에는 마음을 빼앗기지 않으려고 했고 침대와 마주했을 때처럼 선입관에 사로잡혀 판단을 내리지도 않으리라고 생각했다. 천지 창조의 날처럼 그야말로 신선한 기분으로 그는 선반과 대면하고 싶었다. 선반도 또 두 팔을 벌려 그를 환영해 주고 있었으므로.

그러나 어쩔 수 없는 탐미주의자인 오스카르는 비평을 완전히 단념할 수는 없었다. 실제로 어떤 엉터리가 그랬는지 톱으로 선반의 다리를 되는 대로 잘라 버렸기 때문에 바닥 위에 수평으로 놓았다는 것이 기우뚱하게 한쪽으로 쏠려 있었다.

이 가구의 내부는 흠잡을 데 없이 잘 정돈되어 있었다. 오른쪽에 있는 세 개의 깊은 칸막이 안에는 속옷이나 블라우스가 겹쳐져 있었다. 흰 것과 분홍색이 있는가 하면 빨아도 빛이 바랠 것 같지 않은 밝은 청색도 있었다. 빨간 빛과 녹색의 바둑판 무늬 방수포로 만든 가방을 두 개 맞묶은 것이 오른쪽 문 안쪽에 속옷 선반 가까이에 매달려 있었다. 위쪽 가방에는 수선이 끝난 양말이, 아래쪽 가방에는 올이 풀린 양말이 보관되어 있었다. 마리아가 그녀의 고용주이며 숭배자인 사나이로부터 선물을 받아 실제로 신고 있던 그 양말에 비해 이 방수포 가방에 들어 있는 것은 실의 굵기에는 차이가 없지만 그러나 좀더 쫀쫀하여 꽤 오래 갈 것처럼 보였다. 선반 안의 넓은 왼쪽 부분에는 풀을 빳빳하게 먹인 간호사복이 둔한 빛을 발하며 옷걸이에 걸려 있었다. 그 위의 모자 선반 안에는 감도(感度)가 예민하여 경험 없는 자에 의해 만져지기를 싫어하는 것처럼 소박하고 아름다운 간호사 모자가 나란히 놓여 있었다. 나는 속옷 선반의 왼쪽에 걸려 있는 평복에는 시선을 힐끗 던졌을 뿐이었다. 싸구려를 적당히 갖추어 놓았다는 느낌으로서 나의 은밀한 기대가 이것으로 확인되었다. 즉 간호사 도로테아는 이런 종류의 옷차림에는 역시 별로 관심을 가지고 있지 않았다. 마찬가지로 서너 개의 주발형 모자가 이상한 조화(造花)를 서로 마주 대고 아무렇게나 모자 선반의 간호사 모자 옆에 겹치듯이 내던져져 있었는데 전체적으로 볼 때 만들다가 실수한 케이크 같았다. 역시 모자 선반 안에 한 다스의 얇은 책이 여러 가지 빛깔의 등을 보이며 뜨개질하다 남은 털실 뭉치가 들어 있는 구두 상자에 기대어 있었다.

오스카르는 고개를 갸우뚱했으나 책의 제목을 읽기 위해서는 좀더 가까이 다가가지 않으면 안 되었다. 관대하게 미소를 지으면서 나는 고개를 다시 반듯하게 세웠다. 선량한 간호사 도로테아는 탐정 소설의 애독자였던 것이다. 그러나 이 옷장 속의 사적(私的)인 부분에 대해서는 이 정도로 그치기로 하자. 그런데 이 책들 때문에 일단 선반에 접근하게 된 나는 그 안성맞춤의 장소를 떠나려 하지 않았다. 뿐만 아니라 나는 선반 속으로 머리를 들이밀었다. 이 선반의 일부가 되고 싶다. 간호사 도로테아의 모습의 적잖은 부분을 떠맡고 있는 이 선반의 내용물이 되고 싶다는 욕구가 점점 더 강해져 나는 더 이상 저항할 수 없었다.

실용적인 운동화가 선반 바닥에 펑펑힌 뒷굽을 붙인 채 놓여 있고 정성껏 닦여져서 외출을 기다리고 있었는데 나는 그것을 한옆으로 치울 것까지도 없었다. 마치 처음부터 초대를 예정하고 있었던 것처럼 선반 안은 편리하게 정돈되어 있었으므로 오스카르는 이 선반의 한가운데에 구두를 신은 채 웅크리고는 걸려 있는 옷을 밀어낼 것도 없이 넉넉하게 거기에 숨을 수 있을 것 같았다. 그래서 나는 기대에 가슴 설레며 안으로 들어갔다.

그러나 나는 당장에는 기분이 가라앉지 않았다. 오스카르는 실내의 가구나 전구에 의해 감시받고 있는 듯한 느낌이 들었다. 선반 안에 있는 기분을 좀더 편안하게 하기 위해 나는 선반의 문을 끌어당겨 닫으려고 해보았다. 꽤 어려웠다. 왜냐하면 문의 고리쇠가 너무 닳아서 문 위쪽이 아무래도 입을 벌리고 말기 때문이었다. 그래서 선반 안에도 빛이 스며들었는데 방해가 될 정도의 빛은 아니었다. 그 대신 냄새가 강했다. 낡기는 했지만 청결한 내부의 냄새가. 이미 식초 냄새는 나지 않고 방충제 냄새가 났다. 좋은 냄새였다.

선반 위에 앉아서 오스카르는 무엇을 했는가? 그는 제일 가까이에 있는 도로테아의 제복에 이마를 댔다. 그것은 소매가 달린 앞치마로서

목 부분이 죄어져 있었는데 이것을 만지고 있자 순식간에 병원 안의 모든 과(科)의 문이 열리는 것을 느꼈다――이때 나의 오른손이 의지할 데를 찾은 것이리라, 뒤로 뻗쳐서 사복 옆을 지나 어물어물 중심(重心)을 잃고 나도 모르게 무언가 매끄럽고 말랑말랑한 것을 붙잡았다. 그리고는 간신히――아직도 그 매끄러운 것을 움켜쥔 채――받쳐 주는 언저리를 발견하고 그 위에 수평으로 못 박힌 채 나와 선반 뒤의 벽에 받침대 구실을 해주던 가로목을 따라 손을 더듬었다. 이미 오스카르는 그 손을 다시 몸의 오른쪽에 내려 놓고 있었다. 이대로 가만히 있으리라고 생각했다. 그리고 등에 손을 돌렸을 때 움켜쥔 것을 바라보았다.

나는 거기에서 검은 에나멜의 혁대 한 개를 보았다. 그러나 다음 순간에는 에나멜의 혁대 이상의 것으로 그것이 보였다. 양복장 안은 어둑어둑했기 때문에 내가 손에 든 에나멜의 혁대가 다른 것으로 보였다고 해도 이상할 것은 없었던 것이다. 그것이 에나멜의 혁대 따위가 아니라 다른 그 어떤 매끄럽고 길게 뻗는 물건, 예를 들면 내가 영락없는 세 살짜리 양철북의 고수로서 노이파르바사 항의 돌제에서 목격한 것이라고 생각했더라도 상관이 없었던 것이다. 그때는 산딸기 빛깔의 소매 장식이 달린 밝은 청색의 봄 외투를 입은 나의 불쌍한 어머니와 갈색 외투를 입은 마체라트, 그리고 비로드 깃이 달린 옷을 입은 얀 브론스키와 오스카르가 일행이었고 오스카르의 수병모에는 『제국 해군 자이틀리츠』라는 금빛 자수 문자가 달린 리본이 매달려 있었다. 갈색의 외투와 비로드의 깃이 돌을 따라 껑충껑충 뛰면서 항로 표지가 있는 곳까지 갔고 나와 어머니는 그 뒤를 따라서 걸어갔다. 어머니는 굽 높은 구두를 신고 있었기 때문에 뛸 수가 없었던 것이다. 항로 표지 밑에는 그 낚시꾼이 빨랫줄과 감자 부대를 옆에 놓고 앉아 있었다. 부대 안에는 소금과 무언가 움직이는 것이 가득 들어 있는 것 같았다. 그런데 그 부대와 밧줄을 본 우리는 이 사나이가 표지 밑에서 빨랫줄 따위로 낚시질을 하고 있는 이유를 알고 싶었다. 그러나 그 사나이는――기껏해야 노이파르바사나 브레젠에서 왔을 것이지만――웃으면서 갈색의 덩어리를 물 속에다 뱉어 놓았다. 그것은 언제까지나 돌제 옆에서 흔들거리면서 사라질 것 같지 않았으나 끝내는 갈매기가 물로 가버렸다. 실상 갈매기라는 새는 무엇이든지 가리지 않고 물고 가버린다. 그 점에서 민감한 비둘기와는 다르고 간호사와도 크게 다르다——이 예에서도 알 수 있듯이 하얀 것을 입고 있다고 해서 모두 똑같다고 생각하는 것은 너무 단순한 것 같다. 같은 이야기를 검은 것에 대해서도 말할 수 있다. 왜냐하면 당시 나는 아직도 검은 여자 요리사가 무섭지 않았다. 무서워하지 않고 장롱 속에 앉았고 두 번 다시 그 장롱 속에 앉는 일은 없었다. 그리고 마찬가지로 무서워하지 않고 바람이 자는 날 노이파르바사의 돌제에 서서 여기에서는 에나멜의 혁대를 쥐고 저기에서는 검고 미끈미끈하지만 결코 혁대는 아닌 무언가 다른 것을 쥐고 있었다. 그리고 나는 장롱 속에 앉아 있었으므로 어떤 비교를 시도했다. 장롱이라는 것은 그렇게 강요하는 물건이다. 나는 비교를 위해서 검은 여자 요리사의 이름을 들었지만 그것은 그 무렵 아직도 나의 피부 속에 들어와 있지 않았고 나는 흰 것에 훨씬 더 통달하고 있었다. 갈매기와 간호사 도로테아의 차이를 거의 구별할 수 없었으나 비둘기라든가 그것과 비슷한 쓸데없는 것은 나에게서 멀리했다. 특히 우리가 시전을 타고 브레젠으로 가서 그뒤 걸어서 돌제까지 간 것은 성령강림절이 아니라 성 금요일의 일이었다——사실 노이파르바사의 사나이가 빨랫줄을 가지고 앉으면서 침을 뱉고 있던 그 항로 표지 위에는 비둘기 같은 것은 없었다. 그리고 그 브레젠의 사나이는 밧줄을 끌어당겼는데 나중에 모틀라우의 짠 물 속에서 밧줄을 끌어올리는 것이 어째서 그렇게 어려웠는지를 실증해 보였다. 나의 불쌍한 어머니는 그동안 얀 브론스키의 어깨와 비로드 깃 위에 손을 얹고 완전히 아무래도 좋다는 생각으로 돌아가고 싶어했는데 결국 그 사나이의 행동을 목격하는 처지에 빠지고 말았다. 사나이는 끌어올린 말 대가리를 돌 위에다 내동댕이쳤다. 그러자 짙은 조그만 녹색 뱀장어가 말의 갈기에서 떨어졌다. 그는 거무스름한 빛깔을 한 큰 놈을 나사를 돌리는 요령으로 썩은 고기에서 잡아뗐다. 누군가가 새털 이불을 잡아뜯었다. 즉 갈매기들이 내습하여 돌진해 왔다는 뜻이다. 갈매기라는 놈은 세 마리 이상이 짝을 짓고 있을 때는 조그만 뱀장어쯤은 간단하게 해치워 버린다. 큰 것은 좀 감당하기 어려운 모양이지만. 그런데 이번에는 사나이가 말 아가리를 비틀어 열고 이빨과 이빨 사이에 나뭇조각을 끼워 넣었다. 그 때문에 말은 웃는 얼굴이 되었다. 그런 다음 사나이는 털이 부스스한 팔을 아가리 속으로 집어 넣고 더듬거리다가 붙잡았다. 마치 내가 양복장 속에서 손으로 더듬어 붙잡은 것처럼. 내가 에나멜의 혁대를 끄집어낸 것처럼 그도 또 끄집어냈다. 두 마리를 한꺼번에. 그리고는 그것을 공중에서 흔들다가 돌 위에다 두들겼다. 마침내 나의 불쌍한 어머니의 얼굴에서 아침 식사가 뿜어 나왔다. 그 내용은 밀크커피, 달걀의 흰자와 노른자, 마멀레이드 약간과 흰빵 덩어리로서 양도 매우 풍부했기 때문에 갈매기들이 순식간에 선회하다가 급강하하여 발톱을 벌리고 공격을 개시했다. 그 울음 소리가 얼마나 요란했던가에 대해서는 새삼스럽게 이야기하지 않겠다. 갈매기가 독살스러운 눈초리를 가지고 있는 것도 주지의 사실이다. 게다가 여간해서는 쫓아 버릴 수 없다. 얀 브론스키 같은 사람으로서는 도저히 감당할 수 없었다. 그는 갈매기가 무서워서 그 푸르고 부리부리한 눈알을 두 손으로 가리고 있었을 정도이니까. 갈매기들은 나의 북소리도 들으려 하지 않고 게걸스럽게 먹어 대고 있었다. 이것을 보고 나는 분격하고 열광도 하여 숱한 새로운 리듬을 양철북으로 두들겨 댔다. 그러나 나의 불쌍한 어머니에게 그런 것은 모두 아무래도 좋았다. 그녀는 토해내기에 바빠 여전히 꽥꽥거리고 있었으나 이제는 더 이상 아무것도 나오지 않았다. 어머니는 도통 별로 많이 먹지 않았던 것이다. 왜냐하면 어머니는 살을 빼고 싶었던 것이다. 그 때문에 일주에 두 번씩 부인회의 체조에 참가하기도 했다. 하지만 어느 것도 별로 도움이 되지 않았던 것 같다. 그녀가 남모르게 간식 따위를 하고 있었으니까 어쩔 수 없는 일이다. 그녀의 절식(節食)에는 이렇게 도피구가 마련되어 있었다. 노이파르바사에서 온 사나이의 경우도 역시 도피구가 있었다. 누가 보아도 더 이상 나오지 않으리라고 구경꾼들 모두가 생각하고 있었는데 마지막으로 그는 말의 귀에서 또 한 마리의 뱀장어를 끄집어낸 것이다. 이 뱀장어는 하얀 오트밀에 온몸이 범벅이 되어 있었다. 말의 뇌 속을 탐험하고 있었기 때문이다. 그러나 공중에서 계속 휘둘려지고 있는 동안에 오트밀이 떨어지고 뱀장어 본래의 에나멜을 나타내어 에나멜 혁대처럼 빛나게 되었다.
즉 내가 여기에서 말하고 싶었던 것은 이러한 에나멜의 혁대를 간호사
도로테아는 적십자 기장을 떼고 사적으로 외출할 때에는 매고 있었다는
것이다.

 우리는 슬슬 돌아가기 시작했다. 물론 마체라트는 아직도 남아 있고
싶은 눈치였다. 천팔백 톤 가량의 핀란드 선박이 입항해서 파도를 일
으키고 있었기 때문이다. 사나이는 말 대가리를 돌제 위에 놓았다. 그러자
갑자기 그 말이 하얘져 가지고 소리내어 울었다. 그러나 말 울음 소리와는
달랐다. 오히려 하얀 구름이 소리치고 있는 것 같았다. 하얗고, 시끄럽고,
뭉글뭉글하게 말 대가리를 가리고 있는 구름이. 그때는 그러는 편이
결국은 기분이 좋았던 것이다. 왜냐하면 설사 그 구름의 광기의 배후에
무엇이 숨어 있는지 생각할 수 있었음에도 불구하고 이제 말 대가리는
보지 않아도 되었기 때문이다. 그 핀란느 신박도 우리의 관심을 말에서
벗어나게 해주었다. 그것은 목재를 싣고 있었고 자스페 묘지의 격자문
처럼 녹슬어 있었다. 나의 불쌍한 어머니는 핀란드 선박 쪽도 갈매기
쪽도 돌아보지 않았다. 이제 지긋지긋했던 것이다. 그녀는 전에 우리집
피아노로 『작은 갈매기가 헤골란트로 날아가네』를 했을 뿐만 아니라
입으로 흥얼거리기도 했는데 이 노래를 그녀는 이제는 절대로 부르지
않았다. 이제는 도통 노래 같은 것을 부를 일이 없게 되었다. 이 사건
직후에는 생선도 먹고 싶어하지 않았다. 그런데 어느 갠 날 그녀는 지
방분이 많은 물고기를 엄청나게 먹기 시작했다. 더 이상 먹을 수 없을
때까지, 아니 먹고 싶지 않아질 때까지 먹었다. 지겨워질 때까지. 뱀장어에
대해서뿐이 아니라 인생에도 싫증이 날 때까지, 특히 사나이들에게, 그
리고 어쩌면 오스카르에게도 싫증이 날 때까지. 어떻든 그녀는 평소에는
결코 무슨 일을 단념할 수 없는 사람이었는데 갑자기 욕심이 적어지고
조심스러워지고 끝내는 브렌타우에 매장되었다. 그런데 나도 이러한
경향을 어머니로부터 물려받은 것 같다. 한편으로 나는 무슨 일도 단념할
수가 없으면서도 다른 한편으로 아무것도 없이도 참고 나갈 수 있다.
다만 아무리 값이 비싸도 훈제 뱀장어만은 내가 살아가는 데 있어서

빼놓을 수 없다. 뱀장어 외에 간호사 도로테아에 대해서도 같은 말을 할 수 있다. 나는 그녀를 만나 본 적도 없고, 그녀의 에나멜 혁대가 그다지 마음에 든 것도 아니었지만——그런데도 나는 그 혁대에서 떠날 수 없었다. 그 혁대의 마력은 끝이 없었고 오히려 점점 더해졌다. 즉 나는 비어 있는 손으로 바지 단추를 끌렀는데 많은 에나멜 같은 뱀장어나 입항중인 핀란드 선박 때문에 흐려져 버린 그 간호사를 다시 한 번 마음에 떠올리기 위해서 그렇게 한 것이었다.

몇 번이나 항구의 돌제로 되밀려 갔던 오스카르도 마침내 갈매기의 조력을 얻어 간호사 도로테아의 세계를, 비어 있지만 매력적인 그녀의 제복의 보금자리가 되어 있는 이 옷장 절반 속에서 마침내 재발견할 수 있었다. 내가 그녀의 모습을 생생하게 바라보고 그녀 얼굴의 하나하나를 확인할 수 있다고 생각했을 때 닳아빠진 고리쇠가 벗겨졌다. 불쾌한 소리를 내며 문이 좌우로 열리고 갑작스러운 빛이 나를 흥분시켰다. 그래서 오스카르는 바로 옆에 걸려 있는 도로테아의 소매가 달린 앞치마에 얼굴을 내지 않도록 신경을 쓰지 않으면 안 되었다.

나는 잠깐 한숨 돌려야 할 필요를 느꼈고 예상과는 달리 나를 지치게 한 장롱 안의 체재를 가볍게 풀어 주리라는 생각도 있어서——최근 수년 동안 없었던 일이지만——장롱 뒤의 마른 판벽을 북 대신으로 삼아 마음내키는 대로 몇 곡조 두들기고 그리고는 장롱에서 나와 다시 한 번 내부를 더럽혔는지 어떤지를 대충 둘러보았다——괜찮은 것 같았다—— 에나멜의 혁대도 그 빛을 잃지 않고 있었다. 아니, 흐려진 부분이 두세 군데 있었지만 문지르거나 입김을 불거나 하여 본래대로, 어렸을 때 노이파르바사의 돌제에서 붙잡힌 그 뱀장어를 연상시키는 혁대로 만들었다.

나 오스카르는 간호사 도로테아의 방에서 나왔는데 그때 저 사십 와트짜리 전구의 스위치를 끄는 것을 잊지 않았다. 나의 방문을 처음부터 끝까지 지켜보고 있던 전구이다.

클레프

　그런 다음 나는 엷은 금발의 머리털 묶음을 지갑에 넣은 채 복도에
서서 그 묶음을 지갑의 가죽을 통해, 저고리 안감과 조끼, 그리고 와이
셔츠와 언더셔츠를 통해 느껴 보려고 일 초 동안쯤 노력해 보았다. 그러나
나는 몹시 지치고 게다가 기묘하게 불쾌한 느낌으로 충만되어 있었으므로
그 방에서 빼앗아온 그 노획품을 고작해야 빗에서 긁어모은 빠진 머리
털이 아닌가 하고 되새겨 보았다. 이제야 비로소 오스카르는 스스로
인정하게 되었지만, 그는 실은 전혀 다른 보물을 찾고 있었던 것이다.
저 베르너 박사가 이 방 어딘가에 흔적을 남기고 있을 것이 분명한, 적어도
낯익은 그 봉투 하나쯤은 어딘가에 놓아 두었을 것이 틀림없다고 생각
하여 도로테아의 방에 있는 동안 그것을 실증해 보이고 싶었던 것이다.
그러나 아무것도 발견되지 않았다. 봉투도 없다. 물론 알맹이 편지지도
한 장 없다. 사실을 말하면 오스카르는 도로테아의 탐정 소설을 한 권
한 권 모자 선반에서 뽑아내어 헌사(獻辭)나 서표가 없는가 하고 살펴
보았고 사진까지도 찾았던 것이다. 왜냐하면 오스카르는 마리아 병원의
의사라면 대개 이름은 모르더라도 얼굴은 잘 알고 있었기 때문이다——
그러나 베르너 박사의 사진은 한 장도 발견되지 않았다.

　그 사나이는 도로테아의 방에 온 적이 없는 것 같았다. 설사 온 적이
있었다고 하더라도 방 안에 흔적을 남기는 일에 성공하지 못했다는 이
야기이다. 그러고 보니 오스카르는 기뻐해도 좋을 것 같았다. 내가 오히려
그 의사보다는 훨씬 유리하지 않을까? 그 의사의 흔적이 남아 있지
않다는 것은 의사와 간호사 사이의 관계가 병원 안에서만의 것, 즉 직
업상의 관계에 지나지 않거나 만일 그렇지 않다고 하더라도 일방적인
관계에 지나지 않는다는 증거가 아닐까?

　그러나 오스카르의 질투는 동기가 되는 것을 필요로 했다. 베르너
박사의 흔적이 조금이라도 발견되었다면 나는 큰 충격을 받았을 테지만

그러나 나는 그와 비슷할 만큼 마음의 만족도 얻었을 것이다. 이 만족은 양복장 속에 머무르면서 얻은 조촐하고 짧은 성과 따위와는 비교도 되지 않았을 것이다.

그리고 나서 나는 어떻게 내 방으로 돌아왔는지 이미 기억하고 있지 않지만, 단 한 가지 기억하고 있는 것은 복도의 반대쪽 끝에 있는 뮌처라는가 하는 사람의 방에서 문 너머로 주의를 끌려고 하는 듯한, 일부러 만든 기침 소리가 들려왔다는 사실이다. 그 뮌처 씨 따위가 나하고 무슨 관계가 있는가? 나는 고슴도치네 집에 세들어 있는 여자만으로 충분하지 않았던가? 뮌처(위조 지폐 만드는 사람)라는 사람과——이 이름의 배후에 무엇이 숨겨져 있는지 알 수 없는 일 아닌가——이 이상 귀찮은 관계가 되라는 것인가? 그래서 오스카르는 이 무엇인가를 요구하는 기침을 흘려 버렸다. 아니, 흘려 버렸다기보다도 대체 무엇을 요구받고 있는 것인지 알 수가 없었던 것이다. 그리고 내 방으로 돌아와서야 겨우 모든 것을 분명히 알게 되었다. 저 뮌처라는 사람을 나는 모르고 또 알려고도 생각하지 않지만 그가 기침을 한 것은 나 오스카르를 자기의 방으로 끌어들이려는 속셈이었던 것이다.

확실히 나는 기침에 대해서 대답해 주지 않은 것을 한동안 후회했다. 왜냐하면 내 방에 돌아와 보니까 뭔가 몹시 답답하고 게다가 산만한 기분이 되어 있었기 때문이다. 이럴 바에야 기침을 하는 뮌처 씨와 번거롭고 부자연스러운 대화라도 나누고 있는 편이 다행스러웠을 것이라는 생각이 들었기 때문이다. 하지만 나는 가령 복도에 나가서 다시 한 번 아까와 같은 기침을 유발하면서 저쪽 끝의 문 뒤에 있는 사람과 뒤늦게나마 관계를 맺어 보겠다는 용기를 가질 수 없었다. 그래서 나는 힘없이 내 방 안에 있는 완고하게 네모진 주방용 의자에 몸을 맡기고 의자에 앉아 있을 때의 평소 버릇대로 어쩐지 조마조마하고 불안한 기분이 되어 있었다. 그래서 의학 전서를 침대에서 집어들기는 했으나 모델료로 고생스럽게 구한 그 값비싼 책을 그대로 떨어뜨렸기 때문에 책은 구겨지고 엉망이 되었다. 이번에는 라스콜리니코프의 선물인 양철북을 탁자에서 가져다가 잡아 보기는 했으나 이 양철북에 북채를 댈 수도 없었고 또 눈물을 흘릴 수도 없었다. 눈물이라도 나온다면 하얗게 칠한 원판 위에 그것이 떨어져 율동적이지는 못하더라도 어떻든 마음을 풀어 주기는 했을 터인데.

그러면 이제 잃어버린 순결이라는 문제에 대해서 논문을 쓰기 시작할 수 있을 것이다. 북을 두들기는 영원한 세 살박이 오스카르를 소리도 눈물도 북도 갖지 않은 꼽추 오스카르와 나란히 세워 볼 수 있을 것이다. 그러나 그것은 사실과 부합되지 않는 방법일 것이다. 오스카르는 아직도 북을 두들기는 오스카르였던 시절에도 몇 번이나 순결을 잃고 그것을 다시 되찾고 또 재생시키기도 해왔다. 즉 순결이라는 것은 끝없이 뻗어나는 잡초와도 비할 수 있는 것이기 때문이다——세상의 순결한 할머니들의 일을 생각해 보라. 이 할머니들도 한때는 모두 증오에 찬 지겨운 유아였던 적이 있는 것이다——아니, 죄와 순결의 장난이 오스카르를 주방용 의자에서 뛰어 일어나세 힌 것은 아니었다. 북을 그대로 제자리에다 두고 방과 복도와 차이틀러 가를 떠나 미술대학을 찾아가도록 나에게 명령한 것은 오히려 도로테아 간호사에게 바치는 사랑이었다. 쿠헨 교수로부터 오후 늦게 와도 된다는 지시를 받고 있었는데 말이다.

오스카르가 조심성없는 걸음으로 자기 방을 나와서 복도를 지나 요란하게 큰소리를 내며 현관 문을 열었을 때 나는 한순간 뮌처 씨의 문 쪽으로 귀를 곤두세웠다. 그러나 그는 기침을 하지 않았다. 그래서 나는 부끄럽기도 하고 화도 나고 만족하면서도 굶주리고 권태로우면서도 인생에의 갈망에 넘쳐서 이곳저곳에서 미소를 짓고 다른 곳에서는 울상을 지으면서 차이틀러 가와 이어서 마침내 윌리히 가(街)의 그 건물을 나섰다.

며칠 뒤 나는 오랫동안 마음에 간직하고 있던 계획을 실행에 옮겼다. 그 계획을 세부까지 준비하기 위한 뛰어난 방법은 그것을 거부하는 것이라는 사실을 알고는 있었지만.

그날 나는 오전중 내내 일이 없었다. 오후 세 시에 오스카르와 울라는 라스콜리니코프의 모델을 하기로 되어 있었다. 곧잘 여러 가지 생각을 해내는 화가였는데 이번에는 내가 오디세우스의 역을 맡아 귀향하여 아내

페넬로페이아에게 등의 혹을 선물로 주게 되어 있었다. 나는 이 착상을 중지시키려고 했지만 허사였다. 이 화가는 당시 그리스의 신들이나 반신 (半神)들을 닥치는 대로 약탈하여 성공을 거두고 있었다. 울라는 신화를 연출하는 것을 좋아하고 있었다. 그래서 나도 양보하기로 하고 지금까지 불카누스가 되기도 하고 프로세르피나를 데리고 있는 플루토스가 되기도 했지만 결국 이날 오후 꼽추인 오디세우스가 되어서 그려졌다. 그러나 나에게 이날 오전중의 일을 기술하는 것은 중요하다. 따라서 오스카르는 여러분에게 뮤즈인 울라의 페넬로페이아 역할에 대해 이야기하는 것은 그만두고 차이틀러 가는 쥐죽은 듯 조용했다는 이야기부터 시작하겠다. 고슴도치는 바리캉을 가지고 장사하기 위해 여행중이었고, 간호사 도로테아는 주간 근무였다. 따라서 여섯 시부터는 이미 집에 없었다. 여덟 시가 조금 지나 우편물이 왔을 때 차이틀러 부인은 아직도 침대 안에 있었다.

즉시 나는 우편물을 검사했다. 내 앞으로 온 것은 하나도 없었다—— 마리아에게서는 불과 이틀 전에 왔으니까——그러나 나는 한눈에 시내에서 투함된 봉투에서 베르너 박사의 필적을 분명히 발견했다.

우선 나는 그 봉투를 뮌처 씨나 차이틀러 가에 온 다른 우편물과 함께 놓아 두고 내 방으로 돌아와서 기다렸다. 그러자 이윽고 차이틀러 부인이 복도로 나와서 하숙인인 뮌처 씨에게 온 편지를 가져다 주고 그리고는 부엌으로 갔다가 마지막으로 다시 침실로 돌아갔다. 그리고 정확히 십 분 후에 집을 나서서 건물을 뒤로 했다. 아홉 시에 만네스만에서 사무가 시작되기 때문이었다.

오스카르는 만일을 위해서 좀더 기다렸다가 일부러 천천히 옷을 입고 무척 침착하게 손톱을 깨끗이 씻고는 마침내 결연히 행동에 옮겼다. 나는 주방으로 가서 세 개가 나란히 있는 가스 레인지 중에서 가장 큰 것을 골라 거기에다 물을 반쯤 담은 알루미늄 냄비를 올려 놓았다. 처음에는 불꽃을 크게 했다가 김이 나기 시작하자 곧 가스 마개를 제일 작은 곳까지 되돌렸다. 그리고는 잡념에 조심하고 하나하나의 동작에 되도록 신경을 쓰면서 두 걸음으로 도로테아의 방 앞으로 갔다. 그리고는 차이틀러 부인의 손으로 우유빛 유리문 밑에 반쯤 집어 넣어진 봉투를 쥐었다. 그리고는 즉시 주방으로 돌아와 충분히 시간을 들여 그 봉투의 뒷면을 신중하게 김에 쐬었다. 그러자 마침내 종이를 상하지 않고 감쪽같이 개봉할 수 있었다. 이 E. 베르너 박사의 편지를 냄비 위에 올려 놓을 때 오스카르는 물론 가스 마개를 닫아 놓았다.

나는 이 의사의 편지를 부엌에서가 아니라 내 침대에 누워서 읽었다. 처음에 나는 실망할 뻔했다. 왜냐하면 문면에 있는 호칭이나 끝맺음의 정해진 문구에서나 의사와 간호사 사이의 특별한 관계를 엿보이게 하는 것은 아무것도 없었기 때문이다.

『안녕하세요.』로 시작되고 『그럼 안녕.』으로 끝나고 있었다.

본문을 읽어 보아도 특별히 다정한 말은 한 마디도 없었다. 베르너는 전날 남자 독실 병동으로 통하는 양쪽으로 열리는 문 앞에서 간호사 도로테아를 만났으면시도 면담하지 못한 것을 섭섭하게 생각하고 있었다. 베르너 박사로서는 도로테아가 그 의사가 간호사 베아테——즉 도로테아의 여자 친구——와 이야기를 나누고 있을 때 나타났는가 했더니 곧 발길을 돌려 되돌아가고 만 것을 이해할 수 없었다. 베르너 박사는 단지 설명을 요구했을 뿐이다. 왜냐하면 그와 베아테의 대화는 순수한 업무상의 것이었으니까. 도로테아도 잘 알고 있다시피 그는 약간 분방한 데가 있는 이 베아테에 대해 거리를 유지하는 데에 무척 애를 먹고 있는 것이다. 그것이 쉽지 않다는 것 정도는 도로테아도 베아테를 잘 알고 있을 테니까 이해해 주지 않으면 곤란하다. 베아테라는 간호사는 걸핏하면 생각없이 감정을 드러내곤 하니까 말이다. 물론 베르너 박사가 여기에 호응하는 일은 절대로 없다. 맺는 문장은 이러했다. 『아무쪼록 내 말을 믿어 줘요. 당신에게는 언제라도 나와 면담할 수 있는 가능성이 주어져 있으니까요.』 이러한 문면에는 형식적이고 냉담하고 뿐만 아니라 거만하다고도 할 수 있는 태도가 엿보이기는 하지만 그러나 이 E. 베르너 박사의 편지 형식의 가면을 벗기고 이 편지의 정체를 열렬한 러브레터라고 단정하는 것쯤은 나로서는 결코 어려운 일이 아니었다.

나는 기계적으로 그 편지를 봉투 속에 넣고 그만 무의식중에 베르너의 혀가 닿았을 봉투의 고무풀 부분에 이번에는 오스카르의 혀로 침을 발랐다. 그리고는 손바닥으로 이마와 뒤통수를 번갈아 두들겨가며 마냥 웃어 댔다. 그러자 두들기고 있는 동안에 오른손이 몇 번 오스카르의 이마를 떠나 문의 손잡이에 얹어졌으므로 문을 열고 복도로 나가 베르너 박사의 편지를 도로테아의 방 앞으로 가지고 가서, 나에게 낯익은 그 방을 회색으로 칠한 판자와 우유빛 유리로 막아 놓고 있는 문 밑으로 절반쯤 밀어넣었다.

아직도 나는 허리를 구부린 채 하나인가 두 개의 손가락을 편지 위에 그대로 얹어놓고 있었다. 그때 내 귀에 복도의 반대쪽 끝 방에서 뮌처 씨의 목소리가 들려왔다. 받아쓰기를 할 때와 같은 느릿느릿하고 과장된 발음이었기 때문에 나는 한 마디 한 마디를 이해했다. 「아아, 여보세요, 미안하지만 물을 좀 갖다 주시지 않겠습니까?」

나는 일어서서 생각했다. 저 사람은 앓고 있는 모양이라고. 그러나 동시에 나는 인식했다. 문 저편에 있는 저 사람은 실은 앓고 있는 것이 아니라 다만 아픈 체하며 오스카르가 물을 가지고 갈 구실을 만든 것 뿐이다. 왜냐하면 아무 이유도 없는 단순한 부름만으로는 내가 생판 모르는 사람의 방에 들어갈 마음을 가질 까닭이 없었기 때문이다.

처음에 나는 알루미늄 냄비 속에 남아 있는 아직 식지 않은 물을 갖다 주려고 했다. 아까 내가 의사의 편지를 개봉하는 일을 도와 준 물이다. 그러나 곧 생각을 고쳐먹고 쓰임이 끝난 그 물을 수채에 버리고 새 물을 냄비 속에 담아서 그것을 가지고, 나와 물을, 어쩌면 물만을 찾고 있는 뮌처 씨의 목소리가 사는 방의 문을 향해서 갔다.

오스카르는 노크를 하고 안으로 들어갔다. 그러자 곧 클레프의 특유한 냄새에 부딪쳤다. 이 발산물을 산미(酸味)가 있다고 한다면 그것과 똑같을 정도로 강하게 발산되는 달콤한 맛을 무시하는 것이 된다. 클레프가 풍기고 있는 냄새는 예를 들면 그 간호사 방의 새콤한 냄새와는 전혀 다른 것이었다. 새콤달콤하다고 표현해도 역시 거짓말이 될 것이다. 이 뮌처 씨, 또는 나는 오늘날 그를 클레프라고 부르고 있지만 그는 뚱뚱하고 게으름뱅이이고 그렇다고 둔감한 것은 아니며 약간 땅딸보이고 미신가

이며 언제나 지저분하지만 부패한 것은 아니고 언제나 방해가 끼여들어서 죽지도 못하고 있는, 플루트와 재즈 클라리넷을 부는 사나이였다. 이 사나이는 옛날이나 지금이나 시체의 냄새를 풍기고 있지만 이 시체는 담배를 피우거나 박하 사탕을 빨거나 마늘을 먹는 것을 그만둘 수 없는 것이다. 그 무렵에도 그는 그런 냄새를 풍기고 있었지만 오늘날에도 그것은 변함이 없다. 삶의 즐거움과 과거를 취기 속에 지닌 채 그는 면회일에 나를 찾아오고, 그리고 그가 다시 올 것을 약속하며 위엄있게 퇴장하면 브루노는 즉시 창문과 문을 활짝 열고 환기를 하느라고 법석을 떨지 않으면 안 되는 것이다.

오늘에는 오스카르가 항상 누워 있는 신세가 되었지만 당시 차이틀러의 집에서는 클레프가 침대의 페허 속에 틀어박혀 있었다. 그는 무척 기분이 좋아서 빈둥거리며 지내고 있었다. 손이 미치는 범위에 고풍의 바로크식이라는 느낌의 알콜 램프, 속히 한 묶음은 될 것 같은 스파게티의 꾸러미, 깡통에 든 올리브 유, 튜브에 든 토마토 페이스트, 습기가 차서 신문지 위에서 굳어진 소금, 병 맥주 한 상자가 놓여 있었다. 그런데 이 맥주병의 알맹이는 나중에 판명되었지만 미지근한 맥주였다. 그는 누운 채 맥주의 빈 병 속에 소변을 본 것이다. 한 시간쯤 지나고 나서 그가 고백한 바에 의하면 용적이 딱 알맞아서 대개는 하나 가득 차는 그 녹색 유리병에 소변을 본 후에 마개를 닫고 그것들을 아직도 진짜 맥주가 들어 있는 병과 엄중히 구별해서 분리 저장하기로 하고 있었다. 이 침대에서 지내는 사나이가 어쩌다 맥주를 마시고 싶어졌을 때 혼동의 위험을 피하기 위해서이다. 그의 방에는 수도가 있었는데도——그럴 마음만 있으면 세면기 안에 소변을 볼 수도 있었을 것이다——그는 아주 게을러서, 아니 차라리 몸을 일으키기가 귀찮아서 힘들여 들어간 침대에서 내려와 스파게티 냄비에다 신선한 물을 넣어 가지고 올 수는 없었던 것이다.

클레프가 별명인 뮌처 씨는 스파게티를 알뜰하게도 언제나 같은 물로 삶았다. 따라서 벌써 몇 번이나 스파게티를 삶아서 점점 걸쭉해진 죽 같은 물을 매우 소중히 보관해 두고 있었으므로 그는 빈 맥주병의 여분이 있으면 침대에 가장 알맞은 수평 자세를 흔히 나흘 이상이나 지속하는

데에 성공했다. 난처한 것은 스파게티 삶은 물이 완전히 졸아서 짭짤하고 끈적거리는 찌꺼기가 되었을 때였다. 물론 클레프는 그런 때 굶주림에 몸을 맡길 수도 있었을 테지만 그러나 당시 그에게는 그렇게 할 만한 이데올로기의 뒷받침이 없었다. 게다가 또 그의 금욕은 처음부터 사오 일 정도의 기간을 적당한 것으로 하고 있었던 것 같다. 그렇지 않았다면 우편물을 가져다 준 차이틀러 부인을 번거롭게 만들거나 또는 좀더 큰 스파게티용 냄비와 스파게티의 예비분에 알맞는 저수조를 준비함으로써 어떻든 주위로부터 좀더 오랜 기간에 걸쳐서 독립할 수 있었을 것이다.

오스카르가 편지의 비밀을 침범했을 때 클레프는 침대에서 독립 생활을 시작한 지 닷새째였다. 그는 스파게티 국물 남은 것으로 광고탑에 포스터를 붙일 수도 있을 것 같았다. 이때 그는 간호사 도로테아와 그녀에게 온 편지를 위해서 내가 머뭇거리면서 복도를 걷고 있는 발소리를 들었다. 기침의 발작을 일부러 만들어서 간청해도 오스카르가 반응을 나타내지 않는 것을 알고 있던 그는 내가 베르너 박사의 차갑고 정열적인 러브 레터를 읽은 그날 그의 목소리로 나에게 말을 걸어 본 것이다. 『아아, 미안하지만 물을 좀 갖다 주시지 않겠습니까?』하고. 그래서 나는 냄비를 들고 미지근한 물을 버리고 수도 꼭지를 틀어서 냄비에 절반보다 조금 많이 물을 받아 수도 꼭지를 잠그고 그 신선한 물을 가지고 그에게로 갔다. 나는 그의 기대에 부응할 수 있었던 것이다. 나는 자기 소개를 하고 마체라트, 석공 겸 문자 전문 조각가라고 말했다.

그도 마찬가지로 정중하게 상체를 조금 일으켜 재즈 음악가 에곤 뮌처라고 이름을 댔는데 단 그의 아버지가 역시 뮌처이므로 클레프라고 불러 주었으면 좋겠다고 말했다. 나로서는 그의 희망을 알고도 남음이 있었다. 실제로 나 역시 평소에는 콜야이체크라든가 간단하게 오스카르라고 부르고 있고 겸손하게 부를 때만 마체라트라는 이름을 사용했지만 오스카르 브론스키라고 부르려고 하면 좀처럼 결심이 서지 않았던 것이다. 따라서 나는 거기에 누워 있는 뚱뚱하고 젊은 사나이——서른이라고 짐작했지만 실은 좀더 젊었다——를 선뜻 클레프라고 부르는 데에 저항을 느끼지 않았다. 그도 나를 오스카르라고 불렀는데 그것은 콜야이체크라는 이름을 그로서는 발음하기가 힘들었기 때문이다.

우리는 대화에 몰두했으나 처음에는 좀처럼 마음을 터놓을 수가 없었다. 우리의 이야기는 극히 간단한 주제에 그쳤다. 예를 들면 나는 그가 우리의 운명을 불변의 것이라고 생각하는지 어떤지를 알고 싶었다. 그는 그것을 불변의 것이라고 생각하고 있었다. 그가 인간은 모두 죽지 않으면 안 된다는 의견인지 어떤지 오스카르는 알고 싶었다. 그는 인간은 결국 모두 죽어야 한다는 것도 확고한 것으로 생각하고 있었다. 그러나 인간은 모두 태어나지 않으면 안 되었느냐 하는 점에 대해서는 확신이 없었다. 그리고 그 자신은 잘못 태어난 것이라고 말했다. 여기에서 오스카르는 다시 한 번 그에게 공감을 느꼈다. 그리고 또 우리는 두 사람 모두 천국의 존재를 믿었다――하긴 그는 천국이라는 말을 입에 담을 때 약간 야비한 웃음 소리를 냈고 이불 속에서 몸을 쥐어뜯기까지 했다. 이 클레프 씨가 살아 있을 때부터 괘씸한 일을 계획하고 있다가 천국에 가서 그것을 실행할 셈이라고 여겨져도 어쩔 수 없는 거동이었다. 이야기가 정치에 미치자 그는 거의 정열적으로 삼백 명 이상 되는 독일의 귀족 이름을 대며 그들에 대해 당장 지위와 명예와 권력을 부여해야 한다고 말했다. 하노파 주변 지구는 대영 제국에 양도해야 한다고 말했다. 내가 한때 자유시였던 단치히의 운명을 묻자 그는 유감스럽게도 그 도시가 어디에 있는지를 몰랐으나 무덤덤하게 베르크 지방 출신인 한 백작의 이름을 대었다. 그의 말에 의하면 얀 벨렘의 직계라고 해도 좋은 사람인 모양인데 그는 유감스럽게도 이 백작을 자기가 모르는 그 도시의 영주로서 추천했다. 마지막으로――우리가 마침 진실이라는 개념을 정의(定義)하려고 노력하여 다소의 진전을 나타내고 있었을 때인데――이때 내가 교묘한 질문을 던져 알아낸 바로는 클레프 씨는 벌써 삼 년째 하숙인으로서 차이틀러 씨에게 방세를 내고 있었다. 우리는 좀더 일찍 알게 되지 못한 것을 아쉬워했다. 나는 그것을 고슴도치의 탓으로 돌렸다. 마냥 누워서만 지내는 이 사나이에 대해 제대로 가르쳐 주지 않는 것은 고슴도치가 나쁜 것이다――그리고 보니 간호사에 대해 나에게 상세하게 가르쳐 준다는 것은 생각조차 할 수 없는 일로서 우유빛 유리문 저쪽에는 간호사가 살고 있다는 인색한 소개가 있었을 뿐이었다. 오스카르는 뮌처 씨, 또는 클레프에게 만나자마자 걱정을 끼치고 싶지는 않았다. 그래서 나는 간호사 이야기를 묻는 것은 그만두고 우선 그에 대한 걱정부터 했다.「그런데 건강에 대해서입니다만.」하고 나는 입을 열었다.「어디가 아프신가요 ?」

클레프는 다시 상체를 약간 일으키고 이어 직각으로까지 일으키려고 했지만 그것이 무리라는 것을 알고는 다시 벌렁 몸을 쓰러뜨리고는 나에게 가르쳐 주었다. 그에 의하면 그가 침대에 항상 누워만 있는 진짜 이유는 자기의 건강 상태가 양호한지 견딜 만한지 또는 안 좋은지를 인식하기 위해서이다. 그는 앞으로 이삼 주일 뒤에는 건강이 견딜 만하게 되어지기를 기대하고 있다는 것이었다.

그런 다음에 내가 두려워하고 있던 일이 일어났다. 이렇게 오랫동안 여러 가지 문제를 이야기하고 있노라면 피할 수 있으리라고 생각하고 있었는데.「아 참, 우리 스파게티를 함께 듭시다.」

이렇게 해서 우리는 내가 가지고 온 새 물로 스파게티를 삶아서 먹었다. 사실은 그 끈적끈적한 냄비를 설거지대에서 깨끗이 씻었으면 좋았는데 나는 굳이 그것을 강요하지 않았다. 클레프는 몸을 옆으로 비틀어 가지고 몽유병자에게서 흔히 볼 수 있는 확실한 손놀림으로 요리를 했다. 그는 남은 국물을 신중하게 꽤 큰 빈 깡통에 옮기고 그리고는 상체의 자세를 별로 바꾸지도 않고 침대 밑으로 손을 뻗쳐 토마토 페이스트의 찌꺼기가 달라붙어 있는, 기름기가 묻은 접시를 끄집어냈다. 그리고는 잠시 망설이고 있는 듯하더니 다시 한 번 침대 밑으로 손을 넣어 이번에는 꼬깃꼬깃 뭉쳐진 신문지를 꺼내어 그 종이로 접시를 돌려가며 닦은 후 종이는 다시 침대 밑으로 집어 던졌다. 그리고는 마지막으로 남아 있는 작은 먼지를 날려 버리려는 것처럼 얼룩투성이의 그 접시에 입김을 불었다. 그리고는 고상하다고도 할 수 있는 거동으로 이 세상의 접시라는 접시 중에서 가장 기분 나쁜 그 접시를 나에게 건네 주며 사양하지 말고 마음껏 먹으라고 오스카르에게 권했다.

나는 그에게 어서 먼저 드시라고 말했다. 그는 나에게 손가락이 달라붙는 끈적거리는 포크와 숟가락을 배당한 후 다른 포크와 숟가락을 사용해서 적잖은 양의 스파게티를 내 접시에 담아 주고 우아한 손놀림으로 튜브에서 토마토 페이스트를 짜내서 엉겨 있는 스파게티 위에 장식을 베풀고는 다시 깡통의 기름을 듬뿍 쳤다. 냄비 속의 스파게티에도 같은 일을 되풀이하고 그리고는 양쪽에 후추를 치고 냄비 속의 자기 몫을 휘저으며 나더러도 그렇게 하라고 눈짓을 했다. 「가루 치즈가 없어서 미안하지만 어서 맛있게 드십시오.」

오스카르는 그때 어떻게 해서 숟가락과 포크를 들 용기가 생겼는지 지금까지도 이해할 수가 없다. 그리고 기묘하게도 그 요리는 맛이 있었다. 그 클레프 식 스파게티는 나에게 맛있는 것의 기준이 되기까지도 하여 그날 이후 나는 내 앞에 나오는 메뉴를 모두 이것을 기준으로 하여 측정했을 정도였다. 식사를 하는 동안 나는 항상 누워만 있는 이 사나이의 방을 자세하게, 단, 눈치채지 않게 조사하는 시간을 가졌다. 이 방에서 가장 눈을 끄는 것이란 천장 바로 밑에 둥근 입을 벌리고 있는 연통 구멍이었다. 그것은 벽으로 검은 숨을 토해내고 있었다. 두 개가 있는 창 밖에서는 바람이 불고 있었다. 어쨌거나 이따금 그을음의 구름을 연통 구멍으로부터 클레프의 방안으로 불어넣은 것은 돌풍의 작용인 것 같았다. 그을음의 구름은 매장식(埋葬式)처럼 가재 도구 위에 거침없이 흩뿌려졌다. 물론 가구라고 해야 방 한가운데에 설치되어 있는 침대와 포장지에 말아서 싼 차이틀러의 것인 듯한 세 개의 융단뿐이었으니까 가장 검게 된 것은, 전에는 희었을 것이 틀림없는, 시트, 클레프의 머리 밑의 베개, 그리고 일진의 바람이 그을음의 구름을 실내에 불어넣을 때마다 누워서만 지내는 이 사나이가 언제나 얼굴 위에 펼치는 손수건이라고 단언해도 좋았다.

이 방의 양쪽 창은 차이틀러의 거실 겸 침실의 윌리히 거리에 면하고 있는 창문과 흡사했다. 또는 좀더 정확하게 말하면 이 아파트 앞에 서 있는 밤나무의 회녹색 잎을 걸치고 있는 창문과 흡사했다. 이 방을 장식하는 유일한 그림으로서 그 창과 창 사이에 압정으로 붙여 놓은 것은 주간지에서 오린 듯한 영국 여왕 엘리자베드의 컬러 사진이었다. 그 사진 밑의 벽걸이에 매달려 있는 것은 풍적(風笛)으로서 타탄체크의 무늬가 흩뿌려진 그을음 밑에 아직도 뚜렷이 엿보였다. 나는 그 컬러 사진을 보면서 실은 엘리자베드와 그녀의 필립의 일보다도 간호사 도로테아의 일을, 즉 그녀가 오스카르와 베르너 박사 사이에 서서 어쩌면 자포자기가 되어 있을지도 모른다고 생각하고 있었는데, 지난번에 클레프가 나에게 설명한 바에 의하면 그는 영국 왕가의 충실하고도 열렬한 지지자이므로 그래서 지금 영국 주류군의 스코틀랜드 연대에 풍적 취주를 배우러 다니고 있을 정도이다. 특히 엘리자베드가 이 연대의 지휘를 맡고 있는 것이 매력이다. 자기는 엘리자베드가 위에서 밑에까지 타탄체크의 스코틀랜드 옷을 입고 이 연대를 열병하는 것을 뉴스 영화에서 보았다는 것이었다.

기묘하게도 이때 내 속에 있는 가톨릭 주의가 고개를 들었다. 나는 엘리자베드가 도대체 풍적 음악을 약간이라도 이해하고 있을지 어떨지에 의심을 품었고 또 가톨릭 신자 메리 스튜어트의 굴욕적인 최후에 대하여 약간의 소견을 피력했다. 요컨대 오스카르는 자기로서는 엘리자베드를 비음악적이라고 간주한다는 것을 클레프에게 알린 것이다.

물론 나는 이 왕당파의 분노가 폭발하리라는 것을 각오하고 있었다. 그런데 상대는 신랄하게 미소지으며 나에게 일종의 설명을 구했고 경우에 따라서는 이 꼬마——이 뚱뚱한 사나이는 나를 이렇게 불렀다——의 음악 문제에 대한 견식의 수준을 확인하려고 했다.

꽤 오랫동안 오스카르는 클레프를 바라보고 있었다. 나에게 말을 건 것이 내 속의 무엇을 자극하게 되었는지 그는 알 턱이 없었다. 나의 머리에서 등의 혹에 걸쳐 번갯불이 달렸다. 그것은 내가 두들겨서 못 쓰게 만든 낡은 양철북 전체에 대한 최후의 심판 같았다. 지금까지 내가 고철더미로 만든 천 개도 넘는 양철과 자스페 묘지에 매장되어 있는 한 개의 양철, 그것들이 모두 일어나 새로이 되살아나서 완전히 부활을 축하하고 소리를 울려 나의 체내를 그것으로 채웠다. 나는 무의식중에 침대 구석에서 일어나 클레프에게 잠깐 실례하겠다고 말하고는 방에서 나와 간호사 도로테아의 우유빛 유리문이 있는 작은 방 앞을 질주하고 ——여전히 봉투의 귀퉁이가 반쯤 가려진 채 복도 바닥에 놓여 있었다——

내 방으로 달려가 화가인 라스콜리니코프가 마돈나 사십구를 그렸을 때 나에게 준 북과 마주했다. 나는 그 북을 쥐고 다시 두 개의 북채도 손에 들고는 돌아서서 또는 돌려 세워져서 내 방을 나와 그 지겨운 작은 방 앞을 지나 긴 방황에서 살아 돌아온 사람처럼 클레프의 스파게티 조리실로 뛰어들었다. 나는 이것저것 살필 겨를도 없이 느닷없이 침대 모서리에 걸터앉아 빨강과 하양으로 나누어 칠해진 북의 위치를 바로잡고 처음에는 우선 북채를 공중에서 휘둘러 보았다. 아직도 약간 어색한 느낌은 있었다. 나는 어리둥절해 있는 클레프를 곁눈으로 살피고 그리고는 우연인 것처럼 북채를 양철 위에 내려 놓았다. 그러자 아아, 양철이 오스카르에게 대답했다. 오스카르는 곧 제2의 북채로 뒤를 쫓았다. 이렇게 나는 차례를 따라 북을 치기 시작했다. 맨 처음부터 시작했다. 즉 나방이 전구 사이에서 피득거리던 내 출생 때의 모습을 북으로 치기 시작했다. 나는 열아홉 난으로 된 지하실 층계를 북으로 두들겼고 전설적인 내 세 번째의 생일이 축하되던 날, 층계에서 추락했을 때의 일도 두들겼다. 나는 페스탈로치 학교의 시간표를 북으로 불러냈고 북과 함께 시토크 탑에 올라갔고 북과 함께 정치 연설의 단 밑에 앉았다. 뱀장어와 갈매기 그리고 성 금요일의 융단털이를 북으로 연주했고 발 쪽이 좁아진 나의 불쌍한 어머니의 관 위에 북을 두들기면서 앉았고 그리고는 헤르베르트 트루친스키의 상처투성이의 등을 북의 교본으로 삼았다. 그리고 나는 헤벨리우스 광장의 폴란드 우체국의 방위를 나의 양철로 두들겼을 때 내가 앉아 있는 침대의 머리쪽 끝에서 무엇인가 움직이는 것이 있음을 깨달았다. 나는 클레프가 일어난 것을 곁눈으로 확인했다. 그는 베개 밑에서 야릇하게 생긴 플루트를 꺼내어 그것을 입에 대고 소리를 냈는데 그것이 또 몹시 감미롭고 불가사의해서 나의 북과 어울리는 음색이었기 때문에 나는 그를 자스페 묘지의 슈거 레오에게로 데리고 갈 수 있었고 슈거 레오가 춤을 추고 난 뒤에는 나는 클레프 앞에서 그를 위해, 그와 함께 내 첫사랑의 비등산에서 거품이 일게 할 수 있었다. 나는 리나 그레프 부인의 정글 속에까지 그를 데리고 갈 수 있었고 또 채소장수 그레프의 칠십오 킬로 저울의 대규모적인 북 장치를 풀어헤쳤고 클레프를 베브라의 위문 극단에 채용하기도 했다. 예수로 하여금 내 북 위에서 말을 시키고 시테르테베커를 비롯한 먼지털이단 일동이 다이빙 대에서 뛰어내리는 것을 북으로 연주하고——다이빙 대 밑에는 루치에가 앉아 있었다—— 나는 또 개미들과 러시아 병사들이 내 북을 점령하는 것을 허용했다. 그러나 그를 다시 한 번 마체라트가 묻힌 뒤 내가 곧 이어 북을 집어 던진 자스페 묘지로 데리고 가는 것은 그만두고 그 대신 나로서는 결코 끝나는 일이 없을 나의 웅대한 주제를 두들기기 시작했다. 카슈바이의 감자밭, 그 위에 내리는 10월의 비, 거기에는 나의 할머니가 넉 장의 치마를 입고 앉아 있다. 그리고 클레프의 플루트에서 10월의 비가 떨어져 내리고 클레프의 플루트가 비와 넉 장의 치마 밑에 나의 할아버지인 방화범 요제프 콜야이체크를 발견하고 또 이 플루트가 나의 불쌍한 어머니의 씨가 내려진 것을 축하하고 증명하는 것을 내가 들었을 때 오스카르의 마음은 돌이 되는 것 같았다.

우리는 몇 시간에 걸쳐서 연주했다. 나의 할아버지가 뗏목을 건너서 도망칠 때의 일을 충분히 변주(變奏)하고 나서 우리는 약간 지치기는 했지만 행복한 기분으로 이 연주회를 행방불명된 방화범이 기적적으로 구조되는 것을 찬가(讚歌)로 암시하면서 끝냈다.

아직도 플루트의 소리가 사라지기 전에 클레프는 뒤집어쓰고 있던 침대에서 뛰쳐나왔다. 시체의 냄새가 그를 따라서 나왔다. 그러나 그는 창문을 크게 열고 신문지로 연통 구멍을 막고 엘리자베드 여왕의 컬러 사진을 북북 찢어 버리고 왕권주의 시대의 종결을 선언했다. 그리고는 수도 꼭지를 틀어 설거지대에 물을 힘차게 쏟아지게 해서 몸을 씻기 시작했다. 그는 씻고 또 씻었다. 모든 것을 씻어 내리려는 듯한 기세였다. 그것은 이미 단순히 씻는 것이 아니라 일종의 목욕 재계의 의식(儀式) 이었다. 그리고 몸을 깨끗이 씻은 그는 수도 꼭지에서 떠나 뚱뚱한 몸에 물을 뚝뚝 흘리면서 거의 돌진하는 기세로 볼썽 사나운 남성을 비스듬히 늘어뜨린 채 내 앞으로 와서 나를 안아올렸다. 두 팔을 뻗쳐 안아올렸다 ——그도 그럴 것이 오스카르는 그 당시에도 지금과 마찬가지로 가벼 웠으니까——그리고는 그의 체내에서 웃음의 소용돌이가 폭발하여 그것이 체외로 뛰쳐나와 천장을 때렸다. 그때 나는 깨달았다. 지금 부활한 것은 오스카르의 북만이 아니라 클레프까지도였다──그래서 우리는 서로를 축하하고 상대방의 볼에 입맞춤을 했다.

그날 중에──우리는 저녁에 외출을 하여 맥주를 마셨고 선지가 든 소시지에 양파를 곁들인 것을 먹었는데──클레프가 나에게 제안했다. 함께 재즈 악단을 만들지 않겠는가고. 그 자리에서 나는 일단 생각할 시간을 달라고 말은 했지만, 그러나 오스카르에게는 그때 이미 결심이 서 있었던 것이다. 그의 직업을, 코르네프네 가게에서의 글자 새기는 일도, 뮤즈인 울라와 함께 하는 모델 직도 모두 포기하고 재즈 밴드의 고수가 되리라는 결심을 말이다.

야자 섬유의 융단 위

이리하여 그때 오스카르는 그의 친구 클레프에게 부활을 위한 이유를 제공한 것이었다. 그는 크게 기뻐하여 그 썩어가는 이불에서 뛰쳐나와 물을 몸에 가까이하는 일까지 하고, 좋아, 세상은 멋져 하고 말하는 사나이가 완전히 되어 버렸는데 나는 이번에는 오스카르가 마냥 누워만 있는 몸이 되어 버린 오늘, 이렇게 주장하고 싶다. 클레프는 나에게 복수를 하고 싶어한 것이다. 나에게서 이 정신 병원의 격자침대를 빼앗아 버릴 생각인 것이다. 그에게서 그 스파게티 조리실의 침대를 빼앗은 것은 바로 나였으니까.

일주일에 한 번 나는 그의 방문을 감수하지 않으면 안 된다. 그가 재즈에 관해서 늘어놓는 낙천적인 장광설, 그 음악적 공산주의 선언을 들어야 할 처지가 되었다. 즉 그는 누워만 있을 때는 충실한 왕권주의자의 역할을 하는 영국 왕실의 편이었는데 내가 그에게서 침대와 풍적, 엘리자베드를 빼앗은 순간에 독일 공산당에 납부금을 내는 당원이 되고 만 것이다.

그리고 지금까지도 위법적 도락으로서 그 활동을 계속하고 있다. 예를 들면 그는 맥주를 마시고 선지가 든 소시지를 먹으면서 내친 김에 죄 없는 범인들이 스탠드에 기대어 병에 붙은 상표를 연구하고 있는 것을 붙들고는 맹활약중인 재즈 밴드와 소비에트 코르호즈 사이의, 기뻐해야 할 공통점을 열거하는 것이다. 현대는 잠자리에서 내몰린 몽상가에게는 이미 약간의 가능성밖에는 남아 있지 않다. 줄곧 누워 있던 침대에서 일단 격리되어서 클레프는 당원이 될 수 있었다——비합법이라는 것까지 그 매력을 더해 주게 되었다. 재즈 열이 그에게 제공된 제2의 신앙이었다. 셋째로는 원래 프로테스탄트인 그가 개종하여 가톨릭이 될 수도 있었을 것이다.

선택은 클레프에게 맡기지 않으면 안 된다. 이러한 어느 신앙 고백으로 통하는 길도 모두 그의 앞에 열려 있다. 단 주의해야 할 일이지만 그의 육중하고 빛나는 육체와 갈채를 양식 삼아 살아가는 그의 특유한 유머가 그에게 복용시킨 처방약은 농부와 같은 교활함을 발휘하여 마르크스의 교의와 재즈의 신화를 혼합한 것이었다. 언젠가 그가 약간 좌익적인 사제, 노동 사제 같은 타입의 사람을 만나기라도 한다면, 그리고 그 사제가 그 밖에 딕시랜드 재즈 레코드의 수집가이기라도 하다면 더 말할 여지도 없지만 그날부터 한 사람의 재즈 광 마르크시스트가 일요일마다 의식에 참여하여 앞서 말한 그 체취를 새 고딕 식 대성당 속의 향연(香煙)과 혼합시키게 될 것이다.

나의 신상에도 이것과 똑같은 일이 일어나기 위해서는 클레프는 우선 나의 침대가 방해된다는 이유로 여러 가지 따뜻한 약속으로 나를 침대 에서 유인해내려고 한다. 그는 몇 번이나 청원서를 재판소에 제출하고 나의 변호사와 짜고 운동하여 재심을 요구하고 있다. 그는 오스카르의 무죄 석방을 원한다. 오스카르의 자유를——우리의 오스카르를 수용소 에서 석방하라——하는 식인데 이것들은 모두 오로지 클레프가 나에게 침대를 부여해 두고 싶지 않기 때문인 것이다!

그래도 내가 차이틀러 가에 하숙을 하고 있을 때는 누워만 있던 친구를 서거나 걸어다니거나 때로는 달릴 수도 있는 친구로 변모시킨 것을 나는 불쌍하다고는 생각하지 않는다. 간호사 도로테아에게 바친, 생각에 잠긴 그 괴로운 시간을 제외한다면 다른 점에서 나는 그때부터 근심이 없는 사생활을 가질 수 있었다. 「여어, 클레프!」하고 나는 그의 어깨를 두들겼다. 「함께 재즈 밴드를 창설하자고.」

그러자 그는 내 등의 혹을 쓰다듬었다. 그는 자기의 배와 거의 마찬가지로 나의 혹도 사랑했다. 「오스카르와 본인은 협력하여 재즈 밴드를 창설할 것이다!」하고 클레프는 세상에 알렸다. 「우리는 또 본격적인 기타 연주자를 한 사람 구한다. 밴조까지도 다룰 줄 알 것.」

확실히 북과 플루트에는 멜로디를 노래할 악기가 또 하나 필요한 것이다. 콘트라베이스도 보기에는 나쁘지 않겠지만 그러나 그 무렵에도 베이스 주자는 이미 좀처럼 구할 수 없었다. 그래서 우리는 모자라는 기타 주자를 열심히 찾았다. 우리는 곧잘 영화를 보러 갔고 그리고 처음에 보고한 대로 일주에 두 번씩 우리의 사진을 찍었다. 그리고 맥주를 마시고 선지가 든 소시지나 양파를 먹으면서 패스포트의 사진으로 여러 가지 어처구니없는 속임수를 썼다. 클레프는 당시 붉은 머리 일제와 알게 되어 경솔하게도 자기의 사진을 그녀에게 주었기 때문에 그녀와 결혼해야 하는 처지에 빠졌다——다만 기타 주자만은 좀처럼 발견되지 않았다.

뒤셀도르프 구시가의 원반 유리, 겨자가 딸린 치즈, 맥주 냄새, 니더라인 지방 특유의 야단법석 따위는 나도 미술대학에서 모델 노릇을 한 관계로 다소는 알고 있었지만, 이 시가를 정말로 알 수 있게 된 것은 역시 클레프와 함께 가게 되고서부터이다. 우리는 기타 주자를 찾아 람베르투스 교회의 주위를 돌고 선술집을 샅샅이 뒤지고 다녔으나 특히 라팅거 거리의 『일각수』에는 가기를 잘했다. 왜냐하면 그 가게에서는 보비가 댄스 뮤직을 연주하고 있었는데 우리들의 플루트와 양철북에도 자주 말을 걸어 주었고 나의 양철북 연주에 찬사를 보내 주기도 했기 때문이다. 보비 자신도 우수한 고수였으나 유감스럽게도 오른손의 손가락 하나가 없었다.

우리는 『일각수』에서도 기타 주자를 발견하지 못했지만 그러나 나는 약간 숙달되어 위문 극단 시절의 경험을 되찾을 수도 있었다. 따라서

간호사 도로테아가 이따금 나의 연주 개시를 실수하게 하지만 않았던들
나는 얼마 안 가서 일반에게 훌륭하게 알려진 고수가 되어 있었을 것이다.
　내 마음의 절반은 언제나 그녀 옆에 있었다. 하지만 나머지 절반이
완전히 어느 지점에서나 나의 양철북 가까이에 있어 주었다면 아직도
가슴의 아픔을 잊게 해주었을 것이다. 그런데 사실은 하나의 생각이
처음에는 북과 함께 있다가도 나중에는 간호사 도로테아의 적십자 기
장에게로 가버리는 것이었다. 클레프는 명인기(名人技)를 발휘하여 그의
플루트로 나의 실패를 보완하고 은폐해 주었는데 오스카르가 그런 식으로
반쯤 딴 생각에 잠겨 있는 것을 보고는 그때마다 걱정해 주었다.「여보게,
배가 고픈 것 아닌가? 선지가 든 소시지를 주문해 줄까?」
　클레프는 이 세상의 모든 슬픔 뒤에서 이리의 굶주림을 냄새맡았다.
따라서 그는 또 어떤 슬픔도 한 사람 몫의 선지가 든 소시지로 치유할
수 있다고 믿고 있었다. 오스카르는 당시 매우 많은 양의 신선한 선지가
든 소시지를 양파와 함께 먹고 맥주를 마셨는데 그 이유는 그의 친구
클레프에게 오스카르의 슬픔은 굶주림 때문이며 도로테아 간호사 때문이
아니라고 믿게 하기 위해서였다.
　우리는 대개 아침 일찍이 윌리히 거리의 차이틀러 가(家)를 나서서
구시가에서 아침을 먹었다. 미술대학에 가는 것은 우리가 영화 관람료를
필요로 하게 되었을 때 정도였다. 뮤즈인 울라는 그 동안에 화가 랑케스와
세 번째인가 네 번째로 약혼을 하고 지금은 랑케스 옆에 항상 붙어 있었다.
왜냐하면 랑케스가 그로서는 처음으로 회사로부터 큰 위탁을 받았기
때문이었다. 뮤즈가 없는데 혼자서 모델 노릇을 하는 것은 오스카르에
게는 역시 재미가 없었다——모두들 또다시 그를 스케치했고 무서울
정도로 시커멓게 칠했다. 그래서 나는 전면적으로 친구 클레프와 어울
리기로 했다. 나는 마리아와 쿠르트 옆에서도 편히 쉴 수가 없었다. 거
기에는 매일 밤 그녀의 고용주이며 찬미자인 시텐첼이 본처가 있는 주
제에 떡하니 버티고 있었다.
　클레프와 내가 1949년 초가을 어느 날, 각각 자기 방을 나와서 복도의
우유빛 유리문 근처에서 만나 악기와 함께 집을 나서려고 했을 때 차

이틀러가 우리에게 말을 걸었다. 그의 거실 겸 침실의 문이 조금 열려 있었다.

그는 폭은 좁지만 두툼하게 만 융단을 우리들 쪽으로 굴려 가지고 와서 그 융단을 깔고 고정시키는 일을 도와 주었으면 좋겠다고 하였다. 그것은 야자나무로 만든 가느다란 융단이었다. 길이가 팔 미터 이십 센티나 되었다. 그런데 차이틀러 가의 복도는 칠 미터 사십오 센티밖에 되지 않았다. 그래서 클레프와 나는 그 융단을 칠십오 센티 가량 잘라내지 않으면 안 되었다. 우리는 그 작업을 그냥 앉아서 했다. 야자 섬유를 절단하는 것이 꽤 힘든 작업이라는 것을 알고 있었기 때문이다. 나중에 재보았더니 이 센티를 더 잘라내고 있었다. 이 융단은 꼭 복도의 넓이만한 폭을 가지고 있었는데 차이틀러는 허리를 제대로 굽힐 수 없으니 우리 두 사람이 힘을 합해서 복도에 융단을 못질해서 고정시켜 달라고 하였다. 오스카르의 착상으로 못길을 하면서 융단을 펼쳐나가기로 했다. 이 방법이 성공하여 이 센티의 틈을 거의 알아볼 수 없을 만큼 메울 수 있었다. 우리는 크고 납작한 대가리가 달린 못을 박아 나갔다. 대가리가 작은 못으로는 성기게 짠 야자 융단을 고정시키는 데 도움이 되지 않았을 것이다. 오스카르도 클레프도 자기의 엄지손가락을 두들기는 실수는 하지 않았다. 물론 두세 개의 못을 구부러뜨리기는 했다. 그러나 그것은 질이 나쁜 못이었기 때문이다. 그럴 수밖에 없는 것이 차이틀러가 예비로 간직해 두었던 통화 개혁 이전의 물건이었으니까. 야자 융단을 반쯤 복도에 단단히 고정시켰을 때 우리는 망치를 서로 교차시켜서 놓아 두고 우리의 작업을 감독하고 있던 고슴도치의 얼굴을 재촉이라고까지는 할 수 없지만 기대하는 눈빛으로 바라보았다. 그는 거실 겸 침실 안으로 자취를 감추더니 보관해 두었던 리쾨르 컵 중에서 세 개를 가지고 되돌아왔다. 큰 브랜디 병도 함께 들고 있었다. 우리는 야자 융단의 내구성을 축하하여 건배했다. 그런 다음에 또다시 재촉한다기보다는 기대하는 투로 말했다. 야자 섬유는 목이 마른다라고. 고슴도치의 리쾨르 컵들은 아마 기뻐했을 것이다. 고슴도치가 평소의 버릇대로 노여움을 폭발시켜 컵들을 분쇄하기 전에 몇 번이나 계속 브랜디가 그 안에 따라졌으니까. 클레프가 일부러 빈 컵을 야자 융단 위에 떨어뜨려 보았으나 컵은 깨지지 않았고 소리도 전혀 내지 않았다. 우리는 모두 그러한 야자 융단을 칭찬했다. 거실 겸 침실의 문에서 우리의 작업을 바라보고 있던 차이틀러 부인도 우리들과 마찬가지로 야자 융단을 칭찬하고 컵을 떨어뜨려도 깨지지 않게 된 것을 찬양했다. 그러자 당장 고슴도치가 화를 내고 말았다. 그는 아직도 고정되지 않은 쪽의 융단을 힘껏 밟는가 싶더니 빈 리쾨르 컵 세 개를 움켜쥐고 그것을 든 채 거실 겸 침실 속으로 사라졌다. 유리 찬장이 덜컹덜컹 하는 소리가 들렸다——그는 세 개의 컵으로는 부족해서 좀더 많이 끄집어낸 것이다——그 직후 오스카르는 귀에 익은 음악을 들었다. 오스카르의 심안(心眼)에 차이틀러의 난로가 떠올랐다. 여덟 개의 리쾨르 컵이 분쇄되어서 난로 옆에 굴러 있었다. 그리고 차이틀러는 쓰레받기와 비 쪽으로 몸을 굽혀 고슴도치로서 분쇄한 컵을 이번에는 차이틀러로서 쓸어모았다. 그러나 차이틀러 부인 쪽은 뒤쪽에서 쟁그랑쟁그랑 소리가 나는데도 태연히 문간에 선 채로 있었다. 그녀는 우리의 작업에 큰 흥미를 느끼고 있었던 것이다. 마침 고슴도치가 화를 냈을 때 우리는 다시 망치를 집어든 참이었다. 고슴도치는 다시 돌아오지 않았으나 브랜디 병은 우리 옆에 그냥 놓인 채로 있었다. 우리는 번갈아가며 그 병에 입을 댔는데 차이틀러 부인이 지켜보고 있었기 때문에 처음 한동안은 쑥스러웠다. 그러나 그녀는 우리들에게 상냥하게 끄덕여 주었다. 그러나 우리는 그녀에게도 병채로 한 모금 마시라고 제공할 기분은 별로 나지 않았다. 그래도 우리는 차분하게 일을 계속하여 못을 하나하나 야자 융단에 박아 나갔다. 오스카르가 간호사의 작은 방 앞에 야자 융단을 못박을 때는 망치로 두들길 때마다 우유빛 유리가 덜컹덜컹 소리를 냈다. 그것은 그의 가슴을 아프게 했다. 그리고 그는 그 아픔을 견딜 수 없어서 한순간 망치를 쥔 손을 늘어뜨리지 않고는 배길 수 없었다. 그러나 이 도로테아의 우유빛 유리문 앞을 지나쳐 버리자 그도, 그의 망치도 다시 기운을 되찾았다. 언젠가는 무슨 일에나 종말이 오는 것과 마찬가지로 마침내 이 야자 융단의 못질 작업도 끝났다. 구석에서 구석까지 폭넓은 대가리를 가진 못의 줄이 달리고 못은 목까지 복도에 파묻히고 분방하게 소용돌이치며 흐르는 야자 섬유의 바로 위에 대가리를 쳐들고 있었다. 스스로가 만족을 느껴 우리는 복도를, 융단의 길이를 즐기면서 왔다갔다 하며 걸어 보았다. 그리고는 우리의 일솜씨를 자찬하며 아침 식사 전에 고픈 배를 움켜쥐고 야자 융단을 깔고 못질을 한다는 것은 쉬운 일이 아니라는 것을 넌지시 내비쳤다. 그러자 그것이 효과를 나타내어 마지막에 차이틀러 부인이 그 새로운, 처녀처럼 순결하다고 말하고 싶은 모습으로 야자 융단 위를 지나 주방으로 가서 우리를 위해 커피를 끓였고 달걀 프라이를 만들어 주었다. 우리는 내 방에서 식사를 했다. 차이틀러 부인은 서둘러 방에서 나갔다. 만네스만의 사무소로 가지 않으면 안 되었기 때문이다. 우리는 방문을 열어 놓은 채로 두었다. 조금 지친 듯했으나 입을 우물거리면서 우리가 한 작업의 성과를 바라보았다. 우리를 향해서 야자 섬유의 흐름이 밀려왔다.

고삭해야 통화 개혁 전에 야간의 교환 가치를 가지고 있던 정도의 싸구려 융단에 대해서 어째서 이처럼 많은 말을 소비하는가? 오스카르의 귀에는 이 당연한 질문이 들려온다. 그래서 미리 이 질문에 대해서 대답해 두기로 한다. 실은 이 야자 융단 위에서 나는 다음날 밤 처음으로 간호사 도로테아를 만난 것이다.

밤도 깊어서 한밤중이 되었을 때 나는 맥주와 선지가 든 소시지로 배를 채우고 귀가했다. 클레프는 구시가에 남겨 두고 왔다. 그는 여전히 기타 연주자를 찾고 있었던 것이다. 나는 당연히 차이틀러 가의 열쇠 구멍을 찾았고 복도의 야자 융단 위를 타고 어두운 우유빛 유리 앞을 통과하여 내 방으로 들어갔다. 그리고는 내 침대에 들어갔고 침대에 들어가기 전에는 입고 있던 것을 벗었는데 유감스럽게도 잠옷만은 발견되지 않았다──세탁을 위해서 마리아에게 보내 버렸기 때문이었다──그러나 잠옷 대신 우리가 너무 길어서 잘라 두었던, 길이가 칠십오 센티인 야자 융단의 자투리를 발견했다. 나는 그 자투리를 침대용 매트로 하여 침대 앞에 놓고 나서 침대에 들어갔는데 이번에는 잠을 이룰 수 없었다.

오스카르가 잠을 못 이룬 채 어떤 것을 생각하고 있었는지, 또는 어떤 일을 멍하니 머릿속에서 그리고 있었는지 그것은 지금 여러분에게 이야기할 것까지도 없다고 생각한다. 오늘 나는 그때 잠을 이루지 못한 원인을 발견한 것 같은 느낌이 든다. 그때 나는 침대에 들어가기 전에 맨발인 채로 새로운 매트인 야자 섬유의 자투리 위에 섰다. 그 야자 섬유가 내 맨발에 전달되어 내 피부를 통해 혈액 속으로 침입했다. 따라서 나는 이미 침대에 누워 있어도 여전히 야자 섬유 위에 서 있는 것과 마찬가지이며 따라서 잠을 이룰 수가 없었던 것이다. 즉 야자 섬유의 매트 위에 맨발로 서는 것만큼 흥분시켜서 잠을 내쫓고 사고(思考)를 촉진시키는 것은 달리 없기 때문이다.

오스카르는 벌써 한밤중이 지나고 새벽 세 시경이 되었는데도 여전히 잠을 못 이룬 채 침대 속에 누워서 동시에 매트 위에 계속 서 있었다. 그때 복도에서 문 소리가 났고 다시 한 번 문소리가 났다. 클레프로군 하고 나는 생각했다. 어차피 기타 연주자는 구하지 못했을 테니까 선지가 든 소시지를 실컷 먹고 돌아왔을 테지 하고 생각했다. 그러나 나는 복도에서 문을, 이어서 좀더 큰 문을 움직인 것이 실은 클레프가 아니었음을 알고 있었다. 다시 나는 생각을 계속했다. 어차피 잠을 이루지 못하고 발바닥에 야자 섬유를 느끼고 있을 정도라면 차라리 침대에서 나가 버리는 것이 어떤가. 그리고 기분상으로만이 아니라 실제로 침대 앞에 있는 야자 섬유의 매트 위에 몸을 내맡기는 것이 어떤가 하고. 오스카르는 그렇게 해보았다. 그러자 그것이 또 차례로 결과를 낳았다. 즉 내가 매트 위에 선 순간에 그 칠십오 센티 남은 조각은 발바닥을 통해서 그 원천인 복도의 칠 미터 사십삼 센티의 야자 융단을 나에게 상기시킨 것이다. 나는 그 절단된 야자 섬유의 단편에 동정했기 때문일까? 아니면 내가 복도의 문 소리를 듣고 클레프의 귀가를 상상해 보기는 했지만 그러나 그것을 믿고 있지는 않았기 때문일까? 어쨌든 오스카르는 몸을 숙이고 아까 침대에 들어갈 때 잠옷이 발견되지 않은 채였기 때문에 야자 섬유제 침대용 매트의 두 모서리를 두 손에 각각 들고 두 다리를 크게 벌려 매트 위에서 바닥 위로 옮기고 그 매트를 두 다리 사이로 끌어올리고는 그 길이가 칠십오 센티인 것을 그의 일 미터 이십일 센티의 나체 위에 받쳐들고 이렇게 하여 그의 발가벗은 몸을 교묘하게 은폐했다. 그러나 그는 쇄골에서 무릎에 이르기까지 바야흐로 야자 섬유의 영향하에 노출되었다. 이 영향력은 오스카르가 그 야자 섬유제의 옷을 앞에 받쳐든 채 어두운 자기 방에서 역시 어두운 복도 위에, 따라서 야자 융단 위에 나갔을 때 한층 더 고조되었다.

　이런 식으로 융단의 섬유가 다가온 이상 내가 발을 빨리 움직여서 내 발 밑의 영향력으로부터 달아나 자기를 구출하려 하고 그 때문에 야자 융단이 깔려 있지 않은 곳으로——즉 화장실로——쏜살같이 달려갔다고 해서 무슨 이상한 점이 있겠는가.

　화장실은 복도나 오스카르의 방과 마찬가지로 어두웠으나 그러면서도 사용중이었다. 여자의 가냘픈 외침 소리가 들렸기 때문에 그것을 알 수 있었다. 게다가 또 나의 야자 섬유의 모피가 앉아 있는 사람의 무릎에 닿았다. 나는 화장실에서 나가려는 기색을 나타내지 않았다——나의 뒤에는 야사 융단의 섬유가 나에게 육박하고 있었으니까——그러자 내 앞에 앉아 있는 여자가 나를 화장실에서 몰아내려고 했다.

　「누구예요? 무슨 일이에요? 나가 주세요!」하고 내 앞에서 말하는 소리가 들렸지만 그것은 아무리 생각해도 차이틀러 부인의 목소리라고는 생각되지 않았다. 약간 가련한 목소리로 「누구예요?」하고 묻는 것이었다.

　「자, 간호사 도로테아 씨, 한 번 맞혀 보세요.」하고 나는 대담하게 놀려 주었다. 그렇게 함으로써 우리가 야릇한 곳에서 마주친 어색함을 누그러뜨려 보려고 한 것이다. 그러나 그녀는 맞혀 보려는 의사는 없고 일어섰는가 싶더니 어둠 속에서 내게로 손을 뻗치고 나를 화장실에서 복도의 융단 위로 밀어내려고 시도했다. 그러나 손을 너무 높은 곳으로 뻗었기 때문에 내 머리 위에서 헛손질을 했다. 다음에는 손을 내려서 찾아 보았다. 그러나 나를 붙잡지 못하고 내 야자 섬유의 앞가리개를 붙잡고는 또다시 비명을 질렀다——여자란 언제나 곧 비명을 지르게끔 되어 있다——아무래도 나를 누군가와 착각한 것 같다. 그 증거로 간호사 도로테아는 부들부들 떨면서 「아아, 악마!」하고 중얼거렸다. 그 소리를 듣고 나는 무의식중에 키득키득 웃고 말았다. 그러나 결코 악의가 있어서 웃은 것은 아니었다. 그런데도 그녀는 그것을 악마의 웃음이라고 해석했다. 그러나 나는 악마라는 말이 싫었다. 그래서 그녀가 다시, 그러나 이제는 완전히 겁을 먹고 「누구세요?」 하고 물었을 때 오스카르는 「나는 사탄(악마)이다. 간호사 도로테아를 만나러 왔다!」 하고 대답했다. 그러자 그녀는 「아아, 하나님. 하지만 대체 무슨 용무죠?」

나는 이 역(役)에 서서히 빠져들고 또 내 속에 사는 사탄을 후견인으로 삼으며 말했다. 「사탄은 간호사 도로테아를 좋아한다.」

「싫어, 싫어, 싫어, 나는 싫어요!」 하고 그녀는 여전히 팔을 뻗으며 탈출을 시도했으나 또다시 나의 야자의 악마적 섬유에 손을 부딪치고 말았다——그녀의 잠옷은 아주 얇았던 것 같다——게다가 그녀의 열 개의 손가락이 유혹적인 정글의 포로가 되어 버려, 그 때문에 그녀는 허탈한 실신 상태에 빠졌다. 간호사 도로테아가 앞으로 고꾸라진 것은 확실히 일종의 가벼운 실신 탓이었다. 나는 내 몸에서 떼내어 높이 치켜든 내 모피를 가지고 쓰러지려는 그녀를 받치고 꽤 오랫동안 그대로 지탱하고 있었는데 그 동안에 사탄의 역에 어울리는 결심을 굳힐 수 있었다. 그래서 나는 약간 뒤로 물러서서 그녀에게 무릎을 꿇는 것을 허용했으나 그녀의 무릎이 화장실의 차가운 타일에 닿지 않고 복도의 야자 융단에 닿도록 신경을 쓰고 그리고는 그녀의 몸을 위를 향해 눕게 하고 머리를 서쪽, 즉 클레프의 방 쪽으로 향하게 하여 그 키만큼 융단 위로 잡아끌었다. 그녀의 등 쪽은 적어도 일 미터 육십 센티의 길이에 걸쳐서 야자 융단에 닿아 있었기 때문에 나는 그녀의 앞면도 역시 같은 섬유로 덮어 주었는데 물론 칠십오 센티의 길이밖에 여유가 없었다. 처음에 나는 그 칠십오 센티의 매트를 그녀의 턱 밑에 대어 보았으나 이렇게 하면 반대쪽 끝이 아무래도 넓적다리보다 훨씬 밑에까지 내려간다. 그래서 이번에는 그 매트를 십 센티 가량 위로 끌어올려 그녀의 입 위에까지 가지고 갔다. 그러나 도로테아의 코는 가리지 않았으므로 호흡을 하는 데는 지장이 없었다. 사실 오스카르 쪽에서도 침대용 매트 위에 몸을 뉘고 그 매트의 많은 섬유를 떨게 했을 때 그녀는 숨을 거칠게 쉬었다. 나는 간호사 도로테아와 직접 접촉하지는 않고 우선 야자 섬유의 힘을 작용시키기로 하고 다시 도로테아와의 대화도 재개했다. 그녀는 여전히 반쯤 실신한 상태에서 「아아, 하나님, 아아, 하나님.」하고 중얼거리고 거듭 되풀이해서 오스카르의 이름과 신분을 물었다. 그리고 내가 사탄임을 자칭하고 사탄이라는 말을 악마적인 귀엣말로 속삭이고 또 여러 가지 대사로 나의 거처인 지옥의 이야기를 들려 줄 때마다 그녀는 야자 융단과 야자 매트 사이에서 바들바들 떨었다. 나는 그런 이야기를 속삭이면서도 침대용 매트 위에서 열심히 체조를 하고 매트를 계속 움직였다. 왜냐하면 이 야자 섬유가 간호사 도로테아에게 일종의 감정을 일으키게 한 것을 내 귀가 흘려 버리지 않았기 때문이다. 그것은 아주 오래 전에 비등산이 나의 사랑스러운 마리아에게 일으키게 했던 감정과 비슷한 것이었다. 단, 비등산의 경우에는 나는 충분히 기운차게 행동하고 보기좋게 성공을 거둘 수 있었으나 이 야자 섬유제 매트 위에서는 치욕적인 실패를 체험한 것이다. 나는 닻을 던지는 데 성공하지 못했다. 비등산 시절 이후에는 시종 단단해져서 목적을 달성할 수 있었는데 이 야자 섬유 안에서는 고개를 떨구고 말아 그럴 기분이 되지 않고 작은 채로 있었다. 겨냥을 하려고 하지 않았다. 어떤 유혹에도 편승하려 하지 않았다. 나의 순수하고 지적인 설득력도 효과를 나타내지 않고 간호사 도로테아의 한숨도 도움이 되지 않았다. 그녀는 그곳에 누운 채 속삭이고 신음하고 흐느껴 울었다. 「자, 사탄, 자, 어서요!」하고.

그래서 나는 그녀를 달래고 어루지 않으면 안 되었다. 「사탄은 곧 온다. 조금만 기다려.」하고 나는 그야말로 악마적으로 중얼거리고 동시에 나의 세례 때 이후, 내 속에 살고 있던——지금도 여전히 그곳에서 살고 있는——저 사탄과 대화를 나누었다. 모처럼의 기회에 방해를 하다니, 사탄! 하고 욕을 하고 부탁이다, 창피를 당하지 않게 해줘! 하고 애원하고 오늘 너는 정말 이상하구나, 생각해 봐. 마리아의 일을 아니, 그레프 미망인 쪽이 좋을까, 그렇지 않으면 귀여운 로스비타를. 밝은 파리에서는 우리들 둘이서 그녀를 여러 가지로 놀려 주지 않았느냐! 그러나 그는 불쾌하게 몇 번이나 같은 대답을 할 뿐이었다. 마음이 내키지 않는다, 오스카르 하고. 사탄이 마음이 내키지 않는다면 승리를 거두는 것은 도덕 쪽이다.

결국 사탄에게도 때로는 마음이 내키지 않는 경우가 있는 것은 어쩔 수 없는 일일 것이다.

이처럼 그는 나를 지지하기를 거부하고 이것저것 비슷한 달력의 격언을 부르짖었다. 그 사이 나는 서서히 힘을 잃어가면서도 야자 섬유의 매트를 계속 움직여 불쌍한 간호사 도로테아의 피부를 문질러 괴롭히고 마지막에는 그녀가 갈망하여 속삭이는「자, 사탄, 자, 와요, 부탁이에요!」라는 소리에 재촉되어 나는 자포자기적인 아무 동기도 없는 무의미한 돌격을 야자 섬유의 아래쪽에 감행했다. 나는 탄환을 재지 않은 권총으로 표적의 중심에 명중시키려고 시도했다. 그녀 쪽에서도 그녀의 사탄에 협력하려고 한 것이리라. 두 손을 야자 매트 밑에서 내밀어 나를 끌어안으려 했고 그리고 사실 나를 끌어안았으나 그 순간 내 등의 혹에 손이 닿아 야자 섬유의 피부가 아닌 인간의 온기를 가진 내 피부를 발견했고 그녀가 찾고 있던 사탄이 없는 것을 깨달았다. 그녀는 이미『자, 사탄, 와요!』하고 속삭이는 것을 그만두고 뿐만 아니라 이번에는 기침을 한 번 했는가 했더니 딴 사람 같은 목소리로 최초의 질문을 들이댔다.「도대체 누구예요. 당신은? 무슨 용무가 있어요?」하고.

그래서 나는 찔끔하고 움츠린 채 대답하지 않으면 안 되었다. 나의 이름은 호적에서는 오스카르 마체라트라는 것, 나는 그녀의 이웃에 살고 있고 간호사 도로테아를 마음으로부터 뜨겁게 사랑하고 있다는 것을.

그런데 심술궂은 사람이 있어서 간호사 도로테아가 나를 저주의 말과 주먹을 가지고 야자 융단 위로 떠밀었을 것이라고 생각할는지도 모르지만 물론 오스카르는 비애감을 떨쳐 버리지는 못했어도 동시에 약간의 만족감까지 느끼면서 보고할 수 있는 것이다. 즉 간호사 도로테아는 두 손과 두 팔을 천천히 생각하고 또 생각하며 망설이듯이 내 혹에서 뗐을 뿐이라고 말이다. 말하자면 그것은 무한히 슬픈 애무와도 같았다. 그리고 그녀는 곧 흐느껴 울기 시작했지만 그것도 격렬하게 내 귀를 때리는 정도는 아니었다. 그녀가 나와 야자 매트 밑에서 몸을 옆으로 움직여 나에게서 빠져나가 내 몸을 그녀의 몸에서 떨어져 나가게 했다고 깨달았을 때는 그녀의 발소리를 벌써 복도의 깔개가 빨아들여 버리고 있었다.

문 열리는 소리가 들리고 열쇠를 돌리는 소리가 들렸다. 그러자 곧 간호사 도로테아의 작은 방의 우유빛 유리의 정방형 여섯 개가 안쪽에서 빛과 현실을 받아들였다.

오스카르는 누운 채 매트로 몸을 가렸다. 그 매트에는 악마적인 장난을 했을 때의 온기가 아직도 약간 남아 있었다. 내 두 눈은 불이 켜져 있는 사각형에 못박혀 있었다. 이따금 하나의 그림자가 우유빛 유리 위를 스치며 지나갔다. 지금 그녀는 양복장 있는 데로 갔다. 이번에는 화장대 앞이로군 하고 나는 나 자신에게 들려 주었다. 오스카르는 개〔犬〕와 같은 시도를 했다. 나는 매트를 걸친 채 융단 위를 기어서 그녀의 문 앞으로 갔고 문의 나무를 긁어 대면서 약간 몸을 일으켜 구걸하듯이 한쪽 손을 밑에 있는 두 장의 유리 위에서 방황하게 했다. 그러나 도로테아는 문을 열려고 하지 않았고 지칠 줄도 모르고 양복장과 거울이 달린 장롱 사이를 왔다갔다 하고 있었나. 나로서는 알고 있었으나 납득할 수가 없었다. 간호사 도로테아가 짐을 꾸려 가지고 나에게서 도망치려 하고 있다는 사실을.

그녀가 방에서 나갈 때 적어도 그 얼굴을 전등불 밑에서 볼 수 있을 것이라는 희미한 기대를 품고 있었으나 그 기대조차도 나는 묻어 버리지 않으면 안 되었다. 우선 처음에 우유빛 유리 저쪽이 어두워지고 그리고는 열쇠 소리가 들리고 문이 열리더니 야자 융단 위에 구두가 나타났다——내가 그녀에게 손을 뻗치자 여행 가방에 부딪치고 양말을 신은 다리에 부딪쳤다. 그러자 그녀는 양복장 안에 있던 저 튼튼한 등산화로 내 가슴을 걸어찼고 나를 융단 위에 나가 떨어지게 했다. 그리고 오스카르가 다시 한 번 벌떡 일어나 「도로테아 씨.」 하고 애원했을 때는 벌써 현관문이 닫히고 있을 때였다. 한 여성이 나를 저버리고 만 것이다.

여러분들과 그리고 내 슬픔을 이해해 주시는 모든 사람들은 여기에서 말할 것이다. 침대로 가요, 오스카르. 이렇게 굴욕적인 사건이 있었는데에서 더 무엇을 복도 위에서 구하려는 것인가. 새벽 네 시다. 발가벗은 채 너는 야자 융단 위에 누워 섬유질 매트로 가까스로 몸을 가리고 있을 뿐이다. 손과 무릎이 벗겨지지 않았는가. 너의 심장은 피를 흘리고 너의

성기는 아픔을 호소하고 너의 치욕은 하늘을 향해 소리치고 있다. 너는
차이틀러 씨의 잠을 깨우고 말았다. 그리고 그는 그 아내의 잠을 깨웠다.
그들이 오고 있다. 거실 겸 침실의 문을 열고 너를 발견할 것이다. 침대로
가라, 오스카르. 이제 곧 다섯 시가 된다!

이것과 똑같은 충고를 나도 융단 위에 누워 있는 그때 스스로 나 자
신에게 했던 것이다. 나는 추위에 떨면서 누운 채로 있었다. 나는 간호사
도로테아의 육체를 다시 불러오려고 시도했다. 그러나 느껴지는 것이
라고는 야자 섬유뿐이었다. 이빨 사이에까지 야자 섬유가 끼여 있었다.
그리고서 한 줄기 빛이 오스카르 위에 떨어졌다. 차이틀러의 거실 겸
침실의 문이 조금 열리고 차이틀러의 고슴도치 머리가 보였다. 그 위에
금속제의 컬 클립을 잔뜩 달고 있는 머리로 들여다보고 있는 사람은
차이틀러 부인이었다. 그들은 말없이 응시하고 있었다. 그가 기침을 했고
그녀는 키득키득 웃었다. 그가 나에게 말을 걸었으나 나는 아무 대답도
하지 않았다. 그녀는 계속 키득거리며 웃었다. 그가 그것을 제지했다.
그녀는 어디가 아픈지 알고 싶어했다. 그는 그럴 필요가 없다고 말했고
그녀는 이 집은 완고한 집안이기 때문이라고 말했다. 그는 방을 비워
달라고 위협했다. 그러나 내가 잠자코 있은 것은 그 정도는 아직 참을
수 있었기 때문이다. 그러자 차이틀러 부부는 문을 열었고 그가 복도의
전등 스위치를 켰다. 그런 다음 그들은 내게로 다가왔다. 조그만 눈이
화를 내어 심술궂은 눈초리를 하고 있었다. 그는 그의 노여움을 이번에는
리쾨르 컵으로 발산시킬 생각은 없는 것 같았다. 내 위에 버티고 섰다.
그리고 오스카르는 고슴도치의 분노가 떨어질 것이라고 기대하고 있었
다──그러나 차이틀러는 그의 노여움을 발산시킬 수 없었다. 마침 이때
층계 쪽이 시끄러워졌기 때문이며 열쇠를 든 손이 더듬거리며 현관 문
위를 찾기 시작하다가 마침내 열쇠 구멍을 발견했기 때문이다. 그리고
클레프가 들어왔다. 동행이 한 사람 있었는데 그와 마찬가지로 취해
있었다. 그것은 가까스로 발견된 숄레라는 기타 연주자였다.

두 사람은 차이틀러 부부를 달랜 뒤에 오스카르 위에 허리를 굽히고
아무것도 묻지 않고 나를 붙잡고는 내 몸과 사탄의 야자 매트를 나의

방 속으로 운반했다.

클레프는 내 몸을 문질러 따뜻하게 해주었다. 기타 연주자는 내 옷을 가져다 주었다. 둘이서 나에게 옷을 입히고 내 눈물을 닦아 주었다. 나는 마냥 울었다. 창 밖은 밝아오고 있었다. 참새들. 클레프가 나의 북을 내 목에 걸고 자기는 조그만 나무 플루트를 꺼내 보였다. 계속되는 흐느낌. 기타 주자는 그의 기타를 어깨에 걸었다. 참새들. 친구들은 나를 한가운데에 에워싸듯이 하고 흐느끼면서 시키는 대로 하는 오스카르를 차이틀러 가로부터, 다시 윌리히 거리의 그 건물로부터 참새들이 있는 곳으로 데리고 나갔다. 오스카르를 야자 섬유의 영향에서 끌어내어 나와 함께 아침의 가로를 지나 호프가르텐을 가로질러 프라네탈리움이 있는 라인 강변까지 걸었다. 라인 강은 잿빛을 하고 네덜란드로 흘렀고 강 위에 떠 있는 배 위에는 세탁물이 휘날리고 있었다.

오전 여섯 시에서 아홉 시까지, 저 안개 짙은 9월의 아침, 플루트 주자 클레프와 기타 주자 숄레와 고수인 오스카르는 라인의 오른쪽 기슭에 앉아 음악을 연주했다. 연습을 하고는 병을 들어 한 모금 꿀꺽 들이키고 맞은편 기슭의 포플러 가로수에 눈짓을 하고 석탄을 싣고 뒤스부르크에서 온 몇 척의 배가 흐름을 거슬러 버티고 있는 쪽을 향해 미시시피의 빠르고 명랑한 음악이나 느리고 구슬픈 음악을 선물했다. 그리고 마침내 결성된 이 재즈 밴드의 이름을 찾았다.

햇빛이 비쳐 아침 안개를 물들이고 음악이 마냥 늦어진 아침 식사에 대한 욕구를 느끼게 했을 때 자기 자신과 어젯밤 사이를 북으로 단절시킨 오스카르는 일어서서 윗도리 주머니에서 돈을 꺼내어 아침 식사의 신호를 보내고 친구들에게 새로 생긴 이 악단의 이름을 알렸다.『더 라인 리버 스리』하고 우리는 명명한 뒤 아침 식사를 하러 갔다.

양파 켈러에서

　우리가 라인의 목장을 사랑한 것과 똑같이 요리점 주인 페르디난트 시무도 뒤셀도르프와 카이저스베르트 사이의 라인 오른쪽 기슭을 사랑했다. 우리는 곡 연습을 대개 시토쿰의 위쪽에서 했다. 한편 시무는 소구경 총을 가지고 기슭의 둑 울타리나 수풀 속에서 참새를 쫓아다녔다. 그것이 그의 도락이었고 그렇게 하고 있으면 그는 기분이 상쾌해지곤 했다. 가게에서 언짢은 일이 있으면 시무는 아내에게 메르세데스를 운전하라고 명했다. 그들은 기슭을 따라 차를 달리게 하여 시토쿰 위쪽에다 주차했다. 그는 약간 편평족(扁平足)인데 총구를 아래로 향한 채 걸어서 목장을 지나 차 속에 남아 있고 싶어하는 아내를 데리고 앉아 있기 편한 강가의 돌 위에 아내를 남겨 놓고 울타리 사이로 모습을 감추었다. 우리는 『래그타임』을 연주하고 그는 수풀 속에서 총을 쏘았다. 우리가 음악에 몰두하고 있는 동안에 시무는 참새를 쏘았다.

　숄레는 클레프와 마찬가지로 구시가의 요리점 주인을 모두 알고 있었는데 숲 속에서 총소리가 나면 그는 곧 말하였다.

　「시무가 참새를 쏘고 있군.」

　그런데 시무는 이미 살아 있지 않으므로 나는 여기서 바로 그에 대한 추도의 말을 삽입할 수 있다. 시무는 사격 솜씨가 좋았다. 뿐만 아니라 사람도 좋았다. 그 증거로 시무가 참새를 쏠 때 확실히 윗도리의 왼쪽 주머니에는 물론 탄약이 들어 있기는 했지만 오른쪽 주머니에는 참새에게 줄 모이로 가득 차 있었다. 그는 이 모이를 사격 전에 사용하는 것이 아니라 사격이 끝나고 나서——그는 오후에만 열두 마리 이상은 절대로 잡지 않았다——참새들 사이에 널리 뿌려 주었다.

　시무가 아직 살아 있을 때의 이야기지만, 1949년의 어느 추운 11월의 아침——우리는 이미 수주일에 걸쳐 라인 강변에서 연습하고 있었다——그가 몹시 큰소리로 말을 걸어왔다. 「당신들이 음악으로 새를 쫓아 버리기 때문에 통 새를 잡을 수가 없잖소!」

「오오」 하고 클레프는 사과를 하고 그의 플루트로 『받들어 총』을 하였다. 「당신은 아주 음악적인 분이시군요. 우리들의 멜로디의 리듬에 정확하게 맞추어서 수풀 속에서 쏘고 계시니 말입니다. 경의를 표합니다, 시무 씨!」

시무는 클레프가 자기의 이름을 알고 있는 것을 기뻐했는데 그러나 어떻게 알게 되었는가 하고 클레프에게 물었다. 클레프는 화가 난 듯한 투로 말했다. 시무를 모르는 사람이 있을 까닭이 없다. 거리에 나가면 언제나 귀에 들리는 것은 저기에 시무가 간다. 저기 시무가 오고 있다. 시무를 방금 보지 못했습니까, 시무는 오늘 어디로 갔지, 시무는 참새를 잡으러 갔다 하는 말들뿐이라고.

클레프 덕분에 마인의 시무가 되어 버린 시무는 담배를 주면서 우리의 이름을 물었다. 그리고 우리의 레퍼토리 중에서 한 곡 듣고 싶어했기 때문에 타이거래그를 들려 주자 그는 아내를 불렀다. 그녀는 이때까지 모피를 뒤집어쓰고 돌 위에 앉아 라인 강을 바라보면서 명상에 잠겨 있었다. 그녀는 모피에 둘러싸인 채 다가왔다. 우리는 재차 연주를 하지 않으면 안 되었다. 그래서 이번에는 분발하여 하이 소사이어티를 연주하자 모피를 입은 그녀는 연주가 끝나고 나서 말했다. 「이봐요, 페르디, 아주 딱 어울려요, 가게에서는 이런 사람들을 찾고 있었지요?」

그도 아무래도 같은 의견이었던 모양으로 이제야 찾아냈다는 듯한 기분이었으나 그러나 처음 한동안은 생각하는 듯한 눈치였다. 아마도 머릿속에서 주판을 튀기고 있었던 것이리라. 납작한 자갈 두세 개를 아주 능숙하게 라인 강 수면에 날리고 나서 느릿한 어조로 제안했다. 양파 켈러(지하 술집)에서 밤 아홉 시부터 새벽 두 시까지 연주하면 하룻밤에 일인당 십 마르크, 아니 분발해서 십이 마르크를 내겠다고——클레프는 십칠 마르크를 제안했다. 그렇게 하면 시무가 십오 마르크라고 말하리라는 생각에서——그러나 시무는 십사 마르크 오십 페니히라고 말했다. 그래서 우리는 좋다고 동의했다.

거리에서 보기에는 양파 켈러도 다른 흔해빠진 신식 술집과 비슷했다.

신식 술집이 재래식 술집과 다른 점은 값이 비싸다는 점이다. 왜 비싼가 하면 그것이 대개 예술가 클럽이라고 불리고 있는 것으로도 알 수 있듯이 호화스러운 내부 장치에 이유가 있다고도 할 수 있고 또 그러한 술집에 붙여진 이름을 들어도 수긍이 갈 것이다. 즉 고상하고 은근한 『라비올리 클럽』, 신비롭고 실존주의적인 『터부』, 격렬하고 불꽃 같은 『파프리카』 ——혹은 또 『양파 켈러』라는 식이다.

일부러 서투르게 양파 켈러라는 글자와 소박한 인상을 주는 양파의 그림이 에나멜 판 위에 그려져서 입구 앞의 당초 모양의 주철 막대기에 걸려 있는 모습은 옛날 그대로의 독일식이었다. 맥주병 같은 녹색 원반 유리가 단 한 개뿐인 창문에 끼워져 있었다. 붉은 빛깔을 칠한 철문은 지긋지긋한 시절에 저 방공호의 문 구실을 하고 있었던 것 같았는데 그 앞에 시골풍의 양털 옷을 입고 도어맨이 서 있었다. 아무나 가릴 것 없이 이 양파 켈러에 들여보내도 좋다는 것은 아니었다. 특히 주급(週給)이 맥주로 재빨리 탈바꿈하는 휴일에는 양파 켈러보다 싼 곳이 어울린다고 생각되는 구시가의 대중은 막아낼 필요가 있었다. 그런데 허용되어서 안으로 들어간 자는 붉은 빛의 문 뒤에 다섯 개의 콘크리트 층계가 있는 것을 발견하게 된다. 그것을 내려서면 사방 일 미터 가량의 층계참으로 되어 있었다——피카소 전시회의 포스터가 붙여져 있으므로 이런 층계 참까지 훌륭한 특색이 있는 것처럼 보인다——다시 층계를 내려선다. 이번에는 네 단이다. 그러자 바로 눈앞이 휴대품 보관소였다. 『요금은 후불입니다!』라고 두꺼운 종이에 적혀 있었다. 계산대 저편에 있는 젊은이는——대개는 수염을 기른 미술과 대학생인데——결코 선금을 받지 않았다. 양파 켈러는 비싸기는 하지만 양심적인 가게였던 것이다.

주인이 몸소 한 사람 한 사람 손님을 맞이하고 눈썹을 과장되게 움직여서 새로운 손님에게 비밀의 놀이라도 전수하겠다는 듯한 어마어마한 몸짓을 해보였다. 주인의 이름은 아시다시피 페르디난트 시무, 그는 이 따금 참새 사냥을 하고, 또 통화 개혁 후, 뒤셀도르프에서는 다른 도시보다 앞서 꽤 급속히 발전한 사교계에 대한 감각을 가지고 있었다.

사실 양파 켈러는——여기에도 이 번창하는 나이트 클럽의 양심적인 변모가 인정되는 터이지만——정말로 지하 술집으로서 약간의 습기조차 느껴졌다. 그것을 발 밑의 차갑고 긴 파이프에 비유해도 좋지만 넓이는 사 미터에 십팔 미터 정도로서 이것을 두 개의, 또한 특징적인 원통 모양의 철제 난로로 난방하지 않으면 안 되었다. 물론 지하 술집이라고는 하지만 결국은 보통 지하실과는 달랐다. 천장을 제거해서 일층 안에까지 확장하고 있었다. 따라서 이 양파 켈러의 유일한 창도 본래는 지하실의 창이 아니라 예전에는 일층의 창이었던 것이다. 이 사실이 이 번창하는 나이트 클럽의 양심성을 약간 손상시키고 있었다. 그러나 저 원반 유리 덕분에 창에서 바깥이 내다보이지 않았고 또 확장한 상부의 공간에는 회랑을 설치해서 매우 특징적인 가파른 사닥다리로 올라가도록 해놓고 있어서 양파 켈러는 어쩌면 역시 양심적인 나이트 클럽이라고 해도 좋을는지 모른다. 진짜 지하실은 아니었지만——그러나 꼭 그래야만 한다는 이유도 없을 테니까 말이다.

오스카르가 보고하는 것을 잊고 있었던 것이 있다. 실은 회랑으로 올라가는 가파른 사닥다리도 본래의 사닥다리가 아니라 오히려 일종의 트랩 같은 것이었다. 그 위험할 만큼 가파른 사닥다리의 좌우에 매우 특징적인 빨랫줄 난간이 달려 있었기 때문이다. 트랩이 조금 흔들려 배를 탄 여행을 연상시켰고 그것이 양파 켈러의 요금을 비싸게 했다.

정부가 가지고 있는 것 같은 아세틸렌 등이 양파 켈러를 비추어 카바이트의 냄새를 발산했고——이것으로 또 요금이 비싸졌다——그리고 손님을 이를테면 칼리 채굴장의 갱도 속으로 인도하여 지하 구백오십 미터까지 데리고 갔다. 웃통을 벗어던진 갱부가 암석과 씨름하며 광맥을 뚫고 있었다. 삼태기가 암염(岩鹽)을 긁어내고 권양기(捲揚機)가 신음 소리를 내면서 배출구를 채우고 훨씬 저쪽 갱도가 프리드리히할 2의 방향으로 구부러지는 곳 근처에서 빛이 흔들린다. 그것은 갱부 감옥이다. 가까이 다가와서 「안녕하세요!」 하고 말하고 아세틸렌 등을 흔든다. 그 아세틸렌 등이 화장칠을 하지 않고 임시로 초벌칠을 한 양파 켈러의 벽에 걸려서 주위를 비추고, 냄새를 발산하고 요금을 높이고, 독특한 분위기를 자아내고 있었다.

좌석 설비는 허술했다. 보통의 나무상자에 양파 부대를 입힌 것이었다. 나무 탁자 쪽은 깨끗이 닦여져서 빛나고 있고 채굴장에서 온 손님을 영화에 흔히 나오는 평화스러운 농부의 방으로 이끌어들였다.

이것이 전부이다! 그러면 술집은? 술집은 없다! 이봐요, 웨이터, 차림표를 보여 줘요! 차림표도 없고 웨이터도 없다. 우리들 『더 라인 리버 스리』를 지명할 수 있을 뿐이다. 클레프와 숄레와 오스카르는 사실은 트랩인 사닥다리 밑에 자리를 차지했다. 아홉 시에 와서 악기를 꺼내어 열 시경부터 음악을 시작했다. 그러나 아직도 겨우 아홉 시 십오 분을 막 지났을 무렵이므로 우리들의 일은 좀더 나중에 화제를 삼으면 된다. 당장은 이따금 소구경 총을 잡는 시무의 저 손가락에 주목할 필요가 있다. 양파 켈러가 손님으로 가득 차면——반쯤 차면 가득 찼다고 간주되었다——곧 주인인 시무는 숄을 어깨에 걸쳤다. 이 숄은 코발트블루의 비단으로 만들어졌으며 무늬가 있었는데 그것도 특별한 무늬였다. 이런 것을 일부러 강조하는 것은 숄을 걸친다는 것이 의미를 가지고 있었기 때문이다. 황금빛 양파가 무늬로 되어 있었다. 시무가 이 숄을 걸쳤을 때 비로소 양파 켈러는 개점을 했다고 말할 수 있었다.

손님들 각각은 실업가, 의사, 변호사, 예술가, 거기에다 무대 배우, 저널리스트, 영화인, 유명한 운동 선수, 그리고 주정부(州政府)나 시청의 고관들로서 요컨대 오늘날 지식인임을 자처하고 있는 모든 사람들이 부인이나 여자 친구, 여비서, 여성 공예가, 때로는 게이 보이까지 데리고 조잡한 천을 입힌 상자 위에 앉아서, 시무가 황금빛 양파가 달린 숄을 걸칠 때까지 목소리를 낮추어가며 고생스러울 만큼 가라앉은 어조로 이야기를 주고받고 있었다. 대화를 나누려고 시도하지만 되지를 않았다. 아무리 애를 써도 이야기가 문제의 핵심을 벗어나고 마는 것이었다. 울적한 마음을 털어놓고 싶었는데, 툭 터놓고 이야기를 하고 싶었는데, 생각하고 있는 것을 숨김없이 큰소리로 이야기하고, 우물쭈물하지 않고 피가 흐르는 진실을, 발가벗은 인간의 모습을 보이고 싶었는데——그러나 그것이 되지 않았던 것이다. 여기저기에서 윤곽만 암시되고 있는 것은 실패의 경력이라든가 파괴된 부부생활이다. 저기에 있는 신사는 현명해 보이는 큰 머리를 하고 있고, 부드럽고 사랑스럽다고 해도 좋을 손을 가지고 있지만 아무래도 아들과의 사이가 원만하지 못한 것 같다. 아버지의 과거가 아들의 마음에 들지 않는 것이다. 아세틸렌 등의 불빛에 매력적으로 비치는 부인 두 사람이 밍크 코트를 입고 앉아 있지만 그녀들은 신앙을 잃었다고 말하고 있다. 하지만 무엇에 대한 신앙을 잃었는지 그것은 아직도 분명치가 않다. 마찬가지로 우리는 큰 머리를 가진 저 신사의 과거에 대해 아무것도 모르고 있고 또 아들이 아버지에 대해 그 과거 때문에 어떤 말썽을 일으키고 있는지도 이야기되지 않고 있다. 그것은——오스카르에게 이 비교가 허용된다면——이를테면 산란(産卵) 전과 같은 것이다. 아무리 허세를 부리고 뽐을 낸다고 해도…….

일동이 양파 켈러 안에서 오랜 시간 헛된 허세를 부리고 있을 때 이윽고 특제 숄을 걸친 주인 시무가 잠깐 모습을 나타내어 일동의 반가운 듯한 「야아」 소리에 감시의 마음을 담아 대답하고 그런 다음 이삼 분간 양파 켈러의 구석에 있는 커튼 안으로 자취를 감추었다. 그 구석에는 화장실과 허간이 있었는데 잠시 뒤에 그는 거기에서 되돌아 나왔다.

그런데 이 주인이 다시 손님들 앞에 모습을 나타내자 어째서 아까보다도 좀더 반가운 듯한, 반쯤 구원받은 듯한 「야아」 소리가 그를 맞이하는가? 거기에서는 경기가 좋은 나이트 클럽의 소유자는 커튼 뒤로 사라져 허간에서 무엇인가를 들고 나와서 거기에 앉아 주간지를 읽고 있는 화장실 담당자에게 낮은 목소리로 잔소리를 하고 그리고는 또다시 커튼 앞으로 걸어나와서 마치 구세주처럼, 또는 그야말로 위대한 기적을 행하는 사람처럼 환성의 마중을 받는 것이다.

시무는 바구니 하나를 팔에 걸치고 손님들 사이로 다가왔다. 이 바구니에는 청색과 황색의 바둑무늬 천이 걸쳐져 있었다. 그 천 위에는 돼지나 물고기의 모양을 한 많은 조그만 도마가 놓여 있었다. 잘 닦여진 이 판자 조각을 주인 시무는 손님들에게 나누어 주면서 다녔다. 나누어 주면서 익숙하게 인사를 했는데 그 인사하는 방법을 보면 그가 젊었을 때 부다페스트나 빈에서 지낸 사나이라는 것을 알 수 있었다. 시무의 미소는 진품인 모나리자를 모사(模寫)한 그림을 다시 모사한 미소와 비슷했다. 그러나 손님들은 그 판자 조각을 진지한 태도로 받아들었다. 받아든 판자 조각을 서로 교환하는 사람도 꽤 많았다. 돼지의 옆얼굴을 좋아하는 자가 있는 반면 다른 사나이, 또는——부인의 경우라면——다른 여자는 평범한 돼지 따위보다도 좀더 신비로운 물고기를 좋아했다. 그들은 판자 조각의 냄새를 맡고 그것을 주고받았다. 주인 시무는 회랑의 손님들에게도 나누어 주고 나서 판자 조각이 각자 앞에 놓여지기를 기다렸다.

그런 다음——모든 마음이 그를 기다리고 있었다——그는 잠깐 마술사를 연상케 하는 동작으로 가려진 천을 제거했다. 그러자 제2의 천이 바구니를 덮고 있었다. 그 천 위에 놓여 있는 것은 얼핏 보아서는 잘 알 수 없지만 식칼이었다.

판자 조각을 나누어 줄 때와 똑같은 요령으로 시무는 그 식칼을 나누어 주고 다녔다. 그러나 이번에는 걸음을 빨리하여 긴장을 높이고 덕분에 요금 쪽도 높일 수 있었는데 이미 인사 같은 것은 하지 않고 식칼을 서로 교환할 틈도 주지 않았다. 일종의 잘 조화된 성급함이 그의 동작에 가미되어 있었다.「자, 그러면 시작하겠습니다!」하고 그는 외치고 바구니를 덮은 것을 벗겨내고 바구니 속에 손을 넣었다가는 분배를 했다. 그는 민중 사이에 뿌리고 다니는 마음씨 착한 자선가처럼 손님들에게 나누어 주며 다녔다. 그들에게 양파를 분배한 것이다. 그의 솔 위에 약간 양식화되어서 황금빛으로 날염되어 있는 그런 양파, 보통의 양파, 같은 구근(球根)이라도 튤립의 구근 따위가 아니다. 가정 주부가 사들이는 것 같은 양파, 채소가게 아주머니가 파는 것 같은 양파, 남녀 농민이나 하녀가 심어서 수확하는 것 같은 양파, 네덜란드의 콜라인마이스터(뒬러의 영향을 받은 일파)들의 정물화(靜物画)위에 많든 적든 충실하게 묘사되고 있는 것 같은 양파이다.

주인 시무는 그러한 양파를 손님들 사이에 분배했다. 전원에게 양파가 돌려지고 들리는 것이라고는 원통형 쇠난로의 신음 소리와 아세틸렌 등이 노래하는 소리뿐이었다. 양파가 모두 분배되자 그만큼 조용해졌다—— 그러자 페르디난트 시무가「시작하세요, 여러분!」하고 소리쳤고 그의 숄 한쪽 끝을 마치 스키 선수가 출발 전에 하는 것처럼 왼쪽 어깨에 휙 던져 올렸다. 그리고 그것이 신호였다.

　모두들 양파 껍질을 벗겼다. 양파에는 껍질이 일곱 장 있다고 한다. 신사 숙녀가 식칼로 양파 껍질을 벗겼다. 그들은 양파에서 첫째 껍질, 셋째 껍질, 블론드의 껍질, 황금색 껍질, 붉은 녹빛 껍질, 요컨대 양파 빛깔의 껍질을 벗겼다. 그러자 마지막에는 양파가 유리처럼, 푸르스름하니 흰빛을 띠고, 축축하고 진득진득하고 촉촉해지고 냄새가 났다. 양파 냄새가 났다. 그리고 나서 그들은 보통 양파를 썰 때처럼 이 양파를 썰었다. 능숙하게 또는 미숙하게 돼지나 물고기 모양을 한 도마 위에서 썰었다. 종횡무진으로 썰었다. 그 때문에 즙이 튀어 양파 위의 공기 속에 확산 되기도 했다——식칼을 다루어 보지 못한 나이 많은 신사들은 손가락을 베지 않도록 조심하지 않으면 안 되었다. 아니나 다를까 손가락을 베는 자가 무척 많았으나 열중하고 있어서 깨닫지 못했다——그 대신 부인들은 무척 능숙했다. 모두가 그렇지는 않았지만 적어도 가정 안에서 주부의 구실을 하고 있는 부인들은 능숙했다. 그녀들은 양파 써는 법에 대해 여러 가지를 알고 있었다. 예를 들면 감자 튀김에 곁들이는 경우에 써는 법, 사과와 둥글게 썬 양파가 딸린 간 요리에 사용할 경우에 써는 법 등이다. 그러나 시무의 양파 켈러에는 양쪽 모두 없었다. 도통 먹는 것은 아무것도 없었다. 무엇인가를 먹고 싶은 사람은 어느 다른 가게, 예를 들면 『피실』에라도 가지 않으면 안 된다. 이 양파 켈러에 와보았자 소용이 없었다. 즉 이 가게에서는 양파를 써는 것으로 끝나는 것이다. 그것은 어째서인가? 이 켈러의 이름이 그렇게 되어 있듯이 특별한 술집이었기 때문이다. 그리고 양파라는 것은, 이 썬 양파를 자세히 살펴 보면…… 아니, 시무의 손님들은 이미 아무것도 보지 않았다, 또는 몇몇 손님은 이미 아무것도 보지 않았다. 눈물이 쏟아져서 보이지 않았던 것이다. 가슴이 그토록 메인 것은 아니었다. 우선 가슴이 메인다고 해서 바로 눈에도 눈물이 넘치는 것은 아니다. 대부분의 사람은 결코 그렇게 되지 않는다. 특히 과거 수십년 동안이 그러했다. 따라서 우리들의 세기는 장차 『눈물 없는 세기』라고 명명될 것이다. 그토록 많은 슬픔이 도처에 굴러다니고 있는데도——그리고 바로 이 눈물 없는 이유 때문에 능력 있는 사람은 모두 시무의 양파 켈러를 찾아가고 주인으로부터 도마——돼지나 물고기——와 식칼을 팔십 페니히로 빌리고 밭에서 나는 보통의 양파를 십이 마르크로 분배받은 뒤 그것을 잘게, 다시 더 잘게 썰었다. 그 즙이 그것을 달성해 줄 때까지 썰었다. 그 즙이 무엇을 달성해 주었는가? 그것은 이 세계와 세계의 슬픔이 이루어 주지 않은 것을 이루어 주었다. 즉 인간의 거짓없는 눈물을 자아낸 것이다. 이렇게 해서 모두들 울었다. 마침내 또다시 울었다. 얌전하게 울고, 거침없이 울고, 염치없이 울었다. 눈물은 흘러 떨어지고 모든 것을 씻어 내렸다. 비가 왔다. 이슬이 내렸다. 오스카르는 열린 수문을 연상했다. 그것은 거대한 물결에 의한 제방의 붕괴였다. 그러나 해마다 범람하고 정부가 대책을 강구하지 않는 그 강은 무슨 이름이었더라? 그리고 이 자연 현상을 십이 마르크 팔십으로 체험한 뒤 실컷 운 인간이 말하는 것이다. 아직도 망설이면서이기는 하지만 자기의 적나라한 말에 놀라면서 양파 켈러의 손님들은 양파를 형수한 뒤 조잡한 천을 입힌, 편안하지 못한 상자에 앉아 있는 옆사람에게 마음을 터놓은 것이다. 어떤 질문에도 응하고 마치 망토를 뒤집듯이 자기를 뒤집어 보였다. 그런데 오스카르는 클레프나 숄레와 함께 눈물을 흘리지 않고 사이비 사닥다리 밑에 앉아 있었는데 이때 이곳에서 들은 일을 모두 이야기하고 싶지는 않으므로 여러 가지 고백담, 자책, 참회, 폭로, 자백들 가운데서 한 가지만 이야기하기로 하겠다. 그것은 피오호 양 이야기인데 이 여성은 애인인 폴머에게 몇 번이나 버림을 받고 그 때문에 마음은 돌처럼 굳어지고 눈에서는 눈물이 없어져 버렸다. 그래서 그녀는 몇 번이나 몇 번이나 시무의 비싼 양파 켈러에 다니지 않으면 안 되었던 것이다.

　피오호 양은 눈물을 흘린 뒤에 이야기를 시작했다. 우리는 시전 안에서 만났어요. 나는 가게에서 돌아가는 길이었어요——그녀는 훌륭한 서점을 가지고 있고 그것을 경영하고 있었다——전차는 만원이어서 빌리가—— 폴머 씨를 말한다——내 오른발을 세게 밟았어요. 나는 더 이상 서 있을 수가 없었어요. 그리고 우리는 첫눈에 서로 좋아하게 되었어요. 내가 이미 걸을 수가 없게 된 탓도 있어서 그는 나를 부축하고 집에까지 데려다 주었어요. 아니, 운반해 주었다고 하는 편이 어울리겠지요. 그리고 그날부터 그는 자기에게 밟혀서 검푸르게 변색해 버린 내 발톱을 다정하게 보살펴 주었어요. 그러나 발톱 이외에도 그는 나에 대해서 사랑을 아끼지 않았어요. 그런데 그것도 오른발 엄지발가락에서 그 발톱이 빠지고 새 발톱이 거침없이 자라기 시작하면서 끝장이 났어요. 마비된 발톱이 빠지기 시작한 그날부터 그의 애정도 식고 말았어요. 우리 두 사람 모두 이 사랑의 소멸을 괴로워했어요. 그러자 빌리가——그는 여전히 나에게 마음을 두고 있었고 그리고 우리들 두 사람에게는 둘이서 하지 않으면 안될 일이 아주 많이 남아 있었으므로——그 무서운 제안을 한 거예요. 당신의 왼발 엄지발가락이 불그스름하게, 더 검푸르게 될 때까지 밟게 해달라는 것이었어요. 나는 허용했지요. 그리고 그는 그렇게 했습니다. 곧 나는 다시 그의 사랑을 충분히 받게 되었고 그의 사랑을 즐겼지요. 하지만 그것도 역시 왼발 엄지발가락의 발톱이 낙엽처럼 떨어질 때까지의 사이였습니다. 또다시 우리의 사랑은 가을을 맞이한 거예요. 그러자 이번에는 빌리가 겨우 재생한 내 오른발 엄지발가락의 발톱을 밟고 싶어 했습니다. 다시 한 번 나에게 사랑을 가지고 봉사할 수 있게 해달라고 말예요. 하지만 나는 그것을 허용하지 않았어요. 나는 말했지요. 만일 당신의 사랑이 정말로 크고 진실한 것이라면 발톱 따위와 함께 사라져서는 안될 거예요라고. 그는 내 말을 이해하지 못하고 내게서 떠나갔어요. 몇 달이 지났을 때 우리는 연주회장에서 만났어요. 중간 휴식 뒤에 그는 부르지도 않았는데 내 옆자리에 와서 앉았어요. 마침 자리가 비어 있었거든요. 제9 교향곡이었는데 마침 합창이 시작되었을 때 나는 오른발을 그에게로 내밀었습니다. 구두는 미리 벗어 놓고 있었지요. 그는 밟았습니다. 그러나 나는 연주회에 방해가 될 짓은 하지 않았습니다. 칠 주일 뒤에 빌리는 또다시 나에게서 떠났습니다. 그로부터 두 번, 우리는 몇 주일씩 함께 지냈습니다. 한 번은 왼쪽 엄지발가락을, 다음에는 오른쪽 엄지발가락을 내가 내밀었기 때문이지요. 지금은 양쪽 발가락이 모두 이상한 형태가 되고 말았습니다. 발톱은 이제 돋아날 것 같지도 않습니다.

이따금 빌리가 찾아와서 내 앞의 융단 위에 앉아 우리의 사랑 때문에
제물이 된 발톱을 잃은 두 개의 발가락을 물끄러미 바라보고는 충격을
받고, 나와 그 자신에게 깊이 동정은 하면서도 애정은 솟아오르지 않고
눈물도 흘리지 않는 것입니다. 나는 곧잘 그에게 말하지요. 저어, 빌리,
시무의 양파 켈러에 가요, 가서 실컷 울어요 하고. 하지만 아직까지 그는
함께 오려고 하지 않아요. 그러니까 가엾은 그 사람은 눈물이라는 위대한
위안물이 있다는 것을 전혀 모르고 있는 거지요.

   그뒤——오스카르가 이것을 고백하는 것은 여러분 중에 호기심이 강한
분을 만족시키기 위한 데에 지나지 않는다——폴머 씨도 우리들의 술
집으로 찾아왔다. 내친 김에 말해 두지만 그는 라디오 가게를 하고 있다.
그와 그녀는 함께 울었다. 그리고 클레프가 어제 면회 시간에 나에게
보고한 바에 의하면 두 사람은 최근에 결혼했다고 한다.

   인간 존재의 참된 비극이 화요일에서 토요일까지——일요일에는 양파
켈러가 폐점을 한다——양파를 받아들임으로써 완전히 분명해진 것인데,
가장 비극적이지는 않다고 하더라도 가장 심하게 우는 역할은 월요일의
손님들을 위해서 유보해 두었다. 월요일에는 다른 날보다 싸게 받았다.
이날 시무는 청년들에게 반액으로 양파를 제공했다. 대개는 의학생과
여학생이었다. 그러나 미술대학의 학생들, 그 중에서도 특히 장차 미술
교사가 되고 싶은 무리들도 그들의 장학금의 일부를 양파를 위해서 지
출했다. 그러나 나는 지금까지도 이상하게 생각하지만 고등학교 상급의
남녀 학생은 양파 대금을 대체 어디에서 구하고 있었던 것일까?

   청년들은 노인들과는 다른 식으로 운다. 청년들은 전혀 다른 문제를
안고 있다. 그것은 반드시 일상적인 시험이나 고교 졸업 시험에 대한
걱정만이라고는 할 수 없다. 물론 양파 켈러에서도 아버지와 아들의
이야기나 어머니와 딸의 비극이 화제가 되기는 했다. 그러나 청년들은
부모의 몰이해(没理解)를 느끼기는 해도 별로 그것을 슬퍼해야 할 일
이라고는 생각하지 않았다. 청년들이 여전히 사랑 때문에——성애(性愛)
때문만이 아니라——울 수 있다는 것을 오스카르는 기쁘게 생각했다.
게르하르트와 구트룬. 그들은 처음에는 언제나 충계 아래에 앉아 있었

으나 이윽고 함께 회랑에 앉아서 울게 되었다. 그녀 쪽은 키가 크고 다부진 몸매이며 핸드볼 선수로서 화학을 공부하고 있었다. 머리는 뒤에서 크게 묶고 있었다. 눈은 잿빛이었으나 마치 전쟁 말기의 수년에 걸쳐서 부인회 포스터에서 흔히 볼 수 있었던 것 같은 어머니다운 눈길을 하고 있었다. 그리고 어디까지나 깨끗하게 대개는 앞쪽을 직시하고 있었다. 그녀의 동그스름한 이마는 우유빛이었고 매끄럽고 건강해 보였으나 그런데도 그녀의 얼굴에는 불행이 뚜렷이 나타나 있었다. 후두에서부터 둥글고 야무진 턱에 걸쳐서, 그리고 양쪽 볼에까지 남자 같이 수염이 끔찍한 자국을 남기고 있었던 것이다. 이 불행한 아가씨는 연중 내내 그 수염을 깎으려고 시도했으나 부드러운 피부가 안전 면도의 날을 견디지 못했던 것이리라. 벌겋게 진물러서 부스럼이 생기고 거기에서 여자의 수염이 몇 번이나 재생해서 나오는 것이었다. 구트룬은 그 불행을 슬퍼했다. 게르하르트 쪽은 양파 켈러에 늦게서야 오기 시작했다. 이 두 사람은 피오호 양과 폴머 씨처럼 시전 안에서가 아니라 열차 안에서 알게 되었나. 마주 향해 앉아 있었다. 두 사람 모두 휴가를 끝내고 대학으로 돌아가던 중이었다. 그는 곧 그녀를 좋아하게 되었다. 수염이 나 있는데도 말이다. 그녀 쪽에서는 자기의 수염을 생각하면 그를 좋아할 용기가 나지 않았으나 그러나 게르하르트의 어린애처럼 매끄러운 턱——이것이야말로 바로 그의 불행이었다——을 칭찬했다. 이 젊은이에게는 수염이라는 것이 나지 않았다. 그렇기 때문에 그는 젊은 아가씨들 앞에 나가는 것이 부끄러웠다. 그래도 게르하르트는 구트룬에게 말을 걸었다. 그리고 뒤셀도르프 중앙역에서 하차했을 때 그들은 적어도 이미 우정 관계를 맺고 있었다. 그들은 그 여행의 날 이후 매일 만났다. 그들은 이런저런 얘기를 했고 서로의 생각을 나누기도 했다. 단, 나지 않는 수염과 깎아도 깎아도 돋아나는 수염에 대해서는 서로 언급을 회피했다. 사실 또 게르하르트는 구트룬을 아껴서 단 한 번도 키스를 하지 않았다. 그녀의 피부가 가혹하게 시달리고 있는 것을 보고 있었기 때문이다. 그렇기 때문에 그들의 사랑은 순결했으나 두 사람 모두 순결을 별로 소중하게 여기고 있었던 것은 아니다. 그녀는 결국 화학에 흥미를 가진 사람이며 그는 의사가 되고 싶다고까지 생각하고 있었으니까. 두 사람에게 공통된 한 친구로부터 양파 켈러를 권유받았을 때 어떻든 의학생이나 화학 전공 여학생이란 회의적이기 마련이어서 두 사람 모두 어이없다는 듯이 비웃었다. 그러나 결국 두 사람 모두 오게 되었다. 단, 거기에 가서 연구를 행하기 위해서라는 확인을 서로가 하고 나서였다. 오스카르는 일찍이 젊은 사람이 이렇게 우는 것을 본 적이 없다. 그들은 몇 번이나 몇 번이나 왔다. 먹는 것을 절약하여 육 마르크 사십을 저축하고, 그리고 나지 않는 수염과 처녀의 부드러운 피부를 망치는 그 수염을 슬퍼하여 울었다. 이따금 그들은 양파 켈러에서 멀어지려고 시도하여 사실 어느 월요일에는 모습을 보이지 않았으나, 그러나 다음 월요일에는 다시 모습을 나타내어 양파 썬 것을 손가락으로 으깨가며 울면서 그들은 육 마르크 사십을 절약하려고 시도해 본 것이라고 털어놓았다. 두 사람은 그들의 하숙에서 싸구려 양파를 가지고 해보았으나 양파 켈러에서 하는 것처럼 되지 않았다. 청중이 필요했던 것이다. 많은 동료들과 함께 하는 편이 훨씬 울기가 쉬웠다. 좌우 및 층계 위의 회랑에서 이런저런 학부의 동창생들이나 게다가 미술대학 학생, 고교생들까지 눈물을 흘리고 있는 것을 보면 그야말로 연대감이 솟아오르는 것이었다.

게르하르트와 구트룬의 경우도 눈물을 흘렸기 때문에 차츰 좋은 방향으로 나아갔다. 아마도 눈에서 넘쳐나오는 물이 그들의 장애를 씻어버린 것이리라. 들리는 바에 의하면 그들은 서로 점점 더 접근하게 되었다. 그는 그녀의 거친 피부에 키스를 했고 그녀는 그의 매끄러운 피부를 애무했다. 그리고 어느 날 그들은 이미 이 양파 켈러에 오지 않게 되었다. 이제 그럴 필요가 없게 된 것이다. 몇 달 뒤 오스카르는 케니히스알레에서 그들을 만났는데 두 사람 모두 몰라보게 달라져 있었다. 그는 매끄러운 게르하르트였을 텐데 지금은 턱에서부터 볼에 걸쳐 가득히 적갈색의 수염이 나 있었고 그녀 쪽은 부스럼투성이의 구트룬이었는데 지금은 다만 윗입술 위에 뽀얀 솜털이 보일 뿐이었고 그것도 오히려 그녀의 얼굴에 잘 어울렸다. 구트룬의 턱과 뺨은 이제는 이미 수염의 증식이 자취를 감추고 매끄럽게 빛나고 있었다. 두 사람은 완전히 학생 부부라고 할 수 있었다——오스카르의 귀에는 그들이 오십 년 후에 손자들에게 이야기하는 모습이 들려오는 것만 같다. 구트룬이 말한다.『그 무렵에는 너의 할아버지가 아직 수염이 나지 않았단다.』그러자 게르하르트가 말한다.『그 무렵에는 너희들 할머니는 수염이 가득 자라서 아주 난처했단다, 그래서 우리들은 둘이서 함께 월요일에는 반드시 양파 켈러에 가곤 했었지.』

　대체 어째서 하고 여러분은 질문하시겠지만 여전히 세 사람의 악사는 어째서, 트랩 혹은 사닥다리 밑에 앉아 있는가? 양파가게는 이렇게 해서 모든 사람이 울고 울부짖고 이를 갈기도 하는데 전속 악사의 본격적인 음악을 필요로 했던 것일까?

　우리는 손님들이 마음껏 울고 지껄였다고 생각되면 곧 악기를 손에 들고 일상적인 회화로의 음악적 이행을 제공하여 손님들이 이 양파 켈러를 떠나기 쉽게 해주었다. 그렇게 하면 새 손님이 자리를 구할 수 있게 되기 때문이다. 클레프, 숄레, 오스카르 세 사람은 양파가 싫었다. 게다가 또 시무와의 계약 속에 손님들과 같은 방법으로 양파를 향유해서는 안 된다는 항목이 있었다. 실제로 우리에게 양파가 필요없었다. 기타 주자인 숄레는 탄식할 만한 이유는 전혀 가지고 있지 않았다. 그는 언제나 행복하고 만족스러운 것처럼 보였다. 래그타임의 연주중에 그의 밴조 줄 두 개가 갑자기 뚝 하고 끊어졌을 때도 그의 표정은 달라지지 않았다. 나의 친구 클레프에게는 운다는 개념과 웃는다는 개념이 아직까지도 전혀 구별이 되지 않는다. 그는 우는 것을 즐겁다고 생각한다. 그의 숙모라는 분은 그가 결혼할 때까지 셔츠나 양말을 빨아 주었는데 이 사람의 장례식 때처럼 그가 그렇게 크게 웃는 것을 나는 본 적이 없다. 그럼 오스카르의 경우는 어떠했는가? 오스카르는 울기 위한 이유는 부족하지 않았을 것이다. 간호사 도로테아와 길고 헛된 밤을 긴 야자 융단 위에서 지낸 추억을 좀더 씻어 내릴 필요가 없었을까? 그리고 나의 마리아, 그녀는 나에게 탄식의 원인을 주지는 않았던가? 그녀의 근무처 주인인 시텐첼이 빌크 가(街)의 집에 출입하고 있지 않았는가? 내 아들 쿠르트는 식료품을 경영하는 한편 카니발에 미쳐 있는 저 사나이를 향해 처음에는『시텐첼

아저씨.』다음에는 『시텐첼 파파.』라고 하지 않았던가? 그리고 내 마리아의 배후에는 그 사람들이 자스페 묘지의 멀고 부드러운 모래 밑이나 브렌타우 묘지의 점토 밑에 누워 있지는 않았던가? 나의 불쌍한 어머니와 어리석은 브론스키, 그리고 감정을 수프의 모양으로밖에 표현할 수 없었던 요리사 마체라트가? ——그들은 모두 눈물을 흘리게 할 충분한 이유가 있는 사람들이다. 그러나 오스카르는 아직도 양파 같은 것이 없더라도 눈물을 자아낼 수 있는 소수의 행복한 사람들 중의 하나였다. 나의 북이 힘을 빌려 주었다. 특별한 박자로 아주 조금 두들기기만 하면 오스카르의 눈에 눈물이 넘쳤다. 그것은 양파 켈러의 값비싼 눈물보다 나으면 나았지 못할 것이 없는 눈물이었다.

주인인 시무도 결코 양파에 식칼을 대려고 하지 않았다. 그의 경우에는 그가 한가할 때 산울타리나 수풀 속에서 잡은 참새들이 양파와 똑같은 구실을 해주었다. 시무가 잡은 열두 마리의 참새를 신문지 위에 늘어놓고 아직도 따뜻한 새털 묶음을 바라보며 눈물을 흘리고, 울면서 새의 모이를 라인의 목장이나 기슭의 자갈 위에 뿌려 주는 일이 얼마나 자주 일어났던가? 양파 켈러에서도 그가 슬픔을 잊을 또 하나의 가능성이 있었다. 일주에 한 번 화장실 담당의 여자를 욕지거리로 야단치는 일, 창녀, 갈보, 암컷, 악당, 화낭년 같은, 아주 낡은 표현으로 그녀를 마구 부르는 것이 그의 습관으로 되어 있었다. 「나가!」하고 시무가 소리소리 지르는 것이 들렸다. 「당장 꺼져 버려, 이 괘씸한 것!」그는 화장실 담당을 차례로 즉시 해고하고는 새 여자를 고용했다. 그러나 조금 지나자 그렇게 간단하게 처리할 수 없었다. 새 사람을 찾을 수가 없게 된 것이다. 그래서 하는 수 없이 전에 한 번뿐이 아니라 두 번 세 번 쫓아낸 적이 있는 여자들에게 다시 교섭을 하게 되었고 여자들은 기꺼이 양파 켈러의 화장실 담당으로 복귀하였는데 그것은 시무의 욕지거리 말을 그녀들이 대부분 이해할 수 없었던 탓도 있고 또 하나의 이유는 양파 켈러에서는 돈을 많이 벌 수 있기 때문이었다. 운다는 사실이 다른 음식점의 경우보다도 많은 손님을 그 밀실로 내몰았다. 그리고 또 울고 있는 사람이란 말짱한 눈을 하고 있는 사람보다 마음이 후한 법이다. 특히 눈물에 범벅이 되어 벌겋게 부어오른 얼굴을 하고『잠깐 안으로.』사라진 신사들은 지갑 끈을 늦추고 크게 선심을 썼다. 그리고 또 화장실 담당의 여자들은 양파 켈러의 손님들에게 유명한 양파 무늬가 든 손수건을 팔았다. 손수건의 대각선상에『양파 켈러에서』라는 문구가 인쇄되어 있었다. 이 손수건은 보기에도 좋아서 눈물을 닦는 데에 사용할 뿐만 아니라 스카프로도 사용할 수 있었다. 양파 켈러에 오는 신사들 가운데는 그 선명한 빛깔의 손수건으로 삼각기를 만들어 그것을 승용차의 뒤창 안에 걸고 휴가중 시무의 양파 켈러를 파리로, 코트 다쥐르 해안으로, 로마로, 라벤나로, 리미니로, 다시 멀리 스페인까지 싣고 갔다.

또 하나의 다른 임무가 우리들 악사의 음악에 부여되어 있었다. 이따금, 특히 약간의 손님들이 계속 양파를 두 개씩 썰었거나 했을 때 양파 켈러 안은 폭발 상태에 이르러 금세라도 큰 소동이 일어날 것처럼 되곤 했다. 한편에서 시무는 이런 극단적인 무궤도 상태를 좋아하지 않았기 때문에 몇몇 신사가 넥타이를 늦추고 몇몇 부인이 블라우스를 만지작거리기 시작하면 즉시 우리에게 음악 연주를 명하여 음악으로써 막 시작되고 있는 파렴치한 행위에 대항케 했다. 그러나 다른 한편에서 특히 민감한 손님들에게 최초의 양파 직후에 제2의 양파를 제공함으로써 큰 소란이 일어나도록 일정한 한계까지 이르게 한 것은 언제나 시무 자신이었다.

양파 켈러에서 체험한 폭발 중에서 내가 알고 있는 한 가장 큰 것은 오스카르에게도 인생의 전환점이 되었다고까지는 말할 수 없더라도 어쨌든 아주 뼈저린 체험이 되었다. 시무의 아내인 명랑한 빌리는 켈러에 별로 오지 않았다. 올 때에는 남자 친구와 함께 왔는데 시무는 그 사나이들의 얼굴을 보는 것을 좋아하지 않았다. 어느 날 밤 그녀는 음악 비평가인 보데와 건축 기사이며 파이프 애호가인 바컬라이를 데리고 왔다. 이 두 신사는 양파 켈러의 단골이었으나 어쩐지 따분한 심사를 드러내고 있었다. 즉, 보데는 종교적인 이유 때문에 울었다――그는 개종을 하고 싶었거나 이미 개종을 했거나 아니면 벌써 두 번이나 개종을 했거나 하는 처지였다――파이프 애호가인 바컬라이는 1920년대에 무책임한 덴마크 아가씨의 말 주변에 속아 교수의 지위를 사절하고 만 것을 후회하여 울었다. 덴마크 아가씨는 그래 놓고도 다른 사나이를 선택했고 그 남미의 사나이와의 사이에서 아이를 여섯 명 낳았다. 그것만 생각하면 바컬라이의 마음은 아파 그의 파이프는 언제나 싸늘해졌다. 시무의 아내를 설득하여 그녀에게 양파를 썰게 하는 것은 약간 심술궂은 보데였다. 그녀는 양파를 썰어 눈물을 자아냈고 그러자 모든 것을 털어놓기 시작하여 주인 시무를 죄인으로 만들었고 오스카르가 여기에서 차마 말하지 못할 이야기까지 했다. 그러자 시무가 아내에게 덤벼들려고 했고 이것을 말리는 데는 건장한 남자가 몇 명이나 필요했다. 어떻든 도처에, 탁자 위마다 식칼이 놓여 있었으니까. 여럿이서 이 잔뜩 화가 난 사나이를 열심히 견제하고 있는 동안에 경망스러운 빌리는 보데와 바컬라이를 데리고 사라져 버렸다.

시무는 흥분하고 낭패했다. 황급하게 두 손을 움직여서 양파 무늬의 숄을 몇 번이나 고치고 있는 모습에서 나는 그것을 알았다. 몇 번이나 그는 커튼 뒤로 자취를 감추고는 화장실 담당 여자를 윽박지르고 있었으나 마지막에는 속에 가득 든 바구니를 가지고 돌아와서는 몹시 들뜨고 부자연스러운 말투로 손님들에게 알렸다. 나는 어쩐지 후원자가 된 듯한 느낌이 들기 때문에 양파는 무료 서비스를 하기로 한다. 그렇게 말하고 그는 양파를 두루 분배했다.

클레프라는 사나이는 인간의 상태가 아무리 괴로운 지경에 있더라도 그것을 멋진 농담처럼 맛보고 있었는데 이때만은 그러한 그도 심각하다고까지 할 수 없지만 꽤 긴장하여 일의 추이를 바라보면서 언제라도 플루트를 불 수 있는 준비를 갖추고 있었다. 왜냐하면 우리는 알고 있었기 때문이다. 이처럼 민감하고 섬세한 무리들에게 계속해서 두 번이나 실컷 울 수 있는 기회를 제공한다는 것이 얼마나 위험한 일이었는가를.

시무는 우리가 악기를 손에 든 것을 보고는 음악을 금지시켰다. 탁자에서는 벌써 식칼이 그 세분화의 작업을 개시했다. 맨 위에 있는 아주 아름다운 자단색(紫檀色)의 껍질이 거리낌없이 한 옆으로 밀려났다. 담록색의 줄이 들어 있는 유리 같은 양파의 살이 식칼의 날 밑에 엎드렸다. 기묘하게도 맨 먼저 울기 시작한 것은 부인들이 아니었다. 한창 나이의

신사들, 예를 들면 대제분소의 주인, 엷은 화장을 한 남자 친구들을 데리고
온 호텔 경영자, 귀족 출신의 회사 사장, 때마침 간부회에 출석하기 위해
시내에 체재중인 신사복 제조업자들의 한 탁자를 차지한 전원, 울 때에
이를 갈기 때문에 이를 가는 사람이라는 이름으로 통하고 있는 대머리
배우, 이러한 무리가 전부 맨 먼저 눈물을 흘리기 시작했고 부인들은
그들의 뒤를 따라 한 동아리가 되었다. 그러나 이러한 신사 숙녀들은
최초의 양파의 경우처럼 해방적인 눈물을 흘린 것이 아니라 신경질적인
흐느낌에 엄습당한 것이다. 예의 이를 가는 사람은 무서울 만큼 이를
갈아 관객 모두가 이를 갈지 않고는 못 배기게 했다. 대제분소의 소유주는
손질이 잘된 회색 머리를 몇 번이나 탁자 위에 짓찧었다. 호텔 경영자는
그 흐느낌을 동반한 연약한 청년의 경련과 혼합했다. 층계 옆에 서 있던
시무는 숄을 늘어뜨리고 얼굴을 찡그려 보이면서도 과연 흥미가 없지도
않다는 얼굴로 반쯤 빈쯤 시슬이 풀린 임동을 바라보고 있었다. 그러자
이번에는 한 중년 부인이 사위의 눈앞에서 자기의 블라우스를 찢었다.
호텔 경영자와 함께 온 청년은 약간 이국적(異國的)인 얼굴을 하고 있었기
때문에 벌써부터 주목을 끌고 있었는데 이때 갑자기 일어서서는 선천적인
갈색의 상반신을 드러낸 채 이 탁자 위에서 저 탁자 위로 건너다니면서
동양식 춤을 추어 소란의 시초를 선언했다. 단, 이 소란은 화려하게 시
작되기는 했으나 아이디어 부족으로 아이들 장난 같은 넌센스를 보여
주어 상세하게 묘사할 정도의 값어치는 없다.

　실망한 것은 시무뿐이 아니었다. 오스카르도 지겨워서 눈썹을 치켜
들었다. 귀여운 스트립 장면도 두셋 볼 수 있었다. 신사들이 부인의 속옷을
입고 여장부들은 넥타이나 바지 멜빵을 손에 들고 여기저기에서 두 사
람씩 탁자 밑으로 자취를 감추었다. 이를 가는 사람도 역시 그 이름에
어울리게 브래지어를 물어 찢고 질겅질겅 씹으면서 그 일부를 삼켜 버
리고 말았다.

　아무런 의미도 없이 꺅꺅 왁왁 떠들기만 하는 소란에 정나미가 떨어
지고 게다가 경찰 신세를 지게 될 것도 두려워했으리라. 시무는 계단
옆의 자리에서 일어났다. 사닥다리 밑에 앉아 있던 우리들 쪽으로 그는

몸을 수그리고 우선 클레프를 쿡쿡 찌르고 이어서 나를 찌르면서 귀에 대고 속삭였다.「음악이다! 빨리 부탁해! 음악으로 이 무질서한 소란에 끝장을 내야 해!」

그러나 그야말로 욕심이 적은 클레프까지도 충분히 즐기고 있다는 것을 알 수 있었다. 웃음으로 몸이 떨려서 도저히 플루트를 불 수 있는 계제가 아니었다. 숄레는 클레프를 스승으로 받들고 모든 것을 본받기로 하고 있었기 때문에 역시 마찬가지로 웃고 있었다. 따라서 남은 것은 오스카르 한 사람뿐이었다——그리고 그러한 나를 시무는 의지할 수 있었다. 나는 양철북을 의자 밑에서 꺼내어 유연하게 담배를 붙여 물고 두들기기 시작했다.

아무것도 계획한 것은 아니었으나 나는 양철에다 나의 기분을 맡겼다. 나는 격식대로의 카바레 음악을 모두 잊고 말았다. 따라서 오스카르는 재즈를 연주하지 않았다. 도통 나는 열광적인 고수라고 생각되는 게 싫었다. 물론 나는 숙달된 고수로서의 솜씨를 보이기는 했으나 특별히 순수한 재즈 음악가는 아니었다. 나는 재즈 음악도 좋아하지만 비엔나 왈츠도 좋아하는 것이다. 지금 나는 어느 것이나 연주할 수 있었지만 연주할 필연성이 없었다. 시무로부터 북을 치라는 지시를 받았을 때 나는 배워서 익힌 곡을 연주하지 않고 마음에 깊이 스며들어 있는 곡을 피로했다. 오스카르는 옛날의 세 살박이 오스카르의 손에 북채를 쥐게 하는 데에 성공한 것이다. 나는 북을 두들기면서 옛날의 길을 오고갔고 세계를 세 살짜리 어린애의 시각에 비친 그대로 재현했다. 진짜 소동을 일으키지도 못하는 이 전후의 일행을 우선 밧줄에 묶고 그런 다음에 나는 그들을 포사도브스키 거리에 있는 카워 아주머니의 유치원으로 데리고 갔다. 벌써 그들은 아래턱을 축 늘어뜨리고 서로 손을 마주 잡고 발끝을 안쪽으로 움직이며 유괴자인 나를 기다리기에 이르렀다. 그래서 나는 사닥다리 밑을 떠나 맨 앞에 서서 그들 신사 숙녀 제군에게 우선 시험삼아 『구워라, 구워라, 과자』를 가르치고 그것이 성공하여 주변 일대에 순진한 명랑성이 가득 찼을 때 이번에는 그들의 마음에 큰 공포를 불어넣어『검은 여자 요리인은 있느냐?』를 연주했다. 나도 예전에 이따금 무섭게 생각하는 일이 있었고 오늘에는 점점 더 무서움이 몸에 스며드는 검은 여자 요리사, 나는 거대하고 시커먼 여자를 양파 켈러 안에서 미친 듯이 날뛰게 하여 주인인 시무가 단지 양파로밖에 획득할 수 없었던 것을 나는 양파 없이 획득했다. 즉 신사 숙녀 제군은 어린애처럼 둥글고 큰 눈물을 흘리면서 무서워했고 부들부들 떨면서 나에게 연민을 구걸했다. 그래서 나는 그들을 안심시키기 위해, 다른 하나로는 그들이 비로드나 비단옷 이나 속옷을 입는 것을 돕기 위해 『녹색, 녹색, 녹색, 나의 옷은 모두 녹색』이나 『빨강, 빨강, 빨강, 나의 옷은 모두 빨강』또 그리고 『파랑, 파랑, 파랑,……』『노랑, 노랑, 노랑,……』을 북으로 두들기고 그 밖에 모든 빛깔과 중간색을 대충 다 편력했다. 그 보람이 있어서 내 앞에는 다시 예의바른 신사 숙녀가 만들어졌다. 그래서 나는 이 원아들을 세로로 줄을 서게 하여 그 줄을 이끌고 양파 켈러 안을 걸었다. 마치 예시켄탈 거리를 지나 에르프스 산을 올라가는 것 같다. 음산한 구텐베르크 기념비를 돌자 요하니스 들에는 진짜 데이지 꽃이 흐드러지게 피어 있어서 원아인 신사 숙녀들은 환성을 지르며 그것을 꺾을 수 있었다. 그런 다음에 나는 주인인 시무까지도 포함한 출석자 전원에게 함께 지낸 유치원의 오후를 기념해서 오줌을 싸는 것을 허용했다——우리는 어두운 악마의 골짜기로 다가가 너도밤나무의 열매를 주워 모았다——나는 북으로 지시했다. 자아, 해도 좋아요. 그러자 모두들 어린애의 욕구를 만족시켜 오줌을 누었다. 신사 숙녀가 모두 오줌을 누었다. 시무도 오줌을 누었다. 나의 친구 클레프와 숄레도 오줌을 누었다. 멀리 떨어진 화장실 담당 여자까지 오줌을 누었다. 모두들 좔 좔 콸 콸 해치웠다. 모두들 팬티를 적셔가며 웅크리고 앉아 오줌 싸는 소리를 열심히 들었다. 이 음악이 끝나는 것을 기다려서—— 오스카르는 이 어린애의 오케스트라에 가벼운 북 장단으로 반주를 했을 뿐이다——나는 차츰 크게 두들겨서 분방하고 쾌활한 공기 속으로 그들을 이끌었다. 마음 내키는 대로.

　　유리 유리 쪼끄만 유리
　　맥주는 없고 설탕뿐

　　홀레 아주머니는 창문을 열고
　　피아노를 친다……

　이렇게 두들기면서 나는 환성을 지르고 소리 죽여 웃으며 어린애처럼
입을 벌리고 재잘거리는 일동을 우선 휴대품 보관소로 데리고 갔다. 수염
난 학생이 어이없어 하면서 천진난만한 시무의 손님들에게 외투를 내
주었다. 그리고 나는 인기가 있는 『부지런한 세탁부를 만나고 싶은 사
람은』을 연주하면서 이 신사 숙녀들로 하여금 콘크리트 층계를 오르게
하고 양털가죽을 입은 도어맨의 옆을 지나 문 밖으로 이끌었다. 안성
맞춤으로 동화에 있을 듯한 별이 초롱초롱한, 그러면서 조금은 썰렁한
1950년의 봄밤 하늘 밑에서 나는 신사 숙녀를 해방했다. 그들은 그뒤에도
아직 구시가에서 천진스런 소동을 벌이고 경찰관들의 심문 덕분에 자기의
연령이나 지위를 되찾고 자기 집의 전화 번호를 생각해낼 때까지 집으로
돌아가는 것도 잊고 있었다.
　그러나 나는, 키득거리며 웃고 양철을 가볍게 두들기는 오스카르는
양파 켈러로 돌아갔다. 그러자 시무가 여전히 손뼉을 치면서 젖은 바지에
안짱다리를 한 채 사닥다리 옆에 서 있었다. 그는 카워 아주머니의 유
치원이 매우 마음에 든 것 같았다. 어른인 시무가 참새를 잡는 라인의
목장과 마찬가지로.

대서양의 요새에서, 또는
토치카는 콘크리트를 버릴 수 없다

　그때 나는 양파 켈러의 주인인 시무를 도와 주려고 생각했을 뿐이었다.
그러나 그는 나의 양철북 독주가 그의 단골 손님들을 돌아가도록 하지
않고 아무런 거리낌도 없이 명랑하게, 그러면서 바지를 적시고 그 때문에

눈물까지 흘린 것——즉 양파 없이도 우는 아이로 만들어 버린 것을 용서할 수 없었다.

오스카르는 시무의 기분을 헤아리려고 노력한다. 그는 나를 경쟁 상대로서 무서워하지 않으면 안 되었던 것일까? 손님들이 지금까지의 눈물의 양파를 되풀이하여 거부하고 오스카르를 불러 그 양철북에, 또 나에게 말을 걸기만 하면 양철북으로 어떤 손님의 유년 시절이라도——가령 아무리 나이가 많다 하더라도——불러낼 수 있을 것이라고 해서?

시무는 지금까지 화장실 담당을 즉각 해고시키는 일밖에 하지 않았는데 이번에는 마침내 우리 악사를 파면하고 바이올린 주자를 고용했다. 이 사나이는 조금만 유심히 보면 집시임을 알 수 있었다.

그러나 우리를 쫓아낸 뒤 몇 사람의 더구나 최고급의 손님이 양파 켈러에 오시 않게 될 기색을 보이자 시무는 아직 몇 주일도 지나지 않았는데 어쩌는 수 없이 타협을 해왔다. 일주일에 세 번 바이올린 주자가 연주하고 나머지 세 번은 우리가 연주하게 되었다. 우리는 교섭 결과 전보다도 비싼 임금을 획득했다. 하룻밤에 이십 마르크로 결말이 난 것이다. 게다가 또 우리의 호주머니에 들어오는 팁도 점점 더 많아졌다——오스카르는 그래서 저금통장을 만들고 이자가 붙는 것을 즐기는 신분이 되었다.

이 저금통장은 얼마 안 가서 나의 궁핍을 구해 주게 되었다. 왜냐하면 사신(死神)이 찾아와서 우리들로부터 가게 주인인 페르디난트 시무를 앗아가고 따라서 또 내 일자리와 수입도 빼앗아가 버렸기 때문이다.

시무가 참새를 잡는다는 것은 앞에서 말했다. 곧잘 그는 우리를 메르세데스에 태우고 가서 그가 참새 잡는 것을 구경시켰다. 시무와 나는 나의 북 때문에 때로는 싸움도 했고 그럴 때면 클레프와 숄레도 내 편을 들어 손해를 보기도 했지만 그러나 시무와 악사들 사이의 관계는 역시 일종의 친구 관계라고 해도 좋았으며 그것은 앞에서 이미 말한 바와 같이 사신이 찾아올 때까지 계속되었다.

우리는 올라탔다. 시무의 아내가 언제나와 마찬가지로 핸들을 잡았다.

클레프가 그녀 옆에 앉았다. 시무는 오스카르와 숄레 사이에 앉았다. 시무는 소구경 총을 무릎 위에 올려 놓고 이따금 그것을 쓰다듬었다. 카이저스베르트의 바로 앞까지 자동차로 갔다. 라인 강의 양쪽 기슭에는 가로수가 정연하게 늘어서 있었다. 시무의 아내는 차 안에 남아서 신문을 펼쳐 들었다. 클레프는 미리 사가지고 온 건포도를 꽤 규칙적으로 입에 집어 넣고 있었다. 숄레는 기타 주자가 되기 전에 대학에 다닌 적이 있어서 라인 강을 노래한 시를 여러 편 암송하는 재주를 피로했다. 라인 강은 확실히 시적인 측면도 보이고 있어서 달력 상으로는 여름인데도 강은 보통의 예인선 외에 가을의 낙엽을 뒤스부르크 쪽으로 천천히 흘려보내고 있었다. 만일 시무의 소구경 총이 이따금 울리지 않았다면 이 카이저스베르트 하류의 오후는 평화로운 오후라고 불러도 지장이 없었을 것이다.

클레프가 건포도를 먹어치우고 손가락을 풀잎에 닦았을 때 시무도 마침 사격을 끝냈다. 차가운 열한 개의 새털 공이 놓여 있는 신문지 위에 그는 열두 번째의, 그의 이야기로는 아직도 퍼뜩퍼뜩 움직이고 있는 참새를 추가했다. 사수(射手)는 어느새 그의 획득물을 종이로 쌌다——즉 시무는 자기가 잡은 사냥감을 어떻게 할 셈인지 모르지만 그때마다 집으로 가지고 갔다——이때였다. 우리들 바로 옆에 물결에 떠내려 온 나무 뿌리가 있었는데 그 위에 참새 한 마리가 날아와 앉았다. 너무도 눈에 띄게 내려앉아서 그 회색하며 그야말로 참새의 견본이라고도 할 느낌이었으므로 시무도 참을 수 없었던 것이리라. 오후에만 열두 마리 이상은 절대로 잡지 않기로 한 그가 열세 마리째의 참새를 쏜 것이다——쏘지 않았더라면 좋았을 텐데.

그가 열세 마리째의 참새를 열두 마리와 함께 넣어 가지고 우리에게로 돌아왔을 때 시무 부인은 검은 메르세데스 안에서 자고 있었다. 맨 처음에 시무가 조수석에 올라탔다. 그리고 숄레와 클레프가 뒷자리에 올랐다. 나도 타야 했을 테지만 타지 않고 말했다. 나는 좀더 산책을 하고 시전으로 돌아갈 테니까 염려하지 말고 어서 떠나라고. 그래서 그들은 현명하게도 승차하지 않은 오스카르를 남겨 놓고 뒤셀도르프 방향으로 출발했다.

어슬렁 어슬렁 나는 뒤를 따라 걸어갔다. 얼마 걷지 않았을 때 도로 공사 때문에 길을 돌지 않으면 안 되었다. 그 우회로는 자갈 채굴갱 옆을 지나게 되어 있었다. 그리고 노면보다 칠 미터쯤 아래의 채굴갱 속에 바퀴를 위로 향한 채 검은 메르세데스가 굴러 있었다.

채굴갱의 노동자들이 부상자 세 사람과 시무의 시체를 차에서 끌어낸 뒤였다. 구급차도 이제 곧 도착하게 되어 있었다. 나는 갱 속으로 기어 내려갔고 곧 구두 속이 자갈투성이가 되었지만 그것보다도 부상당한 사람들의 일이 약간 걱정되었다. 그들은 아픔을 참으며 물었으나 나는 시무가 죽었다는 말은 하지 않았다. 그는 눈을 부릅뜨고 거의 전면이 구름에 덮인 하늘을 바라보고 있는 채였다. 그의 오후의 획득물을 싼 신문지는 차 밖으로 던져져 있었다. 내가 세어 보았더니 열두 마리까지는 확실히 있었으나 열세 마리째가 보이지 않았다. 열심히 찾고 있는 중에 어느새 구급차가 자갈 채굴갱 속으로 돌입해왔다.

시무 부인과 클레프와 숄레는 경상이었다. 타박상에다 고작 갈비뼈가 두세 개 부러졌을 정도였다. 내가 나중에 병원으로 클레프를 찾아가서 사고의 원인을 물었더니 그는 놀라운 사실을 말해 주었다. 그들의 차는 우회로에 자동차의 바퀴 자국이 나 있었기 때문에 조심하면서 천천히 자갈 채굴갱 옆을 지나갔다는 것이다. 그러자 갑자기 수백 마리는 아니더라도 적어도 백 마리의 참새가 산울타리와 수풀 그리고 과수(果樹) 사이에서 구름처럼 날아올라 메르세데스를 덮치고 방풍 유리에 부딪쳐 시무 부인을 놀라게 하여 보잘것없는 참새의 힘만으로 이 사고와 가게 주인 시무의 죽음을 야기시켰다는 것이었다.

클레프의 보고를 어떻게 받아들이건 그것은 자유이지만 오스카르는 아무래도 믿어지지 않는다. 실제로 시무의 장례식 때도 남쪽 묘지의 참새를 눈여겨보았으나 수년 전 오스카르가 석공 겸 문자 조각가로서 이 묘석 사이에서 일하고 있을 때에 비해 별로 수가 증가하지는 않았기 때문이다. 그 대신 나는 빌린 실크 모자를 쓰고 장례에 참례하여 관 뒤를 따라갔을 때 제9 구역에서 석공 코르네프의 모습을 발견했다. 그는 그곳에서 내가 모르는 조수와 함께 2인용 휘록암의 묘석을 설치하고 있는

중이었다. 가게 주인 시무의 관이 이 석공 옆을 통과하여 신설된 제10
구역으로 운반되어 갔을 때 그는 묘지의 규칙에 따라 모자를 벗어 들
었으나, 아마도 실크 모자를 쓰고 있었기 때문이리라, 나를 깨닫지 못하고
여전히 목덜미를 만지고 있는 것으로 보아 종기가 어지간히 곪아 있었던
것 같다.

매장(埋葬)! 나는 여러분을 지금까지도 몇 번씩이나 어쩔 수 없이
묘지로 안내했고 또 어딘가에서 매장은 언제나 다른 매장을 연상케 한
다고도 말했다──그래서 이번에는 시무의 매장에 대해서도, 또 매장하는
동안 오스카르가 추상(追想)한 데 대해서도 보고할 생각은 없다──시
무는 규정대로 별다른 일 없이 지하에 매장되었다. 단, 한 가지 보고해
두지 않으면 안될 일이 있다. 즉──미망인이 병원에 남아 있었기 때문에
모두들 묘지에서는 비교적 마음 가볍게 행동했다──매장이 끝나자 데시
박사라고 일컫는 신사가 나에게 말을 걸어왔다.

데시 박사는 음악 사무소를 관리하고 있었다. 물론 그 음악 사무소는
그의 것은 아니었다. 또한 데시 박사는 예전에 양파 켈러의 손님이었다고
자기 소개를 했다. 나는 그를 본 기억이 없었으나 내가 시무의 손님들을
혀가 돌아가지 않는 행복한 유아로 만들었을 때 그도 그 자리에 있었다고
했다. 아니, 그저 있었을 뿐이 아니었다. 그가 고백한 바에 의하면 그
자신도 내 양철북의 영향하에 행복한 어린 시절로 돌아간 것이었다.
그리고 그는 지금, 나와──그의 명명(命名)에 의하면──나의 『기묘한
속임수』를 대대적으로 상품화할 것을 바란다. 그는 나와 계약을 맺는다는
폭탄적인 일의 전권을 위임받고 있었다. 당장 계약서에 서명을 해주었
으면 좋겠다는 것이었다. 저 슈거 레오, 뒤셀도르프에서의 이름은 자퍼
빌렘인 그가 하얀 장갑을 끼고 장례 행렬을 기다리고 있던 화장터 앞에서
데시 박사는 종이 쪽지를 한 장 꺼냈다. 거기에 의하면 막대한 금액을
계약금으로 받는 대신 나는 『북치기 오스카르』로서 대극장의 이천 내지
삼천 명의 청중을 앞에 놓고 무대에서 단독 연주를 하는 의무를 짊어지게
되어 있었다. 내가 당장 서명하기를 꺼리자 데시는 매우 낙심하는 모
습이었다. 나는 시무의 죽음을 이유로 들며, 시무와 생전에 무척 친하게

지냈으므로 아직 그의 묘지에 있는 처지에 금세 새 고용주를 찾을 수는 없다, 그러나 어떻든 잘 생각해 보겠다, 어쩌면 잠시 여행을 하게 될지도 모르지만 그런 다음에 데시 박사를 찾아가 경우에 따라서는 이 고용 계약에 서명을 하겠다라고 말했다.

나는 묘지에서 계약서에 서명하지는 않았지만 어떻든 재정 상태가 불안정했기 때문에 데시 박사가 봉투에 넣어서 명함과 함께 나에게 슬며시 내놓은 계약금을 받아서 주머니에 넣지 않을 수 없었다. 그것은 묘지 밖의, 데시의 자동차가 놓여 있던 앞뜰에서의 일이다.

그리고서 나는 여행을 했다. 동행할 사람도 구했다. 사실 나는 클레프와 함께 여행을 하고 싶었다. 하지만 클레프는 입원중이고 갈비뼈가 네 개나 부러졌기 때문에 웃지조차 못하는 상태였다. 마리아와 함께 가도 좋다고 생각했다. 아직도 여름 방학중이었으므로 쿠르트도 함께 데리고 갈 수 있을 것이었다. 그러나 마리아는 그녀의 고용주 시텐첼과의 관계를 여전히 계속하고 있었고 시텐첼은 쿠르트에게 『시텐첼 파파』라고 부르게 하고 있었다.

그래서 나는 화가인 랑케스와 함께 여행을 했다. 아시다시피 전쟁중의 하사로서 지금은 이따금 뮤즈인 울라의 약혼자가 되곤 하는 랑케스이다. 내가 그 계약금과 저금통장을 주머니에 넣고 시타르트 거리에 있는 화가 랑케스의 아틀리에를 찾아간 것은 예전의 직업 동료인 울라를 만나고 싶었기 때문이다. 실은 나는 그 뮤즈와 함께 여행하고 싶었다.

울라는 화가한테 와 있었다. 그녀가 문간에서 나에게 고백한 바에 의하면 두 사람은 이 주일 전에 약혼했다는 것이었다. 한스 크라게스와는 원만하지 못해서 다시 약혼을 파기하지 않으면 안 되었다. 한스 크라게스를 알고 있어요? 하고 묻는 것이었다.

오스카르는 울라가 얼마 전에 약혼한 사람을 몰랐기 때문에 매우 유감스럽게 생각했다. 그리고는 드디어 여행 제안을 했던 것인데 울라의 승낙이 떨어지기 전에 화가 랑케스가 끼여들어 재빨리 오스카르의 길동무 역을 맡고 나서면서 뮤즈에게, 이 다리가 긴 뮤즈에게 손찌검을 했다. 그녀가 집 지키기가 싫다면서 울었기 때문이다.

어째서 오스카르는 저항하지 않았던가? 뮤즈와 함께 여행을 하고 싶었다면 어째서 뮤즈 편을 들지 않았는가? 날씬하게 키가 크고 엷은 솜털이 돋은 울라와 함께 여행하는 것을 나는 얼마나 아름답게 꿈꾸었던가? 그러나 나는 뮤즈와 너무 가까운 공동생활에 들어가는 것이 무서웠다. 뮤즈라는 것과는 거리를 두고 사귀지 않으면 안 된다고 나는 나 자신에게 타일렀다. 그렇지 않으면 모처럼의 뮤즈의 입맞춤도 평범한 일상의 습관으로 되어 버린다. 그래서 나는 오히려 뮤즈가 입맞춤을 하려고 하면 그녀를 두들겨 패는 화가 랑케스와 여행하는 것이다.

어디로 여행할 것인가에 대해서는 별로 의논하지 않았다. 다만 노르망디로 간다는 것이 문제였다. 캉과 카부르 사이의 토치카를 우리는 찾아가고 싶었다. 어쨌든 우리 두 사람은 전쟁중 그곳에서 알게 되었으니까. 다만 비자를 받기가 여러 가지로 귀찮았다. 그러나 그 문제에 대해서 오스카르는 말하지 않겠다.

랑케스는 구두쇠였다. 허술한 카바스 위에 싸구려거나 혹은 남에게서 훔친 그림물감을 칠할 때는 굉장히 헤펐지만 지폐나 동전에 대해서는 꽤나 알뜰하게 챙겼다. 그는 결코 자기가 담배를 사는 일은 없었지만 그러면서도 노상 담배를 피워 물고 있었다. 그의 인색함이 계획적이라는 것을 밝히기 위해 잠깐만 보고하겠다. 그는 누구에게 담배를 한 대 얻으면 곧 바지 왼쪽 주머니에서 십 페니히짜리 동전 하나를 꺼내어 잠시 바람에 쐰 뒤에 그것을 오른쪽 호주머니에 집어 넣는다. 이런 식으로 하루 동안에 상당한 동전이 이동하는 것이다. 그는 굉장히 열심히 담배를 피웠는데 어느 날 기분이 좋을 때 나에게 이렇게 털어놓았다. 「나는 매일, 대략 이 마르크분의 담배를 피우고 있어!」

랑케스는 일 년쯤 전에 베르스텐에 있는, 전쟁으로 입은 재해로 황폐화된 땅을 샀는데 이것은 이를테면 그의 가까운 친지나 먼 친지의 담배로 샀거나 또는 피워서 얻은 셈이었다.

이 랑케스와 오스카르는 노르망디로 여행을 했다. 우리는 급행 열차를 탔다. 랑케스는 차라리 히치하이크라도 하고 싶었을 것이다. 그러나 내가 돈을 내고 권유하는 바람에 양보하지 않을 수 없었다. 칸에서 카부르까지는 버스를 이용했다. 포플라 가로수 길을 달렸다. 가로수 배후에는 울타리로 둘러싼 목장이 펼쳐져 있었고 갈색과 하양으로 얼룩진 소 떼가 있어서 이 풍경에 밀크초콜릿의 선전에 나오는 듯한 외관을 부여하고 있었다. 물론 선전 포스터로 그릴 때는 전쟁 참화(慘禍)의 흔적 같은 것은 생략하지 않으면 안될 것이다. 그러나 사실은 내가 로스비타를 잃은 바방 마을을 포함해서 어느 마을에나 전화의 흔적은 뚜렷이 남아 있어서 보기에도 무참한 모습이었다.

우리는 카부르에서 해안을 따라 오른 강의 하구를 향해 걸었다. 비는 내리고 있지 않았다. 르 옴의 하류에서 랑케스가 말했다. 「자, 집에 돌아왔군! 담배 한 대 주게.」 그는 동전을 호주머니에서 호주머니로 옮기면서 언제나 언제나 앞으로 튀어나와 있는 이리의 머리로 모래 언덕 속에 건재한 무수한 토치카 중의 하나를 가리켰다. 그는 팔을 뻗어 자기의 무색과 야외용 이즐과 한 다스의 쇠틀을 왼손에 쥐고 오른손으로 내 손을 붙잡고는 콘크리트를 향해서 나를 끌고 갔다. 오스카르의 짐은 소형 트렁크와 북이 전부였다.

대서양 기슭에 머무르게 된 지 사흘째의 일이다——우리는 그 사이에 토치카 『도라 7호』의 내부에 들어가 바람에 날려와서 쌓여 있는 모래를 긁어내고 이곳을 밀회 장소로 사용했던 연인들이 남겨 놓고 간 불쾌한 선물을 정리하고는 상자와 침낭을 이용하여 겨우 거처할 수 있는 자리를 마련했다——랑케스가 아주 근사한 대구 한 마리를 해안에서 가지고 왔다. 어부가 그에게 준 것이다. 그가 그들을 위해서 보트를 그려 주었더니 답례로 대구를 떠맡기더라는 것이다.

우리는 이 토치카를 여전히 도라 7호라고 부르고 있었기 때문에 오스카르가 생선의 내장을 빼내면서 간호사 도로테아를 생각한 것은 조금도 이상할 것이 없었다. 물고기의 간장과 이리가 그의 두 손에 넘쳤다. 나는 햇빛을 받으면서 비늘을 벗겼는데 랑케스는 이 기회를 포착해서 단숨에 수채화를 그렸다. 우리는 바람을 피해 토치카의 배후에 앉아 있었다. 8월의 태양이 콘크리트의 지붕 위에 물구나무서 있있다. 나는 물고기에다 마늘쪽을 끼워 넣기 시작했다. 나는 지금까지 이리와 간장 등 내장이 차 있던 곳에 양파와 치즈 그리고 백리향을 집어 넣었다. 그러나 이리와 간장도 버리지는 않았고 뿐만 아니라 이것들은 모두 진미였기 때문에 레몬으로 생선의 아가리를 벌려 그 속에 집어 넣었다. 랑케스는 주위를 뒤지고 다녔는데 도라 4호, 3호, 그리고 더 멀리 있는 토치카를 점거하고는 그 속으로 사라졌다. 그는 판자 조각과 꽤 큰 마분지를 노획해왔는데 마분지는 그림을 그리는 데 이용하기로 하고 판자 조각은 불 속에 집어 넣었다.

이와 같은 불을 하루 종일 꺼뜨리지 않는 일은 어렵지 않았다. 해변에는 두어 걸음 간격으로 파도에 밀려온 재목이 깃털처럼 말라 비틀어져 꽂혀서 변덕스러운 그림자를 던지고 있었기 때문이다. 나는 랑케스가 빈 별장에서 뜯어 가지고 온 발코니의 쇠격자 일부를 바야흐로 벌겋게 타고 있는 숯불 위에 걸쳐 놓았다. 생선에 올리브 유를 바른 뒤 그것을 마찬가지로 기름칠한 뜨거운 쇠격자 위에 얹었다. 나는 지글거리는 대구 위에 레몬을 짜서 떨어뜨리고 천천히——생선을 굽는 데는 서두르는 것은 금물이다——알맞게 구워 나갔다.

우리는 몇 개의 빈 양동이 위에 여러 겹으로 접은 한 장의 큰 타르지를 깔고 탁자 대용으로 삼았다. 포크와 양철 접시를 우리는 지참하고 있었다. 랑케스의 기분을 가라앉히기 위해——그는 마치 굶주린 갈매기처럼 천천히 구워지고 있는 생선 주위를 어슬렁거리고 있었다——나는 토치카 안에서 나의 북을 꺼내 가지고 나왔다. 나는 그것을 모래 위에 뉘어 놓고 끊임없이 변주하면서 부서지는 파도 소리와 밀려오는 조수를 해방시키듯이 바람에 대항하여 연타했다. 생각하면 베브라의 위문 극단이 이 콘크리트를 견학한 것이었다. 카슈바이에서 노르망디로 가는 길이었다. 두 곡예사 펠릭스와 키티가 이 토치카 위에서 몸을 뒤얽혔다가는 다시 떨어지며 바람에도 굴하지 않고——마치 지금 오스카르가 바람에도 끄떡하지 않고 북을 치고 있듯이——시를 낭독했다. 그 후렴은 전쟁이 한창인 가운데 즐거운 시대가 다가옴을 알린 것이었다. 『……그리고 금요일에는 생선에다 달걀 프라이, 우리는 비더마이어를 향해서 간다.』하고 작센 사투리로 키티가 낭독했다. 그리고 베브라, 우리의 현명한 베브라,

선전반의 대위인 베브라는 고개를 끄덕였다. 그리고 로스비타, 지중해의 나의 라구나는 소풍 바구니를 들어올려 콘크리트의 도라 7호 위에 식탁을 마련했다. 랑케스 하사도 흰빵을 먹고 초콜릿을 먹으며 베브라 대위의 담배를 피웠다…….

「이봐, 오스카르!」하고 화가 랑케스가 나를 제정신으로 돌려 놓았다. 「나는 그림을 그리고 싶은데 말야. 자네가 북을 치는 것 같은 투로 말이지. 담배 한 대 안 주겠나?」

그래서 나는 북을 두들기던 손을 멈추고 나의 동행자에게 담배 한 개비를 건네 주고 물고기의 상태를 보았더니 이제는 다 구워진 것 같았다. 부드럽고 희고 느슨하게 물고기의 눈이 부풀어 있었다. 대구 껍질의 일부는 알맞게 탄 곳도 있었고 일부는 터진 곳도 있었다. 나는 그 위에 천천히 마지막 남은 레몬을 골고루 짜서 떨어뜨렸다.

「배가 고픈 설!」하고 랑케스가 말했다. 그는 길고 누런 송곳니를 드러내고 원숭이처럼 두 주먹으로 바둑무늬의 셔츠 위로 자기 가슴을 두들겼다.

「머리로 하겠어, 아니면 꼬리로 하겠어?」하고 나는 머리를 써서 타르지 위에 식탁보 대신 펼쳐 놓았던 양피지 위로 생선을 옮겼다. 「자네 같으면 어느 쪽을 권하겠나?」하고 말하면서 랑케스는 담배를 비벼 끄고 그 꽁초를 호주머니 속에 넣었다.

「친구로서라면 나는 꼬리를 권하겠네. 요리사로서라면 나는 단연코 자네에게 머리를 권하겠어. 하지만 생선만 먹고 있던 무렵의 나의 어머니라면 이렇게 말했을 거야. 랑케스 씨, 꼬리를 드세요, 먹어 보면 알아요라고. 거기에 반해 나의 아버지에게라면 의사는 언제나……」

「의사 같은 건 상관없어.」하고 랑케스는 나를 신용하지 않았다.

「홀라츠 박사는 내 아버지에게 언제나 대구라면――우리 집에서는 왕대구라고 했지만――머리 외에는 먹어서는 안 된다고 충고했었지.」

「그럼 나는 꼬리를 먹겠네. 속이려고 해도 소용이 없어!」랑케스는 여전히 의심을 풀지 않았다.

「그렇게 해주는 것이 나로서도 고맙네. 머리는 절대로 버릴 수 없는 것이니까.」

「그렇다면 역시 머리로 하겠네. 자네가 그렇게 집념을 가진다면.」

「정말 괴롭군. 랑케스!」나는 이제 적당히 끝내고 싶었다.「그럼 머리는 자네 몫이고 나는 꼬리로 하겠네.」

「어때? 이것으로 내가 득을 본 셈이겠지? 응?」

오스카르는 랑케스 쪽이 득을 보았다는 것을 인정했다. 왜냐하면 나는 알고 있었기 때문이다. 그가 생선을 이빨 사이에 넣을 때에 비로소 그는 나보다 득을 보았다는 확신도 함께 맛볼 수 있으리라는 것을. 나는 그를 사납고 교활한 개라고 불렀고 행운아, 재수 좋은 사나이라고 말해 주었다——그리고 나서 우리는 대구에게 달려들었다.

그는 머리 쪽을 집어들었고 나는 남은 레몬즙을 꼬리 쪽의 하얗게 흐물흐물해진 살 위에 짜내고 살 속에서 버터처럼 부드러워진 마늘쪽을 떼냈다.

랑케스는 이 사이로 생선 뼈를 발라내며 내가 먹고 있는 대구의 꼬리 쪽을 넘보았다.「잠깐, 그쪽 것도 맛볼 수 있게 해주게.」

나는 고개를 끄덕였다. 그는 맛을 보고는 의아스러운 표정을 지었다. 그래서 오스카르가 머리쪽을 맛본 후에 역시 그가 언제나 좋은 쪽을 차지해 버린다고 재차 보증하자 그는 겨우 안심하는 모습이었다.

우리는 생선을 먹으면서 보르도 산 붉은 포도주를 마셨다. 나는 유감이었다. 사실은 백포도주를 커피잔에 따라서 마시고 싶었다. 랑케스는 나의 유감을 씻어내며 그가 하사이던 시절 이 도라 7호 속에서는 모두들 언제나 붉은 포도주만 마시고 있던 것을 생각해냈다. 그리고 마침내 적의 침입이 시작된 것이었다.

「이것 봐, 우리는 이곳으로 적이 침입해 들어왔을 때도 만취되어 있었어. 코발스키에다 셰르바하에다 꼬마인 로이트홀트. 그 친구들은 지금은 모두 저 카부르 저편에 있는 묘지에 같이 잠들고 있지만 어쨌든 이곳으로 적이 쳐들어왔을 때 모두들 전혀 눈치를 못 챘거든. 저쪽 아로망슈에는 영국군이고 우리들의 전구(戰區)에는 캐나다의 대군이었지. 아무튼 우리가 바지 멜빵을 어깨에 채 걸치기도 전에 놈들은 벌써 들이닥쳐서 안녕하세요(How are you?)라고 하는 거였어.」

그리고 나서 그는 포크로 허공을 찌르고 뼈를 뽑어내면서 계속했다.

「그런데 나는 오늘 카부르에서 예의 헤르초크를 만났어. 그 미치광이를 말이야. 자네도 이곳을 견학하러 왔을 때 만났으니까 알고 있을 거야. 중위였던 사나이 말이야.」

확실히 오스카르는 헤르초크 중위를 기억하고 있다. 랑케스가 생선을 먹으면서 이야기해 준 바에 의하면 헤르초크는 해마다 카부르에 지도와 측량 기구를 가지고 찾아온다는 것이었다. 토치카의 일을 생각하면 밤잠을 제대로 잘 수 없기 때문이란다. 그는 이 도라 7호에도 들러서 측량을 할 셈이라는 것이었다.

우리가 아직도 생선을 먹고 있는 동안에——생선의 큰 뼈가 점점 더 크게 드러났다——헤르초크 중위가 나타났다. 카키 색 반바지를 입고 굵은 종아리 밑은 베니스화를 신었으며 암갈색의 머리털이 넥타이를 매지 않은 마직(麻織) 셔츠 밖으로 드러나 있었다. 물론 우리는 앉은 채로 있었다. 랑케스는 나를 그의 친구이며 동료인 오스카르라고 하여 퇴역 중위 헤르초크에게 소개했다.

퇴역 중위는 즉시 도라 7호를 상세하게 조사하기 시작했다. 물론 처음에는 콘크리트의 바깥쪽부터 착수했기 때문에 여기에는 랑케스도 불평하지 않았다. 중위는 표면에 극명하게 기입하고 게다가 쌍안경까지 가지고 있어서 주변 풍경과 밀려오는 파도 쪽으로 집요하게 시선을 던졌다. 우리들의 바로 옆에 도라 6호의 총안이 있었는데 그는 이것을 마치 아내에게 무언가 좋은 일을 해줄 때처럼 정답게 어루만졌다. 그가 우리의 별장인 도라 7호를 안쪽에서 시찰하려고 하자 랑케스가 이것을 금지시켰다.

「이봐요, 헤르초크, 대체 지금에 와서 무엇을 하려는 겁니까? 이 콘크리트 주위를 헤매고 다니다니. 그 무렵에는 그것도 현실적인 일이었겠지만 지금은 벌써 먼 과거의 일입니다.」

과거의 일이라는 말은 랑케스가 즐겨 쓰는 말이다. 그는 세계를 곧잘 현실과 과거로 분류했다. 그러나 퇴역 중위는 어떤 일도 과거의 일이라고는 생각하고 있지 않았다. 결재는 아직도 끝나지 않은 것이다. 나중에 몇 번이라도 되풀이하여 역사 앞에서 변명하지 않으면 안 된다. 따라서 지금 그는 도라 7호를 내부에서 시찰하고 싶은 것이다.

「알아들었나, 랑케스?」

어느새 헤르초크는 그 그림자를 우리의 식탁과 생선 위에 던졌다. 우리들의 옆을 지나 토치카 안으로 들어가려고 한 것이다. 그 입구에는 여전히 콘크리트 장식이 남아 있어서 조형 미술가 랑케스 하사의 솜씨를 말해 주고 있었다.

헤르초크는 우리들의 식탁 옆을 통과하지 못했다. 랑케스가 포크를 쥔 채, 그러나 포크는 사용하지 않고 밑에서부터 일격을 가하여 퇴역 중위 헤르초크를 해변 모래 위에 나뒹굴게 했기 때문이다. 고개를 흔들면서 모처럼의 생선 요리 식사를 중단하게 된 것을 애석해하면서 랑케스는 일어나 왼손으로 중위의 마직 셔츠 앞자락을 움켜쥐고 규칙적으로 발자국을 남기면서 옆으로 끌고 가 모래 언덕 저쪽에 그를 던져 버렸다. 덕분에 그의 모습은 보이지 않게 되었지만 목소리는 여전히 들려왔다. 헤르초크는 랑케스가 나중에 던져 준 측량 기구를 주워 모아 가지고 욕설을 퍼부으면서 사라졌다. 랑케스가 방금 전에 지나간 과거라고 단정한 역사의 유령을 모조리 불러가면서.

「저놈이 하는 말도 노상 틀린 건 아니로군. 저 헤르초크란 놈. 저놈이 미친 놈인 것은 틀림이 없지만 말야, 우리가 그때 그토록 만취되어 있지 않았더라면 말이지, 여기로 쳐들어왔을 때 말야. 그랬더라면 캐나다 병사들은 어떻게 되었을지 알 수 없는 거야.」

나는 지당한 이야기라고 동의해 보이는 수밖에 없었다. 실은 바로 전날, 나는 썰물 때 조개 껍질이나 게 딱지 사이에서 틀림없는 캐나다 군의 제복 단추를 발견했기 때문이었다. 오스카르는 그 단추를 지갑 속에 집어 넣고 마치 좀처럼 볼 수 없는 에트루리아 동전을 발견한 것처럼 행복감을 맛보았던 것이다.

헤르초크 중위의 내방은 아주 짧은 시간에 끝나기는 했지만 여러 가지 추억을 되살아나게 했다.

「기억하고 있나, 랑케스? 우리가 위문 극단을 편성해 가지고 자네들의 콘크리트를 견학했을 때의 일을. 이 토치카 위에서 아침을 먹었지. 바람이 조금 불고 있었어. 꼭 오늘처럼 말야. 그러자 갑자기 예닐곱 명의 수녀가 나타나서 롬멜 아스파라거스 사이에서 게를 찾기 시작했지. 그리고 랑케스, 자네는 명령에 따라 해변을 일소하지 않으면 안 되었지. 기관총이라는 살인 도구로 자네는 그것을 실행했지.」

랑케스도 생선 뼈를 열심히 빨면서 당시를 회상했고 수녀들의 이름까지 기억해냈다. 쇼라스티카 수녀, 아그네타 수녀 하고 그는 열거하면서 그 수도 수녀의 주위를 완전히 검정으로 감쌌던 장미빛 얼굴을 내 마음에 생생하게 그려 보였기 때문에 항상 내 마음을 떠나지 않는 세속의 간호사 도로테아의 이미지도 사라지지는 않았지만 역시 조금은 그림자가 엷어진 것이 사실이었다. 이 경향은 더욱 강해졌다. 즉, 그로부터 몇 분도 지나기 전에——나는 별도 놀라지 않았디, 기저이라고도 생각하지 않았다—— 카부르 쪽에서 한 젊은 수녀가 모래 언덕 위를 바람에 날려 달려왔다. 장미빛 얼굴이 검은 빛으로 완전히 덮여 있었으므로 잘못 볼 리가 없었다.

그녀는 늙은 신사들이 가지고 다니는 것 같은 검은 우산으로 볕을 가리고 있었다. 눈 위에는 날카로운 녹색 셀룰로이스 차양이 아치를 이루고 있어서 마치 헐리우드의 인기 영화 감독 같았다. 모래 언덕 쪽에서 그녀를 부르는 소리가 들렸다. 그녀 외에도 많은 수녀가 와 있는 것 같았다.

「아그네타 수녀님!」 하고 부르는 소리가 들렸다. 그리고는 또 「아그네타 수녀님, 대체 어디 계세요?」

그러자 젊은 수녀 아그네타는 점점 더 뼈를 드러내고 있는 우리의 대구 위쪽에서 대답했다. 「여기 있어요, 쇼라스티카 님. 여기는 바람이 없어서 좋아요!」

랑케스는 히죽이 웃고 만족스러운 듯이 이리 같은 머리를 끄덕거렸다. 마치 그가 이 가톨릭의 행진을 주문한 것 같았고 세상의 일은 모두 그의 예상대로 되어 간다고 말하려는 것 같았다.

젊은 수녀는 우리가 있는 것을 알아차리고 토치카의 왼쪽 옆에 섰다.

두 개의 동그란 콧구멍이 두드러져 보이는 장미빛 얼굴이 뻐드렁니 외에는 흠잡을 데가 없는 이와 이 사이에서 「아아 !」 하고 말했다.

랑케스는 상체는 움직이지 않고 목과 고개만 돌렸다. 「여어, 수녀님, 산책이십니까 ?」

사이를 두지 않고 대답이 되돌아왔다. 「우리는 해마다 한 번씩은 바다에 와요. 하지만 나는 바다를 처음 봐요. 정말 크군요 !」

여기에는 이의(異議)를 제기할 수가 없었다. 오늘날까지 바다의 묘사를 여러 가지 들었으나 적절하다고 생각되는 것은 이 묘사뿐이다.

랑케스는 애교를 떨며 내 몫의 생선을 찌르면서 권했다. 「생선을 좀 들어 보지 않겠습니까, 수녀님 ? 아직도 뜨끈합니다.」

그가 프랑스 어로 막힘없이 말했기 때문에 나는 깜짝 놀랐다. 그리고 오스카르도 마찬가지로 그 외국어를 시험해 보았다. 「사양하실 것 없어요, 수녀님. 오늘은 금요일이니까요.」

그녀가 틀림없이 엄격한 규율에 매어 있을 것 같아서 이렇게 도피구를 만들어 주었으나 그래도 역시 수녀복 속에 교묘하게 몸을 감추고 있는 이 소녀의 마음을 움직여 우리의 식사에 참가시킬 수는 없었다.

「당신들은 언제나 여기에 살고 계세요 ?」 하고 그녀의 호기심이 궁금해했다. 그녀는 우리의 토치카를 깨끗하다고 생각했으나 약간 우스꽝스럽다고도 생각했다. 이때 유감스럽게도 수녀원장 외에 다섯 명의 수녀가 검은 우산을 가지고 녹색의 차양을 달고 모래 언덕 저편에서 등장했다. 아그네타는 날쌔게 우리에게서 뛰어갔는데 동풍(東風) 때문에 토막나서 들려오는 말의 앞뒤를 맞추어 보니 심한 꾸지람을 듣는 것 같았다. 그리고는 그녀들의 한가운데로 끌려 들어갔다.

랑케스는 꿈을 꾸고 있었다. 그는 포크를 거꾸로 입에 물고 바람에 불려 모래 언덕 위를 가는 사람들을 물끄러미 바라보고 있었다. 「저것은 수녀들이 아니다. 저것은 돛배다.」

「돛배라면 하얄 텐데.」 하고 나는 재고를 촉구했다.

「저것은 검은 돛배라고.」 랑케스와는 토론이 되지 않았다. 「저 왼쪽 끝의 것이 기함(旗艦)이라고. 아그네타는 소형 쾌속정이라고나 할까.

그야말로 순풍. 뒷돛대에도 주요 돛대에도 앞돛대에도 모든 돛을 달고 수평선 너머의 영국으로. 생각해 보라고, 내일 아침 영국 사람들이 눈을 뜨고 창 밖을 내다보면 무엇이 보일지를. 이만 오천 명의 수녀들이 돛대 꼭대기까지 깃발을 휘날리고 그리고는 어느새 현측 포화(舷側砲火)의 일제 사격이지……」

「새로운 종교 전쟁이군!」 하고 내가 그 말을 받았다. 기함의 이름은 메리 스튜어트라든가 드 발레라라든가 또는 아예 돈 판이라고 하는 것이 좋을 것이다. 한층 더 기동력을 강화한 새 무적 함대(無敵艦隊)가 트라팔거의 복수를 하는 것이다! 『모든 청교도에게 죽음을!』 이것이 암호이다. 이번에는 영국 진영에 넬슨은 없을 것이다. 적의 본토에 침입이 개시될 것이다. 이리하여 영국은 이제 섬이 아니게 된다.

랑케스로서는 이야기가 너무 정치적으로 흐른 것 같다. 「드디어 출항이로군, 저 수녀들.」 하고 그는 보고했다.

「출범(出帆)이야.」 하고 내가 정정했다.

그런데 출범이든 출항이든 그것은 차치하고 어떻든 그녀들은 카부르 쪽으로 날려 갔다. 그녀들은 자신과 태양 사이에 우산을 받쳐들고 있었다. 한 사람만이 조금 뒤떨어져서 두세 걸음 걷다가는 허리를 굽혀 무엇인가를 줍기도 하고 또 버리기도 하고 있었다. 남아 있는 한 척의 배만은 ——화면에서 사라지고 싶지 않기 때문에—— 천천히 바람을 향해 지그재그 코스를 취하여 부대의 배경인 불타서 무너진 옛 해변 호텔 쪽으로 이럭저럭 접근해갔다.

「저것은 닻을 잘못 올렸거나 키가 고장을 일으켰군.」 하고 랑케스는 여전히 선원의 말투를 고집했다. 「이봐, 저것은 소형 쾌속정의 아그네타가 아닌가?」

소형 쾌속정인지 순양함인지는 모르지만 조개 껍질을 집어들었다 집어던졌다 하면서 가까이 다가온 것은 확실히 견습 수녀인 아그네타였다.

「대체 무엇을 줍고 있지요?」 랑케스의 눈에 빈 틈은 없었다.

「조개 껍질요!」라는 말을 그녀는 아주 인상적으로 발음하고 몸을 수그렸다.

「그런 짓을 해도 괜찮은가요? 그것은 지상의 보물이잖아요?」

나는 견습 수녀 아그네타의 편을 들었다.「그건 틀려, 랑케스. 조개 껍질 같은 것이 지상의 보물이라니.」

「그렇다면 해변의 보물이라도 좋아. 어떻든 보물임에는 틀림없어. 그리고 수녀라는 사람은 보물을 소유하는 것이 허용되지 않아. 첫째도 둘째도 빈곤, 빈곤, 또 빈곤이라고! 그렇잖아요, 수녀님?」

아그네타는 뻐드렁니를 드러내 보이며 미소지었다.「나, 약간의 조개 껍질을 가지고 갈 뿐이에요. 보육원에서 사용할 거예요. 어린애들은 조개 껍질 놀이를 아주 좋아하지만 아직 바다에 와본 적이 없거든요.」

아그네타는 토치카의 입구에 서서 내부에다 시선을 던졌다.

「어떻습니까, 우리집이?」하고 나는 비위를 맞추듯이 말했다. 랑케스는 좀더 버릇없는 표현을 썼다.「자 한 번 이 별장을 견학해 보세요. 보기만 하는 건 공짜예요. 수녀님!」

그녀는 튼튼한 천으로 된 치마 밑으로 나와 있는 끝이 뾰족한 편상화로 분주히 지면을 문질렀다. 이따금 모래땅을 걷어차기까지 했기 때문에 그 모래가 바람에 날려 우리의 생선 위에 마구 떨어졌을 정도였다. 조금 솔깃해진 그녀는 지금 분명히 밤빛임을 알 수 있는 눈동자를 가지고 우리와 우리 사이에 있는 식탁을 음미했다.「그것은 역시 안 되겠어요.」 하고 그녀는 우리의 반론을 도발했다.

「아니, 무슨 말씀을 하세요!」하고 화가는 만난을 무릅쓰고 일어섰다. 「전망이 좋아요, 이 토치카는, 총안을 통해서 해안 전체가 바라보여요.」

그녀는 여전히 망설이고 있었다. 틀림없이 구두에 모래가 가득 들어갔을 것이다. 랑케스는 손을 토치카 입구 쪽으로 뻗쳤다. 그의 콘크리트 장식이 힘차게, 장식 무늬의 그림자를 던지고 있었다.「내부도 깨끗하답니다!」

이 수녀가 토치카 안으로 들어갈 마음이 생긴 것은 부추기는 듯한 화가의 동작 때문이었는지도 모른다.「그럼 아주 잠깐 동안만요!」하는 말이 결심을 나타냈다. 그녀는 랑케스 앞에 서서 토치카 안으로 서둘러 들어갔다. 랑케스는 두 손을 바지에다 닦고——화가의 전형적인 행동이다——그리고는 사라지기 전에 내게 다짐을 했다. 「내 생선을 먹으면 안돼!」

오스카르는 먹기는커녕 이제 생선에는 질려 있었다. 나는 식탁을 떠나 모래를 실어오는 바람과 늙은 거인인 해조(海鳥)의 요란한 소리에 몸을 맡겼다. 나는 발로 북을 끌어당겨 두들기면서 이 콘크리트 풍경으로부터, 이 토치카의 세계로부터 롬멜 아스파라거스라는 이름의 이 야채로부터 도피구를 찾기 시작했다.

처음에 이것은 별로 성공하지 못했으나 나는 사랑으로서 도망을 시도했다. 일찍이 나 또한 한 사람의 슈베스터를 사랑한 적이 있었다. 단, 수녀가 아니라 간호사 쪽의 슈베스터이다. 차이틀러 가의 우유빛 유리문 저쪽에 그녀는 살고 있었다. 그녀는 아주 아름다웠다. 그렇다고는 하지만 나는 그녀를 한 번도 본 적이 없었다. 야자 융단이 있어서 그것이 두 사람 사이에 끼여들었디. 차이틀러 네 복도는 너무 어두웠다, 그래서 나는 간호사 도로테아의 육체보다도 야자 섬유 쪽을 좀더 뚜렷이 느낀 것이었다.

이 주제는 당장 야자 융단 위에서 숨이 끊어져 버렸기 때문에 이번에는 마리아에 대한 한때의 내 사랑을 리듬에 실어 급속히 뻗어가는 덩굴 식물처럼 콘크리트 위에 만연시키려고 시도했다. 그러나 또다시 간호사 도로테아가 마리아에 대한 내 사랑을 방해하여 가로막았다. 바다 쪽에서 석탄산 냄새가 풍겨오고 갈매기가 간호사복 차림으로 손을 흔들었다. 태양이 나의 눈에는 적십자의 브로치가 되어 빛나기 시작했다.

오스카르는 북을 두들기는 것을 방해당했을 때 사실은 기뻤다. 수녀 원장인 쇼라스티카가 수녀 다섯 명과 함께 되돌아온 것이다. 그녀들은 지친 듯했고 우산을 축 기울어뜨리고 있었다.

「당신, 젊은 수녀를 보지 못했어요? 우리 수녀원의 견습 수녀인데요. 그애는 정말로 아직 어린애예요. 바다를 보는 것이 처음이에요. 아마 틀림없이 길을 잃었을 거예요. 대체 어디에 있지, 아그네타 수녀는?」

나에게 남겨진 길은 오직 하나였다. 이 선대(船隊)의 돛에 이번에는 순풍을 주어 오른 강 하구, 아로망슈의 방향으로, 일찍이 영국인들이 바다에 손을 대어 항구를 만들어낸 포트 윈스턴의 방향으로 향하게 하는 수밖에 없었다. 이렇게 많은 인원을 한꺼번에 우리의 토치카 안에 수용할 수는 없었을 것이다. 확실히 한순간 이 방문을 화가인 랑케스에게 보내 주고 싶은 기분도 들었지만 그러나 그뒤 곧 우정과 번거로움과 심술이 한데 뭉쳐서 엄지손가락을 오른 하구 쪽으로 내밀도록 나에게 명했다. 수녀들은 내 엄지손가락의 지시에 따랐고 모래 언덕 위를 바람에 실려 가서 점점 작아지는 여섯 개의 검은 점으로 변했다. 그리고 「아그네타 수녀님! 아그네타 님!」 하고 부르는 가련한 소리도 점점 바람에 지워져 이윽고는 모래에 묻히고 말았다.

랑케스 쪽이 먼저 토치카에서 나왔다. 그림쟁이의 전형적인 버릇대로 바지 무릎 밑에서 두 손을 닦고 나서 햇볕을 받으며 벌렁 누웠다가 나에게서 담배 한 대를 빼앗아 그것을 셔츠 주머니에 집어 넣은 뒤에 이제는 식어 버린 생선에 달려들었다. 「정말 배가 고픈 걸.」 하고 그는 슬며시 변명을 하고 나서 내 몫이었던 꼬리쪽을 약탈했다.

「그녀를 불행하게 해도 돼?」 하고 나는 랑케스를 비난하고 이어서 불행이라는 말의 맛을 즐겼다.

「어째서? 그녀는 불행해질 이유 같은 것은 전혀 없어.」

랑케스는 그의 교제 방식이 사람을 때로는 불행하게 만든다는 것에 생각이 미치지 않았다.

「대체 그녀는 지금 무엇을 하고 있지?」 하고 나는 물었으나 실은 좀더 다른 것을 물을 생각이었다.

「바느질을 하고 있어.」 하고 랑케스는 생선 포크를 쥔 채로 대답했다. 「수도복이 조금 찢어져서 그것을 지금 고치고 있어.」

재봉사가 토치카에서 나왔다. 그녀는 곧 다시 우산을 펴고 가볍게 중얼거렸는데 그러면서도——내 귀에 들린 바로는——약간 긴장이 느껴졌다. 「정말 아름답군요, 이 토치카에서 보니까. 해변이 한눈에 보이고 바다도 잘 보이고요.」

우리들의 생선 잔해 앞에 그녀는 멈춰 섰다.

「괜찮은지요?」

우리는 두 사람이 동시에 머리를 끄덕였다.

「바닷 바람을 마시면 배가 고파지지요.」하고 나는 그녀를 변호했고 이번에는 그녀가 머리를 끄덕였다. 그리고는 수녀원의 일이 고됨을 말해 주는 빨갛게 튼 두 손으로 우리의 생선을 뜯어 입 속으로 가져가서는 진지하고 긴장된 모습으로 생각에 잠기면서 먹었다. 마치 무언가 생선을 먹기 전에 맛본 것을 생선과 함께 다시 한 번 씹고 있는 것 같았다.

나는 그녀의 베일 밑을 들여다보았다. 그녀는 녹색의 차양을 토치카 안에다 놓아 둔 채 나온 것이었다. 하얀 풀을 먹인 끝단 탓으로 성모처럼 보이는 그녀의 매끄러운 이마 위에 비슷한 크기의 작은 땀방울이 가지런히 맺혀 있었다. 랑케스는 또다시 담배를 한 대 청구했다. 아까 것도 아직 다 피우지 않았으면서. 나는 갑째로 던져 주었다. 그러자 그는 세 대를 셔츠 주머니에 집어 넣고 네 대째를 입술 사이에 물었다. 그러고 있는 동안에 견습 수녀 아그네타는 휙 등을 돌리고는 우산을 집어 던지고——이때 비로소 깨달았지만 그녀는 맨발이었다——모래 언덕을 뛰어 올라가 물결이 찰랑거리는 해안 쪽으로 사라졌다.

「내버려 둬.」하고 랑케스는 말했다.

「돌아오고 싶으면 돌아오겠지.」

나는 잠시 꼼짝도 않고 담배를 피우는 화가를 보고 있었으나 갑자기 견딜 수가 없게 되어 토치카 위로 올라가 밀어닥치는 파도에 밀려서 후퇴하는 해안을 바라보았다.

「어때?」하고 랑케스가 알고 싶어했다.

「그녀가 옷을 벗고 있어.」그는 좀더 자세한 보고를 나에게서 들을 수 없었다. 「아마 더워서 미역을 감으려나 보지.」

나는 밀물 때고 게다가 식사를 한 직후이기 때문에 위험하다고 생각했다. 그녀는 이미 무릎까지 물에 잠겨 있었고 동그란 등을 보이면서 점점 몸을 가라앉혀 갔다. 8월 말이므로 틀림없이 물은 별로 뜨뜻하지도 않을 텐데 그녀는 주저하는 빛도 없었다. 그녀는 헤엄을 쳤다. 그것도 아주 능숙하게. 여러 가지 스타일을 연습해 보이고 물속에 잠겨 파도를 갈랐다.

「헤엄치게 내버려 둬. 이제는 그만 토치카에서 내려오는 게 어떤가?」
뒤돌아보자 랑케스는 길게 누워서 담배를 피우고 있었다. 대구의 앙상한
뼈가 탁자 위에 하얗게 군림하며 햇볕을 받아 빛나고 있었다.

내가 콘크리트에서 뛰어내렸을 때 랑케스가 화가의 눈을 뜨고 말했다.

「이건 재미있는 그림이 되겠는 걸. 밀물에 떠 있는 수녀들. 아니면 밀물
때의 수녀들.」

「한심한 사나이로군!」하고 나는 소리질렀다.「그녀가 물에 빠지면
어쩔려고?」

랑케스는 눈을 감았다.

「그렇게 되면 그림의 제목은 『물에 빠진 수녀들』이 되겠지.」

「그럼 그녀가 돌아와서 자네의 발 밑에 쓰러지면?」

눈을 뜬 채 화가는 판단을 내렸다.

「그렇게 되면 그녀와 그 그림을 『넘어진 수녀』라고 부르면 되겠지.」

그는 이것인가 저것인가밖에는 몰랐다. 머리냐 꼬리냐, 물에 빠지느냐
쓰러지느냐, 그것밖에 몰랐다. 그는 나에게서 담배를 빼앗고 중위를 모래
언덕 저편에 집어 던지고 나의 생선을 먹고 본래 천국의 것이어야 할
어린이에게 우리의 토치카 내부를 보이고 그녀가 바다로 헤엄쳐 나가고
있는 동안에 어느새 크고 볼품없는 발로 공중에 그림을 그리고 즉시
화면의 형태를 정하고 제목까지 붙였다. 밀물에 떠 있는 수녀들. 밀물
때의 수녀들. 물에 빠지는 수녀들. 이만 오천의 수녀들. 가로 형태의 화면은
트라팔거 언덕의 수녀들. 세로 형태는 수녀들 넬슨 경을 격파하다. 역풍을
안고 있는 수녀들. 순풍을 타고 있는 수녀들. 바람을 향해 지그재그로
항행하는 수녀들. 검은 물감을 듬뿍 사용하고 얼음을 배경으로 칙칙한
하양과 파랑을 배합한 그림은 침공(侵攻), 또는 신비스럽고 야만적이며
따분한──이미 친숙한 전시중의 그의 콘크리트 예술의 제목이다. 그리고
화가 랑케스는 우리가 라인란트로 돌아오고 나서 이러한 세로 형태나
가로 형태의 그림을 닥치는 대로 그렸다. 수녀 시리즈를 완성해서 수
녀화에 집념을 가진 화상(畫商)을 찾아내어 마흔세 점의 수녀화를 출
품하고 열일곱 점을 수집가나 산업가 또는 미술관 외에 미국인에게까지

매각하고 비평가에게 랑케스 자기를 피카소와 비교할 수 있는 기회를
주었다. 그 성공은 무언중에 나를 설득하여 음악 매니저, 데시 박사의
명함을 찾아낼 마음을 갖게 했다. 즉 그의 예술 뿐만 아니라 나의 예술도
빵을 열망하고 있었기 때문이다. 전전부터 전시에 걸쳐서 세 살박이
양철북의 고수 오스카르의 체험을 전후인 지금 양철북으로써 쟁그랑
소리가 나는 순금(純金)으로 바꿀 필요가 있었던 것이다.

무명지

「이것들 봐요.」 하고 치이틀러가 말했다. 「당신들은 이제 일할 생각이
없소 ? 」.

클레프와 오스카르가 클레프의 방이나 오스카르의 방에 틀어박혀서
하는 일 없이 세월을 보내고 있었기 때문에 차이틀러가 화를 낸 것이다.
시무의 장례식 때 데시 박사가 남부 묘지에서 준 계약금의 나머지를
털어서 두 사람은 10월분 방세는 이럭저럭 지불했지만 그러나 11월은
재정면에서도 음울한 달이 될 것 같은 기색이었다.

그러나 일자리는 얼마든지 있었다. 이곳저곳의 댄스홀이나 나이트
클럽에서도 우리들이 그럴 마음만 있으면 얼마든지 재즈를 연주할 수
있었을 것이다. 그러나 오스카르는 이제 재즈는 연주하고 싶지 않았다.
클레프와 나는 서로 반목했다. 나는 양철북을 두들기는 방법을 바꾸었다.
그의 말에 의하면 이 신식 주법은 이미 재즈와는 관계가 없다는 것이었다.
나는 별로 반박하지 않았다. 그러자 그는 나를 가리켜 재즈 음악의 이념에
대한 배신자라고 불렀다.

11월 초에 클레프는 새 고수를 찾아냈다. 「일각수」의 보비이니까 실력은
확실했다. 그와 짝을 이루자 동시에 구시내의 가게와 계약도 맺게 되어
우리는 가까스로 다시 친구로서 이야기를 하게 되었다. 물론 클레프는

이 무렵부터 이미 독일 공산당의 의식으로 생각한다기보다는 오히려
떠벌리기 시작하고 있기는 했지만.

  내 앞에 열려 있었던 문은 이제는 이미 데시 박사의 연주회 중개업
소뿐이었다. 나는 이제 마리아에게는 돌아갈 수도 없었고 돌아갈 마음도
없었다. 그녀를 숭배하고 있는 시텐첼이 본처와 이혼하고 그 뒷자리에
나의 마리아를 마리아 시텐첼로 앉히려 하고 있었기 때문에 더더욱 그
랬다. 나는 이따금 비트베크의 코르네프 작업장에서 묘비명을 새기기도
하고 또 미술대학에도 가서 열렬한 예술의 사도들에 의해 시커멓게 그
려지기도 하고 추상화되기도 했으며 그리고 정말로 이따금씩 아무 딴
생각 없이 뮤즈인 울라를 찾아가기도 했다. 그녀는 우리가 대서양 연안의
여행에서 돌아온 직후에 화가 랑케스와의 약혼을 취소하지 않을 수 없
었다. 왜냐하면 랑케스는 이미 값비싼 수녀화밖에는 그리지 않게 되었고
뮤즈인 울라를 때리는 일조차도 이제는 없었기 때문이다.

  데시 박사의 명함은 그러나 조용하게, 그리고 주제넘게 욕조 옆의 내
탁자 위에 놓여 있었다. 나는 데시 박사와 관계를 가지고 싶지 않았기
때문에 어느 날 그 명함을 찢어 버리고 말았는데 놀라운 것은 나는 그
연주회 중개업자의 전화 번호뿐만 아니라 정확한 주소까지도 마치 시를
암송하듯이 뜬금으로 욀 수 있다는 것을 확인하지 않으면 안 되었다.
그것을 사흘간 외고 있는 동안에 전화 번호가 귀찮아져서 잠을 잘 수가
없었다. 그래서 나흘째에 전화 박스로 나가서 다이얼을 돌려 데시를
수화기 앞으로 불러냈다. 그는 마치 나로부터 전화가 오기를 시간마다
기다리고 있었던 듯한 말투로 그날 오후에 가게로 나와 달라고 부탁했다.
나를 지배인에게 소개하고 싶다, 지배인이 마체라트 씨를 기다리고 있
다는 것이었다.

  연주회 중개업소 『웨스트』는 신축 빌딩의 구층에 있었다. 나는 엘리
베이터에 오르기 전에 자문해 보았다. 이 중개업소의 이름의 배후에는
불순한 정치성이 숨어 있는 것은 아닐까 하고. 연주회 중개업소 『웨스트』
가 있다면 똑같은 빌딩에 틀림없이 중개업소 『이스트』도 있을 것이다.
그나저나 꽤 그럴 듯한 이름을 골랐지 뭔가. 나만 하더라도 곧 중개업소

『웨스트』에 우선권을 주었고 엘리베이터에서 구층에 내렸을 때 나는
올바른 중개업을 찾아가는 도상에 있다는 쾌감을 느꼈을 정도이니까
말이다. 쫙 깔려 있는 융단, 많은 놋쇠, 간접 조명, 방마다 갖추어진 방음
장치, 조화가 이루어진 칸막이, 다리가 긴 여비서들이 옷 스치는 소리를
내며 지배인의 담배 냄새를 싣고 와서 내 앞을 지나쳤다. 나는 하마터면
중개업소『웨스트』의 사무실에서 뛰쳐나올 뻔했다.

　데시 박사는 팔을 벌려 나를 맞이했다. 그러나 정말로 나를 끌어안지는
않았기 때문에 오스카르는 살아났다. 녹색 스웨터를 입은 타이프라이터는
내가 방에 들어갔을 때 한순간 침묵했으나 곧 뒤진 부분을 되찾았다.
데시는 나를 지배인에게 안내했다. 오스카르는 붉은 빛이 나는 안락의
자의 왼쪽 앞 6분의 1쯤에 자리를 차지했다. 그리고 양쪽으로 열리는
문이 열리고 타이프라이터가 숨을 죽였다. 나는 빨려들 듯이 쿠션을
떠났다. 문이 몇 개인가 내 등 뒤에서 닫혔다. 융단이 밝은 홀을 통해서
흐르고 그 융단이 나를 데리고 간 곳에 스틸 제 가구가 있어서 그것이
오스카르가 지금 지배인의 책상 앞에 서 있다는 것을 가르쳐 주었다.
꽤 묵직해 보이는 책상이었다. 나는 파란 눈을 들어 끝도 없고 가로막는
것도 없는 오크재 책상 표면의 저쪽에서 지배인의 모습을 찾았다. 그리고
치과 의사의 의자처럼 상하 좌우로 신축 선회(伸縮旋回)가 자유로운, 바퀴
달린 의자에 신체 불수(身體不隨)가 되어서 지금은 눈과 손가락만으로
살아가고 있는 나의 친구이며 스승인 베브라를 발견했다.

　그렇다, 그의 목소리도 아직 건재했다! 그 목소리가 베브라의 입을
통해서 나왔다.「또 만났군, 마체라트 군. 몇 해 전 자네가 아직도 세
살박이로서 이 세계와 대면하기를 바라고 있었을 때 나는 말하지 않았
던가? 우리와 같은 사람들은 단결하지 않으면 안 된다고 말야──그
나저나 나는 슬프군. 자네의 몸매가 많이 달라졌으니까 말일세. 완전히
쓸모가 없게 되었군. 그 무렵에는 분명히 구십사 센티 아니었나?」

　나는 끄덕이며 거의 울상이 되었다. 스승의 바퀴 의자는 전기 모터로
움직이기 때문에 언제나 한결같은 울림 소리를 내고 있었는데 그 배후의
벽에는 방을 장식하는 유일한 그림으로서 바로크 풍의 액자에 둘러싸인

위대한 라구나, 나의 로스비타의 반신상이 실물 크기로 걸려 있었다. 나의 시선을 더듬을 것도 없이 그 목표를 알아차린 베브라는 거의 입을 움직이지 않은 채로 이야기했다.

「아아, 그렇군. 선량한 로스비타이지! 그녀는 새로운 오스카르가 마음에 들까? 아마 아닐 테지. 그녀가 관심을 가졌던 것은 다른 오스카르에게였지. 볼이 통통한 세 살박이 아이이면서 게다가 사랑에 열을 올리는 오스카르에게였지. 그녀는 그를 사랑하고 있었지. 이것은 그녀가 나에게 한 고백이라기보다는 보고했던 일이지. 그러나 어느 날 그는 그녀에게 커피를 가져다 주려 하지 않았어. 그래서 그녀는 자기가 커피를 가지러 갔고 그 때문에 목숨을 잃었어. 내가 알고 있는 한에서도 볼이 통통한 그 오스카르가 저지른 살인은 이것이 유일한 것은 아니지. 그는 거의 불쌍한 어머니를 북을 가지고 묘혈 속으로 인도하지 않았던가?」

나는 고개를 끄덕였다. 그리고 고맙게도 울 수 있었고 그 눈을 로스비타 쪽으로 향한 채로 있었다. 이때 재빨리 베브라는 다음 타격을 가하려고 몸을 사렸다.

「그리고 세 살박이 오스카르가 추정상의 아버지라고 부르기를 좋아한 우체국 직원 얀 브론스키의 경우는 어떠했지? ——오스카르는 그를 권력의 앞잡이에게 맡겨 버렸어. 그들은 그의 가슴에 총을 쏘았지. 어쩌면 여보게, 일부러 모습을 바꾸고 등장하신 오스카르 마체라트 군, 자네는 저 세 살박이 양철북 고수의 두 번째 추정상의 아버지, 식료품상 마체라트가 어떻게 되었는지 나에게 가르쳐 줄 수 있겠소?」

그래서 나는 이 살인도 고백하고 살인으로 마체라트의 손에서 내 몸을 해방시켰음을 승인했다. 내 손이 야기시킨 그의 질식사의 모습을 묘사하고 이제는 저 러시아 병사의 자동 권총 뒤에 숨는 비겁한 흉내는 그만두고 솔직하게 말했다.

「베브라 선생님, 접니다. 저지른 것은 접니다. 그 죽음을 야기시킨 것은 접니다. 그 죽음의 경우에조차 저는 결백하지 못합니다——가엾이 여기소서!」

베브라는 웃었다. 어느 대목에서 웃었는지 나는 모른다. 그의 바퀴 의자가 떨리고 얼굴 전체의 무수한 잔주름 위에 덮여 있는 난쟁이의 백발을 바람이 흩뜨렸다.

다시 한 번 나는 간절히 연민을 빌고 그 효과를 알고 있는 나의 목소리에 감미로움을 더하여, 또한 얼마나 아름답고 효과가 있는지 알고 있는 나의 두 손으로 얼굴을 감쌌다.

「가엾이 여기소서, 베브라 선생님! 가엾이 여기소서!」

그러자 나의 재판관이 되어 그 역을 훌륭하게 연출하고 있던 그는 무릎과 두 손 사이에 가지고 있던 저 상아빛 배전반(配電盤)의 단추를 눌렀다.

내 배후에 있는 융단이 녹색 스웨터를 입은 아가씨를 데리고 왔다. 그녀는 서류철을 가지고 있었는데 그것을 오크재의 책상 위에 펼쳤다. 복잡한 스틸 파이프의 다리를 가진 책상 높이가 나의 쇄골 높이와 비슷했기 때문에 나는 스웨터를 입은 아가씨가 무엇을 펼쳐 놓았는지 확인할 수가 없었다. 그녀는 나에게 만년필을 건네 주었다. 베브라의 연민을 서명에 의해서 사들일 필요가 있었던 것이다.

그러나 나는 바퀴 의자 쪽을 향해 감히 질문을 했다. 매니큐어를 칠한 손톱이 지시하는 곳에 무턱대고 서명을 할 수는 없는 일이었다.

「그건 노동 계약이야.」 하고 베브라가 대답했다. 「자네의 완전한 이름이 필요한 거야. 오스카르 마체라트라고 기입해 주게. 우리의 계약 상대가 누구인지 분명히 알 수 있게 말이야.」

내가 서명한 직후 전기 모터의 울림 소리가 다섯 배로 커지고 내가 만년필에서 시선을 들고 보니까 쾌속의 바퀴 의자가 점점 작아지고 접힌 것처럼 되어 조각나무로 세공한 마루를 넘어 옆문으로 사라지는 것이 보였다.

그런데 많은 사람들은 내가 서명한 정·부(正副) 두 통의 이 계약서가 내 혼을 매수했거나 아니면 오스카르에게 무서운 범죄 행위의 의무를 부과한 것이라고 생각할는지도 모른다. 그러나 그것은 기우이다. 나는 데시 박사의 도움을 받아 대기실에서 이 계약서를 연구해 보았는데 곧 힘들이지 않고 알 게 된 것은 오스카르의 임무는 혼자서 양철북을 가지고 청중 앞에 등장한다는 것이었다. 나는 세 살박이로서 행동했고 최근에는 시무의 양파 켈러에서 다시 한 번 해보인 것처럼 북을 두들기지 않으면 안 되었다. 연주회 중개업소 측에서 짊어지는 의무는 나의 연주 여행을 준비하고 『북치기 오스카르』가 양철북을 가지고 등장하기 전에 그 선전을 위해 북을 치는 일이었다.

선전이 행해지고 있는 동안 나는 연주회 중개업소 『웨스트』가 선뜻 지불해 준 두 번째 착수금으로 생활했다. 이따금 나는 그 빌딩을 찾아가 신문기자들과 인터뷰를 하기도 하고 사진을 찍기도 했다. 나는 한 번 그 빌딩 안에서 길을 잃은 적이 있었는데 그 빌딩은 어느 곳에서나 같은 냄새가 나고 같은 조망(眺望)으로서 마치 모든 것을 격리하고 무한히 늘어나는 콘돔을 씌운, 그야말로 외설스러운 것을 만지는 느낌이었다. 데시 박사와 녹색 스웨터를 입은 아가씨는 나에게 친절을 베풀어 주었으나 베브라 스승만은 그뒤 한 번도 만나 뵐 수가 없었다.

사실 나는 최초의 연주 여행을 떠나기 전에라도 좀더 좋은 집에 세들 수 있는 여유가 있었다. 그러나 클레프 때문에 차이틀러 가에서 참고 있었다. 내가 매니저들과 접촉하기 시작한 것을 오해하고 있는 친구를 달래려고 했으나 결국 타협하지 못했고 따라서 그와 함께 구시가에 나가는 일도 없어지고 맥주도 마시지 않았으며 양파가 곁들여진 신선한 선지가 든 소시지를 먹는 일도 없어졌다. 지금은 앞으로의 철도 여행을 연습하기 위해서 역의 훌륭한 레스토랑에서 식사를 하게 되었다.

오스카르는 여기에서 자기의 성공을 충분히 자세하게 기술할 여지는 없다. 순업(巡業)이 시작되기 일주일 전에 수치스러운 효과를 발휘하는 포스터가 처음으로 나타난 것이었다. 그것은 나의 성공을 준비하고 나의 등장을 마법사, 기도사, 구세주의 등장으로서 광고한 것이었다. 우선 처음에 나는 루르 지방의 도시들을 방문하지 않으면 안 되었다. 내가 출연한 무대는 천오백 명에서 이천 명 이상의 청중을 수용했다. 무대 위의 검은 비로드 벽 앞에 나는 단지 혼자서 웅크리고 있었다. 스포트라이트가 나를 지시했다. 나는 택시도를 입고 있었다. 나는 북을 두들겼다. 그러나 젊은 재즈 팬들은 내 편이 아니었다. 마흔다섯 살 이상의 어른들이 내 연주에 귀를 기울였고 내 편이 되어 주었다. 좀더 정확하게 말한다면 마흔다섯 살에서 쉰다섯 살 까지의 연령층이 내 청중 중 약 4분의 1을 차지하고 있었다고 말하지 않으면 안 된다. 그들은 내 편 중에서는 젊은 층이었다. 다음의 4분의 1은 쉰다섯 살에서 예순 살까지의 층이었다. 남녀 노인들이 내 청중의 족히 절반을 차지했는데 더욱이 이 층은 정말로 고마워하고 있었다. 고령자들에게 내가 말을 걸면 그들은 나에게 대답했다. 내가 세 살박이 북에게 말을 시키면 그들도 잠자고 있지만은 않았다. 오스카르가 그들에게 라스푸틴의 멋진 생활에서 어떤 놀라운 에피소드를 연주해 주면 그들은 나의 북에 완전히 도취되어 기뻐하면서 환성을 질렀다. 그러나 물론 노인의 말로서가 아니라 순진한 세 살박이의 돌지 않는 혀로써 「라슈, 라슈, 라슈!」라고 소리치는 것이었다. 그러나 대개의 청중에게는 조금 지나치게 시끄러웠던 라스푸틴의 경우 이상으로 내가 성과를 거둔 것은 특별한 줄기리 없이 다만 상태를 묘사한 주제에 의해서일 뿐이었다. 이러한 상태에 나는 다음과 같은 제목을 부여했다. 즉, 최초의 젖니〔乳齒〕——악성 백일해——긴 털 양말을 할퀴다——화재(火災)의 꿈을 꾸고 잠자리를 적시다.

이것은 노인들의 마음에 들었다. 그들은 완전히 공감했다. 그들은 아파했다, 젖니가 솟아났기 때문에. 이천 명의 고령자들이 악성 기침을 했다, 내가 백일해를 폭발시켰기 때문에. 그들은 필사적으로 다리를 긁었다, 내가 그들에게 긴 털 양말을 신겼기 때문에. 적잖은 노부인과 노신사가 속옷과 좌석을 적셨다, 내가 어린애들에게 화재의 꿈을 꾸게 했기 때문에.

나는 이미 잘 기억하고 있지 못한다. 그것은 부파탈에서였는지 보쿰에서였는지 아니 레클링하우젠에서였는지, 어떻든 나는 나이 많은 갱부들 앞에서 연주를 했다. 광업 회사가 이 공연을 지지해 준 것이다. 이때 나는 마음속으로 생각했다. 이 늙은 갱부들은 오랫동안 검은 석탄과 사귀어 왔으므로 사소한 검은 놀라움에는 지지 않을 테지 하고. 그래서 오스카르는 『검은 여자 여리사』를 연주했다. 그러자 가스 폭발이나 갱내 홍수, 또는 파업이나 실직 등을 경험했을 천오백 명의 갱부들이 사악한 검은 여자 요리사 때문에 무서운 비명을 일제히 지르는 엄청난 일이 벌어지고 말았다——그래서 나는 이 이야기를 하는 것이지만——이 식장의 두꺼운 커튼 뒤에 있던 유리창 가운데 적잖은 유리가 이 비명에 희생되었다. 이리하여 나는 이 우회로를 거쳐 다시 유리 파괴의 소리를 발견한 것이지만 그것을 함부로 사용하는 것은 삼갔다. 나는 모처럼의 사업을 헛되게 만들고 싶지는 않았던 것이다.

사실 나의 연주 여행은 좋은 사업이었다. 나는 돌아와서 데시 박사와 대차 청산(貸借清算)을 해보았는데 그랬더니 나의 양철북은 금광(金鑛)과도 같은 것임을 알 수 있었다.

나는 베브라 스승에 대해서는 별로 물어 보지도 않았다——나는 그와 재회할 기대를 일찍이 단념해 버리고 있었다——그런데도 데시 박사는 나에게 알려 주었다. 베브라가 나를 만나고 싶어한다는 것을.

스승을 두 번째로 방문했을 때는 처음과는 조금 모습이 달랐다. 오스카르는 이번에는 스틸 제 가구 앞에 설 필요가 없었다. 자기의 치수에 맞게 만든, 전기 장치로 방향 전환이 자유로운 바퀴 의자가 스승의 의자와 마주 보게 놓여 있는 것을 발견했다. 오랫동안 우리는 말없이 앉은 채 오스카르의 북 예술에 대한 저널리즘의 보도에 귀를 기울였다. 데시 박사가 테이프에 담아온 것을 우리들 앞에서 틀어 준 것이다. 베브라는 만족스러운 눈치였다. 나에게 저널리스트들의 평판은 차라리 귀찮은 일이었다. 그들은 나를 완전히 치켜 세우고 나와 나의 북에 치료 효과가 있다는 것을 인정했다. 기억력 감퇴에 특효가 있다고 했고『오스카르니즘』이라는 말이 처음으로 등장하여 이윽고 유행어가 될 운명에 있었다.

그런 뒤에 스웨터를 입은 아가씨가 나에게 차를 주었다. 그녀는 스승의 혓바닥 위에 작은 환약(丸藥)을 두 개 얹어 주었다. 우리는 이야기했다. 그는 이제 나를 비난하지 않았다. 벌써 여러 해 전에 우리가 카페『사계』에서 이야기했을 때와 똑같은 분위기였다. 다만 그 부인, 우리의 로스비타만은 없었다. 내가 오스카르의 과거를 조금 장황하게 서술하고 있는 동안에 베브라 스승이 잠들고 말았음을 깨닫고 나는 어쩔 수 없이 처음 약 십오 분 동안 나의 바퀴 의자에 장난해 보았다. 윙윙 소리를 내면서 나뭇조각 세공의 바닥 위를 돌아다녀 보기도 하고 좌로 우로 회전해

보기도 하고 높게 올리거나 낮게 줄여 보기도 했다. 이것만 있으면 죄 없는 장난을 얼마든지 생각해낼 수 있을 것 같아서 나는 이 만능의 가구와 좀처럼 헤어질 수가 없었다.

나의 두 번째 순업은 마침 강림절 시기였다. 거기에 따라 나는 프로그램을 짰고 가톨릭과 프로테스탄트의 신문으로부터 크게 칭찬을 받았다. 나는 돌처럼 굳어진 나이 많은 죄수들을 가냘픈 목소리로 감동적으로 강림절의 노래를 부르는 유아로 만드는 데 성공했기 때문이다.

「예수님, 당신을 위해서 나는 살고, 예수님, 당신을 위해서 나는 죽습니다.」라고 이천오백 명의 사람이 노래불렀다. 이처럼 순진한 신앙심을 가지고 있으리라고는 도저히 믿어지지 않는 나이 많은 사람들이 말이다.

세 번째 순업은 카니발의 시기와 겹쳤기 때문에 나는 거기에 걸맞게 행동했다. 이른바 어린이 카니발의 그 어떤 것도 내 공연의 경우처럼 즐겁고 마음 편하게 행해진 일은 없었을 것이다. 내 곁에 모여든, 손을 떠는 노파들은 모두 우스꽝스러울 만큼 소박한 도둑의 신부들로 변신했고 다리가 떨리는 노인들은 모두 탕탕 하고 쏘아대는 도둑의 대장으로 변신했다.

카니발 후에 나는 레코드 회사의 계약서에 서명했다. 녹음은 방음장치가 되어 있는 스튜디오에서 행해졌는데 처음에는 아무래도 몹시 살풍경한 분위기 때문에 잘 되지 않았다. 생각한 끝에 양로원이나 공원의자 등에서 흔히 볼 수 있는 노인들의 대형 사진을 스튜디오 벽에 많이 걸게 하여 가까스로 사람들의 따뜻한 입김 속에서 공연할 때와 똑같이 효과있는 연주를 할 수 있었다.

그 레코드들은 따끈한 롤빵처럼 날개 돋친 듯이 팔렸다. 그리고 오스카르는 부자가 되었다. 따라서 나는 차이틀러 가의 그 초라한 옛날의 욕실에서 거처를 옮겼는가? 그러나 그렇지 않았다. 어째서? 친구 클레프를 위해서, 그리고 이전에 간호사 도로테아가 호흡하고 있던 우유빛 유리가 있는 빈 방 때문에 나는 방을 옮길 마음이 생기지 않았던 것이다. 오스카르는 벌어들인 그 많은 돈을 어디에 썼는가? 그는 마리아에게, 그의 마리아에게 어떤 제의를 했던 것이다.

나는 마리아에게 말했다. 만일 당신이 시텐첼과 인연을 끊고 그와 결혼하지 않을 뿐만 아니라 그를 단호히 쫓아낸다면 나는 당신을 위해서 가장 번창하고 있는 최신식 식료품점을 사줄 것이다, 친애하는 마리아여. 당신은 필경 장사를 하기 위해서 태어난 것이지 어떤 인간인지도 모르는 시텐첼 씨 같은 사람을 위해서 태어난 것은 아닐 것이다.

마리아를 보는 나의 눈에 착오는 없었다. 그녀는 시텐첼과 헤어졌고 나의 돈에 힘입어 프리드리히 거리에 제1급의 식료품점을 세웠다. 그리고——마리아가 어제 기쁜 듯이, 그리고 다소 감사하는 마음을 담고 보고한 바에 의하면——바로 일주일 전에는 오버카셀에다 이 가게의 지점을 낼 수 있었다고 한다. 개점 이래 삼 년 만에 지점을 낸 것이다.

그것은 일곱 번째인가 여덟 번째의 순업에서 돌아왔을 때였다. 가장 더운 7월의 일이었다. 중앙역에서 나는 택시를 불러 타고 곧바로 사무실이 있는 빌딩으로 갔다. 중앙역에서도 그랬지만 이 빌딩 앞에도 귀찮게 사인을 조르는 무리들이 기다리고 있었다——손자나 돌보고 있는 게 좋을 듯한, 연금생활을 하고 있는 노인과 노파들이다. 나는 곧 지배인에게로 안내되었다. 양쪽으로 열리게 되어 있는 문이 열렸다. 융단을 더듬어가자 스틸 제 가구에 닿았다. 그러나 책상 저편에 스승은 앉아 있지 않았다. 나를 기다리고 있는 것은 바퀴 의자가 아니라 데시 박사의 미소였다.

베브라는 죽은 것이었다. 수주일 전부터 스승 베브라는 이미 이 세상 사람이 아니었다. 베브라의 희망으로 그의 용태가 악화된 것은 나에게 알려지지 않았다. 어떤 일도, 그의 죽음조차도 나의 순업을 중단시키는 것은 허용되지 않았던 것이다. 죽은 뒤 곧 행해진 유언장 개봉 결과, 나는 그의 재산의 거의 전부와 로스비타의 반신상을 상속받았다. 그러나 나는 동시에 심한 재정상의 손실도 입었다. 나는 이미 계약하고 있던 남부 독일과 스위스에로의 두 차례 순업을 갑자기 취소했기 때문에 계약 위반으로 고소를 당했던 것이다.

수천 마르크의 유산은 별문제로 하고 베브라의 죽음은 꽤 오랜 기간 동안 나에게 충격을 주었다. 나는 양철북을 걷어치우고 이제는 거의 외출하려고 하지 않았다. 게다가 친구인 클레프가 그 무렵 결혼하여 담배

파는 붉은 머리 아가씨를 아내로 삼은 것이다. 자기의 사진을 언젠가 그 아가씨에게 주었던 것이다. 나는 결혼식에 초대되지 않았는데 결혼 직전에 그가 방을 해약하여 시토쿰으로 옮겼기 때문에 오스카르는 차이틀러 가에 남은 단 한 사람의 세입자가 되었다.

나와 고슴도치의 관계는 약간 달라져 있었다. 거의 모든 신문이 내 이름을 큰 제목으로 인쇄하게 되면서부터 그는 나에게 경의를 표하게 되었고 다소의 금액을 나에게서 받고는 간호사 도로테아의 빈 방 열쇠를 나에게 주기까지 했다. 나중에 나는 그 방을 빌리기로 했다. 다른 사람이 세를 들면 곤란하기 때문이다.

이리하여 나의 비애에 하나의 순서가 생겼다. 나는 양쪽 방문을 열고 내 방의 욕조에서 복도의 야자 융단을 지나 도로테아의 작은 방으로 들어가 그곳에서 빈 양복장 안을 물끄러미 바라보고, 화장대 위의 거울에 의해 소소당하고 시드를 깔지 않은 둔중한 침대 앞에서 절망한 뒤 복도로 탈출하여 야자 섬유가 두려워서 내 방으로 도망쳐 들어왔는데 거기에서도 안심이 되지 않았다.

마주렌에서 부동산을 잃은 동(東) 프로이센 사람이 있었는데 대단한 수완가여서 아마도 고독한 사람을 손님으로 노린 것이리라. 율리히 거리 근처에 가게 하나를 내었는데 그 가게는 간단명료하게 『개 빌려 주는 집』이라는 이름을 달고 있었다.

이 가게에서 나는 룩스를 빌렸다. 힘이 있어 보이고 약간 살이 찐 편이며 검게 빛나는 로트바일 개였다. 나는 이 개와 함께 산책을 나갔다. 차이틀러 가에서 나의 욕조와 간호사 도로테아의 빈 양복장 사이를 왔다갔다 하지 않아도 되게끔 하기 위해서였다.

룩스는 나를 곧잘 라인 강변으로 데리고 갔다. 거기에서 그는 배를 향해 짖어 댔다. 룩스는 나를 곧잘 라트에 있는 그라펜베르크의 숲으로 데리고 갔다. 거기에서 그는 연인들을 향해 짖어 댔다. 1951년 7월 말에 룩스는 나를 게레스하임으로 데리고 갔다. 뒤셀도르프의 교외이다. 그 본래의 목가적인 농촌 풍경이 꽤 큰 유리 공장을 비롯한 두세 공장에 의해 약간 손상당한 느낌은 있었지만 게레스하임 바로 뒤에는 여러 개의 가정 채원(家庭菜園)이 있고 그 채원들의 주위 일대에는 울타리를 둘러친 목초지가 있는 외에 아마도 호밀이라고 생각되지만 밀밭이 물결치고 있었다.

룩스가 나를 게레스하임으로 데리고 가고 다시 게레스하임을 지나 호밀밭과 가정 채원 사이로 안내해간 것은 어느 무더운 날의 일이었다고 나는 이미 말했다. 교외의 집들이 끊긴 곳에서 비로소 나는 룩스를 밧줄에서 풀어 주었다. 그러나 그는 여전히 나의 발 밑에서 맴돌고 있었다. 충실한 개이다, 특별히 충실한 개이다. 개를 빌려 주는 가게의 개인 만큼 많은 주인에게 충성을 바치지 않으면 안 되기 때문에 이렇게 된 것이리라.

다른 말로 표현하면 이 로트바일 개인 룩스는 나에게 복종했다. 닥스훈트 따위와는 딴판이었다. 나는 그 순종의 도가 지나치다고 생각했다. 여기저기 뛰어다니는 것을 보고 싶을 정도였다. 그래서 뛰어다니라고 발로 걷어차기도 해보았다. 그러나 그는 미안하다는 듯이 그 근처를 어슬렁거릴 뿐 또다시 매끄럽고 긴 목을 늘어뜨린 채 속담대로 충실한 개의 눈으로 나를 쳐다보는 것이었다.

「저리로 가, 룩스!」하고 나는 요구했다.「저리로 가라니까!」

룩스는 몇 번인가 이 요구에 응했으나 곧 다시 되돌아오곤 했기 때문에 그가 밀밭 속으로 사라져서 꽤 오랫동안 돌아오지 않았을 때 나는 휴우 하고 안도의 숨을 쉬지 않을 수 없었다. 그곳은 호밀밭이었고 바람이 부는 대로 이삭이 물결치고 있었다. 아니, 바람이 부는 대로라니——그날은 바람이 없고 뇌우(雷雨)라도 쏟아질 듯한 무더운 날이었다.

룩스는 토끼라도 쫓고 있는 모양이라고 나는 생각했다. 혹은 그도 역시 혼자가 되어 개로 돌아가고 싶은 마음이 잠깐 생긴 것인지도 모른다. 마치 오스카르가 개와 떨어져서 잠시 인간으로 돌아가고 싶다고 생각한 것처럼.

나는 주위의 경치에는 전혀 주의를 기울이지 않았다. 가정 채원도, 게레스하임도, 그 배후의 안개에 싸여서 펼쳐져 있는 뒤셀도르프의 시가도 내 눈을 끌지는 못했다. 예전에 케이블을 감아 놓았던 굴대가 녹이 슨 채 딩굴고 있었으므로 나는 거기에 걸터앉았다. 케이블 굴대이지만 여기에서는 케이블 북이라고 부르지 않으면 안될 것이다. 왜냐하면 오스카르는 이 녹슨 쇠 위에 걸터앉자마자 어느새 손가락 관절로 케이블 북을 두들기기 시작했기 때문이다. 더웠다. 나의 옷은 무겁고 답답했다. 여름용의 한껏 가벼운 옷이 아니었기 때문이다. 룩스는 어디론가 간 채로 아직도 돌아오지 않았다. 이 케이블 북으로는 물론 나의 양철북 대용이 되지 않았지만 어떻든 나는 서서히 과거 속으로 미끄러져 들어갔다. 그러나 도중에서 걸리고 말아 병원과 관계된 일만이 많았던 최근 수년 동안의 여러 가지 이미지가 몇 번씩이나 거듭 되풀이될 뿐이었기 때문에 나는 바싹 마른 막대기를 두 개 주워다가 나 자신에게 일렀다. 잠깐 기다려, 오스카르. 네가 누구이고 어떤 성분의 사람인지 이제부터 더듬어 보기로 하자. 그러자 어느새 그것이 빛을 냈다. 내가 태어날 때의 그 60 와트 전구 두 개가. 나방이 그 사이를 어지럽게 날고 먼 곳의 폭풍우가 무거운 가구를 뒤흔들었다. 마케라토의 이야기 소리가 들리고 이어서 곧 어머니의 목소리가 들렸다. 그는 나에게 가게를 양도할 약속을 하고 어머니는 나에게 장난감을 주겠다는 약속을 했다. 세 살이 되면 나에게 양철북을 주겠다는 것이었다. 그래서 오스카르는 되도록 빨리 세 살이 되리라고 시도했다. 나는 먹고 마시고 배설하고 체중을 늘렸다. 무게를 달게 하고 기저귀를 채우게 하고 목욕을 시켜받고 빗질을 하도록 하고 파우더를 바르게 하고 종두를 놓게 하고 칭찬을 하게 하고 이름을 부르게 하고 희망에 따라 싱글벙글 웃기도 하고 환성을 지르기도 하고 시간이 되면 잠을 자고 정각에 눈을 뜨고 수면 중에는 어른들이 천사의 얼굴이라고 이름지은 그러한 표정을 지었다. 나는 때로는 설사를 하고 자주 감기에 걸리고 백일해를 앓았는데 그것이 당분가 계속되다가 겨우 나았을 무렵에 나는 백일해의 어려운 리듬을 터득하여 그것을 영원히 손목에다 간직할 수 있었다. 그 증거로 아시다시피『백일해』라는 곡이 내 레퍼토리 속에 포함되어 있어서 오스카르가 이천 명의 노인을 앞에 놓고 백일해를 북으로 연주하자 어린애로 되돌아간 이천 명의 노인들이 기침을 한 것이었다.

룩스는 내 앞에서 코를 킁킁거리며 내 무릎에 몸을 비벼 댔다. 나는 이 개를 나의 고독이 시키는 대로 개 빌려 주는 집에서 빌려왔다! 지금 그는 네 발로 서서 꼬리를 흔들며 그야말로 개답게 개의 시선으로 바라보고 있고 군침을 흘리고 있는 입 끝에는 무엇인가를 물고 있었다. 나뭇조각이나 돌멩이, 아니면 무언가 개의 취미에 어울리는 것이리라.

서서히 내 마음에서 저 귀중한 나의 유년기가 사라져 갔다. 나에게 최초의 젖니를 약속한 구강의 통증이 누그러지고 지쳐서 나는 등을 기대었다. 지금은 성인이 된 꼽추 사나이인 나. 조금 두껍게 입기는 했으나 어떻든 정성껏 복장을 갖추고 손목시계를 차고 신분 증명서와 지폐 다발을 지갑에 준비하고 있는 나다. 이미 나는 담배를 입에 물고 성냥으로 불을 붙여 내 구강 속에서 그 분명한 어린 시절의 미각(味覺)을 추방하는 일을 담배에게 맡겼다.

그리고 룩스는? 룩스는 나에게 몸을 비벼 댔다. 나는 그를 밀어젖히고 그에게 담배 연기를 뿜어 주었다. 그는 그것을 싫어했는데도 여전히 그곳에 있으면서 나에게 몸을 비벼 댔다. 그의 시선이 나를 핥았다. 나는 가까이에 있는 전신주 사이의 전선에서 제비의 모습을 찾아내어 그 제비들로 하여금 이 끈질긴 개를 쫓아내게 하려 했다. 그러나 제비는 한 마리도 없었다. 그리고 룩스를 쫓아 버릴 수는 없었다. 그의 콧등은 내 바지의 두 다리 사이에서 예의 그곳을 아주 정확하게 찔러 댔다. 동프로이센에서 온 저 개 빌려 주는 상인이 이런 식으로 길을 들여 놓았는지도 모른다.

나의 구두 뒤꿈치는 그를 두 번 걷어찼다. 그는 순간 물러서서 네 다리를 떨면서 멈칫거렸으나 그래도 여전히 완고하게 나뭇조각인지 돌인지를 물고 있는 입을 나에게 내밀었다. 마치 그가 물고 있는 것이 나뭇조각이나 돌이 아니라 내 지갑이나 손목시계라도 된다는 듯한 동작이었다. 그러나 나의 지갑은 저고리 주머니에 분명히 들어 있었고 내 손목시계는 내 손목에서 분명히 시간을 새기고 있었다.

그렇다면 그는 대체 무엇을 물고 있었는가? 무엇이길래 그토록 열심히 보여 주고 싶어했는가?

이미 나는 그의 따뜻한 이빨 사이로 손을 뻗쳐 그 물건을 곧 손에 넣었고 그리고는 내가 손에 들고 있는 것이 무엇인가를 인식했다. 그리고 나는 룩스가 호밀밭에서 찾아낸 이 습득물을 표현할 수 있는 말을 찾고 있는 듯한 시늉을 했다.

인간 육체의 여러 부분 가운데는 중심부에서 잘라내어 떼낸 쪽이 훨씬 간단하게 그리고 정확하게 관찰될 수 있는 것이 있다. 그것은 손가락이었다. 여자의 손가락. 무명지. 여자의 무명지. 고급스러운 반지를 낀 여자의 손가락이었다. 장골(掌骨)과 첫째 마디 사이, 반지의 약 이 센티 아랫부분에서 그 손가락은 절단되어 있었다. 청결하고 분명히 그것임을 알 수 있는 토막에는 손가락의 신근(伸筋) 힘줄이 붙어 있었다.

그것은 아름답고 재주가 있어 보이는 손가락이었다. 반지의 보석은 여러 개의 금 발톱으로 물려 있었는데 나는 이 돌을 즉시 에메랄드라고 이름지었다. 그리고 이것은 나중에 판명된 것이지만 틀림이 없었다. 반지 그 자체는 어띤 부분에서는 아주 앏이져서 망가질 정도로 낡은 것임을 알 수 있었다. 그래서 나는 이 반지를 조상 전래의 가보(家宝)라고 생각했을 정도였다. 손톱 밑에는 때, 아니 때라기보다는 흙이 반원형을 나타내고 있어서 마치 이 손가락이 땅을 긁거나 파지 않으면 안 되었던 것 같은 느낌이었으나 그럼에도 불구하고 손톱의 밑 부분과 바닥은 잘 손질이 되어 있다는 인상을 주었다. 덧붙여 말하면 내가 개의 체온이 통하고 있는 콧등에서 이 손가락을 받아들었을 때 그것은 차가운 감촉이었다. 그리고 또 그 손가락 특유의 노르스름한 창백함이 그 차가움을 증명하고 있었다.

오스카르는 벌써 몇 달 전부터 가슴의 왼쪽 윗호주머니에 삼각으로 머리를 내민 손수건을 신사처럼 준비하고 있었다. 이 비단 헝겊을 끄집어내어 펼치고 거기에다 이 무명지를 뉘었을 때 그는 그 손가락의 안쪽에 제3 관절께까지 쭉 이상한 선이 있음을 확인했다. 그러한 선은 이 손가락의 열성과 노력의 흔적이 아닐까 하고 생각되었고 또 야심적인 고집의 흔적일지 모른다고도 생각되었다.

나는 그 손가락을 손수건에 싸고는 케이블 굴대에서 일어나 룩스의 목을 쓰다듬어 주고 손수건과 거기에 싼 손가락을 오른손에 들고 출발했다. 게레스하임을 거쳐 귀가하리라고 생각했다. 그리고 이 습득물의 이용법을 여러 가지로 계획하고 있었다. 이윽고 가까운 가정 해원의 울타리가 있는 곳까지 왔다──그때 비트랄이 나에게 말을 걸어왔다. 사과나무의 큰 가지가 갈라진 곳에 엎드려서 나와 그리고 먹이를 운반해 오는 개를 관찰하고 있는 것이었다.

마지막 전차 또는 보존병(保存瓶) 숭배

그의 목소리부터가 싫었다. 건방지고 잘난 체하는 콧소리였다. 그는 사과나무의 갈라진 곳에 엎드린 채 말했다.

「여보시오! 당신은 꽤 쓸모있는 개를 가지고 있구려.」

나는 약간 당황하면서 「당신은 그 사과나무 위에서 무엇을 하고 있지요?」

그러자 그는 갈라진 나뭇가지에서 정색을 하고 그의 긴 상체를 축 늘어뜨리면서 대답했다. 「단순한 요리용 사과예요. 아무쪼록 걱정하지 마세요.」

여기에서 나는 그를 질책하지 않을 수 없었다. 「당신의 요리용 사과가 나와 무슨 상관이 있단 말입니까? 무엇을 걱정할 필요가 있다는 것입니까?」

「아닙니다.」 하고 그는 혀를 날름거렸다. 「당신이 나를 낙원의 뱀으로 착각하면 곤란하다고 생각해서지요. 그 무렵에도 요리용 사과는 분명히 있었으니까요.」

나는 분격하여 말했다. 「시시한 비유요!」

그는 교활하기 이를 데 없는 어조로 말했다. 「아니면 무엇입니까? 후식용 사과가 아니면 죄가 안 된다고 생각하는 겁니까?」

이미 나는 걷기 시작하려고 했다. 이 순간에 낙원의 과일 종류에 대해

토론을 하는 것만큼 견딜 수 없는 일도 없을 것이다. 그러자 그는 맞대놓고 담판이라도 할 셈인지 냉큼 나뭇가지 갈래에서 뛰어내려 부드럽고 긴 몸으로 울타리 옆에 서 있었다.

「당신 개가 호밀밭에서 가지고 온 물건은 대체 무엇이지요?」

어떻게 된 일인지 나는 불쑥 대답해 버렸다.「돌멩이를 가지고 나왔소.」

마침내 심문이 되어 버렸다.「그래서 당신은 그 돌멩이를 호주머니에 넣었단 말입니까?」

「나는 돌멩이를 호주머니에 넣어 두기를 좋아합니다.」

「내 눈에는 개가 당신에게 가져다 준 것이 나무 막대기처럼 보였는데요?」

「아니예요. 돌멩이에요. 당신이 아무리 나무 막대기라고 해도 나는 그렇게 생각하지 않아요.」

「하지만 아무래도 나무 막대기 같은 걸요?」

「내가 알 바 아니요, 나무 막대기든 돌멩이든, 요리용 사과든 후식용 사과든.」

「구부릴 수 있는 나무 막대기지요?」

「개가 돌아가고 싶어하니까 나는 가겠소!」

「살색 나는 나무 막대기지요?」

「자기의 사과나 잘 지키시오!──자, 룩스!」

「반지를 낀 살색의 구부러지는 나무 막대기지요?」

「대체 나더러 어쩌라는 거요? 나는 산책을 하러 나왔어요. 그러기 위해서 이 개도 빌렸고.」

「허허어. 나도 빌리고 싶은 것이 있는 걸요. 어떨까요. 단 일 초 동안이라도 좋으니까 그 아름다운 반지를 내 새끼손가락에 껴보게 해주지 않겠어요? 저기, 당신의 막대기에서 빛나고, 막대기를 무명지로 만든 그것 말입니다, 내 이름은 고트프리트 폰 비트랄. 우리 가문의 마지막 생존자이지요.」

이렇게 해서 나는 비트랄과 알게 되었고 그날 그와 우정을 맺고는 오늘까지도 그를 나의 친구라고 부르고 있다. 그래서 며칠 전에──그는 나를 문병왔었다——나는 그에게 말했다.

「이봐, 고트프리프. 나는 그때 어떤 다른 놈이 아니라 친구인 자네에 의해서 경찰에 고발당한 것을 기쁘게 생각하고 있다네.」

이 세상에 천사가 있다고 한다면 틀림없이 폰 비트랄 같은 모습을 하고 있을 것이다. 키가 크고 나긋나긋하고 활발하고 융통성이 있고 무엇에나 달라붙는 온순한 아가씨보다도 가로등 중에서 가장 불모(不毛)의 것을 껴안고 있기를 좋아하는 사나이이다.

비트랄이 있다는 것을 금방 깨닫지 못하는 경우가 많다. 그는 한쪽 면밖에 보이지 않고도 환경에 따라 실이 되기도 하고 허수아비가 되기도 하고 외투걸이가 되기도 하고 수평 모양의 나뭇가지 갈래가 되기도 한다. 그래서 내가 케이블 북 위에 앉고 그가 사과나무 위에 엎드려 있을 때 내가 그를 깨닫지 못한 것도 결코 무리가 아니었다. 개조차도 그에게 짖지 않았다. 개라는 것은 천사를 냄새 맡을 수도 발견할 수도, 짖고 덤빌 수도 없기 때문이다.

「만일 괜찮다면 말야, 고트프리트.」 하고 나는 그끄저께 그에게 부탁했다. 「고소장의 사본을 나에게 보내 줄 수 없겠나? 자네가 이 년쯤 전에 작성해서 내 심문을 유발시킨 그것을 말야.」

여기에 나는 그 사본을 가지고 있다. 그러니까 법정에서 나를 비난하는 발언을 한 그의 말에 귀를 기울여 보기로 하자.

나, 고트프리트 폰 비트랄은 그날 사과나무의 갈라진 가지에 누워 있었습니다. 그 나무는 내 어머니의 채소밭에 있고 해마다 저장병 일곱 개에 가득찰 만큼 많은 요리용 사과를 열매 맺고 있습니다. 가지가 갈라진 곳에 나는 누워 있었습니다. 즉 비스듬히 옆으로 누워서 왼쪽 골반을 갈라진 가지의 가장 깊고 약간 이끼가 낀 곳에 얹어 놓고 있었습니다. 두 발은 게레스하임의 유리 공장 쪽을 향하고 있었습니다. 나는 시선을 집중시키고 있었습니다——어느 쪽을 보고 있었을까요? ——곧장 전방에 시선을 집중시키고 있었습니다. 그리고 무엇인가가 시계(視界)에 들어 오기를 기대하고 있었습니다.

　피고는 오늘에는 나의 친구가 되었습니다만 그가 이때 내 시야 속에 들어왔습니다. 개 한마리가 그를 따르고 있었고 그의 주위를 돌며 그야말로 개답게 행동하고 있었습니다. 나중에 피고로부터 들었습니다만 이 개는 이름이 룩스라고 했고 로트바일 견으로서 로후스 교회 근처에 있는 개 빌려 주는 집에서 빌려 주는 개였습니다.

　피고는 전쟁 말기 이래 나의 어머니 알리스 폰 비트랄의 가정 채원 앞에 방치되어 있는, 비어 있는 케이블 북 위에 걸터앉았습니다. 배심원 여러분도 아시다시피 피고의 체격은 작고 불구라고도 할 수 있습니다. 그것이 나의 눈을 끈 것입니다. 그보다도 더욱 이상한 느낌을 준 것은 작고 차림새가 좋은 신사 같은 거동이었습니다. 그는 마른 나뭇가지 두 개로 케이블 북의 녹슨 면을 두들긴 것입니다. 하지만 여기에서 고려해 주셨으면 합니다만, 피고의 직업이 고수라는 것, 실증된 바와 같이 그는 어디에 가더라도, 또 어디에 있더라도 고수라는 직업을 행사하는 사람이라는 것, 나아가서는 또 케이블 북——그렇게 불리는 것도 이유가 없는 것은 아닙니다——이 굴대를 보면 누구나, 설사 초보자라도 저도 모르게 북처럼 두들겨 보고 싶어진다는 것, 이상과 같은 것을 염두에 둔다면 다음의 진술은 조금도 이상하게 생각되지 않을 것입니다. 즉, 피고 오스카르 마체라트는 어느 무더운 여름날, 알리스 폰 비트랄 부인의 가정 채원 앞에 있던 저 케이블 북 위에 자리를 차지하고 각각 길이가 다른 마른 버드나무 가지 두 개로 리드미컬하게 편성한 소음을 낸 것입니다.

　다시 말씀드린다면, 개 룩스는 벌써 오랜 동안 수확이 임박한 호밀밭에 자취를 감춘 것이었습니다. 나는 시간의 길이에 대한 질문에는 대답할 수가 없습니다. 그것은 나는 사과나무의 갈래 위에 누우면 당장 시간의 장단에 대한 감각을 완전히 잃어버리기 때문입니다. 더욱이, 나는 어떻든 개가 상당히 오랫동안 자취를 감추었다고 말씀드렸습니다. 그것은 내가, 개가 보이지 않게 된 것을 쓸쓸하게 생각한 증거입니다. 사실 나는 그 개의 검은 털과 늘어진 귀가 마음에 들었던 것입니다.

　그러나 피고는 ——이렇게 말씀드려도 지장이 없으리라고 생각합니다만——개가 없어졌는데도 별로 마음에 걸리지 않았던 것 같습니다.

　개 룩스가 여문 호밀밭에서 돌아온 것을 보니까 무엇인가를 입에 물고 있었습니다. 개가 무엇을 물고 있었는지 내가 알고 있었다는 것이 아닙니다! 나무 막대기거나 돌멩이겠지 하고 생각했습니다. 설마 통조림이나 스푼은 아닐 것이라고 생각했습니다. 피고가 그 증거 물건을 개의 코 끝에서 빼앗아들었을 때 비로소 나는 그것이 무엇인지 확실히 알 수 있었습니다. 그러나 아직도 그 물건을 입에 문 채 콧등을 피고의 바지 왼쪽 다리에——였다고 생각합니다만——문지르고 있던 순간부터, 유감스럽게도 지금은 분명히 말씀드릴 수가 없습니다만, 피고가 손을 뻗쳐 습득물을 움켜쥔 순간까지는 수분이 경과했습니다.

　개는 열심히 주인의 주의를 환기시키려고 노력했습니다만 주인 쪽에서는 그러한 일에는 상관없이 마치 아이들이 하는 것 같은 단조로운 인상을 주면서 걷잡을 수 없이 계속 북을 두들겼습니다. 개는 안달이 나서 무례한 수단에 호소하여 피고의 두 다리 사이에 젖은 콧등을 들이댔습니다. 그러자 피고는 겨우 버드나무 가지를 내려 놓고——나는 정확하게 기억하고 있습니다만——오른발로 개를 걷어찼습니다. 개는 반쯤 원을 그리고 비굴하게 몸을 떨면서 재차 다가가 습득물을 물고 있는 입 끝을 내밀었습니다.

　피고는 일어나려고 하지는 않고 앉은 채로——이번에는 왼손으로——개의 이빨과 이빨 사이에 손을 뻗쳤습니다. 습득물을 입에서 뱉은 룩스는 안심을 했는지 몇 미터 걸었습니다. 그러나 피고가 앉은 채로 그 습득물을 손에 들고 손을 오무렸다 펴고 다시 오무렸다 폈을 때 습득물의 일부분에 반짝하고 빛나는 것이 있었습니다. 피고는 이렇게 그 습득물을 잘 바라보고 나서 이번에는 그것을 엄지손가락과 집게손가락으로 눈 가까이까지 수직으로 들어올려 보았습니다.

　이제야말로 나는 마음속으로 은밀히 그 습득물을 한 개의 손가락이라고 불렀습니다. 그리고 빛나는 것으로 보아서 다시 무명지라고 한정하여 말했습니다. 그리고 그것에 의해 뜻하지 않게 전후에 가장 흥미 깊은 재판의 하나에 이름을 부여하게 되었습니다. 즉, 나 고트프리트 폰 비트랄은 무명지 재판의 가장 중요한 증인이라고 불리기에 이른 것입니다.

피고가 침착하게 있었으므로 나도 침착하게 있었습니다. 그렇습니다, 그의 침착성이 나에게도 전염된 것입니다. 그리고 피고가 반지가 끼워진 그 손가락을 가슴 호주머니에 신사처럼 꽂아 놓고 있던 손수건에 정성껏 쌌을 때 나는 케이블 북 위의 그 인간에게 공감을 느꼈습니다. 예의 바른 신사라고 나는 생각했습니다. 이런 사람과 알고 지내는 사이가 되고 싶다고 말입니다.

그래서 나는, 그가 빌린 개를 데리고 게레스하임 방향으로 사라지려고 했을 때 말을 건 것입니다. 그러나 그는 처음에는 언짢은 표정으로 거만하다고 할 반응을 보였습니다. 피고가 어째서 내가 사과나무 위에 있었다는 이유만으로 나에게서 뱀의 상징을 보려고 했는지 지금도 이해가 되지 않습니다. 그리고 또 그는 우리 어머니의 요리용 사과에도 혐의를 걸고 그것들이 낙원에 있는 사과와 같은 종류임에 틀림없다고 말하였습니다.

확실히 나뭇가지 갈라진 곳에서 잠자기를 좋아한다는 것은 악마의 습관의 하나인지도 모르긴 합니다. 그러나 나를 재촉해서 매주 몇 번이나 사과나무 위의 잠자리를 찾아가게 한 것은 내가 빠지기 쉬운 권태감 이외의 아무것도 아니었습니다. 확실히 어쩌면 권태라는 것이 이미 그 자체로서 악일는지도 모릅니다. 그렇다면 피고를 뒤셀도르프 시의 교외로 내몬 것은 무엇이었을까요? 그를 내몬 것은, 그가 나중에 나에게 고백한 바로는 고독이었습니다. 그러나 고독이라는 것은 권태의 또 하나의 이름이 아닐까요? 이러한 것을 여러 가지로 숙고하는 것은 모두 피고에 대한 것을 분명히하고 싶기 때문이며 그를 난처하게 만들고 싶은 생각은 털끝만치도 없기 때문입니다. 어떻든 내가 그에게 공감을 느끼고 그렇기 때문에 그에게 말을 걸었고 그와 우정을 맺은 이유는 다른 것이 아닙니다, 그가 악을 연주하는 방법, 악을 리드미컬하게 내뿜는 북 연주에 매혹되었기 때문입니다. 나를 증인으로서, 그를 피고로서 고등 법원의 법정에 소환하고 있는 그 계출도 실은 우리가 발명한 유희인 것입니다. 차라리 우리의 권태와 고독을 얼버무리고 사육하기 위한 조그만 수단이었던 것입니다.

내 부탁으로 피고는 약간 주저한 끝에 간단하게 무명지의 반지를 빼어 내 왼손의 새끼손가락에 끼웠습니다. 그것이 아주 잘 어울렸기 때문에 나는 기뻤습니다. 당연한 일이지만 나는 반지를 시험해 보기 전에 자고 있던 나뭇가지에서 내려와 있었습니다. 우리는 울타리의 이쪽과 저쪽에서 있었고 서로 이름을 말하고 약간의 정치 문제를 언급하면서 이야기를 나누고 그런 다음 그가 나에게 반지를 건네 준 것입니다. 손가락은 그가 가지고 있었습니다. 소중하게 가지고 있었습니다. 우리는 그것이 여자의 손가락이라는 점에서 의견이 일치했습니다. 내가 반지를 끼고 거기에 햇빛을 비추며 즐기고 있는 동안에 피고는 비어 있는 왼손으로 댄스풍의 밝고 쾌활한 리듬을 울타리에 두들기기 시작했습니다. 그런데 우리 어머니의 가정 채원 나무 울타리는 그다지 단단하지 않았기 때문에 피고가 가지는 고수의 욕구에 건들건들 흔들리면서 목재에 어울리는 방법으로 호응했습니다. 얼마 동안이나 우리가 그런 식으로 선 채 눈과 눈으로 이야기를 주고받았는지는 기억하고 있지 못합니다. 우리가 이렇게 순진하기 이를 데 없는 유희에 흥겨워하고 있을 때 한 대의 비행기가 중간 정도의 고도에서 폭음을 울렸습니다. 아마 그 비행기는 로우하우젠에 착륙하려고 했던 것이겠죠. 물론 우리 두 사람은 쌍발 또는 네 발기가 착륙 태세에 들어가는지 어떤지 알고 싶은 생각은 굴뚝 같았지만 서로 상대에게서 눈을 떼지는 않았고 비행기에게 소리를 지르지도 않았습니다. 그뒤에도 우리는 이따금 이 유희를 벌일 기회를 얻었는데 그때 우리는 이 유희에 슈거 레오의 금욕(禁慾)이라는 이름을 붙였습니다. 왜냐하면 피고에게는 벌써 여러 해 전에 그러한 이름을 가진 친구가 있었는데 이 유희를 특히 묘지에서 함께 행하곤 했기 때문입니다.

비행기가 착륙하고 나서——쌍발인지 네 발인지는 아무래도 분명하지 않습니다——나는 반지를 돌려 주었습니다. 피고는 그것을 그 무명지에 끼우고 포장을 위해 그의 손수건을 다시 이용했고 나더러 따라오라고 권했습니다.

그것은 1951년 1월 7일의 일이었습니다. 게레스하임에서 우리는 시전의 종점으로 갔지만 시전이 아닌 택시를 탔습니다. 피고는 그뒤에도 종종 나에게 호기를 보이곤 했습니다. 우리는 시내로 들어가 로후스 교회 옆의, 개 빌려 주는 가게 앞에 택시를 세워 놓고 룩스를 돌려 주고는 다시 택시에 올랐습니다. 택시는 시내를 가로지르고 빌크, 오버빌크를 경유해서 베르스텐 묘지로 우리를 데리고 갔습니다. 거기에서 마체라트 씨는 십이 마르크 이상이나 지불해야 했습니다. 그리고 드디어 우리는 석공 코르네프의 묘석 가게를 방문했습니다.

그곳은 매우 지저분했기 때문에 석공이 내 친구의 주문을 한 시간 걸려 완성했을 때 나는 안도의 숨을 쉬었습니다. 친구는 나에게 상세하고 친절하게 연장이며 여러 가지 돌 종류를 설명해 주었지만 그 사이 코르네프 씨는 그 손가락에 대해서 한 마디도 물으려 하지 않고 반지를 빼낸 그 손가락의 석고 주형을 만들기 시작했습니다. 나는 그가 작업하는 모습을 한쪽 눈으로였지만 지켜보고 있었습니다. 먼저 준비부터 시작되었습니다. 즉, 손가락에 유지(油脂)를 바르고 노끈을 손가락의 윤곽을 따라 감고 그런 다음에 석고를 발랐습니다. 그리고는 석고가 굳어지기 전에 노끈으로 주형을 두 개로 잘랐습니다. 나는 실내 장식업을 직업으로 하고 있었기 때문에 확실히 석고형(石膏型)을 뜨는 일이 하나도 신기하지는 않았지만 그러나 이상스럽게도 석공의 손에 그 손가락이 들리는 순간에 왠지 추악하게 느껴졌고 이 추악감은 주형 작업이 제대로 되어 피고가 다시 손가락을 받아들고 유지를 닦은 뒤 그의 손수건 속에 간수했을 때에야 겨우 소실되었습니다. 나의 친구는 석공에게 돈을 지불했습니다. 석공은 처음에는 한푼도 받으려고 하지 않았습니다. 그는 마체라트 씨를 동료로 간주했기 때문입니다. 그리고 또 오스카르 씨가 예전에 그의 종기를 짜주었을 때 역시 그 보수로서 한푼도 요구하지 않았지 않느냐고도 말했습니다. 석고가 굳어졌을 때 석공은 주형을 두 개로 쪼개어 원물(原勿)의 손가락에 석고의 손가락을 추가했습니다. 그리고 며칠 안에 좀더 많은 석고의 손가락을 이 틀에서 만들어 놓겠다고 약속하고 묘석 진열장을 지나서 비트베크까지 우리를 전송해 주었습니다.

두 번째의 택시 드라이브는 우리를 중앙역으로 데리고 갔습니다. 역에 도착하자 피고는 산뜻한 역내 레스토랑에서의 늦은 저녁 식사에 나를 초대했습니다. 마체라트 씨가 웨이터들과 다정하게 이야기하는 것을 보고 나는 그가 역내 레스토랑의 단골 손님임에 틀림없다고 짐작했습니다. 우리는 암소 갈비에 신선한 무를 곁들인 것과 라인 강의 연어를 먹고 마지막으로 치즈, 그리고 나서 샴페인 한 병을 마셨습니다. 우리의 이야기는 다시 손가락에 미쳤고 나는 피고에게 권고했습니다. 그 손가락을 다른 사람의 소유물로 간주하고 넘겨 주어야 한다, 특히 이미 석고의 손가락이 있으니까 더욱 그래야 한다고 말입니다. 그러자 피고는 단호하게 말했습니다. 그는 자기를 그 손가락의 정당한 소유자로 간주한다는 것이었습니다. 그 이유는 이러했습니다. 그는 이미 태어날 때 북채라는 암호로서이기는 하지만 이러한 손가락을 얻을 약속을 받았다. 그리고 또 그의 친구인 헤르베르트 트루친스키의 상처 자국을 들 수도 있다, 그것은 친구의 등에 길이가 손가락만한 흔적을 남기고 있었는데 아마 이것도 이번의 무명지를 예언하고 있었을 것이다. 나아가서는 또 자스페 묘지에서 발견한 그 탄피가 있다. 그것도 또 그 크기로 보더라도 장래의 무명지를 암시하고 있었음이 틀림없다는 것이었습니다.

나는 새로 생긴 친구가 잇따라 증거를 대는 것을 듣고 처음 한동안은 웃어 주고 싶은 기분이었지만 그러나 아무래도 나는 인정하지 않을 수가 없었습니다. 감수성이 풍부한 사람이라면 북채, 상흔, 탄피, 무명지라는 연결을 쉽게 납득할 수 있을 것이 틀림없다고 말입니다.

식사 뒤 세 번째 택시는 나를 집으로 데려다 주었습니다. 우리는 약속을 했고 그리고 사흘 뒤 그 약속대로 나는 피고를 방문했는데 이때 피고는 나를 깜짝 놀래게 할 준비를 하고 있었습니다.

우선 처음에 그는 나에게 그의 집을 보여 주었습니다. 집이라고는 하지만 결국은 방과 마찬가지였습니다. 왜냐하면 마체라트 씨는 하숙을 하고 있었기 때문입니다. 처음에 그는 아마도 이전에 욕실이었던 방 하나만을 빌어 쓰고 있었다고 생각됩니다. 나중에 그의 북 예술이 그에게 명성과 재력을 가져다 주었을 때 그는 그가 간호사 도로테아의 방이라고 부르고 있던 창문이 없는 작은 방의 값도 지불하게 되었습니다. 그리고 이윽고는 음악가이며 피고의 동료였던 뮌처 씨라는 인물이 이전에 살고 있던 제3의 방 몫으로도 방세를 지출하기를 마다하지 않게 되었습니다. 그것은 엄청나게 큰 돈이었습니다. 차이틀러 씨라는 사람이 이 집의 주인이었는데 그는 마체라트 씨의 재정 형편이 좋아진 것을 알고는 방세를 터무니없이 올렸던 것입니다.

이른바 간호사 도로테아의 작은 방 안에 피고는 나를 놀래게 할 것을 준비하고 있었습니다. 거울이 달려 있는 화장대의 대리석판 위에 보존용 유리병이 놓여 있었습니다. 나의 어머니 알리스 폰 비트랄이 마당에서 수확되는 요리용 사과로 만드는 잼을 저장하는 데에 사용하는 것과 똑같은 크기의 병이었습니다. 그러나 그 병은 잼이 아니라 알콜에 떠 있는 무명지를 보존하고 있었던 것입니다. 피고는 자랑스럽게 나에게 두꺼운 학술 서적을 몇 권 내보였습니다. 그는 손가락의 보존법에 대해 이 책들에서 지도를 받았던 것입니다. 나는 그 책들을 펄럭펄럭 넘기기만 했을 뿐 사진이나 그림이 있어도 기의 눈을 떼지 않았지만, 그러나 어떻든 피고가 손가락의 외관을 보호하는 데에 성공한 것만은 인정했습니다. 게다가 또 알맹이가 든 유리병은 거울 앞에 놓으니까 참으로 아름답고 장식으로서도 흥미있게 보였습니다. 이 점은 내가 장식을 직업으로 삼고 있는 사람으로서 얼마든지 입증할 수 있었습니다.

피고는 내가 유리병의 모습에 익숙해진 것을 보고 나에게 털어놓았습니다. 그는 그 유리병 앞에서 이따금씩 기도한다는 것이었습니다. 호기심에 끌려서 약간 뻔뻔스럽기는 했지만 나는 그에게 즉시 그 기도를 실연(實演)해 달라고 부탁했습니다. 그러자 그는 그 대신 해주어야 할 일이 있다면서 나에게 연필과 종이를 건네 주며 기도를 기록해 주기 바란다, 그리고 손가락에 대해서 질문해 주기 바란다, 그러면 자기가 성의를 다해서 기도하면서 대답해 주겠다는 것이었습니다.

여기에 나는 피고의 말, 나의 질문, 그의 대답——즉 보존용 유리병의 숭배를 증거로서 제출하는 바입니다. 나는 숭배한다. 나는 누구인가? 오스카르인가 나인가? 나는 경건하고 오스카르는 산만하다. 헌신이다, 끊임없이. 결코 반복을 두려워하지 말라. 내가 총명하고 민첩한 것은 기억이 없기 때문이다. 오스카르가 총명하고 민첩한 것은 추억이 풍부하기 때문이다. 차고 뜨겁고 따사로운 나. 추궁하면 죄인이 되고 추궁하지 않으면 죄는 없다. 때문에 죄인이 되고 타락하고 그럼에도 불구하고 죄인이 되고 그럼으로써 무죄가 되었다. 그것에 죄를 전가하고, 이것을 통해 혈로(血路)를 타개하고, 이것에서 벗어나고 이것 때문에, 이것을, 이것에 대해서 웃고, 이것 때문에, 이것 앞에서 없어서 울었다. 말하면서 모욕하고, 모욕하면서 침묵했다. 말하지 않고, 침묵하지 않고 기도한다. 나는 숭배한다. 무엇을? 유리를. 어떤 유리를? 보존병이다. 그 안에 무엇이 들어 있는데? 유리병에는 손가락이 들어 있다. 어떤 손가락인가? 무명지이다. 누구의 손가락인가? 금발 여인의 것이다. 금발 여인이란 누군가? 중키이다. 중키라면 일 미터 육십인가? 중키란 일 미터 육십삼 센티이다. 특징은 무엇인가? 갈색 반점이 있다. 어디에 반점이 있는가? 상박 안쪽이다. 왼쪽인가, 오른쪽인가? 오른쪽이다. 무명지는 어느 쪽의 것인가? 왼쪽이다. 약혼은 했는가? 그렇다, 그러나 아직 결혼은 하지 않았다. 신앙은? 프로테스탄트이다. 처녀인가? 처녀이다. 태생은 언제인가? 모른다. 어디인가? 하노파 근처이다. 언제인가? 12 이다. 사수좌(射手座)인가, 산양좌(山羊座)인가? 사수좌이다. 그렇다면 성격은? 근심형. 사람이 좋은가? 근면하고 수다스럽다. 분별이 있는가? 검약가이고 냉정하고 또 명랑하다. 내성적인가? 단 것을 좋아하고 정직하고 광신적이다. 창백하고 대개는 여행을 꿈꾸고 있고, 월경은 불규칙하고, 게으르고 고민하기를 좋아하고, 거기에 대해서 이야기하고, 스스로는 좋은 생각이 떠오르지 않고, 수동적이고, 남에게 의존하고, 남의 말에 귀를 잘 기울이고, 고개를 끄덕여 동의하고, 팔짱을 끼고, 이야기할 때는 눈을 내리깔고, 누가 말을 걸라치면 눈을 크게 뜨고, 그 눈은 엷은 회색이고, 동공 근처는 갈색이다. 가정을 가진 상사로부터 반지를 선물받고, 처음에는 받으려고 하지 않았지만 마침내 받아들였다. 무서운 체험, 섬유질, 사탄, 많은 백색, 여행을 떠났다. 이사를 했다. 다시 돌아왔다. 그만두지 못했다. 질투도 있었으나 이유없는 질투, 병도 있었으나 자기의 병이 아니고, 죽음도 있었으나 자기의 죽음이 아니고, 그러나, 아니 모르겠다, 이제는 싫다. 수레국화를 꺾었다. 그러자 왔다, 아니 아까부터 따라온 것이다. 이제는 틀렸다…… 아멘? 아멘.

　나 고트프리트 폰 비트랄이 법정에서의 진술에 여기에 적은 기도문을 첨부하는 이유는 적원으로 다음과 같은 이유 때문입니다. 즉, 이 무명지의 소유자인 여성에 대한 진술은 매우 혼란스런 문장 같기는 하지만 실은 살해된 간호사 도로테아 켄게터에 대한 재판에서의 진술과 대부분 일치하기 때문입니다. 하지만 피고가 자기는 그 간호사를 살해하지도 않았고 그녀의 얼굴을 정면으로 마주 본 일도 없다고 말하고 있는 발언을 여기에서 의심하는 것은 나의 임무가 아닙니다.

　나의 친구는 보존용 유리병을 의자 위에 놓고서 그 앞에 무릎을 꿇고 두 무릎 사이에 끼운 양철북을 두들겼는데 그때 그가 보여 준 헌신적인 태도는 주목할 만한 것이어서 피고에게 유리한 재료라고 나는 지금도 생각하고 있습니다.

　나는 그뒤에노 일 년 이상 이따금씩 피고가 기도하면서 북을 두들기는 것을 볼 수 있는 기회를 가졌습니다. 왜냐하면 그가 좋은 보수로 나를 여행의 동반자로 고용하여 그의 연주 여행에 동반시켰기 때문입니다. 그는 꽤 오랫동안 순업을 중지하고 있었는데 무명지를 주운 직후에 다시 행하게 되었던 것입니다. 우리는 서독 전토를 여행했고 동독이며 외국으로부터도 초청받았을 정도입니다. 그러나 마체라트 씨는 국경 안에 한정시키고자 했습니다. 그 자신의 말을 빌면 연주 여행에 흔히 따르기 마련인 귀찮은 일에 말려들고 싶지 않았기 때문입니다. 그는 출연 전에 유리병을 숭배하고 북을 두들기는 일은 결코 하지 않았습니다. 무대에 출연하고 나서 때늦은 저녁을 먹고 그런 다음에야 비로소 우리는 그의 호텔 방으로 돌아갔습니다. 그리고 그는 북을 두들기며 기도를 드렸고 나는 질문을 하거나 기록을 했습니다. 그리고 나서 우리는 그날의 기도를 그때까지 기회 있을 때마다 기록해온 기도와 비교를 했습니다. 확실히 긴 기도도 있었고 짧은 기도도 있었습니다. 또 때로는 말과 말이 몹시 상충되는 일도 있었고 그런가 하면 그 다음날에는 벌써 말이 평온하고 길게 흐르는 일도 있었습니다. 그러나 나는 내가 모은 기도문 전부를 여기에 계시는 배심원 여러분의 손에 맡기는 바입니다만, 그것들 중의 어느 것을 들어 보아도 내가 진술에 첨부한 저 최초의 기록 이상의 내용을 담고 있는 것은 없습니다.

여행으로 지고 샌 그해, 나는 순업의 사이사이에 마체라트 씨의 친지나 친척 등 약간의 사람들과 알게 되었습니다. 예를 들면 그는 나에게 그의 계모인 마리아 마체라트 부인을 소개해 주었습니다. 이 부인을 피고는 조심스럽기는 하지만 내심 크게 사모하고 있습니다. 그날 오후에는 피고의 이복 동생으로 쿠르트 마체라트라 불리는, 매우 단정한 열한 살의 고교생도 나와 인사했습니다. 역시 마리아 마체라트 부인의 언니인 아우구스테 케스터 부인도 나에게 좋은 인상을 주었습니다. 피고가 고백한 바에 의하면 다른 가족 관계는 전후의 수년 동안 파괴되었다는 정도의 단순한 것이 아니었습니다. 마체라트 씨가 계모를 위해 열대 과일까지 취급하는 큰 식료품점을 차려 주고 그뒤에도 가게가 위기에 처하면 그때마다 그의 자금으로 응원해 주게 되면서 비로소 계모와 의붓아들 사이의 그토록 친밀한 유대가 맺어진 것입니다.

그리고 또 마체라트 씨는 약간의 예전 동료들, 그 중에서도 특히 재즈 음악가들에게 나를 대면시켰습니다. 뮌처 씨라는 사람이 있었는데 피고는 마음 가볍게 그를 클레프라고 부르고 있었습니다. 이 사람은 매우 쾌활하고 사교성이 좋다고 생각되었습니다만 나는 이 인물과 교제를 지속해 나갈 용기와 의지를 오늘날까지도 약간 결여하고 있었던 것 같습니다.

나는 피고의 선심 덕분에 그뒤 장식가라는 직업을 계속할 필요는 없었습니다만 그러나 나는 직업의 기쁨에 내몰려 순업에서 돌아오면 곧 쇼윈도 장식을 약간 맡았습니다. 피고도 또 친구로서의 정의로 내 일에 흥미를 가져 주어 이따금 밤 늦게까지 길거리에 서서 나의 조촐한 예술을 싫증도 내지 않고 감상해 주었습니다. 이따금 우리는 일을 끝내고 나서 잠시 밤의 뒤셀도르프를 어슬렁어슬렁 산책하곤 했는데 구시가는 피하곤 했습니다. 피고가 원반 유리나 독일 고래의 요리점 간판을 보기 싫어했기 때문입니다. 그래서 어느 날——드디어 내 진술의 마지막 부분에 이르렀습니다만——한밤중이 지난 산책이 우리를 밤의 운터라트를 지나서 시전의 차고 앞으로 데리고 갔습니다.

우리는 사이좋게 그곳에 서서 시간표에 따라 도착하는 마지막 전차 쪽을 바라보고 있었습니다. 그것은 꽤 아름다운 구경거리입니다. 주위에는 어두운 도시. 금요일인 탓도 있어서 멀리에서는 술취한 건축 노동자들이 큰소리를 지르고 있었습니다. 그것이 지나가면 다시 조용해집니다. 물론 마지막으로 도착하는 전차가 방울을 울리거나 커브를 돌면서 삐걱거리는 소리를 내기도 했지만 이것은 별로 시끄럽지는 않습니다. 대개의 차량은 곧 차고로 들어갔습니다. 그러나 두세 개의 차량은 뒤섞여서 정차한 채로 선로 위에서 빈 차이면서도 화려하게, 휘황찬란하게 빛나고 있었습니다. 그것은 누구의 착상이었는가? 우리 두 사람의 착상이었습니다만 입 밖에 낸 사람은 나였습니다. 「이것 봐, 어떨까?」

그러자 마체라트 씨는 고개를 끄덕였고 우리는 서두르지도 떠들지도 않고 올라탔습니다. 나는 운전대에 서서 상황을 바로 파악했기 때문에 조용히 발차했고 당장 속도를 올려서 달림으로써 훌륭한 운전 솜씨를 발휘했습니다. 이러한 나의 솜씨에 마체라트 씨는——우리는 차고의 불빛을 이미 훨씬 뒤에 두고 있었습니다——친구답게 이런 말로 대답했습니다. 「틀림없이 자네는 영세를 받은 가톨릭 교도로군, 고트프리트, 그렇지 않다면 자네가 이렇게 능숙하게 전차를 운전할 리가 없어.」

실제로 나는 이 조그만 임시 작업이 즐거워서 견딜 수가 없었습니다. 차고에서는 우리가 발차하는 것을 아무도 깨닫지 못한 것 같았습니다. 그 증거로서 쫓아오는 기색도 없었고 게다가 또 전류를 끊으면 우리의 차를 문제없이 정지시킬 수 있었을 테니 말입니다. 우리는 차를 플링게른 방면으로 몰았습니다. 플링게른을 통과하고 나서 생각했습니다. 하니엘 에서 왼쪽으로 꺾어 라트, 라팅거 방향으로 올라갈 것인가 어떤가 하고. 그러자 마체라트 씨로부터 부탁이 있었습니다. 그라펜부르크, 게레스하임 선을 택하자는 것이었습니다. 나는 댄스홀 레벤부르크 밑의 언덕이 걱정스러웠지만 피고의 희망에 따라 언덕을 넘어 댄스홀을 이미 지나쳤 습니다. 그러나 여기에서 나는 차에 브레이크를 걸지 않으면 안 되었 습니다. 왜냐하면 세 사람의 사나이가 선로 위에 서서 정차를 간청하고 있었다기보다는 차라리 강요하고 있었기 때문입니다.

마체라트 씨는 하니엘을 지나자 곧 차량의 내부 좌석으로 가서 담배를 피우고 있었습니다. 그래서 내가 시전의 운전사로서 「타십시오, 어서!」하고 소리지르지 않을 수 없었습니다. 나는 놀랐습니다. 세 사람 중 두 사람은 검은 리본이 달린 녹색 모자를 쓰고 양쪽에서 모자를 쓰지 않은 사람을 붙들고 있었는데 이 모자를 쓰지 않은 사나이는 눈이라도 나쁜지 승차할 때 위태로운 걸음걸이로 몇 번이나 발판을 헛디뎠습니다. 그러자 수행인인지 감시인인지는 모르지만 다른 두 사람이 아주 난폭한 태도로 내가 있는 운적석으로 그를 밀어올리고 그리고는 곧 차 안으로 떠밀어 넣었습니다.

차를 다시 움직이기 시작하자 뒤쪽 차 안에서 처음에는 애처로운 울음 소리가 들리고 그후에 이번에는 뺨을 때리는 소리도 들려왔습니다. 그러자 마체라트 씨의 야무진 목소리가 들려왔기 때문에 나는 적이 안심했습니다. 마체라트 씨는 뒤에 탄 사람들을 나무라고 타이른 것입니다. 안경을 잃어서 장님이나 다름없이 된 부상자를 때리지 말라고 말입니다.

「상관하지 말아요!」하고 녹색 모자를 쓴 한 사람이 소리치는 것이 들렸습닙니다. 「오늘이야말로 본때를 보여 주겠다. 그렇게 애를 먹이다니.」

내가 게레스하임을 향해 차를 서행시키고 있는 동안에 나의 친구 마체라트 씨는 그 가련한, 반 장님인 사나이가 대체 어떤 죄를 저질렀는지 알고 싶어했습니다. 그러자 대화는 당장 엉뚱한 방향으로 발전했습니다. 이야기가 두세 마디 오갔는가 했더니 우리는 벌써 전쟁의 한가운데에 있었습니다. 또는 오히려 1939년 9월 1일, 즉 전쟁 발발의 날이 문제가 되었다고 하겠습니다. 그 반장님의 사나이는 의용병이라고 불리어 폴란드 우체국의 건물을 불법으로 방위한 것입니다. 이상하게도 당시 고작 열다섯 살 정도였을 마체라트 씨도 그간의 사정에 정통해 있었고 그 반장님인 사나이를 생각해내기까지 하여 그를 빅토르 베룬이라고 불렀습니다. 이 가련한 근시의 현금 등기우편 배달부는 전쟁의 혼란한 틈에 안경을 잃어버렸고 안경이 없는 채 도주하여 추격자를 피하고 있었지만 그러나 추격자는 추격의 손길을 늦추지 않고 종전 때까지는 말할 것도 없고 전후에 와서도 그를 추격하여 지참하고 있는 서류도 제시했는데 그것은 1939년에 교부된 것으로서 일종의 사살 명령이었습니다. 마침내 그를 체포했노라고 녹색 모자를 쓴 한 사람은 외쳤고 녹색 모자를 쓴 다른 사람은 이렇게 맞장구를 쳤습니다, 이제야 겨우 결말이 났다. 그는 1939년에 교부된 사살 명령을 집행하기까지는 자유 시간의 전부, 봄이나 여름의 휴가까지도 희생하지 않으면 안 되었다는 것입니다. 그러나 그에게는 대리상(代理商)이라는 또 하나의 직업이 있었습니다. 그의 동료는 동부에서 온 피난민이기 때문에 역시 여러 가지 곤란이 있었다고 합니다. 완전히 새로 시작하지 않으면 안될 정도로 말입니다. 동부에서는 주문복 제조업을 꽤 크게 하고 있었는데 정말 아까운 일이지 뭔가 하고 말했습니다. 그러나 이것으로 일은 끝났으니 오늘밤 이 명령을 집행하면 과거는 매듭이 지어진다──시전을 붙잡을 수 있어서 정말 다행이었다, 대충 이런 이야기였습니다.

이렇게 해서 나는 본의 아니게도 한 사람의 사형수와 사살 명령서를 지참한 형리 두 사람을 게레스하임으로 싣고 가는 시전 운전사가 되었습니다. 교외의 약간 경사진, 인적 없는 광장에서 나는 오른쪽으로 꺾었습니다. 차량을 유리 공장 근처인 종점까지 몰고 가서 거기에서 녹색 모자를 쓴 사람과 반쯤 장님인 빅토르를 내려 주고 내 친구와 함께 귀로에 오르리라고 생각한 것입니다. 종점에서 세 정거장 못 미처에 있는 정 거장에서 마체라트 씨는 차내에서 나와 운전석으로 왔습니다. 서류 가 방을 가지고 왔는데 그 안에는 보존용 유리병이 곧추 서 있다는 것을 나는 알고 있었습니다. 나는 그가 방을 진짜 운전사가 버터빵이 든 양철 도시락 통을 넣어 두는 장소 근처에 얹어 놓았습니다.

「저 사나이를 구해 줘야 해. 저 친구는 빅토르야. 불쌍한 빅토르!」 마체라트 씨는 분명히 흥분하고 있었습니다.

「아직도 그는 도수가 맞는 안경을 구하지 못했군. 그는 지독한 근시니까. 그들에게 사살당할 때도 그는 엉뚱한 곳을 바라보고 있을 거야.」 나는 형리들이 무기를 가지고 있지 않다고 생각했습니다. 그러나 마체라트 씨에게는 녹색 모자를 쓴 두 사람의 망토가 불룩하게 부풀어 있는 것이 마음에 걸리는 것 같았습니다.

「저 사나이는 단치히의 폴란드 우체국에서 등기우편 배달부 노릇을 하고 있었어. 지금은 서독 우체국에서 같은 일을 하고 있지. 그런데 일이 끝나면 저들에게 쫓기고 있어. 그건 사살 명령서라는 것이 아직도 존재하고 있기 때문이야.」

나는 마체라트 씨의 말을 전부 이해한 것은 아니지만 그러나 그에게 약속했습니다. 그와 함께 사격의 현장에 입회하여 가능하다면 함께 힘을 모아 사격을 방해해 보자고.

유리 공장의 배후에서 가정 채원으로 접어들려는 근처였습니다—— 달이 있었다면 사과나무가 있는 내 어머니의 정원을 볼 수 있었을 것입니다——거기에서 나는 시전에 브레이크를 걸고 차 안을 향해 소리질렀습니다. 「내려 주시기 바랍니다, 종점입니다 ! 」

그들은 얌전하게 녹색 모자와 검은 리본을 머리에 얹고 나왔습니다. 반 장님인 사나이는 또다시 발판을 몰라서 애를 먹고 있었습니다. 그리고 마체라트 씨가 내렸는데 내리기 전에 윗도리 밑에서 북을 꺼내어 내리면서 나에게 부탁했습니다. 유리병이 든 서류 가방을 가지고 내려 달라고 말입니다.

아직도 언제까지나 전등이 켜져 있는 시전을 뒤에 두고 우리는 형리와 희생자의 뒤를 따라갔습니다.

채소밭 울타리를 끼고 가는 것이었습니다. 나는 지치기 시작했습니다. 앞에 가는 세 사람이 멈춰 섰을 때 나는 깨달았습니다. 그들은 내 어머니의 가정 채원을 사살 장소로 선택한 것입니다. 마체라트 씨뿐이 아니라 나도 항의했습니다. 그들은 그런 일에는 상관하지 않고 본래부터 썩어 있던 나무 울타리를 밀어 쓰러뜨리고 마체라트 씨가 불쌍한 빅토르라고 부르고 있는 그 사나이를 사과나무의 갈라진 내 나뭇가지 밑에 묶었습니다. 우리가 계속 항의하자 회중 전등의 불빛으로 그 구겨진 사살 명령서를 다시 한 번 우리에게 보여 주었습니다. 거기에는 첼레브스키라는 군법 회의 장관이 한 서명이 있었습니다. 날짜란에는 분명히 초포트, 1939년 10월 5일이라고 되어 있었습니다. 스탬프 인도 제대로 찍혀 있어서 이의를 제기할 여지가 없었습니다. 그러나 우리는 국제 연합이나 데모크라시, 또는 연대 책임이나 아데나워 등 여러 가지 이야기를 꺼냈습니다. 그러나 녹색 모자를 쓴 한쪽이 우리의 항의를 이렇게 말하면서 모두 일소했습니다. 당신들은 이 문제에 개입해서는 안 된다, 아직도 평화 조약이 체결되지 않은 것이다, 나도 당신들과 똑같이 아데나워를 선택한다, 그러나 이 명령에 관해서 말하면 역시 이 명령은 효력을 가지고 있는 것이다, 우리는 이 서류를 가지고 최고 권위자에게도 의논하러 갔었으니까 틀림없다, 결국 우리는 의무를 마지못해 수행하는 것뿐이다. 당신들은 물러서는 것이 상책일 것이다——.

우리는 물러서지 않았습니다. 뿐만 아니라 마체라트 씨는 녹색 모자들이 망토를 헤치고 자동 권총을 뽑아든 것을 보자 북을 꺼내어 두들길 태세를 취했습니다——그 순간에 보름달에 가깝지만 약간 우묵한 데가 있는 달이 구름 사이를 뚫고 뇌의 구름의 가장자리를 마치 통조림 깡통의 톱니 모양의 테두리처럼 금속 빛을 내게 했습니다——그리고 비슷하지만 이쪽은 완전무결한 양철 위에서 마체라트 씨가 북채를 모두어 쥐기 시작했습니다. 필사적으로 두들겼습니다. 귀에 낯선 리듬이었지만 어딘가에서 들은 적이 있는 것 같은 느낌도 들었습니다. 이따금 되풀이하여 0이라는 글자가 둥근 모양을 만들었습니다. 잃어버렸다. 아직 잃지 않았다, 아직 잃지 않았다. 아직도 폴란드는 잃어버리지 않았다 ! 그러나 그것은 이미 저 불쌍한 빅토르의 목소리가 되어 있었습니다. 그는 마체라트 씨의 북에 맞추어 가사를 노래할 수 있었던 것입니다. 아직도 폴란드는 잃어버리지 않았다, 우리가 살아 있는 한은.

그리고 저 녹색 모자들에게도 이 리듬은 친숙한 듯했습니다. 그 증거로 그들은 달빛에 떠오른, 손 안에 든 쇠붙이의 배후에서 몸을 경직시킨 것입니다. 마체라트 씨와 불쌍한 빅토르가 내 어머니의 채소밭 위에 울려퍼지게 한 그 행진곡이 폴란드 기병대를 출현시켰기 때문입니다. 달의 후원(後援) 덕분이었는지도 모릅니다. 북과 달과 근시인 빅토르의 찢어진 목소리가 한데 어울려 기병 대군(大群)을 땅 끝으로부터 불러낸 것인지도 모릅니다. 말발굽 소리가 울리고 콧김 소리도 거칠고 박차는 요란하고 말은 코뚜레 소리를 지르며 쉿 쉿 하는 엇둘 소리…… 이런 것들은 전혀 없었습니다. 말발굽 소리도, 콧김 소리도, 박차 소리도, 코뚜레 소리도, 쉿 쉿 하는 엇둘 소리도 전혀 들리지 않고 게레스하임 배후의 수확을 끝낸 밭 위를 소리도 없이 미끄러져 가는 것이었습니다. 그리고 그것이야말로 영낙없는 폴란드의 창기병 중대였습니다. 왜냐하면 마체라트 씨의 북 빛깔과 마찬가지로 빨강과 하양이 얼룩진 삼각기가 창 끝에 매달려 있었으니까요. 아니, 매달려 있었던 것이 아니라 헤엄치고 있었습니다. 깃발뿐이 아닙니다. 기병대 전체가 달빛 아래서 헤엄치고 있었습니다. 달에서 온 것인지도 모릅니다. 우리의 채소밭 쪽으로 좌회전하면서 헤엄쳐왔습니다. 살도 없고 피도 통하지 않는 것 같았습니다. 그런데도 헤엄쳐왔습니다. 조립한 장난감과도 같아서 유령처럼 다가왔습니다. 어쩌면 마체라트 씨의 간호인이 노끈을 엮어서 만드는 저 작품과 비교할 수 있을지도 모릅니다. 폴란드 기병대가 엮어진 것입니다. 소리도 없이, 그러나 말발굽 소리를 울리며, 살도 없고 피도 없이, 그러면서도 폴란드 식으로 분방하게 우리를 향해서 오는 것입니다. 우리는 무의식 중에 땅에 엎드려 달과 폴란드 기병대의 진격을 참고 견디었습니다. 내 어머니의 채소밭 위로도, 다른 모든, 정성껏 손질이 되어 있는 채소밭 위에도 그들은 습격해왔습니다. 그러나 어느 채소밭도 황폐하게 만들지는 않고 다만 불쌍한 빅토르와 그리고 이어서 두 사람의 형리까지도 연행하여 이윽고 달빛을 받고 있는 광야의 저편으로 사라져 갔습니다——잃어버린, 아직 잃지는 않은, 동쪽에 있는 폴란드 쪽으로 말을 달리고 있는 것이었습니다. 달빛을 받으면서.

우리들은 숨을 헐떡이면서 기다렸습니다. 그러자 이윽고 다시 평온한 밤이 되돌아와 밤이 또다시 닫히고 이미 옛날에 소멸한 기병대 최후의 공격으로 떨쳐나서게 한 그 빛이 구름에 가려서 보이지 않게 되었습니다. 여기에서 우리는 또다시 일어섰습니다. 그리고 달의 영향력을 과소평가한 것은 아니었습니다만 마체라트 씨를 향해 그의 대성공을 축하했습니다. 그러나 그는 조금 지친 듯한 그리고 기가 죽은 듯한 태도로 우리를 제지했습니다. 「성공이라고? 고트프리트 나는 성공에는 이미 진력이 났어. 한번이라도 좋으니까 성공하지 않으면 안 되지만, 그것이 아주 어렵고 대단한 일이야.」

나에게는 이 말투가 마음에 들지 않았습니다. 나 같은 사람은 근면한 사람의 부류에 들어간다고 생각은 하지만 한 번도 성공한 적이 없으므로, 나에게는 마체라트 씨가 주제넘은 인간처럼 생각됐습니다. 그래서 나는 그를 비난했습니다.「너는 우쭐대고 있구나, 오스카르!」하고 나는 일부러 건방진 말을 썼습니다. 당시 우리들은 벌써 이 자식과 나로 부르는 사이였습니다.「어느 신문에나 너의 일이 가득이야. 너는 유명해졌어, 여기에서 돈 얘기 따위는 하고 싶지 않다. 그러나 신문에도 실리지 못하는 내가 성공자인 너와 함께 지낼 마음이 생기는지 어떤지 네가 알 수 있는가? 너는 언제나 남이 할 수 없는 일을 해보고 싶은 거야. 내가 지금 해볼 수 없는 일을 혼자 힘으로 해보고 싶은 거야. 그리고 신문에 활자로 인쇄되고 싶은 거야. 이것을 해볼 수 있는 사람은 고트프리트 폰 비드랄이라고!」

마체라트 씨가 웃었기 때문에 나는 화가 났습니다. 그는 위를 처다보고 누워서 등의 혹으로 부드러운 흙을 후비기도 하고 그것을 공중으로 던져 올리기도 하면서 무엇이든 할 수 있는 신처럼 웃었습니다.「좋고말고, 쉬운 일이야. 여기에 서류 가방이 있다! 제법 참 폴란드 기병대의 말발굽에 깔리지 않은 것이로군. 이 가방을 너한테 줄 테니까, 이 가죽 속에는 무명지가 든 유리병이 들어 있어, 이것을 가방째 가지고 게레스하임으로 달려가는 거야. 거기에는 여전히 휘황하게 전등을 켠 시전이 멎어 있을 테니까 그것을 타고 네 선물을 갖고 피르스텐발의 경찰본부로 가서 고발하는 것이다. 그렇게 하면 내일에는 당장 네 이름이 모든 신문지상에 떠들썩할 것이다.」

처음 나는 이 제의에 바로 응하지는 않고 이의를 제기했습니다. 첫째로 그는 이 유리병에 들은 손가락이 없으면 살아갈 수 없으리라고, 그러나 그는 나를 안심시키며 말했습니다. 자기는 정말로 손가락에 대해서는 이제는 진절머리가 났으며 그리고 여차하면 수개의 석고상도 있다, 그뿐만 아니라 금의 주형까지도 만들어 놓고 있다, 그래서 나는 그 가방을 쉽게 들고 시전으로 돌아가서 경찰로 뛰어들어 고소하는 것이 좋을 것이라고 생각하였습니다.

그래서 나는 달렸습니다. 배후에 마체라트 씨의 웃음 소리가 언제까지나 들리고 있었습니다. 그는 누운 채로 내가 시전을 향해 밤의 정적 속을 달리고 있는 동안에도 밤의 매력을 만끽하고 풀을 뜯으면서 배꼽이 빠지도록 웃고 있었습니다. 내가 그를 고발한 것은——다음날 아침의 일이지만——마체라트 씨의 호의 덕분에 내 이름이 신문에 났습니다.

그런데 친절한 신사 오스카르 마체라트는 캄캄한 밤 게레스하임 후방의 풀속에 웃으면서 누워 있었고 심각한 모습으로 빛나고 있는 두세 가지 별 밑에서 웃으면서 뒹굴고 내 등의 혹을 따뜻한 흙 속에 밀어붙이고 그리고 생각했다. 잘 자거라, 오스카르, 조금만 더 자거라. 어차피 경관이 깨우러 올 것이다. 그렇게 되면 이렇게 자유로운 시간에 달빛 아래 뒹굴고 있을 수는 없을 테니까.

그리고 내가 눈을 떴을 때 벌써 밤이 완전히 밝아져 있다는 것을 깨닫기에 앞서 우선 누군가가 내 얼굴을 핥고 있음을 깨달았다. 따뜻하고 까실까실하고 한결같은 상태로 축축한 것이 핥고 있었다.

이것은 어쩌면 경관일까? 비트랄의 고소로 재빨리 이곳에는 눈을 돌리지 않고 그냥 한동안 따뜻하고 까실까실하고 똑같은 상태로 축축한 것이 나를 핥는 대로 맡겨 두고 그 감촉을 즐기며 누가 핥고 있는가에 대해서는 상관하지 않기로 했다. 경관이로군 하고 오스카르는 추측했다. 아니면 암소일까. 그리고서 나는 서서히 푸른 눈을 들었다.

그것은 백색과 흑색의 얼룩이었다. 내 옆에서 잠들고 숨을 쉬며 나를 핥으며 나의 눈을 뜨게 했다. 벌써 날이 완전히 밝았다. 흐린 하늘이 점점 깨어왔다. 나는 스스로에게 타일렀다. 오스카르여 이 암소 옆에 우물우물하고 있어서는 안 된다. 소가 아무리 이 세상 것이 아닌 부드러운 눈길로 너를 쳐다보고 그 까실까실한 혀로 지독히 열심히 너의 기억을 가라앉혀 엷어지게 할지라도 거기에 이용당해서는 안 된다. 벌써 낮이다. 파리도 윙윙거리고 있다. 너는 도망가지 않으면 안 된다. 비트랄이 너를 고소했으니까 따라서 너는 도망가지 않으면 안 된다. 참된 고발에는 참된 도망이 따르게 마련이다. 소는 움메움메 울도록 내버려 두면 된다. 상관하지 말고 도망치거라. 그들은 어차피 어떻든 어디에선가 너를 붙잡을 테지만 그런 것은 상관하지 않아도 좋다.

이리하여 나는 소의 혀로 얼굴을 닦게 하고 머리를 빗게 한 뒤 도망쳤다. 그러나 몇 걸음도 채 걷기 전에 아침의 밝은 웃음의 포로가 되었다. 엎드린 채 움메움메 울고 있는 암소 옆에 나는 나의 북을 남겨 둔 채 웃으면서 도망쳤다.

서른 살

아아 그렇다. 도주! 거기에 대해서 나는 이제부터 말하지 않으면 안 된다. 나는 도주했다. 비트랄의 고소의 가치를 높이기 위해서. 그런데 예정된 목적지가 있는 도주 같은 것은 아니라고 나는 생각했다. 너는 어디로 도주하느냐 오스카르여? 하고 나는 자문했다. 정치적인 사정 즉 철의 장막이 내가 동쪽으로 도망치는 것을 금하고 있었다. 따라서 나는 오늘날 여전히 카슈바이의 감자밭에서 피난처를 제공해 주는 나의 할머니 안나 콜야이체크의 넉 장의 부푼 치마를 도주 목적지에서 제외하지 않으면 안 되었다. 나에게는——도주라는 것이 된다면——할머니의 치마 쪽으로 도주하는 것 이외에 가망있는 도주가 있으리라고 생각되지 않았으나.

그런데 나는 오늘 내 삼십 해 생일을 축하하고 있는 것이다. 서른 살이 된 이상 도주라는 주제에 대해서 어떤 사람과 같은 말버릇은 삼가하고 어른과 같이 얘기할 의무가 있을 것이다. 마리아는 나를 위해서 초를 삼십 개 세운 케익을 가져다 주고 이렇게 말했다. 「이제 서른 살이 되었군요, 오스카르. 이제는 슬슬 분별이 생길 때가 아닌가요?」

클레프, 나의 친구 클레프는 예의로 나에게 재즈 레코드를 선물하고 탄생일의 케이크를 장식하고 있는 양초 삼십 개에 불을 붙이는 데 성냥 다섯 개비를 요구했다.「서른 살에 인생은 시작된다!」하고 클레프는 말했다. 그는 스물아홉 살이었다.

그러나 비트랄은, 나의 친구 고트프리트, 내 마음에 가장 가까운 그는 과자를 선물하고 나의 격자 침대 위에 쭈그리고 앉아서 콧소리로 속삭였다.「예수는 서른 살이 되었을 때 출발하고 자기 주변에 제자를 모은 것이다.」

비트랄은 언제나 나를 혼란시키기를 좋아했다. 내가 서른 살이 되었다는 이유만으로 이 침대를 버리고 제자들을 모아야 할 것인가? 그리고 나의 변호사가 또다시 찾아왔다. 종이 쪽지 한 장을 휘두르면서 축하의 말을 수다스럽게 떠들어 대고 나의 침대에 나일론 모자를 걸고 나서 나와 축하객들 모두에게 알렸다.

「이것은 그야말로 우연한 행운이라고밖에 할 수 없군요. 우리들 변호 의뢰인이 서른 해째의 생일을 축하하고 계십니다. 그리고 바로 이 생일에 우리들에게 이런 정보가 들어왔습니다. 무명지 재판이 재개됩니다. 새로운 실마리가 붙잡힌 것입니다. 예의 간호사 베아테입니다. 당신들이 알고 있는…….」

내가 이 년 동안 무서워해오던 일, 도주 이래 무서워하고 있던 일이 오늘 내 삼십 해째 생일날에 알려진 것이다. 진범인을 찾아냈기 때문에 재판을 재개하고 나를 무죄 석방하며 정신 병원에서 퇴원시키고 나에게서 즐거운 침대를 빼앗고 비에도 바람에도 노출된 찬 노상으로 내쫓고 서른 살의 오스카르가 그와 그의 북 주위에 제자들을 모으도록 만든 것이다.

즉 그녀가, 저 간호사 베아테가 나의 간호사 도로테아를 계란 노른 자위의 질투를 한 나머지 살해했다고 한다.

아마 당신들도 아직 기억하고 있을 것이다. 베르너 박사라는 분이 때로 그를 둘러싸고 영화나 실제 인생에서 가끔 그렇듯이 여기에서도 두 간호사가 서로 대립하고 있었던 것이다. 역겨운 이야기다. 베아테는 베르너를 사랑하고 있었다. 그러나 베르너는 도로테아가 좋았다. 도로테아는 이에 반해 누구도 사랑하고 있지 않았다. 또는 이 난쟁이 오스카르를 남몰래 사랑하고 있었는지도 모른다. 여기에서 베르너는 알게 되었다. 도로테아는 그를 간호했다. 그가 그녀가 담당한 과의 병자였기 때문이다. 베아테는 이것을 잘못 추측하고 참을 수 없었다. 그래서 그녀는 도로테아를 산책에 끌어내어 게레스하임 근처의 호밀밭에서 죽였다라기보다는 오히려 처치했다는 것이다. 이리하여 베아테는 베르너를 누구에게도 방해받지 않고 간호할 수 있었다. 그러나 그녀는 그를 건강하게 만들지는 않고 반대 방법으로 간병하였다고 한다. 이 사랑에 미친 간호사는 아마도 자기에게 타일렀을 것이다. 그가 앓고 있는 동안은 그는 나의 것. 그녀는 그에게 과량의 약을 투여한 것일까? 어쨌거나 베르너 박사는 과량, 또는 잘못된 약 때문에 죽었다. 그러나 베아테는 법정에서 약을 잘못 쓴 것도 과량이었다는 것도, 도로테아에게 최후의 산책이 된 그 호밀밭의 산책 일도 모두 부인했다. 오스카르도 무엇하나 자백하지 않았으나 유리병 속에 불리한 증거물인 손가락이 들어 있었기 때문에 호밀밭에 갔다고 간주되어 유죄 판결을 받았다. 그러나 법정은 나를 정상이 아니라고 판단하여 정신 병원에 넣고 관찰하기로 한 것이다. 물론 오스카르는 유죄 판결을 받고 병원에 수용되기까지 도주도 해보았다. 즉, 나는 나의 도주로 나의 친구 고트프리트가 행한 고소의 가치를 크게 높여 주려고 생각한 것이다. 내가 도주했을 때에 나는 스물여덟 살이었다. 수시간 전에는 나의 생일 축하 케이크 주위에 아직 서른 개의 양초가 불타고 조용히 납이 흘러내리고 있었다. 내가 도주한 그때도 9월이었다. 나는 처녀좌 태생이었다. 그러나 내가 전등 밑에서 태어났을 때의 일은 여기서는 언급하지 않고 나의 도주에 대해서만 얘기하기로 한다.

이미 서술한 대로 동부의 할머니에게로 도망갈 길이 막혀 있었기 때문에 나는 오늘날 누구나 하듯이 서쪽으로 도망칠 수밖에 없었다. 오스카르여, 네가 높은 분의 정치 덕에 네 할머니에게 갈 수 없다면 차라리 합중국의 버팔로에 살고 있는 너의 할아버지에게로 도망쳐라. 도망칠 수 있을 때까지 도망쳐라!

미국에 있는 할아버지 콜야이체크의 일은 게레스하임의 배후에 있는

목장에서 암소가 나를 핥으며 내가 두 눈을 감고 있을 때에 어느새 나에게
떠오른 것이다. 아침 일곱 시경이었다고 생각한다. 나는 여덟 시에 영업이
시작된다고 스스로에게 타일렀다. 나는 웃으면서 뛰어오르고 북은 소
옆에 놓아 둔 채였다. 나는 자신에게 타일렀다. 고트프리트는 지쳐 있
었으니까 여덟 시나 여덟 시 반이 되지 않으면 고소를 제기하지 않으리라.
이 약간의 시간차를 이용하는 것이다라고. 아직 잠들어 있는 게레스하임
교회에서 전화로 택시를 부르는 데에 십 분이 걸렸다. 택시가 나를 중
앙역으로 싣고 갔다. 나는 차 속에서 돈을 세어 보았으나 몇 번이나 잘못
세었다. 그것은 내가 되풀이하여 아침의 밝고 신선한 웃음을 폭발시키지
않고는 견딜 수 없었기 때문이다. 그리고서 나는 나의 패스포트를 펼쳐
보았더니 연주회 중개업소 『웨스트』의 배려 덕분에 프랑스에 들어가기
위한 사증과 합중국에 들어가기 위한 사증이 정확히 기재되어 있었다.
북치기 오스카르의 연주여행을 이러한 나라로 보내고 싶다는 것이 데시
박사의 간절한 소원이었다.

그렇다 하고 나는 혼자 되뇌었다. 파리로 도망치자. 좋은 생각이다.
영화에 나오는 것 같은 기분이 든다. 가방과 공연, 그는 파이프를 물고
인정미를 엿보이면서 나를 추적한다. 그런데 내 역은 누가 한다지?
채플린인가? 피카소인가? ——웃으면서도 이러한 도주 생각에 흥분하여
나는 잠시 주름이 잡힌 바지 위를 언제까지나 치고 있었으나 그때 택시
운전사가 칠 마르크를 내게 청구했다. 나는 돈을 지불하고 나서 레스
토랑에서 조반을 먹었다. 반숙란의 옆에서 나는 철도 시간표를 펼치고
형편이 좋은 열차를 발견했다. 아침 식사를 하고 아직도 외국환을 준비할
여유는 있었다. 다시 부드러운 가죽의 작은 트렁크를 사고, 율리히 거리로
들어가는 것은 싫었으므로 비싸기만 하고 몸에 맞지 않는 셔츠를 여러
장 사고 담록색 파자마, 칫솔, 튜브치약 등등도 집어 넣고, 절약할 필요는
없었으므로 일등표를 사고 이윽고 쿠션이 달린 창가에 앉았다. 나는
도주한다고 하더라도 달릴 필요는 없었던 셈이다. 또 쿠션은 나의 숙고에
협력해 주었다. 오스카르는 열차가 발차하고 도주가 시작되자 즉시 무
엇을 무서워할 것인가를 생각했다. 나는 공포 없이 도주 없다 ! 라고

자신에게 타일러왔으나 이것은 이유가 없는 것은 아니다. 그런데 오스카르여 네가 무섭다고 생각하고 또 무섭다고 생각하기에 족한 것은 무엇인가? 너는 경찰을 생각하고도 무서워하기는커녕 아침에 어울리게 밝은 웃음을 폭발시키는 형편이었으니까 말이다.

나는 서른 살이 되었고 도주도 재판도 모두 과거의 것이 되었다. 그러나 도주중에 자기의 마음에 불어닥친 그 공포는 아직까지도 사라지지는 않았다.

그것은 선로의 이음매였던가? 철도가 노래하는 자장가였는가? 노래의 문구는 단조로웠다. 아헨 조금 못 미처에서 나는 그것을 깨달았는데 일등 쿠션에 내 몸을 맡기고 있는 동안 마음속에 어느새 공포가 단단히 자리잡고 아헨을 지나서도——우리는 열 시 반경에 국경을 통과했다——엷어지기는커녕 점점 무서움이 더해갔다. 그래서 나는 세관원들이 나의 기분을 얼버무려 주었기 때문에 적이 안심했다. 그들은 내 이름과 패스포트보다도 내 등의 혹 쪽에 더 관심을 나타냈다——나는 중얼거렸다. 비트랄 잠보자식! 곧 열한 시가 될 텐데 그는 아직 저 유리병을 가지고 경찰로 가는 일을 게을리하고 있는 것이다. 나는 아침부터 그 때문에 도망다니고 자기 마음에 공포를 불어넣어서 도주에 공포심을 불어넣으려 애쓰고 있는데. 베르기에에서는 정말로 무서웠다. 열차가 노래한 것이다. 검은 여자 요리사는 있느냐? 있다! 있다! 있다! 검은 여자 요리사는 있느냐? 있다! 있다! 있다!……

오늘 나는 서른 살이 되었다. 그리고 드디어 재판에 재심이 시작되고 어차피 무죄 석방이 되어 가두로 쫓겨나고 열차나 시전 속에서 저 노래의 문구를 강요당하게 되는 것이다. 검은 여자 요리사는 있느냐? 있다, 있다, 있다!

나는 검은 여자 요리사가 어느 역에서 모습을 보이는지 정차할 때마다 공포감을 가지고 기다리고 있었으나 그러나 이 공포를 제외하고는 철도 여행은 기막힌 것이었다. 나는 혼자서 차실을 점령하고 있으며——어쩌면 검은 여자 요리사는 옆 차실에 앉아 있는지도 모른다——베르기의 세 관리에 이어서 프랑스의 세 관리도 알게 되었다. 때때로 약 오 분간쯤 작은 외마디 소리를 질러 잠을 깨우고 완전히 무방비인 채 검은 여자 요리사에게 인도되는 것도 울화가 치밀었기 때문에 뒤셀도르프에서 차창에서 사둔 주간지 〈슈피겔〉을 뒤적거리면서 저널리스트들의 광범위한 지식에 되풀이해서 놀라고 나의 매니저인 연주회 중개업소 『웨스트』의 데시 박사를 비꼬고 있는 말도 엿보았다. 거기에는 내가 느끼고 있던 것이 입증되어 있었다. 데시의 중개업은 하나의 대들보를 이룰 뿐이며 그 이름은 북치기 오스카르이다——나의 사진은 아주 잘 찍혀 있었다. 거기에서 기둥인 오스카르는 파리에 도착할 때까지 생각하고 있던 검은 여자 요리사의 무서운 등장과 나의 체포는 반드시 연주회 중개업소 『웨스트』의 붕괴를 일으킬 것이라고.

나는 이때까지 검은 여자 요리사를 두려워한 일은 없었다. 도주중 무섭다고 생각하고 있었기 때문에 처음으로 그녀가 나의 피부 밑으로 기어들어 그곳에 정착하고, 대개는 잠이 든 채였으나 어떻든 내가 서른 번의 생일을 축하하고 있는 오늘에 이르기까지 거기에 계속 안주하며 여러 가지 모습을 취하고 있는 것이다. 예를 들면 나에게 비명을 지르게 하고 공포 때문에 이불 속으로 도망시키는 것이 괴테의 편언절구인 경우도 있다. 나는 확실히 젊었을 때부터 이 시송을 꽤 연구하고 있었지만 그의 올림푸스 산의 안식은 나에게는 그때부터 언제나 기분이 나빴다. 그리고 그가 오늘날 검은 옷의 여자 요리사로 변장하고 이제 밝지도 고전적이지도 않은 라스푸틴의 우울함을 능가하여 내 격자 앞에 서서 내 서른 번째 생일에 즈음하여 『검은 여자 요리사는 있느냐?』고 나에게 물을 때 나는 지독히 무섭다.

있다, 있다, 있다! 고 열차는 도망가 오스카르를 파리로 싣고 갔다. 나는 영락없이 국제경찰의 관리들이 이미 북정거장에서——프랑스 인은 가르 뒤 놀이라고 하는——기다리고 있는 것으로 생각하고 있었다. 그러나 거기에서 나에게 얘기해온 것은 빨간 포도주의 냄새를 풍기고 있는 붉은 모자뿐으로 아무리 보아도 검은 여자 요리사로는 생각되지 않았다. 나는 그에게 나의 작은 트렁크를 맡기고 개찰구 바로 앞까지 운반케 했다. 관리들도 요리사들도 입장권 대신 절약하여 개찰구를 나간 곳에서 나에게 이야기를 걸어 나를 체포할 것이라고 생각했기 때문이다. 그래서 나로서는 개찰구 앞에서 트렁크를 받아든 것이 현명했을 것이다. 그 결과 나는 트렁크를 혼자 메트로까지 끌고 가지 않으면 안 되었다. 왜냐하면 개찰구에도 내 트렁크를 들어 줄 사람이라고는 없었기 때문이다.

나는 당신들에게 세계적으로 유명한 메트로의 향기에 대해서 이야기할 아무런 생각도 없다. 이 향수는 최근 읽은 바로는 몸에 뿌릴 수도 있다고 한다. 내가 특히 깨달은 것은 우선 첫째로 메트로도 열차와 마찬가지로 다른 리듬이기는 하지만 검은 여자 요리사를 물은 일이 있고 둘째로 다른 승객도 나와 마찬가지로 그 여자 요리사와 틀림없이 익숙하여 그 증거로 내 주위에서 모두가 불안과 공포의 숨을 쉰 일이다. 내 계획으로는 메트로로 이탈리아 문까지 가서 거기서 택시를 타고 오를리 비행장으로 간다는 것이었다. 즉 북부역이 틀린 이상 유명한 오를리 공항에서——여자 요리사는 스튜어디스로 변장하고 있다——체포되기만 하면 각별히 안성맞춤일 뿐 아니라 기발하다고 나는 생각했기 때문이다. 한 번 갈아타지 않으면 안 되었으나 트렁크가 가벼웠기 때문에 다행이었다. 또 메트로에서 남쪽 방향으로 끌려가면서 생각했다. 어디서 내리는가 오스카르여——그야말로 하루 동안에도 여러 가지 일이 생기는 법이다. 오늘 아침엔 아직 게레스하임의 바로 뒤에서 너는 소가 핥는 대로 내버려 두고 있었다. 무서움을 몰라서 즐거웠다. 그렇지만 지금은 파리에 있다——어디서 내리는가? 어디서 그녀가 검은 옷을 입은 무서운 모습으로 너를 맞이할 건가? 이탈리아 광장인가? 아니면 이탈리아 문에서인가?

나는 이탈리아 문의 한 정거장 못 미처 메종블랑쉬 역에서 내렸다. 왜냐하면 그들이 이탈리아 문에서 기다리고 있음을 내가 눈치챘다고 그들이 생각하고 있을 것이라고 여겼기 때문이다. 그러나 그녀는 내 생각을 그들 생각대로 알고 있었다. 거기에 또 나는 싫증도 났다. 공포에 쫓겨서 열심히 도망다니느라고 나는 싫증도 났다. 이미 공항에 갈 생각은 없어졌다. 메종블랑쉬 쪽이 오를리 공항보다도 훨씬 기발하다고 생각했다. 그리고 확실히 그러했다. 왜냐하면 이 메트로 역에는 에스컬레이터가 갖추어져 있고 그것이 내 마음을 약간 흥분시키고 저 에스컬레이터의 덜커덩거리는 소리가 『검은 여자 요리사는 있느냐? 있다, 있다, 있다!』를 울리게 했기 때문이다.

오스카르는 약간 당황하고 있었다. 그의 도주는 끝나려 하고 있고 도주가 끝나면 그의 보고도 끝나는 것이다. 메종블랑쉬의 메트로 역의 에스컬레이터는 그의 수기의 종막에 알맞게 건들거리고 높으며 급경사이고 상징적일까? 그러나 여기서 나는 오늘이 삼십 회 생일임을 깨달았다. 에스컬레이터에서는 너무 시끄러운 사람, 검은 여자 요리사를 조금도 무서워하지 않는 사람, 그러한 모든 사람들을 위해서 나는 삼십 회 생일날을 종막으로서 제공하기로 한다. 왜냐하면 삼십 회의 생일은 모든 생일 중에서도 가장 뚜렷한 생일날이 아닐까? 삶을 스스로 속에 포함하고 육십을 예감하고 그리고 육십을 여분으로 만든다. 오늘 아침에 생일날의 케이크에 양초 삼십 개가 타고 있을 때 나는 감격한 나머지 울고 싶을 정도였다. 하지만 마리아에게 보인다는 것이 창피하기 때문에 참았다. 삼십대가 되면 이제 울어서는 안 되는 것이다.

에스컬레이터의 첫째 단에——에스컬레이터에 첫째 단 같은 것이 있다면 얘기지만——발을 디딘 순간 나는 웃음의 포로가 되었다. 무섭기 때문에, 나는 키득키득 웃었다. 급경사였으므로 느릿느릿 올라갔다——그리고 위에서는 그들이 기다리고 있었다. 아직도 담배를 절반쯤 피울 시간이 있었다. 내 두 단 위에서는 한가한 연인들 한 쌍이 장난치고 있었다. 나보다 한 단 밑에서는 한 노파가 올라가고 있었으나 나는 까닭도 없이 이 노파를 검은 여자 요리사가 아닌가 하고 의심했다. 에스컬레이터와 관계가 있는 내 모든 생각을 끄집어냈다. 우선 처음에 오스카르는 시인 단테의 역을 맡았다. 지금 지옥에서 돌아오는 길이며 에스컬레이터가 끝나는 위에서는 기민한 슈피겔 기자들이 기다리고 있다가 질문한다. 『여! 단테, 아래는 어떠했는가?』——같은 연기를 나는 시성 괴테와 해보았다. 슈피겔 기자들에게 질문했다. 밑의 어머니들의 세계는 어떻게 느꼈는가 하고, 마지막으로 우리는 신에게 질리고 말아 은밀히 중얼거렸다. 저 위에 서 있는 것은 〈슈피겔〉의 무리속에서도 외투 주머니에 배지를 넣고 있지 않은 저 신사들이 아니라, 저 여자다, 검은 여자 요리사다. 저 여자가 에스컬레이터를 건들건들 흔들며 『검은 여자 요리사는 있느냐?』고 물으면 오스카르는 『있다, 있다, 있다!』고 대답하는 것이었다.

에스컬레이터 옆에는 보통 계단도 있었다. 통행인이 메트로 역으로 내려가는 데도 사용하는 것이다. 다른 사람들도 모두 젖어 있는 것 같았기 때문에 우리는 안심했다. 우리는 뒤셀도르프에서 우산을 살 시간까지도 없었기 때문이다. 위쪽을 보아 하니까 그러나 오스카르의 눈에는 눈에 띄지 않는 것 같으면서 어딘가 눈에 띄는 신사들이 보통 우산을 가지고 서 있는 모습이 띄었다——그렇다고 해서 검은 여자 요리사가 없다는 얘기는 아니다.

어떻게 그들에게 이야기를 걸 것인가 하고 서서히 감정을 흥분시키고 지식을 풍부히하는 에스컬레이터 위에서 천천히 담배를 즐겼다. 에스컬레이터 위에서는 사람은 젊어진다 에스컬레이터 위에서는 사람은 자꾸 나이를 먹는다. 에스컬레이터를 세 살박이 아이로서 떠나든가, 예순의 노인으로서 떠나든가, 국제경찰에 유아로서 대면하거나 노인으로서 대면하든가 검은 여자 요리사를 나이 어린 사람으로 무서워하거나 노인으로서 무서워하거나 이 선택은 나에게 남겨져 있다. 분명히 이제 밤도 늦었다. 나의 금속제 침대는 아주 지친 것처럼 보인다. 그곳에 나의 간호인 브루노는 아까처럼 벌써 두 번째나 그 걱정스런 눈을 엿보기창에 보였다. 그곳에 아네모네를 그린 수채화 밑에 아직 나이프를 대지 않은 채로 케이크가 서른 개의 양초를 켜놓은 채 있다. 아마 마리아는 벌써 자고 있으리라. 확실히 마리아의 언니 구스테였다고 생각되지만, 나를 위해서 벌써 삼십 년째나 기도해 주었다. 마리아는 부러울 만큼 잘 잔다. 그런데 나의 아들 쿠르트는 내 생일을 위해서 무엇을 빌려 주었을까? 고교의 모범생이고 학급에서 일등인 그애는? 마리아가 잠들면 그녀의 주위도 가구도 잠든다. 아 그랬다, 쿠르트는 나의 서른 번째 생일날에 즈음해서 몸이 좋아지도록 기도해 준 것이다! 그러나 나는 나를 위해서 마리아의 잠의 한 조각이라도 나눠 받기를 기도한다. 나는 지쳐 있고 그리고 벌써 지껄일 일도 없으니까. 그레프의 젊은 아내는 어리석기는 하나 호의가 담겨 있는 탄생 축하의 시를 내 혹에 보냈다. 오이겐 왕자도 꼽추였으나 그래도 헬그라드의 거리와 요새를 점령했다. 마리아도 적당히 깨달으면 좋은 것이다, 혹이 행운을 가져다 준다는 것을. 오이겐 왕자에게도 아버지가 두 사람 있었다. 나는 지금 서른이지만 내 등의 혹은 좀더 젊다. 루이 14세가 오이겐 왕자의 추정상의 아버지 중 한 사람이었다. 전에는 곧잘 아름다운 부인들이 가두에서 내 혹을 만지고 행운에 감염되려고 했다. 오이겐 왕자는 꼽추였기 때문에 자연스럽게 죽을 수 있었다. 만일 예수가 꼽추였다면 그를 십자가에 못 박을 수는 없었을 것이다. 그런데 나는 지금 서른 살이 되었다고 해서 정말로 세상에 나가서 제자들을 주위에 모아야만 하는가?

이 얘기는 에스컬레이터 위에서 한 공상에 불과했다! 나는 점점 높이 실려갔다. 내 전방 위에는 뻔뻔스런 연인들, 내 뒤에는 모자를 쓴 부인들, 밖에는 비가 내리고, 위쪽 훨씬 위쪽에는 국제경찰의 신사들이 서 있었다. 에스컬레이터의 단은 미늘창으로 돼 있었다. 에스컬레이터에 타면 다시 한번 만사를 숙고해야 한다. 너는 어디에서 왔는가? 너는 어디로 가는가? 너는 누구인가? 이름이 무엇인가? 너는 무엇을 하러 왔는가? 향기가 너에게로 풍겨왔다. 젊은 마리아의 바닐라 향기, 올리브 유에 튀긴 정어리의 올리브 유 향기, 나의 불쌍한 어머니는 그 위에 올리브 유를 따뜻하게 데워서 마신 결과 싸늘하게 되어서 지하 사람이 되었다. 얀 브론스키는 언제나 오데코롱을 많이 사용하고 있었는데 일찍 찾아온 죽음이 그의 모든 단추 구멍에서 호흡하고 있었다. 겨울 감자 냄새가 난 것은 채소상 그레프의 지하실이었다. 다시 한번 일학년생의 석판에 붙어 있는 메마른 스폰지 냄새가 되살아났다. 그리고 나의 로스비타, 그녀는 육두구(肉荳蔲)와 육계(肉桂) 향기를 풍겼다. 석탄산의 구름 위를 나는 헤엄치고 있었다. 파인골트 씨가 그의 소독제를 나의 열병 위에 뿜었을 때의 일이다. 아! 그리고 성심교회의 가톨릭 교, 바람이 통하는 일이 없는 많은 이러한 승의, 냉혹한 먼지, 그리고 우리는 왼쪽 옆 제단에 내 북을 빌려 주었다. 누구에게?

그러나 그것은 에스컬레이터 위에서의 공상에 지나지 않았다. 오늘날 사람들은 나를 못 박으려고 하여 이렇게 말한다. 너는 서른이 되었다. 따라서 너는 제자들을 모으지 않으면 안 된다. 네가 체포되었을 때 무엇을 말했는지 생각해 보아라. 너의 탄생일에 케이크 위의 촛불을 세어 보아라, 너의 침대를 나서서 제자를 모아라. 그리고 서른 살의 사나이에게 아주 많은 가능성이 부여되어 있다. 예를 들면 네가 정말로 이 병원에서 쫓겨났을 때에는 너는 마리아에게 두 번째 구혼을 할 수도 있을 것이다. 최초의 경우와 비교해 이번엔 훨씬 희망이 있다고 생각된다. 오스카르는 그녀를 위해 가게를 내주었고 이름을 올려 주었고 계속해서 돈을 벌어 주었고 그리고 그 무렵에 비해 성숙했고 나이도 들었다. 서른 살이 되면 결혼하리라 ! 그렇지 않으면 독신을 관철하는 대신 뭔가 직업을 한 가지 선택하여 예를 들면 질 좋은 조개 껍질 석회석 채석장을 사들여 석공들을 고용하고 채석한 돌을 가공하여 채굴장에서 직접 건축업자에게 제공하는 것이다. 서른 살이 되면 어떻든 생활을 확립해야 할 짓이다 ! 아니넌 ——동규격의 화장판을 만드는데 어떻든 싫증을 내면——나는 뮤즈인 울라를 찾아가 그녀와 함께 미술을 위한 흥미를 자아내는 모델로서 봉사하자. 어쩌면 나는 그렇게 자주 잇따라 약혼을 되풀이해온 뮤즈와 어느 날 갑자기 결혼할지도 모른다. 서른 살이 되면 결혼을 해야 할 것이다 ! 혹은 또 유럽에 싫증이 나면 나는 또 여행을 떠난다. 미국, 버팔로, 나의 옛날부터의 꿈, 나는 나의 할아버지를 찾는다. 옛날엔 방화범이나 지금은 백만장자, 옛날의 이름은 요제프 콜야이체크, 지금의 이름은 조 코르치크, 서른 살이 되면 정주해야 할 것이다 ! 혹은 또 나는 양보하여 못 박혀진다. 서른 살이 되었다는 이유만으로 외국에 나가 그들의 기대에 부응하여 구세주의 역을 맡아 양심을 거역하면서 나의 북에게 힘 이상의 엉뚱한 일까지 시켜 북을 상징으로 만들고 종파를, 방파를 혹은 비밀교사를 수립한다.

나의 위에 연인들이, 내 밑에 모자를 쓴 부인들이 있었는데 나는 이런 생각에 사로잡힌 것이다. 나는 벌써 이야기했던 것일까 ? 연인들은 나보다 한 단이 아니라 두 단 위에 있어서 내가 연인들의 사이에 작은 트렁크를 놓고 있었던 것을 ? 프랑스의 젊은 무리들은 굉장히 색다르다.

예를 들면 그녀는 에스컬레이터가 우리들을 모두 실어 올리는 동안, 그의 가죽 잠바의 단추를 벗기고, 다음에는 셔츠의 단추를 벗겨 열여덟 살의 맨살을 만지고 있었다. 그러나 그런 방법이 몹시 열심이고 전혀 흥미를 느끼게 하지 않는 익숙한 동작을 나타냈기 때문에 나는 의심할 뻔했다. 이 젊은 무리들은 그 계통에서 보수를 받아, 프랑스의 수도가 그 명성을 잃지 않도록 공도(公道)에서 사랑의 광채를 과시하고 있는 것이다라고, 그러나 연인들이 키스를 나누고 있는 동안 나의 의심은 소멸했다. 남자는 여자의 혀로 금세 질식할 것처럼 되고 우리들이 형사들과 비끽연자로서 대면할 수 있다고 생각하여 담배를 비벼 꺼도 여전히 기침의 발작이 멎지 않는 것이었다. 나와 그녀의 모자 밑에 있는 노파――즉 모자가 꼭 우리의 머리와 같은 높이에 있었다는 것이다. 두 단의 차이는 우리의 키가 작기 때문에 효과가 없어졌으므로――그녀는 별로 눈에 띄는 일은 하지 않았으나 무엇인가 투덜투덜 혼자서 잔소리를 하고 있었다. 이러한 일은 파리의 노인들이 흔히 하는 일이다. 에스컬레이터에 고무를 입힌 난간이 우리들과 함께 상승했다. 그 위에 손을 놓고 손잡이와 함께 상승시킬 수도 있었다. 나도 그렇게 하려고 생각했지만 공교롭게도 장갑을 끼지 않아 그만두었다. 주위의 벽의 타일은 모두 전광의 방울을 반응시키고 있었다. 파이프와 굵은 케이블 묶음이 크림빛을 하고 우리들의 상승에 동반했다. 에스컬레이터가 지옥의 소음을 냈다는 것은 아니다. 오히려 그것은 기계이면서 진부한 소리를 냈다. 무서운 검은 여자 요리사의 시구가 들리는 듯했으나 나에게는 이 메종블랑쉬의 메트로 역이 어쩐지 마음 편하고 거의 우리집에 있는 것처럼 생각되기만 했다. 확실히 에스컬레이터 위에서 집에 있는 것처럼 편안한 기분이 되었다. 불안이 있고 어린애 같은 공포가 있기는 했으나 만일 나와 함께 올라가는 것이 타인이 아니라 산 것과 나의 친구나 친척들이었다면 나는 행복하게 생각했을 것이다. 즉 마체라트와 안 브론스키 사이에 있는 불쌍한 나의 어머니, 회색 머리칼의 주인 트루친스키 아주머니나 그의 어린애인 헤르베르트, 구스테, 프리츠, 마리아와 함께 있고 채소상인 그레프와 타락한 리나, 물론 베브라 스승과 우아한 로스비타도 있다――나의 애매한 존재를 틀에 끼우고 나의 존재에 좌초된 이들과 함께라면——에스컬레이터가 다 한다. 에스컬레이터가 끝나는 위쪽에 형사들 대신 무서운 검은 여자 요리사와 정반대의 것이 기다리면 좋은데 하고 나는 생각했다. 나의 조모 안나 콜야이체크가 거기에 작은 산처럼 우뚝 서고 재수좋게 에스컬레이터의 상승을 끝낸 나의 일행을 그 작은 산 같은 치마 속에 맞이하면 좋은데 하고 생각했다.

거기에 두 신사가 서 있었다. 넓은 치마가 아니라 미국 스타일의 비옷을 입고 있었다. 또 우리는 상승이 끝난 곳에 가까이 가서 구두 속에 열 개의 발가락으로 뜻하지 않게 웃으면서 승인하지 않을 수 없었지만, 내 위에 있는 뻔뻔스런 연인들도 내 밑에서 투덜거리는 노파도 고지식한 경찰의 첩자였던 것이다.

나는 더 이상 할 말이 무엇이 있을까? 전등 밑에서 태어나 세 살 때 일부러 성장을 그치고, 북을 사받고, 노래로 유리를 깨고, 비닐라 냄새를 맡고, 교회 안에서 기침을 하고, 루치에에게 먹이를 주고, 개미를 관찰하고, 성장을 결의하고, 북을 파묻고, 서쪽행의 기차를 타고, 동쪽을 잃고, 석공 일을 배우고, 모델을 하고, 북으로 돌아가 콘크리트를 관찰하고, 돈을 벌고, 손가락을 보전하고, 그 손가락을 남에게 주어서 웃으면서 도주하고, 에 스컬레이터로 상승하고 체포되고, 유죄 판결을 받고, 수용되고, 그런 다음 무죄 석방되고, 오늘 나는 나의 서른 번째 생일을 축하하고 그리고 서른이 되어서도 여전히 검은 여자 요리사를 무서워하고 있다——아멘.

비벼 끈 꽁초를 나는 발 밑에 떨어뜨렸다. 에스컬레이터 단의 니들 판 사이에 그것은 끼워졌다. 오스카르는 꽤 오랫동안 사십오 도의 각도를 그리면서 천국행을 계속한 후 다시 세 걸음쯤 앞으로 나아가 뻔뻔스러운 연인 경관 뒤를 따르고 노부인 경관 앞에 선 채 에스컬레이터의 니들 판에서 고정된 철 격자 위로 미끄러지듯이 엉겨지고는 형사들이 자기 이름을 대며 그의 이름을 마체라트라고 부르는 것을 듣자 에스컬레이 터에서 생각한 대로 우선 독일어로「나는 예수다!」라고 말했으나 상대가 국제 경찰이었으므로 다음에 프랑스 어로 다음에는 영어로 같은 말을 되풀이했다.「나는 예수다!」

그러나 나는 오스카르 마체라트로서 체포되었다. 나는 무저항으로 나의 신병을 형사들의 보호와, 이탈리아 거리에는 비가 내리고 있었으므로 우산에 맡긴 것이지만, 그러면서도 불안하여 쭈뼛거리며 주위를 둘러보고 그리고 몇 번 이곳저곳에——그녀에게는 그것이 가능한 것이다——군중 속에, 경찰의 상자차를 둘러싼 사람들 속에 무서운 여자 요리사의 침착한 얼굴을 인정했다.

이제 할 말은 아무것도 없다. 그러나 잘 생각해 보지 않으면 안될 것이 있다. 대체 오스카르는 이 정신 병원에서 강제로 쫓겨나기라도 한다면 그뒤에는 무엇을 하려는 셈인가? 결혼인가? 독신을 관철하는가? 해외 여행인가? 모델업인가? 석공 일인가? 제자를 모으는 일인가? 종파를 세우는 일인가?

오늘 서른의 사나이에게 주어진 가능성을 모두 검토해 보지 않으면 안 된다. 검토한다면 북을 사용하지 않고 무엇을 검토할 수 있을 것인가? 그래서 나는 나에게 점점 더 활기있는 무서운 것으로 되고 있는 그 노래를 내 양철북 위에 실어서 검은 여자 요리사에게 물어 보기로 하자. 내일 아침 간호인 브루노가 왔을 때 나는 되도록이면 그에게 말해 주고 싶다. 서른 살의 오스카르는 점점 더 검은 빛을 더해가는 어린애의 공포의 그림자에 휩싸여 어떤 생활을 영위해갈 계획인가를. 즉 나를 계단에서 무서워하게 한 것, 지하실에 석탄을 가지러 갔을 때 와 하고 말해 나를 무의식중에 웃게 한 것, 그러나 언제나 그곳에 있으면서 손가락으로 얘기를 하고 열쇠 구멍으로 기침을 하고 난로 속에서 한숨을 쉰 것, 그것이 문과 함께 고함을 치고 굴뚝에서 무럭무럭 연기를 낸 것이었다. 안개 속에서 배들이 기적 소리를 내고 이중창문 사이에서 한 마리의 파리가 몇 시간이나 죽어 있거나 할 때, 또 뱀장어들이 어머니를 탐내고, 나의 불쌍한 어머니가 뱀장어를 탐낼 때도 그러했고, 태양이 탑산 뒤로 사라지고 호박이 되어 스스로를 위해 빛날 때도 그러했다! 헤르베르트는 그 목상을 공격했을 때 누구의 일을 생각했는가? 목재단 뒤에도——모든 고해석을 검게 하고 있는 그 여자 요리사가 없으면 가톨릭이란 무엇일까? 그녀는 지그문트 마르크스의 장난감이 부숴졌을 때 그림자를 던졌다. 그리고 아파트의 안뜰에서 개구쟁이와 말괄량이들, 악셀 미시케와 누히 아이케, 스지 카터와 한스 코린 등이 빨간 벽돌에 수프를 끓이면서 이렇게 노래했다.「검은 여자 요리사는 있는가? 있다, 있다, 있다! 네가 나쁘다. 네가 나쁘다. 네가 제일 나쁘다. 검은 여자 요리사는 있는가……?」

언제나 그녀는 정확하게 와 있었다. 손갈퀴 비등산 속에까지도 있었다. 매우 순진한 녹색으로 거품을 이루고 있어도. 내가 지금까지 웅크리고 앉아 있던 어느 양복장 속에도 그녀는 역시 웅크리고 있었다. 후에 그녀는 루치에 렌반트의 삼각 여우탈을 빌고 소시지에 샌드위치를 껍질째 질 겅질겅 씹고 먼지털이들을 다이빙대 위로 데리고 갔다. 오스카르가 뒤에 남고, 개미를 바라보고, 그리고 몇 배로 늘어나는 개미가 실은 그녀의 그림자임을 알았다. 그리고 모든 말——성모 마리아, 괴로움 많은 여자, 성축 받은 여자, 처녀 중의 처녀……. 그리고 모든 돌, 현무암, 응회암, 휘록암, 조개 껍질 석회 속의 둥지, 아주 부드러운 설화석고……. 그리고 노래로 부순 숱한 유리, 투명유리, 극히 얇은 유리……. 그리고 식료품, 일 파운드나 반 파운드들이 푸른 부대에 들어 있는 밀가루와 설탕. 그 뒤에는 네 마리의 자웅, 그 중에 한 마리는 비스마르크라는 이름이었다. 회칠을 다시 하지 않으면 안 되었던 벽, 죽음에 취한 폴란드 인들, 그리고 언제 누가 무엇을 가라앉혔는가를 알린 임시뉴스, 저울에서 떨어진 감자, 발끝 쪽이 좁아진 관, 그리고 내가 선 묘지, 내가 디디고 선 타일 몇 개, 내가 누워 있는 야자 섬유……. 콘크리트 속에 밟혀 굳어진 모든 것. 눈물을 자아내는 양파의 즙, 손가락에 끼어 있는 반지, 나를 핥고 있던 암소……. 오스카르는 그녀가 누구인지 묻지 않는다! 그에게는 이제 할 말이 없다. 왜냐하면 예전에는 내 등에 타고서 그리고 내 혹에 키스한 것이 이제부터는 정면으로 나를 향해 다가오고 있으니까.

검은 여자 요리사는 언제든지 내 뒤에 있었다.
지금도 그녀는 나를 향해 오고 있다, 시커멓게.
검은 말로 망토를 펄럭이며, 시커멓게.

검은 돈을 지불한다, 시커멓게.
어린애들이 노래할 때도 이미 노래하지 않을 때도.
검은 여자 요리사는 있느냐? 있다——있다——있다!

■ 감상과 해설

《양철북》은 1959년에 출판된 귄터 그라스의 최초의 산문 작품으로서 1961년에 중편 《고양이와 쥐》 1963년에 장편 《개의 해》와 아울러 『단치히 3부작』이라고 불린다. 이 세 개의 소설에 대해 그라스 자신은 『한 시대 전체를 그 작은 소시민 계급이 가지는 갖가지 모순과 부조리뿐만 아니라 초차원적인 범죄를 포함하여 문학적 형식으로 표현하는 것』이라고 쓰고 있다. 다시 그는 작가의 원료로서의 리얼리티는 분할된 것이 아니라 그것을 전체로서 포착하고 그 그림자의 부분까지도 피하지 않는 사람만이 작가라고 불리기에 합당하다고 서술하고 성(性)의 영역도 이 리얼리티의 일부라고 일부러 다짐을 받고 있다.

이른바 옆으로 나간 이 발언은 1968년에 이루어진 것으로서 이미 그라스는 서독을 대표하는, 밀지도 밀리지도 않는 작가가 되어, 더욱이 포르노 그라프 아닌 포르노 그라스라고 다른 이름이 붙여진 그가 사회 민주당 또는 빌리 브란트를 위한 두 번의 선거응원에 뛰어다니고 있었으므로 이러한 발언 뒤에는 정치적 배려도 숨겨져 있었음은 상상할 수 있다. 그러나 성에 대해서 일부러 부언하는 것은 그 나름대로 이유가 있다고 생각된다. 그라스는 배짱을 좋아하고 있었던 것은 아닐까?

넓은 치마 밑의 교정, 오스카르의 모친과 얀 브론스키의 불륜의 사랑, 오스카르에게 손으로 풀어 주는 그레프 미망인의 진창과 같은 성, 연인 마리아와 부친 마체라트의 한낮의 정사(情事)를 목격하는 오스카르, 공습하의 지하실에서 뒤얽히는 두 난쟁이, 오스카르와 로스비타 간호원의 양복장 안에서의 자독(自瀆), 야자 융단에 공격받는 간호원의 기묘한 쾌감……. 결벽한 인사의 빈축을 사는 『성의 영역』을 헤아린다는 것은 어렵지 않다. 양해를 구하지만 그러한 부분은 구백 페이지를 넘는 이 소설에서 약 50분의 1도 되지 않을 것이다. 『성의 영역』에 한하지 않고 그로테스크하고 외설스런 편집광 같은 그라스의 표현에 마주칠 때 양속(良俗)의 관리자로 자임하는 사람들은 피부가 거꾸로 만져지는 느낌이 들 것이다. 세 살에서 성장을 끝낸 기묘한 난쟁이의 양철북의 울림이 그들에게는 아주 무시무시한 것이다. 하물며 잇따라 터부를 타파하면서 북소리가 도덕의 성역을 침범할 때 그들은 잠자코 물러나 있을 수는 없게 된다. 사실 그들은 반격했다. 1959년 브레멘 시 문학상은 시가 위촉한 심사원에 의해 그라스에게 부여되도록 결정되어 있었음에도 불구하고 시 참사회는 그것을 부결하였다. 상식의 눈이 새로운 문학을 받아들이지 않고 세부에 사로잡혀 본질을 잘못 본 것이라고 할 것이다.

시 참사회는 어떻든 문단 내부에서도 사정은 별로 다르지 않았다. 『독일에 아직도 비평가들이 있다고 한다면 그라스라는 사나이의 처녀작 《양철북》에는 그들에게 환희의 기쁨이나 분격의 목소리를 지르게 할 것이다.』라고 서평한 사람은 엔첸스페르가였으나 그는 『그라스는 악마가 장치한 비틀거림이라고 저주받든가 아니면 제1급의 산문 작가라고 칭찬받을 권리를 획득했다……. 이 사나이는 평화의 교란자이며 정어리의 무리에 끼여든 상어이며 우리들의 가축화된 문학내에 나타난 한 마리 늑대이다. 그의 책은 데블린의 《베를린 알렉산더 광장》이나 브레히트의 《바알》같은 거친 바위이며, 이것이 성유물의 대열에 가담하거나 문학사의 사체공시소에 가로놓이든가 하여 결말이 날 때까지는 적어도 십여 년간은 서평가나 문헌학자들이 이 바위 때문에 마음을 쓰지 않으면 안될 것이다.』라고 말하고 다시 『그라스는 리얼리스트이다. 그의 로망의 내용을 하나하나 분명히 해가면 황당무개한 이미지네이션이 살인광처럼 분별없이 치달리고 있는 것처럼 보이면서 그것이 그의 입에 걸리면 충분히 믿어지고 그뿐만 아니라 이미 일점의 이념도 남기지 않을 만큼 명백해진다.』라고 이 소설의 본질을 꿰뚫고 있다.

우리들이 소설을 읽을 때 그것이 장대한 연대기풍의 소설인 경우 특히 그러하지만 세부적으로 공허한, 혹은 진부한 작품처럼 멋이 없는 생각을 하는 것은 없지만 그라스의 에피소드는 모두 큰 치마에서 시작하여 모두 그 발상은 기상천외하며 그 묘사는 사실적일 만큼 분명하며 그 재미는 독자를 사로잡아 물리게 하지 않는다. 그러나 문제는 이러한 세부의 적체가 전체의 진행과 어떤 관련하에 있는가에 있다. 《양철북》에 대한 비평의 찬부도 전적으로 이 점에 집중했다. 즉 『힘찬 조형 의지가 이 소설의 내부와 전체의 질서를 통제하고 있다.』는 의견과 『그라스는 세부 묘사에 즐겨 집착하여 연구한 데 비해 과녁을 맞추고 있지 않다.』는 의견이다. 이러한 부정론이 나오는 것은 일찍이 가와무라지로(川村二郎)가 지적했듯이 『갖가지 기교의 이미지는 저마다 우의(寓意)를 내포하고 있는 것 같은 또는 내포하지 않은 것 같은 애매함으로 때로 독자에게 나무밖에 보이지 않는 숲속을 헤매고 있는 것 같은 혼미를 맛보게 하기』 때문이다. 『그럼에도 불구하고 숲은 존재하고 있다.』

이 숲은 오해를 무서워하지 않고 그라스 개인에게 있어서 사자(死者)를 위한 미사곡이다. 그라스가 이 소설의 집필에 종사하고 있던 1950년대에는 하인리히 뵐을 비롯한 전후 작가가 몇 사람 등장하고는 있었으나 이렇다 할 성공은 거두지는 못하고, 그 위에 1955년에 토마스 만의 죽음을 계기로 브레히트, 벤, 카로사, 데블린 같은 기성 작가가 차례로 병몰하여 이른바 독일 문학이 부진을 걷고 있던 시대였다. 그러나 그라스는 『강고한 작품을 하나 제시함으로써 독일의 전후 문학을 풍부하게 한다는 고상한 의도가 나를 몰아 세우지는 않았다.』라고 하여 또 『『독일과 극복』이라는 당시의 값싼 요구를 나는 만족시킬 생각은 없었고 그 능력도 없었다.』라고 말하고 있다. 1927년에 태어나 갈색 제복에 소년시대를 짓밟힌 그라스에게 과거를 극복한다는 것은 생각지도 못하는 일이었다.

오스카르 마체라트의 삼십 년에 걸친 생애는 죽은 사람의 눈부신 그림자로 덮여 있다. 불륜을 청산하는 어머니의 죽음에서 시작하여 니오베에게 살해되는 트루친스키, 폴란드 우체국 방위전의 용사(?) 얀 브론스키, 정밀한 북 장치의 죽음을 연출하는 그레프, 나치스의 배지를 잘못 삼켜 사살되는 아버지, 그리고 『먼지털이』 소년들. 오스카르는 그들의 죽음을 냉담하게 바라보면서 마치 죽음이 살기 위한 미끼이기라도 한 것처럼 살아 남는다. 그라스 자신으로서도 사정은 다르지 않을 것이다. 더욱이 그러한 개개의 죽음의 무대가 된 『단치히』 그 자체가 상실되어 버린 지금 그라스는 단치히라는 과거를 극복할 수 없다. 단치히로 상징되는 엄청난 죽음 때문에 레퀴엠을 쓰지 않고는 한 걸음도 진전할 수는 없었을 것이다.

그러나 그라스는 이 레퀴엠을 일체의 감상을 배제하고 쓴다.『그라스가 이른바 사건의 진상을 언급하여 더욱이 반파시스트의 과장된 몸짓을 일체 보이지 않고 이 《양철북》 속에 나타낸 것과 같은 히틀러 체제에 대한 서사적 묘사의 간결함과 정확함에 비견할 수 있는 것을 나는 모른다.』라고 엔첸스페르가 말하고 있듯이 그라스는 그 무엇도 공격하지 않고 그 무엇도 증명하지 않고 그 무엇도 과시하지 않고 있는 그대로를 정확하게 쓴 것이다. 이 리얼리스트의 관점을 획득하기 위해 그라스는 전후의 십 년을 필요로 했다. 《양철북》은 악한 소설과 착각하는 요소를 많이 포함하고 있지만 어디까지나 리얼리즘 소설이다.

『단치히 3부작』을 써낸 이후 그라스가 정력적으로 정치에 관여하여 빌리 브란트의 사회민주당을 위해서 응원하고 돌아다니고 있음은 이미 우리 나라에도 잘 알려져 있다. 그 사이에 씌어진 중요한 작품은 이미 번역되어 있으므로 그라스의 정치 자세에 대해서는 새삼 이야기할 필요가 없을 것이다.

1977년 쉰 살을 맞이한 그라스는 오 년의 세월을 소비한 장편 소설 《넙치》를 발표했다. 시와 산문을 교대로 배합한, 칠백 페이지에 이르려고 하는 이 소설을 굳이 요약한다면 신석기 시대부터 현대에 이르는 식물(食物) 혹은 요리 역사의 그늘에 숨겨진 씩씩한 여자들에 대한 오마주라고 할 수 있을 것이다. 거기에는 정치에 관한 일로 한달음도 두달음도 없이 커진 그라스의 정력이 기울어져 있다.

현재의 그라스는 말할 것도 없이 파리에서 《양철북》을 쓸 때처럼 가난하지는 않다. 그러나 돈이 생겼다고 해서 예를 들면 롤스 로이스를 산다든가 해서 생활은 바꿀 생각은 털끝만치도 없다고 한다. 일본에서 홍콩, 인도네시아, 인도, 아프리카를 돌아서 귀국한 그라스는 얘기했던 《넙치》의 인쇄의 일부 이십만 마르크(약 1억원)를 기부하여 그가 존경하는 스승의 이름을 빌려 데블린 재단을 만들었다. 젊은 작가의 산문 작품을 대상으로 하여 상을 주려는 것이다. 개인의 기금에 의한 문학상은 독일에서도 희한하다고 한다. 그라스라는 인간의 일단을 엿볼 수 있다고 생각된다.

□ 저작연표

1956년　최초의 시집 《풍향계의 장점들 (*Die Vorzüge der Windhünh-ner*)》발표.

1959년　장편 소설 《양철북(*Die Blechtrommel*)》발표.

1960년　장편 소설 《궤도의 삼각선(*Gleisdreick*)》발표.

1961년　중편 《고양이와 쥐(*Katz and Maus*)》발표.

1963년　《개들의 시절(*Die Hundejahre*)》발표.

1966년　희곡 《평민들의 폭동 연습(*Die Probejer proben den Aufstand*)》이 베를린에서 공연됨.

1967년　시집 《질문 공세가 끝나고(*Ausgefragt*)》발표.

1968년　정치 에세이집 《자명한 것에 대하여(*Über das Selbstverständliche*)》를 발표함.

1969년　소설 《국부 마취를 당하고(*Örtlich betäubt*)》발표.

1972년　소설 《어느 달팽이의 일기에서(*Aus dem Tagebuch einer Schnecke*)》

1973년　화집(畫集) 《마리아의 명예를 위하여 (*Mariazuehreu*)》발표.

1974년　정치 영설 몇 논설집 《시민과 그의 소리(*Der Bürger und seine Schnecke*)》발표.

1977년　소설 《넙치(*Der Butt*)》발표.

完譯版 世界 名作100選

번호	제목	저자
1	누구를 위하여 종을 울리나	E. 헤밍웨이
2	폭풍의 언덕	에밀리 브론테
3	그리스 로마신화	T. 불핀치
4	보바리 부인	플로베리
5	인간 조건	A. 말로
6	생의 한가운데	루이제 린저
7	분노의 포도	존 스타인 백
8	제인 에어	샤일럿 브론테
9	25時	게오르규
10	무기여 잘 있거라	E. 헤밍웨이
11	성	프란시스 카프카
12	변신/심판	프란시스 카프카
13	지와 사랑	H. 헤세
14 15	인간의 굴레 Ⅰ Ⅱ	S. 모옴
16	적과 흑	스탕달
17	테 스	T. 하디
18	부 활	톨스토이
19 20	바람과 함께 사라지다 Ⅰ Ⅱ	마가렛 미첼
21	개선문	레마르크
22 23 24	전쟁과 평화 Ⅰ Ⅱ Ⅲ	톨스토이
25	백 경	허먼 멜빌
26	죄와 벌	도스토예프스키
27 28	안나 카레니나 Ⅰ Ⅱ	톨스토이
29	닥터 지바고	보라스파스테르나크
30 31	카라마조프가의 형제 Ⅰ Ⅱ	도스토예프스키
32	마지막 잎새	O. 헨리
33	채털리부인의 사랑	D.H. 로렌스
34	파우스트	괴 테
35	데카메론	보카치오
36	에덴의 동쪽	존 스타인 백
37	신 곡	단 테
38 39 40	장 크리스토프 Ⅰ Ⅱ Ⅲ	R. 롤랑
41	마 음	나쓰메 소세키
42	전원교향곡 · 배덕자 · 좁은문	A. 지드
43 44 45	레 미제라블	빅토르 위고
46	여자의 일생 · 목걸이	모파상
47 빙 점 48 (속)빙 점		미우라 아야꼬
49	크눌프 · 데미안	H. 헤세
50	페스트 · 이방인	A. 카뮈
51 52 53	대 지 Ⅰ Ⅱ Ⅲ	펄 벅

일신서적출판사   121-110 서울 마포구 신수동 177-3호

공급처 : ☎ 703-3001~6, FAX : 703-3009

完譯版　世界　名作100選

번호	제목	저자	번호	제목	저자
54	안네의 일기	안네 프랑크	83	오만과 편견	제인 오스틴
55	달과 6펜스	서머셋 모음	84	설 국	가와바타야스나리
56	나 나	에밀 졸라	85	일리아드	호메로스
57	목로 주점	에밀 졸라	86	오디세이아	호메로스
58	골짜기의 백합(外)	오노레드 발자크	87	실락원	J. 밀턴
59 60	마의 산 Ⅰ Ⅱ	도스토예프스키	88	나의 라임오렌지나무	바스콘셀로스
61 62	악 령 Ⅰ Ⅱ	도스토예프스키	89	서부전선 이상없다	E.레마르크
63 64	백 치 Ⅰ Ⅱ	도스토예프스키	90	주홍글씨	A. 호돈
65 66	돈키호테 Ⅰ Ⅱ	세르빈데스	91 92 93	아라비안 나이드	
67	미 성 년	도스토예프스키	94	말테의 수기(外)	R.M. 릴케
68 69 70	몽테크리스토백작 ⅠⅡⅢ	알렉상드르 뒤마	95	춘 희	알렉상드르 뒤마
71	인간의 대지(外)	생텍쥐페리	96	사랑의 기술	에리히 프롬
72 73	양철북 Ⅰ Ⅱ	G. 그라스	97	타인의 피	시몬느 보브와르
74 75	삼총사 Ⅰ Ⅱ	알렉상드르 뒤마	98	전락 · 추방과 왕국	A. 카뮈
76	크리스마스 캐럴	찰스 디킨스	99	첫사랑 · 아버지와 아들	
77	수레바퀴 밑에서(外)	헤르만 헤세	100	아Q정전 · 광인일기	루 쉰
78	셰익스피어의 4대 비극	셰익스피어	101 102	아메리카의 비극	드라이저
79 80	쿠오 바디스 Ⅰ Ⅱ	솅키에비치	103	어머니	고리키
81	동물농장 · 1984년	조지 오웰	104		
82	도리안 그레이의 초상	오스카 와일드	105 106	암병동 Ⅰ Ⅱ	솔제니친

일신서적출판사　121-110 서울 마포구 신수동 177-3호
공급처 : ☎ 703-3001~6, FAX : 703-3009

양 철 북 Ⅱ

■ 저 자 / G. 그 라 스
■ 역 자 / 박 수 현
■ 발행자 / 남 용
■ 발행소 / 一信書籍出版社

주소 : 121-110 서울 마포구 신수동 177-3
등록 : 1969. 9. 12. NO. 10-70
전화 : 영업부 703-3001~6
　　　편집부 703-3007~8
　　　FAX 703-3009
© ILSIN PUBLISHING Co. 1990.

값 10,000원